MALDIÇÃO

MARISSA MEYER

MALDIÇÃO

Tradução de Regiane Winarski

Título original
CURSED

Copyright do texto © 2022 *by* Rampion Books.
Todos os direitos reservados.

Primeira publicação por Feiwel and Friends Book,
um selo da Macmillam Children's Publishing Group.

Edição brasileira publicada mediante acordo
com Jill Grinberg Literary Management LLC e
Sandra Bruna Agencia Literaria, SL.
Todos os direitos reservados.

Direitos para a língua portuguesa reservados
com exclusividade para o Brasil à
EDITORA ROCCO LTDA.
Rua Evaristo da Veiga, 65 – 11º andar
Passeio Corporate – Torre 1
20031-040 – Rio de Janeiro – RJ
Tel.: (21) 3525-2000 – Fax: (21) 3525-2001
rocco@rocco.com.br
www.rocco.com.br

Printed in Brazil/Impresso no Brasil

preparação de originais
CATARINA NOTAROBERTO

CIP-BRASIL. CATALOGAÇÃO NA PUBLICAÇÃO
SINDICATO NACIONAL DOS EDITORES DE LIVROS, RJ

M56m

Meyer, Marissa
    Maldição / Marissa Meyer ; tradução Regiane Winarski. - 1. ed. - Rio de Janeiro : Rocco, 2023.

    Tradução de: Cursed
    Sequência de: Áureo
    ISBN 978-65-5532-355-9
    ISBN 978-65-5595-201-8 (recurso eletrônico)

    1. Ficção americana. I. Winarski, Regiane. II. Título.

23-83639   CDD: 813
                CDU: 82-3(73)

Gabriela Faray Ferreira Lopes - Bibliotecária - CRB-7/6643

O texto deste livro obedece às normas do
Acordo Ortográfico da Língua Portuguesa.

*Este livro é para os escritores, os sonhadores, os criadores...
de uma contadora de história para outros.*

Fiquem quietinhos, que vou contar uma história.

Começa nas profundezas de Verloren, a terra dos perdidos. Desde a época em que os primeiros humanos eram enterrados na terra úmida e fértil ou enviados para o mar em piras ardentes, suas almas são guiadas para Verloren pelo lampião de Velos, deus da sabedoria e da morte. Levados para descansar, sonhar e, uma vez por ano, sob a Lua do Luto, voltarem ao reino mortal como espíritos e passarem a noite em companhia dos entes queridos que ficaram para trás.

Não, não, claro que isso não acontece mais. Foi há muito tempo. Silêncio, escutem bem.

Embora Velos sempre tenha sido o governante do submundo, houve uma época em que o deus não estava só. Monstros vagavam pelo reino sombrio e espíritos ocupavam as cavernas com suas risadas e canções.

E havia os demônios. Seres perversos, a personificação de tudo que é abominável e cruel, feitos dos pecados e da vergonha dos mortais. Quando os humanos passavam pelos portões e entravam em Verloren, esses desesperos eram sugados deles, pouco a pouco, manchando a ponte que conectava o nosso mundo ao seguinte, pingando no rio abaixo. Era dessas águas envenenadas que os demônios nasciam, uma visão de carne e beleza... elaborados dos arrependimentos, segredos e feitos egoístas que os mortais carregavam com eles depois da morte. Hoje, nós chamamos esses demônios de sombrios.

A quantidade deles foi aumentando com o passar dos séculos, e com o tempo os sombrios ficaram inquietos. Eles ansiavam por independência. Estavam sedentos por uma vida fora das cavernas cintilantes e dos pântanos enevoados de Verloren. Eles procuraram Velos e pediram permissão para irem e virem do reino mortal, para olharem as constelações, para sentirem o vento salgado na língua e o toque do sol quente na pele gelada.

Mas Velos ignorou as súplicas, pois até os deuses podem ser tolos.

Talvez não tenha sido tolice, mas crueldade manter os demônios presos século após século. Ou talvez tenha sido sabedoria, porque, por terem nascido da maldade, os demônios não eram capazes de nada além de inveja, brutalidade e enganação. Talvez o deus já soubesse a verdade: não havia lugar para aquelas criaturas entre os humanos, que, apesar dos muitos defeitos, também tinham demonstrado que podiam ter vidas cheias de bondade e graça.

Os sombrios pararam de pedir liberdade e, em vez disso, como as coisinhas inteligentes que são, eles esperaram.

Esperaram por centenas de anos.

Observando e ouvindo e planejando.

Até uma Lua do Luto, quando o céu estava tão carregado de nuvens que o crescimento da lua ficou escondido dos olhos. Enquanto Velos segurava o lampião no alto do portão, mostrando às almas perdidas o caminho para elas voltarem ao mundo acima, os sombrios de repente se deslocaram.

Eles abriram caminho na multidão de espíritos esperando. Mataram qualquer criatura que tentasse impedi-los. Eles estavam preparados para os cães do inferno, os amados servos de Velos, e tinham cortado pedaços da carne do próprio corpo para atraí-los para o seu lado. Funcionou. Com os cães acalmados e o deus despreparado, os demônios conquistaram a ponte.

Em uma tentativa desesperada de deter a horda, Velos tomou sua forma bestial: o grande lobo negro que até hoje dizem que guarda os portões de Verloren. O animal era do tamanho de uma casa, com pelo parecendo nanquim, presas enormes e projetadas para frente e estrelas gêmeas como chamas ardentes no fundo de cada cavidade ocular.

Mas os sombrios não tiveram medo.

O que se tornaria Erlkönig, o Rei dos Antigos, ergueu um arco que ele mesmo tinha feito dos ossos de heróis e ligamentos de guerreiros. Da aljava, ele tirou uma flecha, as penas feitas das unhas de crianças mortas, a ponta cordada das lágrimas endurecidas das mães que ficaram para trás.

O demônio prendeu a flecha no lugar, mirou e a disparou.

Direto no coração do deus da morte.

O lobo rugiu e cambaleou da ponte até cair nas profundezas do rio agitado abaixo.

Onde Velos caiu, a flecha que tinha perfurado seu coração ficou enfiada no leito do rio, criando raízes. Ali cresceria, passando além da ponte e pelo portão. Uma grande árvore antiga que jamais pararia de tentar alcançar o céu.

Velos não morreu naquele dia, se é que deuses morrem. Mas enquanto o deus da morte estava caído impotente no rio abaixo, os sombrios subiram, seu rei na frente. Eles saíram em uma noite negra como breu. Torrentes de chuva caíam nos rostos gloriosos, enquanto a Lua do Luto se escondia atrás de relâmpagos e trovões, escolhendo não ser testemunha dos horrores que tinham partido para o mundo mortal.

Solstício de Verão

CAPÍTULO

Um

SERILDA INTERROMPEU A HISTÓRIA E VERIFICOU SE AS CRIANÇAS TINHAM finalmente adormecido.

Um momento se passou e Nickel abriu olhos desfocados.

— A história já acabou?

Serilda se virou para ele.

— Você já devia saber — sussurrou, ajeitando um cacho do cabelo louro macio do menino — que as melhores histórias nunca acabam de verdade. Eu diria que "felizes para sempre" é uma das minhas mentiras mais populares.

Ele bocejou.

— Pode ser. Mas é uma boa mentira.

— É mesmo — concordou ela. — Agora, silêncio. Está na hora de dormir. Amanhã eu conto mais.

Ele não discutiu, só girou o corpo para abrir mais espaço para a pequena Gerdrut, que estava espremida entre Nickel e Hans, com Fricz e Anna deitados em ângulos estranhos no pé da cama. As cinco crianças tinham passado a dormir na cama de Serilda, apesar de terem seus próprios catres nos aposentos dos criados. Ela não se importava. O amontoado de membros e bocas abertas, as pálpebras azuladas e as reclamações murmuradas de que alguém estava puxando o cobertor, tudo isso enchia o coração dela de algo próximo ao contentamento.

Como ela amava aquelas crianças.

Como odiava o que tinha sido feito a elas. Como se torturava, sabendo que era sua culpa. Dela e de sua língua traiçoeira, das histórias que ela não conseguia parar de contar. A imaginação que a levou por tantas fantasias desde que ela conseguia lembrar… mas só tinha lhe arrumado problemas. Uma vida cheia de infortúnios.

O pior deles: as vidas tiradas daquelas cinco almas preciosas.

Elas ficavam pedindo que ela contasse histórias, e o que Serilda podia dizer? Não conseguia recusar nada a eles.

— Boa noite. — Ela puxou o cobertor até o queixo de Nickel, cobrindo a mancha de sangue que tinha vazado pela camisola por cima do buraco no peito, por onde os corvos da noite do Erlking tinham devorado o coração dele.

Ela se inclinou para a frente e deu um beijo leve na têmpora de Nickel. Precisou segurar uma careta causada pela sensação escorregadia e fria da pele. Como se o menor toque pudesse esmagar o crânio do menino, como se ele fosse frágil tal qual folhas de outono na mão de uma criança. Fantasmas não eram seres delicados; eles já estavam mortos, e não havia muitas coisas ruins que poderiam sofrer. Mas eles estavam presos em algum lugar entre as formas mortais e os cadáveres em decomposição, e, como tal, era como se suas imagens não conseguissem decidir onde ficar, que quantidade de espaço ocupar. Olhar para um fantasma era como olhar para uma miragem, os contornos se movendo e borrando no ar. Tocar em um parecia a coisa mais sobrenatural do mundo. Um pouco como tocar em uma lesma morta que tinha sido deixada no sol ardente. Só que... mais frio.

Ainda assim, Serilda amava aqueles cinco fantasminhas com toda a sua capacidade. Mesmo que seu corpo estivesse ausente, preso em um castelo assombrado, e que ela não conseguisse mais sentir os batimentos do coração, jamais permitiria que eles soubessem o quanto tinha vontade de se afastar cada vez que um a envolvia num abraço ou enfiava a mãozinha morta na dela.

Serilda esperou até ter certeza de que Nickel estava dormindo e Gerdrut tinha começado a roncar, um som impressionante para um serzinho tão pequeno. Em seguida, desceu da cama e apagou o lampião na mesa de cabeceira. Aproximou-se de uma das janelas com grade de chumbo no vidro que davam vista para o grande lago em volta do castelo, onde a luz do sol cintilava na água.

No dia seguinte seria o solstício de verão.

No dia seguinte ela se casaria.

Uma batida leve na porta interrompeu os pensamentos de Serilda antes que ela pudesse cair no desespero. Ela andou pelo tapete, mantendo os passos leves para não perturbar as crianças, e abriu a porta.

Manfred, o cocheiro do Erlking e o primeiro fantasma que Serilda conheceu, estava do outro lado. Houve uma época em que Manfred servia ao rei e à rainha de Adalheid, mas ele tinha morrido no massacre quando o Erlking e os sombrios mataram todos os habitantes e tomaram o castelo. A morte de Manfred, como tantas outras, foi brutal. No caso dele, um cinzel de aço enfiado em um dos olhos. O cinzel continuava enfiado no crânio dele até agora, o sangue escorrendo da órbita ocular devagar e eternamente. Depois de todo aquele tempo, Serilda tinha começado a se acostumar à visão, e ela cumprimentou Manfred com um sorriso.

— Eu não estava te esperando esta noite.

Manfred fez uma reverência.

— Sua Obscuridade requisitou sua presença.

O sorriso dela sumiu rapidamente.

— Claro que sim — disse ela, o tom amargo. — As crianças acabaram de adormecer. Me dê um momento.

— Leve o tempo que precisar. Não me importo de fazê-lo esperar.

Serilda assentiu e fechou a porta. Manfred e os outros fantasmas podiam servir aos sombrios, mas abominavam seus mestres. Eles tentavam encontrar pequenas formas de irritar o Erlking e a corte sempre que possível. Pequenos atos de rebeldia, mas uma forma de rebelião do mesmo jeito.

Serilda prendeu o cabelo comprido em duas tranças. Passou pela cabeça dela que muitas garotas, ao serem chamadas pelo futuro marido, talvez botassem cor nas bochechas ou colocassem uma gota de água de rosas nas clavículas. Serilda só ficou tentada a esconder uma adaga na meia para o caso de ter uma oportunidade de enfiá-la no pescoço do noivo.

Ela lançou um último olhar para as crianças, notando que elas não pareciam exatamente estar dormindo. Estavam pálidas demais, respirando muito suavemente. No descanso, pareciam mortas.

Até a cabeça de Gerdrut pender para o lado e ela soltar um som semelhante ao de pedras de moenda.

Serilda mordeu o lábio para segurar uma risada, lembrando-se de por que estava fazendo tudo aquilo.

Por eles.

Só por eles.

Ela se virou e saiu para a escada.

Serilda tinha memorizado o caminho até os aposentos do Erlking, mas ainda ficou grata pela companhia de Manfred conforme eles seguiam pelos corredores, iluminados por tochas e com tapeçarias sinistras que exibiam cenas grotescas de cães de caça e presas mortas penduradas nas paredes. Ela estava se acostumando com as sombras ameaçadoras que ocupavam os corredores do castelo, mas duvidava de que algum dia fosse se sentir à vontade ali. Não quando qualquer canto podia revelar um sombrio olhando para ela com desdém ou qualquer outro monstro sobrenatural observando-a com olhos famintos.

Em pouco tempo, ela seria rainha daquele lugar, mas duvidava de que o título fosse lhe trazer muita segurança. Os espectros e criaturas que estavam lá bem antes dela tinham deixado claro pelas expressões arrogantes e comentários sarcásticos que prefeririam devorar a pele dos ossos dela a se curvar para uma rainha mortal.

Serilda tentou não levar para o lado pessoal.

— Todos estão ansiosos para o fim das festividades? — perguntou Serilda enquanto eles seguiam pelos corredores labirínticos.

Manfred respondeu com o tom de sempre:

— De jeito nenhum, minha rainha.

Ao contrário da indiferença dos sombrios, talvez em parte *por causa* disso, os criados fantasmagóricos tinham se adaptado bem à ascensão de Serilda ao trono. Muitos já tinham começado a usar títulos reais quando se dirigiam a ela: *Majestade* ou *Rainha* e, ocasionalmente, até *Vosso Esplendor*.

— Meu entendimento é que muitos viram os preparativos para o casamento como uma distração agradável — disse Manfred.

— Distração de quê?

Ele relanceou para ela com o olho bom, um sorrisinho sutil fazendo a barba grisalha tremer.

— Das nossas vidas — falou ele secamente. E, dando de ombros, acrescentou: — Ou da falta delas.

Serilda franziu a testa. Embora Manfred e muitos dos fantasmas estivessem mortos havia séculos, era óbvio que as mortes deles continuavam sendo feridas abertas. Em muitos casos, literalmente.

— Manfred — falou ela lentamente —, você se lembra de servir a antiga família real? Os que moravam aqui antes de os sombrios chegarem?

— Eu me lembro de pouca coisa da vida de antes no castelo. Mas me lembro de sentir — ele considerou suas palavras por um longo momento e pareceu estranhamente saudoso quando finalmente declarou: — orgulho. Do meu trabalho. Mas o que eu tinha para sentir orgulho, eu não saberia dizer.

Serilda ofereceu a ele um sorriso suave, que logo fechou a expressão de Manfred de volta ao estoicismo. Ela ficou tentada a dizer mais, a pressionar, a pedir que ele se lembrasse de alguma coisa, qualquer coisa… mas não adiantava. Todas as lembranças da antiga família real tinham sido erradicadas quando o Erlking amaldiçoou o príncipe e o seu nome, apagando completamente a família real da história.

Ela descobriu, ao tentar conhecer os fantasmas residentes, que quanto mais próximo alguém tinha sido da família real, menos lembranças teria da vida antes do massacre. Uma empregada que esfregava panelas e travessas na cozinha talvez se lembrasse da vida anterior de forma quase completa, mas alguém que tinha estado regularmente na presença do rei, da rainha, do príncipe ou da princesa não se lembraria de quase nada.

Mais ninguém sabia, mas o príncipe ainda estava ali, entre eles. Um príncipe esquecido.

Naqueles dias, o povo de Adalheid o conhecia como Vergoldetgeist. O Espírito Áureo.

Outros o chamavam de poltergeist. Ou fiandeiro de ouro.

Serilda o conhecia simplesmente como Áureo. O garoto que tinha acompanhado as mentiras que ela inventou, transformado palha em ouro para salvar a vida dela repetidamente. Que, sem saber, tinha criado as correntes de ouro que o Erlking planejava usar para capturar um deus.

Até as lembranças de Áureo tinham sido roubadas. Ele também não se lembrava de nada. Nem da vida. Nem da morte. Nada da época que precedia sua existência como um garoto amaldiçoado, um poltergeist preso naquele lugar horrível. O Erlking tinha até apagado o nome dele de toda a história, dos livros às lápides. Áureo só soube que era príncipe quando Serilda contou a verdade sobre o que tinha acontecido a ele e à família real. Ele, amaldiçoado. Os outros, mortos. Assassinados em um ato de vingança contra o príncipe, que tinha matado o grande amor do Erlkönig: a caçadora Perchta. Até hoje, Áureo reagia com dúvida sempre que Serilda mencionava a história.

Mas Serilda não ligava para nada daquilo. Nem para o nome dele, nem para o seu legado.

O importante era que Áureo era o pai do filho dela, que não tinha nascido ainda.

E que, uma vez, em um ataque de desespero, ela prometeu seu primeiro filho a ele em troca da ajuda para transformar palha em ouro.

E que ela estava um pouquinho apaixonada por ele.

Talvez... mais do que um pouquinho.

— Imagino que você tenha sido indispensável — disse Serilda quando ela e Manfred passaram por uma série de salas. — Posição mais alta do que cocheiro, com certeza. O valete do rei, talvez. Ou o conselheiro real. É por isso que você não se lembra de muita coisa. Mas tenho certeza de que tem muitos motivos pra sentir orgulho.

Manfred ficou em silêncio. Ela tinha contado para ele, durante as caminhadas noturnas, um pouco da história do que acontecera no castelo. Com a família real. Com *ele* e todos os outros que tiveram a infelicidade de estar no castelo quando o Erlking executou sua vingança. Houve uma época em que ela contou a história para Áureo acreditando que tudo fosse apenas um conto de fadas inventado, mas agora ela sabia que era verdade. Certamente, um presente de Wyrdith, o deus contador de histórias que a apadrinhara.

Nada do passado trágico do castelo era surpresa para aqueles que tinham sido forçados à servidão aos sombrios por centenas de anos. Eles sabiam que *algo* horrível havia acontecido e muitos tinham as feridas para provar. Alguns tinham lembranças fugidias da vida prévia. Usavam roupas adequadas a papéis diferentes no castelo, de camareiras e pajens a cortesãos chiques, embora o status anterior não significasse nada para os sombrios agora.

Não era exagero supor que eles serviam à realeza quando o Erlking dominou e matou todos, mesmo que não conseguissem lembrar o rosto ou os nomes dos monarcas, muito menos se tinham sido respeitados e amados.

Ninguém sabia que Áureo, o poltergeist enxerido, era o príncipe esquecido. Serilda não ousava contar a verdade a ninguém. Não podia correr o risco de o Erlking descobrir que ela sabia disso e não podia confiar no silêncio de ninguém. Por mais que gostasse de muitos dos espíritos do castelo, as almas deles pertenciam ao Erlking. Ele talvez lhes desse algumas liberdades, mas, no fim das contas, os fantasmas o obedeciam.

Eles não tinham escolha.

O mesmo acontecia com as crianças que estavam dormindo no quarto dela. O Erlking fingia que eram um presente para Serilda. Atendentes para a rainha. Mas eles também eram espiões. Ou poderiam ser, se ela desse ao Erlking motivo para espioná-la.

Ela não podia confiar em ninguém no castelo.

Em ninguém, exceto...

À frente deles, um brilho dourado chamou sua atenção. Um fio fino enrolado na base de uma vela em uma das arandelas. Um detalhe mínimo, que qualquer um deixaria passar facilmente. Todo mundo deixaria.

Mas, nas semanas anteriores, Serilda tinha se acostumado a procurar pelos pequenos detalhes.

Ela se empertigou.

— Obrigada, Manfred, mas não precisa me acompanhar pelo resto do caminho. Eu consigo seguir daqui.

— Eu não me incomodo, minha senhora.

— Sei que não. Mas eu preciso aprender a andar nesse labirinto, não é mesmo? E seria bom ter um momento sozinha... para me preparar.

Um toque de pena surgiu nas feições de Manfred.

— Claro, minha senhora — disse ele, se curvando. — Vou deixá-la, então.

— Obrigada, Manfred.

Ele saiu andando com a mesma postura controlada e passos medidos com os quais sempre se movia, e Serilda não conseguiu deixar de pensar nele como um dos poucos verdadeiros cavalheiros do castelo, cercado pelos demônios e toda sua frivolidade insensível.

Assim que virou no corredor, Serilda relaxou os ombros. Esticou a mão para o castiçal e passou o nó de fio dourado por cima da chama. Enrolou-o no dedo enquanto observava o corredor.

Silêncio e sombras.

— Vamos, Áureo — disse ela, sorrindo. — Eu sei que você está aqui.

CAPÍTULO

Dois

— CONVOCADA DE NOVO PARA OS APOSENTOS DO REI?

A voz veio de trás dela, tão perto que Serilda imaginou o sopro de calor na nuca. Ela não se sobressaltou. Estava acostumada às súbitas aparições de Áureo. O espírito dele tinha sido amaldiçoado e preso no castelo assim como o dela, mas ele podia se mover livremente pelas paredes, capaz de sumir e reaparecer quando quisesse, e em qualquer lugar que quisesse. Era um truque mágico maravilhoso, e Áureo o usava com frequência: para dar sustos, se aproximar sorrateiramente, xeretar e espionar. Ele adorava aparecer com um pulo e assustar as crianças, às vezes até passando através delas, já que conseguia atravessar fantasmas. Elas fingiam se irritar, apesar das risadinhas confusas.

Áureo estava tentando ensinar a habilidade a Serilda, mas era mais difícil do que ele fazia parecer. Até então, ela só tinha conseguido uma vez. Apesar de ter tentado se transportar para o quarto de vestir da rainha, tinha ido parar na despensa e teve uma dor de cabeça horrível.

Apesar da proximidade de Áureo e da dança sutil de sua respiração na pele dela, havia tensão na voz dele. Um ciúme que ele tinha tentado esconder desde que o rei anunciou o noivado, mas que ficava mais aparente conforme o casamento se aproximava.

Serilda odiava mentir para Áureo sobre isso. Era a mentira mais difícil que tinha precisado contar.

O que Áureo sabia era que o Erlking queria uma esposa mortal para poder gerar um filho. Áureo supusera (e Serilda permitiu que ele continuasse pensando assim) que as frequentes visitas ao rei tinham esse propósito, embora a mera ideia a fizesse querer arrancar a própria pele com as unhas.

O que Áureo não sabia, e que Serilda nunca poderia revelar, era que ela já estava gerando um filho. Estava desde a noite em que Áureo pressionou os lábios nos dela, desceu pela mandíbula com beijos, pela garganta, pelas curvas dos seios. Embora os dois só tivessem estado juntos uma vez, Serilda ainda tremia quando se permitia se lembrar da proximidade, do toque, de como ele sussurrou o nome dela, feito poesia. Naquela noite, na paixão, eles conceberam uma criança.

Mas na vez seguinte em que ela o viu, o Erlking mandou prendê-lo com correntes de ouro na torre do castelo, as mesmas que Áureo tinha feito num esforço de salvar a vida de Serilda. Assim que o rei soube da condição de Serilda, ele elaborou aquele plano: casar-se com ela e alegar que o filho era dele. Se ela contasse a verdade a alguém, ele jamais libertaria as almas das crianças que ela amava. Elas ficariam presas ali, sob o poder dos sombrios para sempre.

Ela não podia deixar que isso acontecesse, não podia correr o risco de contar a alguém.

Nem mesmo a Áureo.

Principalmente a Áureo.

— Sim — disse ela quando teve certeza de que sua voz não tremeria. — Eu fui convocada para visitar o monstro novamente. — Ela se virou e encarou Áureo. — Que sorte a minha.

Não fazia esforço para esconder o desdém pelo noivo, não de Áureo. O arranjo com o rei não fora escolha dela. Não era para ser um casamento por amor. Serilda nem sabia se podia se chamar aquilo de casamento por conveniência, já que definitivamente não era conveniente para *ela*. O Erlking tinha raptado sua mãe quando Serilda era pequenininha, deixou o pai dela morrer e assassinou cinco crianças inocentes só para contrariá-la, e isso tudo era uma pequena demonstração das muitas maldades dele. Famílias destruídas, vidas descartadas por caprichos, criaturas mágicas perseguidas... algumas até ao ponto de extinção.

Serilda não podia impedir que Áureo sentisse ciúme. Ele acreditava que o Erlking tinha pedido a mão dela em casamento e o corpo na cama. Ela talvez não pudesse contar a verdade, mas jamais permitiria que Áureo pensasse que ela sentia qualquer coisa pelo Erlking que não fosse repulsa.

Precisava seguir em frente, sustentar as mentiras, para poder conseguir o que queria: liberdade para as almas das crianças. O Erlking tinha prometido libertar os espíritos de todas elas, Hans, Nickel, Fricz, Anna e Gerdrut. Ele lhes concederia paz.

Em troca, ela mentiria por ele. Diria que a criança que crescia em seu útero pertencia a ele. Ela guardaria o segredo.

Mas não fingiria amor por um homem que desprezava. Algumas mentiras nem ela conseguia tolerar.

Uma sombra passou pelo rosto de Áureo e Serilda percebeu que ele se sentiu adequadamente arrependido do comentário. Ele encolheu os ombros.

— Eu espero que ele... — começou, mas fez uma pausa, os lábios repuxados como se tivesse mordido um limão. Ele demorou um momento para tentar de novo. — Eu espero que ele seja um... *cavalheiro*.

Cavalheiro foi cuspido como a semente de um limão, e por algum motivo Serilda se suavizou. Ela sabia que ele estava tentando entender, *aceitar*, da melhor forma possível.

Ela engoliu em seco e pousou a mão no pulso dele.

— Ele não me machuca — disse ela.

E era verdade, de certa forma. O Erlking nunca a machucara fisicamente... exceto na vez em que ele a amaldiçoou, enfiando uma flecha de ouro no pulso dela. Ele não a tocava quando eles estavam sozinhos, um contraste radical ao afeto nojento que ele demonstrava em público. Serilda às vezes se perguntava o que a corte pensava de toda a situação. O rei, bonito, tranquilo, perigoso, aparentemente a desejando. Uma simples mortal sob o olhar de qualquer um, com estranhos aros dourados nas íris dos olhos. No mundo real, seus olhos a marcaram como alguém a ser evitada. Serilda era estranha. Amaldiçoada. Levaria infortúnio a quem dela se aproximasse.

Mas os sombrios e o rei não seguiam aquelas superstições. Talvez porque *eles* costumavam ser os infortúnios que os humanos tanto temiam.

Talvez os demônios supusessem que era pelas anomalias dela que o rei sentia atração.

As linhas na testa de Áureo se suavizaram, mas só um pouquinho. Ele deu um aceno breve, e magoou Serilda não poder dizer mais, a ponto de sentir uma pontada nas costelas.

Verdade, o rei não a machucava. Serilda não se deitaria com ele, nem naquela noite nem em nenhuma outra. Ela não daria um filho a ele, pelo menos não da forma que Áureo desconfiava.

Não é verdade, ela tinha vontade de sussurrar. De se inclinar para a frente e roçar a bochecha na têmpora dele. Pressioná-lo na parede e envolver o corpo dele. *Eu não sou dele. Nunca serei dele.*

Mas ainda quero ser sua.

Mas ela não disse uma palavra e soltou o pulso de Áureo antes de seguir o caminho pelos corredores do castelo.

Na direção do noivo que a aguardava.

Áureo seguiu com passos suaves, e ela não pôde deixar de ficar feliz por ele não ter sumido. Era uma tortura ficar perto dele guardando aqueles segredos, mas era muito pior ficar sem ele. Pelo menos, quando ele estava perto, ela conseguia imaginar que ele sentia o mesmo. Uma agonia compartilhada. Um desespero mútuo. Uma ânsia pelo que eles tiveram. O que pareceu, por um momento dolorosamente breve, algo que poderia virar algo mais.

Chegaram a um caminho cruzado no fim do corredor e Serilda não conseguia se lembrar se tinha que virar para a esquerda ou para a direita. Ela parou e Áureo suspirou baixinho e indicou a esquerda.

Ela sorriu para ele, tímida e grata, mas a tristeza no rosto dele apertou o peito dela. Havia pontos dourados nos olhos dele, refletindo a luz do fogo. O cabelo ruivo em tom de cobre estava desgrenhado, como se ele tivesse passado a semana anterior correndo as mãos pelos fios em vez de penteá-los. A fileira de botões na camisa de linho estava irregular, um buraco pulado.

Sem pensar, suas mãos foram parar no tecido da camisa dele antes que ela pudesse sequer controlá-las. Para consertar o botão errado.

Áureo ficou como uma estátua sob o toque dela.

Um calor se espalhou pelas bochechas de Serilda, apesar de não passar de um rubor fantasma. Ela não tinha batimentos, não tinha sangue bombeando pelas veias, graças à maldição que separara seu espírito de seu corpo real. Mas ela conhecia bem o constrangimento e, atualmente, melhor ainda o desejo.

O botão se abriu nos dedos dela, que tinham começado a tremer. Serilda esticou o tecido e alinhou os dois lados da gola ampla no pescoço.

Áureo inspirou fundo.

Os dedos dela pararam, segurando de leve cada lado da gola, agora revelando o pescoço dele, a curva de sua clavícula, as sardas claras no alto do peito.

Ela poderia se inclinar para a frente. Beijá-lo. Bem ali, na pele exposta.

— Serilda...

Ela olhou para cima. Nos olhos dele estavam registrados incontáveis pensamentos, que faziam eco aos dela.

Nós não podemos.

Nós não devemos.

Eu também quero isso.

Ela encostou a ponta do polegar nas sardas dele.

Desejando.

Áureo fechou os olhos e se inclinou até encostar a testa na dela.

Serilda ficou tensa e fechou rapidamente os botões.

— Desculpa — sussurrou ela. — Eu sei que não podemos... eu sei.

Se alguém os visse... se houvesse o menor rumor de que Serilda era infiel, qualquer coisa que colocasse a paternidade do filho dela em questão, o Erlking a puniria.

O que certamente significava que ele puniria as crianças.

Ela encostou os dedos no peito de Áureo uma última vez antes de recuar.

— Eu não devia deixá-lo esperando — sussurrou ela. — Por mais que queira.

Áureo engoliu em seco. Ela acompanhou o movimento com o olhar, a luta dentro da garganta dele, como se ele estivesse engolindo palavras que queriam sufocá-lo.

— Eu te acompanho pelo resto do caminho.

— Não precisa.

Ele abriu um sorriso, meio melancólico e meio ousado.

— Esse castelo é cheio de monstros, caso você não saiba. Se alguma coisa acontecesse a você, eu nunca me perdoaria.

— Meu protetor — disse ela em tom provocativo.

Mas a expressão dele se fechou.

— Não posso te proteger contra o que realmente importa.

O peito dela se apertou.

— Áureo...

— Desculpa — falou ele apressadamente. — Isso não vai importar mais. Quando encontrarmos nossos corpos. Quando quebrarmos essa maldição.

Serilda segurou a mão dele e apertou. Era a única coisa que lhes dava esperança. A chance de encontrarem os corpos e quebrarem as flechas nos pulsos, rompendo a maldição que os mantinha presos ao castelo. De serem livres algum dia.

— Nós vamos encontrar — disse ela. — Vamos quebrar essa maldição, Áureo.

Ele apertou a mão dela brevemente, mas foi o primeiro a se afastar.

— Você devia ir — disse ele. — Antes que alguém nos veja e conte ao rei que você anda se metendo com o poltergeist.

CAPÍTULO

Três

A PRIMEIRA COISA EM QUE SERILDA PENSOU QUANDO ENTROU NOS aposentos do rei algumas semanas antes, foi que ele era um homem que sabia atingir expectativas.

O quarto não tinha cama, o que levou Serilda a acreditar que os sombrios não dormiam, apesar de ela nunca ter perguntado diretamente. Mas havia uma variedade de móveis exóticos. Cadeiras de encosto alto e sofás elegantes, tudo forrado com os melhores tecidos e contornados em corda preta e borlas. Mesas decoradas de madrepérola e madeira de ébano. Tapetes grossos de pelo tão longos que ela tremeu de pensar em qual era a criatura de que tinham tirado aquela pele.

Uma cristaleira encostada na parede exibia uma coleção de crânios de animais, armas estranhas, esculturas de mármore, cerâmica pintada à mão, livros forrados de couro, máscaras com expressões grotescas. Havia os chifres e animais empalhados acima das tapeçarias como no resto do castelo, mas ele também tinha criaturas pequenas e delicadas. Rouxinóis tão realistas que pareciam capazes de começar a cantar a qualquer momento. Raposas espertas que poderiam saltar da parede.

A parede oposta tinha uma coleção luxuosa de mapas. Alguns antigos, desenhados em pele de animais e pergaminhos. Outros exibiam lugares no mundo dos quais Serilda nunca tinha ouvido falar, que ela não tinha certeza se eram reais, com desenhos floreados das bestas mais estranhas, nomes escritos em caligrafia caprichada e letras vermelhas desbotadas. *Inkanyamba*, uma serpente comprida com cabeça de cavalo. O gigante *Buto Ijo*, um troll verde com presas. *Gumiho*, uma raposa com nove caudas. Serilda amava observar as criaturas, passar os dedos pelas palavras e sentir os nomes desconhecidos na língua. Ela não podia deixar de se perguntar se eram reais. Se viviam em uma terra distante. Tinha visto criaturas suficientes no lado escuro do véu para acreditar em qualquer coisa, tendo se deparado com algumas que antes achava que só existissem em contos de fadas.

De um modo geral, os aposentos eram escuros e meio sombrios, sim, mas também aconchegantes de um jeito meio bizarro. Cada pedaço de madeira tinha entalhes decorativos e era polido a um brilho intenso e reluzente. Todo pedaço de tecido, fosse cortina ou almofada, era preto ou de tons escuros de pedras preciosas e da melhor qualidade. Se houvesse uma vela em qualquer aposento, estava acesa.

E havia *muitas* velas, de forma que o quarto dava a impressão de ser um altar de um deus e um templo movimentado.

O que mais chamava a atenção de Serilda nos aposentos do Erlking era um relógio de piso alto em uma alcova perto da lareira. Tinha um pêndulo de metal que era mais comprido do que a altura de Serilda, e um mostrador que marcava não só o tempo, mas também os ciclos da lua e as estações do ano. Quatro ponteiros tiquetaqueavam lenta e regularmente pelo círculo, cada um entalhado de osso delicado. Serilda não conseguia deixar de admirar quando estava no ambiente.

Em parte, talvez, porque ela também contava os minutos para ir embora.

Quando ela chegou na noite antes do solstício de verão, uma mesa tinha sido colocada na varanda. Em cima dela, uma garrafa de vinho tinto, um bloco de queijo ao lado de um pão escuro e uma tigela transbordando de cerejas rubras e damascos brilhantes. Serilda tinha suposto que os sombrios, principalmente os que participavam da caçada selvagem, deviam sentir fome constante pela carne das presas. Imaginava-os dançando em torno de grandes pedaços de assado sobre fogueiras na terra, as chamas chiando com a gordura que pingava dos ossos, carvão preto enfiado entre as ancas de um javali e um cervo. E *havia* muita carne sendo consumida no castelo, mas os ocupantes tinham gosto mais refinado também, e frutas frescas estavam em constante demanda. Não era diferente de casa, onde havia uma onda de prazer quando os pomares e campos ficavam coloridos com ameixas, figos e frutas silvestres, um grande luxo depois de um inverno difícil.

O Erlking estava à janela. Ao longe, a lua minguante pairava entre as Montanhas Rückgrat, a luz cintilando na superfície preta espelhada do lago.

Serilda se acomodou em um dos assentos acolchoados à mesa e se serviu de uma cereja. A fruta explodiu dentro da boca. Doce e um tiquinho azeda. Ela não sabia como uma rainha devia se livrar do caroço, então o cuspiu nos dedos e largou em uma taça de vinho vazia antes de pegar outra.

E uma terceira.

Ela pensou no que todo mundo do castelo *achava* que estava acontecendo no quarto naquele momento e teve vontade de rir. Se ao menos pudessem ver como o rei supostamente apaixonado passava a maioria das noites ignorando-a completamente.

Em seguida, ao pensar em Áureo e em como devia estar sendo consumido por aquilo que ele *achava* que estava acontecendo ali, ela ficou séria rapidamente.

— Como vai meu descendente?

Serilda levou um susto. O rei ainda estava de costas para ela, o cabelo preto como breu caindo solto pelas costas.

Seu descendente não existe, teve vontade de dizer. *Essa criança não é sua. Nunca vai ser.*

Mas ela só colocou a mão na barriga.

— Não sinto nada diferente. Para ser sincera, estou começando a me perguntar para que tanta agitação. — Ela falou com leveza, para disfarçar as preocupações muito reais que tinham começado a borbulhar dentro dela. — Sinto fome o tempo todo, mas isso não é novidade. — Ela pegou uma nectarina e a mordeu. Quando o sumo escorreu pelo queixo, ela limpou com a manga e continuou a comer, ignorando o olhar de reprovação do rei.

Se Erlkönig queria uma rainha ciente da etiqueta da corte, tinha escolhido mal.

— Temos uma parteira no castelo? — perguntou ela. — Um dos fantasmas, talvez? A família real anterior devia ter uma. Tenho tantas perguntas. Seria bom ter alguém com quem conversar sobre essas coisas.

— Uma parteira — repetiu o Erlking, e Serilda percebeu que a ideia nunca tinha passado pela cabeça dele. — Vou descobrir.

Ela lambeu uma gota de sumo do pulso antes que chegasse ao punho da manga. O rei alcançou um guardanapo na mesa e jogou para ela.

— Tente melhorar seus modos. Você vai ser uma rainha e minha esposa.

— Escolha *sua*, não minha. — Ela ignorou o guardanapo e deu outra mordida na nectarina. Quando terminou, sorriu e largou o caroço da fruta na taça ao lado da com os caroços de cereja. Ela usou a saia de veludo para limpar o resíduo grudento dos dedos, um a um. — Mas, se você tiver vergonha de mim, ainda dá tempo de mudar de ideia.

A expressão dele tornou-se mais calorosa, o que era um feito, considerando o gelo habitual.

— Pelo menos eu não vou precisar aturar você por muito tempo. Seis meses. Passam num piscar de olhos.

Ela se irritou com a implicação. Ele podia ao menos tentar esconder a intenção de matá-la depois que ela cumprisse seu propósito, não?

Só por afronta, ela quebrou um pedaço de queijo e enfiou na boca, sabendo muito bem que era o favorito do rei. Ela ainda estava mastigando quando perguntou:

— Nós vamos nos deitar juntos depois da cerimônia?

O rei fez um som de deboche.

— De jeito nenhum. Vamos continuar como estamos até podermos anunciar a gravidez. Não há necessidade de nada além.

Serilda soltou uma lufada de ar. Estava temendo aquela pergunta havia semanas, e sentiu-se tonta de alívio por saber que não teria que dormir com ele. Eles continuariam fingindo.

Por enquanto, ela podia fazer isso.

Quanto tempo fazia que estava lá? Ela olhou para o relógio. Nem dez minutos tinham se passado. Parecia um século.

— Eu me pergunto se deveríamos ter feito a cerimônia de casamento na Lua dos Amantes — disse ele. — Escolher o solstício tinha certa poesia, mas parece que minha noiva ficou impaciente.

— Não é impaciência que eu sinto.

— Você não sonha em ser uma noiva de verão?

Ela deu uma risadinha de deboche.

— Eu *não* sou uma noiva de verão. Sou um sacrifício de verão.

O Erlking riu. Era um som raro, um que sempre produzia em Serilda uma pontada de satisfação, mesmo contra a vontade dela.

A parte triste era que ela tinha falado sério.

Aquilo não seria um casamento. Seria um ritual de sacrifício, e ela era a ovelha. Quando a hora chegasse, ele a mataria e pegaria a criança, que ela já amava com uma ferocidade diferente de qualquer coisa que conhecesse.

Serilda esfregou os dedos na cicatriz do pulso. Na verdade, o sacrifício já tinha sido feito, a partir do momento em que o Erlking enfiara uma flecha com ponta de ouro no pulso dela e amaldiçoou sua alma, separando o espírito do corpo mortal, prendendo-o àquele castelo assombrado, prendendo-a ali, do lado escuro do véu.

Ela testemunhara o corpo caído no chão da sala do trono respirando, mas sem vida. Serilda não entendia totalmente como funcionava a magia. Ela não conseguia mais sentir a pulsação nem a batida regular do coração. Conseguia prender o ar por uma eternidade, mas continuava a respirar, por hábito ou consolo.

E havia a criança no ventre, que ela só podia torcer para que estivesse bem. Ela não sentia nenhum dos sintomas de gravidez, os enjoos e as dores nas costas e tornozelos dos quais lembrava que as mulheres em Märchenfeld reclamavam. Ela não sabia se o bebê estava *fisicamente* dentro dela, mesmo agora, ou se crescia em sua versão cadavérica escondida no castelo.

Serilda tinha que acreditar que o Erlking não faria nada para prejudicar a criança, considerando os planos que tinha para ela, e odiava ter que depositar confiança nele.

Afastando-se da janela, o Erlking pegou a taça de vinho. Hesitou e ergueu o olhar até Serilda.

— O quê? — perguntou ela. — Eu não envenenei nada. — Ela ofegou. — Embora talvez devesse tentar isso da próxima vez.

— Sugiro acônito, se você tentar. Eu sempre achei o gosto meio doce e bem satisfatório. — Ele levou a taça aos lábios, observando-a enquanto tomava um gole. Quando baixou a taça, ele disse: — Você se vê como uma contadora de histórias, se eu não estiver enganado.

Serilda se sentou mais ereta, sentindo-se meio vulnerável de o rei ter reparado nessa parte quieta e escondida dela.

— Já fui chamada de coisas piores.

— Então me conte uma história.

Ela amarrou a cara.

— Não estou com vontade. E não tente me dar ordens. Eu não sou um dos seus fantasmas.

Ele curvou os lábios, achando graça.

— Eu só achei que ajudaria a passar o tempo. — Ele voltou a atenção para o relógio, como se tivesse notado que ela o estava observando.

Serilda bufou.

— Na verdade, tem uma história que ouvi muito tempo atrás e sempre me perguntei se era verdade. Dizem que a Lua dos Amantes ganhou esse nome por causa de você e Perchta.

O Erlking inclinou a cabeça para ela, mas não respondeu. Serilda continuou:

— Pelo que a história diz, foi embaixo dessa lua que vocês dois compartilharam os verdadeiros nomes um com o outro, amarrando os destinos um no outro por toda a eternidade. É por isso que algumas pessoas compartilham segredos debaixo da Lua dos Amantes, porque, supostamente, o luar as protegerá.

— Baboseira supersticiosa — murmurou ele. — Qualquer idiota devia saber que, se você quer proteger um segredo, não deve contá-lo para ninguém, não importa debaixo de que lua. Mas vocês mortais dão muito poder aos contos de fadas. Vocês acreditam que o destino está determinado pelos velhos deuses e pelas superstições. Que todo infortúnio pode ser atribuído ao luar, às estrelas, ou a qualquer coisa ridícula que seja adequada no momento. Mas não há destino, não há fortuna. Só há segredos que compartilhamos e outros que escondemos. Nossas próprias escolhas ou o medo de fazer uma escolha.

Serilda o encarou. Quantas vezes os aldeões de Märchenfeld botaram a culpa dos infortúnios deles nela?

Mas ela não podia ignorar que era afilhada de Wyrdith. Fora amaldiçoada pelo deus das histórias e da fortuna, e dizer que aquelas coisas não tinham importância também não parecia verdade.

Talvez houvesse um meio-termo.

Um lugar para as coisas que estavam fora de controle, as coisas guiadas pelo destino...

Mas também para as escolhas de cada um.

O medo cresceu dentro de Serilda. A tragédia era que ela queria acreditar em escolhas. Queria acreditar que podia ter controle do próprio destino. Mas como? Ela era prisioneira do Erlking. Tinha feito escolhas e cometido erros. Mas, no final, tinham decidido seu destino por ela.

Que ironia. Wyrdith devia estar rindo, onde quer que estivesse.

— Então — disse ela com incerteza —, a história não é verdade?

Ele riu com deboche.

— Que Perchta e eu trocamos nomes debaixo da Lua dos Amantes? Não.

— Que pena. Eu achei romântica.

O Erlking balançou a cabeça enquanto enchia as taças.

— Nós não precisamos de contos de fadas para distorcer nosso romance. Perchta e eu... nosso amor estava predestinado. Sou incompleto sem ela ao meu lado.

Serilda ficou imóvel, constrangida pelo candor dele.

Não ajudou o fato de ela saber que o Erlking pretendia trazer Perchta de volta. Na Lua Interminável, aquela noite rara em que o solstício de inverno se sobrepunha à última lua cheia do ano, o Erlking planejava capturar um dos sete deuses com a sua caçada. E quando os primeiros raios de sol batessem no reino, esse deus seria forçado a conceder um único desejo.

O Erlking usaria esse desejo para trazer Perchta de volta de Verloren. A caçadora cruel andaria novamente pela terra, e ele teria o bebê de Serilda para entregar a ela.

O Erlking tinha sequestrado muitas crianças em tentativas de agradá-la, mas nunca um recém-nascido.

O pensamento deixou Serilda enjoada. Para ele, a vida crescendo dentro dela era uma coisa para ser embrulhada e dada como presente. Uma boneca, um brinquedo, algo descartável.

E embora não tivesse conhecido a caçadora, por todos os relatos, Perchta não era do tipo maternal, apesar de desejar um filho. Diziam que era impiedosa, arrogante e cruel. Sempre que se cansava de uma das crianças dadas a ela de presente, o Erlking a levava para a floresta e voltava sozinho.

Esse era o jeito dos sombrios.

Essa era a mãe à qual seu filho estava destinado.

Exceto por um probleminha. Um pequeno detalhe que o Erlking ainda desconhecia.

Ela já tinha prometido a criança a Áureo. Seu primogênito em troca de ele transformar uma sala inteira de palha em ouro. A barganha fora feita com magia. Serilda achava que não podia ser rompida.

Mas ela que não ia contar isso para o Erlking.

Ela daria um jeito, disse para si mesma. Ainda tinha seis meses para elaborar um plano. Para salvar a criança. A si mesma. A Áureo. As crianças dormindo em seu quarto.

— Que falta de atenção a minha — disse o Erlking, arrancando-a dos pensamentos. Ele andou em volta da mesa até ficar parado ao lado da cadeira, e se apoiou em um joelho. — Falar de outra com minha noiva sentada à minha frente. Espero que você me perdoe, *meu amor*.

— De todas as coisas pelas quais você pode se desculpar — disse ela —, me dizer que você está apaixonado por um demônio sádico que morreu há trezentos anos não entraria na lista.

Ele contraiu a mandíbula.

— Guarde esse fogo, pequena mortal — disse ele, segurando a mão dela com os dedos frios e se curvando sobre ela. — Seria mais fácil amá-la.

O Erlking se levantou e pegou uma nectarina intocada na mesa. Deu uma mordida parado ao lado dela. O sumo escorreu pelo queixo dele como tinha escorrido do dela. Ele abriu um sorriso superior e usou a manga para limpar. — Mais dez minutos, eu acho, e você pode ir embora.

Ele pegou a taça de vinho e deu as costas para ela, o momento que ela estava esperando.

Em um movimento, Serilda pegou a faca com cabo de prata na mesa e enfiou nas costas do Erlking, entre as omoplatas. Ela sentiu a carne ceder. O barulho das vértebras.

O rei ficou paralisado.

Por um longo momento, Serilda se perguntou se talvez, só talvez... *daquela vez...*

Ele respirou fundo e soltou o ar, um suspiro lento e prolongado.

— Por favor — disse ele —, remova a faca das minhas costas. Eu odiaria ter que pedir a Manfred para fazer isso. *De novo.*

Serilda soltou um palavrão baixinho e puxou a faca. Em vez de sangue escorrendo da ferida, houve um fio de fumaça preta que se dissipou no ar.

Ela amarrou a cara. Na primeira vez que tinha enfiado a faca nele, teve certeza de que o rei reagiria.

Mas ele nem tentou.

Aquela primeira facada tinha sido pela lateral, embaixo das costelas.

Na vez seguinte em que tentou, foi uma faca no estômago, ou aproximadamente onde ela achava que o estômago devia ficar.

Na terceira, ela acertou o coração, e teve tanto orgulho de si mesma pela mira excepcional que deu um gritinho de prazer.

O Erlking só revirou os olhos quando tirou a faca do peito e a ergueu na luz. Intacta, como se não tivesse sido enterrada até o cabo em seu coração.

Serilda largou a faca na mesa.

— A próxima vai ser na sua cabeça — disse ela, cruzando os braços com petulância. — Talvez eu arranque um dos seus olhos, como um dos caçadores fez com Manfred.

— Se isso fizer seu tempo aqui mais tolerável — disse ele, tomando um gole de vinho —, dê o seu melhor.

CAPÍTULO

Quatro

ANNA DEVERIA SER A DAMA DE COMPANHIA DE SERILDA, MAS, COMO tinha apenas oito anos e a concentração de uma mosca, não era muito boa no papel. No dia do solstício de verão, duas atendentes fantasmas usando aventais encharcados de sangue chegaram nos aposentos de Serilda para transformá-la em algo parecido com uma rainha. Ou noiva.

Ou melhor... uma caçadora demônio, no fim das contas.

Serilda estava esperando um vestido. Muitos sombrios gostavam de se vestir com tecidos luxuosos e ela tinha imaginado que o rei ia querer vê-la em um vestido espetacular na cerimônia.

Mas não... quando as criadas chegaram, elas não carregavam seda e brocado e saias volumosas. Elas levaram uma túnica de couro que era amarrada sobre uma blusa de linho. Uma calça de montaria e braçadeiras, luvas de pele de bode e as botas mais macias que ela já tinha calçado. Mais notavelmente, eles levaram uma balestra lindamente elaborada; menor do que a do Erlking, mas com flechas afiadas como as dele. Serilda teve medo de encostar na arma por receio de bater acidentalmente no gatilho e mandar uma flecha direto na cabeça de alguém. Ninguém naquele quarto precisava de mais feridas abertas do que já tinha.

— Lindo — disse Serilda, que tinha tentado repetidamente persuadir o noivo a lhe dar detalhes sobre a cerimônia de casamento, sem sucesso. — Por favor, digam que terei o prazer de botar uma flecha no coração do meu marido até o fim da noite.

As crianças riram.

As criadas trocaram olhares de incerteza e uma delas respondeu:

— Acredito que haja uma espécie de caçada cerimonial.

Serilda gemeu.

— Eu devia ter adivinhado.

Em pouco tempo, ela estava sentada à penteadeira, as tranças gêmeas usuais desfeitas rapidamente e óleo passado nas mãos e bochechas, que a deixou com cheiro de velha. O tempo todo, Anna e Gerdrut praticavam cambalhotas no colchão, enquanto Nickel e Hans brincavam de um jogo de dados que eles aprenderam com o cavalariço, que era alguns anos mais velho do que Hans e tinha passado a gostar de todos imediatamente.

Serilda espiou o espelho acima da penteadeira. Na luz fraca das velas, ela viu os aros dourados nas íris pretas. Quando conheceu o Erlking, ele confundira ambas com rodas de fiar, e por isso fora tão fácil para ela convencê-lo de que era abençoada por Hulda e conseguia transformar palha em ouro. Mas, não; ela era marcada pela roda da fortuna. Era a afilhada de Wyrdith, deus das histórias, da fortuna e das mentiras.

Devia ter sido uma bênção, considerando que o pai dela tinha ajudado o deus anos antes em uma Lua Interminável. Mas, na realidade, sua língua amaldiçoada trouxera infortúnios para ela e para as pessoas que ela amava.

Se tivesse oportunidade de conhecer Wyrdith, quebraria aquela roda da fortuna na cabeça ingrata do deus.

Uma batida foi seguida de Fricz, seu "mensageiro", entrando no quarto.

— Ela está pronta? — perguntou ele, dirigindo a pergunta a Anna primeiro, apesar de a menina estar de cabeça para baixo plantando bananeira, os pés em uma das hastes da cama para se equilibrar. — Deixa pra lá — disse ele, se virando para Serilda e as atendentes. Ele avaliou seu o cabelo, agora preso em uma trança única complicada que descia pelas costas, e o equipamento de montaria em uma cadeira decorada. — Melhor se apressar, senão o rei pode começar a matar gente lá.

— Quem ele vai matar? — perguntou Anna, as marias-chiquinhas arrastando no tapete. — Todo mundo aqui já está morto.

— Por que ele está aborrecido? — perguntou Serilda. — Eu não estou atrasada. Ainda não.

— E não dá pra começar sem ela — acrescentou Anna. A pequena botou os pés no chão e ficou em pé.

— Nós estamos trabalhando o mais rápido possível — disse uma das atendentes, passando um líquido de um potinho nos lábios de Serilda. — Seria mais fácil sem tantas distrações. — Ela lançou um olhar nada sutil para Anna e Gerdrut.

Fricz deu de ombros.

— É o poltergeist, eu acho.

Serilda enrijeceu.

— O que tem ele?

— Ele sumiu. Uns guardas foram enviados pra pegá-lo hoje de manhã, pra ele ficar acorrentado durante a cerimônia. Você sabe como é, pra ele não causar confusão. Mas ninguém o encontra. Alguns criados estão dizendo que ele pode tentar interromper a cerimônia.

— Espero que ele interrompa! — disse Gerdrut, subindo na cama, que era tão alta que seus pés ficavam mais de 30 centímetros acima do chão.

— Lembra quando ele trocou os animais empalhados da ala norte por bonecos de pano e cabeças de nabo? — perguntou Nickel, os olhos brilhando. — Deve ter demorado uma eternidade pra entalhar todos, mas a expressão de surpresa dos caçadores valeu o esforço.

As crianças tinham começado a trocar histórias, e Serilda não conseguiu conter um sorriso. Desde que o Erlking os matou e abduziu suas almas, prendendo-os ali no castelo, Áureo e suas travessuras causaram um impacto enorme.

Uma parte pequena de Serilda vibrava com esperança pela ideia de que Áureo pudesse impedir a cerimônia. Ser salva naquele dia horrendo era uma perspectiva ótima, até meio romântica.

Além disso, odiava pensar em Áureo sendo acorrentado de novo como uma das bestas estimadas do rei. Serilda desconfiava que o Erlking teria ficado feliz em deixá-lo preso na torre por um século ou dois, se não quisesse as correntes de ouro para as caçadas. Sem contar que Áureo tinha feito uma barulheira tão irritante, gritando baladas de bêbado por horas, que até a maioria dos sombrios concordou que era melhor deixá-lo livre.

Serilda nunca mais queria vê-lo daquele jeito.

Mas... ela tinha um acordo com o Erlking. Sua aceitação e a criança em troca da libertação das almas das crianças que ela amava. Hans, Nickel, Fricz, Anna, Gerdrut. Serilda tinha que se casar com o Erlking. Dar sua criança para ele. Isso a destruiria quando a hora chegasse, mas era culpa dela que as crianças queridas estivessem ali, e não em casa com suas famílias, planejando futuros longos e descomplicados.

Ela mordeu o lábio, apertou bem os olhos e enviou um desejo silencioso para Áureo, onde quer que ele estivesse.

Não estrague isso. Não hoje.

— Tudo pronto — disse a atendente, se afastando do cabelo de Serilda. — Vamos vestir você.

Ela estava atordoada quando deixou que as atendentes a levassem para trás de um biombo e mostrassem a ela como todas as peças da armadura se encaixavam. Serilda não ficava à vontade com o equipamento de caça, mas assim que foi guiada de volta ao quarto, as crianças se reuniram em volta dela, de olhos arregalados e impressionadas. Menos Hans, que era sério e ultimamente andava com um humor severo que Serilda não sabia consertar. Não que ela pudesse culpá-lo. Ele tinha idade suficiente para entender que nenhuma quantidade de encantamento naquele castelo assombrado poderia compensar as vidas que foram roubadas deles.

— Você parece uma guerreira! — disse Gerdrut, olhando para ela, um dos dentes inferiores da frente faltando. O primeiro e último dente de leite que ela perderia.

Serilda não pôde deixar de ter uma sensação de satisfação ao ser chamada de guerreira, dentre todas as coisas. Ser alguém capaz de mais do que tecer histórias inúteis.

— Não — falou Hans baixinho. — Ela parece uma caçadora.

Foram as palavras certas para estragar o clima. As luzes se apagaram nos olhos das outras crianças e Serilda sentiu o coração encolher no medo que a atormentava desde a Lua do Despertar, na noite que tinha selado seu destino.

Ela engoliu em seco.

— Nada vai mudar entre nós. É só uma cerimônia boba.

— Uma cerimônia boba — disse Hans — que vai te transformar em Rainha dos Antigos.

— Eu vou sempre ser só Serilda pra vocês — disse ela, bagunçando o cabelo dele para fazê-lo se afastar, mais de irritação do que de qualquer outra coisa.

— Não, você não vai ser a Rainha dos Antigos — disse Nickel. — Não pra nós. Isso faz parecer que você pertence a ele e não aceito isso. Vamos pensar em outra coisa.

— Rainha Dourada! — disse Gerdrut. Sorrindo, ela pegou a mão de Serilda. — Você pode transformar uma coisa do nada. Pode fazer palha virar ouro.

A respiração de Serilda entalou na garganta. Como não podia correr o risco de as crianças contarem acidentalmente a verdade ao Erlking, ela teve que sustentar a mentira de que era uma fiandeira de ouro, mesmo para elas. Mas o comentário de Gerdrut fez com que se lembrasse daquele dia, muitos meses antes, em que eles se reuniram no abrigo de um pinheiro, cercados de neve, e ouviram Serilda contar a história do malvado Erlking e a caçadora Perchta. Naquele dia, Gerdrut foi quem comparou a contação de histórias de Serilda ao dom mágico de tecer ouro.

Ao olhar para trás, Serilda via que aquele foi o dia em que tudo em sua vida mudou. Ela deu um beijo no alto dos cachos de Gerdrut e puxou os outros para perto. Ignorou o tremor que percorreu sua pele ao sentir todos encostarem nela, os corpos parecendo folhas frágeis prestes a se desfazer. Sentiu-se grata por tê-los perto, mortos ou não.

Uma das atendentes pigarreou e abriu a porta.

— Perdão, minha senhora, mas não podemos deixar Sua Obscuridade esperando.

CAPÍTULO

Cinco

SERILDA NÃO SABIA O QUE ESPERAR DA CERIMÔNIA. QUANDO PERGUNTOU
ao Erlking, ele disse que não havia nada para ela fazer além de ser uma noiva feliz. Ao que ela respondeu que, como não seria possível para ela ser feliz, talvez só dormisse o tempo todo e ele pudesse chamar alguém para acordá-la quando a festa começasse. Ela estava tentando irritá-lo, mas o Erlking riu.

Como se ela estivesse *brincando*.

Serilda tentou não se preocupar. Não importava se tinha que fazer votos absurdos sobre amor e eternidade. Não importava se ele lhe daria um anel ou a beijaria ou faria qualquer outra coisa para vender o espetáculo. O casamento era uma farsa. Nada mudaria aquilo.

Ele podia tomar a mão dela em casamento, mas o coração de Serilda sempre seria dela.

Bem, exceto pela parte em que seu coração estava preso dentro de seu corpo físico e escondido em algum lugar, e ela talvez nunca o visse de novo até o bebê nascer e ser tarde demais.

Ela foi levada por uma ponte alta que nunca tinha atravessado até uma parte do muro externo na qual nunca tinha andado, um lembrete de que o castelo era tão imenso e tão cheio de cantinhos e esconderijos, aposentos e torres onde o corpo dela e de Áureo podiam estar guardados.

Serilda desceu um lance de escadas e entrou em um corredor longo e estreito. O dia estava ensolarado e quente, mas mesmo agora aqueles corredores sem janelas eram meio frios. O couro do uniforme de caça fazia ruídos a cada passo, e, embora uma parte dela se sentisse ridícula vestindo a armadura e calça, outra parte se sentia chocantemente ousada, quase corajosa. Ninguém podia tocá-la e, se ousasse tentar, Serilda tinha uma balestra carregada para garantir que a pessoa se arrependesse.

Sua comitiva parou em uma porta com uma cortina pesada pendurada. Eles a puxaram para o lado e a fizeram passar.

Serilda entrou em uma varanda de pedra e sua confiança começou a desmoronar. Seus músculos se contraíram.

A varanda ficava dois andares acima dos jardins do nordeste. Ela tinha passado pouco tempo daquele lado do castelo, onde o terreno era amplamente utilitário, local do pombal, do jardim da enfermaria, do chalé do jardineiro, de um pequeno pomar e de um vinhedo.

Agora, uma espécie de campo tinha sido arrumado lá embaixo, cercado por postes de madeira. O terreno em volta do cercado abrigava toda a corte do Erlking. Ela viu Manfred, o cocheiro, o olho empalado pingando sangue quando ele olhou para ela com uma expressão um pouquinho mais triste do que a indiferença habitual. Viu o cavalariço machucado, cuja cabeça estava baixa, os dedos mexendo na barra da túnica. A mulher sem cabeça tinha trocado o traje de montaria por um vestido simples e amarrado um lenço no pescoço para esconder a ferida, embora o sangue já tivesse manchado o tecido.

E havia os sombrios, que eram tão deslumbrantes que quase doía olhar para eles. Mas era uma beleza vazia, ausente de compaixão e alegria. A maioria parecia entediada, e até irritada, ao olhar para ela. Serilda retribuiu com um sorriso.

Áureo não estava em lugar nenhum. Ela se perguntou se os guardas tinham conseguido capturá-lo, afinal. Talvez ele estivesse naquele momento preso em correntes de ouro. O pensamento lhe caiu mal.

Ela torceu para ele estar bem, escondido em algum lugar seguro.

Torceu para ele não estar planejando algo desastroso.

E houve uma partezinha ridícula dela que desejou que ele estivesse ali. Não na plateia, vendo aquele pesadelo se desenrolar. Mas *ali*. Na varanda. Segurando a mão dela...

Tolice, tolice.

A varanda em que ela estava tinha sido decorada para a cerimônia. A amurada de pedra estava enfeitada com uma guirlanda de rosas da cor de vinho clarete. As balaustradas estavam ornamentadas com ramalhetes de sálvia e peixinho amarradas com renda preta. Faixas douradas e pretas decoravam as paredes do castelo e um incenso de especiarias queimava abaixo, espalhando um perfume inebriante no ar. O efeito geral era exuberante e penetrante, e poderia até ter sido emocionante para

Serilda se o noivo não fosse um tirano cruel que assassinava crianças e criaturas míticas por esporte.

Assim que esse pensamento lhe ocorreu, ela viu a varanda diretamente em frente, se projetando da parede da torre do castelo, decorada com luxo, como a dela. As cortinas se abriram e o rei saiu. Ele usava uma armadura de couro refinada e botas pretas altas, como na primeira vez que ela o viu, na noite da Lua de Neve.

Um caçador e um rei. A visão encheu Serilda em partes iguais de assombro e repulsa.

— Minha noiva — disse ele, a voz melosa se espalhando pelo silêncio entre a torre e o muro do castelo. — Você está tão radiante quanto o sol da virada de estação.

— Encantador — respondeu ela, nada lisonjeada, enquanto colocava a pequena balestra na amurada. — Em Märchenfeld temos uma tradição de quebrar pratos de cerâmica antes de uma cerimônia de casamento para espantar os espíritos malignos. Eu sugeriria que nós começássemos com isso, mas talvez perdêssemos metade dos convidados.

— Nenhum sombrio se assusta com pratos e cumbucas de sopa quebrados. Mas a ideia me diverte.

Ele abriu um sorriso modesto, que poderia fazer quem estava olhando acreditar que ele adorava a noiva humana estranha. Alguém se deixou enganar? Aquele teatro era necessário? Ninguém podia acreditar que havia mesmo amor entre eles. Seria preciso uma imaginação bem além da dela, e isso era pedir muito.

— Nossos costumes — continuou ele — são um pouco diferentes.

— Eu notei — retrucou Serilda. — Eu nunca fui a um casamento em que a noiva e o noivo recebessem armas mortais.

— Então você nunca viveu — disse o rei, acariciando a curva da própria balestra. Ele olhou para a multidão abaixo. — Bem-vindos todos. Estou honrado com sua presença para testemunhar a união entre mim e a dama que escolhi como companheira eterna. — Ele ergueu um braço. — Soltem a caça.

Abaixo, uma série de carroças foram puxadas na direção da grande área cercada, cada uma cheia de caixas. Quando as caixas foram abertas, dezenas de animais foram soltos no espaço. Lebres, faisões, dois javalis e dois cervos pequenos. Patos, gansos e codornas. Um bode montanhês, meia dúzia de ovelhas e até um pavão, que abriu a cauda de penas coloridas assim que foi libertado da gaiola. Doze perdizes abriram as asas e voaram para os galhos de uma figueira, alheios à cerca que mantinha os outros animais presos.

Por fim, da caixa maior, saiu um imenso veado com chifres enormes na direção do céu brilhante da tarde.

Os animais se espalharam pelo campo, alguns se escondendo onde conseguiram encontrar abrigo, outros vagando pelo espaço, confusos e assustados. Houve uma cacofonia de grasnados e gritos e fungadas. O bode montanhês tomou um canto para si e abaixava rapidamente os chifres de forma ameaçadora para qualquer criatura que ousasse se aproximar.

— Nosso costume é simples — disse o Erlking. — Você fará uma promessa para mim e fará um disparo. Se acertar a mira, suas palavras serão verdadeiras, e a promessa será considerada inquebrável. Quando nossas promessas estiverem completas, vamos banquetear com nossos felizes sacrifícios. — Ele moveu o braço na direção dos animais.

Um gosto amargo surgiu na língua de Serilda. Ela tinha comido carne a vida toda e não tinha frescura de ir ao açougue em Märchenfeld ou de apreciar um porco assado inteiro em um banquete, nem mesmo de cozinhar um encorpado ensopado de carne para si e para seu pai. Mas nunca tinha caçado. Nunca tinha disparado uma flecha no coração de um animal nem passado uma faca pela garganta dele.

Mas ela achava que as coisas eram assim na vida e na morte, com o predador e a presa.

— Minha noiva — disse o Erlking. — Pode ter a honra de fazer a primeira promessa.

Ela ergueu uma sobrancelha.

— Com prazer — disse ela. — Tem tantas coisas que eu posso dizer pra você.

Abaixo, os sombrios riram de um jeito que fez com que ela apertasse os dedos na balestra.

O rei sorriu de volta, mas seu olhar carregava um aviso. Um lembrete de que eles tinham plateia.

Baboseira. Serilda tinha prometido levar adiante a mentira de que estava carregando o filho dele. Nunca prometeu fingir estar apaixonada por ele.

— Eu prometo — disse ela — que enquanto meu espírito estiver separado do meu corpo físico e não tiver escolha na questão, eu ficarei ao seu lado com *ressentimento*. Agora, vejamos. — Ela observou os animais e escolheu um alvo que sabia que tinha pouca esperança de acertar: uma codorna gorducha que estava andando de um lado para o outro lá embaixo.

Serilda pegou a balestra nas mãos, gostando do peso e da sensação de poder que lhe dava. Tirou o olhar da ave e olhou para o Erlking... não com intenção de ameaça, mas sem conseguir afastar certa fantasia. O que aconteceria se disparasse a flecha direto na cabeça dele?

Ela provavelmente erraria. Mesmo que não errasse, não o mataria.

Se bem que *seria* satisfatório.

Como se soubesse em que ela estava pensando, o Erlking sorriu.

Serilda franziu o nariz, voltou a atenção para a codorna e disparou.

A flecha acertou a terra. Não chegou nem perto do bicho.

A plateia riu, mas Serilda não se incomodou. Ela não queria acertar.

— Eu prometo a você — disse o Erlking, puxando a flecha na balestra dele —, que nunca me esquecerei dos muitos sacrifícios que você fez para ser parte da minha corte, para ser minha esposa, para passar a eternidade ao meu lado.

Serilda fez uma cara feia. Como se ele não tivesse tirado tudo dela. Como se os sacrifícios tivessem sido sua escolha.

O Erlking disparou. A flecha acertou um javali na lateral da cabeça. A morte foi tão rápida que o animal nem gritou de dor.

Serilda tremeu.

Levou um momento para se dar conta de que tinha que fazer outra promessa. Ela suspirou.

— Eu prometo — disse ela, olhando de cara feia para o noivo — nunca mais deixar que você me leve perante toda a corte sem antes me dizer o que espera de mim. Não tive tempo de me preparar para esta cerimônia, meu senhor.

Ela mirou no peru desta vez.

E errou, não chegou mais perto do que o disparo anterior.

O Erlking deu de ombros.

— Tenho a impressão de que você gosta de aproveitar as coisas conforme elas vão acontecendo. — Ele sustentou o olhar dela enquanto falava. — Eu prometo estimá-la, o corpo e a alma. Que a minha adoração e meu desejo por você continuem a crescer a cada lua.

Um arrepio percorreu o corpo de Serilda.

O rei pareceu quase... sincero.

Ele esperou, o olhar fixo e atento nela de um jeito que gerou um calor indesejado nas bochechas.

Ela queria rosnar em resposta. Qual era o jogo dele agora?

Finalmente, o rei afastou o olhar. Ele mal vislumbrou o pátio e o dedo apertou o gatilho. Desta vez, ele matou um bode para o banquete, tão rapidamente quanto tinha matado o javali.

— Isso que é um disparo certo para uma promessa inquebrável — murmurou ela, torcendo para o Erlking não ver como a tinha abalado. — Eu prometo que nos melhores dias do nosso casamento eterno eu vou continuar achando sua presença quase tolerável.

Isso gerou outra rodada de risos e, desta vez, não foram as risadas cruéis que tinham vindo dos disparos errados.

Serilda nem mirou. De que adiantava?

Sustentando o olhar do Erlking, aquele sorriso tenso nos lábios, apontou a balestra para o campo e disparou.

Um guincho de dor ecoou lá embaixo. Sobressaltada, Serilda quase largou a arma lá do alto.

Ela tinha acertado o veado, mas não foi um golpe fatal. A flecha tinha entrado no abdome do animal, que estava empinando nas patas de trás, os olhos pretos enormes girando na cabeça.

Serilda ofegou. A náusea cresceu enquanto o veado saltava e dava pinotes, tentando se libertar da dor.

— Não... me desculpe — disse ela sem fôlego, os olhos se enchendo de lágrimas.

Do outro lado do pátio, o rei estalou a língua.

— É falta de misericórdia, minha rainha, deixar uma criatura inocente sofrer.

Com as narinas dilatadas, ela olhou para ele de cara feia. Teve vontade de rosnar e reclamar, de perguntar quantas *criaturas* inocentes ele tinha deixado sofrer em todos os anos como líder da caçada selvagem. Serilda conseguia pensar em cinco almas preciosas que ainda estavam sofrendo, sem mencionar os incontáveis fantasmas que vagavam pelos corredores daquele castelo, ou seu próprio pai, que tinha ficado apodrecendo na beira da estrada, só para seu cadáver ser reanimado como um nachzehrer insaciável.

Ou sua mãe... sua mãe, que tinha sido levada pela caçada e nunca mais encontrada.

Mas ela engoliu a raiva e recorreu à súplica.

— Por favor — disse ela —, ponha fim à infelicidade dele. Eu não pretendia... — Lágrimas quentes borraram sua visão. — Por favor, não deixe o sofrimento prosseguir.

O Erlking não se mexeu.

Ela queria estrangulá-lo. Mas queria ainda mais que aquilo acabasse.
Engoliu a bile.

— Por favor. Meu... querido marido.

Um canto da boca do Erlking se ergueu, e ela percebeu a tentação dele de deixar o momento se prolongar. De deixar que ela continuasse suplicando.

Mas nem uma respiração tinha passado por seus lábios quando ela ouviu o *bam* da balestra dele.

A flecha entrou no crânio do veado e ele caiu, sem vida.

Serilda relaxou, aliviada, mas ao mesmo tempo horrivelmente triste. E, de repente, muito cansada.

O banquete levaria a noite toda, tinham lhe dito. Mas ela não sabia se aguentaria nem até o pôr do sol. Ela só queria tirar aquele traje incômodo de caça, se deitar e dormir até todas as lembranças do solstício e daquela farsa de casamento passarem.

Mas não haveria descanso.

Então Serilda ergueu o queixo e forçou palavras amargas a saírem da boca.

— Obrigada, meu senhor. Você é um rei misericordioso.

Ele inclinou a cabeça na direção dela.

— Me faça qualquer pedido, pois eu não poderia negar nada a você, meu amor.

Ela não conseguiu segurar a risada de raiva que escapou dela. Obviamente, ele estava mentindo. Nunca lhe concederia nenhum desejo que não se adequasse aos dele.

Foi só com as palavras seguintes dele que ela se deu conta de que ele não tinha feito aquela promessa sob a guisa de uma promessa verdadeira.

— Minha última promessa para você, minha rainha mortal — disse ele, a voz se espalhando pela multidão que tinha ficado ansiosa com a morte do veado —, é que nunca mais tomarei sua presença como certa novamente. — O tom dele se suavizou, e Serilda franziu a testa. *Nunca mais?* — Eu prometo que cada momento em sua companhia será valorizado por mim como ouro feito por um deus, tão precioso como vidas mortais efêmeras. Eu prometo que mesmo com uma eternidade para tê-la ao meu lado, nunca me cansarei de ver seus olhos banhados de luar e seus lábios beijados pelo sol. Com você ao meu lado, nunca me sentirei perdido, nunca sentirei solidão, nunca sentirei a agonia infinita de uma vida sem propósito. Com você ao meu lado, eu sou completo e dedico toda a minha vida a te amar e te completar.

Em algum momento durante a fala, os lábios de Serilda entreabriram. Ela o encarou sem piscar. Se ela tivesse um coração no peito, ele teria parado de bater.

Um silêncio tinha se espalhado pelo pátio do castelo. Até o barulho dos animais tinha caído num silêncio sinistro na imobilidade de uma proclamação daquela.

O Erlking a encarou, esperando. Mas o que ela devia dizer em resposta? Era um deboche do amor. Ele não tinha sentimentos sinceros por ela. Ela era só um peão para ele. Mas o rei pareceu estar falando sério, e Serilda, uma garota mortal simples como era, não pôde deixar de ficar meio tonta por estar recebendo tamanha poesia, falada com aquela voz que parecia uma canção mesmo quando ele estava fazendo ameaças à vida dela.

— Você... esqueceu o disparo — disse ela.

Com os olhos cintilando, o Erlking ergueu a balestra.

Mirando diretamente nela.

Serilda arregalou os olhos.

— O que...?

O ruído alto da arma. O chiado da flecha.

Serilda gritou e se abaixou.

Uma ave grasnou.

Algo caiu na amurada ao lado de Serilda, a centímetros do cotovelo dela.

Uma bolota de penas cinzentas e marrons passou pelo rosto dela.

Serilda encarou a perdiz com a boca aberta.

A risada do rei ecoou pelos muros do castelo.

— Estamos casados! Cozinheiros... preparem o banquete!

CAPÍTULO
Seis

SERILDA TINHA SIDO ORIENTADA A ESPERAR NO CORREDOR ATÉ SER chamada, para que marido e mulher pudessem entrar no banquete de braços dados, um espetáculo até o fim.

Mas ela não se importou de esperar. Não tinha pressa. Com todos os criados preparando as comemorações da noite, ela estava abençoada e atipicamente sozinha.

Pela primeira vez em semanas, Serilda teve a sensação de que podia respirar.

Estava feito.

Ela estava casada.

Ela era a Rainha dos Antigos.

O que sentia não era tanto um alívio, e sim resignação. Mais de sete semanas tinham se passado desde que o Erlking anunciou que ela seria sua noiva, e, embora ela tivesse acreditado que ele estava falando sério, junto com todas as ameaças que ele fez, Serilda manteve uma esperança desesperada de que talvez não acontecesse. Algo impediria o casamento ou o Erlking mudaria de ideia ou... ou *alguma coisa*.

Mas estava feito.

Ela não precisava perder nem mais um minuto torcendo para o destino ser evitado. Agora, Serilda poderia se voltar ao que tinha prometido fazer: persuadir o Erlking a dar paz para as cinco crianças que tinham sido levadas para lá por causa dela.

E, talvez, encontrar um jeito de salvar seu filho no ventre.

Se conseguisse, seria ótimo romper as maldições. Sua maldição. A de Áureo. A maldição que tinha feito o mundo esquecer que a família real já tinha vivido lá.

De alguma forma.

— Minha esposa.

Serilda teve um sobressalto e ergueu o rosto do banco em que estava esperando para dar de cara com o rei parado na luz dourada de uma das poucas janelas do corredor. Ela costumava pensar que ele não parecia real sob a luz do dia. O Rei dos Antigos era o tipo de ser que devia estar sempre envolto em sombras. Cujo retrato só podia ser capturado em carvão e com as tintas mais pretas. Cujo semblante podia inspirar poesia, mas seria poesia lotada de palavras como *melancolia* e *sepulcral* e *desolado*.

Ela se levantou.

— Meu senhor.

Ele virou o cotovelo para ela.

— As festividades nos aguardam.

Ela olhou para o braço, vestido de uma camisa preta larga. Por um momento, o mais breve dos momentos, ela teve vontade de perguntar sobre os votos. O que ele quis dizer? Foi com intenção de serem genuínos ou eram só parte da farsa?

Serilda tremeu. Era mais fácil fingir que as palavras de dedicação eterna dele não a tinham afetado em nada.

Admitir o contrário seria insuportável.

Assim, Serilda engoliu as perguntas e enfiou os dedos na dobra do braço do marido. Eles andaram na direção da escada que os levaria para os jardins ao lado do pátio principal, onde haveria música e dança e comida; não só os animais da cerimônia, mas incontáveis pratos que os cozinheiros haviam passado a semana preparando.

Mas eles fizeram uma parada abrupta ao entrar na escada estreita.

Um pedaço de pergaminho enrolado estava pendurado na altura dos olhos do rei, amarrado com uma fita de veludo e pendurada no arco de passagem com um pedaço de barbante.

Serilda piscou.

— Você não viu isso quando chegou?

— Não estava aí — disse o Erlking, pegando o pergaminho. Ele desamarrou a fita e a deixou cair no chão enquanto desenrolava o bilhete. Serilda olhou por cima do ombro dele para ler.

Para Erlkönig, o Sortudo Senhor do Castelo,

Em honra das tradições mais antigas, entendo que é meu dever sagrado seguir com os costumes estabelecidos por gerações anteriores. Sem dúvida, como homem de honra e dever, você entende a importância de manter um ritual tão valioso dentro da corte de Adalheid.

Portanto, estando todos de acordo, estou escrevendo este bilhete como símbolo de boa vontade.

Fique sabido que nossa nova e ilustre rainha, que ela reine com sabedoria e graça, não sofrerá mal ao longo desta noite.

Mas ela também não será sua enquanto um resgate completo não for pago.

Esse resgate eu recolherei quando declarar que Vossa Obscuridade sofreu bem e verdadeiramente pela ausência da mortal tão encantadora que conseguiu ter como esposa.

Espero que você não estivesse precisando dela.

Atenciosamente,
O Poltergeist

— Poltergeist — sussurrou Serilda, os lábios mal formando as palavras.

Com um rosnado, o Erlking amassou o bilhete na mão com tanta violência que Serilda pulou para longe dele, assustada.

— O que esse espectro insolente está tramando agora? — disse ele, olhando pelo corredor vazio, a pele de porcelana corada em um tom de ametista.

Apesar de o Erlking saber que Áureo era o verdadeiro príncipe e herdeiro do castelo, ele sempre fingia que Áureo não passava de um aborrecimento. Serilda supunha que era porque o Erlking não queria que ela, a corte fantasmagórica e nem mesmo o próprio Áureo descobrissem a verdadeira identidade dele. Ele não sabia que Serilda tinha descoberto há algum tempo.

Ela também olhou em volta, mas Áureo não estava por perto.

— Que tradições? — perguntou ela. — Que rituais?

— Nada além de baboseira — disse o Erlking. Com as narinas dilatadas, ele esticou a mão para ela. — Vem.

— Acho que não — disse uma voz atrás deles, seguida de uma corda sendo jogada em volta de Serilda, prendendo seus braços nas laterais do corpo.

Ela ofegou, olhou por cima do ombro e viu Áureo, sorrindo com expressão maligna com a ponta da corda nas mãos.

— O que você...?

— Enquanto o resgate não for declarado e pago, sua linda noiva está oficialmente... sequestrada.

O Erlking foi pegar uma das numerosas armas que ele mantinha no cinto, mas não foi rápido o suficiente.

Áureo empurrou Serilda na direção da janela mais próxima e a jogou para o parapeito.

— Aproveite a festa, Vossa Infelicidade! — gritou ele.

O lago cintilou em cerúleo e dourado à frente deles... mas eles cairiam nas pedras abaixo do muro do castelo antes de chegarem na água.

Áureo jogou os dois no ar.

Serilda começou a cair. Gritar. O vento no cabelo, fazendo-o bater nas bochechas.

Mas eles não caíram nas pedras.

Ela e Áureo sumiram no meio da queda.

Serilda tropeçou, seus pés batendo com força no chão que não estava ali antes. Em vez da luz intensa do sol, ela estava cercada por colunas altas e uma plataforma com dois tronos majestosos, iluminados por uma fileira de candelabros.

Ela teria caído de cara se Áureo não estivesse segurando a corda. Ele a puxou até que ela estivesse de pé e trabalhou rapidamente para desamarrá-la.

Ele soltou uma gargalhada.

— A cara dele! Foi exatamente como eu esperava!

Serilda se virou para ele, atordoada e tremendo. Em meio minuto, ela foi levada ao banquete de casamento no braço do marido cruel, sequestrada e empurrada por uma janela de onde deveria ter caído para a morte certa e magicamente transportada para a sala do trono do castelo.

— O que você fez? — perguntou ela, a voz ainda trêmula. — E por quê? O que você...

— Depois eu explico melhor — disse Áureo, tirando as cordas dela. — Vem, temos que ir. Ele vai saber que viemos de volta para a sala do trono.

Ele segurou a mão dela e correu para uma porta estreita atrás da plataforma, onde os criados supostamente esperariam para atender aos chamados do monarca. Depois da porta, um corredor escuro e estreito seguia na direção da cozinha.

— Áureo, para — disse Serilda ao mesmo tempo que seus pés aceleravam para acompanhá-lo. — O que estamos fazendo?

— Só uma tradiçãozinha de casamento divertida — disse ele, parando quando o corredor se dividiu em um T.

Ele olhou para os dois lados antes de sinalizar para Serilda por onde seguir. Virou para a direita, seguiu pelo corredor e subiu um lance de escadas que acabava em uma porta fechada. Áureo encostou o ouvido na madeira.

— Que tradição de casam...

Ele a calou balançando os braços freneticamente.

Serilda cruzou os braços sobre o peito.

Um momento se passou e Áureo olhou para ela, os olhos cintilando, e assentiu para ela continuar.

Desta vez, ela sussurrou:

— Que tradição de casamento?

— Você sabe — disse ele —, a que a noiva é sequestrada e passa a noite escondida do noivo até ele ser obrigado a pagar um resgate pelo retorno dela.

Ela o encarou.

— *O quê?*

Áureo inclinou a cabeça.

— Não fazem isso em Märchenfeld? É muito divertido. Você vai ver.

Ela balançou a cabeça.

— O Erlking não vai achar nada *divertido* e você sabe.

— Você tem razão, não vai. — Áureo deu uma risadinha. — Mas eu vou. — Ele arregalou os olhos e levantou a mão para que ela ficasse em silêncio de novo.

Eles prestaram atenção e Serilda demorou um pouco para ouvir os passos. Primeiro ela achou que estivessem vindo do outro lado da porta fechada, mas não, vinham do corredor atrás deles.

Áureo arregalou os olhos quando percebeu na mesma hora.

Ele abriu a porta e pegou a mão de Serilda de novo para puxá-la.

A porta bateu logo em seguida.

— Ali! — alguém gritou.

Serilda saiu correndo com Áureo ao lado.

Ela demorou um momento para se situar, mas quando eles entraram e saíram de salas e estúdios e salas de jogos e bibliotecas, ouvindo a movimentação dos sombrios em perseguição, Serilda percebeu que não se importava muito se estivesse perdida. Ou sequestrada.

Cada vez que eles escapavam por pouco de serem encontrados...

Cada vez que Áureo a puxava para uma alcova e os sombrios passavam direto sem perceber...

Cada vez que mergulhavam simultaneamente embaixo de uma mesa ou atrás de uma cortina, seus corpos espremidos um contra o outro o máximo que eles podiam, enquanto lutavam para segurar a respiração ofegante e as risadinhas que ameaçavam tomar conta deles...

Serilda desejava nunca ser encontrada.

— Acho que os despistamos — disse ela uns vinte minutos depois, quando estavam encostados na parede do fundo de um armário alto cheio de casacos de pele e traças. — Por enquanto.

Áureo apertou a mão dela, um lembrete de que ele não tinha desistido ainda. Nem quando ela tropeçou e teve certeza de que o jogo acabaria. Ele só riu e a fez continuar, virando algumas mesas para atrapalhar os perseguidores enquanto fugiam.

— Nós não devíamos ter feito isso — disse Serilda, recuperando o fôlego. — Ele vai ficar com raiva. Foi um risco muito grande.

— Vai ficar tudo bem. Ele não pode te culpar pelo próprio sequestro, não é? Além do mais, ele esperava que eu tentasse alguma coisa. Teria sido mais notável e suspeito se eu tivesse me comportado.

Serilda riu. Ela não conseguia ver Áureo no escuro, mas conseguia imaginar exatamente a expressão dele. Um orgulho beirando a arrogância. Ela praticamente conseguia *senti-lo* piscando para ela.

Ela queria argumentar, mas ele tinha razão. O rei *tinha* esperado que ele tentasse alguma coisa.

— Considere isso meu presente de casamento pra você — continuou ele. — Você não pode me dizer que prefere ficar presa em uma festa velha e abafada com seu amado e os bajuladores dele.

Serilda se encostou nos fundos do armário, apesar de um painel machucar a omoplata dela.

— Você tem razão. Eu prefiro a sua companhia.

— E, se ele não queria que eu te sequestrasse, devia ter me convidado para o banquete. Era o mínimo.

— Áureo, você está fazendo isso porque se sentiu excluído?

— Você não se sentiria? Eu estou espiando os cozinheiros há semanas. Esse banquete vai ser incrível. Como você se sentiria se fosse a única do castelo que não pudesse apreciá-lo?

— Eles gostam de comemorações grandiosas, né?

— E têm um bom gosto surpreendente. O melhor, até a louça. Pedras de Ottelien. Vidro de Verene. Até as conchas de sopas são chiques, com uns entalhes intrincados.

— Devem ter sido feitos à mão por Hulda — disse Serilda. — Aposto que aquelas conchas de sopa têm propriedades mágicas.

— Eu não duvidaria. Os talheres devem ter sido forjados por Tyrr. Os cestos de pão trançados por... Freydon?

— Hum, provavelmente Hulda de novo.

— Ser o deus do trabalho parece muito trabalhoso.

— Para falar a verdade, eu desconfio que quase tudo neste castelo deve ter sido da sua família no passado.

Áureo hesitou.

— Eu não tinha pensado nisso, mas você tem razão. Eu devo ser descendente de gente de muito bom gosto.

Eles fizeram um silêncio breve e Serilda se perguntou se ele ainda estava pensando no banquete ou na família da qual não conseguia lembrar.

— Não posso deixar de ficar preocupada — disse ela — com o que ele pode fazer quando nos encontrar.

— Não precisa se preocupar, Vossa Luminância. Tenho tudo sob controle.

Serilda franziu a testa em dúvida.

—- Não me olha assim — disse ele, e ela riu de novo. Estava escuro demais para ele a ver. — Tudo *está* sob controle.

Serilda chegou mais perto para eles ficarem com os ombros se tocando.

— Eles são caçadores, Áureo. E nós estamos presos dentro de um castelo em uma ilha da qual não temos como fugir. Eles vão nos encontrar alguma hora.

— O objetivo não é fugir dele pra sempre — disse Áureo, inclinando a cabeça para encostar a testa na dela. — Só até o pôr do sol.

— O que acontece no pôr do sol?

— O véu cai e o banquete começa. Mas eles não podem começar sem noiva, o que quer dizer que ele vai ser obrigado a pagar pelo seu resgate, o que quer dizer negociar comigo. O poltergeist. Ele vai ficar muito constrangido. E *esse* é o objetivo.

Serilda pensou nisso.

— Isso tudo só pra humilhá-lo?

— Você fala como se esse fosse um objetivo mesquinho.

— Bom... é. Um pouco.

— Eu não posso matá-lo — disse Áureo. — Não posso derrotá-lo. Não posso impedir que ele se case com você. Me deixa ter só isso, Serilda.

Ela relaxou.

— Tudo bem. Até o pôr do sol, então.

O pôr do sol.

Não precisariam esperar muito. Uma hora no máximo.

Uma hora.

O que eles fariam por uma hora?

Serilda inspirou fundo, ciente de repente de como aquele armário era pequeno. Os mantos pesados os apertando. As paredes de madeira os espremendo. O braço dele encostado no dela. O calor da palma da mão dele. O jeito como a pele dela formigava a cada toque acidental.

Se é que eram acidentais.

O que eles *poderiam* fazer por uma hora...?

Áureo limpou a garganta e chegou dois centímetros para longe dela, que foi todo espaço no qual ele conseguiu se mexer.

— Aquelas foram, hã... — começou ele, e limpou a garganta uma segunda vez. — Promessas bem intensas durante a cerimônia. Românticas, até.

Era como se ele soubesse exatamente o que dizer para esfriar os sentimentos que tinham começado a ferver dentro dela.

Serilda soltou a mão dele e chegou para trás, para o canto dela do armário.

— Só mais um dos joguinhos dele — disse ela, desejando não estar tão nervosa, que a voz trêmula não fizesse a declaração parecer particularmente sincera. — Ele estava debochando de mim.

— É. Sei. Pareceu mesmo deboche.

— Áureo, você sabe que eu não o amo. Eu jamais poderia amá-lo. Nem mesmo *gostar* dele. Eu nunca o escolheria, se a decisão fosse minha.

— Claro — disse ele. — Claro, eu sei disso.

Mas ela não sabia se acreditava nele.

— Ele matou meu pai — disse ela com mais insistência agora. — Ele matou...

— Shh!

— Não, Áureo, você precisa...

— Serilda!

Ela ficou paralisada ao ouvir também. Uivos.

Eles tinham soltado os cães do inferno.

— Ótimo — sussurrou Serilda. — Quanto tempo até nos encontrarem? — Ela hesitou enquanto refletia. — Eles *conseguem* nos encontrar? Somos espíritos. Os cães conseguem sentir nosso cheiro?

— Nós, talvez não — disse Áureo. — Mas aposto que conseguem sentir o cheiro dessa fantasia ridícula que você está usando.

Serilda apertou a mão na lateral do gibão de couro. Ela tinha se esquecido do traje de caça.

— Você não gostou?

A resposta de Áureo foi um grunhido que ela não soube interpretar.

— Sabe — disse ele —, isso tudo seria mais fácil se você pudesse...

Serilda ouviu um estalo de dedos.

E silêncio.

— Áureo? — Ela esticou a mão para ele, mas sua mão só encontrou espaço vazio e os fundos do armário.

Um rangido na porta foi seguido de um raio de luz. Serilda levantou os braços para proteger os olhos.

— Vem — disse Áureo, esticando a mão para dentro do armário e segurando o braço dela. Ele a puxou para o seu lado. — Você acha que pode tentar?

— Tentar o quê? — disse ela, apertando os olhos para se ajustar à luz rosada que entrava pelas janelas. O crepúsculo estava se aproximando. — Fazer a sua… coisa? — Ela estalou os dedos o imitando.

— Exatamente. Você tem que aprender mais cedo ou mais tarde, certo?

— Tenho?

— Só tenta. Me encontra na guarita do portão.

Assim que falou, Áureo desapareceu.

Serilda fez cara feia.

— Exibido. — Mas as palavras dela foram respondidas por outro uivo, bem mais próximo do que antes. — Tudo bem. Não há mal em tentar.

Ela apertou os olhos e visualizou a guarita do portão acima da ponte levadiça da forma mais clara que conseguiu. Em seguida, levantou a mão e estalou os dedos.

E esperou.

Houve uma mudança no ar, ela tinha certeza. A luz entrando pelas pálpebras dela estava diferente, mais fraca.

Ela abriu primeiro um olho só, depois o outro.

Definitivamente, não era a guarita. Serilda tinha se transportado para o que antes eram os aposentos da guarda, mas agora era usado como depósito e, pela aparência dos catres de palha espalhados no chão, para abrigar alguns dos fantasmas.

Ela ficou imóvel por alguns momentos, prestando atenção. Como não ouviu cães nem passos, se aproximou da porta e abriu uma fresta para espiar uma salinha de jantar com uma mesa comprida e estreita e bancos.

Um rosto apareceu do outro lado da porta a centímetros do dela.

Serilda arfou e bateu a porta, depois pulou para trás.

Ela colidiu com um corpo que não estava lá antes. Braços a envolveram. Ela abriu a boca para gritar.

— Shh, sou eu!

O grito ficou preso na garganta dela.

Ela se afastou, se virou e viu Áureo sorrindo para ela.

— Desculpa — disse ele. — Eu não quis te assustar.

Com a pulsação disparada, ela apontou para a porta fechada.

— Aquilo foi você também?

— Foi. Como você não apareceu na guarita, eu pensei em tentar aqui. Guarita, guarda, são parecidas, né? Também acontecia comigo quando eu estava descobrindo como fazer isso. Já é um começo. E nós conseguimos fugir um pouco mais da captura.

Serilda prendeu a respiração e se esforçou para prestar atenção. Ela achou que tinha ouvido vozes, mas estavam distantes e talvez estivessem vindo do lado mais distante do pátio.

O pátio. Onde os sombrios que não estavam envolvidos em caçar a noiva desaparecida ainda estariam reunidos.

Onde os criados estariam terminando os preparativos para a noite.

Onde as crianças estariam esperando por ela.

Ela engoliu em seco.

— Áureo... acho que já tem muito tempo. Ele já vai estar furioso e se ele descontar nas crianças...

Ela o encarou e viu o sorriso tranquilo desaparecer e ser substituído por preocupação.

— Ele vai ficar com raiva de mim, não de você. Ele não as puniria por isso.

— Espero que não, mas... não tenho certeza. E você também não.

Ele abriu a boca para falar, mas hesitou.

— Quando ele as matou — disse Serilda — foi pra me punir. Porque eu tentei fugir. Ele matou as crianças no meu lugar. — Lágrimas surgiram nos olhos dela assim que ela falou as palavras e a lembrança daquela manhã horrível voltou. Primeiro, Serilda achou que a caçada tinha levado as crianças como ameaça que o Erlking as devolveria para as famílias quando Serilda se entregasse.

Então, ela viu os corpos...

— Não é culpa sua — disse Áureo. Ele passou os braços em volta dela e a puxou junto ao peito. — Ele é um monstro. Você não fez nada de errado.

Ela fungou na camisa dele.

— Pode ser, mas, mesmo assim... elas são responsabilidade minha agora. E não sei o que ele vai fazer se eu o irritar.

Áureo a apertou com mais força enquanto soltava a respiração frustrada.

— Demônio maldito sedento de sangue, sempre estragando tudo.

Ela soltou uma risada tensa.

— Tudo bem. Se você está preocupada desse jeito, eu te levo de volta.

Com um movimento de cabeça, Serilda secou as lágrimas dos olhos.

— Eu queria poder desafiá-lo como você, Áureo. Mas não posso. Me desculpa.

— Você não precisa pedir desculpas por nada. — Ele aninhou o rosto dela e passou o polegar pelas bochechas para pegar as lágrimas. — Vou desafiá-lo por nós dois.

Ela sorriu com os olhos úmidos.

— *Isso sim* é uma promessa romântica.

O rosto de Áureo ficou vermelho atrás das sardas e, por um momento, só um momento, com a expressão que ele fez para ela, Serilda teve certeza de que ele a beijaria. Inclinou-se para ele e fechou os olhos.

Áureo suspirou, um som dolorosamente triste. Ele ergueu o queixo e beijou a testa dela. Foi tão suave que ela quase não sentiu.

— Tudo bem — disse ele. — Vamos buscar o resgate.

CAPÍTULO

Sete

SERILDA SENTIU O CHEIRO DO BANQUETE BEM ANTES DE ELA E ÁUREO chegarem ao lado norte da fortaleza. Músicos tocavam uma melodia bonita e sombria que ecoava pelos corredores do castelo. O som das cordas ondulantes de um cistre encobria quase todo o falatório paralelo da corte. Em seu tempo no castelo, Serilda tinha passado a pensar nos sombrios como tipos silenciosos e severos. Eles eram circunspectos, conversavam em murmúrios baixos e vagavam pelos corredores do castelo como sombras silenciosas. Estavam sempre presentes, mas mantinham os olhares de reprovação e lábios repuxados.

Então, era sempre estranho para ela quando eles se reuniam para alguma comemoração. As festas deles não se pareciam muito com as de Märchenfeld, que eram animadas por músicas obscenas em volta de fogueiras e danças agitadas na praça do vilarejo com melodias tão vibrantes que ninguém conseguia evitar bater os pés com o ritmo. Até os sombrios, com toda aquela disposição sinistra, gostavam de festividades e podiam ser vistos puxando uns aos outros em danças íntimas ou pedindo outra taça de vinho quando o sol começava a nascer.

— Espere aqui — disse Áureo, quando ele e Serilda chegaram a uma janela grande aberta com vista para o jardim abaixo.

Não demoraria para que o véu separando os mundos se dissolvesse com os raios de luz do dia se esvaindo. O sol já tinha descido abaixo do muro oeste, cobrindo-os de sombras que eram renovadoras depois do dia quente de verão. Os jardins ficavam verdejantes naquela época do ano. Amontoados de cerejas pendiam de árvores como pedras preciosas roliças e tapetes cobriam os caminhos de pedra.

Daquele lugar, Serilda via os criados levando os últimos acréscimos ao banquete. Parecia que todas as mesas do castelo que puderam ser conjuradas estavam ali, agora cobertas de toalhas bordadas e iluminadas com castiçais enormes.

A boca de Serilda começou a se encher de água com o aroma de cebola, alho, grãos de mostarda moídos e alecrim. Pães recém-assados estavam arrumados em nós complicados que saíam pelo centro de cada mesa como uma trança, com manteiga pingando da casca dourada. Partes da massa trançada tinham sido polvilhadas com sementes pretas e brancas, algumas com queijos salgados e outras cobertas de amêndoas e pistaches. Em volta das cordas de pão havia frutas maduras de verão que brilhavam como joias. Havia tomates e aspargos assados com manteiga e ervas. Abóboras recheadas de presunto fatiado fino e passas douradas. Linguiças de porco ainda chiando em cima de uma camada de pêssegos assados com calda. Nozes assadas ao lado de potes de mel e conservas.

Enquanto esperavam o banquete começar, dezenas de criados se deslocavam em meio à multidão carregando odres de cerveja e vinho e licores de frutas silvestres.

Duas poltronas acolchoadas ocupavam o centro da atividade, mas só uma estava ocupada. O Erlking estava sentado no trono improvisado, uma perna sobre o braço da poltrona, apoiando a cabeça nos dedos da mão fechada. Apesar da postura casual, o rosto demonstrava irritação.

— Chega! — gritou ele de repente, movendo os dedos na direção dos músicos fantasmagóricos, que na mesma hora fizeram silêncio. — Parece até que vocês não conhecem nada além de música de enterro. — Algo que chamou a atenção dele o fez erguer o queixo. Um momento depois, Giselle, a treinadora dos cães, apareceu.

— Perdão, meu senhor — disse ela, se curvando. — O poltergeist continua escapando.

O Erlking amarrou mais a cara.

— Nós capturamos o tatzelwurm, mas não conseguimos encontrar a minha rainha, que está confinada neste castelo?

— O senhor conhece os truques do poltergeist — disse Giselle. — Desconfio que sua *rainha* possa se deslocar pelos corredores do castelo como ele.

— Eu tomaria cuidado com as palavras, se fosse você — disse o rei, os dedos deslizando pelo cabo da balestra —, para que não pareça que pretende botar a culpa desse ato infantil na minha noiva, que não passa de um peão desafortunado em uma das pegadinhas do poltergeist.

Giselle abaixou a cabeça.

— Eu não pretendia ofender, garanto.

O rei grunhiu e fez um gesto na direção de Manfred.

— Não vou permitir que os joguinhos do poltergeist nos atrasem ainda mais. — Ele fez um gesto para o muro mais distante, onde uma lua crescente tinha surgido no céu sem estrelas. — Em pouco tempo, o véu cairá. Comecemos o banquete, com ou sem minha noiva.

— Ora, ora, mas quanta pressa — disse uma voz no jardim.

Serilda piscou e se virou, mas Áureo tinha sumido. Ela puxou a cortina o suficiente para ver a estátua do Erlking que ficava no jardim do castelo, na qual Áureo estava agora encostado, os braços cruzados e um pé apoiado na balestra da estátua.

— Essas não me parecem as palavras de um homem que acabou de jurar devoção eterna. — Áureo olhou para as expressões irritadas dos sombrios. As pegadinhas dele tinham irritado mais os demônios e não só o Erlking ao longo dos séculos. — E eu, achando que você estava apaixonado.

Embora o Erlking não tivesse se movido da posição na poltrona, seu corpo estava todo tenso. Ele e Áureo se encaravam, separados por algumas fileiras de caixas e mesas repletas de tanta comida que poderia alimentar toda Märchenfeld pelo resto do verão.

— Você não é bem-vindo aqui hoje — disse o Erlking. Ele lançou um olhar para Giselle, uma ordem tácita sendo trocada entre eles.

Serilda se inclinou para a frente. Ela não sabia quando o grupo de caçadores tinha chegado nas extremidades do jardim, mas os via agora, se movendo sorrateiramente entre as árvores, um brilho dourado ocasional entre eles.

Ela se lembrou da mensagem de Fricz. Eles estavam procurando Áureo antes da cerimônia, com a intenção de prendê-lo pelas correntes de ouro. Estavam prontos para ele agora que finalmente tinha se revelado.

Áureo riu.

— Como se eu já tivesse sido bem-vindo alguma vez. — Ele indicou os caçadores nas sombras. — Eu estou vendo vocês aí. Não vou ser pego em uma das suas armadilhas de novo.

Com isso, desapareceu.

Só para surgir de novo empoleirado nas costas altas do trono do Erlking.

Mas não muito bem empoleirado. Perdendo o equilíbrio, Áureo gritou e caiu para a frente.

O Erlking fez um movimento para desviar, mas no momento seguinte Áureo caiu no colo dele.

— Que constrangedor... — disse Áureo no mesmo instante em que o rei soltou um rugido enfurecido. Ele segurou Áureo pelo pescoço e se levantou, puxando o homem até que ficasse nas pontas dos pés. No momento seguinte, estava com uma adaga encostada na barriga dele.

— O que você quer, poltergeist? — perguntou o rei.

Áureo segurou a mão do rei, lutando contra o aperto dele, tentando se soltar...

Então, ficou imóvel.

Sorriu.

Piscou.

E sumiu.

Serilda soltou o ar que não tinha percebido que estava prendendo.

— O resgate, claro — respondeu Áureo, reaparecendo no trono do Erlking, em um deboche da postura indiferente do rei. — E também gostaria de um pouco daquela cerveja. Você tem muito aí. — Ele moveu o dedo na direção de um criado.

O criado olhou com olhos arregalados para o Erlking, que trincou os dentes.

Áureo suspirou.

— Tudo bem. Só o resgate, então. Como prometido, vou soltar a noiva em troca de... Vejamos. O que eu *quero*? Eu realmente não pensei nessa parte. — A atenção dele pousou em um dos portões de ferro que levavam ao jardim. — Ah. Vou trocar a liberdade da noiva pela libertação dos animais do seu zoológico!

Um *kachunk* alto ecoou nos muros do castelo e uma seta de balestra acertou a parte de trás do trono... bem onde o peito de Áureo estava um momento antes.

Serilda ofegou. Aconteceu com tal rapidez que ela nem tinha visto o Erlking pegar a arma. Ela não sabia como Áureo conseguira desaparecer a tempo.

— Bem — disse Áureo, esticando a cabeça para trás do trono e olhando para a seta enfiada no brocado peludo. — Não precisa exagerar na reação.

— Estou cansado desse jogo — disse o Erlking.

— Ora, leva na esportiva. Algo que torna a ocasião mais memorável. Além do mais, o que são alguns animais selvagens quando há amor verdadeiro em jogo? Não me diga que suas promessas foram uma farsa. Pareceram tão sinceras. — Áureo apoiou o cotovelo no encosto da cadeira e abriu outro sorriso.

— Não vou pagar por resgate nenhum — retrucou o Erlking. — Vou encontrar minha esposa quando for conveniente.

— Ah, é mesmo? Você permitiria que ela perdesse os festejos alegres porque seu orgulho está tão ferido que você não pode oferecer pequenos sinais do seu afeto?

— Pequenos sinais? — rosnou o Erlking. — Amarrem-no!

As correntes de ouro vieram do nada e de todos os lados. Serilda estava tão distraída que nem tinha notado os caçadores se aproximarem.

Mas Áureo devia ter visto, porque novamente fugiu da captura e sumiu assim que as correntes voaram na direção dele.

— Tudo bem, tudo bem! — gritou Áureo, e Serilda e os outros espectadores levaram um momento para encontrá-lo, agora empoleirado em um dos portões do jardim. — Que tal o dahut então? Sua noiva em troca de um bode montanhês torto. Ela deve valer pelo menos isso tudo pra você.

O Erlking estava com uma expressão homicida, ainda segurando a balestra, enquanto os caçadores esperavam a ordem dele.

— Você não ia querer que pensassem que seus afetos por aquela criaturinha engraçada são maiores do que pela sua linda noiva, não é? — disse Áureo. — Por mim, você pode continuar falhando em conseguir me capturar, por mais constrangedor que já tenha sido até agora, ou... você pode me deixar ter essa pequena vitória e apreciar o resto da festa com sua linda esposa ao seu lado. Você pode mesmo dizer que é um acordo ruim?

Eles se encararam em um silêncio longo e agonizante. Áureo não parecia preocupado, embora Serilda, na alcova, estivesse tremendo. Ela se perguntou se Áureo às vezes torcia para conseguir irritar o Erlking a tal ponto de ele decidir se livrar daquele espírito incômodo de uma vez por todas. Talvez esse fosse o plano, pensou ela. Irritar o Erlking a ponto de ele mesmo romper a maldição de Áureo e o mandar embora para um caminho feliz.

Ou o mais provável, que ele o matasse e deixasse Velos ficar com a alma.

Com o ódio palpável entre eles, Serilda se perguntou se o Erlking tinha chegado ao limite de tolerância com Áureo.

Eles pareciam estar em um impasse, e os convidados do casamento estavam ficando inquietos. Serilda percebia porque muitos dos sombrios tinham começado a dar as costas para a cena, e vários feldgeists, nas formas de gatos e corvos, tinham pousado em uma mesa e se ocupavam destruindo uma perna de cervo.

Finalmente, Áureo soltou um grunhido sofrido.

— Você é difícil na barganha, sabia? Tudo bem. Esquece o dahut. Pode tê-la de volta por... — Ele lançou um olhar em volta até mirar no banquete farto. — *Isso.*

— Você não está convidado a participar do banquete do meu casamento — disse o Erlking entre os dentes.

Áureo revirou os olhos.

— Jura? E nós éramos tão próximos.

O Erlking ergueu a balestra de novo.

— Eu não ligo pra isso. Não quero participar do seu banquete pretensioso — disse Áureo com um suspiro carregado. — Eu devolvo a noiva em troca *daquilo*. Aquela concha de sopa. Bem ali. A de madeira com os... entalhes. São frutinhas vermelhas?

O Erlking franziu ainda mais a testa.

— Estou falando sério — insistiu Áureo. — Nunca tive uma concha de sopa na vida. E dizem que os utensílios aqui têm propriedades mágicas. É verdade?

— Eu devia ter te esfolado vivo quando tive oportunidade.

— Vou entender isso como um sim. Além do mais, depois das promessas que você fez hoje... não pode me dizer que ela não vale isso. Com ou sem magia, isso é só uma concha.

Com essas palavras, o sol desceu abaixo do horizonte e o véu caiu. Houve um cintilar no ar e o mundo ficou um pouco mais vibrante. A brisa fresca se tornou mais doce. Todas as sensações de repente aumentaram, que era a única forma de Serilda saber que a existência dela atrás do véu era sem graça em comparação. Era possível se acostumar à melancolia, ao cinza, à falta de vida nas sombras do castelo de Adalheid... se não houvesse a lembrança todos os meses do que ficava logo atrás do véu. De como era viver mesmo.

Lá abaixo, o Erlking se empertigou todo.

— Tudo bem. Minha noiva em troca da... concha de sopa.

Áureo abriu um sorriso largo. Ele sumiu e reapareceu ao lado da mesa, pegou a concha em questão onde estava, sem uso, ao lado de uma panela de ensopado aromático de verão.

— Maravilhoso fazer negócio com...

Um grasnido agudo o interrompeu. Serilda olhou e viu um nachtkrapp sobrevoando o jardim. Soltou o grito de súplica de novo e pousou no encosto do trono que era para ser de Serilda. Inclinou a cabeça, uma cavidade ocular vazia virada para o rei.

O Erlking apertou os olhos. Olhou uma vez para Áureo e abriu um sorrisinho.

— Traga minha noiva para o pátio — ordenou ele. — Nós dois temos um convidado a receber.

CAPÍTULO

Oito

SERILDA NÃO ESPEROU POR ÁUREO. COM O GRITO DO NACHTKRAPP ainda agudo nos ouvidos, ela se virou e correu pelo castelo. Estava do lado oposto da fortaleza do pátio, mas conhecia bem os caminhos para saber que tinha mais chance de chegar ao saguão de entrada a pé do que tentando se transportar até lá e correr o risco de se perder no subsolo.

Áureo a encontrou quando ela estava correndo por um dos salões favoritos do rei, com as tapeçarias mais horrendas nas paredes.

— Aí está você! — exclamou ele. — Eu achei que você fosse esperar na janela!

— O que ele quis dizer quando disse que temos um convidado? — falou ela, ofegante. — Quem viria aqui em um solstício?

— Não sei — disse ele, correndo para acompanhá-la. — Estava tentando te encontrar, mas ouvi um fantasma dizer qualquer coisa sobre uma garota humana.

Garota humana. Garota humana.

Ninguém que ela conhecesse ousaria ir para aquele castelo com o véu abaixado. Ou ousaria?

Eles chegaram ao saguão de entrada e Áureo segurou o cotovelo dela para fazê-la parar.

— Serilda, me desculpe.

Ela se virou para ele sem entender.

— Por quê?

— Pela pegadinha. Se ele estiver com humor pior do que o habitual por causa disso.

Serilda olhou para a concha de madeira entalhada na outra mão dele.

— Foi divertido enquanto durou, não foi? Mas preciso ir ser a rainha agora.

Ele chegou para trás e se curvou em um floreio.

— Claro, Vossa Luminância.

Balançando a cabeça, tentando sossegar os pensamentos disparados, Serilda abriu as portas do castelo e saiu no ar quente da noite.

Os convidados do casamento já estavam reunidos perto do portão, o Erlking à frente. Serilda ouviu o ruído da ponte levadiça quando foi para o lado do marido, fingindo que nada tinha acontecido. Que não tinha sido sequestrada das festividades do casamento e trocada por um utensílio de cozinha.

O rei a olhou de esguelha.

— Bem-vinda de volta — murmurou ele.

Ela apertou os lábios em um sorriso fugaz.

— Que dia animado foi hoje. Eu ouvi bem? Temos companhia?

A ponte levadiça desceu com um estrondo alto. Depois dela ficava a ponte de pedra comprida para Adalheid, a cidade que passara a ser um pouco seu lar nos meses anteriores à maldição de Serilda. Ela sentiu uma inesperada pontada de saudade de casa ao ver os prédios em parte de madeira na margem do lago, as paredes de gesso em cores coloridas iluminadas pelo luar.

Tochas iluminavam os dois lados da ponte comprida, lançando o brilho laranja pelas tábuas de madeira, pelas pedras... e sobre a pequena figura encapuzada no meio do caminho.

Serilda franziu a testa. Deu um passo incerto para a frente.

A figura também deu um passo à frente e tirou o capuz do manto, revelando pele marrom, bochechas arredondadas e cabelo volumoso preso em coques idênticos na cabeça.

Leyna. A filha do prefeito de Adalheid, uma das primeiras a dar as boas-vindas a Serilda na cidade, que até a ajudou a resolver o mistério do castelo assombrado.

— É uma criança mortal? — questionou o Erlking.

Serilda engoliu em seco.

— Eu a conheço, meu senhor. Ela é... era... uma amiga, de certa forma. Mas ela não deveria estar aqui... — Ela parou de falar.

Leyna não deveria estar ali. O que ela estava pensando quando foi ao castelo em uma noite daquelas? Ela devia estar no Cisne Selvagem, dormindo em segurança na cama.

— Que sorte, então — disse o Erlking. — Talvez ela tenha vindo dar parabéns.

Serilda franziu mais a testa. Não havia como Leyna nem ninguém de Adalheid saber do casamento. Ela achou que eles teriam suposto que estivesse morta depois que ela desapareceu naquele castelo quase dois meses antes e não voltou mais.

Ela empertigou a coluna e deu um passo à frente.

— Eu falo com ela. Quero ver se há alguma coisa que ela...

— Pare.

Serilda ficou paralisada, mais pela tensão do tom do rei do que pela ordem em si. Ela olhou para trás e o Erlking olhou para os pés dela.

Serilda acompanhou o olhar. Os dedos dela estavam a centímetros das tábuas de madeira da ponte levadiça.

O limite invisível de sua jaula.

— Você devia esperar aqui, minha pombinha — disse ele, levantando a mão para prender uma mecha de cabelo de Serilda atrás da orelha. Ela fez uma careta. — Vou cumprimentar nossa visitante mortal.

— Não. Não. Por favor... deixe-a em paz.

Ignorando-a, o Erlking passou por ela, as botas silenciosas na ponte, o corpo surgindo e sumindo na luz das tochas como um espectro.

Leyna se encolheu por instinto, mas no momento seguinte se empertigou e encarou o Erlking com os ombros firmes com determinação. Ela até ousou dar alguns passos à frente. Serilda notou que ela carregava uma cestinha.

Quando o Erlking estava a alguns passos de distância, Leyna fez uma reverência rígida.

Serilda apertou as mãos em punhos. Ela teve que obrigar os pés a não darem mais um passo para que a maldição não a transportasse direto para a sala do trono. Não podia arriscar sumir no castelo agora e desperdiçar momentos preciosos para voltar. Mas era uma agonia ficar parada enquanto o marido assassino e ladrão de crianças se aproximava de uma das poucas pessoas vivas de quem ela ainda gostava.

Ao longe, Serilda os viu se aproximando, mas por mais que se esforçasse para ouvir, nenhuma das palavras alcançou seus ouvidos. Ela olhou ao redor e reparou em Manfred não muito longe, aquela expressão de indiferença estoica no rosto. Atrás dele, viu Hans e Nickel, e podia supor que as outras crianças estivessem por perto. Hans a observava, preocupado. Ele não conhecia Leyna, mas devia ter conseguido perceber como Serilda estava incomodada com a aparição inesperada.

Serilda engoliu em seco e tentou substituir o horror na expressão por uma espécie de surpresa agradável. Olhou novamente para a ponte e sentiu o olhar endurecer como gelo frágil.

O Erlking tinha segurado a mão de Leyna, um gesto estranhamente paternal, e a estava levando na direção do castelo.

Os olhos de Leyna estavam redondos como luas cheias, e, embora ela estivesse com a cabeça erguida, estava tremendo. Serilda desejou poder sorrir de forma encorajadora para a garota. Mas, a cada passo levando Leyna para mais perto do castelo, aquele pesadelo que atraía crianças perdidas e não as soltava mais, a bile densa enchia sua boca.

— Vejam — disse o Erlking —, essa pequena mortal escolheu nos encontrar nesta noite de solstício para entregar um presente especial justamente para a minha nova esposa.

Ao ouvir isso, Leyna deu um pequeno tropeço.

— E-esposa? — gaguejou ela, a voz seca e baixa.

O Erlking sorriu para ela e, se pretendia fazer algum mal à criança, era impossível saber pela expressão carinhosa.

Serilda tinha ouvido muitas histórias do Erlking pegar crianças de casa ou encantá-las enquanto elas andavam pela floresta; só que, na sua imaginação, ela visualizava esses eventos como traumáticos. Ele sorriria malignamente, a criança gritaria e tentaria escapar, mas seria caçada pelo cavalo guerreiro dele e capturada, esperneando e se debatendo, colocada na sela.

Aquela impressão quase foi apagada pela gentileza com que o Erlking segurou a mão de Leyna. Logo Leyna, que talvez confiasse até demais. Serilda queria gritar para ela não ceder aos encantos do Erlking. Ele era profundamente maligno. Ela já tinha ouvido muitas histórias. Leyna devia saber.

— De fato — disse o rei. — Lady Serilda esta tarde mesmo fez as promessas para se tornar minha rainha.

Leyna piscou. Ela voltou a atenção ávida para Serilda.

Serilda não teve escolha.

Apertou bem os lábios e assentiu.

Para seu horror, Leyna pareceu relaxar, uma ovelha confiante sendo levada para os demônios e carniçais aguardando. Seu medo era palpável, e também seu assombro quando ela começou a observar tudo. O castelo em plena glória, não mais a ruína que ela avistara da margem todos os dias da vida. No lado escuro do véu, era uma obra-prima de arquitetura. Torres elegantes, pináculos altos, pedras que cintilavam sob a lua prateada, as janelas de vitral exibindo os sete deuses antigos reluzindo no andar mais alto da fortaleza.

Todo o esplendor era abalado pelos monstros se esgueirando para todos os lados. Os fantasmas com feridas fatais que não paravam de sangrar. Goblins empoleirados nos telhados de estábulos próximos, roendo ossos de galinha e observando a recém-chegada com olhos verdes brilhando. Naquele momento, um bazaloshtsh gritava no piso superior de uma das torres de observação, o grito horrendo gerando um arrepio na pele de Serilda. Ela se acostumara com a variedade de criaturas horríveis que morava dentro das muralhas, mas desconfiava que fosse um grande choque para a pequena Leyna, como tinha sido para ela quando chegou.

O Erlking parou quando os pés dele e de Leyna pisaram nas tábuas de madeira da ponte levadiça.

Leyna observava o belo traje de caça que Serilda estava usando. A garota parecia estar confusa, talvez meio extasiada de ser levada até o portão do castelo pelo braço do Erlking em pessoa.

Ela e Serilda se olharam por um longo momento.

Leyna se soltou do rei e ergueu a cesta. Com um sorriso simples, disse:

— Lembra? Eu falei que, se você morresse e se tornasse uma fantasma do castelo, eu traria bolos de nozes com mel. Seu favorito.

Só então Serilda sentiu o cheiro familiar saindo da cesta, doce e intenso.

Um soluço entalou na garganta dela.

Serilda se jogou na garota, envolveu Leyna nos braços e a ergueu do chão.

Leyna deu um gritinho e riu.

— Eu trouxe outra coisa também — disse ela assim que Serilda a colocou no chão. — Um livro de contos de fadas que está muito popular na biblioteca da Madame Professora. Escrito por um acadêmico de Verene, eu acho. Frieda diz que não para nas estantes. Talvez ela fique com raiva quando descobrir que eu peguei o último exemplar, mas... eu achei que você ia gostar das histórias.

Com lágrimas nos olhos, Serilda espiou dentro da cesta. Os bolinhos estavam embrulhados em uma toalha de linho e havia um livro bem elaborado aninhado ao lado.

— Obrigada — sussurrou ela. — A você e a Frieda, mesmo ela não sabendo que você trouxe. Eu não consigo nem dizer o que significa pra mim... ver o seu rosto de novo. Você está bem? Como está sua mãe?

— Bem, bem — disse Leyna, olhando com incômodo para o Erlking, depois para o pátio cheio de sombrios e fantasmas. — Ela e Frieda começaram a cortejar oficialmente algumas semanas atrás, finalmente. Mas é chato sem você lá na estalagem. Nós sentimos falta das suas histórias. — Ela engoliu em seco. — Eu tive certeza de que, se o Erlking ficasse com você aqui, ele teria feito você barda da corte, ou algo assim. E agora você me diz que se casou com o vilão? Eu achei que você quisesse matá-lo!

Ao ouvir isso, o Erlking soltou uma gargalhada rara, e o resto da corte fez o mesmo.

— É uma história bem longa — disse Serilda, apertando os ombros de Leyna.

— Minha nossa. Os mortais são tão gostosos, não é?

Leyna franziu a testa.

— O que você quer dizer com isso?

Serilda sorriu, um momento de alegria por ver a velha amiga eclipsando seu horror. Na noite em que ela conheceu Áureo, ele ficou sem palavras quando tocou nela. Ele nunca tinha tocado em uma mortal, só conhecia a sensação sinistra e errada dos fantasmas. Não tinha imaginado que uma pessoa podia ser tão macia, tão quente.

Depois de apenas dois meses dentro do castelo, Serilda entendia agora o que ele queria dizer. Abraçar Leyna foi um pouco como ser enrolada em uma colcha macia e gasta em uma noite de inverno.

— Não importa — disse ela. — Você não devia estar aqui, sua garota boba.

— Eu sei. — Leyna sorriu com malícia. — A mamãe vai me matar quando descobrir.

E, apesar de ela estar brincando, as palavras abriram o mesmo medo vazio nas entranhas de Serilda.

Ah… ela esperava desesperadamente que Lorraine tivesse a oportunidade de repreender e reclamar e aplicar o máximo de repercussões que conseguisse inventar por aquela desconsideração descarada da regra mais importante de Adalheid.

Nunca atravesse a ponte. Nunca entre no castelo.

— Nesse caso — disse o Erlking, colocando a mão no cotovelo de Serilda —, nós vamos fazer tudo que pudermos para fazer sua visita valer a pena.

Ele puxou Serilda para perto e levou a mão dela à boca, beijando a base do pulso, bem ao lado da cicatriz pálida da flecha.

Ela tremeu.

— Não seja bobo. Leyna precisa voltar antes que sintam falta dela. — Ela pegou a cesta da mão da menina. — Obrigada por esse presente atencioso. Mande lembranças minhas para…

— Não seja apressada, meu amor — interrompeu o Erlking, tirando a cesta da mão de Serilda. — A criança é nossa convidada. Ela deve ficar e apreciar nossa hospitalidade. — O sorriso dele se acentuou. — Não quero saber de mais desculpas. Garoto!

Serilda não sabia com quem ele estava falando até Fricz se adiantar e o rei colocar a cesta nas mãos dele.

— Leve isso para os aposentos da rainha.

Fricz se virou na mesma hora e saiu andando, embora a expressão azeda indicasse a Serilda que ele preferia ter ficado e visto o que aconteceria com a corajosa garota de Adalheid.

Assim que ele sumiu, o Erlking segurou de novo o braço de Leyna e levou-a junto de Serilda pelo pátio.

— Vamos comemorar.

Sombrios, monstros e fantasmas os seguiram na direção do jardim.

— Que noite linda você escolheu para nos visitar — prosseguiu o Erlking. — Minha esposa me contou pouco sobre os conhecidos dela em Adalheid. Eu não sabia que alguém tão especial tinha ficado para trás.

Serilda trincou os dentes. Ela conseguia imaginar facilmente como o Erlking poderia usar Leyna contra ela. Ele achava que já tinha tirado todos que ela amava. Sua mãe, seu pai, suas amadas crianças da escola, todos mortos na caçada. Havia um motivo para ela nunca ter mencionado Leyna para ele, nem a mãe de Leyna, nem Frieda, a bibliotecária.

— Vocês estão mesmo *casados*? — perguntou Leyna, consternada. — Um com o outro?

Serilda abriu um sorriso fraco, desejando poder explicar tudo.

— Mesmo — respondeu o rei. — Como você descreveria nosso romance, minha querida? Algo saído de um conto de fadas?

— Ah, sim — disse Serilda. — É exatamente como uma daquelas histórias de contos de fadas em que os corações das crianças são comidos por monstros e a heroína fica presa em um castelo funesto até o fim da vida. — Ela piscou. — Um conto de fadas realizado.

Leyna franziu as sobrancelhas em confusão, mas o rei apenas riu.

— Essas são as minhas histórias favoritas, com certeza. Músicos!

Serilda deu um pulo, apesar de o rei não ter gritado. Os nervos dela estavam à flor da pele, as entranhas embrulhadas. Ele deixaria Leyna ir embora?

Ou a manteria ali... para punir Serilda, ou como outra ameaça se ela não cumprisse o acordo? Ela queria agarrar Leyna e a empurrar na direção do portão de barbacã. Dizer para ela fugir. Correr o mais rápido que pudesse e nunca voltar.

Mas fazer isso seria correr o risco de enfrentar a ira do Erlking... contra ela. Contra as crianças.

Assim, sentindo-se impotente, só lhe coube assentir em apreciação quando os músicos fantasmas começaram uma valsa.

— Agora, vamos comemorar — disse o Erlking. Soltando o braço de Leyna, ele moveu um pulso para as crianças que os tinham seguido. Hans deu um passo à frente na mesma hora. — Nossa convidada precisa de um parceiro de dança.

Hans ofegou.

— Eu não sei...

Antes que o garoto pudesse terminar, seu corpo se curvou em uma reverência rígida e ele deu um passo à frente e segurou as mãos de Leyna. A menina, que não estava sob feitiço nenhum, tentou recuar, os olhos arregalados grudados na ferida aberta no peito de Hans. Mas, quer estivesse assustada ou repugnada, não resistiu quando Hans a levou em volta de um chafariz grande, guiando-a como se tivesse aprendido com um dos grandes mestres de Verene. Não demorou para as risadinhas sufocadas de Leyna flutuarem para o alto das árvores.

Com um estalo dos dedos do rei, uma multidão de fantasmas os acompanhou, dançando em sincronia majestosa. Marionetes. Sorrindo por entre os dentes, as feridas abertas deixando gotas de sangue nos caminhos iluminados por tochas.

— Quem é a criança? — perguntou o Erlking. Ele manteve o ar de curiosidade tranquila, embora Serilda percebesse como ele estava observando Leyna. Tentando determinar o quanto ela era apegada a Serilda e Serilda a ela. Se a garota poderia, ou não, ser útil para ele.

— Só uma garota que eu conheci em Adalheid. A mãe dela é dona da estalagem. Eu recebi ordens de ficar um tempo lá. Ordens *suas*, se você lembra.

— Acredito que você tenha mencionado que a estalajadeira era gentil.

— Era.

— A criança deve te adorar, e eu diria que o sentimento parece mútuo. — Os dentes dele cintilaram. — Quer ficar com ela? Ela pode ser meu presente de casamento para você.

Serilda tentou disfarçar o horror embaixo de um ruído rouco de deboche.

— Deuses, não. Você já me deu muitas crianças. Estou começando a me sentir mais uma governanta do que uma rainha.

O rei sorriu e ela duvidou muito que o tivesse enganado.

— Nós devíamos levá-la pra conhecer a propriedade. Talvez ela queira ver o zoológico.

Serilda desconfiava que Leyna adoraria ver o zoológico: a coleção de criaturas mágicas da caçada selvagem. Leyna tinha sido uma das suas ouvintes mais atentas durante a estada dela em Adalheid, quando Serilda passava horas tecendo histórias ao lado do fogo no Cisne Selvagem. Com o tempo, ela ganhou uma reputação, e o pessoal da cidade começou a se reunir todas as noites para ouvir suas histórias, mas era Leyna quem sempre se sentava ao lado dela. O queixo apoiado na mão e os olhos brilhando, ansiosa para ouvir mais. Mais sobre bruxas, trolls e punições dadas a criancinhas malvadas. Mais sobre cavaleiros, feéricos e castelos entre as estrelas. Sempre *mais*.

Ela lembrava Serilda de si mesma com aquele jeito.

Serilda começou a balançar a cabeça, considerou até suplicar ao rei mandar Leyna de volta para casa. Mas se conteve. Suas súplicas seriam em vão. Ele estava brincando com ela, e demonstrar consternação só o agradaria mais. Ela não conseguia deixar de sentir que era uma punição por ela se permitir ser sequestrada pelo poltergeist e constranger o rei na ocasião mais importante dele.

Além do mais, Leyna *adoraria* ver as criaturas.

Ela se esforçou para não parecer alarmada.

— Que ideia ótima, meu senhor.

CAPÍTULO

Noue

SERILDA TINHA PERDIDO A CONTA DE QUANTAS VALSAS AS CRIANÇAS aguentaram. Fricz tinha voltado um tempo antes, fazendo beicinho por ter perdido a diversão, embora seus amigos estivessem claramente irritados por estarem sob o controle do rei quando, geralmente, tinham um pouco de liberdade como assistentes pessoais de Serilda. Ninguém gostava de receber ordens, mesmo que só para dançar. Só Leyna parecia eufórica e ofegante quando era girada pelos jardins.

Os músicos se ofereceram para tocar uma música de sua escolha, mas não conheciam nenhuma das canções que Leyna sugeriu. O conhecimento deles de música popular estava um tanto datado. Leyna finalmente garantiu que adoraria qualquer coisa que quisessem tocar.

Dois caçadores encantaram Leyna com uma competição de arremesso de facas, o que deixou Serilda quase sem fôlego de medo de uma daquelas adagas se plantar no coração de Leyna a qualquer momento. Mas os demônios se comportaram e brincaram sem mutilar ou matar ninguém daquela vez.

Pratos de pãezinhos com especiarias e doces recheados com frutas foram servidos. Taças de vinho foram continuamente enchidas. A dança continuou e continuou.

Parecia ter passado uma eternidade até Leyna ser levada de volta para Serilda e o rei, de braços dados com Hans e Gerdrut.

— Minha nossa — disse ela em meio a uma risada suave. — Nós não fazemos festas assim em Adalheid. Serilda… a comida aqui é segura para comer? Tentei evitar, mas estou morrendo de fome!

Ali perto, um homem de pele prateada riu secamente.

— A criança humana deve achar que vivemos de veneno e sangue de garotinhas.

Ao lado dele, uma mulher gargalhou.

— Ela não está totalmente errada.

Leyna se encolheu. Ela devia ter esquecido que os sombrios ainda eram os vilões de contos demais para se contar. Eles eram tão efêmeros e bonitos quanto ferozes e assustadores. Tinham ficado mais em segundo plano desde a chegada dela, mas agora Serilda os via chegando mais perto, a curiosidade estimulada pelo interesse do rei. Ou talvez eles apenas farejassem novas presas.

Serilda desejou que sua mente parasse de conjurar coisas assim. Estava ficando muito difícil manter uma aparência serena.

— Eu não quis ofender — disse Leyna, o humor murchando. — É só que… Serilda uma vez contou a história de um castelo encantado que era maravilhoso de várias formas, mas se alguém comesse qualquer pedacinho de comida, a pessoa… — Ela hesitou, olhando para Serilda como se estivesse verificando se tinha acertado os detalhes. Como se o lugar pudesse realmente existir e não ser apenas uma história boba inventada para entreter. — …viraria um pássaro. E seria forçado a buscar sementes e nozes para a rainha das fadas até o dia em que morresse.

Os sombrios soltaram gargalhadas.

Leyna fez um beicinho.

— Que criança fofa — disse uma mulher com cabelos como brasas ardentes. — Devíamos ficar com ela.

— Estou considerando — falou o Erlking, radiante, como se levar Leyna para lá tivesse sido ideia dele desde o começo. — Venha, garota mortal. Gostaria de ver o zoológico?

— Zoológico? — perguntou Leyna, arregalando os olhos. — De… animais?

— Como nenhum que você já tenha visto. — O Erlking olhou para Serilda, um toque de presunção na boca escura como um hematoma. — Por que não vai na frente, minha rainha?

Serilda abriu um sorriso tenso e fez uma reverência ainda mais tensa.

— Com prazer. — Pegou a mão de Leyna e se dirigiu para o caminho em direção ao muro mais distante do castelo.

O Erlking sinalizou para os músicos continuarem tocando.

— As festividades não vão sofrer por nossa ausência.

— É muito longe? — sussurrou Leyna, uma pitada de medo afligindo-a. O jardim, embora iluminado por tochas espalhadas pelas árvores, ficou mais escuro conforme elas se afastaram da fortaleza com as janelas luminosas.

— Está tudo bem — disse Serilda, torcendo para que não fosse mentira. — O rei só está tentando te impressionar.

Leyna aproximou a cabeça de Serilda e sussurrou:

— Quando eu te vi pela última vez na Lua do Despertar, você tinha sangue nos olhos. Disse que ele tinha sequestrado uma criança da sua aldeia e que você estava indo tentar trazê-la de volta. Serilda... eu tive certeza de que nunca mais te veria. Não viva, pelo menos. Mas... você não está exatamente como os outros fantasmas que estão aqui. E agora, você ainda por cima se casou com o Erlking?

— É complicado — disse Serilda. — Eu gostaria de poder explicar tudo, mas saiba que eu teria voltado se tivesse tido escolha. Leyna... este lugar aqui é perigoso. Os sombrios podem ser encantadores, mas não se engane. Na primeira chance que você tiver de sair, quero que vá embora e nunca mais volte aqui. Entendeu?

Leyna olhou para ela, um toque de recusa obstinada no rosto, mas Serilda deu um aperto forte na mão dela.

— Sabe aquelas crianças com quem você dançou? Elas eram de Märchenfeld, ele sequestrou e matou todas. Elas nunca vão poder ir embora, nunca vão poder voltar pra casa, para as famílias delas. Eu não suportaria se ele te machucasse também. Pense no que isso faria com a sua mãe.

A expressão intrigada de Leyna se transformou em algo parecido com culpa.

— Eu não tinha planejado entrar no castelo. Só estava vindo deixar a cesta pra você e sair correndo, mas aí o sol se pôs e o portão se abriu e... eu fiquei mesmo me perguntando se você estava aqui. Eu queria te ver de novo. Nunca imaginei que entraria e veria... — Ela seguiu o caminho até eles chegarem a outro portão com pontas afiadas no alto e parou. — O que é *aquilo*?

— Qual delas? — perguntou Serilda enquanto escoltava Leyna pelo portão e pelo gramado até que estivessem de pé diante de uma fileira de jaulas douradas.

Os olhos de Leyna se depararam com um urso preto enorme com olhos que brilhavam como a luz de uma tocha. O urso estava descansando, embora os olhos ardentes estivessem abertos, observando-as. Nas sombras, ele parecia um enorme amontoado preto, peludo e, quando sonolento assim, quase inofensivo.

— É um bärgeist — disse Serilda. — Eu não chegaria muito perto. Ele não consegue escapar da jaula, mas isso não vai impedir que tente te agarrar através das barras. Ele definitivamente gostaria de devorar você.

Leyna pareceu impressionada com a criatura enorme, mas não demorou para que sua atenção mudasse para a jaula seguinte e um suspiro de prazer a fizesse correr na direção das grades.

— Ah! O que é essa coisa fofa? Esse não me comeria, não é?

Serilda riu.

— Não, não é perigoso. Chama-se dahut. Olhe as pernas dele: as da esquerda são mais curtas do que as da direita. É mais fácil de subir as montanhas dessa maneira, mas só em uma direção.

A criatura, que se assemelhava a uma típica cabra montesa, baliu para elas. Leyna se empolgou.

— Eu quero um!

Elas desceram pelo caminho, Serilda explicando a ela o que cada criatura era. Um wolpertinger. Um schnabelgeiss. Um matagot.

— E isso aqui — disse Serilda, levando-a para a jaula seguinte, onde uma criaturinha peluda estava rondando — é um dreka...

Ela foi interrompida por um berro.

Serilda girou em direção ao som. Seus pulmões se encheram de ar.

O tatzelwurm, a fera mais impressionante do zoológico, tinha enfiado a cauda longa para fora da jaula e a enrolado no tornozelo de Leyna, puxando-a para o chão.

Leyna gritou mais uma vez, os dedos deixando sulcos profundos na terra enquanto ela resistia a ser arrastada pela grama. Assim que a puxou para perto o suficiente, o tatzelwurm enfiou uma das garras entre as barras e a usou para perfurar a saia de Leyna, prendendo-a no chão. Era uma criatura serpenteante com uma enorme cauda escamosa, duas patas dianteiras com garras irregulares e uma cabeça que o fazia parecer um gigantesco lince da montanha, com olhos dourados parecendo fendas e orelhas pontudas e altas.

Pairando sobre Leyna, o monstro abriu as mandíbulas, revelando uma fileira de dentes afiados.

Serilda se lançou para a frente. Ela agarrou os pulsos de Leyna e puxou. O tecido da saia da menina rasgou e um bolso grande foi arrancado. Algo caiu e fez barulho no chão.

O tatzelwurm sibilou e golpeou com a cauda, jogando Serilda para trás. Ela colidiu com alguém. Mãos agarraram seus cotovelos para firmá-la, e por um momento frenético ela achou que podia ser Áureo que fora ajudá-la, mas era o Erlking, a cabeça inclinada com curiosidade.

— Pare essa coisa! — gritou Serilda. — Ajude-a!

— Por quê? Se você não quer ficar com ela, ela vai ser um bom petisco para o nosso bichinho.

Serilda soltou um grito irritado e o empurrou para longe com toda a sua força. Ele só tropeçou um passo para trás, mas pelo menos ela se sentiu um pouco melhor.

Devoção eterna, até parece.

Ela correu para a frente novamente e agarrou Leyna assim que o nariz do tatzelwurm encostou nas grades para farejar a presa. A cabeça dele era grande demais para conseguir passar, mas as garras dianteiras tentaram alcançar a criança. Leyna mal teve tempo de desviar, mas, com a saia solta e a ajuda de Serilda, conseguiu se afastar na grama. Ela estava uma bagunça: o vestido imundo havia rasgado e uma das tranças se soltava da fita.

Mas ela estava fora do alcance do tatzelwurm.

Aliviada, Serilda caiu ao lado dela e envolveu Leyna com os braços. O ataque tinha acontecido rápido, mas elas estavam com a respiração pesada. Embora Serilda não tivesse coração, ela imaginou que o sentia mesmo assim, disparado no peito.

— Está tudo bem — disse ela, fazendo carinho no cabelo de Leyna. — Ele não consegue te pegar aqui.

Ela não tinha percebido que o tatzelwurm poderia pegá-la. Nunca lhe ocorrera que a fera poderia estender a cauda de cobra pelas grades. Ela nunca a tinha visto tentar. Sempre que ela chegava perto, a criatura parecia dócil e quieta, até mesmo abatida. Agora, os olhos semicerrados estavam mais largos com atenção enquanto observava... não Leyna, o lanche que escapou, mas a bugiganga que havia caído do bolso de Leyna.

Algo brilhou em dourado na penumbra. O tatzelwurm rosnou e botou as garras sobre o objeto.

Não... não rosnou.

Serilda franziu a testa. Estava... *ronronando*?

— Ora, ora — disse o Erlking, chegando mais perto. — Isso não é seu, bichinho.

O ronronar, ou rosnado, ou o que quer que fosse, evoluiu para um silvo raivoso. Ele apertou os olhos. Observou o rei, como se o desafiando a dar um passo para perto.

E o Erlking deu, até ficar perto o suficiente para conseguir alcançar dentro da gaiola e acariciar os tufos de pelo preto nas pontas das orelhas do tatzelwurm.

— Anda — sussurrou ele. — Solta.

O tatzelwurm hesitou por um longo momento. Calculando. As narinas brilhantes queimando com cada respiração. Serilda notou uma mancha de sangue esverdeado escorrendo de uma ferida na lateral da criatura. Uma flecha ainda podia ser vista enterrada na carne sinuosa, nunca removida nem podendo cicatrizar, embora o monstro tivesse sido capturado meses antes.

Em um movimento rápido como uma faísca, o tatzelwurm soltou o tesouro e recuou na cauda, deu uma guinada para a frente e enfiou suas garras pelas grades novamente. Direto para o peito do Erlking.

Ele desviou para o lado e pegou a pata dianteira da criatura nas mãos. Pressionou o membro para cima e para trás, quebrando o osso na barra da jaula.

O uivo não se parecia com nada que Serilda já tivesse ouvido. Ela e Leyna se encolheram uma junto à outra enquanto a agonia do tatzelwurm preenchia o jardim. Leyna escondeu o rosto no pescoço de Serilda.

— Estou pronta pra ir pra casa.

— Eu sei — disse Serilda, beijando o topo da cabeça da garota. — Logo.

Serilda fez uma careta com o uivo sobrenatural, embora o rei não parecesse afetado. Sem mais preocupação do que daria a uma mariposa com uma asa esmagada, ele enfiou a mão na gaiola e pegou o objeto.

A criatura não tentou atacar novamente, nem quando o rei virou as costas. Quando seu grito morreu em um choramingo lamentável, o tatzelwurm puxou o membro quebrado com cuidado através das barras e meio mancando, meio deslizando, foi para o canto mais distante da gaiola antes de se enrolar todo.

— Curioso — disse o Erlking, inspecionando o objeto na mão por um longo momento, antes de finalmente o erguer para Serilda ver. Ela sentiu Leyna ficar tensa quando as duas observaram a estatueta. Tinha a forma de um cavalo e era feita inteiramente de um fio dourado delicado.

CAPÍTULO

Dez

SERILDA RECONHECEU A ESTATUETA. ERA UM DOS PRESENTES QUE ÁUREO havia feito escondido do Erlking. Ela o ajudara a jogar aquelas bugigangas pela muralha do castelo no Dia de Eostrig como presente para o povo de Adalheid. Era divertido para Áureo, uma forma de se manter ocupado, mas também uma forma de se sentir conectado a um mundo que o esquecera, do qual ele nunca poderia fazer parte novamente. Por causa dos presentes, dados uma vez por ano, ele tinha ganhado uma reputação entre os habitantes da cidade.

Mas o Erlking não sabia de nada daquilo, e não *poderia* saber.

— Doce criança — disse o Erlking —, onde você obteve um tesouro tão precioso?

Leyna afastou o rosto do pescoço de Serilda, com lágrimas escorrendo.

— V-Vergoldetgeist — sussurrou ela.

Serilda enrijeceu. Era o nome que os habitantes de Adalheid tinham dado ao misterioso benfeitor. Vergoldetgeist. O Espírito Áureo.

O rei virou o bonequinho para lá e para cá, para que brilhasse na luz de dezenas de tochas no topo da muralha do castelo.

— Este é um ouro incomum. Abençoado por um deus, se não me engano. Um material muito valioso… desperdiçado em um ícone tão frívolo. Quem é… Vergoldetgeist?

Serilda não fazia ideia de como o Erlking sabia que era ouro verdadeiro, fiado com a bênção de Hulda. Poderia ter sido feito por qualquer ourives talentoso.

— O senhor não… — Leyna começou a responder, ainda tremendo, mas Serilda limpou a garganta.

— Vergoldetgeist é como chamam o ourives de Adalheid — disse ela. — Um artesão muito respeitado com loja na via principal. — Ela moveu as mãos e pegou as de Leyna. — Foi presente da sua mãe? Ela comprou lá?

Leyna olhou para ela por um instante e assentiu.

— F-foi. No meu... aniversário.

Serilda reprimiu uma careta. Leyna mentia muito mal e as palavras dela carregavam muita hesitação.

Se alguma vez tivesse a oportunidade, ia precisar ensiná-la melhor.

— Que curioso. — O Erlking chegou perto das duas e riu de forma adorável. — Infelizmente, eu desprezo quem mente.

Leyna começou a tremer de novo. Serilda passou os braços em volta da garota, determinada a protegê-la, embora não soubesse como poderia.

— O solstício está sendo incomum, e desconfio que os cães devam estar ficando entediados por termos perdido nossa chance de caçar — disse ele. — Você será um brinquedo perfeito pra eles. Não que eu espere que você dure muito tempo.

— Não! — gritou Serilda. — Deixe-a em paz! Você vai deixá-la em paz!

— Minha pombinha — disse o Erlking —, você entende que não podemos tolerar o desrespeito dessa criança.

Ela o encarou, percebendo como ele estava brincando com ela e Leyna a noite toda. Ele nunca teve a intenção de deixar a criança ir embora. Não quando podia usá-la contra Serilda.

Mas o céu estava ficando mais claro. O amanhecer estava se aproximando. O amanhecer feliz e esperançoso, que colocaria o véu de volta sobre aquele lugar horrível e tiraria Leyna das mãos do rei.

— O que você quer que ela diga? — disparou Serilda. Ela se levantou, mantendo Leyna junto ao corpo. — Está apavorada.

— Eu só quero a verdade. Se ela recusar esse simples pedido...

— Porque *eu* dei a ela — disse Serilda.

— Você? — perguntou o Erlking.

— Eu fio ouro, não é? Sou abençoada por Hulda. Leyna estava tentando me proteger.

— Por que isso é o bastante para exigir proteção?

A raiva pulsou dentro dela.

— Porque era o *seu* ouro. Eu roubei uma das bobinas na terceira noite em que fui trazida para fiar. Achei que você não notaria e, mais tarde, você me disse que o poltergeist a havia roubado. Você o pendurou como punição. — Ela engoliu em seco, sem precisar fingir medo.

A história era uma mistura de mentiras e verdades. Serilda tinha roubado uma bobina de fio, e Áureo tinha sido punido por isso, dentre outras coisas. Mas aquela bobina tinha sido dada a Pusch-Grohla e às donzelas do musgo, não a Leyna.

Embora Serilda fosse capaz de comer a própria língua antes de contar isso ao rei. Até onde ela sabia, Pusch-Grohla era um de suas adversárias mais odiadas. Uma mulher tão antiga quanto a própria floresta, que tomara para si o dever de esconder e proteger as criaturas do Bosque Aschen que seriam caça do rei.

O Erlking apertou os olhos para Serilda, como se tentando verificar se ela estava falando a verdade.

Serilda ergueu o queixo, desafiando-o a contradizê-la. Ele não tinha prova do contrário.

Como se isso tivesse ocorrido ao rei ao mesmo tempo, ele apertou os lábios amargamente.

— Foi um presente bom demais para ser concedido a alguém tão jovem e... — seu olhar se desviou para Leyna — tão descuidada.

— Descuidada? — exclamou Serilda. — Ela foi atacada! Por um dos *seus* monstros.

O rei deu de ombros, como se esse argumento não significasse nada.

— Independentemente disso — continuou Serilda —, como agora eu sou a rainha, suponho que seja direito meu presentear como quiser.

O Erlking levantou uma sobrancelha para ela, um aviso para lembrá-la do lugar dela.

Serilda cruzou os braços sobre o peito em desafio.

— Você não vai me punir pelo roubo. Não agora que fez votos de casamento tão convincentes. Vai, *meu amor*?

O olhar do rei escureceu.

Mas antes que ele pudesse responder, Leyna ousou se esquivar do abraço de Serilda. Ela deu um passo em direção ao Erlking e ergueu a palma da mão trêmula para ele.

— Por favor, meu senhor. Poderia me devolver?

O rei ficou imóvel, observando aquela mão erguida. Embora parecesse calmo como um lago congelado, Serilda viu algo se agitando em seus olhos.

— Não — disse ele por fim, a palavra tão definitiva quanto uma lápide. Leyna recuou, assustada. — Esse ouro é meu por direito. E você, criança, é uma tola por vir aqui. Uma tola por pensar que poderia pedir algo a *mim*, o Rei dos Antigos, quando o único presente que sua presença ganhou esta noite foi uma morte rápida e eficiente.

Aconteceu tão rápido que Serilda não teve tempo de pensar. A maneira como o rei puxou sua balestra das costas com a graça de quem o tinha feito mil vezes antes. Tão perto de Leyna que nem precisou mirar. Um piscar de olhos e uma flecha foi encaixada. Um suspiro e o gatilho foi puxado.

Ela ouviu o baque oco na mesma hora que ela começou a gritar. Quando suas mãos se estenderam para empurrar Leyna para longe.

Mas suas mãos passaram direto através da garota.

Assim como a flecha o fizera.

O grito de Serilda morreu na língua.

Ela agiu tarde demais, mas o rei também.

Ou talvez ele tivesse calculado assim de propósito. Ele parecia inabalado e nada surpreso quando jogou a balestra novamente por cima do ombro. Ele passou direto através da figura nebulosa de Leyna para pegar a flecha que atingiu a grama.

Com o coração na garganta, Serilda caiu de joelhos e estendeu a mão novamente para Leyna, mas não conseguiu tocá-la. Embora o sol ainda não tivesse subido sobre o muro do castelo, as janelas da torre mais alta estavam cintilando em ouro brilhante na luz da manhã. Além do castelo, o sol havia nascido. O solstício tinha acabado. O véu havia caído e Leyna, ainda viva e ainda mortal, estava do outro lado.

Leyna estava petrificada, com os olhos arregalados, mas não enxergando mais Serilda nem o Erlking nem as feras enjauladas. Serilda sabia por experiências próprias de estar dentro do castelo quando o véu caiu que Leyna estava agora vendo o castelo como era no mundo mortal. Desintegrando-se, deteriorando-se, coberto de vegetação; selvagem e abandonado.

E assombrado.

Logo Leyna veria os fantasmas. Não como eles eram ali, figuras moderadas, graciosas e trágicas. Mas como estavam na noite em que os sombrios invadiram o castelo e massacraram todos eles. Haveria gritos e sangue e soluços e figuras sinistras caindo por lâminas empunhadas por inimigos invisíveis.

Haveria monstros também. Criaturas como os nachtkrapp e os drudes que não estavam presos daquele lado do véu como os sombrios. Eles pareciam ficar mais inquietos quando um intruso estava dentro daquelas paredes.

— Corra — disse Serilda, desejando poder agarrar Leyna e sacudi-la. — Corra. Saia daqui.

— Ela não pode te ouvir — disse o Erlking, examinando a ponta da flecha recuperada antes de enfiá-la de volta na aljava.

— Sei que não pode — retorquiu Serilda, a fúria pela última façanha dele se contorcendo dentro dela. Foi proposital? Ele pretendia matá-la? Ela odiava não saber.

A respiração de Leyna saía em ofegos rápidos e irregulares quando ela colocou a mão sobre o peito, onde a flecha do rei deveria tê-la atingido.

Um grasnido ecoou pelos jardins. Serilda e Leyna olharam para cima e viram o corvo sem olhos empoleirado no portão de ferro forjado.

Foi o suficiente para tirar Leyna do estupor.

— S-Serilda? — perguntou ela, olhando ao redor. — Você ainda está aí?

— Só vai embora — disse Serilda. — O que você está esperando?

Outro grito do pássaro. Desta vez, ele bateu as asas, exibindo as penas esfarrapadas.

Leyna deu dois passos para longe dele e passou os braços em volta do próprio corpo. Embora o dia fosse ficar ensolarado e quente, a manhã trazia um frio intenso. O orvalho grudava na grama. A névoa logo estaria subindo sobre o jardim quando os raios de sol varressem o terreno.

Leyna apertou os olhos com força.

— Serilda, se você estiver aí... se puder me ouvir... quero que saiba que sinto sua falta. Que eu nunca vou te esquecer. E...

O nachtkrapp grasnou novamente. Leyna pulou, os olhos se abrindo de novo, e suas últimas palavras saíram apressadas.

— E espero que você goste dos bolos!

A menina deu meia-volta e correu o mais rápido que pôde pelo jardim.

Serilda juntou as mãos e ficou observando até a forma pequena de Leyna desaparecer atrás da folhagem.

— Por favor, que ela fique bem.

O rei riu com deboche.

— Acho o seu carinho por esses parasitas humanos muito desconcertante.

Ela o encarou de cara feia, mas sua pulsação saltou quando viu que ele não estava olhando para ela. Ele estava inspecionando a estatueta de ouro, virando-a na mão. Com um floreio, ele a enfiou no bolso do gibão de couro e sorriu para ela.

— Que tesourinho estranho você é, minha rainha — disse ele, esticando-lhe a mão. — Venha. Vamos dar boa-noite à corte e nos retirar para nossa suíte matrimonial.

Ela rosnou.

— Eu preferiria me recolher em um poço de vermes.

Ele riu de um jeito frustrantemente jovial.

— Não me tente, querida.

Com um gesto amplo, ele a tomou nos braços e a carregou na direção do castelo. Serilda começou a lutar, mas lembrou que Leyna não era a alma com quem ela precisava se preocupar. Com um grunhido, ela cruzou os braços sobre o peito e permitiu que o rei a exibisse enquanto passeava pela festa, muitos sombrios ainda dançando e curtindo a festa, muitos fantasmas enchendo incansavelmente as taças de vinho.

Os convidados do casamento aplaudiram e comemoraram quando seu rei e rainha passaram, mas os gritos estridentes morreram rápido quando eles entraram nos corredores ecoantes do castelo.

Assim que estavam fora do perigo de serem vistos, Serilda socou o nariz do Erlking.

Ele se encolheu, embora provavelmente mais de surpresa do que de dor. Ainda assim, não fez nenhum esforço para detê-la enquanto ela saía dos braços dele e aterrissava meio desajeitada no tapete. Ela voltou a ficar de pé, ridiculamente satisfeita quando o rei apertou um dedo no nariz. Ele não estava sangrando, mas eles não sangravam, não era? Só... soltavam um pouco de fumaça.

— Eu sei o caminho daqui, obrigada — disse ela, ajustando a túnica de couro.

— Eu não tinha intenção de carregá-la por todo o caminho. Você não precisava ter me batido.

— Acredite se quiser, foi o ponto alto da minha noite.

— Ah, eu acredito — disse ele, os olhos brilhando. Mas... não com raiva. Na verdade, ele parecia estar achando graça.

Isso deixou a fúria dela ainda mais quente. Serilda se empertigou até ficar quase cara a cara com ele.

Bem... com o nariz no peito dele, no caso.

— Você me fez sua rainha — disse ela, enunciando cada palavra. — Espero que não estivesse querendo uma daquelas mortais mansas e patéticas que você tanto despreza, porque rainha é o que pretendo ser.

O Erlking sustentou o olhar dela, frustrantemente indecifrável enquanto seu sorriso se suavizava.

— Não — disse ele finalmente, com uma espécie de ronronar. — Uma mortal mansa e patética não é a rainha que quero. Inesperadamente, parece que escolhi bem. — Ele se inclinou para mais perto, o cabelo comprido deslizando do ombro e roçando no braço dela. — Você deve ser um presente da sorte.

Serilda congelou com a referência a Wyrdith, seu deus patrono. Ela sustentou o olhar dele, tentando não ter medo, mesmo com seus pensamentos em disparada. O rei sempre acreditou que ela fosse abençoada por Hulda. Então, o que ele estava dizendo? O que sabia? Será que suas palavras significavam alguma coisa?

O sorriso do rei se iluminou novamente, exibindo dentes afiados. Ele deu um único beijo estalado na bochecha dela, e todas as veias no corpo de Serilda congelaram.

Ela se afastou.

— Eu pediria que você reserve esse tipo de demonstração de afeto para a corte.

— Como desejar... Vossa Majestade.

Com um movimento furioso de cabeça, Serilda saiu andando pelo corredor na direção dos seus aposentos. A risada arrogante do Erlking a seguiu pelo caminho todo.

A Lua Trovejante

CAPÍTULO

Onze

MAIS DE UM MÊS TINHA SE PASSADO DESDE QUE SERILDA FORA COROADA
Rainha dos Antigos. Nesse período, o Erlking começou a exibi-la como um porco premiado no festival da colheita, tão satisfeito em mostrá-la quanto ficaria quando chegasse a hora do abate. Os banquetes continuaram, muitos durando até o sol subir acima do muro do castelo. Vinho e cerveja corriam como rios, música enchia os salões do castelo e os criados se agitavam para lá e para cá cuidando dos senhores da melhor forma possível, mas Serilda via que eles estavam exaustos e irritados com a folia contínua.

Ela também estava exausta. Cansada de sorrir. Cansada dos dedos gelados do rei percorrendo seu pescoço ou a cicatriz do pulso sempre que tinham uma audiência. Cansada de mentir, mentir, sempre mentir.

Uma noite que deveria ser de descanso, a Lua Dourada que tinha nascido não muito tempo depois do solstício, não ofereceu muita paz. Os caçadores tinham passado a maior parte da noite em uma competição improvisada de arquearia que os atrasou até quase o nascer do sol. Quando eles finalmente foram embora, Serilda e Áureo tiveram poucas horas para procurar o corpo deles até a caçada selvagem voltar. A busca não deu em nada além de um punhado de aranhas enormes que deviam estar assombrando aquele castelo pelo mesmo tempo que Áureo.

Mas aí, no dia seguinte à Lua Dourada, Serilda teve uma ideia brilhante. Ela e Áureo já tinham ido a um quarto em que ela sabia que o Erlking estava escondendo alguma coisa. Aquele lugar sinistro não muito longe do salão com os deuses no vitral, onde os drudes a atacaram nas duas vezes em que ela chegou perto demais.

Havia uma tapeçaria encantada naquele quarto, junto com uma jaula escondida embaixo de uma cortina de tecido leve. Pelo menos, quando viu pela primeira vez, ela achou que fosse uma jaula, mas ultimamente tinha se convencido de que podia ser algo totalmente diferente.

Como um caixão. Talvez para guardar o corpo de um príncipe amaldiçoado?

Só havia um jeito de descobrir, e agora ela estava batendo com os dedos impacientemente no vestido de brocado que pesava o mesmo que o cavalo de guerra do rei. Desta vez, com a Lua Trovejante se aproximando, Serilda tinha tentado cuidar da questão por si só. Ela passara os dois dias anteriores se certificando de que os caçadores tivessem tudo de que precisavam assim que o véu caísse. Tinha trabalhado com o ferreiro, o cocheiro e o cozinheiro para confirmar que as lâminas estavam afiadas e os cavalos estavam prontos e o pão da noite fosse servido bem antes do cair da noite, mas não tão cedo para haver o risco de os caçadores beberem demais e ficarem preguiçosos com o nascer da lua.

Serilda tinha se esforçado tanto para que a caçada selvagem partisse no momento que o véu caísse, e seus esforços tinham até conquistado a aprovação do senhor seu marido, que duas vezes a elogiou pelo seu recente interesse na caçada.

Infelizmente os esforços dela saíram pela culatra.

Enquanto os sombrios comiam o que restava do pão da noite, horas antes, o Erlking se levantou, ergueu a taça e fez uma declaração. Como sua esposa estava tão interessada em aprender os detalhes da caçada, ela teria uma demonstração espetacular da destreza e habilidade dos caçadores. Serilda não sabia o que isso queria dizer, mas fez todo mundo, caçadores e criados, entrarem em um frenesi de atividades.

A demonstração aconteceria na manhã seguinte no zoológico. Isso foi tudo lhe que contaram, e ela foi proibida de observar o trabalho. O rei não queria que a surpresa fosse estragada.

Agora, novamente, ela estava esperando e esperando que terminassem os preparativos da caçada para *ir embora*. Serilda não ligava nada para surpresas, nem para a destreza da caça. O nascer do sol não estava tão longe e, naquele ritmo, ela e Áureo não teriam oportunidade de procurar os corpos e teriam que esperar por mais quatro semanas.

Quatro longas e agonizantes semanas.

Serilda não conseguia deixar de sentir que o Erlking sabia que ela queria que ele estivesse longe e só fazia aquilo para provocá-la. A caçada selvagem estava saindo sob todas as luas cheias havia séculos. Eles podiam ser mais eficientes do que *aquilo*.

— Por que você parece tão ansiosa, minha querida? — murmurou o Erlking, lançando um olhar de esguelha para ela enquanto calçava as luvas de couro preto.

— Só estou cogitando por quanto tempo mais vou ter que esperar aqui. A noite foi longa.

— Você está ansiosa pra se livrar de mim?

— Estou — respondeu ela sem hesitar. — Sempre.

Ele a encarou como se não soubesse se devia puni-la pela declaração ou rir.

Finalmente, *finalmente* o rei mandou que a ponte levadiça fosse descida e revelasse o mundo mortal do outro lado do lago. A cidade de Adalheid estava escura, os residentes dentro de casa, se escondendo da caçada selvagem que eles sabiam que passaria trovejando.

— Talvez você devesse ficar esta noite, Vossa Obscuridade — disse um dos sombrios. Serilda olhou para a frente e viu um homem com pele cor de bronze dando um sorrisinho para ela. — Sua esposa parece taciturna em vê-lo partir.

Serilda ficou tentada a começar a jogar pedras no demônio intrometido, mas só piscou, fingindo que era a garota mortal limitada e coquete que eles acreditavam que ela fosse, e disse docemente:

— Eu jamais desejaria interferir entre meu marido e seu verdadeiro amor, a caçada. Embora espere ansiosamente seu retorno.

O Erlking acenou sutilmente, os olhos iluminados de aprovação.

— Divirta-se — disse ela. — Tente não sequestrar ninguém. Especialmente crianças. Só as *muito* malvadas, como as que limpam a cera do ouvido no vestido favorito da irmãzinha. Essas você pode pegar. Ah, e as que...

— Serilda — sibilou Nickel, balançando a cabeça.

— Certo — disse ela, sorrindo para os caçadores. — Melhor não pegar crianças. Nem mães, na verdade. É terrivelmente traumático para a criança.

A última parte foi dita com ressentimento, e não foi pouco. A mãe de Serilda tinha sido capturada pela caçada quando Serilda mal tinha idade de começar a andar. Durante meses, ela imaginou e até teve esperanças de que o espírito da mãe pudesse ter sido levado para aquele castelo. Mas, depois de semanas inspecionando o rosto de todos os fantasmas de mulheres pelos quais passava, se convenceu de que a mãe não estava ali, entre os espectros. Serilda tinha perdido a esperança de saber o que tinha acontecido a ela, porque, mesmo que sua mãe estivesse viva, Serilda estava presa ali e jamais veria o mundo lá fora. Isso também era culpa do Erlking.

Hans limpou a garganta.

— Que tal não sequestrarem ninguém?

— Ah. Sim. Hans tem razão. É um hábito terrível.

O Erlking, que a estava ignorando enquanto prendia uma série de facas de caça no cinto, a encarou.

— Eu não vou fazer uma promessa que não posso cumprir — respondeu ele, passando um braço pela cintura dela e a puxando para perto. Serilda precisou de toda a sua força de vontade para não fazer uma careta quando os lábios frios tocaram no canto de sua boca.

Ele a soltou rapidamente. Em outro segundo, os caçadores subiram nos cavalos. Ela percebeu que um deles a observava e foi tomada pelo medo de eles terem notado sua repulsa.

Mas não foi um sombrio, e sim um fantasma do castelo, um dos poucos que se juntavam aos sombrios nas caçadas, a mulher sem cabeça, cujo espírito Serilda já tinha visto chorando de culpa do outro lado do véu. Ela sustentou o olhar de Serilda, agora com um aceno de compreensão antes de puxar as rédeas.

O rei levou o chifre de caça à boca. O grito assombroso ecoou nas paredes do castelo. Os cães foram soltos, as brasas embaixo do pelo ardendo como fogueiras.

Eles partiram, atravessaram a ponte de pedra e desapareceram nas ruas prateadas.

Serilda fez uma careta e balançou os braços, tentando se livrar da sufocante sensação do toque dele.

— Deuses, eu achei que eles não fossem embora nunca.

Ela se virou na direção da fortaleza, mas encontrou o caminho bloqueado por cinco fantasminhas a observando com olhos curiosos.

— Por que você está tão impaciente hoje? — perguntou Fricz, os braços cruzados sobre o peito. — Tem planos?

— Que não nos incluem? — acrescentou Anna, parecendo magoada.

Serilda suspirou.

— Não sejam bobos. Só gosto muito quando eles saem. Vocês não?

As crianças não tinham o que discutir, mas ela viu que não as convencera.

— Não há nada com que se preocupar — acrescentou ela, apertando os ombros deles ao passar. — Só tem uma coisa que eu queria pesquisar, só isso. Volto para os aposentos a tempo de preparar vocês para essa... *demonstração* que vão fazer. Vocês sabem o que é?

— Não — disse Hans —, mas os sombrios parecem ansiosos, o que me deixa muito desconfiado.

— Vamos saber logo, logo — disse Serilda, olhando para o céu. — Venham, está tarde. Bem... cedo, acho. Por que vocês não descansam até de manhã?

Sem esperar resposta, ela entrou rapidamente na fortaleza.

Um fantasma estava tirando teias dos candelabros na entrada, o que a impediu de pegar a escada que levava ao segundo andar. Serilda entrou no grande salão e se ocupou inspecionando as tapeçarias até o criado ter saído de lá. Quando teve certeza de que não seria vista, ela correu para a escadaria que levava ao salão dos deuses, como tinha passado a chamá-lo. Aquele corredor era lar de sete janelas de vitral, cada uma delas exibindo um dos deuses antigos. Um brilho suave da Lua Trovejante entrava pelas vidraças.

Serilda parou no patamar. O corredor estava vazio.

Ela apertou as mãos nas dobras do vestido e seguiu pelo corredor comprido, olhando os retratos. A última janela exibia Wyrdith, o deus das histórias e da fortuna. O deus que tinha concedido o desejo do pai dela e a amaldiçoado com a roda nos olhos.

Ela parou para observar a figura, vestida com um manto amarelo com viés carmim e laranja. Uma cascata de cabelo descia até os tornozelos, preto naquela luz, mas, durante o dia, o vidro tinha um tom ametista escuro. O deus segurava uma pena dourada em uma das mãos e um pergaminho comprido na outra. Mas, em vez de olhar para o trabalho, o deus estava olhando para o céu com uma expressão séria e contemplativa.

Como se decidindo o destino de alguém.

O destino de todos.

Era estranho ver aquela figura, aquele deus, capturado em uma janela que tinha sido feita centenas de anos antes e imaginar que tinha tido tanta influência na vida de Serilda. O jeito dela para contar histórias, que antes lhe dava tanta alegria. Seu hábito de mentir, que a fez parar no castelo do Erlking. Os sussurros supersticiosos dos vizinhos que a seguiram pela infância. Tantos infortúnios que podiam ou não ter sido culpa dela.

Mas ali estava Wyrdith, vestindo trajes antiquados e segurando uma pena tão ridiculamente longa que só podia vir de uma criatura mítica. Serilda achava que nem o Erlking tinha uma ave pendurada na parede capaz de produzir uma pena daquelas.

Era meio pretensioso, na verdade.

— Por que você fez isso? — murmurou ela para o retrato. O deus não respondeu, ficou olhando ao longe, alheio ao apuro da afilhada mortal. — Por que não apenas conceder o desejo, dar um filho ao meu pai? Por que me amaldiçoar? Por que encher minha mente com essas histórias? — Ela pensou na história que tinha contado sobre o príncipe que matou Perchta. Uma história real. A história de Áureo. — Por que algumas histórias estão se provando verdadeiras?

— Conversando com os deuses agora, é?

Serilda se virou e viu Áureo segurando duas espadas douradas estreitas.

— Até agora, a conversa está sendo bem unilateral.

O olhar de Áureo foi na direção de Hulda, que era retratado como uma roda de fiar gigante, com fios de ouro enrolados no fuso.

— Seres intrometidos, não é? Saem espalhando maldições e dádivas e... nunca mais dão as caras.

— Wyrdith poderia, ao menos, ter me emprestado aquela pena. — Serilda indicou a pena enorme. — Imagine as histórias que eu poderia escrever se tivesse uma pena com o dobro do comprimento do meu braço.

— Você está dizendo que uma espada de ouro longa não é seu verdadeiro desejo? — Ele ergueu uma das espadas. — Acho que vai ficar pra mim, então.

— Uma delas é pra mim?

— Achei que ficaria mais à vontade com essa sua ideia horrível se você ao menos tivesse uma arma desta vez.

Ele entregou uma das espadas a ela e Serilda ficou surpresa com a euforia que brotou dentro dela quando fechou a mão no cabo entalhado. Exibia um tatzelwurm dourado, o símbolo da família real de Adalheid. Os ancestrais de Áureo.

— Onde você conseguiu isso?

— No arsenal — disse ele. — Onde ficam as coisas boas. Mas tenha em mente que, embora os drudes tenham aversão a ouro, ainda é uma espada ornamental. A lâmina não está muito afiada e lembre-se disso se tivermos problemas.

— Acho que vou ter que bater nas criaturinhas até que morram. — Ela testou alguns jeitos diferentes de segurar o cabo da espada até encontrar um que parecia natural. Embora não fosse uma espada grande, era mais pesada do que ela esperava.

Foi nessa hora que Serilda reparou na concha de madeira pendurada no cinto de Áureo.

— O que você está fazendo com isso?

Ele olhou para baixo e segurou a concha perto da luz da vela.

— O que você quer dizer? Eu poderia bater em alguma coisa com isso além de usar a espada.

— Claro. Você também poderia servir uma cumbuca cheia de ensopado.

As bochechas dele formaram covinhas.

— Gosto de uma arma polivalente.

— Estou falando sério. Por que você está carregando essa concha por aí?

— É a única coisa que já recebi do Erlking, e ganhei dele em uma barganha justa. — Ele deu de ombros. — Eu nunca vou largar isso.

— Uma barganha justa? Você me trocou por ela!

— É, mas... olha a qualidade desse utensílio de cozinha! Poderia ser pendurado na parede, uma obra de arte.

Serilda revirou os olhos. E, ao perceber que os dois estavam enrolando, soltou um suspiro profundo.

— Está preparado?

— Nem um pouco.

Áureo olhou para o corredor que seguia depois daquele. Um corredor cheio de sombras, sinistro e impenetrável. O castelo sempre era assustador à noite, por mais tochas e candelabros que estivessem acesos. Mas aquele corredor talvez fosse o mais assustador de todos. Ali viviam monstros de verdade. Monstros que duas vezes tinham atacado Serilda quando ela explorou aquele corredor escuro para o qual ela se sentia inexplicavelmente atraída.

Aquela era a parte do castelo que os drudes tinham ocupado. Criaturas horríveis, com pele inchada roxa-acinzentada, chifres em espiral e língua de serpente. Mas o pior era o dano que elas causavam com os gritos agudos e ensurdecedores.

Elas eram pesadelos vivos. Podiam fazer uma pessoa ver seus maiores medos, como se fossem reais e inescapáveis. Serilda ainda tremia ao lembrar as visões que os drudes tinham mostrado a ela. Todo mundo que ela amava, Áureo, seu pai, as crianças, Leyna e Lorraine, sendo torturados. Assassinados. Cabeças sem corpo penduradas decorando as paredes do Erlking...

Não ajudava o fato de que até Áureo parecia ter medo delas, apesar de já ter espantado dois drudes com a mesma espada dourada que carregava agora. Áureo nunca parecia ter medo de nada, nem mesmo do próprio Erlking, mas o tanto que não gostava dos drudes ficava tão evidente nele quanto as sombras nos cantos do castelo.

— Esse é o esconderijo perfeito — disse ela — precisamente porque ninguém quer vir aqui, nem você. E nós sabemos que tem *alguma coisa* naquele quarto. Algo que esses monstros protegem. Algo que o rei não quer que ninguém encontre. Nós temos que olhar.

— Claro, se você quiser ser lanchinho noturno de drude — disse Áureo, batendo a parte achatada da espada no ombro. — O castelo é grande. Tenho certeza de que tem um monte de lugares onde ainda não olhamos.

Só que ele não falou isso com tanta segurança. Ele estava ali havia séculos. Tinha tido muito tempo para encontrar acidentalmente seu corpo não totalmente morto.

Serilda parou no canto e olhou para o corredor. Na penumbra, ela mal enxergava a linha de pesadas portas de madeira bem fechadas e os candelabros altos que não tinham sido acesos, de forma que o fim do corredor desaparecia na escuridão. O destino deles estava lá. O quarto que a chamava desde a primeira noite em que ela pisou no castelo. O quarto com a tapeçaria na qual ela nunca tinha dado uma boa olhada, a que parecia brilhar com magia.

— Eu só estou dizendo — continuou Áureo — que o Erlking não teria dado ao meu corpo um lugar de descanso legal, cerimonial. Jogá-lo no fundo do porão é mais o estilo dele. Ele pode ter jogado em um poço ou fechado com tijolos atrás de uma parede. Até onde sabemos, ele pode ter jogado meu corpo no lago séculos atrás. Eu devo ter sido devorado por carpas selvagens.

Serilda fez que não com a cabeça. Embora o Erlking fosse ter um prazer enorme em ver o corpo de Áureo ser destroçado por peixes, ela tinha a impressão clara de que os corpos deles tinham que ser mantidos intactos, senão a maldição ficaria incompleta. As flechas eram importantes, ela estava convencida. Quando a amaldiçoou, o Erlking tinha enfiado uma flecha de ponta de ouro no pulso dela. Quando encontrassem os corpos, ela desconfiava que bastaria remover as flechas que prendiam os espíritos ao castelo para romper a maldição.

Simples.

Absurdamente simples.

Era o que ela dizia para si mesma quando precisava de alguma coisa para manter a esperança. Ela sabia que eles não tinham como matar o Erlking; ele era imortal e invencível. Serilda sabia que ele jamais a deixaria ir embora por vontade própria, não enquanto ela carregasse a criança que ele pretendia dar a Perchta. E ele nunca libertaria Áureo, que ele odiava irracionalmente.

Esse era o único caminho. Encontrar os corpos, romper a maldição. Era verdade que eles podiam fracassar e, mesmo que *tivessem* sucesso, era provável que o Erlking os caçasse para levar de volta. Mas Serilda não podia ficar parada fingindo ser rainha dos sombrios e reclamando de seu destino. Ela tinha que tentar alguma coisa, e aquela era a única em que ela conseguia pensar.

Só que ela tinha muito pouco tempo para procurar. Serilda ficava sempre à mercê do Erlking, sendo exibida perante a corte e obrigada a acompanhar aquele fingimento de cortejo e noivado, enquanto Áureo era livre para ir a qualquer lugar do castelo a que desejasse ir.

E ele tinha ido quase a qualquer lugar. Entrado em todos os aposentos, desde quartos particulares a adegas, despensas e arsenais, capelas e calabouços e tumbas. Serilda receava que eles estivessem ficando sem lugares onde procurar, então pensava no quanto o castelo era grande. Como um labirinto. Ainda devia haver muitos segredos a revelar.

— Você não foi devorado por peixes — disse ela, apertando a espada e pegando uma tocha acesa na parede. — Eu acredito que nossos corpos estejam aqui e não quero perder os próximos três séculos procurando-os quando podem estar logo no fim desse corredor. Vem, Áureo. Nós temos que fazer isso antes que a caçada volte.

CAPÍTULO

Doze

SEGURANDO A ESPADA DOURADA, SERILDA ENTROU NAS SOMBRAS. MAL adentraram o corredor quando Áureo colocou o corpo na frente dela.

— Ei — sussurrou ela. — Eu consigo me defender.

Ele a encarou, irritado.

— Eu fui treinado em luta de espada. E você?

— Treinado? Você não se lembra de nada da vida anterior. Como saberia?

— Todos os príncipes têm treino de combate — disse ele com um sorriso arrogante. — E que tipo de príncipe eu seria se...

Áureo foi interrompido por um grito e asas batendo.

Serilda cambaleou para trás. Antes que pudesse pensar em erguer a espada, ornamental ou não, Áureo pulou no agressor. Na luz tremeluzente da tocha, Serilda viu um brilho dourado e o cintilar de garras. Ouviu as batidas frenéticas de asas encouraçadas. Um drude.

Áureo moveu a espada e empurrou a criatura contra a parede. Ela berrou e caiu no chão.

Um segundo grito partiu o ar.

Serilda se virou, mas não conseguiu identificar de onde o som vinha.

A criatura foi para cima dela, mergulhando das vigas, a boca com dentes afiados escancarada. Serilda gritou, mas a criatura passou por ela e pousou no braço de Áureo, as garras afundando na manga. Áureo soltou um rugido. A espada caiu no chão.

O primeiro drude abriu as asas. Sibilando, pulou para cima e pousou no outro ombro de Áureo. Garras furaram pano e pele. A mandíbula se abriu. Ele soltou um grito horrendo na cara de Áureo.

Áureo pulou para trás e bateu na parede. Desarmado, lutou em vão para soltar os drudes. A testa estava coberta de suor. A expressão dele se contorceu quando os pesadelos tomaram a sua mente.

Serilda ouviu o grito de um terceiro. Ela observou o corredor, mas a criatura estava invisível na escuridão.

Ela prendeu a tocha em uma arandela vazia e ergueu a espada. Agindo por instinto brutal, passou o braço no pescoço do drude que estava pendurado em Áureo e a lâmina pela garganta dele.

A cabeça do monstro virou para trás, totalmente para trás, e os olhos em fenda fixaram diretamente nela, o rosto de cabeça para baixo, a língua pontuda balançando no ar quando um gorgolejo rouco encheu a garganta dele.

O aperto dele no braço de Áureo afrouxou. Com um grunhido, Serilda o soltou e jogou o corpo no chão.

Áureo não estava mais lutando. As bochechas estavam cobertas de lágrimas, os braços pendendo inertes nas laterais do corpo. O primeiro drude ainda agarrava seu ombro, infiltrando a mente de Áureo com pesadelos enquanto sangue escorria das feridas.

Com um grito gutural, Serilda se jogou nele e enfiou a espada nas costas da criatura, diretamente entre as asas cheias de veias. Ela cortou para cima, a lâmina passando perto do ombro de Áureo quando empalou a criatura.

O drude berrou e se debateu.

Serilda puxou a espada. Sangue viscoso e com cheiro de podre jorrou pelos braços dela quando a criatura caiu no chão. O monstro se virou e foi para cima dela, as garras esticadas. A língua balançando no ar. Uma umidade nos cantos da boca. Serilda deu um passo para trás e a força da criatura se esvaiu. Ela caiu para a frente em convulsão.

— Áureo — sussurrou ela, passando por cima do drude e esticando a mão para o braço dele. A camisa de linho estava coberta de sangue. As pupilas dele estavam tão dilatadas que os olhos estavam quase pretos, o olhar desfocado e desviando pelo corredor. O corpo todo tremia tanto que ele quase se soltou da mão de Serilda. — Áureo, sou eu!

O sibilo a interrompeu.

O terceiro drude, maior do que os outros, ocupava a passagem do corredor com as asas abertas.

Com a respiração trêmula, Serilda fechou os dedos no cabo da espada.

O drude se lançou no ar, batendo as asas. Pousou brevemente em um dos candelabros, pulou para a parede, as garras afundando na pedra. Lascas estalaram e caíram no tapete quando ele saltou para a frente. Subindo a parede, percorrendo o teto, como uma aranha enorme.

Ela tentou imitar o gesto que tinha visto Áureo fazer, e as pedras preciosas do cabo afundaram na palma da sua mão.

O drude saltou em sua direção.

Ela golpeou. A lâmina errou, mas forçou o drude a recuar. Ele bateu em uma porta e se agarrou a ela, as garras como agulhas enfiadas na madeira.

Serilda cambaleou, o corpo todo tremendo. Ousando tirar uma das mãos do cabo da espada, ela tateou na parede. Procurando...

O drude gritou e pulou de novo.

Não nela... em Áureo, ainda atordoado. Perdido no pesadelo que encobria seus pensamentos.

A mão de Serilda encontrou metal frio. Ela apertou o trinco e abriu a porta.

Em seguida, ergueu a espada acima do ombro com o máximo de força que conseguiu e arremessou como uma lança no monstro. A ponta perfurou uma das asas do drude, arrastando-o para o chão. A criatura uivou.

Serilda passou os braços em volta de Áureo, puxou-o e bateu a porta com o pé. Depois de soltá-lo, com as mãos trêmulas, ela mexeu no trinco da porta. O ferrolho fechou com um estrondo. Ela soltou um grito trêmulo de alívio.

— Rá! — gritou, meio de vitória, meio de perplexidade. — Quem é treinado em luta com espadas mesmo?

Ela se virou com um sorriso atônito no rosto.

Que sumiu rapidamente.

Áureo estava agachado. Com as palmas das mãos contra os olhos.

Enquanto Serilda olhava, ele soltou um grunhido, quase um lamento. Um som que era partido, assustado e vazio.

Os pesadelos ainda não o tinham libertado.

Ela expirou fundo, foi até ele e se ajoelhou.

— Áureo — sussurrou, o mesmo tom que tinha começado a usar com as crianças nas noites em que elas acordavam com visões de nachtkrapps e cães do inferno caçando seus sonhos. — Estou aqui, Áureo. É só um pesadelo. Pode acordar.

Ele grunhiu de novo, mas, um momento depois, seu olhar começou a clarear. Seus olhos se focaram nela, arregalados e inseguros e brilhando. Ele engoliu em seco.

— Áureo. Sou eu. Você está bem.

Cílios ruivo-avermelhados tremeram algumas vezes, como se piscar pudesse limpar fisicamente as visões da mente dele.

De repente, os braços dele estavam em volta dela, apertando Serilda junto ao peito. Ela ofegou, surpresa, mas também pela força do abraço. Áureo a abraçou com tanta força que ela sentiu cada uma das suas respirações trêmulas no pescoço.

— Serilda — disse ele, a voz engasgada. — Você foi... você tinha uma espada. E podia ter matado o Erlking. Ele estava *bem ali*. Mas você se virou e enfiou a espada em *mim*. E a expressão no seu rosto... era como se você me odiasse. Como se sempre tivesse me odiado. — Ele tremeu. — Foi horrível.

— Não foi real. Foram os drudes — disse ela, as palavras perdidas no cabelo emaranhado em volta das orelhas dele.

Ele se afastou. O suficiente para poder segurar as laterais do rosto dela com as palmas das mãos. O suficiente para poder vê-la. Inteira. Bem. Inspecionando os aros dourados nos olhos dela. As bochechas. A boca...

— Serilda...

Os lábios dele apertaram os dela. Intensos, ávidos e necessitados. Dedos no cabelo dela. Áureo a envolvendo. Todos os sentidos de Serilda soltando faísca, frenéticos.

Com a mesma rapidez, aquilo acabou. Áureo se afastou, murmurando pedidos de desculpas antes de conseguir respirar direito.

— Desculpa. Eu não estava pensando. Eu não devia... eu não pretendia...

Serilda segurou o braço dele. Para silenciá-lo. Para se firmar.

— Não — disse ela, sem ar. — Por favor. Não.

Os dois tremiam. Os dedos dele afundados no brocado da saia dela. Serilda segurando a camisa ensanguentada dele, só percebendo quando sentiu as mãos grudentas.

Eles se encararam, sem ar. Com medo. Serilda encontrou coragem de se encostar nele, encostando a bochecha na dele, e Áureo, depois de uma longa hesitação, permitiu que seus braços a envolvessem de novo. Dessa vez com mais gentileza.

Ela não sabia qual dos dois precisava mais ser acalmado.

— Não sou capaz de dizer quantas vezes eu quis te beijar — disse ela. — E quantas quis que você me beijasse de volta. Todos os dias. Todas as vezes que eu te vejo. E eu sei... Eu entendo por que existe essa distância entre nós. Sei o que significaria se... ele descobrisse... mas isso não me impede de desejar.

Áureo não respondeu de primeira. Ele a abraçou, mas não se moveu por muito tempo.

Até que, de repente, Serilda sentiu os músculos contraídos começarem a relaxar com um suspiro baixo.

— É bom saber que eu não sou o único.

Ela fungou. Não tinha percebido que tinha começado a chorar. A tensão da batalha, curta e horrível, finalmente a atingiu.

Áureo beijou-a na têmpora.

— Eu passei muito tempo pensando em como é difícil pra mim. Ver você... indo até ele. Pensar em você... — Ele engoliu em seco. — Mas não passei tempo suficiente pensando em como é difícil pra você. Serilda... — Ele se afastou e a observou. — Eu odeio que ele tenha te prendido aqui. Odeio tudo nisso. Mas saiba que eu faria qualquer coisa por você. Eu... — Ele se obrigou a parar, e Serilda sentiu um anseio no peito onde o coração deveria estar. Algo como esperança, pelo que ela achou que ele queria dizer.

Mas ele soltou um grunhido cansado e passou as palmas das mãos pelos braços dela até segurar suas mãos. Em seguida, levou uma das mãos até o rosto e encostou a parte de trás dos dedos na bochecha, os olhos fechados.

Ele tinha feito aquilo uma vez, na noite em que eles se conheceram. Foi uma coisa pequena. Uma carícia suave. Um pedacinho de afeição roubada, do garoto que tinha recebido tão pouco.

Fez Serilda ter vontade de chorar de novo.

E de beijá-lo de novo.

E de contar a verdade. Sobre ela e o Erlking. Sobre o bebê que ainda não tinha nascido.

Mas este era um caminho muito perigoso. Ela não tinha certeza de como Áureo reagiria. Se ele ficaria feliz, com medo ou uma mistura de emoções demais para contar. Mas ela sabia que, se Áureo soubesse da criança e se soubesse que era o pai, ele jamais concordaria com a mentira. Jamais fingiria que o filho era do Erlking. E se o Erlking descobrisse que Serilda tinha contado a verdade para Áureo... ela nem podia imaginar o que ele faria com as crianças que ela estava desesperada para proteger.

Serilda inspirou fundo e olhou na direção da porta trancada sem dizer nada.

O corredor lá fora estava em silêncio, o que a fez pensar se talvez tivesse conseguido matar o último drude.

Voltando a atenção para Áureo, ela observou a mancha de sangue na camisa dele.

— Você está ferido — disse, esticando a mão para os ferimentos. Fez uma pausa e seu dedo parou perto dele. — Se eu puder encontrar alguma coisa pra usar como atadura ou...

— Eu vou ficar bem — disse ele, um sorriso cansado substituindo a expressão de desilusão no rosto. — Eu cicatrizo com rapidez. E olha, Serilda. A gente conseguiu. A gente entrou. — Com um grunhido, ele se levantou e se apoiou na parede. — Como nós arriscamos a vida pra entrar aqui, acho que devemos dar uma olhada.

CAPÍTULO

Treze

SERILDA SE APROXIMOU PRIMEIRO DA TAPEÇARIA, A QUE FICAVA pendurada logo depois da alcova da porta. Estava destruída, cortada por lâminas ou garras, e pendurada em farrapos. Apesar de estar danificada, Serilda sempre teve curiosidade pela tapeçaria, que brilhava no lado mortal do véu, como se sustentada por algum suporte desconhecido. Em um castelo que era pouco mais do que ruínas, ela permaneceu vívida e inteira, intocada pelo tempo.

Mas, graças aos drudes, Serilda nunca tivera a chance de observar completamente a imagem assombrosa. Prendendo a respiração, ela segurou dois dos maiores pedaços e os ergueu, juntando as partes da imagem arruinada. Áureo se juntou a ela e, sem fazer perguntas, segurou os pedaços soltos restantes para preencher as lacunas.

Juntos, eles observaram a cena. Era quase encantadora. Uma família real posando em um jardim. Havia lanternas penduradas em galhos de árvores ao redor. Um rei, uma rainha, um príncipe e uma princesa.

Um lindo retrato de família.

Só que o rei e a rainha, enfeitados com trajes majestosos e coroas cheias de pedras... estavam mortos. Eram esqueletos com olhos escuros e ocos nos crânios e dentes brancos presos em sorrisos eternos. Os dedos ossudos da rainha fechavam em torno da mão da filha, segurando firme.

O príncipe e a princesa, por outro lado, pareciam muito vivos.

Com os cachos dourados, a menina era a imagem espelhada da criança pintada dentro do medalhão de Áureo.

— Minha irmã — sussurrou Áureo, pegando o medalhão debaixo da gola da camisa e abrindo-o para comparar as duas.

Serilda achou que ela estava um pouco mais jovem na pintura do medalhão, mas era a mesma garota, clara como calda de açúcar. Os mesmos cachos dourados caindo ao redor do rosto. O mesmo sorriso travesso. Serilda se perguntou como não tinha percebido as semelhanças entre ela e Áureo quando o conheceu. Não era em nível superficial: o cabelo da garota era louro e bem penteado, enquanto o dele era ruivo canela e sempre desgrenhado. Os olhos dela eram de um azul vibrante; os dele, castanhos com pontinhos dourados. Ambos tinham pele clara, mas a princesa não tinha uma fração da quantidade de sardas de Áureo.

Mas havia algo mais intrínseco que os unia. Humor e júbilo e uma centelha de travessura.

Sua atenção se voltou para o príncipe. O da tapeçaria.

Áureo.

— Tem certeza de que sou eu? — disse Áureo, parecendo decepcionado.

— Absoluta.

Ele grunhiu.

— Eu pareço um idiota pomposo.

Serilda riu.

— Por quê? Porque está vestido adequadamente, para variar? Ou porque penteou o cabelo?

Áureo lançou-lhe um olhar irritado.

— Eu estou usando uma gola de babados. Você tem ideia de como isso coça? — Ele coçou o pescoço, como se o estivesse estrangulando naquela hora mesmo.

— Você deve ter sido forçado a posar para um retrato por *horas*, para o tecelão ter sua imagem para trabalhar — disse ela. — Você devia estar se sentindo péssimo.

Ele sorriu ironicamente.

— Imagino que sim.

— No lado mortal do véu — disse Serilda — a tapeçaria não está destruída. Parece quase preservada por magia. — Ela passou os dedos ao longo de uma das bordas. — Por que você acha que está destruída aqui?

— Provavelmente obra daqueles drudes podres. — Áureo olhou para trás em direção à porta. Ambos estavam tensos, esperando outro ataque. Mas só havia silêncio. — Ou sei lá. Talvez o Erlking a tenha destruído. Não devia querer que eu visse nenhum retrato da minha família.

— Isso faria sentido — refletiu Serilda.

Áureo se virou.

— Ou talvez seja apenas este castelo assustador sendo assustador, como ele gosta de ser. Vamos. Nossos corpos podem ainda estar por aqui em algum lugar.

Juntos, eles enfrentaram o outro grande mistério daquele quarto escondido.

Uma cortina transparente pendia das vigas e lustres, espalhada por toda a jaula grande que muito tempo antes tinha chamado a atenção de Serilda, disfarçando o que quer que houvesse dentro.

Ela ultrapassou Áureo esfregando as mãos nas laterais do vestido. A cortina estava amontoada aos seus pés, intocada por eras, juntando bolotas de poeira nas dobras. À medida que Serilda se aproximava, o formato da jaula lá dentro ficava mais evidente, e a esperança aumentava na boca do seu estômago. Batia na altura do quadril e era comprido o suficiente para ser um caixão. Grande o suficiente para conter o que eles estavam procurando.

Podiam estar ali. Seus corpos, esperando a devolução dos espíritos. Que as maldições fossem quebradas.

Serilda inspirou fundo e procurou uma abertura nas dobras da cortina. Levou um momento, com nuvens de poeira sacudidas no ar ao redor deles, mas ela finalmente encontrou.

Ela puxou a cortina para o lado.

Seus olhos pousaram em uma jaula e ela ficou paralisada. Seus lábios se separaram em um suspiro assustado.

— O que em nome de Wyrdith é isso?

A mão de Áureo encontrou seu cotovelo. Ambos olharam, sem palavras, para dentro da jaula. Era de fato uma jaula... não um caixão, não uma caixa de joias destinada a guardar o corpo mortal de um príncipe amaldiçoado.

Só uma jaula, com barras trabalhadas em ouro brilhante e um piso que poderia ter sido uma folha sólida de alabastro, embora fosse difícil dizer, dada a espessura do lodo que acumulara no fundo da jaula e pingara lentamente pelos lados, endurecendo com o tempo, como bolas de cera de vela.

E, dentro, aninhado naquela lama, havia uma... galinha?

Serilda ousou dar um passo para mais perto. Parecia uma galinha, o corpo gordo empoleirado em um canto da jaula, com asas dobradas para trás. Suas penas eram uma mistura de laranja ardente e azul puxado para o lilás, com um topete branco puro no topo da cabeça, e, para uma galinha, era bastante fofa. Mas sob o corpo rechonchudo não havia penas da cauda, mas sim a parte de trás de uma cobra vermelha e azul enrolada nas bordas da jaula, mais comprida do que a altura de Serilda.

Mais impressionante ainda do que a cauda comprida enrolada era que a criatura não tinha olhos. Por um momento, Serilda pensou que poderia ter buracos ocos como os nachtkrapps, mas, ao olhar com atenção, ela percebeu que *deveria* ter olhos, mas alguém, ou alguma coisa, os tinha arrancado. As feridas tinham se fechado em cicatrizes irregulares na carne.

— Outra taxidermia? — sussurrou Áureo.

Serilda pensou.

— Mas por que a deixar em uma gaiola? — Ela também estava sussurrando.

Depois de outro longo momento, no qual ambos relaxaram lentamente de surpresa, Serilda começou a se sentir boba. Ela perguntou:

— Por que estamos sussurrando?

— Não sei — sussurrou Áureo de volta. — Não sei dizer se está morta ou dormindo. Mas olha. O que é aquilo? — Ele apontou para o lado da criatura, onde algo aparecia debaixo da asa furta-cor.

Serilda se aproximou.

— Uma flecha?

A visão a lembrou da serpe rubinrot pendurada no salão, ainda com a flecha que supostamente a matou. Uma pontada de pena surgiu na barriga de Serilda. Mordendo o lábio inferior, ela enfiou a mão com cuidado entre as barras da jaula. Mal conseguia passar a mão pela abertura.

— Você acha que isso é uma boa ideia? —perguntou Áureo.

Serilda não tinha certeza. Mas a criatura não se moveu, nem um milímetro, quando ela agarrou a flecha e puxou.

Estava presa.

Ela se encolheu.

— Talvez eu devesse deixar — disse ela. E fez exatamente o oposto. Ela puxou com mais força.

Desta vez, a flecha rasgou a carne da criatura.

Ela e Áureo arfaram.

— Desculpa — sussurrou ela enquanto um riacho de sangue começava a pingar do ferimento. — Me desculpe!

Mas a... *coisa*... não se mexeu.

Lentamente, Serilda relaxou. Ela ergueu a flecha contra a luz, observando a ponta em preto brilhante. Com um encolher de ombros, ela a jogou no chão.

— Por que você acha que está aqui? — perguntou Áureo — e não lá fora, com o zoológico?

— Não faço ideia. Não sei nem dizer o que é.
Depois de um longo silêncio, Áureo respondeu:
— A lendária galinha-cobra.
Uma risadinha escapou de Serilda antes que ela pudesse se conter. Olhou para Áureo por cima do ombro. Ele devolveu um sorriso provocador.
— Um palpite tão bom quanto qualquer outro.
Balançando a cabeça, Serilda se virou para a jaula.
E gritou.
Áureo deu um gritinho e a puxou com força para perto. Ambos recuaram alguns passos.
Pois naquele breve momento em que eles estavam distraídos, a criatura havia se movido. Sem emitir qualquer som, nenhum guincho, nenhum farfalhar de penas, nenhum caminhar encharcado por aquela gosma no fundo da jaula, ela abandonara seu canto e tinha ido parar bem na frente deles. Se não fosse cega, Serilda teria pensado que estava olhando para eles através das grades. Em vez disso, depois de um segundo, inclinou a cabeça para o lado, como se estivesse ouvindo.
— As galinhas têm ouvidos? — sussurrou Áureo.
— Silêncio — respondeu ela.
E assim começou uma disputa de olhares muito esquisita e tediosa.
A criatura não se moveu.
Ela e Áureo não se mexeram.
Ela não conseguia entender direito o medo que coalhava em seu estômago, o instinto que lhe dizia para ficar perfeitamente imóvel, para que a criatura não pudesse encontrá-la. Estava presa em uma jaula. Não tinha olhos. Era uma *galinha*. A maior parte, pelo menos.
No entanto, ela sentiu um terror avassalador ao ver o bico amarelo pontiagudo, dedos longos e escamosos e a cauda vibrante batendo para frente e para trás nas barras de ouro. Embora não soubesse explicar, aquele monstrinho bizarro criou tanto medo dentro dela quanto os drudes, o nachtkrapp, até o enorme bärgeist. E se o jeito como os dedos de Áureo estavam apertando as laterais dela fosse indicação, Áureo sentia o mesmo.
Finalmente, reunindo toda a sua coragem, Serilda pigarreou e murmurou um "oi" inseguro.
A ave... *coisa*... balançou a cabeça, igualzinho às galinhas que ela tinha visto bicando em fazendas, em busca de minhocas.
Ela abriu o bico. Mas não cacarejou.

Em vez disso, sibilou.

E cuspiu uma bola de gosma, tão espessa e nojenta quanto a substância abaixo dela, na direção deles. Serilda e Áureo pularam para longe. A substância caiu na bainha do vestido de Serilda.

O tecido começou a chiar quando o líquido viscoso queimou um buraco no brocado. Chiou e soltou fumaça, liberando um odor pútrido pela sala.

Serilda arregalou os olhos.

Em segundos, o buraco no tecido começou a se espalhar, queimando através da primeira camada de tecido grosso e luxuoso, corroendo o intrincado desenho de lírios dourados. Foi se espalhando pela panturrilha de Serilda, passando por seus joelhos, revelando a anágua por baixo. Ela gritou e recuou mais para longe da gaiola, mas não teria como escapar do próprio vestido.

— Áureo! — gritou ela quando uma gota do veneno tocou a anágua, que também começou a se desintegrar em cinzas. — Tira isso! Eu tenho que tirar!

Antes mesmo que ela terminasse de falar, ele estava puxando os fios das costas do vestido.

— Corta! — gritou ela, vendo o tecido queimar. Tinha cinzas até as coxas. Logo estaria nos quadris, na cintura, e aí seria impossível impedir que tocasse na pele. — Áureo!

— Eu não tenho nada com que cortar! — gritou ele, as mãos arranhando, puxando as amarras. — Quase. Quase.

Um último puxão. O corpete do vestido afrouxou. Serilda tirou os braços das mangas enquanto Áureo empurrava o vestido para baixo. Ela caiu de costas na tentativa de sair da roupa o mais rápido possível. Assim que o vestido pesado de brocado estava longe, Serilda segurou a musselina da anágua e a rasgou, arrancando a saia, inclusive os painéis sendo corroídos pelo veneno. Ela chutou o tecido destruído para longe. O vestido caiu em cima do amontoado de cortina fina e, juntos, Áureo e Serilda viram a peça se dissolver. Depois, a saia de musselina. Em seguida, até as cortinas que escondiam a jaula da criatura.

Em minutos, tudo estava destruído.

Até o último fio.

Serilda e Áureo se encostaram na porta e se levantaram, ofegantes. Um fedor acre pairava no ar, fazendo a garganta de Serilda arder.

Só quando a destruição tinha se consumado a criaturinha se sentou de novo, enfiou a cabeça nas penas do peito e balançou a cauda longa com satisfação.

— Bem — disse Áureo, a voz rouca. — Acho que isso explica por que isso não está no zoológico.

Serilda soltou uma gargalhada histérica.

Ela e Áureo viraram um para o outro.

E aí, tendo esquecido os drudes (ou talvez concordando tacitamente que prefeririam se arriscar com os pesadelos), eles destrancaram a porta e saíram correndo.

Eles tinham começado a percorrer o salão dos deuses quando Serilda parou.

— Áureo, espera! — gritou ela e segurou o braço dele. — Eu não posso sair. Olha pra mim.

Áureo a olhou de cima a baixo duas vezes até que a compreensão iluminou seus olhos.

— A caçada não está aqui.

Ela soltou um suspiro.

— Eu sei, mas tem muitos sombrios que adorariam contar pra ele que eu fui vista correndo por aí só de calçola!

Um sorriso divertido se abriu no rosto de Áureo.

— Você poderia estar lançando uma moda.

— Fala sério. — Ela deu um tapa no ombro dele.

— Isso não seria problema se você estivesse praticando seu... — Ele estalou os dedos e desapareceu.

Serilda revirou os olhos e se virou, esperando que ele reaparecesse logo atrás dela.

Mas ele não apareceu de novo.

Ela franziu a testa e girou em círculo, procurando.

Áureo não voltou.

Ela soltou um ruído de insatisfação.

— Áureo!

Não houve resposta.

Serilda balançou os braços, bufou e olhou de cara feia para o deus mais próximo, por nenhum motivo específico além de não ter quem culpar pela situação atual. A janela exibia Solvilde, o deus do céu e do mar, soprando vento nas velas de um navio grande. Assim como com os outros, o artista tinha decidido retratar o deus de forma majestosa, com vestes fluidas que mudavam de vermelho-carmim para um azul-pálido, como um nascer do sol, e uma coroa de pérolas cintilava na pele escura. Mas Serilda imaginava que Solvilde se vestiria com algo prático: camisas leves e calças confortáveis, cintos de couro para carregar dispositivos importantes. Bússolas e telescópios e similares. Ela sempre tinha imaginado o deus vestido como um pirata.

— Seu desejo é uma ordem.

Ela se virou. Áureo estava no corredor com veludo vinho nos braços.

Serilda quase derreteu de alívio.

— Obrigada.

— De nada. Estava com esperança de remexer nas suas roupas de baixo, mas os gêmeos estavam lá me olhando como corujinhas. Crianças são apavorantes. — Ele fingiu um tremor.

Ela revirou os olhos. Áureo fingia ter medo de crianças, mas era o primeiro a lutar com as cinco quando elas estavam entediadas, o primeiro a ver Anna quando ela treinava plantar bananeira, o primeiro a segurar a mão de Gerdrut quando ela ficava com medo. Serilda se perguntou se ele era sempre bom com os pequenos. Achava que devia ser por causa de algo bem escondido dentro dele, experiências esquecidas de cuidar da irmãzinha.

— Você não ousaria remexer nas minhas roupas de baixo — disse ela, pegando o vestido.

Ele deu de ombros com indiferença.

— Achei que você podia querer uma nova... dessa coisa aí. — Ele fez um gesto constrangido na direção das pernas dela.

— Combinação? — Ela suspirou. — Vou ter que ficar sem. Vire-se.

Áureo ergueu as sobrancelhas para ela. Um toque rosado estava deixando as sardas do rosto dele mais destacadas, mas havia algo ousado na expressão. Algo com segundas intenções. E, naquele momento, Serilda sentiu mil palavras não ditas cintilando no ar.

Eles nunca tinham conversado sobre o que tinha acontecido entre os dois na terceira noite em que lhe pedira para transformar palha em ouro. A noite em que os beijos dele desceram pelo pescoço dela. A noite em que ela não teve o menor problema em deixar que ele a visse sem combinação, sem chemise... sem nada.

Mas Áureo não tocou no assunto.

Com um sorrisinho nos cantos da boca, ele se virou para a parede.

— Me avise se precisar de ajuda — disse ele com voz cantarolada.

— Eu vou ficar bem — murmurou ela. Seus dedos tremeram com lembranças e vontades que nunca tinham sumido completamente.

— Se você insiste — disse ele. — É que eu sei que rainhas estão acostumadas a ter outras pessoas as vestindo, as paparicando... — Ele ergueu os braços em um movimento exagerado. — Só quero que você saiba que meus serviços estão disponíveis.

— Fica quieto, Áureo — disse ela, o corpo todo quente agora.

Ele a respondeu com uma risada.

Quando ela tirou o que restava da chemise e entrou no vestido que ele tinha levado, a pele, tocando no tecido do vestido, formigou com lembranças de onde os dedos de Áureo já haviam tocado. Na parte de trás dos joelhos. Na pele sensível ao longo da caixa torácica.

Serilda balançou a cabeça de forma feroz enquanto ajeitava o tecido do vestido.

— Tudo bem, pode se virar. Você pode amarrar os cordões?

— Ah, então você precisa da minha ajuda?

Ela olhou para o teto.

— Você é impossível.

— Você parece gostar de mim mesmo assim.

Ela fez uma pausa, se virou parcialmente e olhou para ele de novo, segurando a mão que ia na direção dos cordões. Sustentou o olhar dele e Áureo ficou imóvel, o brilho de provocação sumindo dos olhos.

— Eu gosto, Áureo — disse ela com sinceridade. — Gosto muito.

Ele abriu a boca, mas Serilda não lhe deu chance de responder: inclinou-se para a frente e encostou os lábios nos dele, tentando encher o beijo com todas as palavras que não tinha permissão de dizer. Ela podia ser casada com o Erlking, mas era *ele* que queria. Só ele.

Seus olhos estavam lacrimejando quando ela se afastou. Áureo a observou, a expressão ao mesmo tempo esperançosa e... magoada.

Sem uma palavra, Serilda deu as costas para ele.

Ela ficou ao mesmo tempo aliviada e decepcionada quando Áureo fechou os cordões com toda a integridade de um cavalheiro. Ele não deixou as pontas dos dedos tocarem nos triângulos de pele exposta nem permanecerem na base do pescoço. Não chegou mais perto para deixar a respiração dançar na parte de trás da orelha dela. Não a abraçou por trás e começou a desfazer o trabalho difícil que já havia começado.

E tudo que ele não fez deixou Serilda ardendo com um desejo que ela tinha passado os meses anteriores sufocando no fundo de si mesma.

— Prontinho — disse ele, chegando para trás.

Serilda se virou para ele de novo.

— Obrigada.

Ele devia ter visto nos olhos dela. Devia saber. Ela não poderia ter escondido o desejo dele nem se quisesse.

Os olhos de Áureo escureceram, mas, pela primeira vez, ele não fez nenhum comentário irônico.

Serilda engoliu em seco.

Eles estavam sozinhos.

Ninguém saberia se ela roubasse outro beijo. Mais um abraço.

Ninguém precisava saber.

Ela deu um passo à frente.

— Áureo, eu...

— Estão te esperando — gaguejou ele enquanto as mãos iam até os braços dela. Não para puxá-la para perto, mas para afastá-la.

Ela ficou paralisada.

— O quê?

— As crianças. Todo mundo. Estão te esperando. — Áureo abriu um sorriso fugaz. — Nós não íamos querer deixar ninguém preocupado.

CAPÍTULO

Catorze

— PREPAREM OS CÃES — ORDENOU O ERLKING DE CIMA DO CORCEL negro. — Caçadores; de prontidão. — Ele puxou o cavalo e olhou para cima, seu olhar encontrando o de Serilda. Mas o olhar foi breve. No momento seguinte, os cães começaram a uivar, e a atenção do Erlking voltou-se para o espetáculo da caça.

Serilda estava muito entediada, e era uma luta constante se lembrar de agir majestosamente. Não bocejar. Não se contorcer. Não dar nenhuma indicação de que preferiria estar em qualquer lugar que não ali.

Especialmente quando ela era tão parte do espetáculo quanto os próprios caçadores.

Em homenagem à primeira aparição de Sua Majestade assistindo à demonstração dos caçadores, o Erlking havia encomendado um conjunto de arquibancadas organizadas no canto da arena de caça, completa com um dossel grande e bancos acolchoados. Os carpinteiros trabalharam nelas a noite toda. E Serilda ficou sentada lá durante a maior parte da tarde, com os cinco acompanhantes ao lado e uma multidão de fantasmas levando copos de água com frutas e bandejas de doces amanteigados. Teria sido muito bom, ela supôs, se ela não se sentisse como um pavão em exposição. Porque não eram só ela e os fantasmas gentis. Nunca era. Ela também estava cercada por todos os lados pela corte do rei. Aquelas criaturas belas e cruéis, com olhos que seguiam cada movimento dela com sua risada silenciosa e zombeteira.

Serilda não se importava muito com o que pensavam dela. Mas odiava sempre se sentir como se estivesse sentada em um fosso de cães infernais, esperando que eles se cansassem de brincar com ela e finalmente a devorassem inteira.

Abaixo, os caçadores colocaram os cavalos em formação em torno da arena, que era, na verdade, só uma grande parte arborizada dos jardins que antes ficava isolada por um muro.

— Vamos oferecer um show fascinante — disse o Erlking. — Eu não ficarei feliz se vocês se constrangerem diante da sua rainha.

Embora ele parecesse sério, Serilda ouvia zombarias de alguns dos caçadores, mesmo de seu ponto alto. Dois sombrios nas arquibancadas olharam com ironia.

— Que saco — gemeu Anna, segurando o queixo com as mãos. — Quanto tempo temos que ficar aqui?

— Não vai demorar muito mais — mentiu Serilda.

— Você disse isso uma hora atrás. — Anna começou a chutar a amurada na frente deles. — Quando eles estavam terminando a competição de arco e flecha.

— E uma hora antes disso — acrescentou Fricz —, quando estavam desfilando com os cães como se fossem pôneis premiados.

— E uma hora antes disso… — começou Hans, mas Serilda levantou a mão para que ele ficasse quieto.

— Eu sei — disse ela. — Acho que essa é a demonstração final. Além disso, parece que pode começar a chover a qualquer momento.

Embora a manhã tivesse sido ensolarada, nuvens escuras tinham começado a se formar no horizonte. Serilda nunca tinha ficado tão ansiosa por uma tempestade. Ela estava tão impaciente quanto as crianças, o que tinha sido agravado por uma noite sem dormir, um vestido pesado, o suor escorrendo pelas costas e o fato de que não podia chutar a amurada por mais que quisesse porque, de novo, era a rainha.

Serilda não se importava com o quão impressionantes os caçadores eram, nem seus fumegantes cães do inferno. Ela só queria se retirar para seus aposentos e tirar uma longa soneca.

Os chutes de Anna ficaram mais intensos, e Serilda estendeu a mão e a colocou no joelho da garota para pará-los. Em resposta, a menina cruzou os braços sobre o peito e emburrou a cara.

Lá embaixo, o rei assentiu para Giselle, que estava diante da jaula do bärgeist, o grande urso fantasma. Uma figura imensa, de três metros de altura, coberta de pelo preto oleoso, com olhos que ardiam como brasas. Apesar de ser imponente, não era tão bonito como algumas das outras criaturas do zoológico. O bärgeist parecia velho, com grandes áreas do pelo preto caindo em alguns lugares, revelando a pele cinza e murcha por baixo. Dois dentes perdidos não tornavam sua enorme mandíbula menos aterrorizante. Tinha perdido uma orelha, e cicatrizes irregulares cruzavam aquele lado do pescoço até a pata dianteira. Parecia que tinha vivido por mil anos... e que cada século tinha sido mais cruel do que o anterior.

— Solte o bärgeist! — gritou o rei.

Giselle, com a ajuda de mais três criados, ergueu a barra de ferro da porta da jaula. Enquanto as travas rangiam e o urso andava de um lado para o outro com pernas tão largas quanto tocos de árvores, os cães começaram a rosnar e puxar as correntes.

Serilda engoliu em seco, torcendo para que a plataforma construída às pressas não desabasse caso o bärgeist decidisse se chocar neles.

— E se eles não conseguirem capturá-lo novamente? — sussurrou Gerdrut.

— Aí nós vamos ter um urso feroz semimorto vagando pelos jardins — disse Fricz.

— Talvez devore o Erlking — disse Nickel — e resolva pelo menos um dos nossos problemas.

Anna torceu os lábios para pensar sobre isso, mas acabou balançando a cabeça.

— Não é uma grande solução se apenas criar um problema maior para resolver.

— Vou me arriscar com o urso — murmurou Nickel.

Lá embaixo, o urso andou de quatro para fora da jaula. Os caçadores se afastaram, os que estavam a pé escondidos nas árvores e arbustos, enquanto os que estavam a cavalo permaneciam mais perto dos contornos da arena. O urso caminhava com movimentos lentos e encolhidos, farejando o ar, o pelo irregular eriçado com desconfiança.

Até que, sem aviso, o animal ficou de pé nas patas traseiras e rugiu. As presas amareladas brilharam à luz do sol. Quando se apoiou de volta nas patas dianteiras, o chão tremeu, as vibrações sentidas através das tábuas do chão das arquibancadas.

O urso avançou pela floresta falsa, procurando uma rota de fuga.

— Aguardem! — gritou o Erlking.

Ninguém tentou parar o urso quando ele correu entre as árvores e pisoteou a vegetação, derrubando mudas, esmagando samambaias e ignorando as amoreiras e os galhos que se prenderam no pelo.

Chegou a um muro externo.

O urso parou abruptamente, olhando para a pedra impenetrável à sua frente. Ele rugiu novamente, o som sacudindo os ossos de Serilda.

Ele passou um momento farejando o muro, tentando até escalá-lo.

Com um bufo frustrado, o urso voltou para a floresta. Desta vez, seguindo para o castelo.

Ainda assim, os caçadores não se mexeram. Até onde o deixariam ir?

Serilda se perguntou se havia alguma chance de o urso realmente escapar. Se encontrasse o portão sul, o animal poderia conseguir passar por cima dele. Poderia chegar ao pátio e atravessar a ponte levadiça para Adalheid? Ou pular no lago e nadar até uma margem distante? E se o urso conseguisse ir para o reino mortal?

Ela se sentiu mal pelo urso… mas não tanto a ponto de querer soltá-lo em cima das pessoas com quem se importava.

— Por que eles não estão fazendo nada? — perguntou Anna, que agora estava de pé, apoiando as duas mãos na amurada para ver melhor.

— Estão aguardando, deixando que a criatura se canse. Vai ser mais fácil de capturar uma vez que o bicho tenha perdido a esperança.

Serilda e as crianças se viraram para a voz rouca. Uma mulher estava sentada na fileira seguinte. Sozinha.

Serilda a reconheceu imediatamente. A mulher sem cabeça, como ela sempre tinha pensado nela. Não uma sombria, mas um fantasma, um dos poucos que costumavam se juntar à caça selvagem, que estava na arena praticando esgrima e tiro com arco mais cedo, naquela tarde. Ela usava um lenço no pescoço, perpetuamente encharcado de sangue, assim como a frente da túnica. No reino mortal, quando Serilda estava fugindo do castelo uma vez, ela avistara o fantasma daquela mulher. Ela a tinha ouvido chorar, dizendo que era tudo culpa dela. Serilda tinha visto quando a cabeça da mulher foi cortada por alguma lâmina invisível. Mesmo agora, Serilda tremia quando se lembrava disso. A cabeça decapitada, os olhos arregalados, a boca aberta, sussurrando… *Nos ajude.*

A lembrança surgia cada vez que ela via aquela mulher, embora Serilda não achasse que os fantasmas soubessem o que seus eus assombrados faziam do outro lado do véu.

— Estão brincando com ele — disse Hans, enojado. — Fazendo ele pensar que tem chance.

— Exatamente — disse a mulher. — É um dos jogos favoritos do rei.

Serilda estremeceu, pensando em como a caçada selvagem uma vez permitiu que ela também acreditasse que poderia escapar. Ela e o pai tinham fugido para uma cidade próxima, torcendo para que pudessem se esconder até a lua cheia acabar. Serilda achou que eles tinham uma chance… igual ao bärgeist abaixo deles.

— Quanto tempo vai levar para o urso… desistir? — perguntou ela.

A mulher a encarou.

— Isso é impossível dizer. Esta é a primeira vez que o urso está fora da jaula em centenas de anos. Como ele vai reagir é puro palpite.

— Por que você não está lá? — perguntou Nickel. — Você é uma caçadora também, não é?

A mulher sorriu para ele, a expressão suave.

— Eu sou caçadora — disse ela. — Mas eu não sou uma *deles*, e nunca serei. — O desprezo no seu tom era óbvio.

— Você não gosta da caçada selvagem? — perguntou Fricz, girando tanto no assento que ficou quase sentado para trás.

— Ah, eu gosto do sabor de liberdade que ela oferece, mas não tanto quanto eu desprezo a sensação de estar presa quando voltamos. — A mulher fez uma pausa antes de acrescentar: — Nós, fantasmas, temos poucas opções. Desconfio que você já saiba disso, jovem escudeiro.

A expressão curiosa de Fricz esmaeceu.

— Sua Escuridão me leva com ele porque eu tenho habilidades que ele valoriza na caçada — continuou ela. — Se eu pudesse escolher, não teria esse tipo de companhia, mesmo se significasse me abster da única coisa na qual sempre fui boa.

Serilda considerou o que a mulher falou, se perguntando se conseguiria se abster de contar histórias, a única coisa em que ela era boa. Provavelmente a beneficiaria muito se ela o fizesse. Mas ela já havia prometido a si mesma no passado que não contaria mais histórias e mentiras e, ainda assim, de alguma forma, sua língua problemática sempre a traía, e normalmente a metia em problemas cada vez maiores.

— Milady, eu não me penduraria tão precariamente, se fosse você — disse a mulher.

Serilda virou-se e viu Anna sentada em cima da amurada, de costas para a arena. Serilda ofegou e esticou os braços, agarrando o braço de Anna e a puxando de volta.

— Você pode cair!

Anna bufou.

— Pelo menos estaria fazendo alguma coisa! — disse ela, se virando para o espetáculo e apoiando os cotovelos na amurada, recusando-se a sentar no banco.

Serilda balançou a cabeça e desejou duplamente que aquele dia acabasse. Ela ficou feliz em ver que as nuvens de tempestade haviam se aproximado. A qualquer minuto entrariam na frente do sol. Uma névoa sombria ao longe sugeria que uma chuva forte estava chegando também.

— Perdoe minha ousadia, Majestade — disse a mulher. Ela tinha se levantado e contornado o banco e agora apontava para o local que Anna havia abandonado. — Será que posso me juntar ao seu grupo?

Serilda piscou, estudando a mulher com mais atenção do que antes. Ela tinha pele clara, olhos azuis penetrantes e cabelo louro trançado em um penteado de coroa no alto da cabeça. A postura era rígida e majestosa, a constituição atlética e forte.

Agora que estava pensando, a mulher sempre pareceu diferente dos outros fantasmas do castelo. Ela era uma caçadora, mas não totalmente bem-vinda pelos sombrios. Era um fantasma, mas não uma criada. Ela ganhou respeito pelas habilidades que tinha, mas, assim como Serilda, suas habilidades também lhe renderam a posição de proscrita.

— Claro — disse Serilda, chegando para mais perto de Gerdrut para abrir espaço. — Ficaríamos honrados com sua companhia.

A mulher sorriu quase timidamente quando se sentou.

— Eu sou Lady Agathe, caçadora e mestra de armas.

— Mestra de armas? — disse Serilda, erguendo as sobrancelhas.

Agathe assentiu.

— Tenho poucas lembranças da minha vida mortal, mas já fui encarregada de treinar os guardas do castelo, entre outras responsabilidades.

Serilda pensou novamente na figura sombria chorando na entrada do castelo. *Eu o ensinei o melhor que pude, mas ele não estava pronto. Eu o decepcionei. Decepcionei a todos.*

Era como se um pedaço do passado trágico do castelo se encaixasse no lugar. Não era de se admirar Agathe se culpar, pelo menos em parte, por falhar em seus deveres. Ela tinha treinado os guardas do castelo. Devia ter sido uma grande guerreira. E, no entanto, contra os sombrios, Adalheid havia caído. As pessoas que ela precisava proteger tinham sido massacradas, incluindo ela, e a família real. Certamente, Agathe teria conhecido o rei e a rainha, até mesmo Áureo. Talvez tivesse sido quem o ensinou a lutar com espada e arco e flecha.

— Deve ter sido uma grande honra para alguém de seus talentos... — arriscou Serilda — receber um lugar na caçada selvagem.

Agathe sorriu amargamente.

— Eles deveriam se sentir honrados em *me* receber. — Ela lançou um olhar para Serilda, com os olhos cintilando. — Assim como deveriam se sentir honrados em ter uma rainha assim no trono dos antigos.

Serilda sentiu as bochechas esquentarem. Ela era filha de um moleiro. Ainda não se via como rainha e não sabia se conseguiria se ver.

— Duvido que muitos vejam dessa forma.

— Eles são tolos.

Um rugido da arena chamou a atenção delas de volta para o bärgeist. O urso tinha chegado à parede oeste e estava olhando para algumas das árvores mais altas, provavelmente contemplando se aguentariam seu peso se tentasse subir nelas.

Os caçadores também estavam em movimento. Esgueirando-se pela vegetação. Cercando o urso como uma armadilha, os movimentos tão silenciosos como o luar.

— Eu não entendo por que você não está lá embaixo — disse Serilda. — Suas habilidades, sem dúvida, seriam valiosas tanto na prática quanto na realidade.

— Eu sou útil nas caçadas — disse Agathe —, mas isso é por esporte. Um jeito de construir habilidades e praticar com as correntes de ouro. Também é entretenimento para os sombrios. Para mostrar à corte o que os caçadores podem fazer. — Ela olhou de cara feia para um grupo de sombrios que tinham se reunido perto da amurada. — Não seria bem-visto um ser humano fantasma ofuscar seus amados caçadores perante tal plateia. Perante a própria rainha. — Ela riu baixinho. — O rei não arriscaria isso.

Serilda não pôde deixar de sorrir para a mulher. As palavras de Agathe foram arrogantes, mas seu tom continha uma confiança silenciosa. Seria possível que aquela mulher, uma vez mortal, fosse mesmo uma caçadora melhor do que os demônios? Era difícil imaginar, mas Serilda tinha visto em primeira mão como o Erlking tinha mais respeito por Agathe do que pela maioria dos fantasmas do castelo, ou mesmo alguns dos sombrios.

— Observe agora — disse Agathe.

Lá embaixo, o rei, pouco visível em um canteiro de figueiras, fez um sinal com o braço.

Os cães correram para a frente. Gritando. Uivando. Um borrão de pelo preto nas árvores.

O urso rosnou e se encostou no muro. Farejou o ar, olhos vermelhos faiscando.

Serilda se inclinou, esperando que o urso lutasse. Que destruísse alguns daqueles cães terríveis.

Mas os cães não atacaram. Em vez disso, pararam um pouco além do alcance das enormes garras do urso, esquivando-se e desviando quando ele atacava. Serilda levou um momento para perceber que os cães estavam pastoreando o urso. Forçando-o para longe do muro e de volta para a linha das árvores.

O urso continuou a rosnar e golpear, mesmo perdendo terreno. Os cães eram muito rápidos, muito bem treinados. Serilda se perguntou se estavam tentando confundir o urso intencionalmente, pela maneira como corriam para perto e em volta, rosnando e mordiscando o pelo da criatura, atacando-a de todos os lados. Um cão de caça pulou nas costas do urso e enterrou as presas na carne do bicho. O bärgeist rugiu e arremessou o cão para longe...

E as flechas começaram a voar.

CAPÍTULO
Quinze

SERILDA ESTAVA TÃO CONCENTRADA NOS CÃES INFERNAIS QUE NÃO tinha reparado nos caçadores.

Três flechas atingiram o bärgeist em rápida sucessão. Duas no ombro, uma na lateral. O urso rugiu, as brasas nos olhos se acendendo com raiva.

Mas ele não atacou os caçadores.

Em vez disso, se virou e correu, fugindo para salvar a vida.

Não conseguiu chegar muito longe, e uma rede tecida com correntes douradas se esticou em seu caminho. O urso se chocou nela, os membros rapidamente emaranhando nos fios.

Agathe ficou de pé e Serilda se apressou em se juntar a ela. Ela e as crianças se reuniram perto da amurada, observando com espanto horrorizado o bärgeist lutar para se libertar. Os caçadores se esforçaram para esticar as correntes, prendendo a rede em torno do corpo enorme do urso.

— Não é o suficiente — murmurou Agathe.

Serilda não respondeu. Ela estava tentando entender o que Agathe via. Tentando discernir o que estava acontecendo naquela confusão de pelo preto e cães uivando e correntes brilhantes.

Parecia o suficiente para ela.

Ao redor deles, as arquibancadas irromperam em aplausos. Serilda não aplaudiu, nem as crianças. Nem nenhum dos criados, que haviam parado de distribuir comida e bebida para assistir à caçada.

Nem Agathe, reparou ela.

Não tinha sido uma batalha justa. O urso não teve chance. Foi como uma besta em um labirinto, sem esperança de liberdade.

Qual era o propósito? Provocar a pobre criatura, que já havia passado uma eternidade em confinamento? A violência era grotesca, e Serilda não conseguia entender por que alguém gostaria de ver aquilo. Não havia glória nenhuma na demonstração.

Uma mãozinha deslizou na dela. Ela olhou para baixo e viu Gerdrut observando a caçada com lágrimas no rosto.

— Vão matar ele?

Serilda franziu a testa.

— Não sei.

— Não, criança — disse Agathe. — Eles pretendem colocá-lo de volta na jaula. Para que, quando estiver curado, possam caçá-lo de novo e de novo.

Gerdrut estremeceu.

Uma sombra repentina eclipsou a luz do sol. As nuvens se reuniam sobre o castelo.

Serilda procurou o Erlking. Ele ainda estava montado no cavalo, mas sua expressão não era comemorativa. Ele olhava para o céu, como se a tempestade fosse uma afronta pessoal.

Sua atenção voltou para o bärgeist e ele amarrou mais a cara.

— Eu não entendo — disse Serilda. — Por que Sua Obscuridade não está satisfeito?

— Aquelas correntes eram suficientes para capturar o tatzelwurm — disse Agathe. — Mas não podem segurar o bärgeist. O que significa que não são suficientes para deter um grifo.

— *Um grifo?*

Agathe assentiu.

— É a próxima criatura que Sua Obscuridade está querendo capturar.

Serilda tentou imaginar uma besta tão majestosa em carne e osso: asas de águia e garras de leão, a imagem direto de um dos livros que ela pegara emprestado da escola em Märchenfeld.

Abaixo, o bärgeist havia parado de lutar contra as amarras.

— A mim, parece que estão segurando — murmurou Serilda.

— Espere — disse Agathe.

Mas embora a multidão prendesse a respiração e os caçadores segurassem as correntes e fincassem os calcanhares na terra macia, o bärgeist não se mexia. Estava com muito medo, ou desencorajado para reagir.

— Mas como o capturaram antes? — perguntou Serilda. — O rei caçou o bärgeist sem correntes de ouro. E tantos outros. A serpe rubinrot, o... — Ela parou antes que mencionasse a criatura que ela e Áureo tinham visto, não tendo certeza se isso devia ser mantido em segredo. — Muitos outros.

— Meu entendimento — falou Agathe lentamente — é que o bärgeist foi capturado por Perchta, a grande caçadora.

Serilda virou a cabeça.

— O quê?

Uma sombra caiu sobre o rosto de Agathe.

— Eu mencionei que tenho poucas lembranças da minha vida mortal, mas tem uma mais clara que as outras. Da noite em que os sombrios vieram. Eles invadiram o castelo com armas, sim, mas também vieram com criaturas. O nachtkrapp. Os drudes. Alps e goblins e o restante. — A voz dela ficou mais baixa. — E o bärgeist. Eles o soltaram no salão e lhe assistiram destruir nossas fileiras de soldados como uma foice no trigo. Eu me lembro de estar na sala do trono, e querer ir atrás dele para tentar parar o monstro, mas eu… eu não fui. Não consegui. — Ela franziu a testa. — Acho que talvez eu estivesse defendendo algo naquela sala. Ou alguém. Mas eu não lembro…

— O rei e a rainha — disse Serilda, colocando a mão no braço da mulher e reprimindo a careta ante a horrível sensação. Agathe enrijeceu, olhando para o toque, brevemente surpresa. — Eu acredito que o rei e a rainha morreram na sala do trono durante o massacre. Você devia estar tentando protegê-los.

Agathe balançou a cabeça.

— Eu não me lembro de um rei ou uma rainha…

— Ninguém lembra. É uma parte da maldição deste castelo que a família real seja esquecida. Havia um príncipe e uma princesa também.

— Um príncipe e uma princesa? — Agathe mexeu no lenço ensanguentado no pescoço. Ela inspirou fundo, a feição se contorcendo profundamente. — Então também falhei com eles.

As entranhas de Serilda se contraíram.

— Não era isso que eu…

— Não importa — interrompeu Agathe. — Você perguntou sobre a serpe. Foi capturada posteriormente. Talvez… cem anos atrás? É difícil registrar a passagem do tempo, mas eu estava na caçada. O rei tinha uma flecha que estava guardando para aquela fera em particular. Acho que era uma de Perchta, talvez a última de suas flechas. A caçadora tinha um veneno especial em que ela mergulhava as flechas em caçadas importantes. Que podia subjugar a presa. Deixava animais imóveis.

Foi assim que capturamos a serpe, mesmo sem as correntes douradas. Não acredito que o rei tenha mais dessas flechas. — Ela inclinou a cabeça, olhando para Serilda. — A caçada selvagem é mais formidável. Mas, mesmo hoje, os caçadores falam de Perchta como se ela ainda fosse a líder. Nem o Rei dos Antigos pode substituí-la nas mentes deles.

— Ela parece assustadora — comentou Serilda.

Agathe riu.

— Sim. Concordo. — De repente, seu corpo ficou rígido e ela se encostou na amurada de novo. — Olha.

Serilda e as crianças se inclinaram enquanto as sombras se estendiam pela arena. O bärgeist ainda estava curvado protetoramente, as costas como uma montanha com pelo eriçado, a rede dourada enrolada nas patas dianteiras ao redor do ombro direito. Três flechas espetavam sua carne.

Serilda não sabia o que Agathe tinha visto. Ainda lhe parecia que a caçada havia vencido. O urso fora capturado.

Os cães recuaram e os caçadores avançaram com as armas em punho.

Uma rajada de vento assobiou pelos jardins, sacudindo os galhos no pomar. Com ela, vieram as primeiras gotas de chuva.

— *Vão* matá-lo! — anunciou Gerdrut.

— Não — retrucou Agathe. — Vão tentar fazê-lo se mover. Eles não são fortes o suficiente para puxá-lo de volta para a jaula, então vão usar a dor para incentivá-lo a andar. Se isso falhar, eles podem ter que prender as correntes aos cavalos, mas mesmo assim…

Um dos caçadores saltou para a frente, preparando-se para enfiar uma lança na anca do urso.

Mas, pouco antes, o animal empinou nas patas traseiras. Os caçadores segurando as correntes escorregaram pela terra, arrastados pela incrível força da besta. Alguns largaram as correntes. O caçador com a lança saltou para trás quando o bärgeist se virou para ele e investiu, cortando o abdome do caçador com um golpe das garras. Saiu fumaça da ferida, derramando-se como névoa escura em torno dos tornozelos do caçador. O homem gritou de dor e desmaiou. O urso lançou sua forma maciça sobre ele e fugiu de volta para a floresta densa. Com a rede dourada ainda nos ombros, conseguiu arrastar dois caçadores determinados junto, até eles serem forçados a abandonar as correntes e deixá-lo ir.

— Viva! — comemorou Gerdrut.

E então… um grito.

Aconteceu tão rapidamente que Serilda mal viu a figura de Anna se inclinando demais em um momento... e caindo pela amurada no seguinte.

Ela gritou e olhou por cima. Anna estava esparramada no chão, e, por um momento desesperador, Serilda se lembrou de tudo. Encontrar o corpo dela à beira da estrada, nos arredores do Bosque Aschen. Ainda de camisola, a lama cobrindo o rosto, um buraco no peito onde o nachtkrapp tinha comido seu coração.

Dominada pelo horror e desespero, Serilda teve vontade de gritar, brigar e atacar qualquer um que ousasse cruzar seu caminho...

Mas então, um gemido.

Os olhos de Anna se abriram.

— Estou... viva — disse ela com um meio sorriso.

Serilda murchou. Não era verdade, mas bastava para amenizar a dor horrível de perdê-la novamente.

Até que Gerdrut gritou:

— Anna! O bärgeist!

Serilda arregalou os olhos. A besta estava correndo pela floresta, indo direto para Anna, que parecia mal conseguir se mover.

— Não pode matá-la — sussurrou Serilda baixinho. — Não pode matá-la, não de novo.

Mas podia machucá-la.

Um movimento surgiu na visão de Serilda. Agathe apoiou a mão na amurada e se jogou da plataforma. Caiu de pé e saltou para a frente, agarrando um galho caído no chão. Ficou entre Anna e o bärgeist segundos antes da enorme forma negra colidir com ela com um rosnado feroz. Membros e pelos e garras e rosnado e sangue e...

— Matem! Agora!

Flechas de todas as direções. O bärgeist rugindo. Lutando. Arranhando.

Finalmente... o urso soltou Agathe e se virou para os caçadores. Agathe desmoronou ao lado de Anna, coberta de sangue, segurando o galho. Seu outro braço parecia mutilado e retorcido.

O bärgeist investiu um último golpe em um cão que ousou chegar perto demais, mas errou. Ele oscilou nas patas traseiras por um momento e caiu de lado, tremendo a cada respiração. O sangue escorria grosso das feridas, que eram incontáveis, pingando lentamente como melaço, deixando o pelo negro grudento. O corpo enorme estremeceu uma última vez, antes de cair imóvel.

CAPÍTULO

Dezesseis

SERILDA ABRIU CAMINHO PELOS SOMBRIOS QUE ESTAVAM ASSISTINDO. Desceu os degraus bambos, os pés mal tocando nas tábuas, e abriu o portão de proteção.

— Anna! — gritou ela. — Lady Agathe!

Ela caiu de joelhos entre as duas, sem saber com quem estava mais preocupada. Anna ainda não tinha feito nenhuma tentativa de se sentar e Agathe... se Agathe fosse mortal, bem... ela já estaria morta.

— Estou bem — disse Anna, embora Serilda percebesse que estava machucada. — Só... talvez... com um osso quebrado. Ou... uns dezesseis. Mas eu estou bem.

— Eu também ficarei. — Agathe disfarçou a dor melhor enquanto segurava o membro destruído junto da barriga. — Não é a pior ferida que já tive.

Infelizmente, Serilda sabia que era verdade.

— Qual é o seu problema? — gritou o Erlking.

Serilda congelou. Suas emoções estavam tão à flor da pele, ela não estava em um bom momento para gritarem com ela. Mas, quando olhou de cara feia para o marido, que tinha aparecido como um espectro no cavalo preto, percebeu que ele não estava olhando para ela, mas para Agathe.

— Ela é só um fantasma! — continuou ele, indicando Anna. — Não pode ser morta! E agora, por causa da sua tolice, perdemos o bärgeist!

Com muita dor, Agathe se forçou a ficar de pé.

— Perdão, meu senhor. Mas não fui eu que dei a ordem para o bärgeist ser morto. — Ela o encarou sem hesitar. — Afinal, eu também sou *só* um fantasma.

O Erlking rosnou.

— Qualquer outro fantasma eu ficaria feliz em deixar virar picadinho. — As narinas dele se dilataram e pareceu doer para ele acrescentar: — Mas você é valiosa para a caçada. Pelo menos... *era*. — Ele fez cara de repulsa ao olhar para o braço dela.

— Fico honrada que pense assim — disse Agathe, não parecendo nada honrada. Ela curvou a cabeça. — O braço cicatrizará com o tempo, mas eu não queria que a criança ficasse ainda mais ferida. Nossa rainha parece muito apegada aos atendentes. Eu não queria ver Sua Majestade decepcionada.

O rei rosnou para Serilda. E aí, como se lembrando da mentira deles, pareceu engolir fisicamente a raiva. Depois de expirar longamente, ele desceu do cavalo.

— Claro — falou ele amargamente. — Nós não queremos decepcionar Sua Majestade. Embora o bärgeist seja uma grande perda para nós.

— Não se aflija, meu senhor — disse Serilda, ajoelhando-se ao lado de Anna e ajudando a menina a se sentar. — Não tenho dúvida de que o senhor encontrará outro. O que é uma besta mítica para a caçada selvagem?

Ela sorriu e o rei retribuiu com um olhar fulminante. Serilda entendia melhor a irritação dele agora que sabia que tinha sido Perchta, não o Erlking, que capturara o bärgeist. E agora, o Erlking não tinha mais as flechas envenenadas de Perchta, não tinha correntes de ouro suficientes para capturar nada maior ou mais feroz do que o tatzelwurm e uma de suas caçadoras mais habilidosas estava seriamente ferida. Apesar da preocupação com Anna e Agathe, Serilda estava satisfeita com a frustração crescente do rei.

— Agathe — disse ele —, vá cuidar das feridas. Quero que você esteja recuperada na Lua de Palha.

Serilda ouviu uma risadinha. Olhou para trás e viu que o restante das crianças tinha se juntado a eles na arena.

— Caramba — disse Fricz, cutucando a irmã gêmea. — Isso foi uma piada.

O Erlking olhou os caçadores e criados e o restante da corte. Em seguida, olhou para o céu. As gotas de chuva estavam grossas, mas espalhadas, uma irritação apenas. Mas as nuvens estavam tão escuras que parecia crepúsculo.

— Antes que encerremos a pompa do dia — disse o rei, fixando a atenção calculada em Serilda —, minha rainha e eu temos um anúncio fortuito. Como estamos todos reunidos aqui, não vejo motivo para não compartilhar a notícia feliz.

Serilda ficou paralisada.

— Notícia feliz?

O Erlking esticou a mão na direção dela.

Serilda hesitou, mas, como não tinha escolha, saiu de perto de Anna, foi até ele e segurou sua mão com medo nas entranhas.

— Meu senhor, todos querem sair da chuva...

— Eles podem esperar — disse o Erlking. — Vão querer compartilhar da nossa alegria.

Ela engoliu em seco, sabendo com certeza absoluta qual *notícia feliz* ele planejava compartilhar.

Ela não estava pronta. Tinha achado que teria mais tempo para se preparar para o momento. Achou que talvez pudesse até preparar *Áureo*. Mas ela só evitou o inevitável e torceu para que nunca acontecesse.

E agora, ali estava ela, de mãos dadas com o Erlking, de frente para toda a corte.

Não estou pronta, não estou, eu não estou pronta...

O silêncio tinha ocupado a arena, exceto pelas gotas escuras batendo no chão, nas plantas, na cobertura da arquibancada. Os caçadores estavam inquietos, ainda cansados da luta com o bärgeist. As crianças olhavam com expressões curiosas e cheias de expectativa.

— É com grande satisfação — disse o Erlking, levantando a mão de Serilda e dando um beijo em seus dedos — que compartilho com vocês uma notícia das mais gloriosas. — Os olhos dele faiscaram enquanto ele via Serilda se mexer. — Minha rainha, a pedra preciosa do meu coração, me informou que nós estamos esperando um filho.

Mesmo já esperando, as palavras atingiram Serilda como um raio no peito.

Nós estamos esperando um filho.

Ela queria se afastar dele. Dizer que aquilo não era verdade. A criança não era dele. Jamais seria.

Mas manteve a expressão plácida.

Deus das mentiras, me ajude a passar por isso, pensou ela. E aí, para surpresa até dela mesma, um sorrisinho ousou surgir nos cantos de seus lábios.

Ela era capaz de fazer aquilo. Ela tinha que fazer aquilo.

— Pela graça de Eostrig — disse o Erlking com uma curvatura inteligente da boca para deixar claro que falava com sarcasmo —, nós teremos um novo príncipe ou uma nova princesa para comemorar até o ano novo. — Ele ergueu as mãos entrelaçadas no ar. — Um viva para a Rainha dos Antigos!

Um grito soou nos jardins, apesar de não estar claro quantos sombrios estavam realmente felizes com a notícia. Depois de séculos sem um herdeiro real, eles deviam achar que um acréscimo era frívolo. Eles eram imortais. Não precisavam de descendência para passar o legado adiante.

Quando os gritos morreram, o rei dispensou a plateia. Enquanto os caçadores recolhiam as armas e correntes e os criados desmontavam a arquibancada, Serilda tentou soltar a mão da dele, mas o Erlking a segurou com força.

— Tem mais? — disse ela, sem esconder a irritação.

— Você não está satisfeita? Mas você gosta tanto de ser o centro das atenções.

— O que lhe deu essa impressão?

Ele olhou para ela.

— Ninguém invade um castelo assombrado e exige uma barganha com o Rei dos Antigos se não tiver apreciação pelo dramático.

Serilda o fuzilou com o olhar.

— Um aviso teria sido bom. — Ela tentou se soltar de novo. Novamente, ele se recusou a soltar. — Eu gostaria de me recolher — disse entre os dentes. Em seguida, se inclinou para perto dele e baixou a voz a um rosnado. — Você não impediria sua esposa grávida de descansar, não é?

— Claro que não. Eu só acho que você está esquecendo uma coisa.

— E o que seria?

Ele ergueu uma sobrancelha.

— O quanto nos adoramos.

Com a mão livre, ele aninhou a orelha e o pescoço de Serilda, inclinou-a para trás e cobriu sua boca com a dele.

Serilda ficou tensa.

Assim que ele tentou aprofundar o beijo, ela o mordeu.

O Erlking recuou com um sibilo, que conseguiu esconder de quem pudesse estar olhando.

Naquele momento, como se gerado pela raiva do próprio Erlking, um raio caiu do céu com um estrondo de trovão tão alto que sacudiu o castelo. Serilda pulou dos braços do rei e botou as mãos nos ouvidos.

A chuva virou uma torrente. Gotas grossas e pesadas que doíam como pedrinhas. Estava quente demais nos dias anteriores para Serilda usar o manto de lã, o mesmo que Áureo tinha consertado para ela uma vez depois de um ataque horrível de drude, mas, quando a tempestade começou de verdade, ela desejou estar com ele.

— As crianças e eu vamos nos recolher agora — disse Serilda, gritando para ser ouvida na tempestade.

Mas o Erlking não estava prestando atenção. O foco dele estava no céu, carregado de desconfiança enquanto a chuva encharcava suas roupas.

— Não pode ser... — murmurou ele.

Mais raios caíram do céu, eriçando os pelos dos braços de Serilda na pele gelada. Um raio atingiu a estátua do Erlking nos jardins, derrubando-a no chão.

— Caçadores! — gritou o Erlking, pegando a balestra. — Reúnam as correntes e me sigam! Rápido!

Serilda não sabia o que ele achava que caçariam naquela tempestade, e ainda por cima com o véu abaixado, mas estava mais preocupada com ela mesma, as crianças e a pobre Anna. Ela os encontrou encolhidos no abrigo que conseguiram embaixo de uma ameixeira. Anna tinha conseguido se levantar e estava com os braços nos ombros de Hans e Nickel.

— Anna, você consegue andar?

— C-consigo — disse ela. — Acho que sim.

— Que bom. Vamos entrar e tomar sidra quente.

Não havia sentido em tentar manter a dignidade majestosa com o vestido já encharcado, então eles correram o mais rápido possível para a fortaleza, desviando dos caçadores, que corriam de um lado para o outro como se estivessem se preparando para uma guerra, sem tentar sair da chuva.

Assim que entraram na proteção da fortaleza, Fricz sacudiu a cabeça como um cachorrinho, espalhando gotas d'água pelos tapetes.

— Vocês já viram uma tempestade assim? Que veio rápido desse jeito?

— Que eu me lembre, não — disse Serilda. — Mas estamos na estação da Lua Trovejante.

Do lado de fora, outro estrondo de trovão fez as tochas nas paredes tremeluzirem.

— Está tudo bem — disse Serilda, pegando Gerdrut, que morria de medo de raios. — Vamos nos sentir melhores quando estivermos secos e quentinhos. Não tem do que sentir medo.

— É verdade? — perguntou Hans, que pareceu menos incomodado pela tempestade do que os outros. — Você vai ter um bebê?

Gerdrut levantou o rosto da dobra do ombro de Serilda.

— Com *ele*?

Serilda deu um suspiro pesado.

— É verdade. Mas eu não gostaria de falar mais nada sobre isso.

— Mas Serilda... — disse Hans.

— Nem mais uma palavra — disse ela. — É assim que as coisas têm que ser e pronto.

Um silêncio caiu sobre eles, provavelmente pela rispidez de Serilda. Ela nunca falava assim com eles.

Até que, quando eles já estavam nos corredores do castelo, Gerdrut limpou a garganta.

— Eu posso fazer massagem nos seus pés, se ajudar. Os pés da minha mãe viviam doendo.

Ao ouvir essa sugestão gentil, uma tristeza súbita e indescritível surgiu dentro de Serilda. A mãe de Gerdrut estava grávida do segundo filho, o primeiro irmão ou irmã dela. A criança nasceria em breve e Gerdrut não a conheceria. Jamais seria a irmã mais velha que desejara tanto ser.

— Quando a mamãe estava grávida do Alvie — disse Anna, se referindo ao irmão de dois anos —, as costas dela doíam muito. Ela sempre me pedia pra afofar os travesseiros e preparar chá de camomila. Posso levar chá quando você estiver no quarto.

— E vamos fazer oferendas a Eostrig — disse Hans. — Pedindo um parto fácil. O Erlking provavelmente não vai gostar que a gente envolva os deuses antigos, mas isso é mais um motivo pra fazer justamente isso, se quer minha opinião.

— E, você sabe, eu sou seu mensageiro — disse Fricz —, mas você nunca me pede pra mandar mensagens. Só que você vai ter que começar. Você não pode ficar se cansando andando pelo castelo só pra dizer pros cozinheiros que você quer pombo no jantar, ou o que for.

— Pombo? — disse Nickel. — Quando foi que nossa Serilda pediu *pombo*? Fricz deu de ombros.

— Você sabe como as mulheres ficam quando estão esperando bebê. Sempre querem coisas que nunca quiseram antes. Minha mãe disse que só queria farinha de centeio quando estava grávida. Não pão, não doces, só a farinha, direto da moenda.

— Bom, isso explica algumas coisas — murmurou Hans.

— Tem uma parteira aqui no castelo? — perguntou Nickel. — A gente não pode deixar você dar à luz sem uma.

— Vou perguntar às criadas — disse Anna. — Alguém deve ter experiência com partos.

— Eu não sei — disse Fricz. — Acho que não há muitos partos aqui há muito tempo.

Eles continuaram falando, mas Serilda não estava mais prestando atenção. Ela colocou a mão na barriga, desejando conseguir sentir o bebê lá dentro. Mas sua barriga continuava teimosamente reta. Estava tão concentrada em romper a maldição e evitar o marido o máximo possível que não tinha pensado muito na passagem do tempo, mas já devia estar se sentindo diferente. Não devia? Um inchaço, uma barriguinha, algum sinal da vida dentro dela?

Mas Serilda não sentia nada.

Seus pés não estavam inchados. As costas não doíam. Ela nem uma vez tinha desejado pombo ou farinha de centeio, nem nada diferente de quantidades absurdas de doces, mas não havia nada de incomum nisso.

— Serilda? — perguntou Gerdrut. — Você está se sentindo bem?

A preocupação ficou tão evidente na voz da menina que Serilda parou de andar e olhou para todos. As crianças olharam para ela com preocupação nos olhos.

— Qual é o problema? — disse Hans. — Você está com dor? Quer que eu chame alguém ou...

— Não, *eu* chamo alguém! — gritou Fricz. — Eu sou o mensageiro!

— Não é isso — disse Serilda, tentando encobrir a ansiedade pelo bebê com uma risada, que virou uma fungada quando as lágrimas surgiram nos olhos. — É só que... eu amo tanto vocês. — Ela caiu de joelhos e os puxou para perto, tomando cuidado com os machucados de Anna. Ela ignorou como sua pele se arrepiou com o toque e encostou a bochecha no cabelo de Gerdrut. — Nunca no mundo uma rainha teve tanta sorte com seus atendentes.

Um silêncio se espalhou entre eles enquanto Gerdrut enfiava o rosto no pescoço de Serilda.

Até que Fricz gemeu alto e reclamou.

— Eu acho que o bebê está deixando ela emocionada demais.

Serilda sorriu e se afastou, bagunçando o cabelo dele.

— Que bebê?

A risada dela virou um soluço.

— Áureo! — gritou Gerdrut, se jogando nos braços dele. De todas as crianças, ela era a que mais tinha passado a gostar do poltergeist. — Você perdeu tanta coisa boa!

— É — disse Áureo, retribuindo o abraço, mas não o sorriso. — Eu ouvi uns cozinheiros comentando sobre o bärgeist e a tempestade. E uma das atendentes da rainha caiu na arena?

— Fui eu — disse Anna, apoiada em Nickel. — Eu estou bem. Não morta. Bom... não *mais* morta do que antes.

Áureo abriu um sorriso distraído para ela.

— Deve ter sido apavorante.

— Não foi tão ruim — disse Anna. — Agathe estava lá. Ela me protegeu do bärgeist.

— Ela é a mestre de armas — acrescentou Fricz. — Nós não a conhecíamos, mas ela se sentou com a gente na arquibancada e, quando Anna caiu, pulou e lutou com o urso. Foi fantástico!

— Você a conhece? — perguntou Serilda.

— Um pouco, mas não bem — disse Áureo. — Ela sempre foi quieta, solitária. Mas rápida com uma espada. Eu já a vi treinando com os sombrios. Não ia querer irritá-la, disso eu sei. Fico feliz que ela estava lá, Anna.

Serilda queria contar a ele que Agathe talvez tenha sido a pessoa que *o* treinou em armas muito tempo antes, mas a expressão que ele lançou para ela fez as palavras morrerem na língua.

Áureo continuou:

— Depois da tempestade, eu vi um grupo de caçadores correndo na direção do... — a voz dele ficou mais cuidadosa — há, do corredor em que a gente esteve, sabe? De manhã?

Ela arregalou os olhos. Seria possível que a tempestade horrenda tivesse a ver com a galinha-cobra horrível que ela e Áureo tinham despertado? Teria sido isso que deixou o Erlking tão nervoso?

— Além disso — acrescentou Áureo, com negação no rosto —, ouvi alguma coisa sobre o anúncio da rainha.

Ele estava esperando. Horrorizado, mas também esperançoso de estar enganado. De talvez ter entendido errado. Serilda via claramente no rosto dele.

Mas, no fim das contas, ela não precisou contar. Gerdrut fez isso por ela.

— Nós vamos ter um bebê! — exclamou ela, dando pulinhos. — Pelo menos, a Serilda vai. Mas vou ajudar a cuidar!

— Ah — disse Áureo, assentindo rigidamente. — Entendi. Parabéns.

Serilda o observou com atenção, desejando que ele sustentasse seu olhar por mais de meio segundo. Talvez ele visse a verdade que ela não podia dizer em voz alta.

O filho era *dele*.

Mas Áureo evitou o olhar dela.

Quantas vezes ela tinha aberto a boca para contar a verdade, antes de ele ouvir a mentira e ficar arrasado com ela? Talvez a notícia não o tivesse surpreendido. Ele acreditava que ela tinha tido intimidade com o rei havia semanas agora. Acreditava que esse era o objetivo do rei em se casar com ela, ser pai de uma criança com a noiva mortal.

Depois daquele dia, não daria para negar. Nem fingir que não tinha estado na cama do Erlking.

Mas *não era verdade*, ela queria gritar. O Erlking nem *tinha* cama!

— Você... há... devia descansar, então — disse Áureo.

— Não, eu não estou cansada — disse Serilda, o que era verdade. Embora estivesse exausta durante as demonstrações da caçada, agora sentia-se bem desperta. Ela teve uma ideia quando pensou no que Agathe tinha contado. — A gente devia continuar nossa busca, enquanto os caçadores estão ocupados com a... tempestade. — Ela fixou um olhar em Áureo.

— Tudo bem — disse ele com insegurança. — Se você tem certeza.

— Só me deixa botar esses baderneiros na cama. A noite foi longa, o dia mais ainda. Será que você consegue algo para as feridas de Anna? Ela achou que talvez estivesse com ossos quebrados.

— Vou olhar se tem alguma coisa na botica pra ajudar com a dor — disse Áureo. — Vocês vão ver que os fantasmas se curam bem mais rapidamente do que quando estavam vivos.

— Eu posso ir — disse Fricz. — Por que ninguém leva meu trabalho a sério?

— Não, por favor — disse Áureo, recuando. — Cuidem da Anna e... da Serilda. Eu já volto.

Com um sorriso fraco, Áureo sumiu. Serilda sabia que ele não ia só buscar ajuda para Anna. Ele precisava de um momento sozinho, para aceitar a novidade.

As entranhas dela se contraíram, a verdade gritou dentro de seu crânio.

Ela fechou os olhos e forçou a verdade bem para baixo.

— Venham — disse ela. — Vamos nos acomodar e eu vou contar uma história.

Muito se falou que um deus capturado sob a Lua Interminável seria forçado a conceder um desejo, mas, nos tempos antigos, teria sido absurdo imaginar um dos deuses antigos sendo capturado por truques ou artimanhas. Assim como humanos são feitos de pele e osso, os deuses são feitos de magia e luz de estrelas. Eles têm o poder de mudar de forma como quiserem, sem nenhuma limitação terrena ao corpo. Com apenas um pensamento e uma piscadela, um deus pode se tornar o menor dos insetos ou a maior das serpentes marinhas. Por milhares de anos, os sete deuses habitaram as terras, mares, céus... às vezes como humanos, às vezes como animais. Eles pouco interferiram nas questões dos mortais, preferindo se recolher para apreciar a liberdade e os prazeres que sua magia lhes concedia.

Mas isso começou a mudar muitos anos atrás.

Pois, sabe, os sombrios tinham escapado de Verloren.

Velos tinha feito tudo o que podia para impedi-los. O deus da morte tinha tentado manter os demônios presos na terra dos perdidos. Mas os demônios conseguiram fugir pela grande ponte e pelo portão para o reino mortal e agora eles estavam livres para vagar pela terra.

Diferentemente dos deuses, os sombrios não ficavam recolhidos. Nem desejavam se acomodar tranquilamente entre os vilarejos humanos para viver vidas simples e tediosas. Eles não cuidavam de plantações, nem fiavam, nem aprenderam qualquer ofício. Viam-se como superiores aos humanos. Eram mais fortes e mais rápidos e mais bonitos e, acima de tudo, eram imortais.

E os sombrios desejavam governar.

Em pouco tempo, os sombrios começaram a aterrorizar os pobres e assustados humanos. Eles pegavam o que queriam sem consequências. Suas vidas viraram um esporte sem fim, possibilitado pela servidão dos mortais que não podiam lutar contra eles.

No começo, os deuses não interferiram e preferiram deixar as questões se acertarem por si só. Mas, conforme os sombrios foram crescendo em força e crueldade, os deuses determinaram que algo devia ser feito.

Eles se reuniram no pico do Monte Grämen em uma noite fria de inverno, quando uma lua de solstício pairava cheia e pesada no céu. Lá, eles conversaram, brigaram e discutiram por uma solução.

Tyrr queria matar os sombrios e lavar as mãos da questão, mas Eostrig insistiu que fazer isso só enviaria os espíritos deles para o chão, onde toda a maldade brotaria como algo ainda mais terrível e venenoso.

Freydon queria mandá-los de volta para Verloren, de onde tinham vindo, mas Velos sabia que os demônios jamais iriam por vontade própria e que tentar prendê-los podia levar a uma guerra diferente de qualquer outra que o mundo já tivesse visto.

Hulda queria prendê-los em correntes de ouro e jogá-los no fundo do mar, mas Solvilde não quis nem saber de as águas serem maculadas.

E dessa forma prosseguiu, sem sugestões que satisfizessem todos.

Até que, finalmente, Wyrdith se levantou. O deus das histórias e da fortuna tinha ficado em silêncio até então, mas agora pegou a roda da fortuna dentro da veste pesada.

Os outros deuses ficaram em silêncio quando Wyrdith levantou a mão e deu um giro forte.

Eles olharam e esperaram para ver onde o destino pararia.

Quando a roda parou, os outros se viraram para o deus das histórias, esperando ouvir a solução a ser oferecida.

— A fortuna sorri para nós — disse Wyrdith —, pois vi o que temos que fazer.

Mas, enquanto falava, uma tristeza surgiu nos olhos de Wyrdith, pois mais ninguém sabia o que precisava ser sacrificado.

Wyrdith explicou, e, vendo que era o único jeito, cada um dos deuses ofereceu voluntariamente um fio de sua magia sagrada.

Wyrdith abriu mão da pena dourada. Velos ofereceu um dente. Eostrig um chifre e Hulda uma escama de serpente. Tyrr deu uma pedra preciosa, Solvilde um ovo e Freydon uma garra.

Hulda pegou os sete presentes e os usou para tecer um fio inquebrável. Fiou por horas e, quando ficou pronto, Hulda o pegou e começou a tecer. Novamente, horas se passaram. Estava quase nascendo o sol quando o trabalho finalmente terminou.

Usando a magia dos deuses, Hulda tinha feito um manto que cobriria o mundo. Um véu inquebrável e impenetrável que prenderia eternamente os sombrios e os manteria separados do reino mortal.

Enquanto Hulda trabalhava, os outros deuses seguraram as boras do véu e o puxaram de forma protetora em volta de toda terra.

Mas, quando a lua estava descendo na direção do horizonte, Perchta, a grande caçadora, viu o que os deuses pretendiam fazer. Com segundos para agir, ela pegou o arco e uma flecha na aljava e mirou no céu.

Ela disparou.

Embora o véu estivesse quase pronto, a flecha passou pela única abertura que restava na mortalha mágica e acertou a lua cheia. A lua começou a sangrar na ferida, e uma única gota de luar caiu no véu. No local onde caiu, Hulda não conseguiu emendar o véu e teve que deixar para sempre uma abertura na tapeçaria quase perfeita. Era uma abertura que só ficaria visível sob uma lua cheia e em noites em que o sol e a lua lutam pelo domínio do céu.

Determinando que tinham feito tudo que podiam e que o véu, embora imperfeito, seria suficiente para impedir que os sombrios continuassem a destruição pelo reino mortal, os deuses voltaram cada um para sua terra. Tyrr para os vulcões de Lysreich. Solvilde para a costa do mar Molnig. Hulda para as colinas das montanhas Rückgrat. Eostrig para o centro do Bosque Aschen. Freydon para os gramados verdejantes de Dostlen. Velos para as cavernas escuras de Verloren. Wyrdith para os penhascos de basalto na extremidade norte de Tulvask.

Lá, os deuses viveram em paz por um tempo, satisfeitos quando o véu aguentou, pois os sombrios só podiam fazer mal em uma noite a cada ciclo da lua, e eles pensavam que tivessem sido bem-sucedidos em controlar a grande ameaça.

Só Wyrdith entendeu a extensão do que cada um tinha aberto mão naquela noite. Demoraria muitos anos até os outros deuses entenderem que, ao darem parte de si para criar o véu, a magia deles tinha sido mudada de forma irreparável. Ao criar uma prisão para os sombrios, eles também estavam prendendo a si mesmos. Quando abriram mão de um fio de magia, os deuses descobriram que suas habilidades de mudar de forma física agora tinha uma única limitação.

Por toda a eternidade, nas noites de uma Lua Interminável, como aquela sob a qual o véu foi criado, os deuses não teriam mais domínio sobre si mesmos. Seriam forçados a assumir a forma de sete bestas terríveis.

Depois disso, passou a ser possível capturar um deus naquela noite longa e escura. Possível caçá-los, prendê-los... e reivindicar o desejo elusivo.

Desde então, sempre que a lua cheia surge na noite mais longa do ano, os cães do inferno podem ser ouvidos farejando e procurando a presa.

Sete deuses transformados em sete bestas extraordinárias.

*

SERILDA PRECISOU CONTAR QUATRO HISTÓRIAS ATÉ QUE AS crianças pegassem no sono, de tão agitadas que estavam dos eventos do dia. Anna adormeceu por último, depois de ter dificuldade em encontrar uma posição confortável para se deitar, fazendo careta cada vez que alguma das outras crianças se mexia ao lado dela. Áureo acabou voltando com um elixir da botica do castelo e Serilda duvidava que Anna teria dormido se não fossem as ervas aliviando a dor.

— Suas histórias — sussurrou Áureo do outro lado do quarto — *não* são para crianças.

Serilda olhou para ele. Ela nem se lembrava direito das histórias que tinha contado quando o tempo todo estava concentrada em Áureo e em suas reações, se perguntando se ele estava pensando no bebê dela, se estaria acreditando que era do Erlking, o que ela faria se ele perguntasse e como poderia sustentar a mentira até a Lua Interminável.

Por isso, a declaração dele a pegou desprevenida.

— Como assim?

— Demônios escravizando humanos? Deuses virando bestas? E aquela da criança sendo enganada pra comer os dentes da avó? O que foi *aquilo*?

Serilda esfregou as mãos nos olhos.

— Eu nem sei direito o que estava dizendo.

— Já passou pela sua cabeça que você podia só, sabe... ler uma historinha? Eu estava olhando um livro mais cedo. Tem umas bem boas nele. — Ele pegou o livro de contos de fadas que Leyna tinha roubado da biblioteca de Frieda. Serilda estava tão distraída nas semanas anteriores com pensamentos no bebê e na maldição e nas cinco crianças, e ainda se esforçando para fazer o papel de Rainha dos Antigos, que não estava no clima de contos de fadas que terminavam com *felizes para sempre*. O mais longe que chegou no livro foi abrir a página e ver uma nota para o leitor sobre as histórias terem sido reunidas por uma acadêmica contemporânea que passara anos viajando por Tulvask, ouvindo e transcrevendo histórias domésticas que acreditava coincidir com eventos históricos reais. Normalmente, era o tipo de coisa que teria intrigado Serilda, mas agora ela só conseguia pensar no luxo que era para essa estudiosa viajar pelo país ouvindo histórias e as escrevendo, sem temer que um dos vilões a sequestrasse, amaldiçoasse e a mantivesse presa em um castelo assombrado.

— Eu gostei muito desta — disse Áureo, abrindo em uma página com a ilustração de um príncipe e um fazendeiro que tinha as mãos unidas em concha, segurando uma muda de árvore entre eles. O título estava escrito em caligrafia floreada: "Stiltskin trabalhador e o príncipe do norte".

— Tem uma moral boa — acrescentou Áureo. — Para pessoas que gostam desse tipo de coisa.

— Talvez *você* possa ler para as crianças, então.

— Talvez eu leia. — Ele fechou o livro e olhou para ela. — Você parece cansada, Serilda. Talvez a gente devesse...

— Não, eu quero procurar os nossos corpos. Quero te ajudar. Os caçadores ainda estão ocupados?

Áureo coçou atrás da orelha.

— Na última vez que verifiquei, sim. Mas, Serilda... eu já devo ter percorrido cada centímetro deste castelo umas dez vezes, pelo menos, cada centímetro que eu conheço. Tem uma quantidade surpreendente de depósitos no porão, e eu olhei em todos eles. E nas capelas, nas torres, nos calabouços, em todos os lavatórios, o que *não* foi agradável. Os escritórios, os sótãos de torre... até fui ao fundo do poço de água. — Ele deu de ombros. — Nada. Ele não teria deixado nossos corpos em um lugar em que qualquer um os pudesse encontrar casualmente, menos ainda eu. Onde quer que ele esteja escondendo, acho que não vai ser em um lugar no qual eu possa aparecer com facilidade e depois sumir, nem em um que eu saiba que existe. Não estou excluindo a possibilidade de passagens e aposentos secretos, mas, se for esse o caso... a não ser que a gente derrube as bases do castelo... não sei onde mais procurar.

— Na verdade, eu tive uma ideia mais cedo. Se bem que provavelmente não vai dar em nada.

— É mais provável que leve a algo sinistro e horrível — disse Áureo. — Seus pensamentos parecem sempre ir nessa direção.

Ela revirou os olhos.

— E a sala do trono?

— O que que tem?

— Quando eu estava conversando com Agathe hoje, ela mencionou que se lembra de estar na sala do trono durante o massacre e que não conseguia sair, eu acho que porque ela estava protegendo sua mãe e seu pai.

Áureo se mexeu com agitação, como sempre fazia quando ela mencionava a família da qual ele não conseguia se lembrar.

— E percebi que muita coisa que aconteceu naquela noite foi em torno dessa parte do castelo. Seus pa... er, o rei e a rainha foram assassinados lá. A princesa foi... — Ela parou de falar, lembrando-se da visão horrível da criança pendurada nas vigas. Ela balançou a cabeça. — Foi para onde o Erlking te atraiu quando você voltou e onde te amaldiçoou... onde me amaldiçoou também. Quando você ou eu vamos para fora das muralhas do castelo, a maldição sempre nos leva de volta pra sala do trono. Pode não ser nada, mas... no reino mortal, há algo de diferente na sala do trono. Todas as outras partes do castelo estão decrépitas e marcadas pelo tempo, mas a plataforma e os tronos... parece que estão presos no tempo. Imutáveis em centenas de anos, enquanto tudo desmorona em volta. Tem algum tipo de magia lá. E se... — Ela deu de ombros. — E se tiver alguma coisa a ver com a maldição?

— Só que... nossos corpos não estão na sala do trono — disse Áureo. — Nós teríamos visto. Não tem muitos esconderijos lá.

— Não?

Ele abriu a boca, mas hesitou. Sentou-se nos calcanhares e pensou.

— As paredes — murmurou ele. — Ou... talvez o chão?

— Especificamente — disse Serilda. — Eu acho que podem estar embaixo dos tronos. Eu fico pensando se talvez a magia necessária para manter nossos corpos esteja... de alguma forma vindo do chão. E seria isso que nos está preservando, sabe? Eu posso estar errada. Não tenho ideia de como isso funciona, eu só...

— Não, não, faz sentido. — Áureo sorriu. — A gente devia explorar na Lua de Palha.

Ela fez que não.

— Eu gostaria de ir agora. Enquanto o Erlking está ocupado lidando com... aquela coisa. Que nós despertamos.

— A lendária galinha-cobra — disse Áureo sem humor.

— Eu sei que é arriscado, mas... — Ela parou de falar.

Queria dizer que eles estavam ficando sem tempo. Os meses estavam passando rápido demais. Logo o filho dela nasceria, o Erlking capturaria um deus e desejaria o retorno de Perchta. Mas Serilda não sabia como falar da gravidez com Áureo. Não sabia o que dizer para ele. Então, ela concluiu, desajeitada:

— Ninguém vai mesmo na sala do trono. Eu nunca vi o Erlking lá, só quando ele me amaldiçoou.

Áureo inspirou devagar.

— Não deve demorar muito pra olharmos.

Ela sorriu para ele com gratidão, mas logo passou. Serilda se levantou, retorcendo as mãos.

— Áureo... sobre o anúncio...

— Você não precisa.

Ela hesitou.

— Não preciso o quê?

— Isso que você vai fazer agora. Explicar, pedir desculpas ou... só... tagarelar, até. Quer dizer, isso não saiu certo. Se você quiser conversar sobre o assunto, claro que podemos. Eu quero que você sinta que pode conversar comigo. Mas só se precisar. Você não me deve nada, é isso o que eu quero dizer. Eu só... — Ele passou a mão pelo cabelo. — Eu só quero estar aqui pra você, Serilda. Da forma que você precisar.

Ela queria que aquelas palavras a fizessem se sentir melhor, mas não fizeram. No mínimo, as tentativas de Áureo de apoiar e cuidar dela só a deixaram se sentindo pior.

— Obrigada — sussurrou ela.

Ele franziu as sobrancelhas.

— Mas tem, há, a questão do...

Ele não terminou, e Serilda não sabia do que ele estava falando. A questão de Serilda estar apaixonada por ele? A questão do marido dela ser um filho da mãe assassino? A questão de...

— A troca — disse Áureo. — O... acordo que nós fizemos.

Ah. Essa questão.

— Eu não contei pra ele — disse Serilda.

— Eu imaginei.

— Eu nunca pensei... quando fizemos o acordo...

— Nem eu.

Serilda apertou os lábios.

Áureo apertou as palmas das mãos na túnica, nervoso.

— Não tem nada que a gente possa fazer sobre isso agora — disse ela.

— Concordo — disse Áureo. — Temos que nos concentrar nas coisas importantes. Não que esse bebê... o *seu* bebê... não seja importante.

— Pra sala do trono, então?

Ele assentiu vigorosamente.

— Te encontro lá.

Ele desapareceu em um piscar de olhos e Serilda ficou grata por ter um momento para recuperar o fôlego daquela conversa dolorosamente constrangedora. Ela conseguiria sobreviver ao solstício de inverno sem contar para ele?

Serilda fechou os olhos.

— Wyrdith me ajude.

CAPÍTULO

Dezessete

A SALA DO TRONO ERA DECORADA, COM DOIS PILARES DE PEDRA enormes um de cada lado, cada um entalhado com o corpo de um tatzelwurm deslizando do teto. Molduras douradas e tapeçarias pendiam das paredes e uma fileira de janelas com vista para o lago, com as montanhas ao longe, deixavam entrar o sol durante o dia. À noite, lustres com centenas de velas lançavam um brilho dourado nas paredes.

O espaço era amplo, sem dúvida, mas Áureo estava certo. Não havia lugares óbvios para esconder um corpo. Não havia gabinetes, guarda-roupas, tumbas de pedra espalhadas convenientemente.

— É tão diferente do outro lado do véu — disse Serilda. — Imagine teias de aranhas, ninhos de ratos e móveis virados e quebrados... o que resta deles, pelo menos. Arbustos espinhentos cobrindo boa parte do espaço. As janelas estão quebradas. Mas os tronos estão iguais... como se algo os estivesse protegendo. — Ela se aproximou da plataforma sobre a qual as duas cadeiras estavam, forradas de azul-cobalto, com encostos altos e pés em forma de garras de leão. — Eles estão idênticos. Não tem nem uma partícula de poeira neles.

Áureo andou em volta da plataforma, observando os tronos de todos os ângulos. Bateu com o pé no piso de pedra.

— Tenho quase certeza de que o piso aqui é de pedra maciça. Mas... e embaixo da plataforma? Quem sabe?

Os dois foram para um lado da plataforma, que era erguida na altura de três degraus e coberta por um tapete com uma estampa de nós dourados intricados. Juntos, se agacharam ao lado da plataforma e encostaram as mãos na beira.

— No três — disse Áureo. — Um. Dois. Três!

Eles empurraram.

E reclamaram.

E fizeram força.

Serilda estava a momentos de desistir quando, finalmente, a plataforma se mexeu. Seu pé escorregou e ela bateu com o joelho no piso de pedra, mas não dava para negar que a plataforma tinha se movido alguns centímetros.

O suficiente para revelar o que parecia ser a borda de um buraco embaixo.

Serilda inspirou fundo.

Os dois se olharam, recarregados com energia renovada. Eles tentaram de novo. A plataforma se moveu com mais facilidade, permitindo que eles empurrassem centímetro a centímetro.

Eles pararam quando seus pés chegaram à borda do buraco. Pelo que podiam ver, era um retângulo quase perfeito, do mesmo tamanho da plataforma que o escondia. As pedras do piso tinham sido removidas e o leito de pedra tinha sido cavado, deixando paredes irregulares e um buraco com quase um metro e vinte de profundidade.

O ar sumiu dos pulmões de Serilda. Ela segurou o braço de Áureo, os dois ajoelhados na borda.

Serilda nunca tinha visto tantos ossos antes. O buraco estava cheio deles. Fêmures e bacias e coleções de ossinhos em meio a crânios brancos. Em contraste, os dois corpos, que pareciam estar apenas dormindo, se destacavam como rosas vermelhas em um monte de neve.

Estavam perfeitamente preservados, mas não pareciam ter sido tratados com nenhum tipo de cuidado, aqueles dois corpos.

Ela reconheceu o príncipe, apesar de ele ter sido jogado virado para baixo no buraco. Ele usava um manto verde vibrante com bordados dourados, botas de couro e um gibão sob medida. O manto estava preso em alguns ossos, e Serilda via a pele, a carne e as roupas dos que estavam embaixo apodrecendo lentamente enquanto ele permanecia naquele feitiço mágico, intocado pelo tempo.

Amaldiçoado.

Serilda não conseguia pensar no corpo ali dentro como *Áureo*. O jeito como ele estava vestido, de forma tão majestosa e também tão antiquada. Um príncipe de trezentos anos antes. E o jeito como ele estava quase morto enquanto Áureo sempre lhe pareceu tão cheio de vida.

E havia o segundo corpo. Uma garota.

Deveria ser o corpo de Serilda, mas não era.

Serilda se sentiu estranhamente vazia enquanto olhava a criança. Talvez um pouco mais alta do que Gerdrut, com cachos dourados similares. Elas poderiam ser irmãs, mas aquela criança era uma princesa. A irmã de Áureo, também jogada de forma descuidada no buraco. Ela estava deitada de lado, uma perna torta para trás, um cacho caído escondendo metade do rosto. Mas as bochechas estavam rosadas, coradas. Era como se, a qualquer momento, ela e o irmão pudessem despertar e olhar em volta e ficar apavorados por terem sido jogados de qualquer jeito em um túmulo coletivo.

Serilda estremeceu. Depois que conseguiu parar de olhar para os corpos do príncipe e da princesa e enfrentar o horror do resto do túmulo, reparou em uma adaga com cabo de pedras preciosas. Um broche coberto de pedras preciosas. Perto de um crânio no canto... uma coroa.

Os sombrios não tinham se dado ao trabalho de revistar os corpos e tirar as coisas de valor. Só quiseram se livrar deles.

Ela piscou para segurar as lágrimas. Aquilo não eram restos quaisquer, com órbitas oculares e fileiras sorridentes de dentes e ossos espalhados enterrados em meio a tecidos luxuosos. Aquela era a família de Áureo. A mãe e o pai dele, o rei e a rainha que já tinham governado o castelo. E os outros... criados, cortesãos, guardas? Quantos dos corpos deixados ali para apodrecer pertenciam aos fantasmas que ainda vagavam por aqueles corredores?

Serilda sabia que não podia ser todo mundo que foi morto naquela noite. Duvidava que coubessem mais de umas duas dezenas de pessoas naquele buraco recém-construído na época em que elas tinham mais carne do que osso. Talvez aquelas tivessem morrido ali, na sala do trono. Os sombrios não tinham se importado em preservar qualquer dignidade, qualquer ritual de enterro. Só quiseram se livrar dos corpos da forma mais eficiente possível. Era provável que as pessoas daquele buraco estivessem ali porque o Erlking precisava de um lugar onde deixar os corpos do príncipe e da princesa, e acabou sendo mais fácil jogar o resto dos corpos no buraco do que os carregar até a ponte levadiça.

Ela se perguntou se Agathe estava entre eles.

E o que os sombrios tinham feito com as outras pessoas? Teriam jogado os corpos no lago? Ou havia outros túmulos como aquele, espalhados e não sinalizados pelo terreno do castelo?

— Essa era a minha gente — sussurrou Áureo ao lado dela. A expressão dele estava vazia, uma mistura entre descrença e horror. — O povo do... *príncipe*.

Nossa corte, nossos criados. Ele matou todos, e simplesmente... simplesmente os descartou. Como se as vidas deles nada significassem.

Serilda colocou a mão na dele, mas os dedos dele ficaram inertes, como se ele não a sentisse ou se recusasse a ser consolado.

Áureo abaixou a cabeça e, quando viu os dedos de Serilda entrelaçados com os dele, deu um pulinho de surpresa. Ele a olhou, e ela não o via tão arrasado desde que...

Bem. Desde que o Erlking declarou que ela seria noiva dele.

— Ele as jogou de lado como lixo — murmurou ele. — Não queria o castelo pela riqueza... Não queria nada além de vingança. Ele matou todas essas pessoas só pra me fazer mal. Ele matou meus pais — a voz dele falhou, mas ele seguiu em frente, a dor se transformando em raiva — só pra me fazer mal. E eu não consigo nem me lembrar direito deles. Não consigo nem sentir luto por eles.

— Você está no processo de luto agora — sussurrou ela.

Ele balançou a cabeça de um jeito furioso.

— Eu falhei com elas. Com cada uma dessas...

— Não, Áureo. Não havia nada que você pudesse ter feito. Você nem estava aqui quando isso aconteceu e, mesmo que estivesse, os sombrios pegaram todos de surpresa. Eles são imortais. São caçadores experientes. Têm magia e... não foi uma luta justa. — Ela se encostou nele, apoiou a cabeça no ombro dele, mas ele só ficou tenso. — Nada disso é culpa sua. Você só tentou salvar sua irmã.

Assim que falou, Serilda desejou poder pegar as palavras de volta.

Ele tinha tentado salvá-la, mas tinha fracassado.

Mas Áureo não tinha como ter impedido o massacre. Serilda sabia que pesava nele o fato de ele nem ter estado lá quando aconteceu. O Erlking fez aquilo tudo como ato de vingança porque Áureo tinha matado Perchta e enviado o espírito dela de volta para Verloren.

Ele pagou caro por isso. Ainda estava pagando. Pagaria para sempre, se eles não dessem um jeito de pôr fim à maldição.

— Por que ela está aqui? — disse ele, a voz se elevando. — Você me disse que ela estava morta.

Serilda se afastou. Mas, apesar da raiva na voz dele, ela sabia que ele não estava com raiva dela. Áureo estava olhando para o buraco, para os corpos, os esquecidos, os amaldiçoados, a respiração saindo com dificuldade.

— Ela não está morta. Serilda. Ela não está morta.

Serilda encarou a princesa de novo. Não conseguia entender. Ela tinha visto o corpo da princesa pendurado, não muito longe daquele buraco.

Ela arregalou os olhos.

O corpo dela.

Ela tinha visto o corpo da princesa, *aquele* corpo, pendurado lá.

— Ele já a tinha amaldiçoado — sussurrou ela. — O espírito dela já tinha sido separado do corpo. Mas então...

— Onde ela está? — concluiu Áureo por ela.

— Não sei.

Serilda queria poder fazer alguma coisa, qualquer coisa que ajudasse a aliviar o sofrimento dele. Ela o viu pegar o medalhão dentro da camisa e o apertar na mão, os olhos grudados no cadáver de sua irmã. Sua irmã, que não estava morta.

— Não faz isso.

Serilda enrijeceu.

— Não faz o quê?

Ele fungou, apesar de não ter derramado lágrimas.

— Não me olha com essa cara de pena. Eu não estou triste. Nem me lembro dela. E nós não temos mesmo tempo pra ficarmos tristes.

Serilda ergueu uma sobrancelha.

— Mais de trezentos anos e você está com pressa de repente?

— Eu não ligo pra mim e não ligo pra ela! Eu não a conheço. Eu ligo pra você. Pra levar você e... seu bebê pra longe do Erlking o mais rápido possível.

O coração dela amoleceu. Claro que era com ela que ele estava preocupado.

— Não tem problema se importar com ela também, sabe — disse Serilda. — Até sentir saudades.

— Eu não *me lembro* dela — repetiu Áureo, a voz atipicamente ríspida. — Não dá pra sentir saudade de alguém que a gente não lembra.

— Isso não é verdade. Eu sinto saudade da minha mãe todos os dias e não tenho lembranças dela.

Áureo olhou para ela com arrependimento.

— Desculpa. Eu não pensei...

— Está tudo bem, Áureo.

Ele soltou o medalhão e passou as duas mãos no rosto.

— Às vezes eu esqueço que ele também levou sua mãe. É só isso que ele faz. Rouba, mata e destrói. Ele precisa ser detido. Eu quero acabar com ele, descobrir como... como matá-lo. Ou mandá-lo de volta para Verloren. Eu não sei. Não sei o que eu posso fazer, mas... eu o odeio. O desprezo.

Serilda queria aliviar a dor dele, mas não sabia o que dizer. Não era só a família de Áureo. Não era só a dela. Não eram só as crianças ou aquele castelo cheio de fantasmas. Quantas vidas tinham sido roubadas cedo demais? Quantas famílias destruídas pela caçada selvagem? Quantos povos da floresta dizimados? Quantas criaturas mágicas caçadas e mortas?

E isso continuaria para sempre.

E se não desse para impedi-lo?

Áureo se afastou e desceu para o buraco. Foi cuidadoso e lento, se esforçando para não mexer nos restos dos que estavam enterrados ali, mas era impossível evitar os ossos. Serilda se encolheu a cada ruído de coisa esmagada e a cada estalo conforme ele se aproximava dos corpos.

Ele parou ao lado do príncipe e rolou o corpo de lado. Foi surreal ver alguém idêntico a Áureo caído no meio dos ossos. O mesmo cabelo acobreado ondulado, a mesma constelação de sardas, as mesmas maçãs do rosto, ombros e dedos elegantes. Só as roupas distinguiam os dois, além do fato de que aquela versão de Áureo não causava confusão havia trezentos anos.

Uma flecha com ponta de ouro e penas pretas sedosas perfurava o pulso no mesmo local em que Áureo tinha uma cicatriz.

Áureo olhou para o rosto do príncipe por um longo momento e Serilda não conseguia nem imaginar o que ele estava pensando.

Com um suspiro sofrido, Áureo tirou o anel de ouro do dedo, o que Serilda tinha trocado com ele uma vez por transformar palha em ouro. Nenhum dos dois se deu conta na ocasião, mas o anel era dele por direito. Tinha o selo da família real, um tatzelwurm enrolado na letra *R*, e Serilda desconfiava que ele talvez tivesse dado para a Avó Arbusto e para as donzelas do musgo em pagamento por uma magia de cura. Antes da maldição. Antes das lembranças dele serem apagadas.

Agora, Áureo pegou o anel precioso e o colocou no dedo do príncipe. Em seguida, tirou a corrente do pescoço, passou pela cabeça do príncipe e enfiou o medalhão embaixo do belo gibão de couro.

— Acho que essas coisas pertencem a você — disse ele. — O verdadeiro príncipe de Adalheid.

Serilda mordeu o lábio. Ela queria perguntar se ele tinha *certeza* de que queria renunciar àqueles itens preciosos, as únicas coisas que o conectavam a sua vida anterior. Mas sua garganta parecia inchada e fechada, e ela estava com medo de falar, como se estivesse invadindo um momento sagrado que não a pertencia.

Áureo se virou e olhou para a garota. Sua irmã.

Diferentemente do príncipe, que parecia ileso exceto pela flecha, a princesa tinha hematomas roxos no pescoço. O peito de Serilda se apertou com a visão.

Ele pegou uma das mãozinhas da garota, ergueu-a para a luz e encontrou uma flecha de ponta de ouro enfiada no braço fino.

— Ela deveria estar aqui — disse Serilda. — Presa ao castelo. Então, onde está?

Áureo não tinha respostas. Eles só sabiam que, se a garota estivesse naquele castelo, assombrando-o como o próprio Áureo estava, ele já saberia.

Serilda não sabia o que pensar dessa nova informação e percebeu que Áureo também estava tendo dificuldade com ela. De muitas formas, a morte podia ser uma misericórdia, mas o Erlking não tinha matado a princesa. Ele tinha separado seu corpo da alma, mas a que ela estava presa? Será que ele a tinha deixado em Gravenstone, seu castelo no meio do Bosque Aschen? Aquela criança tinha sido abandonada por séculos?

— Ela está igual ao retrato — disse Áureo. — Talvez só um pouco mais velha.

Com carinho extremo, ele começou a arrumar o corpo da princesa. Colocou-a deitada de costas e ajeitou o amassado da camisola desbotada. Cruzou as mãos sobre a barriga e afastou os cachos da testa da menina.

Quando ele terminou, ela parecia mesmo estar dormindo.

Finalmente, ele olhou para Serilda.

— Onde está o *seu* corpo?

— Não sei — sussurrou ela. — Ele deve ter guardado em outro lugar.

Áureo suspirou, frustrado.

— Nós precisamos botar a plataforma no lugar. Se o Erlking soubesse o que vimos, ele moveria os corpos.

Serilda franziu a testa.

— Áureo… você pode tirar essa flecha. Se libertar. Quebrar a maldição. Você pode fazer isso agora.

Ele sustentou o olhar dela, confuso.

— E você?

Serilda balançou a cabeça.

— Você não pode se preocupar comigo. Essa é sua chance de escarpar, de ficar livre deste lugar…

Ele fez um ruído de desprezo.

— E deixar você aqui sozinha? Esquece. Assim que eu quebrar a minha maldição, vou ficar preso do outro lado do véu, sem você.

Serilda queria discutir, mas o tom dele era decidido, e ela percebeu que Áureo não seria persuadido. Uma parte dela ficou aliviada.

Mas as palavras dele também geraram uma pontada de culpa. Ela não queria ser o motivo para ele ficar preso ali. E, mesmo que encontrassem o corpo dela... Serilda iria embora com ele? Poderia abandonar as crianças assim?

— Áureo — disse ela, tentando falar com segurança e lógica. — Nós não sabemos se um dia vamos...

— Nós vamos — disse ele, voltando para a borda do buraco. — Vamos encontrar seu corpo também, Serilda. Quando formos embora, nós vamos juntos.

Raramente ela o via tão estoico. Tão determinado.

Lentamente, assentiu.

— Tudo bem.

Áureo saiu do buraco e começou a andar para o outro lado da plataforma para empurrá-la de volta.

— Espera — disse Serilda. — Você devia pegar isto. — Ela esticou a mão par baixo e pegou a coroa, que estava perto do canto do buraco. Delicadamente elaborada em filigrana de ouro, com esmeraldas e pérolas incrustadas. — Você teria sido rei.

Ele riu, embora faltasse no som o humor habitual.

— Eu não quero isso. Não fiz nada pra merecer.

Uma mudança se apossou dele. Uma sombra. Uma tensão. Ficou clara na posição de seus ombros e na inclinação do queixo.

— Mas quero merecer.

Um brilho desconhecido surgiu no olhar dele quando ele se virou para o buraco de novo. Seus pais, sua corte. Tantos que ainda vagavam pelos corredores, presos em servidão ao Erlking.

— Vamos quebrar essas maldições, Serilda. E vamos encontrar um jeito de fazer com que ele se arrependa de ter vindo para este castelo.

O som de um pigarro sobressaltou os dois.

Áureo sumiu.

Serilda se virou.

Agathe estava na porta, coberta de curativos novos, o braço em uma tipoia. Com um sorriso torto no rosto.

— Eu talvez possa ajudar com isso.

Áureo esticou a cabeça de trás de uma coluna. Olhou da mestra de armas para Serilda.

— Ajudar a... botar os tronos no lugar? Ou a quebrar a maldição?

O sorriso de Agathe se alargou.

— As duas coisas.

CAPÍTULO

Dezoito

AGATHE SABIA ONDE ESTAVA O CORPO DE SERILDA.

Serilda não conseguiu acreditar. *Não* acreditou.

Enquanto ela e Áureo corriam atrás da mestra de armas, ela sentiu a esperança lutando com a descrença.

Eles tinham encontrado o corpo de Áureo e estavam prestes a encontrar o dela. Depois de meses de procura, parecia quase fácil demais. Poderia ser uma pegadinha?

Eles saíram da fortaleza, atravessaram o pátio e foram até o pátio externo, o chão cheio de lama e poças da chuvarada recente, embora a chuva tivesse parado havia um tempo. Agathe não os levou a uma cripta ou calabouço ou torre ou ala misteriosa do castelo bloqueada por uma porta de ferro e uma série de trancas intrincadas.

Ela os levou para a cocheira.

Foi quando Serilda começou a desconfiar que, sim, o fantasma estava brincando com eles.

Agathe ergueu a barra atravessada em uma das portas enormes e indicou para Serilda e Áureo entrarem.

Serilda ficou tensa de novo, tomada de uma sensação sufocante de que estava sendo levada para uma armadilha.

Agathe sorriu para ela, como se achando graça.

— Medo de carruagens, minha senhora?

— Meu corpo está aqui dentro? — perguntou Serilda sem acreditar. Ela se virou para Áureo. — Nós nunca pensamos em olhar a cocheira?

Ele balançou a cabeça, igualmente perplexo.

— Nunca.

Serilda empertigou os ombros. Ergueu o vestido e entrou. À frente dela havia uma fileira de carruagens em um aposento longo e empoeirado, o ar sufocante e úmido da tempestade de verão. Ela reconheceu a pequena carruagem que foi a Märchenfeld e a convocou para o castelo do Erlking, na Lua da Fome. O corpo era feito dos ossos das costelas de uma besta enorme, o interior coberto por cortinas pretas pesadas, dando a ela a aparência de uma jaula lustrosa.

Havia uma carruagem com paredes de couro esticado e estátuas prateadas de corvos da noite empoleiradas em cada canto do telhado.

E uma com paredes de madeira entalhadas de forma tão decorada em pilares e figuras altas encapuzadas que parecia um mausoléu sobre rodas.

A maior carruagem estava no fim da fila, e foi para essa que Agathe os levou. Era mais uma carroça, na verdade, com um compartimento grande de transporte construído de amieiro. Lembrou a Serilda uma versão luxuosa das carroças que passaram por Märchenfeld recolhendo cadáveres quando uma peste se espalhou pelo vilarejo anos antes. Ela tinha só quatro ou cinco anos na época, e o que mais lembrava eram os olhares de desconfiança lançados em sua direção e os rumores supersticiosos que a seguiam pela praça do vilarejo. Afinal, o que poderia ter levado tamanho infortúnio para a cidade se não a garota profana tocada por um deus?

Só anos depois Serilda soube que a peste também tinha arrasado boa parte de Tulvask e partes de Ottelien e, portanto, não podia ter sido culpa dela.

Até então, túmulos das vítimas da peste podiam ser vistos pontilhando alguns campos nos arredores da cidade, agora cobertos de grama e flores silvestres.

Foi nisso que ela pensou, naqueles túmulos esquecidos, nas carroças cheias de corpos em decomposição, quando a mestre de armas abriu o trinco nos fundos da carruagem e moveu a porta dupla.

Dentro havia uma caixa, não muito diferente de um caixão, mas sem tampa. E, dentro, sobre uma cama de tecido escarlate, estava o corpo de Serilda.

Ela estava se preparando para aquilo havia meses, mas foi impossível não sentir a primeira pontada de assombro. Embora tivesse testemunhado seu corpo se soltando do espírito e caindo no chão da sala do trono quando o rei a amaldiçoou, era tão fácil esquecer que ela não habitava mais uma forma física. Afinal, ainda sentia. Ainda conseguia distinguir entre quente e frio, macio e firme. Lágrimas ainda surgiam em seus olhos quando ela ficava triste. Calor ainda subia pelo pescoço quando ficava constrangida.

Ao olhar para o rosto à frente, seu *próprio* rosto, a realidade foi perturbadora.

Mais perturbador ainda era que o corpo diante dela estava inegavelmente carregando um bebê.

As mãos estavam posicionadas sobre a barriga, redonda e pronunciada na posição reclinada. O mesmo vestido sujo de lama que Serilda usava na noite em que entrou correndo no castelo e virou prisioneira do rei ainda estava no corpo, destacando cada curva.

Serilda colocou a mão na própria barriga, mas não havia bebê nela. O espírito do bebê não estava dentro dela. Estava crescendo ali. Naquele corpo, naquela cocheira. Ela jamais teria uma conexão física com a criança. Não enquanto ainda estivesse amaldiçoada.

Ficou assustada com a onda de desesperou que o pensamento lhe causou.

Seu olhar se desviou para a flecha enfiada no pulso.

Serilda respirou fundo, trêmula.

— Como a criança pode sobreviver assim? Como pode estar crescendo se eu não... não posso cuidar dela?

— Nossos corpos estão sendo mantidos por magia — disse Áureo. — Deve estar protegendo a criança também.

— Mas está *crescendo* — disse ela. — Não está só... existindo, como você e eu. O que vai acontecer quando a hora do parto chegar?

Áureo não respondeu.

Ele só colocou a mão nas costas dela.

— Serilda, acho que estamos ficando sem tempo.

A respiração dela acelerou.

Eles sabiam onde os dois corpos estavam. Podiam quebrar as maldições, as duas.

Poderiam ir embora *naquela noite*. Não importava como o rei pretendia que ela trouxesse a criança ao mundo. No nascer do sol, Serilda podia estar de volta ao próprio corpo e teria o bebê e Áureo também. Ela estaria com Áureo e poderia contar tudo.

Eles podiam ser livres.

Ela fechou os olhos e se permitiu ter aquele momento, no qual havia esperança. No qual aquela confusão horrível em que tinha se metido estava resolvida.

Quando abriu os olhos de novo, sua visão estava borrada de lágrimas.

Ela se virou para Áureo.

Ele olhou para ela sem surpresa.

— Nós não vamos quebrar as maldições agora, vamos?

Serilda engoliu em seco.

— Eu não posso ir embora.

— As crianças.

Ela limpou uma lágrima da bochecha.

— Não posso abandoná-las. Elas estão aqui por minha culpa. — Ela olhou para Agathe, que estava olhando para Serilda com pena sincera. — O Erlking prometeu que libertaria a alma delas a Verloren se... se eu fizer o que ele quer que eu faça.

— Ter um filho para ele, você quer dizer — disse Áureo com um rosnado.

— Eu me perguntei se você não estava tão encantada com o casamento como ele quis fazer com que a gente acreditasse — disse Agathe. — Você parecia sensata demais pra estar apaixonada por aquele monstro.

— Não — disse Serilda com uma gargalhada irônica. — Eu definitivamente não estou apaixonada. — Assim que falou, ela trocou um olhar com Áureo e suas bochechas ficaram quentes. Ela afastou o olhar. — Mas eu estou presa. Sou muito grata por você ter me trazido aqui, mas... eu não posso quebrar minha maldição. Não até saber que as crianças vão ficar bem.

— Eu entendo — disse Áureo. — Assim como não posso quebrar a minha enquanto não souber que *você* vai ficar bem.

Ele apertou a mão dela, as expressões de sofrimento quando eles perceberam o quanto eles tinham colocado todas as esperanças naquele momento. Encontrar os corpos. Arrancar as flechas, desprender as almas, libertar-se.

Mas tudo tinha sido apenas uma distração.

Nunca seria tão fácil.

— Nesse caso — disse Agathe — a solução é bem simples, não é?

Os dois olharam para ela de testa franzida.

— O que você quer dizer? — perguntou Serilda.

Agathe ajustou o lenço ensanguentado.

— Você precisa libertar as crianças. Você faz fios de ouro, não é?

Serilda arregalou os olhos de choque antes de perceber que Agathe estava perguntando a *ela*, não a Áureo.

— Sim. Mas o que isso tem a ver com a maldição?

— Bem — disse Agathe —, fantasmas são criaturas mágicas, assim como as bestas que caçamos. São afetadas por ouro fiado por deuses. Dizem que, se você amarrar um fio de ouro feito por um deus em volta de um fantasma debaixo da lua cheia e chamar por Velos... bem. Vai... você sabe. — Ela balançou a mão boa no ar.

Serilda, boquiaberta, olhou para Áureo. Ele parecia igualmente perplexo.

— Vai... o quê? — perguntou Serilda.

Agathe suspirou.

— Libertar a alma deles. Permitir que passem para Verloren.

— *O quê?* — gritou Áureo, sobressaltando todo mundo. Ele colocou a mão sobre a boca, mas logo a desceu para o lado do corpo e chegou mais perto de Agathe. — Você está me dizendo que todos esses fantasmas... Esse tempo todo eu poderia... Eles poderiam ter sido libertados? Esse tempo todo?

— Bom — disse Agathe —, você precisa de ouro fiado por um deus pra funcionar. — Ela olhou para Serilda e parou. — Ah. Desculpe. Eu esqueci. Você não pode mais fiar, não é? Sua Obscuridade anda tão chateado de não termos mais correntes...

— Há... não — disse Serilda. — Não posso. É complicado.

— Sinto muito — disse Agathe. — Eu achei que estava ajudando.

— Você ajudou — disse Áureo, passando as mãos pelo cabelo. Ele começou a andar de um lado para o outro, uma energia frenética pulsando por ele com aquela informação. Aquele presente incrível e inesperado que a mestre de armas tinha dado a eles. — Você ajudou muito.

— Mas *você* teve acesso às correntes de ouro — disse Serilda. — Não podia ter se libertado durante a caçada?

Agathe riu.

— O rei é muito cuidadoso com aquelas correntes, e eu não sei se teria conseguido pegar um pedacinho sem ele notar. Mas — a expressão dela ficou séria — acho que eu não teria feito isso mesmo que tivesse tido oportunidade. Você mencionou antes que é culpa sua aquelas crianças estarem aqui. Bem. É *minha* culpa o resto de nós estar aqui. Sou culpada pelo massacre que aconteceu dentro desses muros. Eu fracassei no meu dever de proteger as pessoas deste castelo. Deixei os sombrios entrarem. Eu deixei que nos matassem.

Serilda fez que não.

— Não, Agathe. Eles são imortais. Eles tinham magia. Não é sua culpa...

— Obrigada, minha rainha, mas eu não estou pedindo consolo nem absolvição. Eu já vivo há muito tempo com meus fracassos. A questão, eu acho, é que, embora eu não me lembre da dinastia a que servi, lembro de uma lealdade irrompível. De um orgulho de servir uma família, um reino. O Erlking tirou isso de mim e me manteve prisioneira junto com muitos outros por todos esses anos. — Apesar das palavras sombrias, um sorrisinho tocou nos lábios dela. — Você, poltergeist... e agora *você*, minha rainha, parecem ser os únicos capazes de... Como eu diria?

Lutar contra ele. Me dá esperanças pensar que um dia, talvez, eu também possa. Só então, finalmente, vou poder reparar meus fracassos.

Serilda se sentiu encorajada pelas palavras. Ficou tentada a contar para Agathe a verdade sobre Áureo, o chamado poltergeist. O que Agathe pensaria se soubesse que aquele garoto travesso era justamente o príncipe a quem ela tinha sido tão leal?

Mas Serilda sabia que não podia dizer nada. Poderia chegar facilmente no Erlking, e ele saberia que Serilda tinha descoberto a identidade do príncipe. Eles já estavam arriscando demais deixando que ela ajudasse. Serilda não sabia o que o Erlking faria se soubesse que ela estava trabalhando com o poltergeist para encontrar os corpos.

Mas talvez não importasse. Agathe tinha dado um presente incrível a eles, um jeito de libertar as crianças, de libertar *todos* os fantasmas... e, no final, libertar a eles mesmos.

Sem saber o que mais dizer em resposta à história da mulher, Serilda conseguiu dizer:

— Obrigada, Lady Agathe. Você não sabe o quanto nos ajudou hoje. Protegeu Anna do bärgeist e agora isso... você é um verdadeiro presente. Prometo que isso não será esquecido.

A Lua de Palha

CAPÍTULO

Dezenove

MAIS UMA REFEIÇÃO COM O ERLKING.

E pronto.

Só isso.

Ela só tinha que sobreviver a mais um jantar com aquele homem insuportável, arrogante e malvado. E quando a refeição acabasse, a caçada selvagem partiria sob a Lua de Palha, e ela e Áureo poderiam libertar não só seus cinco amados atendentes, mas todos os fantasmas do castelo.

Apesar de Serilda saber que não devia se regozijar com o dia antes da noite chegar, não conseguiu deixar de sentir que eles estavam *tão perto*.

Áureo tinha ficado na torre por semanas desde que Agathe contou a eles como quebrar o controle do Erlking sobre aqueles espíritos, preparando fios de ouro do pelo do dahut que ficava no zoológico, do pelo dos bodes que eram mantidos para se obter leite e fazer queijo, de grama verde de verão dos gramados do castelo e de qualquer outra fibra em que eles pudessem botar as mãos. Serilda não sabia se os espíritos, depois de libertados, levariam as cordas de ouro com eles para Verloren, então eles não queriam ter que contar com ter que reutilizar os mesmos fios várias vezes. Eles precisavam de o suficiente para todo mundo. E precisavam manter segredo sobre tudo. Nem as crianças podiam saber o que eles estavam fazendo, por medo de que a falsa obediência ao Erlking fizesse com que elas se sentissem obrigadas a confessar o plano.

Não, esperariam a caçada sair e agiriam. A Lua de Palha estava nascendo e eles estavam prontos.

Serilda só tinha que enfrentar mais uma refeição. Agora que a gravidez tinha sido anunciada, não havia mais motivo para fingir intimidade por trás de portas fechadas, e o Erlking costumava requisitar a presença dela no salão de jantar. Normalmente, eram só os dois e um grupo de criados, mas quando eles ficavam sentados em pontas opostas de uma mesa enorme, Serilda conseguia fingir que estava sozinha.

Só que, quando ela entrou no salão de jantar naquela noite, soube na mesma hora que as coisas estavam diferentes. E, naquele castelo, Serilda tinha passado a associar qualquer coisa diferente com uma ameaça fermentando silenciosamente. Seu marido era um homem de hábitos. Quando as coisas mudavam, normalmente significava que ele estava tramando alguma coisa. E quando ele estava tramando alguma coisa, costumava ser contra *ela*.

Ela olhou o salão de jantar já tensa. A grande mesa tinha sido empurrada para o lado e a cadeira de mogno de encosto alto do Erlking estava colocada junto a uma mesinha redonda posta para dois. Pratos e talheres de prata com cabos de pérola se destacavam sobre uma toalha de veludo escuro que caía até o chão. Uma vela alta em um candelabro de prata ocupava o centro da mesa, cercada por uma guirlanda de lavanda e lobélia. Uma variedade de travessas transbordava iguarias de fim de verão. Amoras e queijo picante coberto de mel e pistache. Codorna assada servida com mostarda doce. Tortinhas recheadas de maçã e nozes. Peras mergulhadas em hidromel.

— Minha esposa — disse o Erlking, colocando um cálice de vinho escarlate na mesa e se levantando para cumprimentá-la.

Serilda ergueu as sobrancelhas. Isso também era novidade. O Erlking nunca se levantava para ninguém, menos ainda para ela.

— O que é tudo isso? — perguntou Serilda quando ele puxou a cadeira para ela.

— Eu ando distraído ultimamente — disse ele — e não tenho te dado atenção o suficiente. Não seria bom negligenciar meus deveres com você e botar em questão meu grande afeto, considerando nosso jovem romance. E, claro, sua condição especial.

Serilda franziu a testa mais ainda.

— O que é realmente isto?

Ele riu.

— Você sempre foi desconfiada assim?

— Geralmente não. Mas ser amaldiçoada e trancada em um castelo assombrado acaba mudando as perspectivas que se tem do mundo.

Ele bateu com os dedos no encosto da cadeira.

— Sente-se, meu amor. Eu só quero apreciar uma boa refeição com a mãe do meu filho.

As palavras a fizeram tremer, mas Serilda se obrigou a atravessar o salão de jantar e aceitar o assento oferecido. O Erlking encheu um cálice de água a partir de uma jarra de cristal e acrescentou algumas bagas de zimbro com um floreio. Serilda as viu afundar para o fundo da taça com trepidação crescente. O rei preparou o prato dela, colocando frutas silvestres e peras ao lado de fatias de peito de codorna.

Para sua irritação, seu estômago roncou. Era uma sensação estranha, pois ela estava convencida de que, sem seu corpo físico, ela não tinha utilidade para comida. Mas ainda a desejava de qualquer jeito.

— Essas são algumas das minhas comidas favoritas — disse ela em surpresa.

— Sim. Eu pedi aos cozinheiros que preparassem.

Ela abriu um sorriso falso para ele.

— Me conte. Que iguarias você preferiria? Pudins feitos do sangue das suas vítimas? Bolos polvilhados com dentes de leite e ossos de dedos de crianças perdidas?

Os olhos dele cintilaram.

— Não seja grotesca, docinho. Eu só como os dentes dos idosos quando estão meio podres. São mais macios, não são difíceis de mastigar. — Ele uniu os dedos em uma imitação de mastigação e Serilda ficou de boca aberta. Era piada. Não era?

Enquanto ele preparava os pratos, Serilda permitiu que seu olhar percorresse a sala, até pousar na ave empalhada enorme na parede acima de um longo bufê. Era a hercínia, uma criatura mágica com asas parecendo um pôr de sol chamejante, que mesmo na morte continuava a brilhar de leve na penumbra do salão. Na primeira vez que tinha sido levada ao castelo, o Erlking fez questão de mostrar a ela aquele prêmio, capturado pela caçada no Bosque Aschen. Ele também fez questão de contar a ela que a cabeça dela e de seu pai em breve decorariam aquela parede, dos dois lados da fabulosa criatura, se ela fracassasse na tarefa de transformar palha em ouro.

Ao lembrar, Serilda começou a rir.

O Erlking parou de colocar um pedaço de vitela no prato dela.

— O que a divertiu?

— Você — disse ela — e como você uma vez ameaçou cortar minha cabeça, neste mesmo salão. E agora, você está cortando carne pra mim. Se não dá pra se divertir com isso, não há esperança.

O Erlking olhou para a hercínia.

— Era a cabeça das donzelas do musgo que eu queria na época.

Serilda fez uma careta.

— Eu me lembro.

Ele colocou o prato na frente de Serilda e se sentou.

— Talvez eu ainda as obtenha.

Ela não respondeu. Desconfiava que ele tivesse dito para a deixar incomodada.

— Você não deveria estar se preparando para a caçada desta noite? — perguntou ela, quebrando um pão de casca escura e liberando uma explosão de vapor com cheiro doce.

— A caçada pode esperar. Estou apreciando a companhia da minha amada. — Ele sorriu e, naquela expressão, Serilda procurou o sorrisinho debochado de sempre, a risada provocativa.

Ela procurou, mas não estava lá, só uma lembrança de onde deveria estar.

— Encantador — comentou ela. — Eu não sabia que você era um romântico.

— Não? Então eu não tenho te tratado como deveria. — Ele colocou a faca na mesa, encarou Serilda por um longo momento, esticou a mão por cima da mesa e, com o afeto de um homem encantado, prendeu uma mecha de cabelo atrás da orelha dela.

O tremor que percorreu o corpo de Serilda chegou até os pés.

Quando recuou, ela se sentiu congelada na cadeira.

O que estava acontecendo?

— Tudo bem — disse ela, a voz virando gelo. — Fala logo. Do que se trata isso tudo?

Ele riu de novo.

— Sempre rápida em questionar meus motivos.

— Você pode me culpar?

— De jeito nenhum. Na verdade, tem um pequeno mistério que eu tinha esperança de que você pudesse me ajudar a solucionar. — Ele enfiou a mão no bolso e tirou uma flecha de ponta preta.

Serilda ficou imóvel ao reconhecer a arma que tinha puxado da criatura galinácea venenosa. A que quase a matou, mesmo de dentro da gaiola.

O rei colocou a flecha entre eles na mesa.

— Isto foi encontrado em um aposento do segundo andar, em meio a uma grande quantidade de destruição. Cortinas, móveis… tudo, exceto uma gaiola de ouro particularmente resistente foi completamente aniquilado. Houve até um certo dano nas paredes internas. Mandei carpinteiros trabalharem o mês todo para reforçá-las. — Você, por acaso, não saberia o que causou a destruição, saberia?

Serilda fez um ruído baixo, como se considerando a pergunta.

— Bem — disse ela lentamente, esticando a mão e pegando a flecha como se para inspecioná-la —, eu já ouvi falar sobre isso. Se é o que penso. — Ela virou a flecha para a luz da vela. — Ah, sim. O que você tem aqui é a flecha preta mítica já carregada por Solvilde, o deus do céu e do mar. Quando seus poderes são invocados, o ar em volta vai vibrar com a energia de mil raios, liberando fogo e caos no que tocar. — Ela estalou a língua e colocou a flecha de volta na mesa. — Seus sombrios deviam mesmo ser mais cuidadosos com seus tesouros.

Um sorriso lento surgiu na boca do rei.

— Na verdade — disse ele em voz baixa —, não foram raios que causaram a destruição, mas o veneno de um basilisco.

A palavra fez Serilda se sentar mais ereta.

Basilisco.

Claro. Como ela não tinha percebido antes?

Nos contos de fadas modernos, a besta costumava ser comparada a uma serpente enorme, mas no folclore mais antigo, era retratada como bem menos assustadora, embora não menos mortal. Parte cobra, parte galinha. Um olhar dela poderia transformar qualquer um em pedra, o que explicava por que os olhos haviam sido cortados fora. E o veneno era forte o suficiente para...

Bem.

Para queimar as paredes do castelo, evidentemente.

— Ah — disse ela. — Então... essa *não é* a flecha preta mítica de Solvilde?

— Não, se bem que acho que poderia ser chamada de flecha preta mítica de Perchta. Depois que ela foi tirada de mim, eu usei as armas dela que ficaram para trás nas nossas caçadas quando necessário. Duvido que pudesse ter capturado o basilisco sem ela. Mas o estranho é que o basilisco ficou tranquilizado por muitas décadas. Não consigo imaginar quem ousaria remover a flecha e arriscar o gênio da besta.

— Não — disse Serilda, balançando a cabeça. — Quem seria descuidado assim?

O Erlking sustentou o olhar dela. Serilda não se mexeu quando ele pegou a flecha e a enfiou de volta no bolso.

— Não importa. A ameaça foi resolvida e esta flecha pode ser útil novamente em uma caçada futura.

Serilda engoliu em seco.

— O basilisco... você precisou matá-lo?

— Te incomodaria se tivesse precisado?

Ela hesitou, sem saber direito o que sentia. A criatura era uma ameaça, mas também gloriosa. Por mais estranha que fosse, tinha as penas mais bonitas que ela já tinha visto, e uma criatura tão pequena ser tão temida era admirável, até algo a se aspirar.

— Eu não gosto de mortes desnecessárias — disse ela por fim.

— Não? — O Erlking grunhiu de surpresa. — É um dos meus passatempos favoritos. — O rei levou a taça à boca e tomou um gole. Quando o colocou na mesa, sua expressão estava mais cuidadosa. — Eu fui grosseiro com você, filha do moleiro?

Ela ficou imóvel. Demorou muito para acreditar que a pergunta fosse real.

— Você assassinou cinco crianças do meu vilarejo. Seus corvos comeram o coração delas. Só porque eu não quis te dar o que você queria.

Ele franziu a testa em confusão.

— Eu *as* assassinei. Não você.

— Você me amaldiçoou! — gritou ela, erguendo o pulso para mostrar a cicatriz. — Você enfiou uma flecha no meu braço e me prendeu aqui para toda a eternidade.

— E é uma melhoria, não?

Ela riu com deboche.

— Melhoria em comparação a quê?

— Sua *vida*. Aqui, você é uma rainha. Mora em um castelo. Com criados e atendentes e... banquetes. — Ele indicou a comida à frente deles. — Você não pode me dizer que jantava assim em Märchenfeld.

Ele disse o nome do vilarejo dela como se fosse coberto de ratos e lixo. Quando, na verdade, apesar de algumas superstições e desconfianças dos moradores, Serilda sempre achou um vilarejo tranquilo.

O que não era o ponto no momento. Ele era mesmo tão burro de pensar que qualquer parte daquela vida era preferível à que ele tinha roubado dela?

Serilda se inclinou por cima da mesa.

— Meus criados são almas torturadas que prefeririam seguir o lampião de Velos a me trazer um par de chinelos. Meus atendentes são as crianças que você matou e continua a usar como ameaça contra mim. E, não, nunca jantei assim em Märchenfeld porque eu apreciava um delicioso ensopado de nabo ao lado do fogo aconchegante com o meu pai, que você *também matou*.

O Erlking a observou por um longo momento antes de se inclinar por cima da mesa e colocar a palma fria sobre a mão dela. Serilda ficou tensa. Ela não tinha percebido durante aquela conversa que estava segurando a faca do jantar como uma arma.

— Ainda assim — perguntou o rei suavemente —, *você* foi maltratada?

Serilda não sabia o que responder. Ele pareceu genuíno e ela teve a sensação estranha de que ele estava tentando agradá-la. Com aquela refeição, a luz de velas, a conversa. Mas com qual objetivo? O rei nunca dava nada sem querer mais em troca. Parecia uma armadilha, mas ela não conseguia enxergar claramente e, portanto, não sabia o que evitar.

— De jeito nenhum — disse ela, permitindo que seu humor melhorasse quando tirou a mão da dele. — Eu fui tratada com o máximo de gentileza e respeito. Cada dia dentro destas paredes tem sido abundante com prazeres anteriormente desconhecidos por esta simples mortal.

Era um crédito ao padrinho dela que o Erlking assentiu, como se satisfeito de ouvir aquilo. Serilda quase não conseguiu não revirar os olhos quando ele voltou a atenção para um pedaço de javali no prato.

— Eu me perguntei algumas vezes — disse ele, mergulhando a carne em um prato de molho — se você teve motivo para sentir falta do seu amante.

Serilda olhou para a carne pingando na ponta da faca dele.

— Amante?

Ele enfiou a carne entre os dentes e indicou com a ponta da faca para a frente do vestido dela.

Ela demorou mais um instante para entender.

Ah, o pai da criança. O que, até onde o Erlking sabia, não passava de um ajudante de fazenda com quem ela tinha se envolvido. Nada significativo. Nada importante.

— Não — disse ela, pegando algumas ervilhas com manteiga com a lâmina da faca. — Por que sentiria?

Ele fez um ruído indiferente na garganta.

— Damas podem ser sentimentais.

Ela olhou para ele com irritação.

— O que você gostaria de saber?

— Ele era encantador?

Serilda visualizou Áureo, não pôde evitar. Mas logo tentou afastar a imagem, com medo de que só pensar nele fosse revelar a verdade que ela queria manter escondida.

Então pensou em Thomas Lindbeck, o irmão mais velho de Hans. Uma vez, Serilda achou que estivesse apaixonada por ele; parecia uma vida antes. Ela se perguntou com distanciamento se ele tinha se casado com a garota de quem gostava. Se estava cuidando do moinho na ausência prolongada dela e do pai. A vida tinha continuado em Märchenfeld ou as cicatrizes de perder cinco crianças inocentes os assombrariam pelo tempo que a assombrariam?

— Ele era... bem encantador.

— Bonito?

Ela queria, ah, como queria, poder fingir naturalidade, pois a pergunta tinha sido feita como se não significasse nada. Mas, novamente, Serilda se viu pensando em Áureo e não deu para evitar que um calor subisse pelo pescoço e se espalhasse pelo rosto dela.

— Ele não se compara a você, meu senhor, se é isso que você está perguntando.

Os olhos dele faiscaram.

— E você o amava?

Amor.

A palavra, totalmente inesperada, veio como uma flecha e penetrou o peito dela. Como poderia responder a uma coisa daquelas? Ela já sentia o buraco oco dentro dela se expandindo, procurando um tremor de coração, e quase, quase conseguiu sentir.

Serilda o amava?

Ela amava Áureo?

Se quisesse ser honesta consigo mesma, não achava que estivesse apaixonada por ele na noite em que eles se deitaram juntos. Ela o queria. Ela o desejava. Precisava vivenciar algo com ele que fosse totalmente novo para ela, para os dois. Não tinha se arrependido da intimidade na época e, apesar de tudo que aconteceu depois, não conseguia se arrepender agora.

Mas ela o amava?

Não exatamente. Amor crescia a partir de lembranças, histórias, risadas compartilhadas. Amor era resultado de conhecer as muitas coisas que uma pessoa fazia que irritavam você até os confins da terra e, ainda assim, de alguma forma, continuar querendo abraçá-la no fim de cada dia e ser abraçada por ela em todo amanhecer. O amor era o conforto de saber que alguém ficaria do seu lado, te aceitaria, apesar de todas as suas excentricidades, todos os seus defeitos. Que te amaria talvez, em parte, por causa deles.

Serilda não tinha tido aquele conforto com Áureo, apesar do que eles compartilharam, apesar de que só pensar nele a fazia formigar de expectativa, ansiosa para ficar perto dele de novo.

Podia não ter sido amor na época. Mas uma semente tinha sido plantada e, nos meses seguintes, continuado a crescer. Crescia a cada dia que passava. Estava desabrochando em algo inesperado e assustador e verdadeiro. O anseio dela tinha se transformado em carinho. Um desejo tão poderoso de vê-lo livre, de vê-lo feliz... sem importar se Áureo podia ou não ser livre e feliz com *ela*.

Isso era amor?

Serilda não sabia. Mas sabia que não tinha outras palavras que chegassem perto de descrever o que ela sentia por Áureo.

— Você tinha me convencido de que não sentia nada por ele — disse o Erlking, puxando uma uva roxa do cacho com os dentes afiados. — Agora estou vendo. Me pergunto sobre o que mais você pode ter mentido...

— Você *não* está vendo — disse ela, surpresa com a chama de raiva dentro do peito. — Não poderia.

— Talvez eu te surpreenda — disse ele, uma inclinação nova e provocadora na boca.

— Por que estamos discutindo isso? Que importância tem?

— Pode chamar de curiosidade pela criança tanto quanto pelo pai. Eu gosto de saber o que esperar.

Serilda engoliu em seco. Ela tinha tentado não pensar muito em que traços o bebê poderia ter. O cabelo cobre de Áureo? As sardas? O sorriso incorrigível? Ou a criança a puxaria, com olhos amaldiçoados, uma tendência para mentir, um espírito teimoso que tanto a metia em problemas?

— Você está errada, sabe? — A melancolia na voz do rei a sobressaltou mais do que as palavras.

— Sobre o quê? — disse ela com rispidez, sem querer liberar a raiva tão rapidamente.

O rei deu uma risadinha.

— Acredite no que quiser. Mas eu sei o que é amar e qual é a sensação de quando esse amor é perdido.

CAPÍTULO

Vinte

A DECLARAÇÃO DO REI PAIROU NO AR ENTRE ELES. ERA O MAIS vulnerável que ele já tinha estado na presença de Serilda e, para sua irritação, arrancou toda a fúria dela em uma respiração cristalizante.

Os olhos dele se voltaram para ela, espiando por entre cílios longos e pretos.

— Mas eu sou só um demônio. É assim que você nos chama nas suas histórias, não é?

Serilda tremeu, sem ousar admitir, embora ele não parecesse particularmente magoado.

— Talvez você não acredite que o amor entre demônios possa ser real.

Ela abriu os lábios, mas nenhuma palavra saiu. Não sabia no que acreditar. Tudo que ela tinha visto do Rei dos Antigos e da corte dele tinha sido crueldade e egoísmo, nada parecido com amor, até onde percebia.

Mas Serilda se lembrava da história do Erlking e da caçadora. De alguma forma, ela sabia que, se tivesse a chance, ele realinharia as próprias estrelas para se juntar a ela de novo.

— Você vai tentar trazer Perchta de volta — sussurrou ela.

O Erlking não sorriu. Nem franziu a testa. Nem se mexeu. Ele só a encarou, procurando *alguma coisa*, embora Serilda não soubesse o quê. Só quando ela tremeu de novo foi que ele piscou e se encostou. Nenhum dos dois tinha percebido que ele tinha começado a se inclinar em sua direção, os dedos elegantes na toalha a centímetros dos de Serilda.

Serilda balançou a cabeça com a sensação de que estava presa em um estado de torpor.

— Você acredita — disse o Erlking — que tenho o poder de trazer um espírito de volta das garras de Verloren?

— Acredito que você vai tentar.

Ele não negou.

— Eu acredito — prosseguiu ela, observando-o com atenção, embora a expressão dele não revelasse nada — que você pretende capturar um dos deuses antigos durante a Lua Interminável. E, quando o tiver, você vai desejar o retorno de Perchta e vai entregar meu bebê para ela.

Serilda sustentou o olhar dele, esperando admissão de que ela estava certa. Ela foi recompensada por um apuro no olhar dele.

— Você é inteligente — refletiu ele.

— Só observadora — rebateu ela. — Perchta se foi trezentos anos atrás. Você está tentando capturar um deus esse tempo todo?

Ele deu de ombros.

— Não estamos todos?

— Acho que não.

Ele abriu um sorrisinho.

— Todos estariam, se tivessem os meios.

— O ouro.

— O ouro — concordou ele.

— Mas você não acha que tem o suficiente.

A mandíbula dele tremeu.

— Eu posso ser engenhoso.

Serilda ficou surpresa de ele não tentar negar os planos... mas, por outro lado, qual seria o sentido em negar? O que ela poderia fazer sobre isso?

— Se você conseguir, ela não vai ficar com ciúmes quando souber que você tem uma esposa mortal?

O Erlking franziu a testa, e Serilda percebeu que ele não entendia o que ela queria dizer. Mas a expressão dele se suavizou e seu rosto se iluminou à luz das velas.

— A minha Perchta — disse ele. — Com ciúmes. De *você*?

Serilda nunca tinha sido tão ofendida por tão poucas palavras. Ela aprumou a coluna.

— Eu sou sua esposa, não sou?

Ele soltou uma gargalhada.

— Vocês, mortais, se importam tanto com seus títulos arbitrários. Eu acho bem peculiar.

Desta vez, Serilda não escondeu o revirar de olhos.

— Sim, sim. Nós, tolos mortais. Como devemos ser adoráveis quando vistos de um lugar de tamanha superioridade.

— Eu te acho revigorante.

— Que bom que o diverti, meu senhor.

O Erlking parou de sorrir só pelo tempo de tomar um gole de vinho.

— Agora é *você* que não tem como entender — disse ele, girando o cálice lentamente. — Tudo que eu sou pertence à caçadora. Sempre foi assim, nunca vai mudar. Eu jamais poderia me dar para outra, pois não há nada a ser dado. Então, não, Perchta não vai ficar com ciúmes. Ela vai ficar feliz da vida com a criança que posso dar a ela, o único presente que não pude dar antes.

— Mas você já deu crianças e ela se cansou de todas. E depois? Você vai matar meu filho ou abandoná-lo na floresta?

— Você conhece bem as histórias.

— Todo mundo conhece essas histórias. Para quem mora tão perto do Bosque Aschen, elas são algumas das primeiras histórias que contamos às nossas crianças. Como um aviso pra ficarem longe de você.

O rei deu de ombros.

— Eu trouxe crianças, mas nunca um recém-nascido. Talvez o afeto maternal precise se desenvolver desde a primeira infância.

Serilda apertou mais a faca.

— Besteira. Todas as crianças merecem ser amadas. Todas as crianças merecem uma mãe ou um pai que cuide delas, as proteja incondicionalmente. Não alguém que goste delas por um tempo, mas perca o interesse quando a maternidade ou paternidade não for mais adequada. Essas não são as ações de alguém que deseja ser mãe. Isso é o oposto de uma mãe. É alguém que só liga pra si mesmo.

O olhar do Erlking se fechou com um aviso, e, embora ela tivesse *bem* mais a dizer sobre o assunto, Serilda forçou os lábios a ficarem bem fechados.

— Vamos ver — falou ele baixinho. — Se tudo der certo.

Se tudo der certo.

Se ele capturasse um deus e desejasse o retorno de Perchta. Se ele desse o filho de Serilda para aquele monstro.

— Qual é o sentido disso tudo? — perguntou ela. — Você tem o que quer, então por que o trabalho de velas e flores e — ela moveu a faca apontando para a mesa — *romance*?

— É isso o que está te incomodando?

Serilda soltou um ruído de deboche.

— Eu não consigo nem começar a contar todas as coisas que estão me incomodando.

— Ah, sim. Porque você é uma prisioneira, amaldiçoada, presa em um castelo assombrado, aqueles amados roedores que você chama de crianças estão mortos, e assim por diante. Me perdoe por ter esquecido suas muitas reclamações. — Ele suspirou, parecendo entediado. — Eu só achei que seria bom apreciarmos uma noite tranquila juntos. Marido e esposa.

— Carcereiro e prisioneira.

— Não fique tão na defensiva. Faz com que você pareça humana.

— Eu sou humana. E o meu filho também será, caso você ainda não tenha se dado conta. Vai ter emoções e necessidades humanas. Quer saber o que esperar? Bem, é isso. Todas as coisas confusas, ilógicas e ridículas que os humanos vivenciam em todos os dias da vida. Porque temos corações e almas, coisas que você nem consegue imaginar, por mais que ache que sabe o que é amor.

O rei ouviu tudo que ela tinha a dizer, com expressão arrogante, gelada e dura novamente.

— Só isso? — disse ele por fim.

Ela expirou com força pelas narinas.

— Não. *Não* é só isso — disse ela rispidamente. Mas logo voltou a si e se lembrou da importância daquela noite. De tudo para que ela e Áureo tinham trabalhado. — Mas está ficando tarde, meu senhor. Você precisa se preparar para a caçada. Para capturar um novo bärgeist ou um… grifo, ou o que for.

— Ah, então você ouviu sobre nosso grifo?

— Eu ouvi que você também não tem ouro suficiente pra isso — respondeu ela, desejando que ele parasse de arrastar aquela conversa. Desejando que fosse embora logo.

— Talvez não — disse o rei, evidentemente sem se incomodar. — Nós sempre podemos matá-lo. Colocar a cabeça dele… bem aqui, talvez. — Ele apontou para a cornija de pedra atrás de Serilda, mas ela não se virou para olhar. — Mas seria uma pena. Tem bestas feitas para serem penduradas em paredes e outras feitas para serem admiradas em carne e osso. Eu não desejaria matar um grifo. E você está certa, eu acho que não temos correntes suficientes pra dominá-lo. — Ele inclinou a cabeça para o lado. — Talvez eu deva trazer um presente pra você, minha querida.

— Rogo para que não faça isso.

— Pare com isso. Deve haver alguma besta mágica que a encante. Que criança mortal não sonhou em montar em um unicórnio branco pelas campinas do sul?

— Um unicórnio! Me parece um objetivo pequeno em comparação a grifos, bärgeists e tatzelwurms.

Ele sorriu.

— É o que diz quem nunca tentou capturar um. São animais mais complicados do que você esperaria.

— Claro que são. — Serilda se inclinou para ele em tom conspirador. — São atraídos por donzelas e crianças inocentes, meu senhor, enquanto você está constantemente cercado de demônios assassinos. Talvez você esteja com as companhias erradas.

— Eu levarei em consideração. Se bem que não ia querer facilitar demais. Não há satisfação nisso. — Ele passou a unha na borda do cálice. — Donzelas e crianças inocentes, você diz. Que ideia singular.

— Você não vai caçar mesmo um unicórnio, vai?

— Por que não? É um prêmio digno. — Ele curvou os lábios. — Aqueles seus dois atendentes. O pequeno e — ele balançou a mão languidamente pelo ar — o que nunca fica parado. Você não precisa deles hoje, não é?

Serilda ficou imóvel. Ela queria acreditar que ele estava provocando-a, mas nunca tinha como ter certeza.

— Eu não estava falando sério — disse ela. — Ninguém acredita de verdade que unicórnios são atraídos por crianças. Só é um mito bobo.

— Há verdade nos mitos bobos.

— Não nesse. Unicórnios são inteligentes demais para isso. É melhor você ir procurar nas partes mais sombrias da floresta, onde o sol nunca bate. Os unicórnios não gostam de competir com a luz do sol. Fazem seus lares em vales com muitas... — Ela observou o que havia na mesa. — Amoreiras. E urtigas. E um carvalho. Eles sempre precisam ficar perto de um carvalho, porque é a única madeira que aguenta quando eles afiam o chifre. Todo o resto murcha e morre, até as raízes. — Ela deu de ombros para ele. — Pelo menos, foi o que eu ouvi. Viu? Crianças não são necessárias.

O Erlking a encarou por um longo momento, inescrutável.

Ele se levantou e, num gesto desconcertante, se apoiou em um joelho ao lado de Serilda e segurou a sua mão.

— Você é um tesouro — sussurrou ele, levando os lábios aos dedos dela.

Serilda recuou, horrorizada.

De repente, a história do tatzelwurm lhe voltou à cabeça. Não tinha sido nada mais do que uma mentira ridícula, mas, naquela noite, a caçada encontrou a besta exatamente onde ela disse que estaria. Teria ela feito o mesmo de novo?

— Meu senhor...

— Venha — disse ele, se levantando e virando o resto do vinho em um gole só. — Não podemos nos demorar. A hora do luar tem ouro na boca.

Serilda franziu a testa.

— Você quer dizer a hora da *manhã*. A frase diz... ah, deixa pra lá.

Ele a arrastou para fora da fortaleza até o pátio, que estava vibrando de atividade, como sempre acontecia na noite da caçada. Mas Serilda percebeu assim que saiu que algo estava diferente.

Não eram só caçadores e cães e cavalos sendo preparados. Também havia dezenas de carruagens e carroças presas em bahkauvs, criaturas estranhas que pareciam touros. Ela viu o cavalariço e quase todos os criados do castelo correndo de um lado para o outro, carregando rodas de carruagem e lubrificando eixos, outros colocando caixas e carga nas carroças.

— O que está acontecendo? — perguntou Serilda.

— Preparei novas acomodações para nós — disse o Erlking. Ele exibia um sorriso malicioso quando pegou a mão de Serilda, prendeu-a no braço e a levou para longe da fortaleza. — Não precisa ficar tão nervosa.

— Eu não estou nervosa — disse ela com um rosnado. — Só acho absurdamente irritante que tudo que você diz tenha mais camadas do que uma cebola.

— Me perdoe. Odeio estragar uma surpresa. Em suma, meu amor, estamos partindo.

— Partindo? — Ela olhou para os caçadores verificando as armas e também para vários sombrios que não costumavam ir à caçada entrando em carruagens fechadas. — Partindo de Adalheid?

— Mandei o aviso para os seus pequenos atendentes mais cedo — disse ele. — Desconfio que eles logo cheguem com as suas coisas... Ah, sim. Aí estão eles.

Serilda viu Hans e Fricz carregando um baú. Anna e Gerdrut vinham logo atrás, os braços cheios de caixas e bolsas trançadas. Embora só houvesse quatro semanas desde que Anna caíra na arena, seus ferimentos tinham cicatrizado com rapidez, como prometido, e ela parecia não ter dificuldade em carregar a bagagem pesada.

As crianças pararam em uma carruagem, a que tinha lembrado a Serilda um mausoléu, onde Nickel estava ajudando a prender um cavalo.

— Não estou entendendo. Pra onde você vai levá-las?

— Levá-*las*? Não seja ridícula. Que necessidade eu tenho de parasitas assim? Caso você não tenha notado, são criados abomináveis. Eu já vi o jeito como aquela pequena arruma seu cabelo e, para ser sincero — ele fixou um olhar significativo nela —, tenho dificuldade de tolerar.

Serilda amarrou a cara.

— Eu arrumo meu cabelo.

Ele piscou.

— Nesse caso, eu preferiria que não arrumasse. Quanto à sua pergunta, elas estão aqui para acompanhar você. Eles são seus atendentes, certo?

— Mas... — Ela balançou a cabeça e apertou os olhos de exasperação. — Eu não posso sair. Estou presa aqui.

— É isso que está te chateando? — Ele passou a ponta do dedo pela parte interna do cotovelo dela. — Você não acha que preparei tudo? — Ele ergueu a voz. — Manfred! Cuide para que aquela carroça ali seja dada às nossas duas bestas mais confiáveis e um contingente de guardas. Carrega carga preciosa. Eu odiaria que algo acontecesse a ela.

Manfred, que estava verificando alguma coisa em um pergaminho pequeno, deu um aceno firme.

— Claro, Vossa Obscuridade. Vou cuidar disso.

Serilda olhou para trás dele para ver a que carruagem ele estava se referindo.

Um peso recaiu sobre ela. Era a carruagem grande e luxuosa que Agathe tinha mostrado para ela na cocheira. A que guardava seu corpo.

Partindo.

De alguma forma, era possível ela sair de Adalheid. E estava acontecendo. Estava acontecendo naquele instante, naquela noite.

— Não — disse ela, apertando os olhos para as janelas do castelo, procurando algum sinal de Áureo. — Hoje não. Vossa Obscuridade, seja sensato. — Ela segurou o braço do Erlking. — Se você deseja viajar, não devemos ir sob a proteção do véu? Por que partir esta noite, com a Lua de Palha alta? Você devia ir caçar e eu... eu vou estar mais bem preparada para partir amanhã. Se você tivesse me dado algum aviso, eu poderia estar pronta, mas... não posso partir esta noite.

Ele abriu um sorrisinho.

— Você tinha algum plano importante para a noite, minha pombinha?

Serilda engoliu em seco.

— N-não. Eu só...

— Giselle! — gritou ele, sobressaltando Serilda e fazendo-a se calar.

A mestre dos cães apareceu, com aparência mais carrancuda do que o habitual.

— Você está encarregada do castelo na minha ausência — ordenou ele. — Espero que a minha corte responda a você como responderia a mim.

— Uma honra, Vossa Obscuridade.

— Tome um cuidado especial do zoológico — acrescentou o Erlking. — Espero ter novas aquisições no retorno.

Giselle se curvou.

— E tem certeza de que seus caçadores conseguem cuidar dos cães? Eles têm um horário específico de alimentação e exigem exercícios regulares fora das caçadas e...

— Acalme-se, Giselle. Você está tão agitada quanto a mortal.

Serilda e Giselle se olharam com expressão de repugnância.

— Os cães estarão bem cuidados, garanto. E quanto à sua disponibilidade de ficar para trás, eu prometo que você será recompensada.

Giselle apertou os lábios em uma linha fina.

— O que meu rei exigir de mim, farei. — Ela se curvou de novo antes de se virar e seguir na direção dos cães que aguardavam.

— Agora — disse o Erlking, segurando a mão de Serilda e passando os polegares gelados na cicatriz do pulso. Uma pontada gelada subiu pelo braço dela e foi até a cavidade do peito. — Está pronta?

— Para quê? — sussurrou ela, as entranhas de repente cobertas de gelo invernal.

O Erlking chegou mais perto e ela teve que inclinar o pescoço para sustentar o olhar dele. Antes que soubesse o que estava acontecendo, ela sentiu a pontada inesperada e familiar de magia. Um estalo fundo na barriga. Uma fagulha no ar. Os pelos da nuca se eriçando.

— *Eu dissolvo as amarras que prendem você a este castelo* — disse ele, as palavras ecoando dentro do crânio. — *Embora seu espírito permaneça fora do confinamento do seu corpo mortal, você não está mais presa. Como guardião da sua alma, presenteio você com a liberdade destes muros.*

Quando a última palavra dele tremeluziu no ar entre eles, Serilda sentiu a mesma dor lancinante de quando ele colocou a maldição nela, disparando da cicatriz onde a flecha tinha perfurado a pele. Ela gritou de surpresa, se curvou para a frente e teria caído se o Erlking não a tivesse segurado.

A dor não durou muito tempo.

A respiração seguinte, embora trêmula, permitiu que ela se empertigasse de novo.

— Por que você faria isso? — disse ela, perplexa. — Eu não entendo.

— Vai entender logo — falou ele alegremente, acariciando a mão dela entre as dele, a imagem de um marido apaixonado. — Não tem mais nada para você fazer além de ficar à vontade. Sua carruagem aguarda.

Ele começou a levá-la para a carruagem onde as cinco crianças a esperavam. Hans estava segurando o manto favorito de Serilda, gasto pelo uso. Havia incerteza nos olhos deles. Serilda percebeu que eles estavam tão confusos quanto ela com aquela saída inesperada.

— Aqui está — disse o Erlking tirando a capa da mão de Hans e colocando-a nos ombros de Serilda enquanto ela tentava disfarçar o medo crescente. Ele verificou os fechos com carinho antes de ajudar Serilda a subir para o banco do cocheiro. — A vista vai ser boa.

— Vossa Obscuridade. — Agathe apareceu, a expressão inescrutável quando ela olhou para Serilda, e depois voltou a atenção para o Erlking. Ela ergueu uma corrente de ouro, enrolada umas dez vezes em volta do pulso, e uma espada longa em uma bainha. — As armas que o senhor pediu.

O rei pegou a corrente e a espada e prendeu ambos no cinto.

— Os caçadores estão prontos — acrescentou Agathe.

— Que bom. Partamos, então.

— Espera! — gritou Serilda.

O Erlking ergueu uma sobrancelha para ela.

— Por favor — suplicou ela. — Me explica o que está acontecendo.

— Não é óbvio? — disse ele. — Nós vamos caçar.

Com isso, ele saiu andando. Foi logo cercado pelos outros caçadores. O cavalariço levou para ele o corcel preto de guerra.

Hans subiu no banco do cocheiro ao lado de Serilda. Naquela noite, ele seria o cocheiro. Nickel ajudou Gerdrut a entrar na carruagem antes de ele e Anna e Fricz entrarem também.

— O que está acontecendo? — sussurrou ela. — Aonde nós vamos? Como é que eu... — As palavras sumiram dela.

Hans segurou a mão dela, o toque reconfortante, mesmo gerando arrepios no braço. Ele não respondeu, os lábios apertados, e Serilda se perguntou se havia algo que eles sabiam, mas que o Erlking tinha proibido que lhe contassem.

Quando a carruagem começou a sacolejar sobre os paralelepípedos, entrando na fila de cavalos e carroças sendo puxadas na direção da ponte levadiça, Serilda esticou o pescoço para procurar na fortaleza de novo. As janelas ardiam com a luz de fogo, mas não havia sinal de Áureo.

A carruagem passou pela sombra da guarita. O som dos cascos dos cavalos e dos bahkauvs mudou para um estalo melódico quando eles pisaram na ponte de madeira.

Ela prendeu a respiração.

As rodas da carruagem sacudiram e rangeram e trovejaram na ponte.

Ela saiu das sombras da guarita e não sumiu.

Seu espírito não foi arrastado de volta para a sala do trono no coração da fortaleza.

Ela tinha saído do Castelo de Adalheid e, em algum lugar naquele desfile sombrio, seu corpo também.

CAPÍTULO

Vinte e um

SERILDA CONTINUOU OLHANDO PARA O CASTELO ATÉ A CARRUAGEM seguir na estrada para Adalheid. Sua atenção se desviou para o caminho que acompanhava o lago. Ao longe, quase invisível na luz da Lua de Palha, ela podia ver a fachada azul bonita do Cisne Selvagem. Ela segurou a beira do banco do cocheiro, morrendo de vontade de sair correndo da carruagem. Ela estava livre. *Livre.* E suas amigas estavam tão perto. Leyna. Lorraine. Sem dúvida já estavam na cama, as portas e janelas trancadas em uma noite em que a caçada selvagem deveria estar passando com tudo, não esse desfile montado às pressas.

Até onde ela conseguiria chegar antes que os sombrios a pegassem e arrastassem de volta?

Provavelmente não muito, refletiu. O grupo era enorme e Serilda se perguntou se todos os criados fantasmagóricos estavam entre eles, pois, quando olhou para trás, parecia que as formas efêmeras andavam pela estrada até onde conseguia enxergar. Ela sabia que alguns dos sombrios tinham ficado para trás no castelo, mas todos os caçadores pareciam estar ali, rodeando-a por todos os lados. Estava em número menor e cercada, como sempre.

O Cisne Selvagem passou e a carruagem continuou, passando por prédios escuros, cercados com cabras e galinhas caladas dormindo, jardins de verão em flor.

Serilda olhou para a frente. Não queria ver a padaria, o sapateiro, a biblioteca de Frieda... Ela ansiava por aquela cidade a cada momento que passava, mas se obrigou a ficar imóvel até ver que a caravana tinha passado embaixo da sombra do portão da cidade.

— Serilda — disse Hans, soltando uma das rédeas para botar a mão no pulso dela. — Você está bem?

— Não sei — respondeu ela. — Você sabe do que se trata tudo isso?

Ele balançou a cabeça.

— Nós fomos informados que era pra arrumar suas coisas e esperar que ficasse fora um mês ou mais.

— Um mês! Mas pra onde...?

Hans deu de ombros.

— Ele não conta nada pra *nós*.

— Não, nem pra mim. — Os pensamentos de Serilda giraram loucamente enquanto ela tentava entender. Em um minuto, ela estava com medo de ter dado alguma pista ao Erlking de onde encontrar um unicórnio e no seguinte ela e as crianças estavam sendo levadas para algum lugar longe de Adalheid, e só os deuses sabiam para onde.

Em pouco tempo, a divisa do Bosque Aschen surgiu para cumprimentá-los. Mesmo no calor do verão, uma névoa cobria a base da floresta, como se nunca houvesse havido um momento em que aquele lugar mágico não fosse ao menos um pouco assustador.

Os sons das carroças ficaram abafados quando eles estavam no bosque. O progresso ficou mais lento quando as sombras os engoliram, o caminho iluminado por lampiões pendurados em cada carruagem, embora a luz mal cortasse a escuridão densa.

Com um tremor, Hans bateu com a palma da mão duas vezes na parede da carruagem.

— Tudo bem aí? Gerdy?

Demorou um momento, mas a voz de Gerdrut respondeu:

— Vou ficar feliz quando a gente chegar ao fim da travessia.

— Eu também — disse Hans. — Coragem.

Uma tristeza tomou conta de Serilda quando ela percebeu que a última vez, a *única* vez que Gerdrut e os outros tinham passado por aquele bosque tinha sido quando eles foram levados pela caçada selvagem. Na noite em que foram assassinados.

Até Hans parecia abalado pela memória, lembrando a Serilda que, apesar de todos os esforços dele para ser o firme e pragmático mais velho do grupo, ele ainda era uma criança.

— Vai ficar tudo bem — afirmou Serilda.

Hans olhou para ela. Sustentou seu olhar por um longo momento, os olhos escuros cintilando com a luz das tochas.

— Vai? — perguntou ele.

— Vou cuidar para que sim.

Ela percebeu que Hans queria acreditar, mas não acreditava. Não de verdade.

Eles caíram em um longo silêncio, escutando o som das rodas e olhando para o bosque, embora ela só conseguisse ver um vazio preto além das tochas. Teria sido melhor esperar até de manhã, ela pensou. Nem a Lua de Palha tocava direito naquela parte da floresta, onde a copa das árvores era densa.

De repente, a caravana parou.

— A rainha! — alguém gritou lá na frente. — Tragam a rainha!

Hans botou o braço na frente de Serilda para protegê-la. Um impulso que ela apreciou, mesmo que os dois soubessem que era inútil.

Um segundo depois, o rei veio galopando da frente da caravana, puxando um segundo cavalo. Ele parou e desmontou na frente da carruagem.

— Seus serviços são necessários.

Ela trocou um olhar com Hans.

— Devo levar algum dos meus atendentes?

— Não será necessário. — O Erlking esticou a mão para ela.

Serilda limpou a garganta, se levantou e aceitou a ajuda dele para subir no segundo cavalo.

— O que está acontecendo? — disse Anna, um choramingo na voz. Ela e Fricz estavam com a cabeça na janela da carruagem.

— Não há nada com o que se preocupar — disse Serilda. — Eu já volto.

O cavalo não precisou ser guiado quando ela e o rei trotaram para a frente do desfile, onde os caçadores esperavam.

— A parte mais escura da floresta — disse o Erlking, indicando as sombras. — Não bate luz do sol aqui. Nem o luar toca neste solo sagrado. — Ele parou e olhou intensamente para Serilda. — Mas demos aos nossos cães o cheiro de amoras e urtigas e eles não detectaram nada.

Serilda olhou para ele, incrédula.

— Você está falando sério? Nós viemos mesmo procurar um unicórnio? — Ela soltou uma risada irônica. — Eu estava inventando, meu senhor. Eu faço isso, às vezes.

— Eu reparei. — Ele levou o cavalo para mais perto de forma que o joelho roçou no dela. — Me explique.

— O que você quer que eu diga? — Ela fez um gesto indiferente na direção do bosque. — Continue para o leste por cinquenta passos até encontrar um riacho barulhento onde descansam os ossos de um esquilo... os resquícios tristes do jantar de um lobo. Em seguida, siga o caminho da dedaleira do fim da estação até encontrar um anel de cogumelos, onde uma pixie da floresta já se sentou bordando constelações em uma folha de carvalho que sempre aponta como uma bússola para a campina do unicórnio?

O Erlking a encarou sem expressão no rosto.

— Isso é o bastante. Caçadores, continuem. Cinquenta passos para o leste.

Serilda ergueu as mãos.

— Besteira! Que coisa ridícula! — berrou ela. — Não passa de invenção! Não tem unicórnio! Nem cogumelo nenhum! Eu estou mentindo! E as mentiras nem são muito boas!

— Veremos.

Eles prosseguiram. Cinquenta passos para o leste onde, para a surpresa de Serilda, eles encontraram uma pontezinha sobre um riacho barulhento. Um dos caçadores ergueu uma tocha na direção da água, e aquilo eram ossos na água ou só pedras brancas?

— Ali — disse outro, indicando um caminho que saía da estrada principal, tão estreito que Serilda se perguntou se as carruagens passariam.

Evidentemente que sim. Eles seguiram em frente e logo os ramos altos das dedaleiras ocupavam os dois lados do caminho.

Serilda apertou a mão na têmpora, tomada de uma tontura estranha. Como era possível?

Não muito depois, antes que eles pudessem procurar os cogumelos e folhas de carvalho bordadas, os cães captaram um cheiro e saíram correndo. O Erlking esporeou o cavalo e a montaria de Serilda foi logo atrás. As sombras da floresta passaram em um borrão. De vez em quando, as árvores e samambaias eram iluminadas por um raio de luar cortando a folhagem densa.

Nada era familiar. Tudo era estranho, impossível e sem sentindo algum.

Aquilo não estava certo. Serilda foi dominada de repente por uma sensação de que não deveria estar ali.

Mas ela não tinha como escapar. Não só porque o Erlking jamais permitiria, mas também porque ficaria imediatamente perdida naquele bosque estranho, cheio de monstros e magia.

— Amoras! — alguém gritou. — Tem amoras aqui! E um carvalho.

O Erlking deu um sorriso arrogante.

— Besteira, uma coisa ridícula — murmurou ele.

Quando alcançaram os cães, eles tinham mesmo chegado a um carvalho. Era o maior carvalho que Serilda já tinha visto, o tronco mais largo do que as carruagens que andavam ao longe, tentando alcançá-los.

Serilda ficou boquiaberta, sabendo que não deveria ficar surpresa àquela altura de que suas mentiras ridículas estivessem virando realidade, mas... sério? Aquelas foram excepcionalmente ridículas, até para ela.

— Eu encontrei isto — disse um dos caçadores, mostrando o que parecia ser uma folha de carvalho bordada. O caçador a jogou no ar e ela foi caindo até o chão da floresta até tocar no solo com a ponta apontando para a árvore.

O carvalho, quanto mais Serilda pensava, parecia muito familiar.

Mas era impossível. A única vez que ela tinha caminhado por aquela floresta foi quando o schellenrock e as donzelas do musgo a levaram para ver Pusch--Grohla, a Avó Arbusto. Ela se lembrava daquele dia claramente. Tudo que elas tinham discutido. As ameaças pouco veladas contra sua vida se ela ousasse traí--las ao Erlking.

Mas agora que estava pensando, por que ela não conseguia lembrar como tinha ido parar lá? Onde era *lá*?

Um riacho barulhento. Um salige que tentou atacá-la. O barulho oco do casco do schellenrock. Um vilarejo no meio das árvores. Pusch-Grohla sentada em um cotoco de árvore.

As palavras dela voltaram à mente de Serilda.

Se alguma vez tentar encontrar este lugar de novo, ou guiar qualquer um até nós, suas palavras se tornarão incompreensíveis e você ficará tão perdida quanto um grilo em uma nevasca.

Serilda não se lembrava daquele carvalho, mas de repente soube onde estava.

Ela sabia aonde tinha levado a caçada selvagem.

Não para o lar de um unicórnio, mas para algo bem pior.

Ela arregalou os olhos de pavor.

— Vossa Obscuridade — disse ela, pegando o braço do Erlking. — Eu acabei de lembrar: uma história que eu ouvi quando era garotinha. Sobre um unicórnio que gostava de dormir embaixo de um amontoado de bétulas perto das margens do Rio Sieglin...

— Já chega — disse o Erlking. — Aprecio seu entusiasmo, mas já basta por agora.

Ele pulou do cavalo e caiu em silêncio entre a vegetação.

— Espera! — disse Serilda, descendo do cavalo com bem menos graça.

O Erlking não esperou. Ele se aproximou do carvalho e puxou uma camada de hera e musgo agarrados no tronco largo até revelar um buraco estreito nas raízes da árvore, alto o suficiente para Serilda passar por ele, embora o Erlking precisasse se abaixar. Ela reparou que ele tomou cuidado de não tocar no tronco da árvore, e pensou em uma superstição antiga: que carvalho era capaz de manter criaturas malignas longe.

— Luz — pediu ele, e um caçador apareceu com uma tocha. O Erlking a pegou e ergueu alto, revelando o interior oco do tronco, como uma pequena caverna.

Pendurada do outro lado havia uma tapeçaria. A respiração de Serilda travou quando o Erlking levantou a luz e revelou a imagem tecida com fios muito finos. Um unicórnio branco orgulhoso em um vale vibrante, cercado de todas as criaturas da floresta, do esquilo mais simples à mais sedutora nixe aquática. A imagem era de tirar o fôlego, um trabalho vibrante de arte impecável.

— Lindo — disse o Erlking.

E levou a chama da tocha até o tecido.

— Não! — gritou Serilda. — Por favor!

A tapeçaria pegou fogo como folha seca. As chamas se espalharam. Uma fumaça preta encheu a caverna dentro do carvalho rapidamente e o Erlking empurrou Serilda para fora quando o fogo começou a consumi-lo de dentro. A fumaça subiu e bloqueou o pouco luar que tentava encontrá-los pelos galhos emaranhados acima. Gravetos estalaram, se partiram e caíram. O calor bateu no rosto de Serilda, empurrando-a para trás, na direção da fila de caçadores.

Não demorou para a árvore toda ser engolida e para o fogo se espalhar, pulando pelos galhos para árvores próximas.

— Deuses — sussurrou ela. — Você vai destruir a floresta inteira.

Ao lado dela, o Erlking grunhiu.

— Valeria a pena.

Ela olhou para ele, perplexa.

— Ah, acalme-se. A floresta vai viver. O fogo já está se contendo, viu? Só vai destruir o que essa árvore pretendia esconder.

Serilda não entendeu. As chamas se espalhavam rapidamente. Cinzas caíam como neve no chão da floresta.

Cinzas.

Cobrindo o mundo à frente dela.

Revelando não uma floresta densa, mas um vilarejo. Um vilarejo construído de casas na árvore, pontes de hera e casas aninhadas entre raízes.

O fogo não estava queimando todo o Bosque Aschen.

Estava queimando Asyltal.

Quando o grande carvalho desmoronou, soltando uma chuva de fagulhas ofuscantes, Serilda viu a figura parada no meio das chamas e da destruição.

Avó das donzelas do musgo. Protetora da floresta. Pusch-Grohla.

Ela estava olhando com raiva, não para o Erlking, mas para Serilda.

CAPÍTULO

Vinte e dois

— EU DEVIA TER PERCEBIDO QUE NÃO ERA PARA DEIXAR UMA HUMANA viva depois de ter conhecido nosso lar — disse Pusch-Grohla. O cabelo branco comprido caía emaranhado em nós, cheio de gravetos e pedaços de musgo e até um pedaço de lama dura. O elegante diadema de pérola que se apoiava na testa enrugada ficava completamente deslocado.

— Desculpe — disse Serilda, hesitante. — Foi um acidente...

— Mas você os trouxe. O que não deveria ter sido possível. Eu cuidei para que você não conseguisse nos encontrar de novo.

— Eu não sabia! Ele estava perguntando sobre um... um unicórnio. Eu inventei uma história, eu juro. Eu nunca teria traído você!

— O unicórnio *foi* um belo toque — disse o Erlking, entrando na clareira. — Esse tempo todo escondida atrás de uma das tapeçarias de Hulda. Deuses inteligentes. — Ele olhou em volta. — Seus filhos fugiram de medo? Eu esperava mais do dito povo da floresta. Achei que você os criasse para serem guerreiros. Ou... me deixa tentar adivinhar. — Ele inclinou a cabeça para trás e olhou para as árvores altas. — Estão escondidos nos galhos, esperando o momento certo para se jogarem heroicamente em batalha. — Ele ergueu uma sobrancelha. — Eu *espero* que esse momento seja antes de tudo terminar de pegar fogo.

— Com ou sem a nossa casa — disse Pusch-Grohla —, nós vamos lutar contra você e seu caminho egoísta de destruição.

Ele riu.

— Não se você estiver morta.

Em um movimento, o rei desembainhou a espada e golpeou na direção de Pusch-Grohla. Ela bloqueou o golpe com o cajado e, onde o metal bateu na madeira, um enxame de mariposas de asas brancas surgiu. Elas voaram para o Erlking e, naquele momento de distração, um grito de guerra soou.

Centenas de donzelas do musgo apareceram do bosque ao redor, com chifres e galhadas brilhando dourados na luz do fogo. Elas portavam arcos e adagas e lanças quando atacaram os caçadores, que foram correndo encontrá-las com as próprias armas ávidas.

Serilda gritou e se agachou, tentando se proteger com os braços erguidos, mas ninguém prestou atenção nela quando o mundo mergulhou no caos. O chão tremeu e ela caiu sobre um joelho, pensando que fossem cavalos de caçadores entrando na luta. Mas ela reparou em enormes raízes de árvores se soltando do chão da floresta e atacando caçadores como cobras. Em pouco tempo, às raízes se juntaram heras descendo dos galhos em chamas. Espinheiros se enrolando nas pernas dos caçadores. Aves aparecendo das árvores para atacar os invasores com bicos afiados e garras mais afiadas ainda. Esporos de fungos enormes misturados com a fumaça do fogo, sufocando e cegando qualquer um que entrasse em contato com eles.

Só que embora a magia da floresta fosse forte, os caçadores eram brutais e bem treinados e imortais. No frenesi da batalha, eles concentraram a atenção nas donzelas do musgo, encarando cada golpe.

Gritos por todo lado. De dor. De fúria.

E aí... *Serilda!* Vozinhas a chamando.

Ela piscou para tirar a poeira dos olhos.

As cinco crianças estavam escondidas entre as rodas de uma carruagem. Apesar de estar com medo de se mexer, Serilda se obrigou a chegar para a frente. Desviando da faca de um caçador e da machadinha de uma donzela do musgo, ela se jogou embaixo da carruagem, ofegante.

— Tem alguém ferido?

— Nós estamos bem — respondeu Hans por eles, apesar de Gerdrut estar chorando enquanto os dois gêmeos tentavam protegê-la com os braços.

De onde estava, Serilda podia ver melhor a confusão. O fogo continuou se espalhando, formando uma barreira em volta do vale que tinha sido o vilarejo de Asyltal. De vez em quando um galho se partia e caía, despencando com uma explosão de fagulhas.

Os fantasmas estavam procurando abrigo, se escondendo dentro ou embaixo de carruagens, a ligação amaldiçoada com o Erlking impedindo que eles fugissem para o bosque.

Todos, exceto Agathe. Como os caçadores, ela estava em modo de batalha. Com um montante nas mãos, se movia como uma dançarina, cortando donzelas do musgo com velocidade e graça impressionantes. Ah, como Serilda queria que as habilidades da mestra de armas pudessem ser usadas contra os sombrios e não contra o povo da floresta.

Serilda não conseguia olhar.

Ao se virar, viu a carroça grande, não muito longe, protegendo um grupo de cozinheiros e funcionárias de cozinha. Ela reconheceu a carroça. A *sua* carroça. A que abrigava seu corpo.

Conseguiria chegar lá? Romper a maldição? Reunir o espírito com o corpo e se libertar de verdade? Ninguém estava olhando para ela.

Mas... não.

As crianças ainda estavam presas, escravizadas ao Erlking. Ela não podia abandoná-las. Ela precisava...

Serilda ofegou e voltou a atenção para o Erlking. Ele avançava para a Avó Arbusto, que estava resistindo com um ataque de magia da floresta. Raízes subindo pelas pernas dele. Mudas de árvores agarrando os braços. Flores surgindo das bainhas e bolsos do rei quando ele ia pegar armas. Por mais rápido e implacável que o Erlking fosse, Pusch-Grohla sempre tinha um truque para deixá-lo abalado ou mais lento. Numa situação em que qualquer guerreiro poderia ficar frustrado, o Erlking estava sorrindo, os olhos azuis brilhantes e zelosos.

Ele ainda não tinha usado a corrente de ouro comprida amarrada no cinto, como se a estivesse guardando para uma ocasião especial. Ela sabia que os caçadores tinham mais em algum lugar, de quando eles capturaram o tatzelwurm e lutaram com o bärgeist, porém não tinha ideia de onde. Mas a corrente do Erlking estava *bem ali*, cintilando na luz do fogo.

Se Serilda conseguisse alcançar aquela corrente, poderia usá-la para libertar as crianças.

— Fiquem aqui — disse ela, saindo de debaixo da carruagem.

Os gritos consternados das crianças a seguiram, mas Serilda os ignorou. Ela só pensou no Erlking, naquela corrente e em como ela tinha que chegar perto dele sem levar um golpe de facada errante e sem ser empalada por uma lança perdida.

Pelo menos os caçadores e as donzelas do musgo estavam tão concentrados em se matar que não deram atenção para a garota desviando, rastejando e correndo no meio deles.

Serilda se jogou atrás de uma pedra para recuperar o fôlego. Estava perto agora. O Erlking e a Avó Arbusto estavam lutando a menos de dez passos dela.

Ele estava muito concentrado na luta.

Mas Serilda sentia que a batalha chegava ao fim... e os sombrios estavam ganhando. Corpos de donzelas do musgo caídas cobriam o chão, junto com todos os tipos de animais da floresta. Morcegos e texugos, raposas e corujas. Olhos sem vida espiando a noite. Corpos perfurados com setas e flechas ou cortados por espadas. O musgo no chão da floresta estava encharcado de sangue, e em toda parte os galhos caídos e as brasas acesas se misturavam com a carnificina.

Até Pusch-Grohla estava perdendo espaço, depois de ter sido continuamente forçada para trás pelos avanços do Erlking, até suas costas baterem no tronco de um pinheiro enorme. Os galhos superiores queimavam. Cinzas caíam em volta deles.

O Erlking sorriu e ergueu a espada, a ponta perto da garganta dela.

— Seus truques finalmente acabaram, bruxa velha?

Para a surpresa de Serilda, ela viu uma lágrima cintilante no canto do olho de Pusch-Grohla quando ela percebeu quanta destruição o fogo tinha causado.

— Por favor... Solvilde — sussurrou a Avó Arbusto, a garganta arranhando da fumaça —, se você já gostou de alguma coisa além de si mesmo, nos ajude.

O Erlking riu, um som cruel e frio.

— A grande Pusch-Grohla, suplicando pelo quê? Uma nuvem de chuva? Uma tempestade? — Ele estalou a língua. — Infelizmente, Solvilde não está em posição de atender a orações desesperadas há muito tempo.

Serilda prendeu o fôlego, saiu da segurança relativa da pedra e chegou mais perto, o olho na corrente.

O rosto da Avó Arbusto se contorceu.

— O que você fez com eles?

— A mesma coisa que farei com você. — Ele abaixou a espada. A outra mão foi na direção do cinto.

Ele soltou a corrente na mesma hora que Serilda segurou o aro.

O Erlking levou um susto e se virou para Serilda, a espada erguida. Mas ficou paralisado quando a viu, as duas mãos segurando a corrente.

— Eu não vou deixar que você a machuque! — gritou ela. — Ela só quer proteger a floresta. *Você* é o vilão! Você não pode fazer isso!

Um canto da boca do rei se ergueu, achando graça.

— Nunca uma mortal me surpreendeu tanto quanto você consegue.

Com um único puxão da corrente, ele puxou Serilda para perto e passou um braço pela cintura dela. Serilda gritou, recusando-se a soltar mesmo com as mãos e a corrente presas entre os corpos. O Erlking curvou o pescoço e sua respiração dançou pelo rosto dela.

— Não esqueça seu lugar.

Com um rosnado, ele empurrou Serilda para longe e arrancou a corrente de ouro das suas mãos. As correntes cortaram-lhe a palma e deixaram rasgos horríveis na pele. Serilda caiu no chão.

— Não!

O Erlking brandiu a espada... não para Pusch-Grohla, mas para uma série de espinhos enormes que tinham surgido do chão bem onde ele e Serilda estavam. Ela tinha certeza de que um a teria empalado se o Erlking a tivesse segurado mais um segundo.

— Chega! — rugiu o Erlking. Com um movimento do pulso, ele desenrolou a corrente de ouro e jogou na direção da Avó Arbusto. A corrente a envolveu junto com a árvore em chamas e a prendeu no tronco.

Ela soltou um som gutural, nada humano, mais um uivo do que um grito. Debateu-se nas correntes, mas, com o esforço, elas só se apertaram mais.

— Anda — disse o Erlking. — Continua lutando. Estou me divertindo.

A Avó Arbusto rosnou e cuspiu uma bola de muco nele. Caiu no gibão de couro, onde chiou como se fosse um veneno que queimava.

O Erlking grunhiu.

— Que criatura nojenta.

As narinas da Pusch-Grohla se dilataram e ela ergueu o queixo em desafio.

E, para a surpresa de Serilda, ela assobiou uma melodia aguda e melódica, como canto de pássaros encantado, que ecoou alto e longamente pelo vale.

Serilda se encheu de esperanças. Estaria ela chamando reforços? Algum aliado inesperado da floresta chegaria e destruiria os caçadores onde estavam?

Não.

Sua esperança murchou rapidamente quando ela viu as donzelas do musgo que restavam, cansadas da batalha, mas ainda vivas, se virarem e fugirem para a floresta, obedecendo a ordem.

— Elas estão recuando — gritou um dos sombrios. — Vossa Obscuridade!

— Não vão atrás — rugiu a voz do Erlking conforme as donzelas do musgo desapareciam como vagalumes ao amanhecer. — Nós temos o que viemos buscar.

Ele olhou para Pusch-Grohla, que tinha parado de se debater contra a corrente. A expressão dela continuava obstinada. Quando o Erlking se aproximou, ela lhe mostrou os dentes, e Serilda lembrou como achou aquela boca estranha quando conheceu a Avó Arbusto. Como se os poucos dentes que restassem tivessem sido tirados de um cavalo e enfiados atrás dos lábios rachados de uma velha.

— Que vitória fácil — disse o Erlking. — Eu tive esperanças de matar bem mais das suas filhas antes que você as mandasse recuar. Para onde elas vão, me pergunto, agora que Asyltal está em chamas? — Ele fez questão de observar as árvores em chamas. O ar estava tão carregado de fumaça que os olhos de Serilda arderam, mas os sombrios não pareceram incomodados.

— Você sabe que tudo isso poderia ter sido evitado — disse o Erlking. — Nós poderíamos ter sido… bem, não amigos, mas conhecidos cordiais. Há tantos anos. Se você tivesse me ajudado quando pedi pela primeira vez. Se tivesse colocado uma criança no útero de Perchta. Não me diga que sua magia não seria capaz. Ao recusar a nós, ao recusar a *ela*, você trouxe esse sofrimento para a sua floresta e para as suas próprias filhas.

A Avó Arbusto rosnou.

— Perchta é uma pagã desalmada. Qualquer criança colocada em seu ventre teria murchado pelo veneno no sangue dela. Se por algum milagre ela desse à luz um bebê, teria nascido um monstro, e se transformado em uma besta que não consigo nem começar a imaginar. Eu nunca daria minha bênção a uma mãe tão inadequada. Não me arrependo da minha escolha, e nunca me arrependerei.

O Erlking sustentou o olhar dela por um longo e silencioso momento.

— Então suponho que estejamos em um impasse. Que pena. — Ele estendeu a mão e bateu com um dedo no diadema de pérola na testa de Pusch-Grohla — Quero esse chifre.

— E eu quero uma caneca forte de sidra — retorquiu Pusch-Grohla —, mas estamos no auge do verão, e não é sempre que conseguimos o que queremos.

— Eu geralmente consigo o que eu quero, sim.

O Erlking enfiou a mão na aljava e puxou… não uma flecha de ouro, mas uma com ponta preta. Idêntica à que Serilda havia tirado do basilisco.

Pusch-Grohla só teve tempo de ofegar quando a viu, antes que o Erlking mergulhasse a ponta na carne onde a garganta encontrava seu ombro.

Serilda gritou.

Pusch-Grohla jogou a cabeça para trás, os dentes à mostra em agonia.

Com um movimento, o Erlking soltou as correntes de ouro que a prendiam e recuou. Pusch-Grohla desabou de joelhos em meio às raízes de árvores cobertas de cinzas.

Ela começou a se transformar.

Os olhos de Serilda se arregalaram quando o corpo da mulher velha se transformou, as mãos murchas se tornando cascos pretos brilhantes, o cabelo comprido uma crina branca leitosa.

Ela mal tinha piscado e lá estava um unicórnio diante dela, majestoso e orgulhoso, sobre pernas cruzadas. Da pérola no centro do diadema de Pusch-Grohla surgiu um chifre em espiral, mais longo que o braço de Serilda e brilhando como opalas cheias de fogo.

Como mulher, Pusch-Grohla tinha sido uma das criaturas mais feias que Serilda já havia encontrado. Mas, como unicórnio, era magnífica. Tanto que lágrimas brotaram dos olhos de Serilda ao vê-la ali com a flecha enterrada no pelo perolado.

Assim que ela se transformou, o Erlking mais uma vez jogou a corrente ao redor dela, prendendo o pescoço em um laço dourado. Ela balançou a cabeça em um esforço desanimado para desalojá-lo, mas não adiantou. Estava vencida.

— Eu gosto mais de você quando não consegue falar — disse o Erlking. Olhando por cima do ombro, ele estalou os dedos. — Criança, venha aqui.

Um momento depois, Gerdrut deu um passo à frente, seu rosto redondo marcado com lágrimas e cinzas.

— Por favor — choramingou Serilda. — Deixe-a em paz. Ela já passou por muita coisa.

— Eu não vou machucá-la, querida esposa — ele disse, acenando para Gerdrut se aproximar. Ela fez o que lhe foi ordenado, embora todo o seu corpo estivesse tremendo. — Mas essa parte requer um inocente. Como eu disse, a maioria dos mitos tem um fundo de verdade.

Gerdrut sacudiu violentamente a cabeça.

— Por favor. Eu não quero. — Sua voz falhou.

— Mas você vai mesmo assim. — Ele moveu os dedos e Gerdrut se aproximou do unicórnio, seus soluços ficando mais altos quando ela agarrou o chifre do unicórnio com as mãos minúsculas.

— Espere — disse Serilda. — Não. Não a obrigue a fazer isso. Não. *Por favor*.

O Erlking a ignorou. Ele assentiu para Gerdrut.

A criança fechou os olhos com força e puxou o mais forte que pôde, quebrando o chifre na base. O unicórnio recuou, mas, como estava preso pela corrente de ouro, não tinha para onde ir.

— Desculpa — disse Gerdrut entre choros irregulares. — Me desculpa!

— Muito bem — disse o Erlking, estendendo a mão. — Finalmente, você se provou útil.

Gerdrut entregou-lhe o chifre e fugiu para os braços de Serilda.

O Erlking ergueu o chifre contra a luz do fogo com um sorriso triunfante, enquanto brasas e detritos flutuavam ao seu redor.

— Se eu tivesse tentado isso, teria virado pó na minha mão. Seria uma pena, não é? — Ele gesticulou para os caçadores que esperavam. — Carreguem o unicórnio em uma das carroças e sejam rápidos. Desejo estar em casa ao nascer do sol.

CAPÍTULO

Vinte e três

SERILDA ESTAVA ENTORPECIDA ENQUANTO A CARAVANA DEIXAVA OS restos fumegantes de Asyltal e os incontáveis corpos de donzelas do musgo mortas para trás. A fumaça estava grudada no grupo. Floquinhos de cinzas tinham se assentado nos toldos preto-acinzentados em cima das carruagens e carroças.

Os caçadores tinham sofrido muitas feridas, de membros perdidos a cortes fundos que revelavam carne podre embaixo da pele cintilante. Serilda os viu arrancando flechas e amarrando pedaços de pano em volta de cortes que chiavam e soltavam fumaça quase tanto quanto o chão da floresta.

Apesar disso, a atitude deles lhe pareceu eufórica. Ela nunca os tinha visto sorrindo tão largamente, com os lábios vermelhos e maçãs proeminentes. Nunca tinha visto os olhos deles brilhando tão intensamente.

Eles se moveram pela floresta como vitoriosos.

Tal atitude era um contraste intenso com a dela, das crianças e dos outros criados. Parecia que marchavam para os próprios funerais.

Serilda estava tão perdida em lembranças sofridas, repetindo, sem parar, a horrível quebra do chifre do unicórnio, que demorou um tempo para ela reparar no céu mais claro, vislumbrado ocasionalmente entre as árvores, e perceber que eles não estavam indo na mesma direção de onde tinham vindo.

Ainda montada no cavalo na frente do grupo, ela franziu a testa para o Erlking.

— Você disse que estávamos indo pra casa.

Ele ergueu a sobrancelha.

— Estamos.

— Esse não é o caminho para Adalheid.

— Que indicação eu lhe dei de que Adalheid era a minha casa? — Depois de uma hesitação, ele acrescentou: — Ou *sua*, na verdade. Ela, que adora aquele vilarejo supersticioso.

— Gravenstone — disse ela, ignorando a provocação. — Nós estamos indo para Gravenstone.

— Como eu disse. — Os dentes dele apareceram. — Para casa.

— Mas por que agora? Pelo que eu sei, você abandonou Gravenstone trezentos anos atrás.

— Eu não abandonei nada. Meu castelo foi tirado de mim e finalmente encontrei uma forma de recuperá-lo.

Serilda apertou as mãos na crina do cavalo.

Por um tempo, eles seguiram em silêncio, que ficou mais pronunciado pelo ruído regular dos cascos dos cavalos e dos animais de carga, pelo rangido das rodas das carruagens e carroças atrás, pelos sons de uma floresta começando a acordar quando a noite virava manhã.

— Nós tentamos voltar para Gravenstone — disse o Erlking, surpreendendo-a depois de um silêncio tão longo. — Nunca foi minha intenção permanecer em Adalheid. O que eu mais queria era deixar os fantasmas e aquele... *príncipe* na eternidade dele. Depois que o véu caiu, voltamos para Gravenstone e o encontramos... diferente. — Ele pareceu quase melancólico ao falar. — Na nossa ausência, Pusch-Grohla tinha colocado um feitiço no terreno do castelo, formando uma barreira intransponível. O único motivo dela era nos manter fora. Nunca nos permitir voltar ao castelo que era nosso por direito. Nunca mais permitir acesso a Graventsone ou... — Ele parou tão de repente que um arrepio percorreu a coluna de Serilda.

O Erlking não sabia que ela estava ciente de parte daquela história. Enquanto ele falava, ela pensou na história do príncipe... a história do Áureo. Depois que ele disparou uma flecha no coração de Perchta, o sol subiu enquanto ela estava caída na ponte de Gravenstone, ferida. No lado mortal do véu, não havia mais castelo para onde pudesse fugir. Havia um portão. O portão de Verloren.

Enquanto o príncipe olhava, Velos surgiu e reivindicou Perchta, levando-a para a terra dos perdidos. Depois disso, Pusch-Grohla chegou e selou os portões. Evidentemente, ao fazer isso, ela também selou a entrada de Gravenstone.

— Foi por isso que você foi atrás de Pusch-Grohla — murmurou Serilda. — Você precisa que ela quebre o feitiço no castelo.

— Eu preciso do *chifre* dela pra quebrar o feitiço — esclareceu ele. — Tenho outro uso para Pusch-Grohla. — A expressão dele se suavizou. — Mas vou admitir que não é gratificante estar com a velha bruxa acorrentada.

Serilda afastou o olhar, a culpa voltando com tudo. Ela ainda estava tentando conciliar a informação de que Pusch-Grohla era um unicórnio e que o Erlking sabia disso, mas até isso parecia um mistério desimportante considerando tudo que tinha acontecido.

A estrada estreitou, galhos arranhando as laterais das carruagens. Parecia que a floresta estava lutando com eles. Havia troncos caídos no caminho. Raízes grossas que faziam os cavalos tropeçarem. Espinhos atacando os invasores. Os troncos de árvore cresciam próximos, como se fossem um exército de soldados. Serilda sentiu uma pontada de inquietação quando o Bosque Aschen foi ficando cada vez mais denso, bloqueando qualquer sinal de céu, de montanhas e do mundo lá fora.

Com um movimento dos dedos do rei, os criados fantasmas correram para a frente para abrir caminho, afastando a floresta com pás e foices.

Eles saíram do meio das árvores de repente, de cara para um céu ametista e uma visão que roubou todo o ar de Serilda.

À frente deles havia duas árvores, um freixo e um amieiro, os troncos espiralados um em torno do outro, como se presos em um abraço eterno. Eram grandes demais para serem de verdade, tão altos que a parte de cima sumia nas nuvens. Uma copa de galhos se abria como um guarda-chuva enorme em todas as direções e desaparecia na floresta enevoada. Na base, havia um labirinto de raízes retorcidas tão grande que poderia ter coberto toda a cidade de Adalheid.

O freixo estava florido, as folhas delicadas em forma de lágrimas de um verde vívido de verão.

O amieiro, por outro lado, parecia estar morrendo. A maioria das folhas tinha caído dos galhos murchos e cinzentos, preenchendo os espaços entre as raízes enormes com um tapete frágil marrom e ocre. Era como se o freixo sugasse lentamente a vida do amieiro.

O amieiro, Serilda percebeu. A árvore que tinha brotado das profundezas de Verloren e saído no reino mortal, criando para sempre um vão pelo qual os antigos sombrios tinham escapado, dando ao líder deles eternamente o título de Rei dos Antigos.

Mas... não havia castelo.

O queixo de Serilda caiu quando ela se deu conta. Aquelas raízes enormes e emaranhadas... tinham crescido por cima do castelo, escondendo-o e deixando de fora qualquer um que quisesse entrar.

Era esse o feitiço que a Avó Arbusto tinha colocado no lugar. Seu próprio freixo, doador de vida, lutando por domínio com a árvore do Rei dos Antigos, para impedir que os sombrios retornassem.

O Erlking fez o cavalo seguir mais devagar enquanto a caravana se espalhava pela clareira. O mundo ali estava sinistramente silencioso em comparação ao cantarolar de pássaros e às brisas assobiantes da floresta.

Serilda olhou para trás e procurou na multidão, até ver as crianças. Tentou abrir um sorriso encorajador, mas elas estavam ocupadas demais olhando para as árvores para notar.

O Erlking desceu e se aproximou de uma raiz gigante que se enrolava no chão como uma serpente mítica, a circunferência quase da altura do próprio rei. Ele tirou o chifre do unicórnio da bainha no cinto. Cintilou na luz fraca da manhã.

Serilda mordeu o lábio. O cavalo relinchou e ela colocou a mão no pescoço dele, depois se sentiu boba por tentar acalmar um cavalo que devia ser mais mágico do que animal. Ainda assim, com seu toque, o cavalo pareceu se acalmar.

O rei ergueu o chifre brilhante, e ela imaginou que o freixo tinha tremido e oscilado, como se nervoso?

O Erlking enfiou o chifre na raiz.

Em algum lugar na caravana, o unicórnio soltou um berro horrendo enquanto os galhos do freixo gritavam.

Não havia outra palavra. Serilda botou as mãos sobre os ouvidos. Em toda a clareira, as raízes do freixo começaram a ficar pretas e a murchar. Elas morreram rapidamente, as mais próximas do Bosque Aschen desmoronando na terra. O apodrecimento se espalhou para dentro. As raízes viraram pó.

Quando caíram para trás, revelaram o castelo escondido embaixo.

Gravenstone.

CAPÍTULO

Vinte e quatro

QUANDO O FREIXO SE DESINTEGROU, UMA CAMADA DE POEIRA CINZA grudou nas paredes do castelo e se espalhou pelo campo e na floresta. Os galhos delicados da árvore cederam por último e desmoronaram... virando areia, cal e se desintegrando antes de cair no chão. Só restaram as flores, jogadas como uma nevasca cor de esmeralda em todas as direções. Um leve vento já levantava a poeira e as folhas em redemoinhos, jogando-as pelo bosque. Serilda desconfiava que uma boa chuva levaria tudo e ninguém saberia que aquele castelo tinha ficado tanto tempo escondido.

O amieiro ficou no lugar. Ainda grande, mas ainda doente e fraco.

O castelo estava igualmente abandonado. Serilda sempre o imaginou parecido com Adalheid, com torres altas e pináculos impressionantes delineados contra o céu. Mas enquanto Adalheid era alto e elegante, Gravenstone era mais como uma fortaleza espalhada. Em vez de uma muralha imponente, a estrutura externa era uma colunata aberta apoiada por duas fileiras de colunas pretas grossas que iam até onde ela conseguia enxergar. Uma névoa sinistra saía da colunata e disfarçava o que havia depois.

O castelo também ficaria protegido por um fosso de pântano que era parte de tantas histórias quanto o próprio castelo, com uma legião de monstros do pântano e águas envenenadas. Mas agora aquele fosso fundo estava seco e vazio, só com folhas secas de amieiro e podridão.

Ainda segurando o chifre do unicórnio, o Erlking passou um longo momento avaliando seu castelo. Serilda olhou em volta e observou as expressões dos sombrios. Ela nunca tinha visto nada que se parecesse com *alegria* nos rostos deles, mas aquilo talvez fosse o mais próximo. Orgulho, talvez.

Finalmente, o rei saiu andando. Suas botas bateram na ponte preto-ônix sobre o fosso vazio, onde entalhes de dragões escamosos cobriam cada beirada.

Um momento depois, ele passou entre duas colunas enormes da colunata e foi engolido pela névoa.

Serilda hesitou. Deveria ir atrás? Era perigoso? Mais ninguém estava se movendo.

— Eu sou a rainha — sussurrou ela e apertou os calcanhares nas laterais do cavalo. O animal deu um salto à frente, nervoso de uma forma que a deixou ainda *mais* nervosa. Depois de tudo que aqueles cavalos tinham visto e enfrentado, Serilda esperava que eles fossem inabaláveis. O que estava aguardando no castelo que podia deixar aqueles animais nervosos, animais que havia muito caçavam ao lado de cães do inferno e demônios?

O cavalo seguiu em seu ritmo hesitante. Quando os cascos bateram na ponte, o olhar de Serilda foi atraído para um ponto em que a pedra antiga parecia mais escura, como se manchada.

Ela tremeu, se perguntando se tinha sido lá que Perchta tinha caído.

Pensar nisso gerou uma pontada de dor no peito dela.

Como queria que Áureo estivesse ali.

Segurando as rédeas do cavalo até seus dedos doerem, passou pela colunata e se viu de frente para um palácio feito de pedra e madeira. Pedra e *raízes*. Era como se o castelo e o amieiro fossem uma coisa só. Inseparáveis. Fundidos quando o amieiro surgiu das profundezas de Verloren, e agora as raízes dele corriam como veias no mármore. A estrutura era ampla, seguia em ambas as direções, cada um dos dois andares cheio de janelas estreitas em arco, ornadas com obsidiana e quartzo. Uma série de degraus largos levava à entrada principal, ornamentada com esculturas altíssimas de monstros apavorantes, cheios de asas e presas e pedra.

E ali estava o amieiro, subindo para o céu do centro do palácio.

O Erlking não estava por perto, mas a porta enorme de entrada, entalhada em pedra preta brilhante, estava escancarada. Sombras se espalhavam, quase tangíveis de tão densas.

Passos a sobressaltaram. Serilda virou para trás e viu alguns fantasmas percorrendo a ponte, alguns sobre mulas e bahkauvs, outros a pé.

— G-gostaria que eu pegasse seu corcel, Vossa Luminância? — perguntou o cavalariço, o olhar se desviando em todas as direções. — Deve haver um estábulo aqui... em algum lugar.

— Obrigada — disse Serilda, aceitando a mão dele enquanto descia do cavalo.

— Nós trouxemos comida e suprimentos para os animais?

— Sim, minha senhora. Em uma daquelas carroças. — A expressão dele estava perdida enquanto olhava as paredes externas cobertas de líquen. — Muita coisa, na verdade. Acho que ele pretende que fiquemos aqui por um tempo. — O cavalariço engoliu em seco, claramente infeliz com isso.

Serilda não podia culpá-lo. Em uma noite, o Erlking os convocou, levou o contingente de criados para longe da única casa que eles conheciam e os colocou naquele lugar estranho e lamentável.

— Está tudo bem — disse Serilda, colocando a mão no ombro do garoto, se recusando a tremer quando a palma da mão ameaçou passar através dele. — Vamos fazer o melhor que pudermos dessa situação.

O cavalariço a encarou. Ele se empertigou, e Serilda percebeu que ele era quase da altura dela. Ele costumava parecer tão assustado e inseguro que era fácil esquecer que não devia ser muito mais jovem do que ela quando morreu.

— Claro que vai ficar tudo bem — disse ele, um toque de cor surgindo nas bochechas. — Vamos fazer com que fique. Pela senhora, Vossa Luminância.

Uma risada sobressaltada escapou dela até perceber que ele estava falando com sinceridade, tendo uma vontade súbita de chorar.

— Não sei o que fiz para merecer essa lealdade, mas certamente tentarei superar as expectativas.

Estimulada pelas palavras do garoto, Serilda subiu os degraus até a porta preta aberta. Seu olhar percorreu as gárgulas empoleiradas nos parapeitos superiores, alps e drudes e todos os tipos de pesadelo olhando para ela, os olhos feitos de pedras pretas brilhantes.

Ela entrou na escuridão. O silêncio a recebeu. Não um silêncio qualquer, mas o silêncio de uma tumba que tinha passado séculos escondida do mundo externo. O ar tinha cheiro de terra barrenta e samambaias se abrindo, como se o castelo estivesse enraizado no chão. Ela até detectou um toque de fumaça de madeira, embora talvez fosse a fumaça de Asyltal ainda grudada no manto.

Serilda esperou que seus olhos se ajustassem. Lentamente, a luz fraca entrando pelas janelas opacas revelou um saguão de entrada. As paredes eram de pedra escura. Raízes de amieiro formavam as vigas e suportes. Não tinha mobília naquele espaço, era como se o castelo em si não quisesse que os visitantes ficassem à vontade demais rápido demais.

Ela voltou a atenção para o chão, e onde esperava ver as pegadas do Erlking marcadas nos séculos de poeira, só encontrou um piso de madeira que brilhava como se tivesse acabado de ser encerado. Na verdade, embora um silêncio ameaçador pairasse sobre o castelo, ele não parecia negligenciado. Serilda não viu teias penduradas nas arandelas das paredes, nem ninhos de pássaros nas vigas, nem gotas de água escorrendo pelas paredes. Até viu um arranjo de flores dentro de uma alcova, um vaso grande de argila cheio com o azul vívido de centáureas e o vermelho vibrante de papoulas.

Elas não estavam mortas. Poderiam ter sido colhidas naquela manhã.

Serilda pensou nos tronos de Adalheid, preservados por algum feitiço, presos para sempre em um momento enquanto o resto do mundo desmoronava ao redor. Ela desconfiava que uma magia similar deixasse aquele castelo preservado e imutável.

Esperando o retorno do mestre.

Seus passos ecoaram secos quando ela seguiu pela passagem ampla, onde três portas altas com arcos pontiagudos se abriam no que ela achava que podia ser o grande salão. Havia móveis espalhados arrumados sobre tapetes de pele. Ela conseguia visualizar lordes e damas passando as noites jogando cartas e dados de ossos junto ao fogo. Pelo menos, conseguia imaginar a família real de Tulvask jogando cartas e dados. Os sombrios deviam passar o tempo ali jogando os ossos de passarinhos e prevendo seus futuros infelizes com base na posição em que caíssem.

A lareira estava vazia, mas ela imaginou que conseguia sentir um toque de calor das cinzas, como se tivesse se apagado recentemente.

Ali, ela encontrou o Erlking.

Ele estava no centro do salão, olhando para uma tapeçaria que ocupava uma parede inteira.

— Aqui está você — disse Serilda. — O cavalariço queria saber onde colocar os animais. E eu acho que todos os fantasmas estão perdidos sobre o que fazer. Receber umas instruções do rei talvez não fosse má ideia.

Ele não respondeu. Não piscou. Estava com o rosto sereno, mas muito focado.

Serilda amarrou a cara e passou pelos tapetes luxuosos para chegar perto dele. Apertou os olhos para a tapeçaria que tanto o deixava absorto. Ela esperava que o gosto dele para decoração fosse parecido com o de Adalheid, onde não faltavam quadros e tapeçarias exibindo uma interpretação absurdamente idealizada da caçada sombria matando brutalmente uma ou outra besta mítica.

Mas aquela tapeçaria não exibia a caçada selvagem.

Serilda levou um momento para perceber que estava olhando para uma imagem exibindo as cavernas de Verloren. Estalactites pingavam de pedra derretida. Ao fundo, sinais de uma cachoeira verde-acinzentada que enchia uma cuba fumegante.

No centro de uma câmara subterrânea, em um abraço apaixonado, estava o próprio Erlking… e Perchta, a pele azul-prateada, como se o luar estivesse dentro dela. O cabelo dela era tão branco quanto o dele era preto, caindo em ondas lustrosas até os quadris. Vestida de caçadora, de guerreira, ela parecia forte e invencível, o par perfeito para o apavorante Rei dos Antigos.

Poderia ser romântico, se não fossem os drudes que cercavam o casal, a imagem perfeita daquelas criaturas de pesadelo que tinham atacado Serilda e Áureo em Adalheid, com barrigas protuberantes, garras curvas e asas encouraçadas. Na tapeçaria, eles torturavam os dois sombrios. Enquanto o Erlking e Perchta se perdiam em um beijo, os monstros roíam a carne das pernas e ombros dos dois. Um drude tinha aberto um buraco nas costas de Perchta e desmontava a coluna dela vértebra por vértebra, enquanto outro tinha enfiado a mão de garra na barriga do Erlking e puxava o intestino como uma corda preta comprida. Outro estava prestes a enfiar uma garra no ouvido de Perchta. Outro segurava uma vela acesa embaixo do cotovelo do Erlking. Todos os drudes tinham um olhar lascivo, os olhos enormes cheios de um prazer doentio.

As entranhas de Serilda ficaram embrulhadas. Por que, perguntou-se ela, alguém desejaria guardar uma coisa tão grotesca em um lugar tão proeminente?

Ela se virou para o Erlking, preparada para perguntar exatamente isso… mas a expressão dele a parou.

Nunca o vira com aquela expressão, e ela demorou um momento para identificá-la.

Confusão.

Serilda olhou dele para a tapeçaria e para ele de novo, uma verdade ficando clara.

Ele nunca tinha visto a tapeçaria.

Ela limpou a garganta.

— Meu senhor? Devo… pedir aos criados para retirá-la?

O olhar dele ficou límpido. Demorou um momento para a camada de gelo usual cair sobre os olhos.

— Acho que não. A semelhança *é* impressionante. — Um músculo na mandíbula dele tremeu e ele ofereceu o cotovelo a Serilda. — Venha, minha rainha. Vamos procurar uma acomodação adequada para você e sua comitiva. Ficaremos aqui pelo menos até a Lua do Luto.

— Lua do Luto? — disse Serilda, se permitindo ser levada de volta até o saguão de entrada, onde ouvia toda a comitiva deles levando para dentro os suprimentos das carroças. — Mas isso é só daqui a dois meses.

— Vossa Obscuridade? – disse Manfred, aparecendo na porta.

O Erlking suspirou.

— Os estábulos ficam perto do muro oeste.

— Não, meu senhor, nós encontramos os estábulos. Mas gostaríamos de saber o que o senhor deseja que seja feito a respeito do unicórnio.

Os olhos do Erlking se iluminaram.

— Ah, sim. Está bem na carroça agora, mas abra espaço para ele nos estábulos. Mande os carpinteiros e o ferreiro construírem uma jaula para ele.

— Sim, senhor. E o poltergeist?

A respiração de Serilda travou. Seu corpo enrijeceu.

O Erlking olhou para ela com malícia.

— Eu quase tinha esquecido — disse ele, embora seu tom sugerisse que não tinha esquecido nada. — Traga-o para cá. Nós dois precisamos ter uma conversa. — Ele curvou os lábios para cima. — Depois disso, ele pode ficar no calabouço.

CAPÍTULO

Vinte e cinco

UM CRIADO FOI ACENDER O FOGO NA LAREIRA ENORME, MAS NÃO AJUDOU muito a afastar o frio que tinha penetrado nos ossos de Serilda. Ela estava sentada na beira do sofá, sentindo a passagem do tempo a cada respiração tensa. O Erlking a estava ignorando. Desde que Manfred tinha se retirado, houve um fluxo de criados e sombrios entrando e saindo do grande salão, e o rei deu ordens a eles como se estivesse se preparando para aquele momento pelos últimos trezentos anos. Lençóis precisavam ser lavados e pendurados para secar e todas as camas feitas até o anoitecer. Eles precisavam fazer inventário do vinho e da cerveja e de qualquer suprimento que tivesse ficado na despensa. Os animais precisavam de cuidados e as carroças e carruagens tinham que ser verificadas para ver se havia rodas frouxas e eixos quebrados antes de serem guardadas. Um exame completo do castelo já estava em andamento, conduzido pelos caçadores, para garantir que nenhuma das criaturas da floresta tinha se abrigado no castelo durante a ausência deles, e, evidentemente, havia muitos escombros em algo chamado rotunda lunar que o Erlking insistiu que eles começassem a limpar imediatamente.

Apesar de o castelo estar sinistramente parado quando eles entraram, agora os salões estavam vibrando de atividade.

Serilda esperou. Pelas crianças. Por Áureo. Vendo o Erlking andar para lá e para cá na frente da tapeçaria horrenda. Cada vez que alguém entrava no salão, ela ficava tensa, esperando que fosse ele. O príncipe. O poltergeist. Seu Áureo, que não devia ter conseguido sair de Adalheid tanto quanto ela.

Mas, como se o Erlking estivesse determinado a fazê-la sofrer, nunca era ele.

— Nada até agora, Vossa Escuridão — disse um caçador, batendo com uma lâmina curva distraidamente no ombro. — Mas vamos levar alguns dias para procurar minuciosamente no castelo.

— Sim, tudo bem — disse o Erlking com um movimento dos dedos. — Me avise assim que os encontrar. *Qualquer um* deles.

— Quem você está procurando? — perguntou Serilda quando o caçador já tinha sido dispensado. — Eu achava que este castelo estava abandonado.

O rei suspirou, como se a presença dela o exaurisse de repente.

— Alguns criados ficaram. Não fantasmas, mas monstros. Eles deveriam estar por aqui.

— Isso foi trezentos anos atrás. Monstros não morrem?

— Alguns vivem bem mais do que isso. Outros se reproduzem, como qualquer animal. Este castelo não deveria estar vazio.

Serilda deu de ombros.

— Talvez tenham fugido.

Ele fez um ruído de deboche, como se uma sugestão daquelas fosse ridícula, e só repetiu:

— Não deveria estar vazio.

— Bem — disse ela —, não nos faltam funcionários.

Um grunhido soou no corredor e na mesma hora todos os nervos no corpo de Serilda começaram a vibrar. *Áureo*.

Ela se obrigou a ficar tranquila enquanto ele era arrastado por uma das portas em arco, apesar de que resistir à vontade de pular da cadeira e correr na direção dele a causava dor física. Ele estava com correntes de ouro no pescoço e pulso e prendendo os tornozelos, mas ela não soube de primeira se ele estava machucado.

Ele não estava sozinho. Agathe segurava a corrente de fios dourados que se conectava aos pulsos dele como uma coleira. Atrás dele, as cinco crianças entraram, se abraçando. Seus olhos se iluminaram quando elas viram Serilda e ela acenou para elas. Na mesma hora, elas se adiantaram e se apertaram ao lado dela no sofá.

Os olhos de Áureo também se encontraram com os dela, mas ele os desviou rapidamente. Ergueu o queixo, se esforçando para ignorar a diferença de altura enquanto fazia cara feia para o enorme Erlking.

O sorriso treinado de Áureo surgiu. Aquele brilho provocativo nos olhos.

— Eu estava mesmo pensando que seria ótimo tirar férias. Teria preferido uma cabana perto do mar em vez de ruínas abandonadas no meio do nada, mas uma mudança de ares é sempre bem-vinda. Você mesmo que decorou? — O olhar dele pousou na tapeçaria. — Nós temos gostos bem diferentes.

— E então? — disse o Erlking, ignorando Áureo e se concentrando em Agathe.

— Nós encontramos isto na torre depois que o capturamos — disse a mestre de armas, evitando o olhar de Serilda quando abriu uma bolsa grande. — Junto com uma roda de fiar.

O Erlking pegou a bolsa e dela tirou um punhado de fios de ouro.

As entranhas de Serilda se contraíram.

O ouro. Todos os fios de ouro que Áureo tinha preparado no mês anterior, como parte de seu plano para libertar os fantasmas do castelo e os enviar para Verloren.

Ela encarou Agathe, mas Agathe permaneceu concentrada no Erlking, sem expressão no rosto.

A mestre de armas teria sido obrigada a traí-los?

Ela ainda era um fantasma. Ainda estava sob o comando do Erlking.

Que tolos eles tinham sido de acreditar que o plano não chegaria a ele.

— Mas isso é impossível — disse o Erlking, inspecionando os fios. — Minha esposa não é mais capaz de fiar ouro, então como é possível que novo ouro tenha sido fiado? — Ele lançou um olhar arrogante para Serilda, e foi nessa hora que o estômago dela se retorceu pela primeira vez. Aquilo não era surpresa alguma para ele.

Há quanto tempo ele sabia?

— Talvez — continuou ele — tenham sido fiados pelo elusivo *Vergoldetgeist*. — Ele andou em volta de Áureo, girando os fios de ouro para que cintilassem na luz. — Era assim que a criança humana te chamava, não era? O Espírito Áureo. Quando ouvi o nome, tive certeza de que já tinha o ouvido antes. — Ele bateu com os fios nos lábios, como se mergulhado em pensamentos. — Muito tempo atrás. Boatos de um fantasma que jogava bugigangas no lago e as deixava lá para o povo de Adalheid. Parece besteira, não é? Um mito bobo, nada de importância. Mas quando aquela criança nos visitou na nossa noite de casamento carregando o ouro abençoado por um deus, um presente do Vergoldetgeist, comecei a me perguntar. Pois esses boatos teriam começado bem antes da minha bela esposa nos agraciar com os talentos dela. Eu não queria acreditar que tinha sido enganado pela minha amada, mas vejam só. Por sorte — ele sorriu — foi uma desconfiança fácil de confirmar.

Ele dobrou um dedo e Serilda achou primeiro que ele a estava chamando. Mas Hans se levantou e se aproximou do Erlking, os movimentos rígidos.

Serilda apertou as mãos de Anna e Gerdrut, todos observando o Erlking pegar um dos aros de fio de ouro e enrolar duas vezes no corpo de Hans e o cruzar no coração.

— Velos, mestre da morte — disse o Erlking, a voz ficando elevada e ousada —, eu liberto esta alma. Venha buscá-la!

Serilda ofegou. O que ele estava fazendo? Libertaria mesmo Hans com tanta facilidade?

O eco das palavras do Erlking sumiu. Eles esperaram.

Nada aconteceu.

O Erlking riu.

— Que tolice. — Ele estalou a língua enquanto desenrolava os fios de ouro e os guardava na bolsa. — Você achou mesmo que eles poderiam ser libertados assim? — Ele se concentrou em Serilda agora, o olhar se fechando. — Humanos são tão simplórios e esperançosos. Bastou uma sugestão para persuadir você a fiar mais ouro. Ou devo dizer — ele esticou a mão para Áureo e segurou o queixo dele com força com as pontas dos dedos — que foi a persuasão de que o Vergoldetgeist precisava. — Ele empurrou o rosto de Áureo e se virou para Serilda. — Pobre filha de um moleiro. Nunca foi você, era o poltergeist. Abençoado por Hulda esse tempo todo.

Ele assentiu para Hans, que voltou para o lugar no sofá com uma expressão distante e atordoada.

Serilda olhou para Agathe, que estava olhando com expressão vazia para o fogo.

— Você mentiu pra mim — murmurou ela. — Você me disse que o ouro libertaria a alma deles. Foi só um truque cruel?

Agathe fechou os olhos brevemente, mas, quando os abriu de novo, aquela expressão triste e apática tinha sumido e sido substituída por ferocidade fria.

— Nunca teve a ver com você e com o poltergeist — disse ela. — Sua Obscuridade me ofereceu uma coisa que eu precisei aceitar.

Serilda arregalou os olhos. Ela não queria acreditar, mas...

— Você fez isso por escolha?

— Eu não podia correr o risco de você saber que eu pedi a ela pra plantar essa ideia na mente de vocês — disse o Erlking. — Eu precisava que ela agisse... com naturalidade.

Serilda balançou a cabeça.

— Mas você me mostrou onde o meu corpo estava guardado. Você me ajudou. Você...

— Eu tinha que conquistar sua confiança — disse Agathe baixinho.

Serilda a olhou, consternada.

— O que ele pode ter oferecido a você para que nos traísse assim?

— Reparação — disse Agathe, como se fosse a resposta mais simples do mundo. — Nós duas nos culpamos por coisas que aconteceram a pessoas que tentamos proteger, então eu acho que você vai entender melhor do que a maioria. — Ela olhou de forma significativa para as cinco crianças reunidas nos dois lados de Serilda. — Eu faria qualquer coisa pra me reparar com o povo de Adalheid. Falhei com todos eles, mas não vou falhar de novo. — Ela ajustou o lenço ensanguentado na garganta. — Sua Obscuridade prometeu que, se eu o ajudar com essa questão, ele vai libertar todos os espíritos para Verloren na Lua do Luto.

— Ele está mentindo! — gritou Serilda, se levantando. — Você sabe que ele está mentindo!

— Não seja tão rápida em fazer acusações, minha rainha — repreendeu-a o Erlking. — Afinal, quantas mentiras *você* já contou?

Ela rosnou para ele, o comentário perfurando o vão vazio que havia no peito, mas logo voltou a atenção para a mestre de armas.

— Você não entende o que fez. Não foi só a mim que você traiu, e a essas crianças. — Ela indicou Áureo. — *Ele* é o seu príncipe. O príncipe de Adalheid que você jurou proteger. Você fracassou com a família dele, fracassou com ele, e agora fracassou de novo.

Agathe apertou os olhos. Seu olhar se desviou para Áureo, observando a camisa de linho enorme, o cabelo desgrenhado, talvez tentando visualizá-lo como qualquer outra coisa além de um fantasma intrometido.

Serilda admitia que a ideia de Áureo ser um *príncipe* também lhe parecera absurda, até ela o conhecer.

— Eu me perguntava se você sabia — refletiu o Erlking. — Há quanto tempo sabe que ele era mais do que um fiandeiro de ouro?

Serilda mordeu a bochecha por dentro. Deveria mentir? Mas que importância teria agora? O Erlking sabia todos os segredos deles, tudo que ela tinha se esforçado tanto para esconder.

Não.

Não, isso não era verdade.

Ele ainda não sabia que Áureo era o pai do filho dela. Ainda não sabia sobre a barganha mágica na qual ela tinha prometido a ele seu primogênito.

— Só soube no dia em que vim salvar as crianças — admitiu ela.

— Ah, sim. Aquele dia também não saiu como você planejou, não é? — O Erlking riu como se estivesse lembrando uma coisa agradável. Ele prosseguiu, apreciando a plateia cativa quando começou a andar de um lado para o outro. — Eu devia ter percebido a verdade sobre as habilidades dele há tempos. Eu sabia que uma das crianças reais de Adalheid tinha a bênção de Hulda, mas acreditava que era a jovem princesa. Foi por isso que a procurei como presente para minha Perchta. — Ele balançou a cabeça e olhou na direção de Áureo. — Impressionante, você conseguir guardar um segredo por tanto tempo. Ainda assim, bastou uma garota mortal patética pra se tornar displicente com esse dom.

Áureo tinha ficado em silêncio durante a conversa inteira, os olhos grudados no tapete e um músculo tremendo na mandíbula. Serilda entendia que dizer qualquer coisa seria dizer demais. Mas ela odiava vê-lo assim, preso em correntes de ouro, ambos percebendo que o Erlking tinha brincado com eles por semanas e os dois nem faziam ideia.

— E você — disse ele, voltando o sorriso cruel para Serilda. Ele chegou mais perto e a observou. Ela esperou, determinada a ser corajosa... pelo menos diante das crianças. — Abençoada por um deus, mas não por Hulda — murmurou ele baixinho. — Minha noiva, a contadora de histórias. Sempre tão rápida com uma mentira na língua. Você nem sabe o dom que tem, não é, minha querida? Fortuna e destino... — Ele disse essas últimas palavras com um cantarolar na língua, como se cantando uma música antiga e esquecida. — Seus olhos não são rodas de fiar, são?

— Não — sussurrou ela. — Não são.

— A roda da fortuna... — O Erlking aninhou o rosto dela com as mãos geladas. — E agora? Está se sentindo afortunada, afilhada de Wyrdith? — Ele baixou a voz quando encostou a testa na dela. — Porque eu estou me sentindo *muito* afortunado. E eu achando que seria obrigado a esperar até seu filho estar crescido para ter outro fiandeiro de ouro. Estava preparado para ser paciente. Para esperar mais uma Lua Interminável... Mas você me deu outro fiandeiro de ouro ao meu dispor, sua mortal maravilhosa, você. — Ele inclinou a cabeça dela para baixo e deu um beijo na testa.

Serilda tremeu e se afastou.

— Eu não te dei nada — disse ela com desprezo. — E você é mais tolo do que eu, se acha que ele vai fiar ouro pra você! Áureo não é um dos seus fantasmas pra ser manipulado e controlado. Você não pode obrigá-lo.

— Eu posso ser bem persuasivo.

— Não — disse Áureo, a palavra carregada de ódio. — Eu sou capaz de fiar ouro pra ganho próprio quando quero, mas quando outra pessoa exige, a magia não funciona. Não sem um preço. — Mesmo preso por correntes, ele conseguiu erguer o corpo, encarando o Erlking não como um poltergeist, mas como um príncipe real. — E não há preço que me obrigaria a ajudar *você*.

O Erlking abriu um sorriso largo.

— Ao contrário. Desconfio que vá ser bem fácil chegar a um acordo. Será que eu posso te pagar com utensílios de cozinha? Você gostou tanto da concha de sopa.

A mandíbula de Áureo tremeu.

— Oferta tentadora, mas acho que vou recusar.

— E eu acho que você vai reconsiderar — disse o Erlking. Ele passou os dedos pelo braço de Serilda, segurou a mão dela e entrelaçou os dedos com os dela. Ela tremeu. — Não muito tempo atrás — prosseguiu o Erlking —, eu acreditei que estas mãos tinham sido tocadas por Hulda. Um presente tão precioso. Mas agora que eu sei... você não precisa mais delas, não é?

Sem aviso, ele segurou o polegar de Serilda e puxou para trás, quebrando o osso.

A dor se espalhou nela. Fagulhas e estrelas dominaram sua visão e ela começou a cair para a frente, mas o Erlking a abraçou e a segurou. Ao longe, Serilda ouviu as crianças gritando. Áureo rugiu e chamou o nome dela.

— Calma, calma — murmurou o Erlking no ouvido dela. — Você vai cicatrizar rapidamente, assim como esses espíritos doces. E para cada dia que passar em que seu príncipe abençoado por um deus se recusar a fiar mais ouro, vou quebrar outro dedo e outro. — Ele deu de ombros. — Pelo seu bem, espero que ele não seja tão teimoso a ponto de termos que pensar em outros ossos também.

Ele a soltou. Serilda cambaleou, se esforçando para segurar o sofrimento enquanto as crianças se reuniam em volta dela.

— Temos um acordo, poltergeist?

CAPÍTULO

Vinte e seis

SERILDA CICATRIZOU RAPIDAMENTE, PARA SUA PRÓPRIA IRRITAÇÃO. EM
poucos dias, o osso tinha se ajeitado, assim como os de Anna depois da queda dela na arena. Mas Serilda não tinha como ficar agradecida. Ela não via Áureo desde aquele dia horrível no grande salão de Gravenstone, mas tinha que supor que, já que o Erlking não tinha ordenado sua tortura, Áureo estava se comportando como o Erlking queria. O que significava que em algum lugar do calabouço embaixo daquele castelo sinistro ele estava fiando ouro para a caçada.

Tudo para que o Erlking pudesse capturar um deus e desejar o retorno de Perchta.

Ela ficava enjoada só de pensar, e por isso tentou afastar a ideia da mente. Havia muitas outras coisas em que pensar, de qualquer modo, enquanto tentava se acomodar na nova e estranha casa.

Serilda tinha recebido um conjunto de aposentos no canto noroeste do castelo, bem em frente dos aposentos do Erlking. Eram luxuosos, com cortinas vinho pendendo de uma cama de dossel e uma lareira tão grande que Gerdrut poderia se deitar dentro... o que ela fez depois que Fricz a desafiou.

Felizmente, o Erlking deu a ela e às crianças uma quantidade surpreendente de liberdade. Enquanto fingia gostar de Serilda em Adalheid, parecia ter se esquecido completamente dela em Gravenstone, mantendo o fingimento do romance só compartilhando a refeição noturna. Mesmo assim, mal falava com ela.

Era uma boa mudança.

O rei e os caçadores costumavam ficar ocupados agora, ou murmurando entre si em salas mal iluminadas ou estudando mapas enormes abertos na sala de jantar. Discutindo caçadas futuras, luas cheias que se aproximavam. Serilda ouvia muita falação sobre raízes de árvores e arbustos, deslizamentos de pedras e muros de castelo que desmoronaram. Ouviu que o ferreiro tinha recebido a ordem de fazer picaretas e pás e foices que cortassem a vegetação mais densa. Viu criados empurrando carrinhos lotados de pedras quebradas e montes de galhos mortos. Percebeu que eles estavam tentando consertar uma parte dos subníveis do castelo que tinham afundado e tinham sido ocupados pela floresta, mas por que os sombrios se preocupavam em ter mais algumas adegas e depósitos quando o castelo era enorme, ela nem conseguia imaginar.

Ansiosa para distrair as crianças, Serilda usou a liberdade inesperada para criar um jogo no qual eles exploravam um canto novo do castelo a cada dia, e quem descobrisse a coisa mais estranha ou mais interessante seria o vencedor.

Anna reivindicou vitória primeiro. Eles tinham encontrado os canis onde os cães do inferno ficavam e, sem mais nada para fazer, decidiram ficar para a alimentação da tarde. Foi uma exibição grotesca de carne crua, baba e uma dezena de bestas sobrenaturais rosnando umas para as outras para provar dominância, que era exatamente o tipo de coisa que Anna, Fricz e Hans achavam fascinante e Serilda, Nickel e Gerdrut conseguiam tolerar.

Foi Anna que observou que os cães estavam agindo diferente.

Que eles pareciam... *ansiosos*.

Os caçadores tiveram que convencer alguns a saírem dos canis para pegar a carne e, ao longo da refeição, alguns pareceram continuamente agitados. Eles abandonavam um pedaço de carne para olhar ao redor com olhos ardentes arregalados ou até para voltar para os canis.

— Qual é o problema deles? — sussurrou Anna.

— Talvez eles tenham medo de fantasmas — disse Hans.

Serilda franziu a testa para ele.

— O quê?

— Este lugar é assombrado — disse ele com perfeita naturalidade. — Você não percebeu?

Ela olhou para ele por um longo momento, esperando que Hans percebesse por que era uma declaração tão irônica. Como ele não percebeu, ela suspirou.

— Hans... *você* é um fantasma. Vocês todos são.

Ele revirou os olhos.

— Eu não estou falando de fantasmas como nós. O que quer que tenha ficado neste castelo... acho que está com raiva. — Ele olhou para Serilda. — Você não sente?

Foi nessa hora que ela percebeu que as cinco crianças *sentiam*... o que quer que fosse.

Serilda engoliu em seco.

— Bem, vamos torcer para que esteja com raiva dos sombrios e não de nós.

NO DIA SEGUINTE, FRICZ REIVINDICOU A DESCOBERTA MAIS interessante.

Ele tinha passado a manhã ajudando o cavalariço a reorganizar algumas das construções externas, onde encontrou a carruagem que tinha transportado o corpo de Serilda de Adalheid para Gravenstone. Sem motivo para guardar segredo, Serilda contou a eles na primeira noite sobre a traição de Agathe, e, quando Fricz viu a carruagem, ele torceu para talvez ter encontrado o corpo dela.

Mas estava vazia.

Ele levou Serilda e os outros para verem, para terem certeza de que era a mesma carroça de fato, agora sem sinal do caixão aberto.

— Pra onde você acha que ele levou aquilo... ela... *você*? — perguntou Anna.

— Quem sabe? — disse Serilda, tentando não se sentir derrotada. — Talvez a gente acabe encontrando se continuar explorando.

Eles sabiam que era improvável. Gravenstone tinha mais cantos e passagens do que Adalheid.

— Não importa — disse Serilda com um suspiro. E, ao ouvir como parecia chateada, ela abriu um sorriso. — Eu não teria como deixar vocês, de qualquer modo.

As crianças olharam para ela, frustradas e consternadas.

— O quê? — perguntou ela.

— Serilda — disse Nickel com o mesmo tom que poderia usar para explicar para Gerdrut por que *é* necessário usar luvas em uma nevasca —, se você encontrar seu corpo de novo, você *precisa* quebrar sua maldição.

Ela olhou para os rostos determinados.

— Eu não poderia.

— Você *precisa* — insistiu Nickel.

Hans se intrometeu.

— Enquanto você estiver aqui, o Erlking tem algo contra Áureo. Ele vai continuar fiando ouro.

— E aí, o Erlking vai vencer — disse Gerdrut, sincera e de olhos arregalados.

A respiração de Serilda travou. Ela olhou para cada um deles, horrorizada com a ideia de deixá-los para trás.

— Mas como eu poderia deixar vocês? É culpa minha vocês estarem aqui. Se eu abandonar vocês...

— Não é sua culpa, não — disse Hans. — A caçada sombria pegou a gente.

— Por minha causa!

— Porque eles são monstros — disse Hans. — Porque sequestram pessoas há centenas... talvez milhares de anos. Você vai se culpar por todas as outras mortes também?

Serilda suspirou.

— Vocês não entendem.

— Não, *você* que não entende. — A voz de Hans ficou mais alta. — Nós te amamos, Serilda. Não queremos que você fique presa aqui e odiamos ver você como a... *esposa* dele. — Ele fez uma careta. — Se você tiver a chance de ir embora, você tem que aproveitar, com ou sem a gente. Se não por você, então — ele indicou a barriga dela — pelo seu bebê.

Serilda engoliu em seco.

Todos entendiam agora que o filho dela estava crescendo dentro do corpo físico, mas que a barriga de Serilda não cresceria enquanto ela não voltasse a ser mortal. Ela queria discutir com eles, insistir que não poderia abandoná-los...

Gerdrut se jogou em Serilda. Escondeu o rosto na barriga dela, passou os braços em volta do seu corpo e disse com voz abafada:

— *Por favor*, Serilda. Seria melhor pra nós se você estivesse livre. Se nós não tivéssemos que nos preocupar com você o tempo todo.

Ela ficou com a boca seca quando apertou Gerdrut junto ao corpo. Nunca tinha passado pela cabeça de Serilda que eles pudessem se preocupar com ela tanto quanto ela com eles.

Serilda finalmente respirou fundo.

— Tudo bem — sussurrou ela. — Se eu encontrar meu corpo, vou tentar quebrar a maldição e fugir.

Serilda não tinha muita esperança de voltar a ver sua forma física. Não até a hora do parto, ela achava, então já seria tarde demais para quebrar a maldição, salvar o bebê e desaparecer. Gravenstone era um labirinto, cheio de corredores escuros e escadarias sinuosas. Onde quer que seu corpo estivesse escondido, ela tinha certeza de que era um lugar seguro e protegido. Um lugar aonde não era para ela ir.

*

NO TERCEIRO DIA, AS CRIANÇAS FORAM CONVOCADAS PARA ajudar a lavar e pendurar todas as cortinas e toalhas de mesa do castelo, deixando Serilda para explorar o lugar sozinha.

O Erlking tinha mencionado uma biblioteca no jantar anterior. Disse que era cheio de tomos antigos de muito tempo antes e era isso que Serilda queria encontrar. Seu marido tinha lhe dado instruções vagas (ala sul, passando pela rotunda lunar, virar antes de chegar ao solário), mas Serilda estava perdida. Ela não tinha encontrado nem a rotunda nem o solário, só uma corrente infinita de salas de estar, salas de visita e galerias cheias de mais cabeças sem corpo do que uma fazenda de criação de galinhas.

Serilda estava olhando com desconfiança para um cervo impressionante com chifres prateados enormes quando ouviu risadinhas distantes.

Ela se virou e se esforçou para ouvir.

O som chegou a ela de novo.

— Gerdrut? — chamou ela, entrando em um escritório escuro. Serilda não viu ninguém, só pinturas de oceanos sombrios e tempestuosos nas paredes. — Anna? É você?

Outra risadinha, mais distante.

Serilda hesitou. *Parecia* uma criança, mas era uma das crianças *dela*?

Ela passou para o outro lado da sala e entrou em um corredor comprido. À esquerda, um indício de luz do sol entrava no salão. Ela apertou os olhos para a luz inesperada e seguiu nessa direção, entrando em uma sala circular enorme com teto abobadado.

Sua respiração travou. As paredes eram pintadas de um azul-safira intenso e cheias de constelações de estrelas cintilantes. Embora o teto fosse quase todo de vidro, os painéis entre as vidraças tinham sido ilustrados com as fases da lua, junto com as luas anuais nas extremidades, da Lua de Neve do começo do ano à Lua Sombria no final. O que, naquele ano, seria chamada de Lua Interminável, pois a Lua Sombria cruzava com o solstício de inverno.

Serilda ficou olhando, impressionada. Devia ser a rotunda lunar que o Erlking tinha mencionado.

Não eram só as fases da lua, mas um calendário inteiro retratado nas paredes. Quando ela inclinou o pescoço para olhar o teto de vidro, se perguntou como a lua passando acima bateria naquelas paredes cintilantes. Como as estrelas dançariam para aparecer e sumir conforme as noites passassem.

Mas, enquanto o teto da rotunda era glorioso, a sala em si estava em péssimo estado, o chão cheio de detritos e sinais de trabalho. Carrinhos de mão parcialmente cheios de pedras e escombros. Cinzéis e machados espalhados no piso.

E, novamente, Serilda ouviu um barulho estranho. Não risadinhas.

Estava mais para... sussurros.

Um som distante.

Como um grupo de crianças escondido atrás de uma cortina, sem conseguir ficar em silêncio.

Serilda se virou.

A porta ficava em uma alcova escura, era fácil de não perceber. Não uma porta, ela viu ao se aproximar, mas a abertura de uma caverna. Saía escuridão daquele buraco. As paredes em volta eram de pedra áspera e terra e raízes grossas emaranhadas.

Algo estava se movendo. Contorcendo-se, rastejando pelas paredes.

Cobras?

Com a respiração ofegante e acelerada, Serilda se aproximou da caverna com pés hesitantes.

Não, não eram cobras. Eram espinheiros. Um emaranhado de trepadeiras cobertas de espinhos deslizando pelos ladrilhos quebrados do piso da rotunda. Muitas tinham sido cortadas, deixando espinhos quebrados e beiradas lascadas.

Mas continuavam parecendo vivas. Indo na direção dela. Contorcendo-se na luz, como se procurando o calor do sol.

Serilda...

Ela ficou paralisada. Não era mais a voz de uma criança.

Aquela voz pertencia a um adulto. Um homem. Alguém familiar...

A pulsação dela vibrou nos ouvidos.

Ela tinha ouvido errado. Sua mente estava pregando peças nela, provocando-a de forma cruel.

De novo. Seu nome.

Serilda...?

Mais alto agora. Mais inseguro. Mais... esperançoso.

— Papai? — sussurrou ela, a palavra tênue e temerosa. Ela tinha certeza de que o sussurro vinha da abertura. Ela tinha certeza de que era seu pai lhe chamando.

Mas aquilo era impossível.

Ele estava morto.

Ela tinha visto seu pai ser transformado em nachzehrer, um monstro comedor de carne. Ela tinha visto Madame Sauer enfiar uma pá no pescoço dele.

Seu pai não podia estar ali, naquele castelo horrível no meio do Bosque Aschen. Ele não podia estar ali, atrás daquela escuridão escancarada.

Seril... da...

Com um soluço engasgado, Serilda deu um salto e pegou uma trepadeira, querendo puxá-la da abertura, abrir um caminho pela boca da caverna.

Ela sentiu dor na palma da mão. Soltou um chiado e chegou para trás. Um espinho tinha entrado na carne abaixo do polegar. A ferida era pequena, mas queimava quando ela a colocou na boca para estancar o sangramento.

Seu olhar subiu. Ela parou.

Os espinheiros tinham começado a se unir, formando nós cruéis na boca da caverna, formando uma barreira mais densa.

Serilda recuou, tremendo.

— Sai daí!

Ela se virou, sobressaltada de ver um caçador indo na direção dela, uma picareta na mão enluvada. Ela gritou e se afastou. Foi para longe do caçador e dos espinhos.

— Sua humana tola — murmurou ele. — Você deixou que tocasse em você? Isso vai nos custar horas de trabalho. — Ele rosnou para ela. — Saia daqui antes que estrague outras coisas!

Serilda abriu a boca, querendo contar para ele o que tinha ouvido, querendo perguntar para onde aquela caverna levava, o que havia lá embaixo?

Mas o sombrio já tinha dado as costas para ela para inspecionar as trepadeiras que tinham formado um nó enquanto balançava a cabeça de irritação.

Ela sabia que não obteria respostas dele.

Além do mais, os sussurros tinham parado. Ela devia ter imaginado tudo.

Sem querer ouvir gritos novamente, Serilda saiu correndo da sala. Só quando recuperou o fôlego foi que ela pensou se devia ou não contar às crianças sobre a descoberta. Não queria assustá-las, elas já estavam bem assustadas, mas ela também sabia que a caverna com as trepadeiras deslizantes não teria competição como descoberta mais interessante do dia.

CAPÍTULO
Vinte e sete

AS CRIANÇAS TINHAM PASSADO A DORMIR NO QUARTO DE SERILDA COM ela, como em Adalheid. Ela não se importava. Nunca queria estar sozinha à noite, assim como eles, e ficava feliz com a companhia. Mesmo perdendo um pouco de sono porque ficava espremida no meio de cinco corpinhos frios e escorregadios, ela nunca reclamava.

O que a incomodava eram os pesadelos das crianças, que tinham se tornado uma ocorrência de toda a noite desde a chegada em Gravenstone. Antes, elas dormiam como pedras. Agora, em quase todas as noites, um deles acordava em lágrimas.

Um corpo se debatendo foi o que arrancou Serilda do sono. Em seu estado meio de sonho, ela apertou os olhos nas sombras do quarto, tentando lembrar qual criança tinha adormecido no pé da cama, de onde os gemidos perturbados vinham.

Esfregando os olhos para afastar o sono, Serilda se sentou, tentando não perturbar os outros.

— Gerdrut? — perguntou, esticando a mão para o ombro dela. — Gerdy, acorda. Você está tendo outro pesadelo.

Mas sua mão não encontrou a camisola de cetim de Gerdrut.

Ela sentiu uma coisa... encouraçada. Uma membrana fina e ossos frágeis.

Ela ofegou e puxou a mão. Um sibilar soou nos ouvidos dela.

Serilda meio que engatinhou e meio que caiu por cima de Anna para sair da cama e poder acender a vela na mesa de cabeceira. Assim que o fez, seu olhar pousou na forma escura.

Uma criatura com olhos enormes e asas de morcego. As garras enfiadas nos ombros de Gerdrut e a língua serpenteando em direção ao rosto dela.

Serilda gritou.

O instinto a dominou quando ela pulou em cima do drude e bateu com a vela nele. Mas a chama tremeu e se apagou, mergulhando-os na escuridão de novo.

Serilda gritou novamente e seu grito foi acompanhado pelas crianças despertando apavoradas. Ela lutou para acender a vela de novo enquanto tentava desesperadamente pensar no que poderia usar como arma se só havia uns grampos de cabelo e uma bacia naquele quarto. A jarra de água. Teria que servir.

Quando acendeu a vela de novo, o drude tinha sumido e as cinco crianças estavam correndo pelo quarto, se escondendo atrás do colchão e puxando as cobertas, tentando se proteger, embora ninguém tivesse ideia do que estava acontecendo.

A porta estava aberta em uma fresta.

Serilda correu para lá na hora que o Erlking abriu a porta dele do outro lado do corredor.

Ela o ignorou e inspecionou o corredor, olhando para um lado e para o outro.

O drude estava empoleirado atrás de um dos castiçais apagados.

— Ali! — gritou Serilda e apontou.

O drude sibilou e pulou, abrindo as asas. Pousou na parede e deslizou pela pedra, as garras tentando se segurar, tentando chegar na janela mais distante.

Assim que chegou no parapeito da janela, uma adaga o atingiu, prendendo uma das asas na madeira.

Serilda apertou as mãos no peito, surpresa novamente de não sentir o coração disparado embaixo delas. Ela se virou para o Erlking, que estava com a mão esticada. Ele apertou os olhos em uma expressão calculista.

— O-obrigada — gaguejou ela. — Ele atacou Gerdrut.

O Erlking passou por ela. Estava usando uma calça de linho e, desconcertantemente, nenhuma camisa, e a pele pálida prateada cintilava na luz fraca da vela quando ele se aproximou da besta, lutando para se soltar, e puxou a faca.

O drude desmoronou no chão, mas logo se apoiou nas pernas traseiras e mostrou os dentes.

Inabalado, o Erlking fechou a mão na asa ferida e apertou.

Serilda ouviu o estalo dos ossos e se encolheu.

Quando o monstro gritou, o Erlking o levantou à altura dos olhos e o observou por um momento longo e horrível.

— Nós estávamos te procurando — disse ele. — Por que você estava se escondendo dos meus caçadores?

Em resposta, o drude sibilou de novo, a língua bifurcada indo para o rosto do Erlking.

Serilda não soube dizer se o Erlking esperava uma resposta, mas ele não pareceu nem surpreso nem decepcionado quando usou a ponta da adaga para desdobrar a asa ilesa e inspecionar a criatura de todos os ângulos.

— Eu quero saber o que aconteceu desde que nós fomos embora — disse ele. — Onde está o restante dos meus monstros?

Os olhos da criatura brilharam até ficarem quase laranja-dourados. As garras estalaram.

— Pode continuar — disse o Erlking. — Eu não tenho medo dos seus pesadelos. Me mostre.

Serilda abriu os lábios. O Erlking *queria* que o drude entrasse na mente dele, que desse a ele não um pesadelo, mas a verdade do que tinha se passado desde que os sombrios foram embora.

Mas o drude não fez isso.

O animalzinho enfiou as garras no próprio peito.

O Erlking arregalou os olhos e largou o drude no chão. Chegou para trás, e ele e Serilda viram juntos a vida se esvair da besta em filetes de sangue escuro e viscoso.

— Bem — disse o Erlking, com um tom afiado na voz. — Acho que ele não tinha nada a dizer.

Serilda soltou o ar, trêmula.

— Eu... eu preciso ver como está Gerdrut.

Sem esperar resposta, ela correu para o quarto.

As crianças estavam reunidas na cama, se abraçando. Protegendo umas às outras.

— Gerdy — disse Serilda, sentada ao lado de Gerdrut e segurando a mão dela. — Você está bem?

Gerdrut abriu um sorriso fraco.

— Estou.

— Que bom. Acabou. O drude está morto. Não vai mais te machucar. E eu juro... que foi um pesadelo. Só um pesadelo.

Uma expressão assombrada surgiu no rosto da menina. Ela olhou para Hans, que assentiu com encorajamento.

— Ela estava nos contando o sonho — explicou Nickel. — Vai, Gerdy. Conta pra Serilda.

Serilda se preparou. Ela já tinha sido vítima de um ataque de drude. Tinha visto coisas naquelas visões que ainda a acordavam às vezes, tremendo, no meio da noite. Tinha ouvido histórias de drudes causando tanto terror que uma pessoa já tinha literalmente morrido de medo.

Ela odiava pensar no que a besta tinha feito àquela pobre e doce criança...

— Pode falar — disse Serilda. — Estou ouvindo, se você quiser me contar.

Gerdrut fungou. Ela estava chorando, e Serilda estaria de coração partido, se tivesse coração.

— Eu vi a minha a-avó — disse Gerdrut.

A avó de Gerdrut tinha passado para Verloren só um pouco mais de um ano antes. Ela sempre tinha sido uma senhora gentil, do tipo que dava doces para as crianças nas festas e que era uma das poucas que nunca tinha olhado com expressão desconfiada para Serilda.

— Ela estava me ajudando a fazer bonecas de retalhos de musselina — disse Gerdrut. — Eu estava cortando os pedaços e ela juntava botões e flores. E aí...

Serilda mordeu o lábio inferior, esperando o momento em que o sonho viraria pesadelo.

— Ela me abraçou — disse Gerdrut, caindo para a frente com um soluço. — Me disse o quanto me amava e que mal podia esperar pra estar comigo de novo. Ela disse que estava me esperando, e que um dia estaríamos juntas de novo. E eu... eu sinto tanta saudade dela, Serilda.

Quando as outras crianças chegaram para a frente para abraçar Gerdrut, Serilda recuou, confusa.

— Isso... não parece um pesadelo.

Gerdrut balançou a cabeça, ainda chorando.

— Foi... um sonho tão lindo! — disse ela entre soluços.

Serilda abriu a boca, mas fechou de novo. Olhou de Gerdrut para as outras crianças e finalmente para a porta fechada.

Não fazia o menor sentido.

— Tudo bem — disse ela, respirando fundo. — Tudo bem, meus amores, a gente devia tentar dormir, se puder. — Ela se levantou e se esforçou para esticar a coberta e fazer todos se deitarem. — Se ajeitem que eu vou contar uma história.

— Vai ser uma história feliz desta vez? — perguntou Anna.

Serilda riu, mas se deu conta de que Anna tinha feito a pergunta com seriedade.

— Bem — disse ela com hesitação —, acho que posso tentar.

O véu tinha sido criado. Sem acesso integral ao mundo mortal, os sombrios não podiam mais atormentar os humanos, e uma sensação de equilíbrio foi restaurada. Os deuses voltaram às suas vidas solitárias.

Mas Wyrdith estava insatisfeito.

As histórias ficam pela metade até encontrarem um ouvinte, e, embora Wyrdith há muito preferisse a beleza brutal do mar batendo nos penhascos de basalto do norte, acabou percebendo que estava cada vez mais infeliz. Assim, o deus das histórias decidiu se aventurar entre os mortais.

Wyrdith começou a viajar pelo mundo humano.

Assumia a forma de um pardal comum e se empoleirava em uma janela para poder ouvir as histórias que uma mãe contava aos filhos.

Disfarçava-se na forma de um homem idoso e se encolhia em um canto de uma casa pública para ouvir os pescadores locais contarem suas histórias de baleias, sereias e tritões.

Houve uma época em que Wyrdith até se disfarçou de menestrel viajante, tocando tanto para camponeses quanto para realeza. Entre as apresentações, o deus anotava as histórias contadas em todos os vilarejos pelos quais passava.

Quanto mais ouvia, mais o deus se enamorava dos humanos, que tinham tanto prazer em uma cantiga de ninar tranquila quanto numa aventura épica. As histórias eram cheias de alegria e lutas, vitórias e derrotas, mas sempre havia um tom de esperança que enchia um lugar dentro de Wyrdith que o deus nem sabia que estava vazio.

Pode-se dizer que o deus começou a se apaixonar por aqueles mortais.

Um ano se passou em que Wyrdith se reuniu com os aldeões de um vilarejo no equinócio outonal para apreciar a Colheita de Freydon. Mas, naquele ano, havia mais preocupação do que alegria, pois a colheita fora tão fraca que os aldeões temiam não ter comida que durasse até o fim do inverno.

Em vez de botar a culpa em Freydon, deus da colheita, os aldeões acusaram Wyrdith. Eles tinham certeza de que o deus trapaceiro tinha girado a roda e, naquele ano, tinha lhes dado enorme infortúnio.

Wyrdith ficou perplexo, pois sabia que a roda não era culpada.

Sem entender por que Freydon abandonaria a responsabilidade de garantir uma colheita farta, e com raiva porque colocaram a culpa nas suas costas, Wyrdith assumiu a forma de um pássaro grande e voou para procurar o deus da colheita.

Freydon estava apreciando uma vida simples nas planícies orientais de Dostlen, onde cuidava de um jardinzinho e passava as tardes pescando no delta do rio Eptanie. Não ficou surpreso de encontrar a amizade antiga, o deus das histórias, e convidou alegremente Wyrdith a se sentar na sombra de uma figueira antiga e apreciar um jogo de dados e um copo de sidra de pera.

Mas Wyrdith estava com raiva demais para se deixar apaziguar.

— A colheita deste ano foi abismal — disse Wyrdith — e as pessoas estão sofrendo! Por que você não fez grãos abundantes e pomares carregados? Por que esqueceu os bons aldeões que contam com você?

Freydon se surpreendeu com a ira de Wyrdith. Colocou a caneca na mesa e se inclinou para a frente com uma expressão quase de pena.

— Meu querido amigo, eu não interfiro nas questões mortais há muitos séculos.

Wyrdith não entendeu.

— Mas ano passado mesmo a colheita de outono foi farta!

— Sim, como tem sido por mais de uma década, pelo que me disseram. Mas isso foi porque a chuva caiu e o sol brilhou e os fazendeiros araram a terra e plantaram as sementes.

Wyrdith arregalou os olhos.

— Entendi — disse o deus. — Então preciso falar com Hulda, que deve ter deixado os fazendeiros preguiçosos este ano. E tenho que falar com Eostrig, que não deve ter abençoado as sementes plantadas. E com Solvilde, que nos traiu com uma seca de verão.

Ao ouvir isso, Freydon soltou uma sonora gargalhada.

— Não, não, você não entendeu. Os outros se recolheram em seus santuários, assim como eu, preferindo evitar o ciclo de culpa e bênçãos jogados em nós por tanto tempo. As sementes e a chuva... elas têm vontade própria agora. Quanto aos fazendeiros, se eles tiverem cedido à preguiça, os únicos culpados são eles mesmos.

Ao ver que Wyrdith continuou confuso, Freydon suspirou.

— Tyrr não se mete em guerras humanas há séculos, mas as guerras continuam acontecendo mesmo assim. Há conquistadores e há conquistados, como sempre, mas agora são os humanos que trilham seus próprios caminhos. Da mesma forma, Velos pode ainda guiar almas na ponte para Verloren, mas não impõe sua vontade a quem deve morrer e quem deve seguir por séculos. Ainda assim, a morte chega para todos os mortais. — Freydon deu de ombros. — Nós somos os deuses antigos, Wyrdith. O mundo seguiu sem nós. Os mortais seguiram sem nós. Eles podem invocar nossos nomes, deixar oferendas e sussurrar orações, mas depende deles, no fim das contas, trilhar seus próprios destinos.

Ver que a expressão de Wyrdith tinha se transformado em algo vazio e triste, Freydon franziu a testa.

— Não se desespere, meu amigo. Vai haver luta. Vai haver tragédias. Mas os humanos prosperam melhor sem a nossa interferência.

— Isso não é o que me perturba — disse Wyrdith.

— Então, por favor, desabafe.

— Isso eu não posso fazer. Pois, entende, ficou claro para mim de repente por que é sempre o meu nome o amaldiçoado quando o infortúnio ocorre a boas pessoas, por falha que não é delas próprias. Entendo agora que sou o único que realmente ama esses mortais. Mas, para eles, sempre serei o deus trapaceiro com a roda injusta... e, temo que, por isso, eles jamais me amem de volta.

Freydon colocou a mão no ombro de Wyrdith.

— Você é mais do que fortuna e destino. Você é o historiador do mundo. É o guardião de histórias e lendas há muito esquecidas. Se os mortais não conseguem te amar por causa da sua roda, vão te amar por isso. — Os olhos de Freydon cintilaram. — Pois não há uma alma viva, mesmo entre deuses, que não goste de uma boa história.

Wyrdith deixou Freydon se sentindo desconectado do mundo dos deuses e do mundo dos mortais, se perguntando se não pertencia a nenhum. Mas também via a sabedoria nas palavras de Freydon. Os humanos amavam uma boa história, e se isso fosse a única coisa que Wyrdith podia oferecer a eles, era o que lhes daria.

O deus das histórias voltou ao mundo dos mortais. Continuou vivendo entre eles por muitos anos.

Sempre ouvindo histórias bem contadas.

Sempre reunindo as lendas e histórias do mundo maior.

Sempre preparado para tecer suas próprias histórias para quem quisesse ouvir.

E, às vezes, só às vezes, Wyrdith olhava no rosto da plateia, crianças angelicais com bochechas rosadas ou mulheres idosas com olhos enevoados ou homens jovens cansados dos dias nos campos, e o deus via o amor irradiando deles.

Por muito tempo, isso foi suficiente.

A Lua da Colheita

CAPÍTULO

Vinte e oito

SEMANAS DEPOIS DE CONTAR A HISTÓRIA DE WYRDITH, SERILDA AINDA
não conseguia parar de pensar nela. Durante toda a vida, ela tinha tido uma relação complicada com o padrinho que nunca conhecera. O deus que a amaldiçoara antes de ela ter nascido.

Apesar de toda a perturbação que as histórias davam a ela, Serilda amava contá-las. Não conseguia evitar. O jeito como romances malfadados e vilões inesperados envolviam o coração dela e a faziam se sentir como se estivesse flutuando acima do mundo enquanto a história se desenrolava. Como a fazia sentir que era parte de algo importante, de algo eterno.

Ela nunca tinha se perguntado antes se o deus antigo se sentia da mesma forma. Wyrdith também vivia pela emoção de uma resolução perfeitamente executada? Ansiava pela revelação de um mistério, pelo desenrolar de um destino, pelo caminho perturbado de uma missão impossível?

Wyrdith se perguntava, como Serilda com frequência, se as histórias faziam mais mal do que bem? As histórias podiam ser uma fuga, mas, no fim, eram só isso mesmo. No fim, a realidade sempre caía com tudo.

Ela não conseguia evitar pensar onde o deus estaria agora. Teria se cansado dos mortais e seguido como os outros deuses, a vida de um recluso? Ou ainda estava vagando pelos reinos, enfeitiçando príncipes e camponeses?

Serilda nunca tinha conhecido um bardo viajante, mas seu pai lhe contou que um tinha ido à cidade quando ele era jovem e passado três noites seguidas tecendo uma história épica sobre um cavaleiro heroico que atravessava terra e mar batalhando com monstros e bruxos para resgatar uma princesa que tinha sido transformada em uma constelação. Seu pai disse que a história foi a única coisa sobre a qual as pessoas discutiram por semanas. Quando o bardo seguiu seu caminho, as crianças do vilarejo choraram.

Teria sido Wyrdith?

Por algum motivo, o pensamento gerou um calor feliz pela pele de Serilda. Depois do nascimento dela, o povo de Märchenfeld tinha passado a ter medo de histórias por causa da garota amaldiçoada com olhos dourados. Mas ela gostava de pensar que tinha havido uma época em que eles também se reuniam na praça do vilarejo para ouvir histórias encantadas.

Era como Freydon tinha dito. *Não há uma alma viva que não goste de uma boa história.*

Os dias eram longos em Gravenstone, e, pelo menos, aquelas questões contínuas tinham ajudado Serilda a não permitir que a mente se voltasse para Áureo, trancado em algum lugar, sozinho, obrigado a fiar dia e noite. Suas entranhas viviam em nós enquanto ela pensava nas coisas horríveis que podiam estar acontecendo a ele. Ela imaginava uma cama infestada de pulgas e ratos, e se perguntava se ele tinha permissão de dormir. Visualizava as mãos dele machucadas, sangrando de mexer na palha. Ouvia a voz sardônica dizendo ao Erlking o que ele podia fazer como ouro e os gemidos de Áureo com a surra que viria depois.

Era o suficiente para deixá-la doente de preocupação, principalmente porque estava impotente para fazer qualquer coisa por ele. Ela ansiava por uma distração.

As crianças tinham ficado ocupadas no começo, trabalhando com os outros fantasmas para tirar o pó, polir e tirar teias de aranha. Mas quando o trabalho acabou, elas tiveram que achar outras formas de se entreter naquele lugar sinistro. Inventaram jogos de tabuleiro e suplicaram para os músicos do castelo lhes ensinarem músicas na cítara e no bandolim. Passavam horas fazendo lanternas de papel que planejavam encher de velas e pendurar nos galhos do amieiro na Lua do Luto, uma tradição que amavam em Märchenfeld. Hans também estava ajudando Gerdrut a fazer seu primeiro álbum de artes, um livro de páginas meio soltas com pinturas e flores secas, trechos de poesia e lembranças felizes. Nickel tinha começado a desenhar e Anna tinha voltado a ser quem sempre tinha sido: imutável e energética, quicando pelas paredes quando o tédio sufocava. Enquanto isso, Fricz estava determinado a aprender a trapacear nos dados de ossos.

De um modo geral, eles faziam o melhor possível, embora a atmosfera do castelo fosse opressora de um jeito peculiar e intangível. Havia segredos escondidos naquelas paredes. Mistérios na luz tremeluzente das velas. Adalheid podia ser assombrada, mas era Gravenstone que enchia Serilda de um medo duradouro sempre que ela seguia pelos corredores desconhecidos.

Podia ser sua imaginação, mas parecia que até os sombrios estavam inquietos. Eles falavam de suas coisas sendo movidas ou roubadas quando não havia ninguém por perto... e, pela primeira vez, não se podia botar a culpa no poltergeist. Os cães do inferno uivavam a toda hora, como se tentando se comunicar com monstros que mais ninguém conseguia ver. O cavalariço disse que os cavalos também estavam agitados, sempre relinchando e de olhos arregalados. E havia barulhos estranhos. Sussurros e garras arranhando e batidas secas que enchiam os corredores, mas não tinham fonte óbvia.

Talvez, depois de tanto tempo longe, Gravenstone não fosse mais o lar deles. Talvez eles tivessem ficado à vontade demais em Adalheid. Ou talvez fossem os mistérios do local que os abalasse. A presença raivosa que fazia todos os fantasmas olharem por sobre os ombros. Os sussurros assombrados. A sensação que o castelo todo tinha de parecer mais um mausoléu do que um santuário. A corte do Erlking podia estar acostumada a viver em um castelo assombrado, mas havia algo em Gravenstone que perturbava todo mundo, e que tinha piorado depois que o drude atacou Gerdrut.

Embora, na verdade, o drude *não* tivesse atacado a menina. Nos dias seguintes, a história de Gerdy não mudou. Não foi um pesadelo, e sim um sonho. Um sonho feliz que a encheu de esperança de pensar que um dia *aquilo*, o pesadelo da vida real, acabaria. Um dia, ela teria paz e descanso e ficaria com a família de novo.

Serilda ficou indescritivelmente triste de ouvir palavras tão comoventes e agridoces ditas por uma criança tão pequena.

Mas, mais do que isso, ela ficou confusa.

Por que, em nome dos deuses antigos, um drude entraria nos aposentos deles para dar a uma garotinha um sonho sobre a avó falecida?

Ela não tinha contado ao Erlking a verdade sobre a visão de Gerdrut. Ele já estava com um humor péssimo. Também estava atipicamente tenso desde a chegada. Seus olhos se moviam pelos aposentos, como se esperasse que as próprias sombras atacassem. Ou... falassem. Ou cantassem ou dançassem ou o que quer que os sombrios tivessem medo de que as sombras fizessem.

Serilda também não mencionou a voz do pai a chamando pela abertura da rotunda lunar. Seus pés acabaram a levando naquela direção mais de uma vez, mas ela se obrigava a dar meia-volta.

Seu pai tinha morrido. Ele tinha sido levado pela caçada selvagem, jogado do cavalo e deixado para morrer na beira da estrada porque o Erlking não valorizou o espírito dele o suficiente para levá-lo até o castelo. O cadáver do seu pai tinha se tornado um nachzehrer, uma criatura podre e desmiolada que atacara Serilda, faminta pela carne da própria espécie. Ele poderia tê-la matado se Madame Sauer não a tivesse salvado. Depois, jogaram o corpo dele no rio. Ele estava morto. Nunca voltaria.

Quem ou o que estava a chamando não era o pai dela.

— Vossa Luminância?

Serilda saiu do devaneio com um susto enquanto olhava pela janela da sala para o Bosque Aschen e viu Manfred ao seu lado.

— A honra da sua presença foi requerida por Sua Obscuridade.

Ela tremeu ao ouvir essas palavras, as mesmas da primeira vez que o tinha visto, quando ele foi até o moinho com uma carruagem feita de ossos de costela e a convocou para ir a Adalheid.

— O que ele quer? Faltam horas para o jantar.

— Tem alguma coisa a ver com... o poltergeist — disse ele.

Serilda enrijeceu. Cem possibilidades terríveis surgiram na cabeça dela. Ela não via Áureo desde a manhã depois da Lua de Palha, quando ele fora levado em correntes de ouro para o calabouço. Como o Erlking não tinha quebrado nenhum outro dedo dela, só podia supor que Áureo estava obedecendo as ordens do rei e transformando palha em ouro, provavelmente dia e noite.

Ela não tinha ousado perguntar sobre Áureo, por medo de o Erlking perceber a extensão dos sentimentos dela por ele, mas também porque não conseguia suportar saber se ele estava sendo surrado ou torturado. Pelo menos, na negação, Serilda podia imaginá-lo como na noite em que ela o conheceu, no calabouço de Adalheid. Atrevido, desgrenhado e totalmente exasperante.

Mas ela não era tola. Fiar era um trabalho árduo até para um poltergeist, e ela podia imaginar como ele odiava cada momento, sabendo que o Erlking tinha vencido.

Serilda seguiu Manfred para fora da sala. Embora fosse um castelo diferente, ela não pôde deixar de reviver a longa caminhada até o calabouço de Adalheid, quando teve certeza de que o Erlking a mataria de manhã.

Engraçado, pensou ela, como tantas coisas tinham mudado e tantas outras não tinham mudado nada.

Quando eles desceram para os subníveis do castelo, Serilda se viu cercada de raízes antigas e nodosas. O amieiro, formando a base em que Gravenstone tinha sido construído.

Mas a cela era feita de barras de ferro, pois ela achava que até raízes mágicas cederiam sob uma espada, garras ou... unhas persistentes.

Ela se preparou para quando visse Áureo. Prometeu a si mesma que não choraria. Nem se o rosto dele estivesse inchado e machucado, nem se os ossos estivessem quebrados ou as roupas sujas de sangue. Serilda seria forte, por ele.

Manfred abriu a porta, ela viu Áureo e todas as suas expectativas desmoronaram.

Ele estava sentado em uma pilha de palha, os braços cruzados em desafio, uma inclinação teimosa no queixo.

Sem sangue. Sem machucados. Sem ossos quebrados.

Ele olhou para Serilda e deu um pulo.

— Você está aqui! — exclamou ele, se aproximando em três passos grandes e a tomando nos braços. Serilda ofegou, perplexa demais para retribuir o abraço apertado.

— Você está bem? — perguntou ela. Lágrimas arderam nos olhos dela quando ele a afastou e a segurou com braços esticados. — Eu achei que você estaria... — Ela parou de falar, sem querer verbalizar seus medos.

— Eu poderia dizer o mesmo de você — disse ele, inspecionando-a da cabeça aos pés. Ele segurou as mãos dela nas dele e observou cada dedo. — Eu não sabia o que ele estava fazendo com você. Fiquei achando... — A voz travou e ele engoliu em seco. — Eu falei que me recusava a fiar mais até poder ver com meus próprios olhos que você estava bem. — As palavras seguintes dele foram um sussurro. — Ele não te machucou?

Serilda fez que não.

— Não. Não desde... aquele primeiro dia. E você?

— Eu estou bem. Ótimo, na verdade. Fico fiando dia e noite e sinto que meus dedos vão cair, mas olha só todas as minhas colheres novas. — Ele indicou uma pilha de colheres de madeira jogadas de qualquer jeito em um canto. — Quem podia imaginar que Sua Rabugice podia ser tão generoso?

Serilda ficou tão surpresa de rir que quase começou a chorar.

— É uma bela coleção.

Ele deu de ombros e amarrou a cara.

— Satisfaz a necessidade da magia de ser paga, mas, por algum motivo, acho que Hulda não ficaria feliz com o acordo.

— Eu só estou feliz de você estar bem. Ando tão preocupada. Graças aos deuses.

— Pode *me* agradecer — disse uma voz ferina.

Serilda se virou quando o Erlking saiu de uma alcova escura.

— Eu garanto que os deuses não têm nada a ver com a minha misericórdia.

Áureo apertou a mão de Serilda rapidamente antes de soltá-la, mas o Erlking reparou na ação mesmo assim. Mas a sua expressão estava serena quando ele abriu um sorriso de expectativa.

— Aí está — disse ele. — Você queria prova de que ela não está sendo ferida, e eu lhe dei essa prova. Agora, chega. Você tem um trabalho a fazer e eu também. Manfred, leve-a.

— Espera! — gritou Serilda, segurando o cotovelo do Áureo.

O Erlking ergueu uma sobrancelha irritada para ela.

— Cinco minutos — disse ela. — Por favor, podemos ter mais cinco minutos?

Ele fez um ruído de impaciência.

— Por que eu permitiria isso? Manfred.

Manfred deu um passo à frente, mas Serilda chegou mais perto de Áureo, que passou os braços em volta dela por instinto.

— Você vai permitir ou eu não vou mais fiar — disse Áureo.

O Erlking riu.

— Como quiser. Não fie mais. Vou gostar de quebrar os dentes da minha esposa com um cinzel velho. Tenho certeza de que vi um por aqui em algum lugar.

Serilda se afastou de Áureo e chegou mais perto do rei.

— Uma palavrinha com você — rosnou ela antes de sair para o corredor.

O Erlking foi atrás.

— Eu não tenho o hábito de me curvar a exigências de mortais.

Ela se virou para olhar para ele.

— Mas você veio atrás — disse ela rispidamente.

Os olhos dele faiscaram, mas ela ignorou a advertência neles e chegou mais perto, até ter que curvar o pescoço para encará-lo.

— Você acha que eu não vou contar para a corte toda que você não é o pai dessa criança?

O aviso se transformou em uma ameaça crescente.

— Cuidado, filha do moleiro. Você sabe as consequências de voltar atrás no nosso acordo.

— Ainda assim, eu voltaria, só pra te contrariar. O que a corte pensaria quando soubesse que a criança que você pretende criar como herdeiro não passa do filho de um fazendeiro zé-ninguém? Humano até os ossos.

O rei apertou os olhos, calculista.

— Um fazendeiro zé-ninguém? — disse ele friamente. — Logo quando eu tinha começado a me perguntar se isso era mais uma mentira.

O olhar dele se desviou significativamente para a cela de Áureo.

Serilda fez um ruído debochado.

— Que imaginação. — Ela apoiou as mãos nos quadris. — Eu só estou pedindo cinco minutos pra falar com ele. Pra ver se ele está sendo bem cuidado. *Cinco minutos.* — Ela inclinou a cabeça. — O que você tem medo de que aconteça?

Um músculo tremeu na mandíbula do Erlking. Ele inspirou lentamente pelas narinas.

Sem resposta, ele se virou e fez um gesto na direção de Manfred.

— Precisam de mim na rotunda — rosnou ele. — Espere por cinco minutos, nem um segundo a mais. E *não* os deixe sozinhos.

Com um último olhar de alerta para Serilda, ele foi para o corredor.

Embora o fantasma tentasse parecer indiferente, Serilda percebeu pelo arregalar do olho bom de Manfred que ele estava impressionado com a habilidade de barganha dela. E provavelmente curioso para saber o que exatamente tinha sido dito.

Mas ele não xeretou. Na verdade, um brilho de desafio surgiu naquele olho.

— Reparei em um número horrendo de teias no corredor, e isso não pode ser tolerado. Vocês não se importariam se eu fosse resolver isso, não é?

O peito dela se aqueceu.

— De jeito nenhum.

— Que bom. Vou deixar a porta entreaberta para não *deixar vocês sozinhos.*

Não dava para ter certeza, mas Serilda achou que o aperto de olho de Manfred foi uma tentativa de piscar antes de ele sair da cela, deixando a porta entreaberta, mas praticamente da largura de um polegar.

— Eu sempre gostei dele — disse Áureo.

Serilda se virou, tomada de gratidão, de alívio.

De desespero. O relógio já estava tiquetaqueando.

Ela se jogou nos braços de Áureo.

— O que você disse para Sua Tenebridade para fazê-lo sair?

— Nada de importante. Venha, me conte tudo.

— Eu não tenho nada pra contar — disse Áureo. — Há quanto tempo estou aqui embaixo?

— Quatro semanas. Hoje é a Lua da Colheita.

Áureo gemeu.

— Eu achava que o tempo passava devagar em Adalheid, mas aqui...

Serilda olhou para da pilha de palha para a roda de fiar no canto da cela.

— Quanto você fiou?

— O suficiente para capturar todos os animais do Bosque Aschen — disse ele, rolando os ombros para tirar a rigidez. — Eu nem sabia que ainda podia ter bolhas. — Ele ergueu as mãos para mostrar os machucados nas palmas das mãos e dedos. — E estou com uma dor permanente na perna, de ficar pisando naquele maldito pedal. Vou ficar feliz de nunca mais fiar depois disso.

— Áureo... você não deveria estar fazendo isso. Ele planeja pegar um deus. Vai trazer Perchta de volta...

— Eu tenho escolha? — Ele enrolou uma das tranças de Serilda no dedo. — Não posso deixar que ele te machuque. Assim como você não pode deixar que ele faça mal às crianças.

Ela curvou os ombros, frustrada com a facilidade com que o Erlking os tinha manipulado.

— Além do mais, deixe que ele traga a caçadora de volta. Eu a matei uma vez, não foi? Posso matar de novo.

— Pode?

Ele riu e deu de ombros.

— Provavelmente não. Não faço ideia de como fiz da primeira vez. Tinha a ver com uma flecha? Eu *até* que sou bom com o arco.

— Também é possível que Tyrr tenha tido alguma coisa a ver com isso.

Tyrr, o deus do arco e flecha e da guerra, costumava ser creditado por disparos de sorte.

Áureo grunhiu.

— Você quer dar aos deuses crédito de tudo. Mas eu não quero falar de Perchta, do Erlking ou de fiar ouro. Serilda... nós estamos em *Gravenstone*. — Ele a olhou com expressão significativa. — Você... quer dizer... você a viu?

Serilda o encarou.

— Perchta?

Ele fez uma careta.

— A minha *irmã*.

A compreensão caiu sobre ela como um raio. Serilda tinha pensado muito na princesa nos primeiros dias de chegada, mas depois ficou distraída por sussurros assombrosos e ataques de drude.

Ela balançou a cabeça.

— Ela não está aqui. O castelo estava abandonado.

A decepção tomou o rosto de Áureo.

— Ele a pegou por minha causa. Tinha ouvido falar que um dos filhos reais tinha a bênção de Hulda e supôs que era ela.

— Talvez ela fosse fiandeira de ouro — disse ela. — Talvez esteja no sangue.

Ele ergueu a boca para o lado e ela teve que admitir que a possibilidade não era bem um consolo.

— Como você acha que ela era? — perguntou Serilda.

A expressão de Áureo se suavizou e ela soube que ele tinha pensado nisso com frequência desde que descobriu que a garota do retrato era irmã dele.

— Boba — disse ele. — Eu acho que ela era muito boba. Sei que o pintor tentou fazer com que ela parecesse adequada, mas acho que isso não estava certo. Consigo imaginá-la sentada por horas, ouvindo alguém mandar que ela ficasse parada, que não se mexesse tanto. Mas não era da natureza dela. — Ele começou a sorrir enquanto falava, mas, na mesma hora, a expressão se fechou de novo. — Mas eu só estou inventando isso. Quem pode saber como ela era?

Áureo baixou as mãos para as laterais do corpo. Serilda as segurou e entrelaçou os dedos com os dele.

— Ela ainda deve estar por aí, Áureo. Em algum lugar. Não perca a esperança.

A expressão dele ficou irônica.

— A verdade é que, quando olhei para o retrato dela, não senti que estava olhando para a minha irmã. A sensação foi de estar olhando para uma estranha. — Ele suspirou. — Ela não está por aqui, mas *você* está. — Ele colocou a mão com carinho na nuca de Serilda e passou o polegar pela mandíbula. — Você é tudo que importa pra mim.

— Não diz isso...

— É verdade. Você quer que eu tenha esperança? Essa é a minha esperança. Você e eu, Serilda. Longe desses castelos assombrados. Em algum vilarejo, dançando ao sol, contando histórias em um bar. Talvez seja impossível, mas... talvez seja tudo que me resta.

Uma lágrima escapou dos cílios dela.

— Áureo, eu...

Manfred limpou a garganta e até bateu de leve na porta antes de abri-la.

— Sinto muito — disse ele, a voz mais rouca do que o habitual. — Eu dei seis minutos a vocês. Acho que não seria sábio dar mais.

Serilda baixou a cabeça. Fungou. Soltou-o devagar.

Áureo deixou as mãos caírem para a lateral do corpo.

Eles trocaram um olhar prolongado antes de ela se permitir ser levada.

CAPÍTULO

Vinte e nove

POUCO TINHA SE FALADO DA CAÇADA DESDE A CHEGADA EM Gravenstone, e Serilda tinha começado a ficar com medo de os caçadores não saírem na Lua da Colheita. Mas, quando o sol se pôs e o luar passou pela copa do amieiro, para o alívio de Serilda, a caçada parecia ansiosa para partir. Os cães estavam praticamente salivando, puxando as correntes para se soltarem. Os cavalos também trotavam com animação ao serem levados para a colunata que funcionava como limite entre o castelo e a floresta.

Serilda viu Agathe no meio deles. A mestre de armas vinha evitando Serilda desde a traição e naquela noite não foi diferente. Agathe manteve o olhar focado no portão, virada resolutamente de costas para Serilda.

O Erlking e seu corcel foram os últimos a passar. Ele parou e observou Serilda, esperando do lado de fora da porta de pedra preta do castelo, segurando as mãos de Gerdrut e Anna.

— Eu vou saber se você tentar visitar o poltergeist de novo — disse ele.

Ela ergueu as sobrancelhas.

— E o que vai acontecer se eu for?

O olhar do Erlking desviou significativamente para a cavidade vazia no peito de Gerdrut e depois voltou a Serilda.

— Deixe-o em paz. O trabalho dele não está terminado.

Serilda inclinou o queixo na direção dos caçadores. Cada um agora usava correntes de ouro penduradas no cinto e saindo dos alforjes dos cavalos.

— A não ser que você esteja planejando zarpar para o Mar de Molnig pra capturar um kraken, desconfio que você tenha correntes suficientes pra qualquer besta que você possa encontrar.

O Erlking sorriu

— Eu sempre quis um kraken. — Ele se virou na sela. — Poderia viver no lago de Adalheid.

Serilda bufou.

— Espero que vocês todos se afoguem.

O sorriso dele se alargou.

— Vou correr esse risco uma outra noite. Nós temos um prêmio diferente em mente pra essa caçada.

Serilda percebeu que ele queria que ela perguntasse o que era, e foi precisamente por isso que ela não perguntou. Ela fez uma reverência desanimada.

— Então, boa caça e já vai tarde, meu senhor.

— Com que rapidez o calor do amor precoce se apagou — disse ele. — Que pena.

Com isso, ele tirou o chifre de caça do cinto e soltou o grito lamuriante. Segundos depois, o Erlking e a caçada tinham partido.

Nickel olhou para Serilda.

— Eu não ligo para o que ele planeja fazer com a gente. Adoraria ir visitar o poltergeist.

Serilda soltou a mão de Gerdy para bagunçar o cabelo de Nickel.

— Eu também adoraria visitá-lo. Infelizmente, eu ligo para o que Sua Obscuridade faria com vocês e não vou correr esse risco. — Ela inclinou a cabeça para trás para olhar para o guarda-chuva de galhos de árvore brilhando em prateado no luar. — Mas seria uma pena perder uma noite tão perfeita com a caçada finalmente longe. O que faremos?

— Ah... vamos jogar pique-esconde! — sugeriu Fricz. — Pensa em quantos lugares ótimos de esconderijo tem aqui.

Hans franziu a testa para a entrada do castelo.

— Até demais, você não acha? Nós nunca nos encontraríamos. Gerdy ficaria perdida até o Dia de Eostrig.

— A gente pode limitar até onde ir — sugeriu Anna. — Talvez só no pátio?

O pátio ficava no centro do castelo, logo depois da primeira colunata, e era fácil de achar porque era onde o amieiro crescia. De qualquer lugar no castelo, dava para virar a cabeça para cima ou olhar por uma janela e ver o tronco enorme indo na direção do céu. Era um ponto de referência útil, o que Serilda descobriu enquanto navegava pela fortaleza enorme.

Uma área de raízes enormes parecia um ninho de víboras na base do amieiro e só um caminho estreito de pedras quebradas acompanhava o muro externo. De perto, a doença da árvore ficava ainda mais aparente. A casca estava se desmanchando, seca. Os galhos mais baixos pendiam sem vida na direção do chão, muitos escuros e sem folhas. Assim como na campina fora da muralha do castelo, uma camada de folhas frágeis enchia o pátio embaixo do amieiro.

Havia algumas estruturas espalhadas na parte mais distante do pátio: depósitos e estábulos, uma ferraria grande, um poço de água e outras coisas do tipo.

— Bem — começou Hans, coçando a nuca —, não há muitos esconderijos, mas acho que vamos ter que nos virar.

— Eu sei! — gritou Gerdrut, se balançando nos pés. — Vamos brincar de Treze! A gente não brinca disso tem um tempão.

Essa sugestão foi recebida com aprovação exuberante, e em segundos Serilda tinha sido escolhida como quem procuraria. Ela fechou os olhos e fez a contagem regressiva de treze até um, ouvindo o barulho rápido de passos enquanto as crianças corriam para procurar esconderijos.

— Três… dois… um!

Ela abriu os olhos. Serilda procurou ao redor, tentando ouvir movimentos e risadinhas reveladoras. Gerdrut era quase sempre a primeira a ser encontrada, pois simplesmente não tinha aprendido a ficar parada por tempo suficiente. Anna costumava vir logo depois.

Mas, de onde estava, perto da porta de pedra, Serilda não viu ninguém.

Ela puxou a barra da saia, deu três passos enormes na direção do pátio… todo o movimento permitido a ela.

Nenhum sinal das crianças.

— Tudo bem, vou contar de novo — gritou ela, fechando os olhos. Desta vez, começou no doze.

Na mesma hora, o ruído de pés foi ouvido quando as crianças correram dos esconderijos e foram bater em Serilda enquanto ela contava. Ela sentiu as mãozinhas tocando nela e depois cada um saiu correndo para procurar um novo abrigo.

— Um!

Ela abriu os olhos e procurou. Não viu ninguém.

— Hum — disse ela alto, as pontas dos dedos tocando nos lábios. — Onde eles podem estar?

Desta vez, ela usou seus três passos para ir até a esquerda. Ainda nenhum sinal das crianças.

— Prontos pra irem de novo? — disse ela. A contagem ficou mais curta, com apenas onze segundos para as crianças saírem dos seus lugares, baterem em Serilda e encontrarem um novo lugar para se esconder.

Desta vez, quando abriu os olhos, ela teve certeza de que viu uma movimentação no meio de uma das raízes, mas, mesmo depois de dar os três passos, não conseguiu ver as crianças.

— Vocês são bons demais nesse jogo! — disse ela com uma risada.

Ela contou de novo a partir do dez.

E de novo a partir do nove.

Cada vez dando três passos grandes, fazendo um caminho lento e sinuoso em volta das raízes espalhadas. Cada vez procurando nos cantinhos que conseguia. Mas as crianças continuaram a enganá-la.

Ela começou de novo do oito.

Risadinhas e passos corridos. O toque de dedos antes dos passos se afastarem rapidamente.

— Dois... um!

Serilda abriu os olhos.

Um movimento chamou sua atenção. Um brilho de cachos dourados desaparecendo atrás do poço de água.

— Rá! — gritou ela, apontando. — Beicinho, grito e chucrute, estou vendo Gerdrut e ela está fora!

— Não! — gritou Gerdrut. — Você sempre me pega primeiro!

Serilda se virou quando Gerdrut saiu de trás de uma carroça vazia.

— Espera — disse Serilda, se virando para o poço. — Você estava... Eu te vi... — Ela franziu a testa e foi em direção ao poço. Embora soubesse que a figura que tinha visto era menor, ela chamou os gêmeos louros.

— Você nos viu? — disse Nickel quando ele e Fricz saíram de trás de dois barris que estavam lado a lado.

— Não, você não nos viu! — disse Fricz. — Você está trapaceando!

Serilda o ignorou. Ela acelerou o passo. Sua pulsação trovejou nos ouvidos.

Mas, quando ela contornou o poço... não havia ninguém lá.

Ela cambaleou para trás com um passo surpreso e encarou o chão cheio de folhas.

— O que foi? — perguntou Hans.

Ele, os gêmeos e Gerdrut estavam seguindo até ela. Anna, sempre teimosa, aparentemente se recusou a sair do esconderijo.

— Eu achei que tinha visto alguém — disse Serilda. — Uma garotinha...

Um tremor tomou conta dela. Podia ter sido...?

Talvez ela tivesse imaginado coisas. Talvez tivesse sido um truque do luar.

— Talvez tenha sido o fantasma da rainha — disse Gerdrut.

Todo mundo olhou para ela.

— Quem? — disse Serilda.

Gerdrut deu de ombros.

— É assim que eu a chamo. Algumas empregadas e eu recebemos ordens de tirar a poeira de umas tapeçarias semana passada e tinha uma de que eu gostei bastante. Tinha uma garota nela que eu acho que era mais ou menos da minha idade. Ela estava sentada em um trono, cercada de nachtkrapps. Só que, em vez de atacá-la, eu acho que eles eram bichinhos de estimação dela. — Ela puxou um dos cachos. — Parece meio assustador, mas não era. Me fez pensar que eu queria ter um bichinho. Eu acho que ela deve ter sido rainha daqui.

Serilda balançou a cabeça.

— Gravenstone nunca teve rainha. Só o Rei dos Antigos... e, bem, Perchta. A caçadora.

— Ah. — Gerdrut projetou o lábio inferior. — Então eu não sei quem era.

Serilda olhou de novo para o lugar vazio atrás do poço, mas não encontrou respostas.

— Se alguém vir ou ouvir alguma coisa sobre garotinhas ou fantasmas que não vieram conosco de Adalheid, vocês podem me contar?

As crianças prometeram que contariam e Hans inclinou a cabeça de um jeito curioso e olhou para o amieiro.

— Sou só eu que acho ou o amieiro parece diferente de quando a gente chegou?

Eles seguiram o olhar e observaram a árvore enorme, iluminada pela lua e pelas tochas. Serilda entendeu o que o garoto queria dizer. A casca estava cinzenta antes, mas agora tinha áreas de um branco vibrante, quase como uma bétula de papel. E, bem acima, depois dos galhos mais baixos, Serilda viu os primeiros botões de folhas novas começando a se abrir.

Eles ouviram Anna chamar do outro lado do pátio.

— Serilda! Pessoal, venham!

Eles trocaram olhares rápidos e saíram correndo atrás dela. Anna estava na passagem aberta de um dos estábulos, os olhos arregalados, uma vareta na mão.

— Talvez eu tenha feito uma coisa que não devia — disse ela, chegando para o lado para deixar Serilda passar.

O nervosismo borbulhou na mesma hora na boca do estômago de Serilda e ela entrou na escuridão do estábulo, onde havia luar suficiente entrando para ela ver as barras de uma jaula construída dentro de uma baia e, dentro, a forma adormecida do unicórnio branco.

Ela ficou paralisada.

O mais estranho não era a jaula, nem o unicórnio. Eram as flores. O chão de terra do estábulo estava coberto de folhas pequenas como grama e canteiros das flores brancas mais bonitas e mais delicadas.

— São campânulas-brancas? — sussurrou Nickel enquanto as crianças se reuniam em volta de Serilda.

— Parece que sim — disse ela.

Serilda se agachou para olhar melhor, tomando o cuidado de não pisar em nenhum botão. As campânulas-brancas eram as primeiras a aparecer no fim do inverno, as cabecinhas pendentes muitas vezes aparecendo no meio dos últimos bancos de neve. Era uma flor pequena e delicada, não ostentatória como a amada rosa, a exótica orquídea ou a peculiar edelvais, mas sempre tinha sido uma das favoritas de Serilda, pois eram a primeira a anunciar a chegada do sol e do calor.

— Só deveria haver campânulas-brancas daqui a meses.

— Fica mais estranho — disse Anna, a voz tremendo. — Elas... não estavam aqui. Antes.

— O que você quer dizer? — perguntou Serilda.

Anna engoliu em seco e escondeu as mãos nas costas.

— Eu vim me esconder, vi o unicórnio e achei tão *triste*. Ainda estava com a flecha do Erlking enfiada na lateral e... e eu achei que devia estar sentindo dor, então eu... — Ela exibiu uma das mãos e Serilda viu o que achou que era um graveto antes de reconhecer a flecha de ponta preta do Erlking, a que ele tinha enfiado em Pusch-Grohla, que forçou a transformação dela em unicórnio.

Serilda arregalou os olhos.

— Me dá isso aqui antes que você se machuque!

Uma irritação ficou visível no rosto de Anna, mas ela entregou a flecha sem discutir.

Serilda se virou para a jaula, esperando que a criatura tivesse voltado a ser a Avó Arbusto... mas, não, o unicórnio continuava ali, ainda dormindo, as pernas enfiadas embaixo do corpo e a cabeça inclinada serenamente na direção da terra.

— Não acordou, como achei que acordaria — disse Anna. — Mas isso aconteceu. — Ela indicou os pés.

Serilda balançou a cabeça.

— O que aconteceu?

— As flores. Elas não estavam aqui antes, mas começaram a aparecer por toda parte.

— Há, Serilda? Anna? — disse Fricz, espiando pela porta. — Essas não são as únicas.

Eles foram de volta para o pátio e Serilda colocou a mão sobre a boca. Um caminho se abria perante eles da porta do estábulo até a base do amieiro, coberta, não de campânulas-brancas, mas de açafrões ametista.

Gerdrut deu um gritinho e saiu correndo.

— Tulipas! — gritou ela, caindo de joelhos ao lado de um caminho de tulipas pintadas em tons de laranja e vermelho. Não muito depois, havia um caminho de flores em tons de rosa-pálido.

Nickel apontou para um canteiro de narcisos amarelo-manteiga.

Começou a parecer que eles estavam brincando de caça ao tesouro, cada passo os levando mais para longe da prisão do unicórnio, e cada passo revelando mais flores, como se estivessem brotando frescas da terra em resposta aos passos deles se aproximando. Finalmente, Serilda ficou imóvel e deixou seu olhar percorrer o pátio, vendo o primeiro galho de folhas verdes vibrantes surgir do solo na base da árvore ou aparecer entre as pedras irregulares dos caminhos do pátio. Elas se transformaram em momentos. De botõezinhos para flores abertas, tudo em questão de segundos. Mas a progressão não continuou até o ponto de murchar e cair e morrer. As flores ficaram vibrantes, enchendo o ar com o perfume da primavera.

Sob a Lua da Colheita, o pátio de Gravenstone se transformou de um lugar de decadência horrível a uma campina viva cheia de flores do campo, o amieiro no centro praticamente cintilando de magia renovada.

— Podemos colher algumas? — pediu Gerdrut com esperanças.

Serilda hesitou. Olhou para a porta do estábulo e para o lugar onde o unicórnio dormia. Pusch-Grohla ficaria zangada se eles colhessem algumas flores?

Ela olhou para as crianças, os rostos iluminados de surpresa.

Serilda assentiu enquanto guardava a flecha do Erlking em um bolso do manto.

— Peguem quantas quiserem. Encham nosso quarto de flores. Os aposentos dos criados também, qualquer lugar do castelo que precise ser alegrado. — Ela sorriu. — Uma recompensa dessas não pode ser desperdiçada.

CAPÍTULO

Trinta

A NOITE TODA, SERILDA E AS CRIANÇAS FIZERAM BUQUÊS DE FLORES DE primavera sob a Lua da Colheita de outono. Elas foram à cozinha buscar todas as tigelas e cálices que encontraram e fizeram arranjos vívidos que espalharam em alcovas por todo o castelo. Depois de um tempo até os criados fantasmas, envolvidos no milagre, abandonaram o trabalho para ajudar na tarefa.

Com o passar das horas, o pátio foi ficando cada vez mais exuberante, como se para cada flor colhida voltassem três no lugar, e logo a entrada, o grande salão, os aposentos dos criados e o quarto deles estavam cheios de botões de flores em todas as prateleiras, cornijas e degraus, até o castelo parecer transformado. Como um feitiço mágico, as flores deixaram os corredores sombrios e os aposentos sinistros parecendo espaços vibrantes, fragrantes e quase alegres.

Quando o céu começou a se iluminar com o sol chegando, as costas e as pernas de Serilda estavam doendo de um jeito que ela não lembrava nem de antes da maldição, Gerdrut tinha adormecido encolhida em um canteiro de miosótis e todos estavam reclamando de fome.

Um plano tinha acabado de ser organizado de eles irem para a cozinha comer o resto de ensopado e pão de alecrim quando o trovão do chifre de caça soou nos muros do castelo.

Serilda deu um suspiro pesado.

— Nada dura pra sempre.

A caçada entrou pela colunata, o rei na frente. Ao ver o amieiro e o campo de flores coloridas de primavera, seu rosto foi tomado de surpresa e ele fez o cavalo parar abruptamente.

Serilda cruzou os braços pudicamente na frente da saia e foi cumprimentá-lo, os sapatos no canteiro de trevo que tinha tomado o caminho.

— Bem-vindo de volta, meu senhor — disse ela enquanto os caçadores se reuniam em volta da árvore, surpresos. — Nós tivemos uma noite encantadora.

Uma sombra surgiu no rosto do Erlking. Sem dar atenção a Serilda, ele pulou do cavalo e foi em direção ao estábulo, onde o unicórnio estava enjaulado.

Serilda correu para acompanhá-lo.

— Espero que você não se importe de termos mandado alguns criados colocarem buquês nos seus aposentos. Eu não sabia bem de quais você gostaria, então escolhemos campânulas-brancas e lírios da mesma cor, para manter a paleta de cores claras. Mas tem muitas outras opções, como você pode ver, então, se preferir...

A porta se abriu com um ruído tão alto que Serilda deu um pulo.

O Erlking não entrou, só ficou olhando de cara feia para o unicórnio.

O animal não tinha se movido do local de descanso no chão da jaula, mas estava de olhos abertos agora, olhando de cara feia para o rei.

Ele se virou e encarou Serilda com uma expressão maligna.

— Onde está a minha flecha?

Serilda ergueu o queixo.

— Que flecha?

— A que tinha paralisado o unicórnio — rosnou ele.

— Ah. Aquela flecha. Foi retirada.

Ele chegou mais perto, usando a altura impressionante para intimidá-la. Mas essa tática tinha deixado de funcionar há muito tempo.

— Por quem?

— Pelos monstros.

A voz de Serilda não falhou. Seu olhar não oscilou.

A ira dele foi tomada de desconfiança.

— Explique melhor.

— As crianças e eu estávamos brincando pouco depois da partida da caçada e ouvimos um barulho neste estábulo. Viemos olhar a tempo de ver um alp puxando a flecha da lateral do unicórnio. Ele passou correndo por nós e, um segundo depois, um nachtkrapp veio voando dos galhos do amieiro, pegou a flecha, saiu voando e desapareceu por cima do muro do castelo. — Serilda apontou para um lugar arbitrário, por onde seu corvo noturno inventado tinha ido. — O alp foi atrás, mas eles pareciam estar trabalhando juntos. — Ela deu de ombros. — Depois disso, as flores começaram a crescer.

A mandíbula do rei se moveu. Um músculo tremeu no canto do olho. Serilda não se mexeu.

O Erlking olhou para trás do ombro dela.

— *Onde* está a flecha?

Ela se virou e fez uma careta ao ver as cinco crianças ali. Dava para notar no rosto delas... aquele momento de morder a língua e de fazer um esforço para não serem compelidas pela magia do Erlking e entregar a ele o que ele pedia.

Mas a pequena Gerdrut cedeu primeiro.

— Anna tirou do unicórnio!

— Eu não sabia o que ia acontecer. Só me senti mal por ele! — acrescentou Anna.

— Então Anna a entregou pra Serilda — admitiu Nickel, parecendo arrasado.

— E Serilda guardou no bolso — disse Fricz, com cara de raiva.

O Erlking fixou o olhar em Hans, que só deu de ombros.

— Vossa Obscuridade.

Com expressão de raiva, o Erlking abriu a mão para Serilda.

Ela deu um suspiro, tirou a flecha do bolso e entregou a ele. O rei a colocou na aljava e se virou, indicando para um dos caçadores.

— Mande os ferreiros construírem um arreio para o unicórnio. Por sorte, temos tanto ouro que podemos usar um pouco.

— É necessário? — perguntou Serilda. — As flores não estão fazendo nenhum mal.

Ele fez um ruído debochado.

— Flores são só o começo da magia incômoda dessa bruxa.

Serilda estava prestes a comentar que essa magia incômoda tinha revivido o amieiro, quando um urro estridente segurou sua língua.

— O que é isso?

A irritação do rei logo virou um sorriso arrogante.

— Nossa mais nova aquisição.

O resto dos caçadores finalmente apareceu enquanto o sussurro de luz do sol tocava nos galhos do amieiro. Os cavalos relincharam e bateram as patas no chão, os olhos indo na direção da besta no meio deles ao mesmo tempo que tentavam se afastar. O cavalariço, pela primeira vez, não se adiantou para pegar os cavalos dos cavaleiros, pois ele, junto do resto da corte que tinha se reunido para cumprimentar os caçadores, olhava com mandíbula frouxa para o prêmio.

— Isso é — sussurrou Hans — um *grifo*?

Enquanto olhava, Serilda sentiu a boca ficar seca. A besta tinha o dobro do tamanho do bärgeist, com músculos sinuosos cobertos de pelo dourado, duas patas imensas nas pernas traseiras e garras como adagas nas da frente. A cabeça majestosa de uma águia prateada era mais alta até do que o cavalo do Erlking, e Serilda conseguia imaginar que as asas, quando abertas, fariam a sombra de uma tempestade ao levantar voo.

Mas as asas estavam amarradas. O corpo do grifo, poderoso e magnífico, tinha sido amarrado do bico à cauda com camadas de correntes de ouro.

E ele estava ferido. Serilda podia contar uma dezena de flechas enfiadas nas costas e asas e uma mancha de sangue seco no pelo castanho. Mesmo assim, sabia que isso não teria o derrubado se os caçadores não tivessem conseguido passar as cordas de ouro em volta do bicho. Apesar das feridas e das manchas de terra em cima, sugerindo que ele tinha sido arrastado por uma grande distância, o grifo continuava lutando. Estava espumando pelo bico enquanto lutava contra as amarras, as correntes afundando na pele.

— E então? — disse o Erlking. — O que você acha? — A pergunta foi feita com leveza, como se ele tivesse levado para casa um cervo comum. Seu rosto estava iluminado de orgulho. O rei passou um braço pela cintura de Serilda, puxou-a para perto, e ela estava tão perplexa pela visão do grifo que mal reparou que o toque deixava uma sensação leve de gelo no vestido sujo de terra. — Novamente, te devo minha gratidão. — Ele curvou a cabeça e colocou os lábios na têmpora dela.

Serilda tremeu e se afastou. Todo o ser dela se irritou com o toque. Com a visão daquela besta fantástica dominada e atormentada. Outro prêmio doentio para Sua Escuridão se gabar.

— De que você está falando? — disse ela. — Eu não contei história nenhuma sobre um grifo.

— Você tem certeza? — disse ele com uma risadinha.

Serilda amarrou a cara. Sim, ela tinha certeza.

Mas algo no tom dele a fez hesitar.

Ela nunca tinha inventado mentiras ou dado dicas sobre um grifo. *Nunca*.

— Vossa Obscuridade — disse um caçador —, vai demorar para construirmos uma jaula que o contenha. O que devemos fazer com a besta até lá?

— Joga lá com o unicórnio. — Os olhos dele cintilaram, o tom cheio de diversão. — Eles podem ajudar a proteger nosso castelo dos espíritos malignos.

— Não! — gritou Serilda. — O grifo vai comê-lo vivo!

Ao ouvir isso, o Erlking caiu em risada, assim como vários sombrios.

Furiosa, Serilda apontou um braço para a besta, ainda gritando e puxando as correntes.

— Olha pra ele! Olha as garras! O unicórnio não vai sobreviver uma noite com aquela coisa!

— Ah, como eu adoraria vê-los lutarem até a morte — disse o Erlking. — Se bem que não tenho certeza se concordo com sua avaliação de quem sairia vitorioso.

Ele começou a gritar ordens para os caçadores e criados. Em pouco tempo, a grande besta estava sendo arrastada pela flora exuberante que cobria o chão, os gritos estridentes fazendo os pelos da nuca de Serilda se eriçarem.

Ela olhou para o unicórnio. Seus olhos escuros se encontraram com os dela e faiscaram, e Serilda quis poder adivinhar o que ele estava pensando e saber se ainda era Pusch-Grohla olhando por aqueles olhos escuros. Aquela besta ainda era inteligente, mal-humorada, determinada? Ou era só um cavalo mágico com o chifre quebrado?

Antes que Serilda pudesse ter alguma certeza, o unicórnio curvou a cabeça para longe e ela se sentiu absurdamente dispensada.

CAPÍTULO

Trinta e um

SERILDA BELISCOU O NÓ DE PÃO QUENTE À FRENTE, QUE SOLTOU fumaça e um aroma paradisíaco quando ela o abriu. Mas ela estava com pouco apetite. Estava começando a sentir que a vida com os sombrios era apenas uma grande celebração após outra... sempre em homenagem a algum evento grotesco.

É o equinócio invernal! Vamos caçar e devorar o banquete fornecido por esse vilarejo pitoresco à beira do lago, enquanto seus moradores se encolhem de medo dentro de casa!

Uma noiva mortal foi amaldiçoada e coagida a se casar com nosso Rei dos Antigos... vamos comemorar!

Uma das criaturas mais magníficas de todos os tempos foi trancada para nosso prazer de visitação... viva!

As sombras escureceram enquanto Serilda beliscava a comida e ouvia as melodias dedilhadas em um bandolim velho e em um cistre por um par de fantasmas com feridas abertas na barriga. Havia conversa em volta dela. O ar no castelo ficava teimosamente frio, apesar dos fogos que ardiam em múltiplas lareiras havia semanas. Pelo menos agora o ar tinha um leve perfume floral em todos os corredores.

— Não está gostando da nossa hospitalidade? — murmurou o Erlking, a respiração dele deslizando pela têmpora dela quando ele se inclinou para perto.

Serilda contraiu a mandíbula. Olhou para o próprio prato, onde os dedos tinham transformado o pão em uma pilha de migalhas macias.

Ela balançou os dedos na direção dos potes de manteiga com mel e pratos de ganso assado.

— Estou acostumada a refeições mais modestas.

O Erlking murmurou, pensativo. Depois de um tempo de silêncio, falou:

— A única comida que há em Verloren é a fornecida pelas oferendas do reino mortal. Orações feitas nos altares de Velos ou presentes enviados a entes queridos quando eles atravessam a ponte... — Ele riu, embora as palavras seguintes estivessem carregadas de ressentimento. — Como se poderia esperar, poucas oferendas sobravam para nós, demônios.

Serilda encarou o rei, se dando conta de que, em sua imaginação, em suas histórias, ela tinha pensado pouco sobre como o cativeiro devia ser para os sombrios antes de eles escaparem de Verloren.

— Você acredita que tomamos tudo como certo — prosseguiu ele. — Os banquetes, o vinho, a liberdade da caçada... cavalgar sob cada lua gloriosa. — Ele balançou a cabeça. — Mas está enganada. Quando se sabe como é não ter nada, não dá para tomar nada como certo. Eu garanto. Cada pedacinho de comida na nossa mesa. Cada nota dedilhada na corda de uma harpa. Cada estrela no céu. Pra nós, tudo é precioso. — O sorriso dele ficou curioso. — Não é um jeito terrível de encarar a eternidade. Você concorda?

Odiando concordar com qualquer coisa que ele dissesse, Serilda enfiou pão na boca. Depois de engolir, falou:

— Eu gostaria de ver meu corpo de novo. Pra saber como o meu... o nosso filho está crescendo.

— Você vai, na hora certa.

— Quando?

Ele pegou uma taça de vinho roxo e deu uma rodopiada.

— Quando eu acreditei que você era a fiandeira de ouro, você me convenceu de que seu filho herdaria a mesma habilidade. Agora, fico me perguntando se ele ou ela terá a bênção de Wyrdith. Se terá o talento de contar histórias da minha esposa.

Ela engoliu em seco, torcendo com cada osso dolorido do corpo para viver o suficiente para descobrir isso.

— Não sei.

O Erlking tomou um gole da taça.

— Houve uma época em que os deuses concediam seus dons vigorosamente aos mortais, embora tenha se tornado raro. Como você recebeu sua bênção? Duvido que tenha tido a ver com sua mãe ser costureira, como você me contou antes.

— Eu não quero falar sobre isso — disse Serilda. — Nem sobre Wyrdith, sobre minha mãe, sobre meu pai... Nada disso é da sua conta.

Ele bateu com a unha na mesa.

— Se você insiste, minha pombinha.

Ela fez um ruído de deboche.

— Devo contar sobre meus pais, então? — ele perguntou.

Serilda ficou imóvel. Lentamente, virou-se para ele, a testa franzida.

— Você está debochando de mim. Sombrios não têm pais.

O Erlking deu de ombros.

— De certa forma, temos. Nascidos de vícios e arrependimentos deixados por mortais quando passam pela ponte para Verloren, deixando que seus pecados afundem no rio envenenado... — Ele falou como se estivesse recitando poesia. — Dependendo do quanto os humanos foram maldosos, pode ser necessário que centenas de almas atravessem a ponte e deixem os pecados para trás para que um sombrio novo surja. Mas nós todos sabemos de onde viemos. Os trechos tristes e sofridos que rodopiaram pelas águas mortas antes de darem forma a... *nós*.

Ele pegou a faca de caça na mesa, já que ele não usava talheres comuns, e a girou nos dedos enquanto falava.

— Sabe Giselle, a mestre dos cães? Um dos mortais dela gostava de torturar animais, principalmente cachorros de rua. Ele os cegava e obrigava a lutarem uns com os outros. — Ele fez uma pausa e acrescentou: — Muitos dos integrantes da minha corte têm pedaços de humanos que foram apostar nessas lutas.

Serilda largou o último pedaço de pão, a repulsa embrulhando o estômago.

— Meus deuses...

O Erlking apontou a faca para a fila de caçadores sentados a uma das mesas compridas, um a um:

— Um mortal que batia na esposa e um que batia no cavalo, uma mulher que espancava os filhos. Um general militar que mandava que vilarejos inteiros fossem queimados até não sobrar nada, com as pessoas trancadas dentro de casa. Uma mulher que deu golpes em várias famílias pobres. O dono de mansão que se recusou a cuidar dos escravos, deixando-os para morrer de fome no meio de uma seca. E o de sempre. Trapaceiros, assassinos e...

— Chega — disse Serilda. Ela engoliu a bile na garganta. — Já ouvi o suficiente.

O Erlking, para a surpresa dela, ficou quieto.

Os dois ficaram em um longo silêncio enquanto o banquete continuava ao redor. Serilda encarou Agathe, que não sentava com os caçadores, mas com os fantasmas. Mas a mestre de armas logo afastou o olhar com expressão perturbada.

Quando o Erlking falou de novo, a voz dele estava baixa.

— Os vícios de apenas dois mortais se uniram para me fazer o que eu sou.

Ela engoliu em seco. Temendo o que ele poderia dizer, mas curiosa mesmo assim.

— Um rei — continuou ele — que ordenou a morte em massa de milhares de crianças do sexo masculino, pois uma vidente tinha lhe dito que um garoto ruivo seria seu fim, um dia.

Ela se sentou mais ereta. Era impossível não pensar em Áureo, embora aquele rei sem nome devesse ter vivido milhares de anos antes.

— E aconteceu? — perguntou ela. — Um garoto ruivo...

— Não — disse o Erlking, achando graça. — O rei morreu de doença do suor, a uma idade bem avançada. Mas já era tarde demais. Para as crianças.

Ela apertou a mão no peito oco.

— E o outro?

— Uma duquesa. Bem talentosa com o arco e flecha. — Ele fez uma pausa longa. — Na velhice, ela desenvolveu um gosto por usar mulheres, em geral pobres, mas que ela considerava mais bonitas do que ela... como alvo pra treino.

Serilda massageou a testa.

— Por que você está me contando isso?

— Porque você, minha bela rainha, não é Wyrdith.

Ela franziu a testa.

— Claro que eu não sou Wyrdith.

Ele curvou os lábios para um lado, mas havia uma tristeza incomum quando a encarou.

— Eu quero que a gente se entenda. Eu entendo por que você mentiu pra mim. Assim como entendo que você é mais do que suas mentiras.

Ao ouvir essas palavras, um calor estranho se espalhou por Serilda até chegar às pontas dos dedos das mãos e dos pés.

Você é mais do que as suas mentiras.

O Erlking virou a cadeira para a dela.

— Da mesma forma que você não é sua dádiva divina... Da mesma forma que não é sua mãe nem seu pai... *Nós* não somos os vícios que nos criaram.

Ela sustentou o olhar do Erlking por bastante tempo, debatendo se devia ou não dizer as palavras que subiram à superfície. No fim das contas, não pôde segurar.

— Então — disse ela lentamente — você *não* enfiou suas flechas na carne de mortais indefesos? E... você *não* matou crianças só porque se tornaram inconvenientes? — Ela balançou a cabeça. — Você está mesmo tentando me convencer de que não é mau?

Ela não tinha reparado que um muro entre eles estava se abrindo até desabar mais uma vez. O Erlking se encostou na cadeira e passou a ponta do dedo no pé da taça.

— Me perdoe por achar que você poderia entender.

Alguém pigarreou e atraiu a atenção deles para além da mesa. Agathe estava ali, com a cabeça baixa.

— Perdoe a interrupção, Vossa Obscuridade. Seria possível roubar sua rainha por um momento breve?

— Para quê? — perguntou o Erlking.

Agathe fixou um olhar direto nele.

— Eu traí a confiança dela. Sinto que devo um pedido de desculpas.

— Um sentimento tão mortal. Tudo bem. — Ele balançou a mão na direção dela e olhou para Serilda. — Se você estiver interessada em ouvir, claro.

Serilda apertou as mãos embaixo da mesa. Ela não estava particularmente interessada, não. Mas não podia ser pior do que *aquela* conversa.

Ela empurrou a cadeira para trás e se levantou. Não olhou para Agathe enquanto saía da sala, mas ouviu o barulho suave das botas da mulher atrás de si.

Serilda entrou em uma sala de jogos e cruzou os braços sobre o peito.

— Se ele quiser saber sobre o que conversamos — disse Agathe —, não terei alternativa além de contar.

— Eu sei disso — disse Serilda. — Mas parece que você nos entregou voluntariamente da outra vez.

A expressão de Agathe não foi assombrada nem de culpa, como Serilda poderia esperar. Ela pareceu determinada.

— Ele é mesmo o príncipe?

Serilda piscou.

— O quê?

— O poltergeist. Ele é o príncipe de Adalheid?

— Ah. Sim. É, sim.

Agathe foi até uma janela com vista para o pátio.

— O que mais você sabe sobre a família real?

— Eu achei que você estivesse aqui para se desculpar pelo que fez.

Agathe dilatou as narinas.

— Ainda não decidi se estou arrependida.

Serilda levantou os braços.

— Certo. Bem. Obrigada por me resgatar de uma conversa muito constrangedora com o senhor meu marido, mas, se você me der licença...

— Por favor — disse Agathe enfaticamente. — Eu não me lembro de *nada*. De alguns criados sim, mas do rei e da rainha? Um príncipe? Não consigo me lembrar deles. Eu pediria que você me contasse com quem eu fracassei quando os sombrios chegaram. Eu mereço saber.

— Por quê? Você não pode mudar o que aconteceu. Você só está se torturando.

Ela balançou a cabeça.

— Como é possível reparar um erro sem saber quais erros foram cometidos?

Serilda gemeu.

— E é só com isso que você se importa? Não com o fato de que me enganou? Ou que Áureo fiou tanto ouro que dá pra capturar todas as bestas do Bosque Aschen? Ou que você me deu esperança, esperança de verdade, de que aquelas doces crianças pudessem encontrar paz?

Quando Agathe falou, sua voz soou fraca.

— Eu gostaria que elas tivessem paz. *Todos* os espíritos que a caçada coletou. Quero paz para todos. Foi por isso que eu te traí.

Serilda se sentou em um divã.

— Você não pode acreditar que ele vai libertá-las só porque você pediu.

— Eu não confio nele, não. Mas... ele nunca ofereceu isso antes. E, se houver a menor chance de ele ter falado a verdade, tenho que aproveitar. Eu correria esse risco de novo. Você e o poltergeist, por todos os fantasmas de Adalheid. — Ela engoliu em seco, o movimento fazendo uma gotícula de sangue pingar do lenço. — Eu faria de novo, minha rainha.

— Não me chame assim.

— Então me conte sobre a minha verdadeira rainha.

Serilda massageou a têmpora e se perguntou se era seguro contar alguma coisa para aquela mulher que a tinha traído e a Áureo, sabendo que ela talvez corresse direto para o Erlking. Mas o Erlking já sabia a história de Adalheid, e sabia que Serilda tinha descoberto a maior parte. Que importância tinha, então?

— Eu sei bem pouco sobre a família real. Todas as lembranças foram apagadas da história. Todos os ancestrais, perdidos. Eu só sei que, durante a época em que você viveu em Adalheid, havia um rei e uma rainha, um príncipe e uma princesa. E, sim, Áureo é o príncipe. A princesa foi levada pela caçada, ele seguiu e disparou em Perchta e a matou, ou... pelo menos... deu a Velos a chance de reivindicá-la para Verloren. O Erlking ficou com raiva e atacou Adalheid para se vingar pela morte de Perchta. É tudo o que sei.

Agathe se virou para a janela.

— Quanto a Áureo — continuou Serilda quando o silêncio tinha se tornado insuportável —, você pode não achar possível ao olhar para ele, mas ele é habilidoso com uma espada, apesar de não ter lembranças de aprender a lutar. E ele disparou uma flecha no coração de Perchta uma vez, então devia ser arqueiro habilidoso também. — Ela hesitou antes de concluir: — É provável que *você* tenha ensinado a ele.

Agathe abaixou a cabeça.

— Sim — disse ela baixinho. — Suponho que sim.

Sentindo a primeira pontada de solidariedade, Serilda se levantou.

— Eu sei que Áureo sente a mesma responsabilidade que você. Ele acredita que o que aconteceu em Adalheid foi culpa dele. Que ele devia ter estado lá pra proteger todo mundo do castelo quando os sombrios chegaram. Mas *não é* culpa dele. E também não é sua.

Agathe riu sem humor.

— E você? Você se culpa pelas mortes das cinco crianças, mas foi o Erlking que as sequestrou. Foram os monstros deles que as mataram.

— Foram as minhas mentiras que as tornaram alvo. *Você* foi amaldiçoada pelo deus das histórias? Todas as palavras que saem da *sua* boca colocam todo mundo que você ama em perigo? — Serilda apertou as mãos nas laterais do corpo e percebeu de repente que estava tremendo. — Diferentemente de você e Áureo, eu *tenho* culpa por boa parte do que aconteceu. E aqui estou eu. A Rainha dos Antigos. — Ela balançou a cabeça. — Impotente para ajudar, como sempre.

— Impotente? — disse Agathe. — Eu vi como você fala com Sua Obscuridade. Você é teimosa, corajosa e...

— E vou fazer todo mundo acabar sendo morto — disse Serilda. Um segundo depois, ela murchou os ombros. — Eu já fiz todo mundo ser morto.

— Me escute — disse Agathe, andando na direção dela. — Você não contou uma vez uma história que abriu um buraco no tecido do véu?

Serilda franziu a testa, pensando no dia em que foi a Adalheid sabendo que quatro de suas amadas crianças já estavam mortas, mas ainda determinada a salvar Gerdrut.

— O buraco já estava no véu. A história só... o revelou.

— Pra você? E só pra você? Isso é um poder.

Serilda balançou a cabeça.

— Não, é... é outro truque. Outra armadilha. Outra maldição, se você quer saber minha opinião.

Só que, enquanto falava, ela não teve certeza. Ela mudaria alguma coisa naquele dia? Sua determinação em enfrentar o Erlking e pedir a libertação da pequena

Gerdrut? Ainda que, no fim das contas, tivesse falhado... Serilda não sabia se agiria diferente, mesmo agora.

Porque ainda havia esperança, ela se deu conta.

Uma esperança patética e desesperada. De que de alguma forma ela pudesse obter liberdade para as crianças. Para Áureo. Para si mesma e para o bebê.

De alguma forma.

Ela imaginou ouvir o Erlking rindo dela. *Mortal patética e tola.*

— Lady Serilda — disse Agathe —, eu não desejo ser sua inimiga. Você e eu estamos lutando pela mesma coisa. A liberdade de almas inocentes que estão presas na corte dos sombrios... em parte por causa de como *nós* falhamos com elas.

Serilda engoliu em seco.

— Ele não vai libertá-las, Agathe. Não vai fazer nada que não seja dos interesses dele. Você deve saber disso.

— Você está certa. Mas, no fundo do coração, eu sei que ele falou a verdade. Na Lua do Luto, ele vai libertar as almas. Todas.

Serilda não sabia se podia confiar em Agathe, mas, se a mestre de armas estivesse mentindo, ela era tão confiante como se também tivesse sido abençoada por Wyrdith.

— E se ele libertar? — perguntou Serilda, abrindo bem as palmas das mãos. — Qual será o custo disso? Porque eu garanto, seja qual for a barganha que esteja fazendo... ele pretende sair vitorioso.

CAPÍTULO

Trinta e dois

NORMALMENTE, SERILDA PREFERIA A SOLIDÃO EM SEU ANIVERSÁRIO.
O dia era tão próximo da Lua do Luto, o aniversário do desaparecimento da sua mãe, que trazia consigo uma tristeza que Serilda abraçava. Não adiantava fingir que ela não estava triste por ter crescido sem a mãe, mesmo tantos anos depois.

Mas, quando era jovem, seu pai se esforçava para distraí-la e entretê-la no aniversário. Planejava viagens para os festivais de colheita em Mondbrück e horas pescando na beira rio e piqueniques vespertinos nos pomares, embora o moinho estivesse mais ocupado do que nunca e o clima induzisse arrepios.

Mesmo que tudo o que Serilda quisesse fosse se sentar debaixo da aveleira da sua mãe e sentir uma espécie de pena de si mesma por uma ou duas horas.

Agora, tudo que ela queria era fazer um piquenique com o pai uma última vez.

Ela havia passado a noite anterior lamentando que, quando as crianças arrumaram suas coisas em Adalheid, ninguém tinha pensado em levar o livro de contos de fadas que Leyna lhe dera. Estava desesperada por uma história para levá-la para longe daquele lugar. Por isso, decidiu procurar a biblioteca novamente, embora significasse enfrentar a jornada pela rotunda lunar.

Desta vez, quando ela passou, algumas dezenas de fantasmas e sombrios estavam trabalhando arduamente, cortando as trepadeiras persistentes e tirando baldes cheios de escombros da caverna. Serilda via as luzes dos lampiões pendurados depois da entrada e ouvia o som de ferramentas de metal batendo na pedra bem dentro da caverna. Ficou tentada a parar e perguntar o que estavam fazendo, mas não quis incomodar. E, para ser honesta consigo mesma, ela estava com medo de ouvir aquela voz novamente. Seu pai, chamando-a de dentro daquelas sombras insondáveis, quando ela sabia que não era ele. Não podia ser.

Passou apressada, sem falar com ninguém e mantendo o máximo de distância entre ela e a abertura da caverna que pôde.

Depois disso, encontrou a biblioteca sem incidentes, e era tudo o que ela poderia ter esperado. Prateleiras e mais prateleiras de livros de capa de couro, cada um escrito e colorido meticulosamente à mão, as lombadas estampadas em ouro, alguns tão velhos que as páginas estavam frágeis. Também havia pergaminhos, e feixes soltos de folhas e maços de mapas antigos desenhados em peles de animais esticadas. Grimórios e bestiários, livros sobre alquimia e matemática e astronomia.

Depois de horas subindo e descendo as escadas bambas, Serilda tinha acumulado uma pilha de títulos intrigantes: contos de fadas e mitologias e um estudo fascinante sobre como as interpretações artísticas dos antigos deuses mudaram ao longo dos séculos. Ela se acomodou em um divã macio ao lado da janela, de onde podia ver o amieiro lá fora, as folhas ainda de um verde profundo, mesmo enquanto a floresta além ficava carmim e dourada. O amieiro parecia mais saudável a cada dia, embora as flores da primavera tivessem começado a murchar e desbotar em sua sombra.

Serilda acabara de ler um conto da distante Isbren sobre uma garota que se apaixonou por um urso de gelo quando ouviu passos no corredor. Fechou o livro na hora que a figura esguia do Erlking apareceu na porta.

— Aqui está minha esposa desaparecida — disse ele. — Perdida em um livro. Eu deveria ter adivinhado.

— Estava me procurando? — perguntou ela, devolvendo o livro para a estante onde o havia encontrado.

— Acabei de ver o poltergeist — disse ele, entrando na sala e olhando as estantes como se fossem amigos há muito esquecidos. — Achei que você gostaria de saber que eu finalmente tenho tudo que preciso.

Serilda balançou a cabeça.

— Você capturou um grifo. Um unicórnio. Um tatzelwurm. O que mais poderia querer?

O Erlking riu.

— O mundo todo, meu amor.

Ela fixou-o com um olhar intenso.

— Ninguém devia poder ter *o mundo todo*. Nem mesmo você.

— Por que limitar sua imaginação? — disse ele, sorrindo.

Serilda esperava que ele fosse embora agora que havia feito essa provocação irritante, mas, em vez disso, ele se sentou em uma poltrona e apoiou as botas em um pufe. Algo no humor do rei a deixou tensa. Desde que chegou em Gravenstone, o Erlking muitas vezes exibia um ar melancólico. Serilda não sabia como interpretar. Estaria relembrando sobre Perchta, sonhando com a hora em que ela estaria com ele novamente? Ou era só algo naquele castelo que pesava na alma de uma pessoa, amortecendo toda a sensação de brilho, de alegria?

Mas, naquele dia, havia uma jovialidade incomum nos movimentos do rei, um brilho em seus olhos que a deixou inquieta.

— Eu também estava falando com seu mensageiro esta manhã — continuou o rei —, e ele me contou uma notícia interessante. Acontece que hoje é a data de nascimento da nossa bela e amada rainha. — Ele levantou uma sobrancelha para ela. — Que crueldade você não me avisar. Eu estava preparando um presente especial para lhe entregar na Lua do Luto, mas acho que devo dá-lo a você mais cedo. Mandei uma mensagem para que seja trazido até nós.

— Eu deveria me preocupar? — murmurou ela. — Historicamente, seus presentes não foram bem recebidos.

O Erlking riu.

— É apenas um presente, de um rei para sua rainha. Nada mais.

— Não há nada que você possa me dar que eu queira.

— Como vocês, mortais, podem ser ingratos. Além disso, nós dois sabemos que isso não é verdade.

Ela fixou nele um olhar irado.

— Tem razão. Você vai quebrar minha maldição? Libertar as almas dos meus atendentes? E do resto da sua corte? Ou mesmo do poltergeist? Você faria isso, se eu pedisse? É *mesmo* o meu aniversário, afinal.

Embora Serilda estivesse tentando provocá-lo, o Erlking se recostou e apoiou a bochecha nos dedos, imperturbável.

— Se eu fizesse *todos* os seus sonhos se tornarem realidade, o que eu poderia dar a você no ano que vem?

— Ano que vem? Que otimista da sua parte.

— Não descarte minha generosidade tão rapidamente, meu amor. — Ele cruzou as pernas. — Eu me pergunto. O que *você* sacrificaria para que seus doces atendentes mirins ganhassem liberdade?

Serilda amarrou a cara.

— Essa é a questão sobre presentes. Normalmente, não é necessário que se faça *sacrifícios* por eles.

— Isso não é uma resposta.

Ela balançou a cabeça.

— O que você quer que eu diga? Que eu daria qualquer coisa, meu coração e minha alma e tudo o que eu sou, para vê-los livres?

O rei deu de ombros.

— Isso é verdade?

Ela bufou, em deboche.

— Você é desprezível. Por usá-los contra mim. São *crianças*. Não fizeram nada pra merecer estar aqui.

— Sim, bem... talvez um dia você e eu cheguemos a um acordo.

Um som distante fez os braços de Serilda se arrepiarem. Um uivo longo, cantado. Ela olhou para a porta.

— Você ouviu isso?

— Ah, sim — disse o Erlking, parecendo entediado. — O lobo está assim a semana inteira. Você não percebeu?

Serilda olhou para ele.

— O lobo?

— Velos, guardando os portões de Verloren — disse ele, como se eles estivessem discutindo a confeitaria na praça da cidade. — Esta biblioteca fica bem perto dele.

— Velos... guardando... — Serilda queria perguntar mais, mas as palavras sumiram.

O Erlking suspirou.

— Conforme a Lua do Luto se aproxima, Velos vai ficando inquieto, agora que os portões foram abertos mais uma vez. — Ele sorriu melancolicamente. — Espero que ele nos faça uma visita.

As palavras de Serilda saíram pouco mais altas que um sussurro.

— Gravenstone cresceu fora dos portões de Verloren e o amieiro que brotou de suas profundezas. — Ela se virou na direção da rotunda lunar. A caverna. Os espinheiros. Os sussurros.

A voz do pai dela...

— Venha — disse o Erlking, levantando-se e estendendo a mão para ela. — Vejo que você está intrigada. Vou te mostrar.

— Err... não. Obrigada. Estou bem satisfeita aqui, com minha poesia e meus contos de fadas.

O Erlking deu um passo para mais perto.

— Está lendo contos de fadas, filha do moleiro? Ou vivendo um? — Ele se inclinou para mais perto, a voz caindo para um sussurro, zombando das palavras dela para ele na masmorra. — São só os portões para a terra dos perdidos. O que teme que aconteça?

Serilda olhou para ele. E, com uma longa inspiração, lhe deu a mão.

Eles não tiveram que caminhar muito até a rotunda. Os fantasmas e os sombrios que ela tinha visto antes tinham ido embora e a sala estava silenciosa de um jeito nada natural, como se as paredes estivessem tentando ouvir os uivos e sussurros e vozes que ecoavam de baixo. A sala era tão magnífica quanto ela lembrava, com suas paredes imponentes e o teto circular de vidro, o mural de estrelas e luas espalhadas em todas as direções. Mas quando o olhar de Serilda caiu na abertura da caverna, uma onda fria varreu sua pele.

Desta vez, a entrada estava desobstruída. Ainda havia espinheiros emergindo das profundezas, espalhando-se pelas paredes como um kraken subindo das profundezas do mar, os espinhos rasgando a pedra e a madeira. Mas todos aqueles que estavam entrelaçados na abertura tinham sido cortados e removidos. Agora, dava para entrar direto por aquele buraco.

Ela pensou em todos os fantasmas que estavam trabalhando antes. Nos sons de cinzéis e picaretas ecoando das profundezas. Estavam eles abrindo caminho para Verloren?

Mas... *por quê?*

Serilda ousou se aproximar apenas o suficiente para ver uma escada estreita que ficava além da entrada, os degraus irregulares cortados em pedra e descendo íngremes até sumirem. Havia um lampião pendurado na parede da caverna, mas estava apagado, e a luz da rotunda mal penetrava na escuridão além. Ela esperava que o ar que subia do vazio fosse úmido e rançoso, que cheirasse a podridão. Em vez disso, tinha o mesmo cheiro de todo o resto do castelo: solo fértil e fumaça de madeira.

— Eu imaginaria que os portões de Verloren seriam mais grandiosos, de alguma forma — murmurou ela, sentindo-se estranhamente decepcionada.

— Ah, esse não é o portão.

Serilda se virou para ele.

— Mas você disse...

— Essa escada leva até os portões. Tem uma câmara lá embaixo. Isso estava desmoronado quando chegamos, desconfio que devido à magia de Pusch-Grohla. Essa câmara marca o fim do meu domínio. Atua como uma barreira entre o mundo superior e Verloren. Depois disso... o portão. A ponte. — Ele moveu a mão lânguida em direção à abertura. — A terra dos perdidos.

— Você está trabalhando pra abrir um caminho de volta pra essa câmara, para o portão — disse Serilda. — Mas por quê? Algo não poderia... sair de lá?

— Suponho que sim, se conseguissem passar pela ponte. Mas eu diria que Velos aprendeu há muito tempo a mantê-la mais bem protegida.

— Vossa Obscuridade? — Uma costureira fantasma com um crânio ensanguentado e afundado estava em uma das portas da rotunda, segurando uma caixa grande. — Como requerido.

— Minha gratidão. — O Erlking avançou e pegou a caixa dela. Aliviada de seu dever, a costureira girou rapidamente nos calcanhares e saiu apressada. O Erlking voltou até Serilda com euforia nos olhos. — Seu presente.

Serilda olhou para a caixa. Estava envolta em tecido transparente, um raminho de bagas de azevinho amarradas em um laço preto.

— Bagas venenosas — disse ela. — Que... fofo.

As pontas dos dentes dele brilharam.

— Prossiga.

Serilda prendeu a respiração quando puxou o azevinho com as folhas de pontas afiadas e desamarrou o laço. A fita caiu no chão. Ela colocou as mãos em torno da tampa da caixa e levantou.

Dentro, encontrou um veludo vermelho-sangue delicado. Deixou que os dedos dançassem na superfície, sentindo o tecido macio. Segurando as dobras, ela o tirou da caixa. Uma cascata carmim despencou até o chão. Pele preta macia por dentro, veludo vermelho do lado de fora, todas as barras bordadas com desenhos intrincados de delicadas flores de lírio do vale.

Era a peça de roupa mais bonita que ela já tinha visto. Um manto de inverno adequado para a realeza.

Deixando a caixa de lado, o Erlking alcançou o fecho no pescoço de Serilda. Assim que foi aberto, ela ofegou e se afastou, segurando o manto de veludo sobre um braço enquanto agarrava o tecido do manto velho e amado com a outra mão.

— Você não precisará mais disso — disse o Erlking. — Minha rainha não precisa usar algo tão esfarrapado e gasto.

Serilda engoliu em seco e olhou para a lã cinza. Seu pai tinha comprado o manto para ela em Mondbrück anos antes, e tinha sido uma companhia constante. Era quente o suficiente no inverno e confortável durante grande parte do outono e primavera. Sim, estava esfarrapado. Áureo até tinha remendado um buraco no ombro, onde a garra de um drude o havia perfurado. E, sim, cheirava um pouco a Zelig, seu velho cavalo, que ela esperava que agora estivesse vivendo uma vida pacífica nas pastagens perto de Adalheid.

Sim, aquele manto era adequado para uma camponesa. Para a filha de um moleiro.

Não para a Rainha dos Antigos.

Mas o buraco no seu peito se abriu quando o Erlking o pegou dela. Ele jogou a lã cinza ao lado da caixa vazia, depois colocou a capa nova em volta dela com um floreio. O peso se acomodou nos seus ombros. Houve um ar estranho de finalidade quando ele afixou o fecho no pescoço dela.

— Muito melhor — sussurrou ele. — Gostou?

Serilda passou as mãos pelo veludo. Nunca na vida ela tinha sonhado que usaria algo tão requintado.

Nunca na vida se sentira tão indigna.

— Já vi mais bonitos — disse ela.

O Erlking sorriu, porque ele sabia que ela era mentirosa.

— Eu gostaria que você o usasse na Lua do Luto.

Ela olhou para cima, assustada.

— Vou cavalgar com a caçada?

Ele pousou as mãos nos braços dela, e o peso delas junto com a pele deixou a capa estranhamente sufocante, mesmo naquele castelo frio.

— Não, amor. Meus caçadores e eu temos algo ainda mais magnífico em mente.

CAPÍTULO

Trinta e três

— SURPRESA! — GRITARAM CINCO VOZES ALEGRES ASSIM QUE SERILDA pisou em seus aposentos. As crianças estavam reunidas em torno de uma escrivaninha pequena, onde havia uma travessa cheia de bolos de nozes com mel, a sobremesa preferida de Serilda.

Imediatamente, o peso da tarde sumiu.

— O que é isso?

— Uma festa de aniversário! — gritou Fricz.

— *Sua capa!* — gritou Gerdrut, correndo para sentir as dobras de veludo. Serilda ficou feliz em abrir o fecho e colocar o tecido sobre Gerdrut, deixando que a cobrisse como uma colcha. A garota gritou, escondida. — É tão macia!

— É *mesmo* magnífica — concordou Serilda. — Um presente de aniversário de Sua Escuridão. Não sei bem como me sinto sobre isso.

Gerdrut saiu de debaixo do tecido, mas o manteve enrolado em volta do corpo, o excesso se acumulando no chão.

— Posso usar, se você não quiser.

Serilda riu.

— Por enquanto, considere sua. — Ela ainda segurava o pacote de lã cinza. — Anna, por favor, mande lavar meu manto velho e depois o guarde? O Erlking queria entregá-lo às empregadas e cortá-lo em trapos, mas insisti que tinha muito valor sentimental.

— Claro — disse Anna, pegando a capa da mão dela. — Farei isso amanhã.

Eles se sentaram para saborear os bolos, que as crianças haviam pedido ao pessoal da cozinha semanas antes para garantir que não acabassem com o estoque de nozes que tinham levado de Adalheid antes do aniversário da rainha.

— Isso é tão atencioso — disse Serilda. — Eu gostaria de poder dar a vocês algo que fosse tão especial quanto.

— Sério? — disse Fricz. — São só bolos. Não foi nem a gente que fez.

— Além disso, você nos conta histórias — disse Nickel. — Isso é bem especial.

O sorriso de Serilda ficou triste. Ela queria ainda poder pensar em suas histórias como o dom que achava que eram antes em vez do fardo que tinham se tornado.

— Também tenho uma coisa pra você — disse Gerdrut, enfiando a mão no bolso. — Um belo presente para Vossa Luminância! — Seu sorriso estava brilhando quando ela ergueu a mão. Nos dedos, segurava um anelzinho de ouro.

Serilda o pegou da mão dela e, quando o virou para a luz das velas, o ar ficou preso em seus pulmões.

Gravado no ouro havia um desenho familiar. Um tatzelwurm enrolado na letra *R*.

— O anel do Áureo — sussurrou ela. — Você esteve com o poltergeist? Ele te deu isso?

— Não — disse Gerdrut, confusa. — Eu encontrei. Naquele corredor com todas as tapeçarias. Me mandaram varrer o chão e eu o encontrei preso em uma fresta atrás de uma perna de mesa, coberto de poeira. Está bem polido, eu acho. — O sorriso dela ficou ainda mais orgulhoso.

— Sério? — disse Serilda. — Você o encontrou aqui? — Ela tentou colocá-lo, mas o anel entalou na primeira junta.

— Eu sei que é pequeno — Gerdrut acrescentou rapidamente —, mas achei que talvez você pudesse colocá-lo em uma corrente. Talvez… talvez Áureo pudesse preparar uma pra você, sei lá.

Serilda a puxou para perto e deu-lhe um abraço forte.

— Eu amei. Obrigada. Até eu conseguir uma corrente, você pode guardar pra mim? — Ela pegou a mão de Gerdrut e colocou o anel em um dedo. — Serviu certinho.

A criança ficou vermelha.

— Tem certeza?

— Eu não o confiaria a mais ninguém.

Gerdrut juntou as mãos na frente do peito.

— Eu vou protegê-lo, eu juro.

Serilda assentiu.

— Tenho mais um pedido. Assim que tivermos terminado essa sobremesa magnífica… você me levaria pra ver essas tapeçarias?

*

OS LAMPIÕES E TOCHAS DE PAREDE E CANDELABROS ESTAVAM sempre queimando no castelo, e o salão das tapeçarias não era diferente. Havia três lustres enormes pendurado nas vigas altas em linha no centro da câmara impressionante, e um candelabro tinha sido posicionado entre cada tapeçaria, iluminando cada obra de arte com um brilho âmbar.

E eram obras de arte.

Serilda nunca tinha visto um trabalho tão habilidoso. Os fios eram muito delicados, e cada detalhe tecido era absurdamente real.

O mais peculiar, porém, era quantas das tapeçarias pareciam ter sido tiradas de uma história.

Uma história que Serilda havia contado. Em alguns casos, uma história que ela tinha *vivido*.

Uma horda de sombrios, com o Erlking na liderança, atravessando a ponte para Verloren enquanto um lobo negro enorme uivava das profundezas abaixo.

Perchta morrendo em frente ao Castelo de Gravenstone, uma flecha atravessada no coração, enquanto um principesco Áureo observava.

Áureo em sua roda de fiar, cercado por pilhas de palha enquanto fios de ouro brilhante emergiam na bobina.

O Erlking se preparando para enfiar um chifre fino em uma massa de raízes de árvore, enquanto um unicórnio branco observava com os olhos baixos.

E imagens que causaram arrepios na espinha de Serilda. Histórias que ela não conhecia.

Havia a tapeçaria sobre a qual Gerdrut lhe falara. A jovem princesa, que era, sem dúvida, a irmã de Áureo, sentada sobre um trono feito de espinhos, com uma coroa de ramos de salgueiro na cabeça. Ela estava cercada por monstros, mas, em vez de atacá-la, como os monstros da tapeçaria de Verloren estavam atacando o Erlking e Perchta, aquelas criaturas estavam reunidas perto da criança com respeito e deferência. Como se a protegessem.

A tapeçaria seguinte era uma das maiores do salão. Serilda teve que dar muitos passos para trás para que pudesse tentar captar a imagem de uma só vez.

À esquerda, estava o Erlking sob uma lua cheia brilhante. Havia montes de neve branca aos seus pés e na mão estava a ponta de uma corrente de ouro. Essa corrente se conectava a uma fileira de bestas que ocupavam o resto da tapeçaria.

Cada uma tinha a cabeça baixa, a postura demonstrando sua derrota enquanto o Erlking os dominava.

O basilisco.

A serpe.

O tatzelwurm.

O unicórnio.

O grifo.

Um lobo negro.

E, por último, uma ave de rapina de penas douradas, maior que qualquer águia ou falcão que Serilda já tinha visto.

Ela observou a ave por um longo tempo, suas entranhas se revirando.

O Erlking tinha cinco daquelas bestas.

Todas, menos o lobo e a ave de rapina.

O que aquilo significava? Por que ele estava colecionando aquelas sete criaturas magníficas, quando na verdade só precisava das correntes de ouro para capturar um deus na noite da Lua...

Os pensamentos de Serilda sumiram, substituídos por um zumbido distante que nublou sua mente, substituindo tudo de que ela tinha tanta certeza. Todo aquele tempo. O Erlking queria pegar um dos deuses antigos. O Erlking queria fazer um desejo. O Erlking queria trazer Perchta de volta a Verloren.

Mas não.

Ela não tinha compreendido totalmente.

Sete deuses.

Sete bestas.

Serilda engoliu em seco, inspecionando as imagens até não poder haver nenhuma dúvida de que não era uma ilustração de quaisquer sete bestas. Aquele era o mesmo basilisco do qual ela e Áureo fugiram. A serpe do grande salão de Adalheid. O tatzelwurm que tinha tentado roubar a estatueta de ouro de Leyna. O unicórnio que havia sido a líder das donzelas de musgo por séculos. O grifo que, apenas algumas semanas antes, tinha sido arrastado pelo portão daquele castelo.

Quem eram? O que eram? Se o unicórnio tinha sido humano... bem, quase humano, era possível que todos tivessem sido também? Poderiam voltar a ser se não estivessem presos por flechas envenenadas e correntes de ouro?

Seu olhar caiu sobre o lobo negro e ela se lembrou da história dos sombrios fugindo de Verloren, e dos uivos que podiam ser ouvidos ecoando do portão na rotunda lunar.

Velos. Velos se tornou um lobo.

Ela examinou os outros.

O unicórnio. Pusch-Grohla. Protetora da floresta, das donzelas e mães. Com a magia que trouxe as árvores de volta à vida, que encheu um pátio com tulipas e campânulas-brancas. Poderia ser Eostrig, deus da primavera e da fertilidade? Serilda nunca tinha ouvido nenhuma história conectando Eostrig e a Avó Arbusto, e a mulher velha, encarquilhada e esquelética não se parecia em nada com as ilustrações que ela tinha visto do deus, que costumava ser retratado como esbelto e magro, com mãos fortes e cabelo longo roxo-azulado. Dizia-se que Eostrig era delicado e intimidador. Obstinado, mas gentil.

Pusch-Grohla era intimidadora e obstinada, mas delicada? Gentil? Serilda fez uma careta só de pensar.

Mas, por outro lado... ela também não a teria imaginado se tornando um unicórnio, a mais graciosa das criaturas. E Pusch-Grohla sabia que Serilda estava grávida, havia mencionado sua "condição", muito antes da própria Serilda saber.

Ela observou o tatzelwurm em seguida, imaginando o brasão da família de Áureo. *Talvez esteja no seu sangue.* O tatzelwurm tinha sido atraído pela estatueta feita de ouro abençoado. Hulda. Hulda era a divindade patrona de Áureo. Hulda era... o tatzelwurm?

E o que o Erlking tinha dito para Pusch-Grohla? *Solvilde não está em posição de atender a orações desesperadas há muito tempo.* O basilisco ou a serpe, que tinham sido capturados pela caçada anos, talvez até décadas, antes. Serilda visualizou as sete janelas de vitral. Solvilde, vestindo laranja vibrante e azul, as mesmas cores das penas do basilisco. E Tyrr, com o rubi entre os olhos, como a serpe.

E Freydon...

O grifo. Devia ser.

Ela tinha certeza de que não tinha contado nenhuma história de grifo. Mas tinha contado a história de Wyrdith visitando Freydon para pedir respostas sobre a colheita terrível. *Nas planícies orientais de Dostlen, onde cuidava de um jardinzinho e passava as tardes pescando no delta do rio Eptanie.*

Outra história. Outra história ridícula. Outra abundância de verdades que traiu a localização de uma criatura mítica à caçada sombria. Uma criatura que era, na verdade... um deus.

Ela jamais contaria outra história, prometeu Serilda em silêncio. Não com tudo, *tudo* sendo transformado em vantagem para o Erlking.

As pernas dela tremiam quando chegou mais perto da tapeçaria e examinou a besta final.

Pensou novamente nas janelas de vitral em Adalheid e que Wyrdith costumava ser retratado com uma pena dourada na mão. Em forma de besta, Wyrdith era uma ave de rapina enorme com penas douradas brilhantes. Ela conseguia imaginá-lo, elegante como um falcão, implacável como uma águia. Mas ali, estava dominado. Ali, o Erlking tinha vencido.

— Por quê? — sussurrou ela. — Por que ele quer todos os sete?

— Serilda?

Ela olhou para as crianças e as viu a observando com olhos arregalados e temerosos. Eles também teriam percebido? Conseguiam ver o que aquilo significava?

Não. Serilda nem sabia se *ela mesma* entendia direito o que aquilo significava. Queria acreditar que era sua imaginação desgovernada. Ela tinha que estar enganada. Era só uma tapeçaria, não significava nada.

Mas ela sabia que estava certa. Seria capaz de tomar veneno, de tanta certeza que tinha.

— A gente precisa te mostrar uma coisa — disse Hans, uma mão tensa no ombro de Gerdrut.

— Não estava aqui antes — disse Gerdrut. — Eu juro. Eu não reparei antes... Eu teria te contado se tivesse visto isso!

Serilda levou um momento para se afastar dos sete deuses capturados com correntes de ouro e perceber que as crianças tinham ficado chateadas por um motivo diferente do dela.

— O que é?

Eles a levaram até o fim do salão, onde havia uma última tapeçaria pendurada no canto, quase intocada pelo brilho da vela.

Serilda levou um momento para perceber que estava olhando para um retrato de si mesma. Vestindo um traje de montaria preto e a capa carmim nova, com o cabelo preso, ela parecia mais a Rainha dos Antigos do que nunca. Mas não dava para confundir os aros dourados nos olhos. *Era ela.*

Ela estava na sala do trono de Adalheid, ladeada de duas colunas, cada uma envolta em entalhes de tatzelwurm. Em seus braços havia um bebê embrulhadinho.

Uma esperança ardeu dentro de Serilda.

Uma esperança brilhante e eufórica.

Era ela. Ela e o seu filho. Ela não estava morta.

Seus lábios tremeram e ela tinha acabado de ousar permitir um sorriso hesitante nos lábios quando Hans botou a mão no braço dela.

— Tem mais — disse ele, e ela se lembrou das expressões atordoadas das crianças. Não apenas atordoadas. *Horrorizadas*.

Fricz pegou um dos candelabros.

— Nós queríamos ver melhor — explicou ele. — E quando apontamos uma luz...

Ele levou o candelabro até estar diretamente na frente da tapeçaria, espalhando as sombras na parede.

Perante seus olhos, a tapeçaria mudou.

Não era mais Serilda segurando a criança.

Era a caçadora.

A Lua do Luto

CAPÍTULO
Trinta e quatro

SERILDA LIBERTARIA O UNICÓRNIO E O GRIFO.

Prometeu fazer isso enquanto estava deitada acordada no dia do aniversário, pensando pela primeira vez não na mãe desaparecida, mas em uma coisa totalmente diferente.

Ela não podia fazer nada por Solvilde, Tyrr e Hulda, não enquanto ainda estivesse em Gravenstone e eles em Adalheid. Mas Eostrig, o unicórnio, e Freydon, o grifo. Eles estavam ali, no estábulo no pátio. Ela não sabia como abriria a jaula e retiraria os arreios de ouro que tinham sido colocados nos corpos enormes. Mas daria um jeito.

Não deixaria o Erlking pegar os deuses. Não por um desejo e certamente não por sete.

Eles tinham que ser libertados.

Esta noite, prometeu ela. Sob a Lua do Luto, depois que a caçada tivesse partido.

Como desejava poder libertar Áureo também. Serilda sentia mais falta dele a cada dia que passava, com uma dor sofrida no peito cavernoso que nunca passava.

Mas ela não podia perder tempo tentando entrar na masmorra. Não tinha como chegar em Áureo. Não tinha como ajudá-lo. Ela teria que fazer aquilo sozinha e torcer para os deuses terem sabedoria suficiente nas formas animais para não tentarem devorá-la quando ela os libertasse.

Havia uma coisa boa que tinha advindo do foco único em libertar os dois deuses. No planejamento, ela se esqueceu de temer a chegada da Lua do Luto, quando, normalmente, todo esse ciclo lunar a deixava de mau humor. Ela tinha passado a esperar a sensação profunda de perda que sempre sentia durante esses dias tristes.

A Lua do Luto era uma época de lembrar ancestrais que tinham ido para Verloren. Lanternas de papel eram penduradas em árvores e carregadas pelas ruas em homenagem aos entes queridos perdidos. Músicas eram cantadas e vinho derramado em túmulos. Famílias se reuniam e contavam histórias... não de perda, mas de momentos felizes em que as pessoas de quem sentiam falta estavam com elas. Era uma comemoração sombria, mas uma comemoração, de qualquer jeito.

Para Serilda e o pai, a Lua do Luto não era tanto uma época de se lembrar da mãe, mas uma época de solidariedade entre os dois. Ela e o pai começavam os lamentos enquanto faziam o desjejum. Eles tinham praticamente transformado aquilo em um jogo, para ver quem conseguia lamentar com mais desespero, quem conseguia suspirar mais alto, quem conseguia afundar na tristeza mais ampla... ao ponto de começarem a ficar tão ridículos que não tinham escolha além de rir.

Eles até tinham uma tradição, na qual Serilda pegava um livro de poesia na escola da Madame Sauer e eles se revezavam lendo os poemas mais trágicos da coleção, cheios de palavras como *desamparado*, *infeliz* e *rouxinol*. Depois, comiam doces da padaria local como jantar. Qualquer coisa com mel, com melaço, qualquer coisa que deixasse os dois com o estômago enjoado, porque isso era melhor do que o coração abalado.

Serilda estava surpresa de perceber o quanto gostava dessas lembranças. Dias que deveriam ser horríveis. Que *foram* horríveis. Mas que também eram estranhamente reconfortantes.

Em Gravenstone, havia pouco conforto, pouca alegria, só a tristeza se apossando dela com os sapatos sorrateiros. Uma tristeza que tinha começado a se manifestar na amargura.

E na impaciência.

Por que eles não iam embora?

Ela se sentou no grande salão, olhando para o marido de cara feia. Os sombrios estavam comemorando. Por quê? Ela não sabia. Não se importava. Historicamente, a Lua do Luto era uma das noites mais prolíficas deles, com mais almas inocentes roubadas do que em qualquer outra lua do ano. Mas estava quase anoitecendo, e o fim de tarde tinha virado uma festa inesperada, com alguém tocando um grande órgão de tubos e muitos caçadores bebendo vinho de amora e participando de jogos que costumavam exigir algum pagamento horrendo do perdedor, como cortar a ponta da própria orelha.

Serilda estava sentada de costas eretas em um divã pelo que já pareciam horas, os músculos enrijecendo. Manteve o olhar nas crianças. Elas tinham pendurado as lanternas no amieiro mais cedo, mas esperariam o anoitecer para acendê-las; o simbolismo era reminiscente da lanterna de Velos, só que diziam que o trabalho manual delas traria de volta os espíritos dos entes queridos por uma noite, em vez de Velos os levar para a terra dos perdidos.

Mas, em vez de acender as velas e relembrar os entes queridos, as crianças, como todos os criados, estavam agora para lá e para cá com bandejas de comida e jarras de licor âmbar.

Serilda queria poder dizer que o marido a estava ignorando, como ele costumava fazer em eventos assim, mas, não. Na verdade, a atenção dele ficou implacavelmente grudada nela. Cada vez que ela olhava na direção do Erlking, ele estava observando, embora ela não soubesse o que ele estava vendo.

Lá estava de novo, aquele olhar penetrante a encontrando na multidão.

Com um sorriso falso, Serilda ergueu a taça de água com sálvia em um brinde debochado. Os dentes dele brilharam na luz das velas e, para seu lamento, abandonou a cortesã com quem estava conversando e se aproximou dela.

Serilda olhou ao redor e fez um sinal rápido para Hans, torcendo para poder envolvê-lo numa conversa e evitar a atenção do rei, mas o garoto estava ocupado servindo cerveja no cálice de um caçador e, quando ela percebeu, seu marido estava dobrando as pernas compridas embaixo do divã e se sentando na almofada ao lado dela.

Ela não conseguiu segurar um resmungo.

— Apreciando a comemoração?

— Quem poderia imaginar que um castelo cheio de demônios podia passar tanto tempo bebendo, comendo e… — Ela indicou uma mesa onde um conjunto de dados de ossos estalava ruidosamente em um tabuleiro. — Jogando jogos de azar.

— Vocês mortais não fazem isso?

Ela franziu o nariz.

— Só me parece estranho vocês comemorarem. A Lua do Luto pode ter um significado especial para nós, considerando que *nós* todos temos muitos falecidos a quem homenagear. Que sorte de vocês que não seja mais do que uma noite de festa.

— Nem sempre se chamava Lua do Luto, sabe?

Serilda franziu a testa, odiando, *odiando* que o comentário dele despertou uma fagulha de interesse nela.

Parecia o começo de uma história.

— Ah — disse o Erlking, percebendo. — Você não sabia.

— Eu tenho a sensação de que você vai me iluminar.

O Erlking riu. Hesitou. Mas aí... sim, continuou.

— Antes de os portões de Verloren serem fechados, essa era a noite em que as almas dos entes queridos podiam voltar ao reino mortal. Sob o brilho da lua cheia, elas atravessavam a ponte. Os humanos se reuniam nos locais de enterro para dar oferendas e pedir bênçãos. Naquela época, se chamava Lua de Velos. — Ele disse o nome com escárnio óbvio. — Não que Velos tivesse muito a ver com isso.

— Não? Não era ele quem permitia que as almas voltassem?

Ele ergueu uma sobrancelha.

— Não foi Velos que as levou?

Ela franziu a testa.

— *Guiá-los* para uma pós-vida tranquila não é o mesmo que *sequestrá-los*.

Ele estalou a língua.

— Vocês mortais adoram nos pintar como vilões, enquanto Velos recebe tanto respeito quanto as outras deidades pomposas. O deus da morte leva crianças ainda no útero. Pega almas na peste, no parto, na fome... Como não é um vilão?

— Talvez seja porque Velos nos trata com respeito. Não causa as mortes necessariamente... Só está presente para reivindicar as almas e nos levar para Verloren quando deixamos o mundo mortal. Como sabemos, as almas deixadas aqui não estão felizes. Este não é o lugar delas.

— Você tem coração mole demais, minha rainha.

— Não tenho como saber. Você tirou meu coração muito tempo atrás. Eu praticamente esqueci como é.

O Erlking olhou para ela com o canto do olho, os lábios se curvando de forma marota.

— Eu gostaria de te mostrar o portão.

Ela enrijeceu.

— De Verloren?

— Sim. Você ficou curiosa quando estávamos na rotunda, eu percebi. E, na Lua do Luto, é uma visão que não se pode perder.

Serilda começou a rir. O rei quase pareceu querer mostrar a ela algo romântico. Um jardim cheio de rosas, um pôr do sol. Mas, não. O Rei dos Antigos queria mostrar a ela o portão da morte.

— Prefiro não ir — disse ela. — Eu *ainda* não estou morta.

Ele esticou a mão na direção dela e passou um dedo pela cicatriz no pulso. Ela puxou a mão para longe.

— Enquanto você ainda tiver a maldição — disse ele —, também é imortal. Pode nunca ter motivo pra atravessar a ponte para Verloren.

Serilda lançou um olhar fulminante para ele.

— E eu, que achava que você pretendia me matar assim que eu desse à luz. Devo ficar feliz de você ter mudado de ideia? — Ela se inclinou para mais perto. — É possível que você esteja passando a *gostar* de mim?

Ele inclinou a cabeça e pareceu realmente considerar a pergunta. Depois, soltou um suspiro longo e sofrido.

— Não. Você tem razão. Vou me livrar de você assim que tiver cumprido sua utilidade.

Serilda recuou, perplexa de ele falar tão abertamente.

— Mais motivo ainda — prosseguiu ele, ignorando a reação dela — para apreciar nosso tempo limitado juntos. É a Lua do Luto. Talvez você possa ver um dos entes queridos que você mencionou.

Serilda sustentou o olhar dele, tentando determinar se era outra piada cruel. Ele estava oferecendo de levá-la ao portão para mostrar... seu pai?

Talvez até sua mãe?

— Não — sussurrou ela. — Acho que não devo.

— A morte te assusta?

— Não tanto quanto antes. — Nessa hora, um pensamento a atingiu e ela o olhou de novo. — Assusta *você*?

Ele se encostou por um momento, como se preocupado de a pergunta poder afetar a resposta.

— Pela última vez, amor. Eu não posso morrer.

Ela revirou os olhos.

— Você ficou preso em Verloren por milhares de anos. Não tem medo de Velos te capturar de novo, como capturou Perchta?

A expressão dele se fechou até praticamente fumegar.

— Quando eu libertar Perchta, Velos nunca mais vai poder nos reivindicar. — As palavras vinham manchadas com a arrogância de sempre. Aquela curvatura maligna na boca. E, do nada... — Eu pensei que tivesse mandado você usar o manto hoje.

Ela deu de ombros.

— Fica quente demais perto do fogo. Além do mais, você nunca ligou para o que eu vestia, fora aquela armadura ridícula de couro no casamento. Por que começaria agora?

Ignorando-a, o Erlking acenou para o atendente mais próximo, Fricz.

— Traga o manto da rainha. — Ele se levantou e segurou a mão de Serilda para puxá-la para ficar de pé. — Ela pode sentir frio no lugar para onde vamos.

Fricz saiu correndo, deixando Serilda com a testa franzida para o marido. Ela pensou nos uivos que tinha ouvido, nos sussurros, no chamado da voz do pai.

— Eu não *quero* ver o portão.

— Mentirosa — disse ele com uma piscadela. — Pensa na história incrível que vai ser.

A raiva de Serilda aumentou. Em grande parte porque, *maldito fosse*, ele estava certo.

Ela empertigou os ombros.

— Tudo bem. Mas, se eu encontrar uma oportunidade de te empurrar em um poço do qual você não vai conseguir sair, pode acreditar que eu vou aproveitar.

CAPÍTULO

Trinta e cinco

SERILDA ESPERAVA UM GRUPO PEQUENO. ELA E O ERLKING. TALVEZ alguns caçadores, talvez até Manfred ou Agathe.

Não esperava que toda a maldita corte se juntasse a eles naquela excursão imprudente, mas quando eles começaram a percorrer os salões sinuosos do castelo, ocorreu-lhe que cada demônio e fantasma que viera com eles de Adalheid os seguia, enchendo os corredores em seu rastro. Manfred, e também o cavalariço, os cozinheiros, as camareiras, os jardineiros, os carpinteiros. As crianças se amontoaram perto dela, logo atrás, e Serilda percebeu pelas expressões confusas que elas não tinham ideia do que estava acontecendo.

Fricz os esperava na rotunda lunar. O Erlking pegou o manto vermelho e o colocou em torno de Serilda tão solenemente quanto se poderia colocar uma coroa.

— Estou tendo dúvidas — disse ela. — Vá em frente. As crianças e eu esperaremos aqui em cima.

Sua única resposta foi um sorrisinho irritante antes de levá-la para a abertura cavernosa, pisando sobre as plantas mortas que cobriam o ladrilho como se não fossem nada além de um brinquedinho de criança espalhado pelo chão. Sem hesitar, O Erlking pegou uma tocha na parede e desapareceu nas sombras.

No momento em que ele sumiu de vista, Serilda juntou as crianças e começou a levá-las na direção do corredor... mas uma ponta afiada a cutucou na lateral.

Ela ficou paralisada.

Uma caçadora olhou de soslaio para ela. Girou a faca e inclinou a cabeça em direção à abertura.

— Depois da senhora... Vossa *Luminância*.

— O que está acontecendo? — sussurrou Ana.

Serilda balançou a cabeça.

— Nada. Sua Obscuridade só está... se exibindo mais uma vez. Você sabe como ele faz.

Serilda se aproximou do patamar até poder ver o brilho da tocha do rei brilhando em uma escada íngreme e estreita. Espinheiros cobriam as paredes e teto, mas havia espaço para caminhar nos degraus de pedra.

Puxando a capa ao redor do corpo, ela se obrigou a seguir adiante. Não olhou para trás, mas ouvia as crianças, os sombrios e os fantasmas a acompanhando. Muitos levaram suas próprias tochas, e logo a escada estava tão bem iluminada quanto qualquer túnel para a terra dos mortos poderia estar.

À frente, a escada fez uma curva acentuada e o Erlking desapareceu de vista. Serilda engoliu em seco, tentada a apoiar a mão na parede para manter o equilíbrio nos degraus irregulares, mas os espinhos ameaçadores faziam com que ela mantivesse as mãos agarrando a pele dentro do manto. O ar ficou frio, até que ela pôde ver sua própria respiração condensada. Havia umidade lá embaixo. Filetes de água escorriam pelas paredes, acumulavam-se nos galhos, formavam poças nos degraus.

E novamente... ela ouviu os sussurros. Vozes que se elevavam das profundezas da terra, misturando-se em um coro indiscernível.

Até que um novo som cortou todos eles. Um uivo.

Velos.

O deus da morte, que podia se transformar no grande lobo preto.

Serilda se virou tão repentinamente que Hans se chocou nela. Ela mal segurou seus ombros a tempo de estabilizá-lo antes que ele pudesse agarrar um dos ramos espinhosos para se apoiar.

Os sombrios se amontoaram na escada. Os mais próximos dela olharam de cara feia e gritaram para ela continuar andando, mas Serilda os ignorou.

Ela via agora. O brilho ocasional de ouro nos cintos ou escondido debaixo dos mantos deles.

Eles estavam indo caçar naquela noite, afinal.

Mas se era para tentar capturar Velos, o que o Erlking queria com ela e os fantasmas?

— Continue — disse a caçadora de antes, mostrando o cabo da adaga. — Pare de enrolar.

Serilda olhou para as crianças, observando cada um dos rostos amados.

— O que quer que aconteça, fiquem perto de mim.

Ela começou a descer novamente. A escada parecia interminável, e não dava mais para ver o brilho da tocha do Erlking.

Os sussurros voltaram, foram ficando mais altos, enquanto seus passos se tornavam mais hesitantes, mais silenciosos.

Sob as trepadeiras nodosas, as paredes passaram de pedra a terra compactada.

Ela estava com tanto frio. Não conseguia mais sentir os dedos dos pés ou as pontas dos dedos e desejou não precisar se sentir grata porque o rei tinha mandado pegarem a capa.

Finalmente, viu um brilho à frente, iluminando a base dos degraus.

Serilda prendeu a respiração ao passar por um arco de espinheiro, grossos como troncos de árvores, em uma câmara ampla. Era ainda maior do que o grande salão acima. Tinha formato octogonal, semelhante a uma caverna, com paredes feitas de terra, pedra e argila e um teto que ia muito acima da cabeça.

No centro da sala, o Erlking estava perto de um altar plano de pedra, no topo do qual havia uma caixa de madeira.

Uma caixa que ela reconheceu.

Enquanto os sombrios se espalhavam ao seu redor, enfiando as tochas em suportes de ferro nas paredes, Serilda olhou para o caixão onde vira pela última vez o próprio corpo. Uma tampa de madeira fora feita para encaixar em cima, mas ela sabia, *sabia*, que ainda estava lá.

Então foi ali que ele o escondeu. No último lugar em que ela ousaria se aventurar.

Serilda mal sentiu a pressão escorregadia das mãos das crianças agarrando seus braços e mãos. Tentando molhar os lábios ressecados, desviou o olhar do caixão e olhou além do altar. Do outro lado da câmara, monólitos pretos brilhantes enormes tinham sido derrubados na poeira, todos apontando para onde as raízes do amieiro desciam pelas paredes de terra, formando as fundações do castelo acima.

Entre duas das raízes enormes havia uma abertura.

Lá, as raízes estavam escuras e retorcidas com galhos mortos e espinheiros iguais aos que subiam pelos degraus.

Havia um abismo além dessa abertura. Um nada escuro como breu a princípio, mas, quanto mais Serilda olhava, mais seus olhos detectavam luzes fracas brilhando no fundo, bem no fundo na escuridão, vaga-lumes azul-claros e lilases entrando e saindo de uma névoa espessa. Um oceano inteiro de preto brilhante refletindo as constelações de um céu da meia-noite.

Verloren.

Serilda sentiu uma tensão crescer dentro dela. A visão a chamava e repelia ao mesmo tempo.

Ela os ouviu novamente. Subindo daquelas profundezas sagradas.

Sussurros.

Mais distintos.

Serilda...

Lágrimas se acumularam nos olhos dela. Tentou afastar as crianças de volta na direção das escadas...

O Erlking notou e inclinou a cabeça para ela.

— Não seja apressada, minha rainha. Você acabou de chegar.

— N-nós não deveríamos estar aqui — disse Serilda, sem vergonha da falha na voz. — Não é... não é n-natural os vivos ficarem tão... tão perto desse lugar.

O rei soltou uma risada e indicou o salão todo com um braço.

— Quem entre nós está vivo?

Suas entranhas se contraíram.

Ela estava viva, Serilda teve vontade de dizer. Ainda não estava morta. Amaldiçoada... mas não morta.

Mas antes que pudesse formular uma resposta, a voz a chamou novamente.

Serilda... minha doce filha...

Seu lábio inferior tremeu. Serilda não conseguiu se segurar e deu meio passo em direção ao portão, mas sentiu a mão de Nickel no seu pulso, e a maciez da pele fria e fantasmagórica a fez estremecer. Ela se soltou dele antes de perceber que tinha o feito e olhou para trás a tempo de ver a expressão magoada.

Ela foi tomada de arrependimento.

Fuja..., pediu a voz. *Fuja enquanto pode...*

— Papai? — guinchou ela quando a primeira lágrima escorregou pelos cílios.

— Não — murmurou Hans. — Não é seu pai. É... Eu ouço o meu avô.

Serilda ficou imóvel.

— O quê?

— Ele faleceu quando eu tinha oito anos — disse ele baixinho. — Mas está me chamando agora. — Ele estava olhando para o portão, a expressão em parte de medo, mas mais de saudades.

— Dizendo pra você fugir? — sussurrou Serilda.

A expressão de Hans foi tomada de surpresa e ele balançou a cabeça negativamente.

— Pedindo para eu ir com ele.

Serilda...

Serilda olhou para o Erlking, que parecia observá-la. Esperando... alguma coisa.

Engolindo em seco, ela passou por ele, passou pelo caixão, até estar perto o suficiente para ver além do limite do portão, na névoa que se estendia além.

Ao longe, como se mal estivesse vendo um reflexo de luar em uma poça de tinta, ela via uma ponte branca se estendendo sobre... bem, ela não podia ter certeza. Uma ravina. Um rio. A luz de velas douradas iluminava as pedras totalmente brancas da ponte. A névoa se adensou na extremidade, obscurecendo o que havia além.

De repente... uma única luz. Aproximando-se. Balançando suavemente para um lado e para o outro.

A esperança cresceu dentro dela, brilhante como um palito de fósforo aceso inesperadamente.

— Papai — sussurrou ela antes que pudesse se conter.

Serilda deu outro passo à frente, mas uma mão apertou seu cotovelo, segurando-a. Ela estremeceu e arrancou o braço do aperto do Erlking, os olhos fixos na lanterna oscilante, na figura emergindo da névoa.

Atravessando a ponte em um passo nada apressado, um atrás do outro.

Alto. Magro. Vestindo um manto esmeralda enfeitado com pele preta desgrenhada.

Não o pai dela.

Então ela lembrou o que eles estavam fazendo ali.

— Não! — gritou ela, o som saindo da garganta antes que ela percebesse o que estava pensando. — Fuja! Velos! Ele pretende...

Mãos a agarraram, uma palma pressionando na boca, abafando o grito. Ela se contorceu, tentou se livrar da mão que a silenciava, mas, mais ainda, do sentimento sufocante de morte e injustiça.

— Sinto muito — sussurrou uma voz quebrada.

Serilda parou de lutar. Lágrimas foram escorrendo por duas de suas bochechas agora, os membros tensos de repulsa.

Ela esticou o pescoço para ver Manfred a encarando, a expressão atormentada.

Com aquele olhar, Serilda sentiu a disposição de lutar se esvaindo. Ela não podia lutar contra Manfred. Não queria. Ele não era seu inimigo.

Com um soluço silencioso, ela voltou a atenção para o portão.

Manfred afastou com hesitação a mão da boca de Serilda, mas não a libertou.

Velos havia chegado ao lado deles da ponte. Serilda não conseguiu decifrar sua expressão enquanto ele subia os degraus. Havia uma graça sutil em seus movimentos. Um ritmo hipnotizante.

Ela tinha visto Velos uma vez antes, quando bebeu a poção da morte preparada por Madame Sauer. A poção a deixara em um estado semelhante à morte durante a noite da Lua do Despertar. Por um tempo, ela se esqueceu de segurar o ramo de freixo que manteria seu espírito preso à terra até Madame Sauer poder reanimá-la. Ela tinha começado a se afastar. Tinha visto Velos e sua lâmpada, esperando-a. Acenando para ela. Preparado para levar sua alma até Verloren.

Serilda não teve medo naquela ocasião e não estava com medo agora. Não daquele deus.

Ela estava com medo apenas do que o Erlking planejava fazer.

Velos atravessou o portão e olhou serenamente para o rosto do Erlking.

Com a lanterna pendurada no cotovelo, o deus estendeu a outra mão e puxou o capuz do manto, deixando-o cair sobre os ombros. Serilda ficou olhando, ofegante, absorvendo as feições que eram, de alguma forma, jovens e antigas. O deus tinha pele branca que cintilava como pérolas, nariz e boca delicados e cabelo preto curto que cacheava suavemente em torno das orelhas. A expressão dele não carregava crueldade, mas também não continha muita bondade.

Corra, implorou ela silenciosamente, esperando que o deus pudesse olhar para ela e entender. Mas o deus da morte só tinha olhos para o Erlking. Não assustado. Nem mesmo cauteloso. Mais para... curioso.

Lentamente, o Erlking abriu as mãos, revelando as palmas abertas.

— A Lua do Luto o saúda, Velos. Eu esperava que pudéssemos conduzir uma discussão pacífica.

Velos ergueu o queixo e Serilda notou o primeiro toque de emoção nas feições definidas. Nada como arrogância. Nem como divertimento.

Resignação?

— Eu sei o que você veio procurar — disse Velos, revelando dentes caninos afiados. Suas palavras foram calculadas e pensativas. — Como você sabe, o preço é muito alto, e você não vai estar disposto a pagá-lo.

— Pelo contrário — disse o Erlking, cuja voz calma carregava um tom ríspido —, estou preparado para pagar qualquer preço que você pedir.

Velos inclinou a cabeça para o lado. Não sorriu. Não riu. Simplesmente disse, como se fosse óbvio:

— Então eu pediria *você* em troca.

Os braços ao redor de Serilda ficaram tensos. Suas entranhas sofreram um espasmo.

O Erlking em troca de quê? Para...

Não. Não o quê. *Quem.*

Ele estava pedindo a volta de Perchta.

CAPÍTULO

Trinta e seis

AQUILO NÃO DEVERIA ACONTECER AGORA, NAQUELA NOITE. SERILDA tinha até a Lua Interminável, para a qual ainda faltavam dois meses. O Erlking não poderia exigir um desejo.

Mas Serilda achava que ele não estava fazendo exatamente um desejo, mas uma solicitação. Pedindo uma troca.

E que troca o deus da morte aceitaria?

Apenas o próprio Rei dos Antigos.

O Erlking sorriu, apenas de leve.

— Isso não.

— Então não haverá um trato esta noite. — Velos inclinou a cabeça, quase em deferência ou talvez respeito mútuo. Serilda sabia que os sombrios tinham grande animosidade contra aquele deus, que já havia sido seu senhor e mestre. Mas, se Velos nutria esse mesmo ódio, ela não via no rosto dele. — Tenho muito trabalho a fazer sob essa lua — disse ele. — Você tem minha gratidão por reabrir o portão, o que torna meu caminho para o reino mortal menos traiçoeiro. Por favor, me dê licença, pois existem almas que desejam ver seus entes queridos novamente. — Os olhos dele deslizaram para Serilda, grudando-se nos dela pela primeira vez.

Ela congelou, sentindo-se perdida e encontrada dentro daquele olhar pacífico. Um olhar que continha mundos e eternidades.

— Inclusive — continuou Velos — algumas que estão aqui esta noite.

O Erlking bufou com irritação.

— Eu não reabri o portão para o meu castelo poder servir como sua estrada de pedágio para o reino mortal. Estou aqui para fazer negócios com você.

Ignorando o Erlking, Velos estendeu a mão em direção à escada e acenou para as sombras.

Com um rosnado levantando um dos lábios, o Erlking se aproximou.

— Nem pense em trazer aquelas almas patéticas para a minha corte. Eu já tenho muitas.

Uma figura se moveu na base dos degraus e apareceu do lado mais próximo da ponte e flutuou para cima. O corpo era pouco mais do que um fiapo de névoa, mas foi se tornando corpóreo à medida que se aproximava do portão.

Os olhos de Serilda se apertaram. Havia algo familiar na forma como a figura andava. Algo na forma como portava os ombros.

— A menos que você queira que eu fique com todos eles — rosnou o rei —, sugiro que os mande de volta.

A figura nos degraus ergueu os olhos.

— Papai! — gritou Serilda.

Os braços de Manfred ficaram tensos ao redor dela. Então, para sua surpresa, ele a soltou. Serilda não questionou se sua liberdade veio do fantasma ou do rei. Assim que os braços se afastaram, ela correu. O pai dela atravessou o portão. Sua alma se solidificou. Ele estava inteiro. Não era mais um nachzehrer. Não um cadáver com a cabeça cortada para acabar com a fome imoral.

Seus olhos encontraram os dela.

Uma parte de Serilda temia que ela acabasse passando através dele e caísse de cabeça pelos degraus. Mas não; ela alcançou o pai e passou os braços em volta dele, e ele estava sólido, ele era real, ele estava...

Não estava vivo. Claro que não estava vivo.

Mas também não exatamente um fantasma. Era parecido com ela. Um espírito. Uma alma, livre de um corpo mortal.

Ele a abraçou com força, apertando-a nos braços fortalecidos por anos de trabalho nas pesadas rodas do moinho.

— Papai — disse ela, soluçando no ombro dele. — Eu pensei que nunca mais te veria. — Foram as únicas palavras que ela conseguiu dizer antes que os soluços a dominassem.

Serilda estava chorando demais para ouvir a resposta, mas ele acariciou seu cabelo e a abraçou apertado, e isso foi o suficiente.

De repente, ao redor dela, uma série de suspiros e gritos. Serilda foi tomada de medo e ela soltou o pai para girar na direção das crianças.

Mas os gritos não tinham sido de medo. Seus olhos estavam brilhando com espanto, com uma alegria inigualável. A pequena Gerdrut soltou um gritinho e saiu correndo, passando por Serilda como um borrão alegre.

O pai de Serilda não tinha aparecido sozinho. A avó de Gerdrut estava lá, a mesma que ela tinha visto em sonho. E os avós de Hans. E a tia-avó dos gêmeos, e o primo favorito de Anna. E mais, muito mais. Espíritos e almas reunidas entre os fantasmas. A câmara tornou-se uma cacofonia de lágrimas, risos, descrença. Para onde quer que Serilda olhasse, ela via choro, beijos e sorrisos incrédulos.

Então, duas figuras saíram dos portões vestidas com elegância majestosa. Um homem e uma mulher, cada um com uma coroa fina no topo da cabeça. O homem tinha uma barba curta e cabelo louro que caía até os ombros. A mulher, ondas avermelhadas densas e sardas na pele clara.

Serilda ficou sem ar. Ela conhecia aquelas coroas. Reconhecia o gibão do homem. Conhecia o sorriso da mulher, caloroso e cativante e um pouco travesso. Era o sorriso de Áureo.

O rei de Adalheid avançou diretamente para Manfred e o abraçou como a um velho amigo. A rainha abriu caminho entre a multidão, as lágrimas brilhando nas bochechas enquanto ela cumprimentava os membros de sua corte. Ela pegou cada mão oferecida, beijou cada bochecha, abriu os braços para todos os nobres e criados como se fossem iguais. Na morte, talvez todos fossem.

Os fantasmas a princípio ficaram perplexos com a aparição dos dois monarcas. Eles não reconheceram o rei e a rainha. Ainda não se lembravam deles.

Mas a hesitação durou pouco, porque o rei e a rainha claramente *os* conheciam. Amavam-nos e respeitavam-nos, até. Não foi difícil aceitar os nobres sorridentes como seus verdadeiros soberanos, especialmente depois de séculos servindo os sombrios.

Uma dor atingiu o peito de Serilda. Ah, como ela desejava que Áureo estivesse lá.

Enquanto isso, os sombrios observavam, batendo os longos dedos nas armas e olhando com impaciência.

Serilda examinou a multidão crescente de almas e percebeu que algo estranho acontecia com aqueles que ainda atravessavam a ponte. Muitos dos espíritos desapareceram assim que passaram pelo arco do portão em vez de entrar na câmara debaixo do Castelo de Gravenstone. Estavam sendo enviados para outro lugar, ela se perguntou... para onde quer que seus entes queridos esperassem por eles, chorando em cemitérios ou curvados sobre oferendas à luz de velas?

Ela se voltou para o pai.

— E a mamãe? Está com você?

A expressão do pai dela se transformou.

— Ela... — Ele hesitou e sua voz falhou. — Não sei. Nunca a vi em Verloren. Não acredito que ela esteja... Eu não acho que ela esteja lá.

Serilda piscou lentamente.

Não estava em Verloren?

O que isso significa? Ela ainda estaria viva?

Era, de alguma forma, a maior esperança e o medo mais profundo de Serilda. Que sua mãe ainda estivesse lá fora, em algum lugar. Que não tivesse falecido na noite em que foi levada pela caçada. Que Serilda ainda pudesse ter uma chance de encontrá-la.

E, no entanto, isso significaria a verdade mais dolorosa de todas. Sua mãe a tinha abandonado e nunca mais voltado. Não porque tinha sido obrigada, mas porque quis.

Serilda empurrou o sentimento para longe. Ela se forçou a sorrir enquanto colocava as mãos no rosto do pai.

— Está tudo bem. Você está aqui. Isso é tudo que importa.

— Por enquanto — disse ele, abraçando-a novamente. — Mesmo que para ter apenas um momento com você. Para dizer adeus. Depois de tudo que aconteceu...

Serilda apertou os ombros dele, mas enquanto tentava abrir espaço no coração para aquele presente inesperado, aquele momento precioso com o homem que tinha sido tudo para ela por tanto tempo, seu olhar grudou em Velos, não muito distante. O deus estava se virando para o portão, o manto arrastando no chão empoeirado.

— Nós não terminamos! — disse o Erlking, a voz afiada como uma espada.

Velos fez uma pausa, mas parecia não se incomodar com a raiva do rei.

— Não?

O Erlking moveu o braço indicando a câmara.

— Como você valoriza tanto suas amadas almas humanas, lhe darei os fantasmas nesta câmara.

Serilda ficou imóvel.

Cada ser no local, sombrios e fantasmas, ficou imóvel também.

Serilda se soltou do abraço do pai, incapaz de acreditar que tinha ouvido corretamente. O Erlking abriria mão de todas aquelas almas? Concederia liberdade a elas? Uma fuga do controle dos sombrios?

Na Lua do Luto, como havia prometido a Agathe.

— Todos — acrescentou o Erlking, seu olhar afiado pousando em Serilda e descendo até as cinco crianças ao redor dela, todas abraçadas com seus entes queridos —, exceto aqueles cinco.

Ele poderia muito bem ter enfiado uma espada nela.

— Não — disse Serilda. — Por favor.

O rei olhou de volta para Velos.

Tremendo, Serilda estendeu a mão e segurou a de Gerdrut, dando um aperto forte. A injustiça de tudo aquilo era esmagadora. Saber que ele trocaria todos os fantasmas que tinha coletado, cada espírito preso em Adalheid... todos, menos os cinco que ela mais amava. Todos, menos as crianças. Só para que ainda pudesse ter esse poder sobre *ela*.

O deus não havia falado, mas Serilda percebeu que estava considerando a oferta. Certamente, o deus da morte veria isso como uma grande vitória. Finalmente reivindicar centenas de almas que foram impedidas de ter seu descanso final.

Mas, em troca, ele precisaria liberar Perchta.

Os olhos do deus se aguçaram.

— Eu quero as crianças também.

— Não — disse o Erlking. — Tenho outros planos para elas.

Velos balançou a cabeça.

— Então eu recuso sua oferta. Não é o suficiente para soltar aquela praga de volta.

O Erlking amarrou a cara.

— Então fale o seu preço.

— Eu já falei — disse Velos. — Não há mais nada que você tenha a oferecer que eu trocaria pela caçadora. Adeus, Erlkönig.

Ele começou a se virar de novo, mas a voz do rei soou:

— Eu lhe darei a minha corte.

Inspirações profundas ecoaram por toda câmara.

O deus hesitou.

— Sua corte?

O Erlking ergueu o queixo.

— Todos os sombrios que me seguiram de Gravenstone.

Serilda inspirou fundo e olhou em volta. Os sombrios estavam envoltos perpetuamente em uma aura vaga de arrogância e egoísmo. Agora, eles pareciam inseguros, até abalados. Seus olhos se apertaram e as mãos foram sorrateiramente até lâminas e machados e arcos.

O Erlking teria planejado aquilo o tempo todo? Algum deles tinha desconfiado? Ele seria mesmo tão indiferente a ponto de trocar todos por Perchta?

— Os fantasmas — disse Velos — e os sombrios?

— Essa é minha proposta.

— Inclusive os caçadores.

— Sim.

O Erlking ignorou quem estava reunido perto dele e não tinha como estar vendo seus rostos hostis. Eles iriam pacificamente se ele ordenasse? Ou se rebelariam contra o rei que eles tinham seguido por séculos?

Depois de uma eternidade de silêncio, o Erlkönig perguntou:

— Temos um acordo?

As entranhas de Serilda se contraíram. A corte toda iria. Os caçadores. Os sombrios, que tinham assombrado as estradas, os vilarejos, o Bosque Aschen, desde que os contos de fadas começaram a ser contados. Eles sumiriam. Para sempre.

Embora quisesse se enfurecer com o Erlking por segurar as crianças, ela disse a si mesma que aquilo era uma vitória. Mais do que ela poderia ter imaginado possível com a chegada da Lua do Luto, quando só teve esperanças frágeis de libertar o grifo e o unicórnio.

Então por que ela ia ficando mais tensa a cada momento? Estava certa de que o Rei dos Antigos jamais abriria mão daquilo tudo com tanta facilidade. Não pela caçadora. Não sem uma luta.

Ela tinha se enganado sobre os planos do Erlking de capturar os sete deuses? Ou aquilo era uma armadilha?

— Não é tão simples, Erlkönig — disse Velos, parecendo genuinamente decepcionado. — Você precisa falar um nome real para fazer um espírito voltar de Verloren, se quiser que ganhe permanência no reino mortal.

— Estou preparado para fazer isso — disse o Erlking. A voz dele ficou ríspida.

— Temos um acordo?

Outra hesitação.

— Temos — disse Velos com voz solene.

Assim que eles concordaram, gritos furiosos ecoaram pela câmara. Serilda olhou em volta, perplexa, enquanto as correntes de ouro penduradas no quadril de cada caçador começaram a se mexer e se contorcer sozinhas. Como cobras, as amarras deslizaram por sombrios e prenderam pulsos, um a um. Amarraram os demônios uns nos outros por uma série de correntes inquebráveis.

Os sombrios lutaram contra as amarras, mas o Erlking ignorou a fúria deles.

O que eles podiam fazer?

Eles eram criaturas mágicas.

Aquilo era ouro fiado por um deus.

Quanto tempo fazia desde que o Erlking estava planejando aquilo? A conversa dele sobre caçar bestas e precisar de mais correntes tinha sido para enganar os caçadores? Era para *aquilo* que ele queria o ouro, para garantir que sua própria corte não pudesse fugir quando ele decidisse entregá-los para o deus da morte?

A traição pareceu particularmente cruel, mesmo para ele.

Os demônios lutaram. Gritaram e berraram. Puxaram as correntes. Fizeram tudo que puderam para fugir do destino cruel.

Mas o Erlking os tinha negociado, como se eles não significassem nada para ele. E quando as correntes se repuxaram e os forçaram a seguir pela longa escadaria até Verloren, os sombrios não tiveram escolha, tiveram que ir junto.

Seus berros horríveis ecoaram pela câmara bem depois que eles tinham desaparecido do outro lado do portão.

Velos ignorou os gritos e assentiu para o rei sem expressão no rosto.

— Agora, os espíritos mortais.

— Primeiro, você vai invocar Perchta.

Velos inclinou a cabeça.

— Fale o verdadeiro nome dela e isso será feito.

O Erlking se empertigou e ficou com a coluna totalmente ereta, os olhos azul-acinzentados brilhando.

A voz dele foi como mercúrio. Ele falou tão baixo que Serilda mal o ouviu.

— Eu te chamo, minha Rainha dos Antigos. Arauta da Caçada Selvagem. Dama do Banquete Final. Senhora das Têmporas. Perchta Pergana Zamperi. Volte para mim, meu amor.

O lampião na mão de Velos tremeluziu e se intensificou a um tom azulado nada natural. Em seguida, se extinguiu completamente, mergulhando a tumba em escuridão. Serilda arfou, segurando o braço do pai de um lado e a mão de Gerdrut do outro, preocupada de algum deles desaparecer como neblina da manhã.

O lampião se acendeu de novo e voltou ao brilho caloroso, e com ele as tochas presas nos suportes de ferro antigos nas paredes.

O desfile de almas já tinha desaparecido da ponte abaixo, indo para onde seus entes queridos os aguardava. Mas agora, uma nova figura emergiu da névoa.

Os lábios de Serilda se entreabriram. Com um terror instintivo, mas também impressionada.

A mulher das tapeçarias. A mulher de incontáveis histórias, incontáveis pesadelos.

Perchta, a grande caçadora, atravessou o portão.

CAPÍTULO

Trinta e sete

A CAÇADORA PAROU NO MEIO DELES, UM SORRISINHO NOS LÁBIOS
escarlate. Ela usava amarras nos braços, uma algema não muito diferente das que tinham aparecido nos pulsos dos demônios, mas de ferro em vez de ouro.

— Minha estrela — disse ela para o Erlking. — Por que você demorou tanto?

Ele não retribuiu o sorriso exatamente, mas havia algo começando a esquentar no seu olhar normalmente gelado.

— Só se passaram trezentos anos — disse ele calmamente. — Um piscar de olhos.

— Eu discordo — disse Perchta. — Mas quem estava presa era eu, me afogando naquele rio nojento por esse tempo todo.

O Erlking voltou o olhar para o deus.

— Solte a algema.

Velos inclinou a cabeça.

— Depois de você.

O rei contraiu a mandíbula. Um momento se passou, o ar faiscando de tensão entre eles.

Finalmente, ele lançou um olhar longo e calculista ao redor, observando cada fantasma reunido, tantos segurando as mãos de entes queridos e ancestrais, recém-retornados para a Lua do Luto. Expressões cheias de uma esperança tão intensa que Serilda chegou a sentir dor.

Um movimento chamou sua atenção e ela olhou além do rei, segura naquele momento de que tinha visto uma sombra, uma figura escura se movendo junto às paredes. Mas, agora, Serilda só via os espectros reunidos. A luz fraca estava pregando peças nos olhos dela.

Com muita teatralidade, o rei enfiou a mão na aljava e pegou uma flecha, com ponta de ouro. Exatamente como a que ele tinha usado para prender as almas de Serilda e Áureo ao lado sombrio do véu. Ele a ofereceu na palma da mão.

Ao redor de Serilda, uma teia de fios quase transparentes surgiu, prateados e pretos e indo por todas as direções. Cada uma entrou no peito de um fantasma reunido na câmara. De Manfred ao cavalariço, todas as criadas da cozinha e jardineiros e costureiras. O ferreiro, os carpinteiros, os pajens, os cozinheiros.

E cinco fios conectando-se aos amados atendentes de Serilda.

Hans, seu lacaio sério e protetor.

Nickel, seu cavalariço gentil e atencioso.

Fricz, seu mensageiro bobo e teimoso.

Anna, sua dama de companhia inteligente e entusiasmada.

E Gerdrut, sua camareira sincera e criativa.

Todos conectados com fios cintilantes delicados como teia de aranha, cada um preso à flecha do rei.

Todos menos uma, Serilda percebeu. Agathe, a mestre de armas, que tinha traído Serilda e Áureo por aquele exato trato.

Ela não estava em lugar nenhum por ali.

— *Eu dissolvo as amarras que os prendem...* — disse ele, as palavras ecoando pela câmara. — *Eu os liberto da sua servidão. Não sou mais o guardião das almas de vocês, mas os entrego a Velos, deus da morte, para que vocês possam ter paz eterna.*

Aqueles fios escuros cintilantes começaram a se desintegrar. Começando na haste da flecha e continuando para fora por cada fio, eles desmoronaram e sumiram no ar. Só os cinco fios reservados para as crianças ficaram, sólidos e presos à haste da flecha.

Serilda seguiu um dos fios até Manfred e viu o cinzel que estava alojado no buraco do olho dele havia trezentos anos evaporar. O buraco se fechou. O sangue sumiu, como se nunca tivesse acontecido.

E, com isso, o sempre estoico Manfred começou a chorar.

Ele não estava sozinho. Ao redor, feridas estavam cicatrizando. Sangue e lesões sumiram.

— Meus filhos — disse Velos com uma nova leveza no tom. — Vocês estão livres. Sob a Lua do Luto, podem voltar para visitar suas famílias e descendentes. Quando o sol nascer, os guiarei a Verloren, onde receberão paz.

Com essas palavras, as almas dos mortos começaram a sumir. Não só a corte de Adalheid, aprisionada havia tempos, mas também os que tinham ido cumprimentá-los. Os avós, os primos... o rei e a rainha.

Serilda queria chamá-los. Queria contar sobre o filho deles. Queria perguntar se *eles* se lembravam dele, porque ninguém mais lembrava.

Mas ela não teve tempo. Quando os fios finais conectando cada um deles à flecha amaldiçoada sumiram, os fantasmas também se foram. Um a um, cada espírito foi sumindo.

Névoa nos campos, iluminada pelo sol.

— Serilda...

Fungando, ela se virou para o pai, e a expressão dele contorceu suas entranhas.

— Não — sussurrou ela. — Não vá. Por favor...

— Aqui não é meu lugar — murmurou ele, olhando ao redor pela câmara subterrânea. — E também não é o seu. — Ele aninhou o rosto dela com as mãos. — Seja corajosa, minha menina. Eu sei que vai ser. Você sempre foi mais corajosa do que eu.

— Papai... — Ela passou os braços em volta dele e apertou com força. — Me desculpa. Me desculpa por tudo. Por minhas mentiras idiotas. Por levar a caçada até a nossa porta. O que aconteceu com você...

— Shh. Está tudo bem. — Ele passou a mão pela parte de trás da cabeça dela. — Você sempre foi minha maior alegria, você e a sua imaginação fértil. Tão parecida com a sua mãe. — Ele suspirou, e havia uma tristeza profunda por baixo desse suspiro. — Eu não mudaria você nem por todo o tempo do mundo.

— Eu não quero me despedir. Não quero que você vá.

Ele beijou a cabeça dela.

— Não é para sempre. Tome cuidado, minha menina. Por favor. Tome cuidado.

— Eu te amo — disse ela, chorando, se afastando para encará-lo. — Eu te amo.

Seu pai sorriu e limpou as lágrimas das bochechas dela.

E sumiu.

Serilda cambaleou e envolveu o corpo com os braços como um escudo. Ela se sentiu esvaziada, como se um nachtkrapp tivesse devorado seu coração. Ela sabia que ver o pai de novo era uma dádiva, mas também abriu uma ferida que mal tinha começado a cicatrizar.

— Não me diga que *essa* é a garota mortal que você colocou como Rainha dos Antigos.

Ela levantou a cabeça. Com a visão embaçada, viu Perchta a observando com olhos pétreos. Muitas vezes, Serilda tinha sentido que estar sob o olhar do Erlking era um pouco como ser tocada por um vento gelado. Mas ficar sob o olhar de Perchta era mais como ser mergulhada em um lago coberto de gelo.

— Esse tipo de sentimentalismo não é adequado à rainha de Gravenstone — disse a voz mordaz de Perchta.

Serilda ficou paralisada. Sentia-se entorpecida demais para se importar com o insulto, mas não o suficiente para ignorar a ameaça no sorriso de abutre da caçadora.

Ela tremeu. De repente, o aposento ficou vazio demais, silencioso demais. Os caçadores e os sombrios tinham sumido. Os fantasmas e os espíritos visitantes tinham sumido. Seu pai tinha sumido, deixando para trás Serilda e a caçadora, o Erlking e o deus da morte, e os fantasmas das cinco crianças que ela ainda não tinha conseguido salvar.

Ela não queria se acovardar perante aquela caçadora demônio, mas sua dor tinha enfraquecido as brasas que costumava sentir ardendo dentro de si. Ela não tinha medo daquela mulher. Tinha *pavor*. E sentiu-se drenada de coragem, de teimosia, de perspicácia, de qualquer coisa que pudesse permitir que ela se empertigasse e encarasse a caçadora com dignidade. Tudo o que Serilda conseguiu foi esticar as mãos para as crianças, pedindo que ficassem perto dela, como se pudesse protegê-las agora quando nunca tinha conseguido antes.

Perchta olhou para ela com expressão cruel de entendimento que deixou os pelos da nuca de Serilda em pé.

— Patética.

— Está feito — disse o Erlking. — Liberte a caçadora.

A expressão de Velos se fechou, mas, no momento seguinte, os grilhões nos pulsos de Perchta se abriram. Caíram no chão e sumiram em um filete de fumaça preta.

Perchta não olhou para as mãos livres, manteve o olhar fixo em Serilda, os lábios se curvando ainda mais. Sem se virar para seu amante, ela esticou a mão e segurou a frente da túnica do Erlking. Enfiou as unhas afiadas nas dobras do tecido e o puxou para perto. Virou a cabeça no último momento e capturou sua boca com a dela.

Os olhos dela se fecharam, a outra mão se enfiou no cabelo comprido. O rei passou um braço pela cintura dela e retribuiu o beijo.

O beijo foi paixão, posse e até talvez um pouco de vingança. Serilda não sabia como interpretar, mas sentiu calor subindo às bochechas. Não conseguiu afastar a sensação de que, em parte, o beijo era um alerta, mas para quem? Ela? O Erlking?

Ele tinha tanta certeza de que não haveria ciúmes da parte de Perchta, mas Serilda se perguntou se ele teria avaliado mal.

Perchta interrompeu o beijo tão rápido quanto o tinha começado.

— Sentiu minha falta? — ronronou ela.

— Como a lua sente falta do sol — respondeu o Erlking.

— Vil — murmurou Fricz.

O Erlking se afastou de Perchta e seu olhar se intensificou.

— Bem-vinda à sua casa.

— Sim — disse Velos, um sorriso estranhamente vitorioso no rosto. — Aproveite suas horas no reino mortal, Perchta Pergana Zamperi. Pois eu a receberei de volta junto com seus irmãos e irmãs quando a manhã irromper depois da Lua do Luto.

O Erlking ergueu uma sobrancelha e os nós dos dedos apertaram o quadril de Perchta.

— Esse não foi o combinado. Você tem o que eu prometi e vou ficar com o que me foi prometido.

— Eu libertei a caçadora, como requerido. — Velos ergueu o lampião. — Mas, sem um veículo apropriado, nenhum espírito pode se sustentar no mundo mortal. Ela será obrigada a voltar a Verloren ao nascer do sol.

Serilda esperava que o rei rosnasse, xingasse... mas não que desse um sorrisinho.

E depois, risse.

— Você acha que sou idiota? Claro que eu tenho um veículo apropriado.

Ele ergueu o calcanhar até a tampa do caixão de madeira e a empurrou. A tampa deslizou e caiu para o lado, revelando o corpo de Serilda lá dentro.

Um tremor percorreu o corpo de Serilda com a visão. Quando tinha visto seu corpo antes, na cocheira, estava com o mesmo vestido velho e sujo de lama que ela estava usando quando chegou ao Castelo de Adalheid. Agora, seu corpo vestia uma camisa de linho, larga sobre a barriga grande, os cordões abertos no pescoço. Uma calça de montaria e luvas pretas de couro, botas delicadas que cobriam a panturrilha e uma capa vermelho-rubi idêntica à que Serilda usava cercava o corpo, mais parecendo sangue do que veludo. Em vez de estar preso em duas tranças desgrenhadas, o cabelo estava solto, caindo em ondas em volta dos ombros. A sujeira do rosto tinha sido lavada, os lábios e pálpebras massageados com óleo que fazia com que brilhassem na luz das tochas.

Ela quase não se reconheceu. Aquela não era a filha de um moleiro. Era uma caçadora, uma guerreira... uma mãe, redonda e deslumbrante com a vida que havia dentro dela.

— Tive muito trabalho para obtê-lo — disse o Erlking —, mas desconfio que vá servir lindamente.

A expressão de Velos se contorceu, mas ele não disse nada quando Perchta caminhou até o caixão e olhou para Serilda. Ela passou o dedo pela canela e coxa do corpo e lentamente, bem lentamente, pela barriga projetada. Embora Serilda não pudesse sentir nada em seu estado, ela tremeu de imaginar a intimidade do toque. O olhar de Perchta se virou para o Erlking.

— Ela é fraca — disse ela, a voz mordaz.

Serilda bufou com irritação, um som ignorado por todos.

— Em aparência, sim — respondeu o rei. — Mas a força de vontade dela se mostrou incrivelmente resiliente. — Ele curvou os lábios para cima com certo orgulho. — Uma característica que não tenho dúvida de que será passada para nosso filho.

Perchta moveu o dedo em um círculo completo sobre a barriga grávida.

— O bebê *é* um detalhe atencioso. Um recém-nascido... todo meu.

— Gerado por você — disse o Erlking. — Parido por você.

Serilda se empertigou.

— Não. Esse filho é *meu*!

Ela deu um passo à frente, mas, no momento em que Perchta a encarou com um desprezo tão gelado, Serilda sentiu os pés fincarem no chão. Sua respiração travou.

— Esse corpo é meu — disse ela, a voz tremendo desta vez. — Meu filho. Por favor. Não faça isso.

Com o olhar ainda em Serilda, Perchta chegou mais perto do caixão e enfiou as unhas compridas no cabelo do corpo.

— Eu nem teria te reconhecido. — Ela soltou o cabelo e passou a mão pelo ombro do corpo, descendo pelo braço.

Serilda viu, tomada de um medo indescritível, os dedos de Perchta descerem até o pulso de onde saía a flecha de ponta de ouro.

— O q-que você está fazendo? — sussurrou Serilda.

A caçadora abriu um sorrisinho.

— Aceitando um presente muito atencioso.

— Pare — disse Velos, um rosnado na garganta. — Ela não concordou com isso. Portanto, o veículo está maculado. O feitiço não vai funcionar. — Ele fechou a mão em punho. — Você perdeu, Erlkönig. Vou levar meu prêmio comigo e verei a caçadora ao amanhecer.

— Eu não me lembrava de você ser tão impaciente, Velos — disse o Erlking. — Você tem tanta certeza assim de que o espírito dela não concorda?

Velos ergueu o lampião e apontou a luz para Serilda.

— Você a ouviu tão bem quanto eu. Essa humana quer o corpo dela de volta e quer o filho. Que motivo ela teria para concordar com isso?

— Que motivo, realmente. — O Erlking olhou para Serilda com conhecimento na expressão. — Eu perguntei uma vez o que você sacrificaria para ver as crianças livres. É hora, filha do moleiro, de fazer essa escolha.

CAPÍTULO

Trinta e oito

AS PALAVRAS DELE PARECERAM DISTANTES. IMPOSSÍVEIS. O QUE ELE estava pedindo a ela... que ela *entregasse* seu corpo para Perchta e, junto, seu filho ainda não nascido? Permitir que o espírito da caçadora habitasse sua forma física? Por quanto tempo? *Para sempre?*

— Não aceite — sussurrou Hans ao lado dela. — Serilda, você não pode fazer isso.

Ela tremeu.

— O que... — ela começou a dizer, mas fez uma pausa para molhar a língua. — O que vai acontecer comigo?

— Isso importa? — perguntou o Erlking. Ele balançou os dedos longos em direção às crianças. — Elas vão ficar livres, como você queria. Velos pode levá-las agora mesmo. Está bem cedo na Lua do Luto, elas talvez até ainda tenham tempo de visitar as famílias além do véu antes de serem chamadas para Verloren. Não era o que você queria por esse tempo todo?

Era o que Serilda tinha jurado desde o começo. Que ela encontraria um jeito de libertar aquelas almas, custasse o que custasse.

Mas pagando aquele preço? Seu próprio corpo, seu próprio bebê...

Ela poderia viver com essa escolha, sabendo que era responsável por permitir que a caçadora voltasse ao reino mortal?

Olhou para as crianças e observou cada uma.

Poderia viver consigo mesma se não fizesse aquilo?

Nickel balançou a cabeça.

— Hans está certo. Você não pode fazer isso.

— Eu preciso — sussurrou ela, os lábios tremendo. Ela caiu de joelhos e esticou os braços para eles. Suas bochechas estavam molhadas, mas ela não sabia quanto tempo havia que estava chorando.

— Serilda, não — disse Anna quando se jogou no abraço dela. Todos foram abraçá-la, menos Hans, que ficou alguns passos para trás com as feições franzidas.

— Isso é errado — disse ele, a emoção deixando as palavras engasgadas. — Ele não pode ganhar.

— Ele não está ganhando — disse Serilda. — É o que eu quero. Não pude proteger vocês antes. Eu tenho que fazer isso agora.

— Nós vamos te ver de novo? — murmurou Gerdrut, se apertando na lateral de Serilda.

— Sim — disse ela, sem saber se era mentira. — Claro que vão.

Perchta riu, o som de uma criatura selvagem.

— Nós estamos na entrada de Verloren. Acredito que ela vá logo atrás de vocês.

Serilda tremeu. Era assim, então? Ela daria seu corpo à caçadora e seu espírito simplesmente... se esvairia? Seria guiado para Verloren, como seu pai e os fantasmas?

Nunca veria o filho, nunca veria o rostinho lindo e precioso.

E Áureo...

Ela nunca mais o veria. Nunca contaria a verdade a ele. Sobre o filho deles. Sobre seus sentimentos por ele.

Por mais que fosse arrasá-la, não havia escolha, como o rei sabia que não haveria. O Erlking jamais ofereceria aquilo de novo. Ela tinha que aceitar naquele momento.

— Tudo bem — sussurrou ela.

— Não — disse Velos, a palavra um grunhido. Mas ele tinha feito o acordo dele e agora era hora de Serilda fazer o dela.

Ela encarou o olhar penetrante do Erlking.

— Liberte-os e farei o que você precisar que eu faça.

— Só falar — disse o Erlking, pegando a flecha com os cinco fios que restavam. — Diga que dá seu corpo por vontade própria como veículo para o espírito de Perchta e nosso acordo está feito.

Serilda olhou para as crianças. Aninhou cada rosto. Beijou cada testa. Levantou-se, e embora a mandíbula de Hans permanecesse contraída, ele não lutou quando ela o abraçou e pressionou a bochecha no topo da cabeça dele.

— Vocês não estarão sozinhos em Verloren — sussurrou ela —, mas eu espero que você cuide deles mesmo assim.

Ele fechou bem os olhos e chorou.

— Nós nunca culpamos você — disse ele.

Serilda esticou os braços para os outros.

— Sinto tanto orgulho de cada um de vocês. Eu amo muito todos vocês. Sejam fortes.

Ela se preparou e se empertigou. Sua voz tremeu.

— Eu aceito sua proposta. Pode usar meu corpo como veículo em troca da liberdade deles.

— Feito — disse o Erlking rapidamente, como se preocupado de ela mudar de ideia. Sorrindo, ele enunciou as palavras que desfaziam a maldição novamente.

Eu dissolvo as amarras que os prendem...

Quando os fios começaram a se dissolver, Serilda olhou para as crianças. Elas retribuíram o olhar, inseguras. Com medo. Esperançosas. Quando cada fio chegava ao espaço oco no peito delas, as crianças começaram a mudar. Era como se estivessem sendo banhadas, o sangue desapareceu das túnicas e vestidos. As feridas horríveis cicatrizaram.

— Serilda — disse Nickel —, vamos sentir saudades.

Ele se aconchegou nela e os outros fizeram o mesmo, escondendo os rostos no pescoço dela e apoiando as cabeças nos ombros. Elas já pareciam sólidas novamente. Quentes, macias e exatamente como as crianças que ela amava tanto.

— Não esqueça da gente — sussurrou Gerdrut, colocando uma coisa pequena e fria na palma da mão de Serilda.

— Claro que não. Nunca. — Ela soluçou e os abraçou com força enquanto encostava os lábios em cabelo macio e cachos e tranças e...

Nada.

Seus braços se fecham no ar. Um vazio. Um arrepio na pele onde cinco dos seus maiores amores tinham estado.

Serilda deu um grito, a ausência súbita deles a atingindo como uma adaga no coração.

Sem confiar no Erlking, ela encarou Velos.

— Elas estão... seguras?

Embora a expressão do deus fosse de consternação, ele assentiu.

— Erlkönig as libertou. Elas são minhas agora.

Ela murchou ao ouvir as palavras dele. Naquela perda repentina e inesperada havia também uma sensação de felicidade inexprimível.

Ela tinha conseguido.

As crianças estavam livres.

Naquele momento mesmo, os espíritos delas podiam estar de volta em Märchenfeld, reencontrando as famílias. Ao amanhecer, elas passariam pelo portão e entrariam em Verloren. Era exatamente o que Serilda desejava, pelo que lutava.

Ela secou as lágrimas e abriu a mão. Gerdrut tinha lhe dado o anelzinho de ouro. O infantil igual ao que Áureo tinha, exibindo o selo real da família.

Com uma fungada alta, ela o enfiou no dedo mindinho.

— E agora — disse Perchta —, eu tomarei o que é meu.

Serilda ergueu a cabeça novamente. Tudo estava acontecendo muito rápido.

— Espere. O meu filho. Por favor, me deixe me despedir. Me deixe ao menos… ao menos sentir… — Ela se levantou, oscilante, a mão esticada, mas estava longe demais do caixão e da barriga redonda que carregava seu filho em gestação.

— Eu já esperei demais. — Perchta se curvou sobre o corpo de Serilda, fechou o punho na flecha que havia no pulso logo abaixo da pena e quebrou a haste em duas antes de arrancar a flecha da carne.

Serilda sentiu um puxão no peito, no fundo do espaço aberto onde seu coração deveria estar. Seguido de uma dor no pulso…

A cicatriz tinha se aberto. Sangue escorria pela mão. Serilda fechou a mão sobre a ferida. No momento seguinte, uma tontura se apossou dela. Uma vertigem que a fez cambalear para trás e mal conseguir se segurar antes de cair. A câmara se inclinou para o lado.

Em seguida, uma libertação.

Ela era um floco de neve capturado por uma ventania. Procurando um lugar onde cair. Um lugar para pertencer.

Sua atenção se voltou para o lampião de Velos. Uma chama eterna, brilhando forte. Era um conforto. Uma promessa. Ela foi tomada de calor e todo o mundo virou a luz daquele lampião.

Ela deu um passo à frente.

— Maldito, Erlkönig — rosnou Velos. O deus estava furioso, mas não com ela. Ela deu outro passo, atraída para a frente em vez de repelida por aquela raiva.

— Não era hora dela e aquele bebê não pertence a você.

O Erlking respondeu sem remorso.

— Também não era hora de Perchta. Você deveria estar satisfeito de receber uma compensação tão generosa. Nossa negociação acabou. Pegue seus novos prisioneiros e vá embora.

Velos balançou a cabeça. Embora a expressão fosse de tormenta, ele ergueu o lampião para Serilda. Um gesto de boas-vindas.

Serilda chegou mais perto. Ignorando o sangue pingando da ferida, ela esticou a mão.

— Serilda... não!

Ela hesitou. Aquela voz. Ela a conhecia. Reconhecia a forma como a luz dentro de seu peito tremeluziu com o som.

Uma figura saiu das sombras e se jogou no chão ao lado do caixão para alcançar alguma coisa no chão. O cabelo acobreado na luz fraca, os olhos arregalados e frenéticos quando ele olhou para ela, segurando a ponta quebrada da flecha que a tinha amaldiçoado.

Na outra mão, uma espada de ouro.

— Áureo? — sussurrou ela, abaixando a mão de leve.

Áureo estava ali. Como?

Ela balançou a cabeça, tentando entender melhor, mas estava tão cansada, tão esgotada.

— O que ele está fazendo aqui? — rugiu o Erlking. — Quem o libertou?

Áureo se levantou e correu até Serilda. Segurou a mão dela, ignorando o sangue grudento, e fechou os dedos dela na haste da flecha. A pena preta roçou na palma de sua mão.

Na mesma hora, a sensação atordoada e desconectada passou. Ela se sentiu mais sólida, mais completa. Não totalmente intacta, mas também não vazia, procurando. Novamente presa ao solo.

— Madeira de freixo — disse Áureo, como se isso explicasse tudo. — Não solta.

Uma risada soou e ecoou nas paredes de pedra da câmara. O som era meio selvagem, meio eufórico. Mas também um pouco parecido com Serilda quando ela estava satisfeita demais com algo inesperado.

Áureo se colocou na frente dela, a espada em posição, embora estivesse tremendo. Serilda olhou para além dele, para a fonte da risada, e viu... ela mesma. Seu corpo. Sentando-se no caixão. Aros dourados brilhando nos olhos abertos. Cabelo comprido cascateando sobre o manto rubi idêntico ao que estava em seus ombros.

— Minha nossa — disse Perchta olhando para seu corpo novo e apoiando a mão na barriga. — Que sensação diferente.

— É só por uns meses — disse o Erlking, ajoelhando-se ao lado dela. — Então você vai ter um filho, como sempre quis.

Perchta sorriu para ele e Serilda sentiu como se o chão estivesse se movendo sob seus pés. Ver a si mesma, seus próprios olhos, observando o Erlking assim. Suas mãos se movendo, aninhando o rosto dele. Sua boca apertando a dele com avidez.

Uma mão pousou no braço dela e a sobressaltou.

— Vem — sussurrou Áureo. — Temos que sair daqui.

Ele puxou Serilda para a escada. Ela cambaleou atrás dele, segurando a haste da flecha, ainda sentindo que poderia se dissolver em pé a qualquer passo em falso. Mas a flecha era sólida, e a mão de Áureo no cotovelo dela era real, mesmo que ele também fosse apenas um espírito amaldiçoado e desconectado.

Desconectado.

Não... Áureo ainda tinha um corpo em algum lugar, com uma flecha enfiada no pulso. Ele ainda tinha a cicatriz. Ainda tinha a maldição que o prendia naquele mundo, meio vivo.

Ela só tinha uma flecha quebrada. Sem aquele objeto, seu espírito aproveitaria a primeira oportunidade para seguir para Verloren.

Serilda abriu a mão para olhar a madeira lascada, a pena preta, mas, assim que fez isso, foi tomada de vertigem de novo. Ela tropeçou, caiu em cima de Áureo. Eles estavam perto da escada. Ele parou para dar uma olhada nela e sua atenção foi capturada por outra coisa. Áureo arregalou os olhos.

— Ora, se não é o cavalheiro príncipe encantado.

Segurando a haste de flecha, Serilda se virou.

Perchta estava de pé agora, andando com determinação pela câmara em direção a eles. Foi imaginação de Serilda o jeito como os aros nos olhos dela ardiam em vermelho?

— Trezentos anos presa naquele lugar. Por *sua* causa.

Perchta ergueu a outra metade da flecha quebrada e a segurou como uma adaga. Apesar de Áureo ter uma espada e Serilda saber que seu antigo corpo não tinha sido feito para força física, ela sentiu uma pontada de medo.

Perchta mostrou os dentes e atacou.

Áureo ergueu a espada.

Uma sombra pulou entre eles, rosnando. Serilda gritou e caiu para trás, recostando na parede. Áureo estava ao lado dela, a mandíbula aberta, enquanto eles olhavam para o monstro presente.

Um lobo preto, grande como o moedor do moinho do pai dela. O pelo das costas dele se eriçaram; as garras enormes rasparam o piso de pedra.

O Erlking soltou um grito de triunfo, o som tão arrepiante aos ouvidos de Serilda quanto o rosnado grave e trovejante do animal enorme. O deus os estava protegendo, Serilda percebeu. Enfrentando Perchta, a grande caçadora.

Mas, se Perchta se machucasse... o que aconteceria ao filho de Serilda?

— É Velos — murmurou Áureo, o tom cheio de assombro. — O grande lobo que guarda os portões de Verloren...

Serilda balançou a cabeça com lágrimas enevoando sua visão.

— Ele não pode machucá-la — disse ela, segurando o braço de Áureo. — Meu bebê...

Áureo olhou para ela, momentaneamente confuso. Mas o entendimento veio e foi logo seguido de horror. Ele moveu a espada que segurava e olhou quando Velos se curvou, batendo a mandíbula.

— Não! — gritou Serilda.

Não importava. Perchta era veloz demais, desviou do alcance da criatura e se adiantou para segurar o pelo comprido. Mesmo com o corpo desconhecido de Serilda, mesmo com um bebê crescendo dentro dela, Perchta era rápida como uma raposa, ágil como um gato. Ela segurou a haste da flecha com os dentes e subiu nas costas do lobo, os dois punhos agarrados no pelo.

Velos uivou, tentando jogá-la para longe, mas Perchta riu, os olhos acesos com um prazer nada humano.

— Eu sonhei com isso muitas vezes, seu vira-lata velho!

Um ruído grave e cantarolado reverberou nas paredes de pedra, o chifre de caça do rei. O som foi seguido de um trovejar de passos. Primeiro, Serilda achou que estavam vindo do castelo acima, mas então um enxame de figuras começou a surgir na escada que levava a Verloren e passar pelo portão.

Não fantasmas. Não espíritos perdidos.

Sombrios.

Os mesmos que tinham sido presos e recuperados pelo deus da morte. As correntes de ouro cintilavam nos pulsos deles, mas as expressões de traição tinham se transformado em expressões de vitória.

— Agora, meu amor!

Perchta ergueu a metade da flecha que ela segurava. A ponta de ouro brilhou na luz das tochas. Velos deu um salto para cima, mas como ela não foi arremessada para longe, o lobo começou a se transformar. Por um breve momento, Serilda viu a forma bestial começar a diminuir, o pelo preto se alongar e voltar a ser a capa preta do deus.

Mas Perchta soltou um grito de guerra e enfiou a flecha na parte de trás do pescoço do lobo.

CAPÍTULO

Trinta e nove

UM GRITO SOBRENATURAL EXPLODIU DA GARGANTA DA BESTA. FOI UM som que sacudiu o âmago de Serilda. Um grito que fez a própria terra tremer. A pedra embaixo deles se partiu, um único corte irregular serpenteando do portão de Verloren, como um raio que atravessou o espaço até os degraus do palácio. As pedras sacudiram e gemeram quando a terra se abriu embaixo deles.

— Agora! — gritou o Erlking. — Rápido!

Os sombrios se aproximaram e arrancaram as correntes de ouro dos próprios membros. Eles deviam ter planejado aquilo. Treinado, até. Como eles enganariam o deus a ponto de ele acreditar que as correntes os tinham controlado se o Erlking nunca pretendeu cumprir a parte dele do acordo?

Com precisão milimétrica, os caçadores cercaram o grande lobo e enrolaram as correntes de ouro em volta do corpo enorme. A criatura saltou, lutou e mordeu, mas os sombrios eram numerosos demais e, assim que as correntes estavam apertando o corpo, a resistência sumiu. Velos ficou ofegante, as correntes prendendo o corpo do pescoço às pernas traseiras, o que o deixou impotente.

— Finalmente — disse o Erlking, dando um passo à frente para encarar a grande besta. — Conquistar Eostrig foi uma alegria, mas ter o senhor da morte? Eu esperei muito para tê-lo aos meus pés. *Mestre*. — Ele rosnou com repulsa. — Você achou mesmo que eu entregaria minha corte toda? Que eu os sacrificaria a *você*? — Ele estalou a língua. — Você pode ser um deus, mas *eu* sou o Rei dos Antigos. Os sombrios são *meus*.

O Erlking ergueu a mão para Perchta. Ela a segurou como se fosse uma noiva recebendo ajuda para sair da carruagem de casamento. Desceu das costas do lobo e foi para os braços do Erlking.

Ao redor deles, as paredes grunhiram. O vão irregular no chão se alargou. O portão tremeu. Blocos de terra e pedaços de pedra caíram do teto trêmulo.

A beirada de destruição mais perto do portão se abriu com um grito que penetrou na cabeça de Serilda. Ela cobriu as orelhas. Até os sombrios se encolheram com o som profano e recuaram quando o chão se abriu.

O portão começou a cair. Madeira lascada de freixo em ruínas, desabando na terra aberta. Além do portão, a escada também tremeu e começou a despencar. A ponte para Verloren...

— Vem! — gritou Áureo, embora Serilda mal o ouvisse em meio ao caos. Ele a puxou para longe da destruição, pelo arco. As paredes tremeram quando eles correram para cima. A escada rangeu, as rachaduras se alargaram.

— O que está acontecendo? — gritou Serilda.

— Eles capturaram Velos — gritou Áureo. — Talvez o portão fosse sustentado pela magia do deus.

Quando se aproximaram do topo da escadaria, ela reparou que as paredes não estavam mais tremendo. A terra tinha parado. Mas Serilda tinha medo de que fosse segui-los. Que o vão embaixo do castelo fosse se abrir tanto que acabaria engolindo todo o castelo Gravenstone, levando os dois junto.

Eles tinham que sair dali.

Serilda não estava mais presa, não estava mais amaldiçoada. Mas Áureo poderia sair? O corpo dele estava em Adalheid, mas com ele aprisionado na masmorra dali, eles não tinham testado o que aconteceria se ele saísse do abrigo daqueles muros. Serilda não tinha ousado deixar Gravenstone desde a chegada, pois não teria podido levar as crianças junto. Além do mais, eles estavam cercados por todos os lados pelo Bosque Aschen. Para onde ela teria ido?

Eles chegaram ao alto da escada e ela viu a luz da Lua do Luto brilhando pela claraboia da rotunda lunar, banhando as paredes de prateado.

Assim que correram para a rotunda, um pano pesado foi jogado sobre eles, jogando-os no escuro. Serilda gritou e empurrou o tecido, tentando sair de debaixo dele, mas só se apertou mais sobre ela.

— Áureo!

— Fica parada! — gritou ele. Ele enfiou a ponta da espada no tecido e cortou para baixo, abrindo um buraco.

— Esperem! — gritou uma voz de criança. — Não é o Erlkönig!

Áureo enfiou o braço pela abertura e rasgou o tecido o suficiente para ele e Serilda saírem. O tecido, uma tapeçaria enorme, caiu aos pés deles.

Ao redor deles havia uma horda de monstros. Nachtkrapp, drudes, elfos. Criaturinhas aquáticas e waltschrats desgrenhados. Bukavacs de seis pernas e halgeists de focinhos compridos e um contingente inteiro de katzenveit, cada um usando um gorrinho vermelho. Havia muitos monstros para os quais Serilda não tinha nome. Bestas com presas e chifres, escamas e asas, pelos e olhos esbugalhados enormes.

À frente havia uma garota humana. Uma criança com olhos azuis vívidos e cachos de cabelo dourado. Serilda a teria reconhecido em qualquer lugar, apesar de ela estar bem diferente do retrato dentro do medalhão. Aquela não era uma princesinha mimada. A garota à frente deles era uma guerreira. Usando uma mistura de peles e escamas, os cachos presos e uma expressão de ferocidade sombria no rosto, a menina lembrou a Serilda as donzelas do musgo. E, como o povo da floresta, ela também estava pesadamente armada. Três lâminas no quadril, outra na coxa, um machado na mão.

— Vocês não são os sombrios — disse a princesa com desdém decepcionado. — Cadê o Erlkö... — Ela parou abruptamente e arregalou os olhos. — Você é o fiandeiro de ouro. E *você*. — Ela apontou para Serilda com o machado. — A noiva do rei. O que aconteceu com a sua mão?

Serilda olhou para ela com olhos arregalados. Ela tinha se esquecido da ferida, do sangue escorrendo pelo seu pulso. Ainda estava segurando a haste da flecha quebrada com tanta força que seus dedos estavam dormentes.

Sem esperar a resposta de Serilda, a garota ofegou.

— Me dá isso! — gritou ela, tentando pegar da mão de Serilda.

— Não! — gritou Áureo. — Se ela soltar a flecha, ela... — Ele parou de falar abruptamente.

A princesa não tinha segurado a flecha. Ela tinha tirado com habilidade o anelzinho de ouro do dedo mindinho de Serilda.

— Isso é meu! — disse rispidamente, olhando de cara feia para Serilda, como se ela fosse uma ladra comum. — Onde você o encontrou?

— Eu... no salão. Com as tapeçarias. Eu não sabia... — Os pensamentos de Serilda estavam girando em todas as direções. — É você mesmo. Você estava aqui esse tempo todo?

Um grito explodiu na escada, seguido por um uivo perturbado. *Velos.*

— O que está *acontecendo* lá embaixo? — perguntou a princesa. — Nós estamos esperando há horas pra emboscar os sombrios! Vocês sabem há quanto tempo estamos planejando isso? Vamos, pessoal! Reagrupar!

Os monstros pegaram a tapeçaria e quase derrubara Serilda e Áureo na pressa para arrumá-la de volta. Gritos soaram na escada. Grunhidos e o trovejar de passos.

— Assumam seus lugares! — gritou a princesa.

Os monstros recuaram até as paredes para não estarem visíveis quando os sombrios surgissem lá de baixo, deixando Áureo e Serilda sozinhos embaixo do vidro da rotunda.

— Saiam! — disse a princesa. — Eles estão vindo! E, pelo amor de Hulda, coloque uma atadura nessa ferida. Você está sujando todo o chão de sangue!

Ao ver que Áureo ainda estava perplexo olhando para a irmã (que claramente não se lembrava dele), Serilda o segurou pelo cotovelo e o arrastou até a parede, consternada de ver que realmente tinha deixado um rastro de sangue para trás.

Meros segundos se passaram e os primeiros sombrios apareceram, correndo para ficar à frente da câmara abaixo, desabando.

— Agora! — gritou a princesa.

Os monstros se adiantaram, assim como a líder, o machado golpeando junto a garras e presas.

Os demônios foram pegos de surpresa e Serilda viu seis caírem em segundos, as feridas se abrindo em nuvens pretas de vapor pútrido. Mas eles eram imortais. Eram caçadores. E logo estavam reagindo, aumentando em número conforme mais saíam da escada para a rotunda.

— Eles não têm como vencer — disse Áureo, as mãos tremendo enquanto amarrava uma faixa de tecido arrancado da camisa no pulso de Serilda para estancar o sangramento. — Os sombrios vão massacrá-los.

Talvez ele estivesse certo, mas parecia que a tenaz princesa e sua tropa de monstros eram páreo duro para os sombrios surpresos, pelo menos por enquanto.

No meio da luta, um grupo de sombrios surgiu puxando correntes de ouro. Os músculos deles estavam retesados, os rostos tensos. Os caçadores se reuniram em torno deles para dar a eles proteção contra os monstros da princesa enquanto puxavam o lobo preto para o patamar.

— Grandes deuses, o que é aquilo? — gritou a princesa. — E quem...? — Ela piscou. Um sombrio deu um golpe de espada na direção dela, mas a princesa o bloqueou e cortou o braço do sombrio acima do cotovelo. A espada e o membro caíram no chão. O sombrio gritou e saiu cambaleando, mas a princesa já o estava ignorando e olhava para a mulher de manto vermelho avaliando a batalha ao seu redor.

A princesa inclinou a cabeça. Olhou de Perchta para Serilda. De Serilda para Perchta.

— Lar, doce lar — refletiu Perchta. Ela esticou um braço e pegou no ar um drude que passava voando. Em meio segundo, já tinha partido o pescoço da criatura.

A princesa gritou.

— Günther!

O grito dela chamou a atenção de Perchta.

— Ora, se não é a queridinha garota de Adalheid. Quem imaginaria que você causaria tantos problemas?

A princesa recuou, atordoada.

A princesa pegou uma maça que tinha caído no meio da batalha e entrou na luta com tudo. Ela golpeou a arma na direção de qualquer um que chegasse perto demais, derrubando o fluxo de monstros tão rápido quanto Serilda podia respirar. Demorou um momento para Serilda perceber que o Erlking também tinha aparecido e estava parado ao lado do corpo caído de Velos, olhando seu amor lutar e golpear com a graça de uma dançarina em um palco.

— Se esconde — disse Áureo, empurrando Serilda para um corredor. — Sai daqui!

— O quê? O que você...?

Áureo saiu correndo para a luta com a espada na mão, cortando demônios. No começo, Serilda achou que ele estava indo atrás da caçadora, e o terror a dominou ao pensar no bebê, tão vulnerável dentro do corpo daquela mulher maligna e sedenta por sangue. Mas, não, Áureo estava correndo até a princesa, que tinha voltado para a luta. Áureo enfiou a espada nas costas do oponente mais próximo dela e empurrou o demônio para o lado, sobressaltando a princesa, que estava com o machado e uma espada curta erguidos em posição de ataque.

— Você de novo!

— Vem comigo! Rápido!

Ele a segurou pelo cotovelo e a arrastou para a alcova na qual Serilda tinha entrado, e Serilda teve certeza de que, se a princesa não estivesse tão confusa com tudo que estava acontecendo, teria arrancado o braço dele com a mesma facilidade com que tinha cortado fora o do demônio.

— O que vocês estão fazendo? — perguntou a princesa. — Se escondendo, como covardes?

— Vocês não têm como vencer essa batalha! Eles são imortais! — Áureo indicou um sombrio que estava naquele momento se levantando, apesar do buraco fumegante no peito. — E o que você acha que o Erlking vai fazer quando te capturar? Vem, a gente precisa sair daqui!

Ele segurou a princesa pelo braço e fez sinal para Serilda sair correndo. Só que apesar de ser bem mais alto do que a garota, assim que ele começou a puxá-la, ela se inclinou para trás e chutou o joelho dele.

Áureo gritou e caiu.

— Eu não vou abandonar meus soldados no calor da batalha! — berrou ela.

Áureo olhou para ela e fez um gesto com as mãos apontando ao redor.

— Seus *soldados* são um bando de monstros que vão acabar sendo mortos!

A princesa rosnou.

— Nós vamos expulsar os invasores — disse ela com desprezo. — Esse castelo é meu! O plano é meu!

— E a vida é *deles*! — gritou ele. — Olhe em volta. Você já perdeu metade dos seus soldados. Quantos sombrios vocês mataram?

A princesa se empertigou toda, com a mandíbula contraída com teimosia. Mas ela olhou em volta. O chão da rotunda estava cheio de bestas caídas, grandes e pequenas. E, sim, havia sombrios feridos. Alguns com membros cortados, outros chiando de dor e sem nem conseguir andar direito. Mas eles se recuperariam. Continuariam lutando.

Ela engoliu em seco, os olhos brilhando... não de fúria, mas de derrota. As narinas se dilataram quando ela olhou com raiva para Perchta, que estava gritando em um frenesi de êxtase enquanto cortava um monstro atrás do outro.

— Quem é aquela? — sussurrou ela, olhando para Serilda. — *Você* é a contadora de histórias, noiva do rei. Então quem é aquela?

Serilda engoliu em seco.

— Perchta, a caçadora. O Erlking trocou todos os fantasmas pela alma dela e usou... Ele está usando meu corpo como veículo para abrigá-la.

A princesa empalideceu. Mas o horror dela foi breve. A menina empertigou os ombros e ergueu o machado na direção do corredor principal.

— Recuar! — gritou ela, saindo da alcova. — Meus monstros, nós temos que bater em retirada! Fugir deste lugar! Escapem enquanto puderem. É uma ordem da sua rainha!

Os monstros mais próximos dela pareceram momentaneamente perplexos, mas não desobedeceram. Em pouco tempo, os gritos de batalha foram substituídos pelo caos da retirada: dezenas de monstros correndo para os corredores, alguns saindo por janelas e fazendo cacos de vidro chitocoverem no castelo enquanto fugiam para a floresta.

— Ótimo. Vem com a gente — disse Áureo.

Mas, desta vez, a princesa soltou o braço dele antes que ele pudesse segurá-la com firmeza. Ao olhar para Perchta, ela rosnou e ergueu o machado.

— O que você está fazendo?

— Estou defendendo o meu castelo. Não posso sair dele, então vou continuar lutando enquanto puder. — Ela lançou um olhar intenso para Áureo também. — Eles não são os únicos imortais.

CAPÍTULO

Quarenta

A GAROTA ROSNOU E SE PREPAROU PARA ATACAR A CAÇADORA.

— Nós podemos quebrar sua maldição! — gritou Áureo.

Ela cambaleou e hesitou quando, do outro lado da rotunda, Perchta os viu na alcova. Sem monstros com quem lutar, ela foi na direção deles.

— O que você disse? — perguntou a princesa, sem tirar os olhos da caçadora.

— Seu corpo está em Adalheid — disse Áureo. — Se eu puder chegar nele, posso romper sua maldição. Desconectar você de Gravenstone. Mas preciso de tempo. Por favor, não a desafie. Não agora. Você precisa se esconder!

A princesa balançou a cabeça lentamente, os nós dos dedos apertando o cabo do machado.

— Esses demônios… eles vêm para tirar *tudo* de mim. Não vou permitir. Não de novo! — Ela ergueu a voz, falando com Perchta e o Erlking, que estava parado olhando como se a batalha fosse um show executado para sua diversão. — Você pode ser a caçadora, mas seu corpo me parece bem frágil, se quer saber a minha opinião.

Perchta sorriu e passou a mão pela lateral da barriga.

— Caiu melhor do que eu esperava. Faz com que tudo pareça um pouco mais… *perigoso*. — Ela tirou uma adaga de um sombrio caído e a ergueu acima do ombro. — Imagino que você não possa morrer, mas há outras formas de punir um desrespeito desses.

Ela riu e arremessou a adaga. Áureo se jogou na princesa. Ele a derrubou no chão, o corpo se preparando para o impacto da faca.

No mesmo instante, uma forma desceu do alto com um berro agudo. Um nachtkrapp partiu o ar entre Áureo e a caçadora, pegando a lâmina com a asa. O bicho gritou de dor e caiu, deslizando pelo ladrilho do piso.

— Lovis! — gritou a princesa, lutando debaixo do peso de Áureo. — Ah, minha bestinha amada! Que horror!

A princesa rugiu e empurrou Áureo.

— Eu vou matá-la! *Eu vou matá-la!*

— Ah, tente, por favor.

Áureo ficou de pé e segurou a princesa, jogando-a para trás de si. Ele ergueu a espada.

Perchta rosnou.

— Melhor ainda. Estou esperando há muito tempo pra me vingar de *você*, principezinho.

— Se você o quer — declarou uma nova voz —, vai ter que lutar *comigo* primeiro.

Agathe apareceu com uma espada curta em cada mão, cortando facilmente qualquer sombrio que ousasse entrar no caminho até ter se colocado como escudo na frente de Áureo e da princesa.

Perchta ergueu uma sobrancelha, nada impressionada.

— E quem é você?

— Uma caçadora e guerreira, como você. Uma com uma dívida grande com o príncipe de Adalheid.

Perchta a observou.

— Você me parece um fantasminha triste. Por que não foi levada com os outros?

— Eu pedi pra ficar. Tinha pendências a resolver. — Agathe desviou o olhar para o Erlking, que estava encostado no ombro do lobo negro com o conforto de alguém se apoiando em uma poltrona. — E, sim, Sua Obscuridade poderia me forçar a me ajoelhar. Poderia insistir para que eu entregasse as armas e não lutasse enquanto seus demônios cortam a cabeça dos meus ombros uma segunda vez. Mas acho que ele não fará isso. — Ela fixou um sorriso lupino na caçadora. — Nós não íamos querer estragar a diversão, não é?

Agathe atacou.

Perchta gargalhou, desviando dos ataques de Agathe até conseguir pegar uma azagaia no chão. Com a arma na mão, ela enfrentou Agathe golpe a golpe, como duas dançarinas em uma coreografia.

Agathe desviou da ponta da azagaia e empurrou a caçadora.

— Vossa Alteza, fuja! Saiam daqui, seus tolos!

— Sim, fujam! — disse Perchta. — Mas não vão para longe. Não terminei com vocês ainda!

Serilda desviou o foco da batalha e viu que a princesa ainda estava agachada sobre o nachtkrapp que tinha levado o golpe de adaga por ela, com lágrimas correndo pelas bochechas sujas. O corvo noturno era uma coisa sem olhos e sem alma que, de alguma forma, tinha passado a amar aquela garota. Ou ao menos admirá-la o suficiente para se sacrificar para protegê-la. Serilda mal conseguia acreditar que era possível.

— Princesa — disse Serilda. — Essa pode ser nossa única chance. Você esteve escondida esse tempo todo. Se puder ficar mais um pouco, nós vamos para Adalheid quebrar sua maldição.

— Eu não sou uma princesa — disse ela, mas boa parte do fogo tinha sumido de sua voz. — Eu sou a rainha de Gravenstone. A única rainha aqui por muito tempo.

Ela tirou a lâmina da asa da ave. Ainda estava respirando, mas fracamente. O corpo tremeu de dor.

— Meu querido Lovis, eu sinto muito — sussurrou ela antes de enfiar a adaga no coração dele.

Serilda se encolheu, embora soubesse que a morte rápida era uma misericórdia.

— Seu sacrifício não será esquecido — disse a princesa, a voz tremendo. — E não será desperdiçado. — Ela inspirou fundo, se levantou e olhou ao redor, para tantas criaturas caídas. O chão estava coberto de sangue, uma parte vermelho, mas havia outras manchas e poças feitas de preto grudento e até de dourado cintilante. Sangue dos monstros. — Nenhum desses sacrifícios será desperdiçado. — Ela encarou Áureo e Serilda e assentiu com ferocidade. — Vocês têm certeza de que conseguem me libertar destes muros?

— Certeza, não — disse Áureo. — Mas eu acredito que sim.

— Então eu gostaria que você tentasse. Conheço um caminho para sair daqui. Vamos. — Sem esperar resposta, a garota passou por eles correndo.

Serilda olhou para a batalha uma última vez.

Perchta, usando a pele de Serilda como se fosse dela, se movia com uma graça e força que Serilda nunca tinha tido. Embora Agathe fosse uma oponente digna, Serilda sabia que ela não venceria aquela luta.

O que aconteceria com ela?

Agathe tinha escolhido ficar, ajudá-los, quando poderia ter ido para Verloren com os outros espíritos. O que o Erlking faria com ela por essa traição?

Serilda avistou o Erlking. Olhando não para Perchta e Agathe, mas para ela. Intrigado. Curioso.

Ele levou a mão à aljava nas costas e pegou uma flecha com ponta preta. Ela tinha visto deuses presos por aquelas flechas pretas, o basilisco e o unicórnio. Mas tinha visto o Erlking usar uma flecha de ponta preta para outra coisa também. Ela o tinha visto matar um fantasma. Libertar o espírito dele.

O Erlking colocou a flecha na balestra e mirou em Serilda.

Com um grito, ela segurou Áureo e o puxou para trás da parede do corredor. Ela ouviu o barulho da balestra disparando e se abaixou por instinto.

Mas ele não tinha disparado nela nem em Áureo. Pela passagem, eles viram a flecha se alojar na lateral de Agathe. Ela ofegou de dor. O sangue que escorreu da ferida não foi vermelho, como o que cobria sua túnica, mas oleoso e preto.

Perchta, que estava preparada para enfiar a azagaia na panturrilha de Agathe, ergueu o rosto com um rosnado.

— Perdoe a interferência — disse a voz melosa do Erlking —, mas temo que seu príncipe esteja escapando.

— O que vocês dois estão esperando? — sibilou a princesa, reaparecendo no corredor.

Embaixo da rotunda lunar, Agathe encarou Áureo pela última vez.

— Vossa Alteza. Me perdoe. Eu queria salvar os fantasmas. Não sabia... minha lealdade à sua família... minha dívida paga...

Áureo balançou a cabeça, sem palavras.

— Vão — sussurrou Agathe. — Fujam! — Foi a última palavra que ela conseguiu dizer antes de seu corpo entrar em convulsão e ficar imóvel. O sangue preto rastejou pelo corpo dela, devorando-a inteira.

Serilda segurou o braço de Áureo e eles fugiram.

Apesar das pernas curtas, a princesa era veloz, e praticamente voou pelos salões do castelo. Áureo e Serilda ofegaram atrás dela, a capa vermelha ondulando como uma vela. Atrás, ela ainda ouvia Perchta rindo. Cruel e fria com a voz de Serilda.

A princesa os levou por uma série de passagens estreitas usadas pelos criados, descendo um lance de escada, passando pela cozinha e finalmente até o lado de fora.

Eles correram por baixo da colunata externa e se encostaram em uma série de colunas, prestando atenção em sinais de estarem sendo perseguidos. Serilda só ouvia o barulho da floresta. Vento batendo em galhos de madeira e o ruído de insetos e sapos.

E um som mais profundo. Mais distante, mas parecendo vir de debaixo deles. Um gemido dentro da terra.

— Olhem! — gritou Áureo, apontando.

Os galhos do amieiro que formavam uma copa sobre o castelo todo estavam mudando. As folhas caíam volta deles como uma nevasca. Era outono, o que ficava claro pelos vermelhos e laranjas vibrantes na floresta ao redor, mas Serilda sabia que essa não era a progressão natural de um amieiro se preparando para o inverno. Ela o tinha visto ser trazido de volta à vida pelo unicórnio e agora estava murchando novamente para uma morte apressada.

— O amieiro crescia a partir de Verloren — disse Serilda. — Se Verloren estiver morrendo...

A princesa se virou.

— Como assim, se Verloren estiver morrendo?

Áureo balançou a cabeça.

— Acho que não temos tempo para explicar.

— Espere — disse Serilda, vendo as raízes do amieiro encolherem e empretecerem. — Eostrig e Freydon!

— Agora não é hora para preces — murmurou a princesa.

Áureo deu de ombros.

— Eu poderia argumentar que é exatamente a hora para preces.

— Não é isso. Eles... — Serilda olhou na direção do estábulo, mas já sentia a impotência tomando conta. O unicórnio e o grifo estavam longe demais. Mesmo que eles conseguissem chegar até os deuses antes que Perchta e os sombrios os alcançassem, ela não sabia se eles conseguiriam abrir as jaulas para libertar os dois.

— Nada. Eu explico depois. Vamos.

— Eu só posso trazer vocês até aqui — disse a princesa. — Um passo no pântano seco e vou desaparecer para reaparecer na ponte levadiça. Repetidamente. Não posso sair deste castelo.

— Ainda não — disse Áureo. — Se esconda agora e eu vou te libertar. Eu juro.

A princesa ergueu uma sobrancelha para ele.

— Veremos.

O rosto de Áureo foi tomado de dor e Serilda percebeu que ele queria esticar os braços e abraçar a irmã, mesmo com a grande chance de ela o partir no meio, se ele tentasse.

Mas eles ouviram a risada de Perchta de dentro do castelo.

— Nós temos que ir — disse Serilda. — Você vai se esconder?

A princesa riu com deboche.

— Eles não vão me encontrar.

Áureo assentiu e, juntos, ele e Serilda correram pela colunata, entraram e saíram do fosso seco e entraram correndo no Bosque Aschen. Sem estarem presos a castelo nenhum, mas ainda amaldiçoados. Ainda presos do lado sombrio do véu, sem conseguirem andar entre os mortais.

As sombras das árvores se fecharam em volta deles. Um segundo depois, ouviram assobios e passos pela floresta. E a voz cantarolada de Perchta:

— Corra e se esconda, principezinho. Essa é minha parte favorita.

Os pelos da nuca de Serilda se eriçaram. Eles ficaram paralisados, tentando discernir onde ela estava enquanto a luz fraca da manhã passava em meio às folhas de outono.

Um graveto estalou.

Eles se agacharam no meio da vegetação. Serilda apertou a haste da flecha quebrada enquanto Áureo mantinha a espada erguida.

— Este corpo pode ser lento e desajeitado, mas continuo sendo a grande caçadora — continuou Perchta, a voz como uma cantiga. — Vou atrás de você e terei o prazer de arrancar a pele da sua carne. Você não pode se esconder de mim.

Serilda a viu nessa hora. Perchta passando entre árvores como um fantasma.

Ela engoliu em seco e seu corpo estremeceu.

Ela sabia que eles não podiam fugir. Talvez conseguissem lutar, mas nem Agathe tinha conseguido tocar na caçadora, e Serilda tinha medo de que machucá-la pudesse machucar o bebê.

O que eles poderiam fazer?

A fuga estava tão próxima, mas, com Perchta ali perto, ela se sentia presa como sempre.

Ela olhou para Áureo. Ele a encarou, igualmente impotente, igualmente perdido.

As folhas em volta da capa de Perchta sussurraram e estalaram. Mais um passo e ela os veria...

Com a rapidez de uma víbora, Perchta enfiou a mão no meio da vegetação e pegou uma das tranças de Serilda. Ela gritou quando a caçadora a puxou para que ficasse de pé.

Da capa, a caçadora tirou uma flecha de ponta preta, talvez a mesma que ela tinha visto ser disparada em Agathe, recuperada para um novo propósito. Uma flecha capaz de matar fantasmas. Ela encostou a ponta na garganta de Serilda.

— Você — sussurrou Perchta — tinha que ter seguido para Verloren.

— Espere! — gritou Áureo, a espada se movendo.

Devagar demais.

Perchta enfiou a flecha na garganta de Serilda.

CAPÍTULO

Quarenta e um

SERILDA SE ENCOLHEU, O CORPO TODO EM CONVULSÃO.

Áureo gritou e golpeou com a espada, cortando o braço de Perchta.

Mas Serilda não sentiu nada.

E a espada... atravessou a caçadora como se ela fosse feita de névoa, deixando o corpo mortal de Serilda intacto.

A trança de Serilda escapou da mão de Perchta e Serilda cambaleou para trás, quase conseguindo se manter em pé, mas caindo no chão da floresta.

A flecha de ponta preta tinha passado direto por ela.

Uma imobilidade se apossou deles. Perchta, iluminada pelos primeiros raios filtrados de luz da manhã, olhou sem entender para o lugar onde Áureo e Serilda estavam.

— Ela não consegue nos ver — sussurrou Áureo. — O véu... ela está do outro lado.

A caçadora percebeu na mesma hora. Ela examinou a flecha na mão e observou a carne quente das mãos e braços.

— Ela é... mortal agora? — perguntou Serilda.

A caçadora riu de novo, parecendo-se mais com Serilda depois que a sede de sangue tinha passado.

— Acho que vou ter que esperar um pouco mais pra me vingar. Até lá, meu príncipe.

Ela ajustou a capa e se virou para Gravenstone.

Áureo virou-se para Serilda.

— O que aconteceu naquela caverna? Os sombrios são *mortais* agora?

— N-não — disse Serilda. — Acho que não. Deve ser porque Perchta está em um corpo mortal. Mas o resto... — O corpo dela tremeu. — Velos sabia.

— O Erlking também sabia? Esperava que ela estivesse do lado do véu oposto ao dele?

— Não sei. — Serilda se encostou em um tronco de árvore, ainda segurando a flecha de freixo na mão. — Ainda estou tentando entender o que aconteceu.

— Eu também. — Depois de um longo silêncio, Áureo sussurrou: — Aquela garota é minha *irmã*.

Serilda segurou a mão dele e apertou com força.

— Sinto muito. Ela estava lá o tempo todo e eu não tinha ideia.

— Nem eu. Ela pareceu ser... incrível.

— Feroz, com certeza.

— Sim, exatamente! — Ele abriu um sorriso largo, mas que sumiu rapidamente. — Eu não tive oportunidade de dizer para ela quem eu sou. Nem de perguntar o nome dela.

— Mas vai ter. Nós vamos quebrar a maldição dela, Áureo. Você vai voltar a vê-la.

Ele engoliu em seco e assentiu, embora ela pudesse ver que ele não estava consolado.

— Como está seu pulso?

Serilda verificou a atadura feita às pressas, mas só viu uma manchinha de sangue pelo tecido.

— Nem estou sentindo direito.

E era verdade, embora Serilda não soubesse se isso era uma coisa boa ou ruim.

— O Erlking não traria Perchta de volta para eles ficarem separados entre cada lua cheia. — Ela olhou para Áureo, mas ele também não tinha respostas. Com um suspiro, ela prosseguiu. — A gente devia seguir em frente. Botar o máximo de distância possível entre nós e Gravenstone.

Áureo inspirou fundo.

— E quanto antes chegarmos em Adalheid, melhor.

Serilda olhou em volta pela floresta, observando os galhos nodosos acima, os amontoados de fungos do tamanho de pratos brotando de troncos caídos, as samambaias de cortiça e o líquen. O cheiro era de frutas silvestres e solo barrento e coisas podres e coisas vivas e coisas crescendo ao redor.

— Por aqui, eu acho — disse Áureo sem muita certeza, mas Serilda não tinha ideias melhores.

Abrir caminho pela vegetação foi um processo lento e traiçoeiro. Serilda ficou grata pela proteção da capa, embora, cada vez que ficava presa em arbustos, parecia que havia garras se esticando para segurá-la.

Depois de um tempo, Áureo pegou um pedaço de barbante encerado na manga da túnica e entregou para Serilda.

— Use isto pra amarrar a haste da flecha no seu pescoço. Se você a perdesse... Ele deixou o resto da frase no ar.

Ele não precisava terminar. Serilda se lembrava da sensação da alma se soltando daquele reino. Do desejo que sentiu de seguir o lampião de Velos.

— Como você se libertou? — perguntou ela, pegando o barbante da mão de Áureo e o passando em volta da flecha com segurança, logo abaixo da pena.

— A mestre de armas. Agathe. Ela disse que o Erlking disse para ela que estava planejando libertar os fantasmas e deixar que Velos ficasse com eles na Lua do Luto, mas ela pediu para ficar. Disse que preferia ser caçadora, mas sabia que seria a melhor oportunidade de me ajudar. Eu acho que ela tinha ideia do que aconteceria. Então, ela me soltou da masmorra, me deu uma espada e me contou para onde o Erlking tinha levado você. Ela ficava me chamando de *Alteza* e perguntando se eu poderia perdoá-la. Eu não falei nada. Achei que fosse outra armadilha, que ela nos trairia de novo. Mas agora... — Ele passou a mão pelo cabelo. — Ela estava mesmo tentando compensar o que fez. Acho que teria mesmo ficado com os sombrios como caçadora, por mais que os desprezasse. Ela estava abrindo mão da chance de ficar livre só para poder me ajudar. — Ele suspirou. — Espero que ela esteja em paz agora.

Serilda engoliu em seco quando prendeu o barbante atrás do pescoço e enfiou a flecha dentro da gola do vestido.

— O espírito dela deve estar em Verloren. Livre dos sombrios. E ela conseguiu, todos os fantasmas, as crianças, todos estão livres. — A voz dela falhou. Uma tristeza súbita cresceu dentro dela. Serilda não tinha tido tempo de lamentar as perdas. De pensar sobre o que tinha acontecido na câmara. — Agathe conseguiu te ajudar, o príncipe de Adalheid, e fez tudo isso sob o controle do Erlking. É impressionante. Ela decidiu ficar contra ele em meio a tão poucas escolhas que lhes foram oferecidas.

Enquanto isso, que escolhas Serilda tinha feito? Ela tinha dado ao Erlking precisamente o que ele queria. Tinha perdido a si mesma. Perdido o bebê. Não podia deixar de xingar a Lua do Luto por tudo que tinha roubado dela.

— Sabe o pior de tudo? — disse Áureo em tom sombrio. — Eu saí correndo daquela masmorra tão rápido que esqueci completamente as minhas colheres. — Ele suspirou. — Eu trabalhei muito por aquelas colheres.

Serilda riu, mas foi uma risada seca e fugaz.

— Esse tempo todo eu achava que sabia o que o Erlking estava planejando. O que ele pretendia fazer. Mas estou seguindo o rastro errado há meses.

— Me conta o que aconteceu — disse Áureo, o tom gentil. — Quando eu cheguei lá, tudo estava um caos.

Serilda passou a mão no olho.

— Aconteceu muito rápido. Mas vou me esforçar pra contar.

Ela começou. Desde o Erlking os levar para as profundezas embaixo do castelo até a chegada de Velos e dos fantasmas. Ela contou a Áureo sobre ter visto o pai e os pais dele também, o rei e a rainha. Áureo deu de ombros ao ouvir isso, o que fez Serilda lembrar que ele ainda não conseguia se lembrar dos pais, então não teria sido exatamente um reencontro mesmo que ele estivesse lá. Mas ela percebeu que a resposta indiferente era subterfúgio. Com ou sem lembranças, ele teria amado encontrar os pais, assim como Serilda desejava ver a mãe, o único espírito que não tinha subido de Verloren.

Ela contou a Áureo sobre as negociações e que o Erlking tinha oferecido de trocar os fantasmas *e* os sombrios pelo espírito de Perchta. Que tinha usado o corpo de Serilda como veículo para abrigá-la. Mas que essa negociação tinha sido falsa. Ele nunca tinha pretendido sacrificar os sombrios, e assim que Perchta estava de volta, os demônios voltaram e prenderam Velos na forma de um grande lobo usando as correntes de ouro para segurá-lo.

Serilda deixou de fora só a parte em que foi decisão dela trocar as crianças pelo seu corpo. Que importância tinha agora? O que estava feito estava feito.

Áureo assobiou baixinho.

— Capturar um deus. Filho da mãe diabólico.

— Não é só Velos — interrompeu Serilda. — Ele está tentando capturar todos os deuses. Está com Eostrig, Freydon, Hulda, e tenho quase certeza de que Solvilde e Tyrr também, e agora Velos. Só falta…

— Espere aí — disse Áureo, o rosto contorcido. — Eu vi Velos virar lobo, mas e os outros? Como é possível? A Lua Interminável não chegou ainda.

— Ele os está caçando há anos. E ultimamente… teve ajuda. — Ela franziu a testa. — Seu ouro.

Ela explicou o que tinha visto na tapeçaria no salão. As sete bestas… os sete deuses. Áureo ficou cético, e quando ela contou que acreditava que o basilisco era Solvilde, deus do céu e do mar, ele não pôde segurar o brilho divertido que surgiu nos olhos dele.

— Não ouse rir — disse Serilda.

Áureo riu mesmo assim.

— Você acha que aquela criatura galinha-cobra bizarra é um *deus*?

— É um basilisco. E, sim, eu sei, tem... uma aparência incomum. Mas é uma das bestas mais temidas de todo o folclore. Você mesmo viu como o veneno era poderoso.

— Sim, mas mesmo assim. — Áureo abriu bem as mãos. — É parte *galinha*.

— E Pusch-Grohla virou um lindo unicórnio bem na frente dos meus olhos. E se Hulda for o tatzelwurm... bem faz sentido.

Áureo riu com deboche.

— Faz? O tatzelwurm é em parte gato, em parte serpente, e você está me dizendo que é responsável por eu conseguir transformar palha em ouro?

— Sim — insistiu Serilda. — O tatzelwurm é uma besta reverenciada. É ao mesmo tempo elegante e feroz e está em *todo* o seu castelo. Em estátuas nos jardins e subindo em pilares na sala do trono, e, claro, no selo da sua família. Eu acho que Hulda era a deidade padroeira da sua família, o que explicaria seu dom. Então, se Hulda se transforma em tatzelwurm... faz sentido.

— Parece uma coisa de contos de fadas.

Ela olhou para ele, chocada.

— Você não entende, Áureo? Isso *é* coisa de contos de fadas. *Você* é coisa de contos de fadas. Príncipes bonitos que matam caçadoras malvadas e são amaldiçoados dentro de castelos assombrados são coisa de contos de fadas.

Ele inclinou a cabeça, os olhos captando um pouco da luz.

— Bonito?

Serilda revirou os olhos.

— Bonito *e* humilde.

Ele piscou e segurou a mão dela para ajudá-la a passar por cima de um tronco caído.

— Eu não estou dizendo que você está errada. É que... eles são *deuses*. São mágicos, poderosos e... e você está dizendo que ele pegou quatro deles mais ou menos em quatro meses quando, em todos os séculos antes, só conseguiu pegar dois?

— Ele quase pegou Wyrdith — disse ela. — Na última Lua Interminável. No ano em que meu pai encontrou o deus ferido e reivindicou o desejo, pedindo por um filho ou filha.

— Certo, então o Erlking *quase* pegou Wyrdith, mas não conseguiu.

— Não, mas isso mostra que ele os caça há muito tempo, e, como você diz, não é fácil pegar um deus. No começo, ele usava aquelas flechas pretas. Elas têm algum tipo de veneno que consegue pegar os deuses. Forçá-los a ficar na forma bestial e mantê-los... congelados, de certa forma.

— As flechas de Perchta — disse Áureo. — Provavelmente o que a tornou uma caçadora tão boa. Mas, se ele estava com elas, por que precisava das correntes de ouro?

— Ele não tinha o suficiente. Duas estavam sendo usadas para acalmar Tyrr e Solvilde. Eu sei que ele tem pelo menos mais uma. Ele a usou pra matar um fantasma na minha frente uma vez. Preciso pensar. A flecha que tiramos do basilisco devia ser a mesma que ele usou pra prender o unicórnio. E a que usou pra matar aquele fantasma pode ter sido a mesma que ele usou pra matar Agathe.

— Que Perchta deve ter recuperado pra vir atrás de nós.

Ela assentiu.

— São só três flechas pretas. Não é o suficiente pra capturar sete deuses. Ele precisava de outra coisa.

Uma sombra atravessou as feições de Áureo.

— E os fios de ouro servem pra isso. Ele está planejando isso desde o começo.

— Entre seu ouro e as minhas histórias dizendo pra ele exatamente onde encontrá-los, nós facilitamos o trabalho.

Ele falou um palavrão baixinho.

— Eu já estava achando ruim quando ele estava caçando criaturas míticas, mas... os deuses antigos? E eu estou o *ajudando*.

— Você está me protegendo — disse Serilda, apertando a mão dele.

— E que trabalho ótimo eu tenho feito — murmurou ele, usando a espada para abrir caminho em meio a uma vegetação mais densa.

Serilda suspirou, mas sabia que não daria para persuadir Áureo a não se sentir culpado pelo papel dele nisso. Ela também se sentia responsável. Se não tivesse mentido sobre fiar ouro lá atrás...

— Mas *por quê*? — disse Áureo. — Basta um deus pra fazer um pedido! Quem desperdiçaria tempo coletando os sete?

— Eu também não entendo. Eu tinha certeza de que ele queria pedir a volta de Perchta, mas encontrou outro jeito de trazê-la de volta, o que significa que nunca foi pra isso que ele queria os deuses. Mas agora que ele está com ela, a corte e o castelo...

Um momento de silêncio se estabeleceu entre eles. Nenhum dos dois tinha respostas.

O que mais o Erlking poderia querer?

— Você acha que ele virá atrás de nós? — perguntou Áureo. — Perchta pode estar do outro lado do véu, mas não parece que a caçada esteja. Você sabe como ele odeia perder.

— Ele odiaria perder *você*, talvez — disse Serilda. — Mas eu... ele já tem o que queria de mim. Está com meu corpo como veículo para Perchta. Está com o meu filho... — A voz dela tremeu e ela olhou para Áureo ao se dar conta de que finalmente podia contar a verdade a ele.

A criança na barriga, prisioneira daqueles demônios, era filho *dele* também. Ela não precisava mais mentir. As crianças estavam seguras em Verloren. O Erlking não tinha mais nada para usar contra ela.

Mas, quando ela abriu a boca, as palavras entalaram na garganta. Ela hesitou.

— O quê? — disse Áureo, olhando para ela de um jeito peculiar. Ele parou de andar para encará-la. — Você vai começar a chorar, Serilda. — Ele colocou as mãos nos ombros dela. — Sinto muito. Isso tudo foi demais para você. Mas nós vamos resolver. Juntos. Está bem?

Ela abriu um sorriso vago.

— Sim. Juntos.

Juntos.

Desde a noite em que o conheceu, sempre houve algo os separando. O véu. O Erlking. Uma masmorra.

Com todas as coisas horrendas que aconteceram, aquilo, pelo menos, era uma bênção. Eles estavam juntos. Poderiam resolver.

Serilda podia contar a verdade sobre o filho deles. *Contaria* a verdade.

Mas ainda não. Não com eles perdidos em uma floresta inclemente que tanto os mataria quanto os abrigaria.

— Ele não vai precisar caçar você — disse ela lentamente. — Vai saber que você ainda quer quebrar sua maldição e que, para isso, você precisa ir pra Adalheid. Ele vai esperar que você volte em algum momento. Então, faz mais sentido ele se concentrar em caçar os deuses.

— Deus — corrigiu Áureo. — Se você estiver certa, só falta um.

Um arrepio desceu pela coluna de Serilda quando ela os contou em pensamento.

Tyrr, a serpe.

Solvilde, o basilisco.

Hulda, o tatzelwurm.

Eostrig, o unicórnio.

Freydon, o grifo.

Velos, o lobo.

O único deus que ainda não tinha sido capturado era Wyrdith, a ave de rapina. Deus das histórias. Deus das mentiras. Deus da fortuna e do destino.

A deidade padroeira de Serilda.

— Nós precisamos encontrá-lo primeiro — murmurou ela. — Podemos não saber o que ele está planejando, mas sabemos que vai ser algo horrível.

— Eu não discordo — disse Áureo —, mas como você pretende encontrar um deus?

Serilda pensou. Como o Erlking tinha encontrado a maioria dos deuses? Porque ela tinha dito precisamente onde encontra-los.

Ela pensou na história que tinha contado sobre como os deuses tinham criado o véu e para onde eles tinham se recolhido quando terminaram.

Wyrdith para os penhascos de basalto na extremidade norte de Tulvask.

— Os penhascos — disse ela. — Wyrdith vai estar em algum lugar perto dos penhascos de basalto, ao norte.

A expressão de Áureo ficou perturbada.

— Tudo bem, nos penhascos. Vamos seguir para o norte então.

Ela o encarou. Viu o tormento por trás dos olhos dele.

— Depois de irmos a Adalheid — disse ela. — Depois que libertarmos a sua irmã.

Áureo abriu a boca, mas hesitou. E um sorriso pesaroso surgiu no rosto dele.

— Obrigado.

— Não é só pra libertá-la. E a você também, na verdade. Wyrdith é só um deus, mas tem outros três aprisionados em Adalheid. Parece que o Erlking vai precisar dos sete pra fazer o que está planejando. Nós temos que tentar libertá-los. Hulda, Tyrr e Solvilde.

— A galinha-cobra — disse Áureo com um tremor. — Será que a gente não pode deixar o Erlkönig ficar com *um* deus?

Serilda revirou os olhos.

— E se formos bem-sucedidos? — disse Áureo. — Se libertarmos esses deuses debaixo do nariz do Erlking? A caçada vai encontrá-los de novo, não vai? Eu não costumo ser a voz da razão, mas eles são imortais. Os deuses nem conseguiram mantê-los presos. Eles tiveram que criar o véu pra segurá-los, e até isso os deixa sair uma vez por mês. Tudo parece tão… inútil.

— Espera — disse Serilda, se empertigando. Ela ergueu um dedo, arregalando os olhos. — Você tem razão!

Áureo amarrou a cara.

— Que a gente não dever nem se dar ao trabalho?

— Não isso. Os deuses não conseguiram prender os sombrios. Fizeram o véu, mas ele tem fraquezas... as luas cheias. E o que os sombrios sempre quiseram, mais do que tudo?

— Mutilar e torturar mortais inocentes até que grandes poemas épicos sejam escritos sobre a maldade deles e recitados ao longo das gerações?

— Bem, sim — admitiu Serilda. — Mas mais do que isso, querem liberdade. De Verloren. Do véu. — Ela colocou a mão no pescoço, segura de que sentiria a pulsação disparada lá. Mas, não... nada tremia debaixo da pele dela. — O Erlking me contou uma vez que quer o mundo todo. É pra isso que ele está reunindo os deuses. Ele quer destruir o véu, mas vai precisar de todos eles pra desfazer a magia.

— Pelos deuses vivos — murmurou Áureo. — Você pode estar certa.

— Com o véu destruído, eles seriam mestres sobre o mundo mortal.

Serilda tentou imaginar aquilo tudo. A crueldade dos sombrios. Como eles escravizariam os mortais, assim como tinham escravizado os fantasmas. Ela tinha que impedi-los. Não só por ela mesma. Não só por seu filho ainda não nascido. Mas por todos os humanos inocentes que não tinham ideia do destino horrível que os aguardavam se os sombrios conseguissem o que queriam.

— Áureo... nós somos os únicos que sabemos sobre isso. E se formos os únicos que podem impedir?

Áureo deu uma risada seca.

— Acho que é melhor a gente ir mais rápido, então.

CAPÍTULO

Quarenta e dois

ELES ANDARAM POR QUASE UMA SEMANA. PERCORRERAM A FLORESTA, dormiram em meio a raízes de árvores, se perderam e deram meia-volta e encontraram o caminho certo antes de se perderem de novo. Sentiram gratidão por não *precisarem* de comida e água para sobreviver, mas mais ainda quando conseguiram frutas silvestres e frutas de outono maduras.

Criaturas os observaram das sombras. Não só aves e raposas, mas monstros também. Às vezes eles ouviam o ruído melódico do pelo de um schellenrock, os gritos agudos de um bazaloshtsh distante. Duas vezes, Serilda viu o gorro vermelho de um espírito da floresta escondido entre um grupo de cogumelos, e uma noite eles encontraram um waltschrat pequeno e peludo no caminho, que sibilou e gritou e os seguiu por quase uma hora, jogando bolotas e pedras nos calcanhares deles, e só saiu correndo depois que Áureo pegou a espada de ouro e perseguiu a criatura até o meio das árvores. O monstro mais assustador que eles encontraram foi um drekavac, que teria parecido um bebê humano se não fosse o pelo marrom comprido e as mãos em garra. A criatura rosnou para Áureo e Serilda dos galhos de uma árvore, e Serilda teve certeza de que os atacaria assim que eles dessem as costas, mas, depois de um longo impasse, saiu correndo e desapareceu.

Embora os assombros da floresta espreitassem de todas as sombras, Serilda logo perdeu a sensibilidade ao medo. No mínimo, com o passar dos dias, ela começou a sentir uma proximidade com o bosque. Ela não passava de um espírito agora, separada do corpo e sem conseguir atravessar para o mundo mortal do véu. Ela era tão monstro quanto eles, argumentou ela a si mesma.

De que sentiria medo?

Finalmente, tarde da noite com uma lua minguante no céu, eles chegaram ao limite do Bosque Aschen e saíram em um vale de terra fértil de fazenda.

Eles foram para o sul e passaram a noite em um estábulo.

Tarde da noite, dois dias depois, perceberam que tinham que ter ido para o norte.

Quando finalmente conseguiram voltar para Adalheid, estavam cansados, mal-humorados e doloridos, o humor contrastando com a atmosfera festiva da cidade, que pôde ser sentida assim que eles passaram pelo portão da cidade.

Uma música alegre vinha das docas no lago, misturada com risadas e gritos. O dia estava nublado, um frio de outono no ar, mas dezenas de pessoas estavam na rua. Nenhuma conseguia ver Serilda e Áureo passando. Dois espíritos, presos no lado sombrio do véu. Serilda estava ansiosa para voltar para Adalheid. Para ver Leyna e a mãe dela, Lorraine. Para ver Frieda, a bibliotecária, e todas as pessoas que se reuniam em torno da lareira no Cisne Selvagem para ouvir Serilda contar suas histórias todas as noites.

Ela não esperava se sentir solitária daquele jeito ao estar de volta entre o povo da cidade, mas invisível para eles. Ela não podia tocar neles. Não podia falar com eles. Não podia contar que estava bem.

Mais ou menos bem.

Eles chegaram às docas. No lago, o castelo continuava imponente sob o sol de outono.

Áureo segurou a mão dela, um gesto que a aqueceu muitas vezes nos dias anteriores.

— O que eles estão comemorando?

Serilda observou o ar jovial da multidão. Parecia que a cidade toda estava nas ruas, protegida por casacos e chapéus para afastar a brisa que vinha do lago, mas com sorrisos largos, como se fosse um dia lindo de verão. Mesas estavam montadas na praça central perto das docas, exibindo um grande banquete. Havia travessas cheias de queijos e abóbora, carnes curadas e tortas de peixe, castanhas assadas e romãs sem semente.

E flores. Havia flores para todo lado. Não só os amores-perfeitos e ervas de sempre nas jardineiras das janelas, mas também rosas e crisântemos e folhas de couve onduladas enfiadas em vasos e baldes na rua, e mais presas em um arco decorativo colocado em um dos píeres.

— Parece um casamento — refletiu ela.

Uma melodia exuberante de trompete soou e chamou a atenção de todo mundo.

— Três vivas para o casal feliz! — gritou o açougueiro da cidade, balançando um braço na direção do Cisne Selvagem. — Madame Prefeita e Madame Professora!

A porta da estalagem se abriu e Lorraine e Frieda saíram. Frieda ficou com as bochechas coradas e Lorraine balançou a cabeça, como se a pompa toda fosse absurda, mas as duas com sorrisos de orelha a orelha. Apesar de seus vestidos serem simples, Serilda desconfiava que deviam ser os melhores que elas tinham, e as duas estavam com coroas de flores no cabelo.

Elas estavam tão lindas e tão felizes, os braços entrelaçados.

Serilda uniu as mãos com alegria.

— *É* um casamento!

Talvez ela não devesse ter ficado tão surpresa. Quando ela conheceu Lorraine e Frieda, os sentimentos de uma pela outra eram óbvios, embora as duas fossem tímidas demais para agir. Ela se perguntou se tinha sido Leyna, filha de Lorraine, que as juntou.

Assim que pensou, Leyna colocou a cabeça para fora da porta da estalagem e limpou a garganta de forma significativa.

O açougueiro soltou uma risada estrondosa.

— E a srta. Leyna, claro!

Leyna andou atrás da mãe e da bibliotecária, segurando um buquê de crisântemos. Lorraine esticou a mão, segurou a da filha, e juntas elas três andaram pelo arco de flores enquanto o povo da cidade dava gritos entusiasmados.

O casamento foi ao mesmo tempo encantador e barulhento, uma comemoração para todos. Houve rostos corados e risadinhas e promessas. Uma troca de alianças. Frieda até deu a Leyna uma pulseira de ouro como parte da cerimônia, prometendo nunca ser uma madrasta malvada como são as madrastas de contos de fadas. Leyna parecia estar explodindo de alegria quando Frieda a ajudou com o fecho. Serilda e Áureo ficaram afastados da multidão, vendo tudo.

Quando Frieda e Lorraine se beijaram, os gritos foram tão altos que Serilda achou que seus ouvidos ecoariam a noite toda.

— Um brinde! — gritou Roland Haas, que uma vez deu carona para Serilda na carroça dele, junto com um monte de galinhas. Ele ergueu uma caneca de cerveja e as pessoas logo se juntaram a ele. — À professora e à prefeita, que são tão boas e perfeitas. Sua alegria o mundo todo pode ver, e esperamos que em harmonia vocês possam viver. Se algum dia o amor de vocês for questionado... — Roland hesitou, procurando uma rima adequada. — Er... venham falar comigo e vou *dar o recado*! — O raciocínio rápido dele foi recebido com *vivas* da multidão, e Roland se curvou brevemente. — Estou longe de ser poeta, afinal, vocês sabem que eu rimo mal. Um amor grandioso como o dessas duas deve ser cantado e elogiado pelas ruas!

O brinde rimado foi recebido com gritos altos e vários copos esvaziados.

Os músicos recomeçaram, tocando uma cantiga alegre em flautas doces e de bambu. Pétalas de rosas foram jogadas no ar. A dança começou quando um grupo de pescadores executou uma coreografia energética ali nos paralelepípedos, seguidos de dezenas de crianças entrelaçando braços e saltitando em volta da plateia. Em pouco tempo, Lorraine e Frieda foram levadas até um banco, que foi erguido nos ombros das pessoas da cidade e levado em um desfile enquanto cantavam uma balada de casamento tradicional, o ritmo acelerado demais e todo mundo desafinado.

As bochechas de Serilda estavam doendo, mas ela não conseguia parar de rir.

Ainda assim, apesar da alegria que explodia dentro dela, Serilda também sentiu uma tristeza profunda. A mão de Áureo ainda estava na dela e, quando o encarou, o olhar dele estava assombrado.

Ele apertou a mão dela.

— Você queria ser parte disso?

— Sim. E você?

— Mais do que tudo. — Ele deu de ombros, fingindo indiferença. — Mas já estou acostumado. Eu desejo estar aqui, do lado deles do véu, há muito tempo.

— Alguma hora fica mais fácil?

Ele franziu a testa enquanto pensava.

— Eu achava que tinha ficado. Mas, depois que conheci você, ficou mil vezes pior. Eu teria dado qualquer coisa pra seguir você pra fora do castelo.

Serilda encostou a cabeça no ombro de Áureo.

— Estamos juntos agora.

— E agora — disse ele —, eu faria qualquer coisa pra ver você do outro lado, com eles.

Ela engoliu em seco. Se eles conseguissem quebrar a maldição de Áureo e da irmã dele, os dois seriam mortais de novo. Áureo ficaria do outro lado do véu. Mortal de novo.

Mas Serilda continuaria sendo só um espírito, sem corpo mortal para abrigá-la. Ela não podia nem contar mais com quebrar a própria maldição, não enquanto Perchta ocupasse seu corpo.

— Áureo — disse ela, voltando a atenção para ele. — Depois que libertarmos Hulda e Tyrr e Solvilde, eu vou tentar encontrar Wyrdith.

Ele franziu a testa.

— Por quê?

— Porque eu tenho um pedido a fazer.

Áureo olhou para ela por um longo momento.

— Então você vai libertar três deuses e sair correndo pra capturar um quarto? Serilda, eu não acho...

— Não capturar. Não quero capturar ninguém. Wyrdith me amaldiçoou antes mesmo de eu nascer, e por quê? Meu pai o *ajudou*. — Ela se apoiou em Áureo, puxando o manto em volta do corpo quando um vento frio soprou do lago. — Wyrdith tem uma dívida comigo. E quando eu o encontrar, vou fazer com que ele conceda meu desejo.

— Que é?

— Eu quero meu corpo de volta — disse ela. — E o meu filho.

Meu filho. Meu filho. Meu filho.

As palavras ecoaram na cabeça dela como o toar de um sino. Sem parar.

— Áureo, eu preciso te contar uma coisa — disse ela de repente.

Áureo ficou tenso com a intensidade súbita dela.

— O que houve?

— Nada. Quer dizer, tudo. Claro. Mas não é... Eu só preciso te contar uma coisa. Que talvez eu já devesse ter contado muito tempo atrás. Eu queria contar. Mas não podia. Eu ficava torcendo pra você perceber, porque aí eu não ia precisar mais guardar segredo, mas eu não sei se percebeu. Se você já se perguntou... — Ela parou de falar.

Áureo a estava observando com a testa franzida.

Serilda tinha tentado contar para ele mil vezes desde que eles fugiram de Gravenstone. Tinha repassado as palavras na mente incontáveis vezes. Praticado o que diria, tentado imaginar a resposta dele. Ela tinha aberto a boca e fechado, insegura, várias vezes. A hora nunca parecia certa, ela tropeçava nas palavras, tinha medo de a caçada selvagem os encontrar a qualquer momento.

Mesmo agora, não sabia bem como começar.

A música de repente ficou animada demais, efusiva demais. Incômoda aos ouvidos de Serilda.

— Não aqui — disse ela, se afastando da multidão e indo na direção da marina, para a extremidade de uma das docas.

O lago estava sem barcos naquele dia, mas a água estava agitada pelo vento. Dali, a música e as risadas tinham que competir com os estalos dos barcos de pesca, com os cascos se chocando com um som oco nas docas, as ondas batendo nas laterais.

— Serilda? — disse Áureo, ansioso com o longo silêncio dela.

Ela segurou as mãos dele, apesar de suas palmas estarem começando a suar.

— O quê? — insistiu Áureo. — Só me conta logo, seja o que for.

Ela inspirou fundo.

— O bebê. O meu filho. É... bom... é seu. Seu filho.

Ele franziu mais a testa.

— Por causa... do acordo que fizemos? O ouro pelo seu primogênito? Serilda, você não pode achar que eu...

— Porque você é o pai, Áureo. — Ela engoliu em seco e falou de novo, mais baixo agora. — Você é o pai.

Ele a encarou, os cílios tremendo.

— De que você está falando? O Erlking...

— Nunca tocou em mim. Não desse jeito. Ele... — Ela fez uma careta, desejando que aquela conversa não precisasse ser manchada com o Erlking e o acordo horrível que eles fizeram. — Ele descobriu que eu estava esperando um filho, e no começo queria — ela estremeceu — se *livrar* dele. Mas eu o convenci de que a criança poderia se revelar uma fiandeira de ouro. Depois disso, ele exigiu que eu me casasse com ele e fingisse que o filho era dele, para que quando Perchta voltasse ele pudesse dá-lo pra ela, e ninguém questionaria que o filho era dele, era *deles*. Ele falou que, se eu contasse a verdade pra alguém, ele puniria as crianças, e eu não podia... Eu não podia deixar que ele fizesse mal a ninguém. Eu queria desesperadamente te contar a verdade, mas não podia.

Áureo soltou as mãos das dela e as enfiou no cabelo.

— Mas só houve aquela noite. E... e eu... — Ele indicou o corpo. O corpo de espírito. — Como...?

— Não sei. Eu também não entendo, mas não houve mais ninguém. O Erlking disse que sombrios e mortais podem ter filhos. Será que funciona do mesmo jeito com espíritos? Eu não sei. Mas eu sei que o filho é seu. Bem, nosso.

Ele a olhou boquiaberto por um longo momento. De repente, sem aviso, desabou na doca e se sentou de pernas cruzadas com um ruído desanimado.

— Você podia ter me dito para sentar primeiro.

Com uma careta, ela se ajoelhou ao lado dele e colocou a mão nas costas dele.

— Desculpa.

— Pelos deuses, Serilda. Um *bebê*. — Ele massageou a têmpora. — Eu vou ser pai.

Ela não ousou responder. Fez outra careta e esperou.

— Quer dizer, eu estaria mentindo se dissesse que não pensei... não tive esperanças... que talvez encontrássemos um jeito de recuperar seu corpo, de você ter o filho e nós ficarmos juntos, e claro que eu trataria a criança como minha... criaria como minha. Se você quisesse. — Um assombro surgiu na voz dele. — Mas... *é* meu. Eu vou mesmo ser pai. Eu...

Ele parou abruptamente. Um segundo depois, veio. O grunhido infeliz quando ele apertou as mãos no rosto e falou um palavrão baixinho.

— Eu teria sido pai.

Um silêncio tomou conta deles, a música animada contrastando com os pensamentos que incomodavam os dois.

O filho deles nunca os conheceria. O filho deles teria o Erlking e a caçadora como pai e mãe.

Serilda tentou imaginar como essa infância seria, mas sabia que não seria composta de paciência, compaixão e amor.

Soltando o ar longamente, Áureo abaixou as mãos e encarou Serilda.

— Apesar de eu ter acreditado que o filho era dele, havia uma parte de mim que se sentia responsável pelo bebê. E não só por causa do nosso acordo. Mas porque era o *seu* filho... eu já o amava. Eu queria estar na vida dele. E agora...

Serilda fungou.

— O que nós vamos fazer?

Ele encarou Serilda por um longo momento, pensativo. Ela viu as mudanças passando nos olhos dele. O desespero virar esperança, depois determinação.

Sem aviso, Áureo esticou os braços para Serilda e a puxou para o colo. Ela caiu em cima dele com um ofego e mal tinha recuperado o fôlego quando ele começou a beijá-la. Os braços a aninhando, as mãos no cabelo dela. Fazendo mil promessas com aquele toque.

Ele encerrou o beijo tão rapidamente quanto tinha iniciado. Suas bochechas ficaram vermelhas embaixo das sardas, os olhos faiscando, determinados.

— Nós vamos encontrar Wyrdith e você vai fazer seu desejo. — Ele encostou a testa na dela e passou os polegares pela bochecha de Serilda. — O Erlkönig tirou tudo de nós. Não vou deixar que ele tire isso também.

A Lua do Caçador

CAPÍTULO

Quarenta e três

ELES TIVERAM ESPERANÇA DE ENTRAR SORRATEIRAMENTE NO CASTELO de Adalheid semanas atrás, bem antes de precisarem temer o retorno do Erlking e dos caçadores. Mas, cada vez que tentavam, viam que a ponte levadiça estava levantada. O portão do castelo estava bem fechado. A não ser que pretendessem escalar os muros enormes usando garras e cordas (uma ideia que Áureo queria tentar, mas Serilda duvidava que tivesse força para conseguir executar), eles teriam que esperar.

Então eles esperaram.

No lado escuro do véu, desconhecido do povo de Adalheid, eles pegaram um quarto desocupado no Cisne Selvagem. O lugar estava movimentado com o fluxo constante de pessoas indo dar parabéns, presentes e conselhos não solicitados às recém-casadas.

Serilda, com ajuda de Áureo, descobriu que, apesar de estar do outro lado do véu, havia pequenas coisas que ela podia fazer para influenciar o reino mortal. Assim como Áureo, o poltergeist, tinha batido portas e derrubado castiçais, com esforço ela conseguia sacudir lustres e cortinas e até, se realmente tentasse, deslizar uma travessa de tortas de frutas pela mesa.

Usando essas habilidades, ela se esforçou para se comunicar com Leyna. Avisar à menina que ela estava ali, ao lado dela, com ela.

Mas não adiantou. Seus esforços não levaram a nada além de uma ocasional testa franzida de confusão e um olhar desconfiado pela sala, depois Leyna seguindo a vida como se nada de estranho tivesse acontecido.

E Serilda achava que isso podia ser normal para uma menina que tinha crescido cercada de histórias de um castelo assombrado e da caçada sombria.

Então, finalmente, na manhã fria e chuvosa da Lua do Caçador, eles olharam para o outro lado do lago e viram que o portão do castelo estava aberto.

Serilda relaxou de alívio. Ela tinha certeza, depois de esperar quase um mês, de que o portão só seria aberto à noite, e provavelmente só para receber o retorno dos caçadores.

— Perfeito — sussurrou ela. — O véu só vai cair daqui a horas.

Áureo tinha garantido a Serilda que nunca havia guardas na guarita nem nas torres, pois os sombrios, por serem as criaturas mais apavorantes daquele lado do véu, nunca precisavam se preocupar em defender o castelo contra invasores. Ainda assim, os dois concordaram que seria melhor ter uma história pronta caso eles encontrassem demônios.

Serilda colocou o manto vermelho e prendeu a espada de ouro no quadril. Áureo enrolou uma corda nos pulsos e entregou a ponta solta para ela como se fosse uma coleira.

Juntos, seguiram pela ponte. Serilda manteve a cabeça erguida, a expressão severa, quase ávida para explicar para qualquer sombrio que os parasse que ela, a rainha, tinha voltado antes de Gravenstone para devolver o poltergeist à prisão em Adalheid. A presença dele tinha sido incômoda demais, ela diria, e o Erlking se recusou a continuar tolerando as brincadeiras.

Se necessário, ela estava preparada para dar uma lista inteira dos delitos do poltergeist, desde tentar amarrar os cadarços das botas favoritas do Erlking a colocar esterco nos odres de vinho (duas pegadinhas que Áureo insistiu com alegria que tinha realmente feito antes), até o sombrio que os interpelasse se cansasse de ouvir e os mandasse passar.

Portanto, foi impossível Serilda não ficar decepcionada quando eles chegaram na guarita e as únicas criaturas que os notaram foram dois nachtkrapps pousados nos muros do castelo.

O pátio também estava vazio. Serilda sabia que todos os fantasmas tinham ido embora e pelo menos metade dos sombrios também. Eles esperavam que o castelo estivesse mais silencioso e mais vazio do que o habitual, considerando que a caçada selvagem não tinha voltado, mas o silêncio opressivo lhes causou arrepios.

Nem quando Áureo pigarreou alto apareceu alguém para questioná-los.

— Áureo — sussurrou ela. — Você consegue... você sabe... *puf?* — Ela estalou os dedos.

Os lábios dele tremeram.

— Puf? É isso que você acha que eu faço?

— Você sabe o que eu quero dizer.

Áureo olhou para a fortaleza, onde as janelas de vitral dos sete deuses pareciam terríveis e infelizes atrás da cortina de chuva.

Alguns segundos se passaram e ele balançou a cabeça.

— Não está dando certo. Quando o Erlkönig revogou minha maldição e me desconectou do castelo, as coisas devem ter mudado de forma que não consigo mais me deslocar como fazia.

— Não importa — disse ela, começando a desamarrar a corda. — Vou pegar Solvilde, você pega Hulda e nós nos encontramos na sala do trono pra libertar sua irmã e Tyrr.

Assim que as cordas caíram, Áureo a surpreendeu puxando-a para perto e dando-lhe um beijo na boca. Serilda retribuiu o beijo com intensidade e passou os braços pelo pescoço dele.

— Cuidado — sussurrou ela, interrompendo o beijo.

A expressão dele se suavizou.

— Toma cuidado *você*. A lendária galinha-cobra não é brincadeira.

— Ah! Eu quase esqueci. — Serilda pegou a espada no quadril, mas Áureo colocou a mão sobre a dela.

— Leva você.

— Mas... é você quem é treinado em combate.

— Acho que você vai conseguir se sair muito bem — disse ele, os olhos cintilando. — Além do mais, eu vou me sentir melhor se souber que você não está desarmada. — Áureo jogou as cordas por cima do ombro. — Te encontro na sala do trono?

— O mais rápido possível. Não faça nada idiota *demais*.

Áureo piscou para ela. E sumiu, correndo pela lateral da fortaleza na direção do zoológico.

Serilda subiu a escada correndo e entrou na fortaleza. Agora que os criados fantasmas tinham ido embora, ela reparou imediatamente nas teias penduradas nos lustres e na camada de poeira nos cantos do piso.

Ela se virou para a escada que levava ao salão dos deuses quando ouviu vozes vindo na direção dela do grande salão. Escondeu-se atrás de uma coluna e se encostou na parede quando duas mulheres apareceram.

— ... precisamos descascar nossas próprias batatas por mais um mês — resmungou uma. — Eu preferiria arrancar meus próprios dentes com uma pinça enferrujada.

— O que é um mês comparado à eternidade? — respondeu a companheira dela. — Sua Obscuridade prometeu que até a Lua Interminável nós vamos ter mais criados do que nunca.

A mulher fez um ruído de desprezo.

— Nós tínhamos criados suficientes. Fantasmas. Mortais. Que importância tem?

— Bem — disse a segunda mulher —, mortais não sangram no tapete todo, não é?

Isso fez a outra soltar uma risada sombria.

— Eles sangram quando querem.

A risada delas ecoou nas paredes enquanto as duas andavam na direção das salas menores.

Serilda estava tremendo de raiva quando saiu de detrás da coluna. Aquilo provava. O Erlking pretendia derrubar o véu e escravizar os mortais. O pensamento deixou um buraco no estômago dela.

Assim que não conseguiu mais ouvir os sombrios, ela correu escada acima para os corredores superiores. Com a espada na mão, disparou pelo corredor, preparada para derrubar qualquer drude que ousasse atacá-la.

Para sua surpresa... não houve ataque.

Ela chegou ao final do corredor sem incidente, a respiração ofegante o único som.

Colocou um pé na porta e a empurrou. Ela sabia que essa parte era ainda mais perigosa do que enfrentar uma horda de drudes. Serilda não podia deixar o veneno do basilisco tocar nela antes que ela tivesse oportunidade de libertá-lo da jaula e...

Ela ficou paralisada, olhando boquiaberta para o cômodo.

Não foi a evidência de destruição que a fez parar, embora houvesse marcas chamuscadas no chão e uma parede ainda estivesse escorada com andaimes de madeira. A sala estava deserta agora, exceto pela tapeçaria de Áureo e sua família, que parecia ter escapado da destruição do veneno incólume.

Não. O que paralisou Serilda foi o fato de que o basilisco havia sumido, e, no lugar dele, envolta em correntes douradas e sob a jaula do basilisco, havia uma *pessoa*.

A pele era escura como basalto polido e o cabelo emplumado brilhava em tons de turquesa, cobalto e laranja ardente. Tinha um nariz pontudo e lábios carnudos, uma figura impressionante, mesmo dormindo. A aparência era incrementada por roupas extravagantes: botas que iam até os joelhos, uma camisa preta de seda com mangas largas sob um colete bordô de cauda longa e botões de latão brilhantes em todos os lugares que uma pessoa poderia pensar em acrescentar botões.

Serilda não pôde deixar de notar com um toque de alegria que ela estava certa. Solvilde *realmente* se vestia como um pirata.

Ela baixou a espada e entrou na sala.

Não tinha dado nem meia dúzia de passos quando o deus respirou fundo e deu um bocejo exagerado. Seus olhos se abriram sonolentos e ele inclinou a cabeça para espiar Serilda com um olhar cor de tangerina. Embora seus olhos estivessem intactos, Serilda via tecido cicatricial áspero ao redor de suas órbitas oculares e lembrou que o basilisco tinha sido cegado, supostamente para que seu olhar não pudesse transformar ninguém em pedra.

— S-Solvilde? — sussurrou ela.

O deus do céu e do mar estudou Serilda por um longo momento, inspecionando-a da cabeça aos pés, dando atenção especial à espada. Ele abaixou a cabeça de novo.

— Venha me acordar novamente quando um herói adequado aparecer.

Serilda franziu a testa.

— Estou aqui pra libertar você.

— Você é um espírito errante.

Serilda olhou para o próprio corpo, imaginando como o deus sabia.

— Pode ser que sim — admitiu ela —, mas também fui eu quem tirou a flecha de você antes, pra que não ficasse mais preso na forma de basilisco.

Solvilde fez um som infeliz na garganta.

— Sim. Excelente vitória, aquela. Eu bateria palmas para você se minhas mãos não estivessem amarradas.

— Bem, é pra isso que eu estou aqui, não é? — Ela apoiou a espada em uma parede e se aproximou para inspecionar as cordas douradas. — Talvez você não devesse me julgar tão rápido.

— Você ainda não fez nada além de balançar uma espada. Nem é uma espada de verdade. Claramente, é um enfeite.

Serilda bufou.

— Sabe, você era meu favorito quando eu era criança. Estou me arrependendo disso agora. — Ela puxou algumas das correntes, mas estavam bem presas. Se ela conseguisse descobrir onde estavam presas à gaiola abaixo...

— Vou adivinhar — disse Solvilde. — Você gostava de contar histórias de marinheiros no alto mar, de sereias encantadoras e batalhas contra monstros marinhos.

— Bem, sim. Como você sabia?

Solvilde resmungou.

— Afilhada de Wyrdith.

— Oh. — Serilda levou a mão ao rosto. Às vezes ela se esquecia dos aros dourados nos olhos. — Eram boas histórias, sabe? Você tem alguma ideia de como essas correntes funcionam? Se eu conseguisse soltá-las...

— É tarde demais para isso — disse Solvilde. — Você devia fugir.

— Fugir? Por quê?

Um som de aço ecoou pela sala. Serilda engasgou e girou, alcançando a espada bem a tempo de bloquear um candelabro alto que foi na direção dela. O ouro encontrou o ferro e Serilda cambaleou para trás. O sombrio, uma mulher com pele cor de âmbar e enormes olhos esmeralda, avançou, a atacando de novo com um grunhido gutural. Serilda se defendeu, mas a força a empurrou para trás novamente. Golpe, bloqueio, ataque, defesa, cada movimento empurrando Serilda em volta de Solvilde e da gaiola no centro da sala até ela ter feito um círculo completo. Ela sabia que teve sorte de aquele demônio não ser um dos caçadores, que nem todos os sombrios eram lutadores excepcionais.

Mas Serilda também não era uma guerreira.

— Para trás! — disse Serilda entre respirações ofegantes. — Eu sou sua rainha!

Isso provocou uma risada estridente na mulher.

— Você nunca foi nossa rainha. Não passa de uma mortal patética. — Ela deu uma cuspada aos pés de Serilda. — Você acha que não percebemos que Sua Obscuridade estava usando você? Ele precisava de uma garota mortal para carregar uma criança. Quando tiver isso, ele vai jogá-la no lago com o resto do lixo.

Serilda fez uma careta.

— Bem — disse ela, chegando para trás quando a sombria se lançou sobre ela novamente —, ele *precisa* de mim para gerar aquela criança e vai ficar muito aborrecido se algum mal me acontecer!

— Infelizmente para você, um nachtkrapp chegou logo após a Lua do Luto para nos contar que Perchta, nossa verdadeira Rainha dos Antigos, retornou. Então, não, eu realmente não acho que Sua Obscuridade vá ficar aborrecido em saber que eu o livrei da irritante esposa mortal.

Serilda soltou um palavrão baixinho. Ela mal conseguiu bloquear outro golpe do candelabro.

— Honestamente, isso pode durar para sempre — lamentou Solvilde. — Apenas finja um golpe para a esquerda e, quando ela for bloquear, derrube-a à direita e fuja!

Serilda cerrou os dentes.

— Eu não vou fugir. Eu vim aqui pra te salvar.

— E você deu o seu melhor, querida. Agradeço muito, de verdade. Não seja tão dura consigo mesma.

Os braços de Serilda estavam tremendo com o esforço de rechaçar a sombria, de bloquear outro ataque. Quando a sombria se preparou para outro golpe, ela seguiu as sugestões de Solvilde, balançando a espada para a esquerda. A mulher aparou. As armas ressoaram e Serilda passou o pé direito ao redor do tornozelo dela. O demônio gritou e caiu para trás, e o candelabro voou de sua mão e deslizou pelo chão.

— Muito bem! — disse Solvilde, esticando a cabeça para ver.

— Não acredito que funcionou! — ofegou Serilda.

— Não há tempo para comemorar. Outros virão.

Serilda girou nos calcanhares.

— Sinto muito por deixá-lo assim!

— Ah, obrigado por tentar.

Serilda segurou a mão dele.

— Eu vou voltar pra te buscar, se puder.

Solvilde sorriu.

— E eles me chamam de dramático. Vai! Vai!

Com um aceno arrependido, Serilda recuou.

CAPÍTULO

Quarenta e quatro

ELA TINHA QUE ENCONTRAR ÁUREO. ELE SABERIA QUEBRAR AS CORRENTES do deus, ou pelo menos como soltá-las. Não é?

Serilda desceu correndo os degraus para o saguão de entrada, a sombria gritando para ela parar. Ela correu para o grande salão e se jogou debaixo de uma mesa, encolhendo-se o máximo que podia e tentando acalmar a respiração irregular.

Ela ouviu a sombria parar na porta, mas a mulher não se demorou. Um segundo depois, disparou em direção à sala do trono, gritando sobre haver uma intrusa no castelo.

Serilda saiu trêmula de debaixo da mesa. Ela encontraria Áureo, ajudaria na libertação do tatzelwurm, se ele ainda não o tivesse feito, e eles inventariam um plano para ajudar Solvilde.

Quando caminhava pelo castelo, mantendo-se nas sombras e nos corredores dos criados, ouviu uma comoção distante. Gritos e batidas e passos apressados.

Ela dobrou em uma esquina e colidiu com uma figura correndo na direção oposta.

Serilda gritou, segurou-se pouco antes de cair e olhou boquiaberta para a expressão atormentada de Áureo.

— Áureo!

Ele piscou com os olhos arregalados para a espada que cortou sua manga na colisão.

— Estão vindo! — gritou ele, pegando a espada de Serilda e agarrando sua mão. Ele começou a voltar pelo caminho de onde ela tinha vindo, entrando e saindo de corredores com os passos atrás deles ficando mais altos.

— Você libertou Hulda? — perguntou ela, ofegante.

— Não. Tem sombrios posicionados em volta do zoológico como guardas. Um deles me viu e me perseguiu, e eles têm ouro fiado, Serilda! Se nos pegarem... por aqui!

As palavras dele foram interrompidas por um grito. A mão dele foi arrancada da dela. A espada caiu no chão.

Serilda virou-se e viu Giselle, a cuidadora dos cães, enrolando uma corrente de ouro em torno de Áureo. Os braços dele estavam colados no corpo.

— Corre! — gritou ele, debatendo-se contra a captora.

Com um sorrisinho malicioso, Giselle se aproximou, colocando o salto da bota no punho da espada.

— Se não é o poltergeist. Como eu sonhei com isso...

No corredor, mais sombrios foram vindo, rápido.

Houve um momento de indecisão. Um momento terrível em que tudo ficou imóvel e Serilda não sabia o que fazer. Ela não podia deixar Áureo, mas também não podia ajudá-lo. Não podia lutar contra todos eles.

— *Corre!* — gritou Áureo novamente.

Ela tomou uma decisão. Virando-se, correu pelo corredor, entrando e saindo de salas e escritórios.

Os passos estavam distantes no momento em que ela chegou à sala do trono vazia. Serilda correu para a plataforma onde ficavam os dois tronos e firmou os pés no chão de pedra polida. Apoiou ambas as mãos na plataforma acarpetada e empurrou.

Deslizou para a frente com um guincho ensurdecedor.

Cada músculo se contraiu. Ela empurrou e empurrou até ter movido a plataforma o suficiente para que ela pudesse descer no poço cheio de ossos e crânios. Coroas e joias.

E os dois corpos perfeitamente preservados.

Serilda tentou não pensar nas pessoas que tinham sido jogadas ali e deixadas para apodrecer. Tentou ignorar a maneira como os ossos estalavam nos seus tornozelos enquanto ela andava entre eles.

Alcançou o corpo da princesa primeiro. Serilda mal tinha recuperado o fôlego quando agarrou a flecha alojada no pulso da garota e a quebrou com um estalo seco. O som ecoou pela sala do trono.

Então, Serilda virou-se para o príncipe. Ele ainda estava deitado sem jeito sobre os ossos na cova, um braço esticado para fora como se tentando alcançar alguém. Seus pais, talvez. Ou sua irmã.

Serilda pegou a flecha, as lágrimas embaçando a visão, mas ela se recusou a duvidar dessa escolha. Do que significaria. Para ele. Para ela. Não era parte do plano. Eles quebrariam a maldição da irmã dele, que a devolveria ao corpo mortal, mas esperariam para salvar Áureo. Porque, assim que ela fizesse aquilo, ele seria mortal novamente, e ela ainda seria um espírito, seu corpo entregue à caçadora.

Eles ficariam separados sempre, exceto nas noites de lua cheia em que o véu caísse. Áureo estaria do lado mortal. O mesmo lado que Percha. O mesmo lado que o filho deles depois que Perchta desse à luz.

Enquanto Serilda estaria presa aqui, e ficaria para sempre se nunca encontrasse uma maneira de recuperar o corpo.

Mas não havia outro jeito. Ela não o deixaria preso ali, não novamente.

Pegou a flecha que tinha amaldiçoado Áureo trezentos anos antes e a quebrou em dois pedaços.

Serilda tropeçou para trás, duas flechas quebradas nas mãos, suor pingando na nuca.

Ela mordeu o interior de sua bochecha e se encheu de esperanças. Esperanças de que estivesse certa. Esperança de que aquela maldição pudesse ser quebrada.

Os olhos da princesa se abriram primeiro, no mesmo momento em que Áureo soltou uma respiração ofegante. Ele se virou de lado com uma tosse violenta. A princesa estendeu a mão para o braço, para cobrir a ferida sangrando, enquanto olhava em volta, perplexa. Ela se sentou rapidamente para cima, observando os ossos ao seu redor.

Recuperando o fôlego, Áureo encontrou o olhar da irmã. Eles piscaram um para o outro.

Áureo se levantou.

— Não! *Serilda!* O que você fez?

Ela o havia libertado.

Tremendo, Serilda enfiou os fragmentos das flechas em um bolso dentro do manto. Ele não podia vê-la. A Lua do Caçador ainda não havia nascido. Mas apareceria em breve, e o véu cairia.

— Onde estamos? — perguntou a princesa. — O que aconteceu? Quem é *esse*? — Ela pegou uma caveira.

— Adalheid. Serilda quebrou nossa maldição. Eu não sei. Vamos sair daqui.

— Áureo foi para a beira do poço, sem ter ideia de que Serilda estava a poucos centímetros dele.

— Adalheid! — exclamou a princesa. — Funcionou? Estou fora de Gravenstone?

— Muito inteligente, Vossa Luminância.

Serilda virou-se e viu Giselle esperando em uma porta, jogando uma faca no ar e pegando-a em uma exibição tão flagrante de arrogância que a fez querer rir.

Em vez disso, ela lutou para fazer uma expressão de terror enquanto se aproximava da lateral do poço e saía com membros trêmulos. Atrás dela, ouvia as perguntas e comentários persistentes da princesa, mas tentou ignorar Áureo e ela. Eles não podiam vê-la. Não podiam ver os sombrios. Não podiam ajudar.

Ela estava sozinha agora.

— Por favor — disse, erguendo as mãos em súplica —, não me machuque.

— Por que não? — Pegando a faca, Giselle a apontou para Áureo enquanto ele e a princesa saíam do poço. — Você acabou de custar ao meu rei um dos seus bens mais valiosos.

— Sim, bem — Serilda abriu um sorriso —, não é a última coisa que vou tirar dele esta noite.

Giselle franziu a testa.

Serilda disparou em direção ao corredor.

A faca passou voando por ela e bateu na parede. Serilda expirou, feliz que seu palpite estava correto. Se Giselle fosse boa com uma faca, ela teria sido caçadora, não teria sido deixada para trás para cuidar dos animais.

Passou pelo enorme salão de jantar, por uma sala de jogos, e deslizou pela porta para o grande salão. Contornou a enorme lareira. A serpe rubinrot estava pendurada sobre a lareira, tão assustadoramente realista quanto antes, impassível depois de anos. Seus olhos semicerrados pareciam segui-la enquanto ela alcançava a flecha cravada em sua lateral.

Seus dedos se fecharam na haste e, com um berro determinado, a soltou. A ponta preta da flecha emergiu, junto com um pedaço de carne e escamas brilhantes. A força disso a jogou para trás e ela caiu sentada, ofegando enquanto olhava boquiaberta para a enorme besta.

Giselle apareceu atrás dela, o rosto contorcido.

— Por que você continua correndo, pequena mort...

Ela parou quando a cabeça da serpe girou em sua direção. Os olhos verdes piscaram. Uma vez. Duas. Uma língua bifurcada saiu do meio de uma boca horrível forrada com fileiras de dentes pontiagudos.

Com um rosnado baixo e vibrante, a serpe puxou uma asa e depois a outra dos pinos que havia muito a seguravam na parede do castelo. A besta estremeceu de dor, mas isso não a impediu de esticar as patas dianteiras com garras enormes em direção ao chão. Ela foi na direção de Giselle, que recuou lentamente.

Serilda não se lembrava de ter visto um sombrio com medo. Com medo *de verdade*.

Giselle ergueu a mão, como se pudesse argumentar com a criatura. Como se pudesse domá-la com alguns pedaços gordurosos de carne. Mas ela não tinha nem *isso* para afastar aquela besta enorme.

A mulher girou nos calcanhares. Começou a correr, na mesma hora que a serpe abriu as mandíbulas e expeliu um jato de chamas ardentes.

Serilda gritou e correu para trás quando um calor quase insuportável se espalhou pela sala.

Quando a serpe terminou, tudo o que restou de Giselle foi uma marca preta na parede de pedra e uma tapeçaria queimando até as cinzas.

O queixo de Serilda caiu. Ela piscou uma, duas, três vezes antes de conseguir falar.

— Você a matou! Você matou um demônio! Eu não achava que eles pudessem... ser...

Ela parou de falar quando a serpe girou para encará-la. Aproximou-se com os membros pesados e garras. Gotas de sangue oleoso pingaram nos tapetes da ferida aberta.

Serilda tremeu ao erguer a flecha negra, ainda tingida com o sangue da serpe.

— T-Tyrr? Meu nome é Serilda. Eu sou afilhada de Wyrdith. Eu não sou sua inimiga. Eu te libertei.

Atrás da serpe, ela avistou Áureo e a irmã se esgueirando pelo castelo... apesar de eles estarem enxergando um castelo bem diferente do que ela via. Um que estava abandonado há muito tempo, deixado para decair sob o peso do tempo.

Serilda engoliu em seco, desejando que Áureo pudesse vê-la. Desejando que ele soubesse que ela estava lá.

Mas eles estavam separados agora, até o pôr do sol. Quanto tempo mais até lá?

Ela encontrou o olhar assustador de Tyrr novamente e determinou que era um bom sinal que o deus ainda não a tinha queimado como um porco assado.

A serpe bufou e uma onda de calor queimou a pele de Serilda. Ela dilatou as narinas. Seus olhos se estreitaram.

Serilda levou um momento para perceber que a serpe não estava olhando para ela, mas para a flecha na sua mão.

— Ah... isso não é meu! — disse ela. — Eu nunca faria... hum. Aqui. — Ela quebrou a flecha no joelho e jogou os pedaços na lareira. — Melhor?

Nos corredores, o estrondo de passos sacudiu as paredes. O barulho de armas.

— Os sombrios estão chegando. Por favor, preciso da sua ajuda.

A besta chegou mais perto, tão perto que ela podia ver seu próprio reflexo nos olhos levemente brilhantes. E ela via. Uma sabedoria profunda naquelas pupilas estreitas. Uma magia antiga, incrivelmente poderosa.

Tyrr. Deus do arco e flecha. Deus da guerra.

— Por favor — sussurrou ela, se encolhendo. — Você me ajuda?

A besta rosnou, enviando uma lufada de ar fumegante sobre ela.

Mas a serpe baixou a cabeça até o chão.

Serilda levou um longo momento para perceber que estava encorajando-a a subir em suas costas.

— Eu... tem certeza? — disse ela, se levantando.

A besta sacudiu a cabeça, mas não a jogou longe quando ela segurou a fileira de escamas nas costas e subiu entre as asas.

Serilda mal tinha processado o que estava acontecendo e a serpe rubinrot estava indo na direção da porta e se lançando pelo saguão de entrada, fazendo dezenas de sombrios pararem na mesma hora.

As chamas começaram, despejadas na multidão. Serilda manteve a cabeça abaixada nas escamas de Tyrr, com medo de o calor queimar sua pele. Mas não demorou muito. Um segundo depois, a serpe estava seguindo em frente pelo saguão de entrada e descendo os degraus do castelo. A serpe esticou o pescoço para o alto e rugiu para o céu cinzento do crepúsculo, fazendo as paredes de pedra ao redor estremecerem. Asas esticadas e, com dois impulsos poderosos, elas estavam no ar.

Serilda mordeu a bochecha para segurar um grito e abaixou a cabeça junto das costas musculosas, segurando as escamas com o máximo de força que conseguiu. As nuvens estavam cinza-escuras, e embora não pudesse ver o sol, ela sabia que estava perto de se pôr. Quando a serpe passou por cima do muro do castelo, Serilda viu duas figuras correndo pela ponte levadiça.

Áureo e a irmã.

— Ali! — disse ela, apontando. — Você pode pousar na frente daquelas construções?

Primeiro, ela achou que a serpe não ouviria. Mas aí o animal virou para o lado.

Eles desceram para o chão. Serilda sentiu o brilho do véu caindo no mundo na hora em que pousaram na frente de Áureo e da irmã com um baque e uma batida de asas enormes.

Áureo deu um grito e esticou os braços na frente da irmã para protegê-la. Ele arregalou os olhos quando viu a besta dourada enorme com o rubi na testa... e Serilda montada nas costas.

Ela sorriu para ele, embora todo seu corpo estivesse tremendo e as mãos não soltassem as escamas da serpe.

— Nós não soltamos Solvilde nem Hulda — disse ela, ofegante. — Mas libertamos o deus da guerra.

CAPÍTULO

Quarenta e cinco

AS RUAS DE ADALHEID ESTAVAM ESCURAS, AS JANELAS FECHADAS, SEM nem uma vela ou tocha visível sob o céu nublado. Mas Serilda ainda tinha medo de que alguém da população decidisse puxar a cortina e espiar se a caçada selvagem estava passando gritando e não queria que vissem Tyrr. Os sombrios já eram assustadores o bastante. O povo de Adalheid não precisava começar a ter pesadelos de serpes no meio deles.

Eles recuaram para fora do portão e encontraram segurança relativa no cemitério que se espalhava pelas colinas no norte da cidade.

— Fiquem alertas — disse Serilda depois de finalmente recuperar o fôlego. — O véu caiu e pode haver coisas malignas nos cemitérios. — Ela tremeu ao pensar em quando o cadáver do seu pai despertou como um nachzehrer.

Em resposta, a princesa começou a rir.

Áureo e Serilda franziram a testa para ela e a menina parou abruptamente, como se surpresa por eles não terem se juntado a ela. Ela retribuiu as testas franzidas com intensidade.

— *Eu* sou uma coisa maligna — disse ela. — O cemitério devia ter medo de *mim*.

Serilda não pôde evitar o sorriso que surgiu nos seus lábios. Trezentos anos de idade ou não, era impossível não imaginar aquela garota como uma criança brincando de faz de conta.

Mas ela sabia que isso não era justo. A menina tinha convocado incontáveis monstros para ficarem ao seu lado e lutado com Perchta e os sombrios. Tinha lutado valorosamente.

— Vou ficar de vigia — trovejou uma voz rouca.

Serilda se sobressaltou e girou o corpo para dar de cara não com uma serpe, mas um humano. Era mais baixo do que Serilda, mas corpulento e musculoso, com uma trança de cabelo avermelhado comprido jogada sobre o ombro, lábios carnudos e olhos verdes penetrantes. O mais impressionante era o rubi lapidado que brilhava no centro da testa, marcando a divisão do rosto e do corpo, metade coberta de escamas de lagarto, a outra metade pele âmbar brilhante.

Tyrr não se moveu enquanto eles olhavam boquiabertos, como se estivesse acostumado a humanos ficarem mudos com sua aparição repentina.

— O-obrigada — gaguejou Serilda. — Nós agradecemos.

Com uma inclinação lenta de cabeça, Tyrr pegou um galho de árvore que tinha caído de um carvalho próximo e o quebrou no joelho antes de jogar a ponta menos afiada longe. Aproximou-se da lateral de uma tumba coberta de musgo e, com graça e sem esforço, subiu nela. Agachou-se ali, segurando a lança improvisada, imóvel como uma gárgula.

Serilda limpou a garganta. Em todas as vezes em que ela imaginara conhecer os deuses desde que ela e Áureo elaboraram o plano, ela não tinha achado que ficaria tão nervosa perto de um.

— Eu não posso ficar usando isso — disse a princesa, puxando a camisola que estava usando com repulsa. — Quero minha armadura de volta.

— Sua armadura está em Gravenstone — disse Serilda. — Por enquanto, isso vai ter que servir, até encontrarmos outra coisa.

— Aqui — disse Áureo, soltando as fivelas na frente do gibão, o que ele estava usando quando foi amaldiçoado. Por baixo havia a mesma camisa de linho que ele usava sempre, mas mais limpa e com aparência mais nova. Ele entregou o gibão de couro para a garota, que olhou com desconfiança.

— Vai ficar grande em você, mas é o melhor que conseguimos agora.

A garota bufou, mas o colocou por cima da camisola.

— Está um pouco melhor — admitiu ela, o lábio curvado. — Mas e as minhas armas? E meu tear?

— Tear? — perguntou Áureo.

— Pras minhas tapeçarias — disse ela, como se devesse ser óbvio.

— Deuses do céu — murmurou Serilda. — Nós quebramos a sua maldição! Libertamos você de Gravenstone, como dissemos que faríamos. Estamos fazendo o melhor que podemos.

A garota ergueu o queixo e olhou com irritação para Serilda e para Áureo. Finalmente, ela disse:

— Tudo bem. Agradeço. — Ela não pareceu agradecida. — E gostei de você ter trazido um deus com você. Eu nunca tinha visto uma serpe antes. — Ela indicou Tyrr com aprovação.

Tyrr ergueu uma sobrancelha, mas não disse nada.

— Acho que a gente devia se apresentar — disse Serilda ao reparar que os olhos de Áureo ficavam pousando com constrangimento na princesa e se afastando, depois voltava para ela.

— Eu sei quem vocês são — disse a princesa.

Áureo arregalou os olhos.

— Sabe?

— Sei o suficiente. Seus rostos aparecem nas minhas tapeçarias há séculos. — Ela indicou Serilda. — Abençoada por Wyrdith e noiva do Erlking. — Então, indicou Áureo. — Fiandeiro de ouro. Abençoado por Hulda, como eu. — E Tyrr. — Deus da guerra. Obviamente.

Áureo e Serilda trocaram olhares.

— Sim, bem — disse Serilda —, é um pouco mais complicado do que isso.

A garota olhou para Serilda com entendimento.

— Você parece ser do tipo que gosta de complicar.

— Não, não é isso que eu… — Ela bufou. — Áureo, por que você não começa? — Ela o cutucou na lateral do corpo.

— Eu… sim. Eu sou Áureo. — Ele encolheu os ombros com nervosismo para perto das orelhas.

A princesa ficou olhando e esperando.

Ele olhou para Serilda, como se suplicando por ajuda, mas ela só assentiu, indicando para que ele continuasse.

— E eu… — declarou ele lentamente — sou o príncipe de Adalheid.

Os olhos apurados da princesa não saíram dos dele.

— Eu preciso fazer uma *reverência*?

— Não. Não, não. — Ele limpou a garganta. — Você sabe quem *você* é?

Ela se empertigou, de alguma forma fazendo o gibão enorme em cima da camisola de linho parecer quase respeitável.

— Eu sou a Erlenkönigin.

Serilda soltou uma gargalhada assustada.

— A Rainha dos Antigos?

A princesa abriu um sorrisinho.

— Pode me chamar de Erlen, para facilitar.

— Erlen — repetiu Áureo. — Gostei.

— Eu não pedi sua opinião.

O sorriso dele se alargou.

— Gostei de *você*.

A garota soltou um grunhido de desdém.

— E eu acho que *você* é um pateta real disfarçado de herói.

Acima deles, Tyrr deu uma risadinha.

Áureo olhou para ele com uma expressão afrontada e Tyrr firmou o rosto como pedra de novo e fez questão de mostrar que estava observando o cemitério em busca de ameaças em potencial.

Suspirando, Áureo pegou a corrente que tinha em volta do pescoço. Meses antes, ele tinha devolvido o medalhão ao corpo mortal, e agora tirou o cordão pela cabeça.

— Tudo bem. Mas antes de ser a rainha de Gravenstone, você foi a princesa de Adalheid. — Ele abriu o medalhão e revelou o retrato da menina dentro.

Erlen o pegou da mão dele e inspecionou a pintura, inclinando-a para um lado e para o outro.

— Quando isso foi pintado?

— Antes de você ser levada pelo Erlking — disse Áureo. — Antes de sermos amaldiçoados. Minhas lembranças da minha vida anterior foram roubadas de mim.

— É parte da maldição colocada na sua família — explicou Serilda. — O Erlking apagou as lembranças do mundo todo da família real de Adalheid. *Você* tem alguma lembrança? De antes de Gravenstone.

A princesa olhou para o retrato.

— Não muitas. Eu me lembro de um castelo. Jardins. Aprender a bordar... — Ela ergueu o olhar. — Eu deveria me lembrar de você?

— Ninguém lembra. No fim das contas, sou terrivelmente esquecível — disse Áureo, tentando encobrir a tristeza com um toque de humor.

Ninguém riu.

Áureo contraiu o rosto pelo que disse e esticou a mão para pegar o medalhão de volta dela. Mas ela puxou o braço e o escondeu na mão fechada. O anel de ouro no dedo dela cintilou ao luar.

— Esse anel — disse Áureo. — Tem o símbolo da nossa família.

Erlen inclinou a cabeça e olhou para o símbolo entalhado do tatzelwurm enrolado no *R* maiúsculo.

— Eu tenho esse anel desde que me lembro. Perdi uma vez. Tirei quando estava tecendo porque ficava prendendo no tear. Isso foi anos atrás.

— Gerdrut o encontrou no salão com todas as tapeçarias — disse Serilda. — Áureo tem um igual.

Engolindo em seco, Áureo ergueu a mão e mostrou seu selo real.

Erlen apertou os olhos.

— Princesa de Adalheid?

Ele assentiu.

— E... também... minha irmã.

Eles se olharam por um longo momento, os olhos de Áureo cheios de preocupação e esperança, os de Erlen cheios de... dúvida, basicamente.

Mas também um toque de compreensão.

Finalmente, a garota afastou o olhar e observou o retrato. Ela fechou o medalhão.

— Essa garota parece uma bonequinha de porcelana. Não sou eu. Não mais.

Ela devolveu o medalhão para Áureo, que o aceitou com um sorriso.

— Não. Essa garota nunca teria conseguido organizar um grupo de monstros pra montar uma armadilha para o Erlking.

Ela grunhiu.

— Que vocês estragaram.

— Um erro honesto. — Ele balançou a cabeça, a expressão cedendo ao assombro que ele devia estar sentindo desde que eles viram Erlen pela primeira vez na rotunda lunar. — Eu achei que você estivesse morta. Achei que o Erlking tivesse te matado tantos anos atrás.

— Ah, por favor — disse Erlen. — Ele só me deixou apodrecendo naquele castelo. Mas ele que é a piada, não é? Ele me subestimou. Me deixou como prisioneira, mas me tornei rainha. Demorei menos de um ano pra conquistar o respeito e lealdade dos monstros que ele deixou pra trás. No fim das contas, os sombrios não eram muito mais legais com eles do que eram com humanos, então foi fácil reivindicá-los pra mim. — Ela abriu um sorriso arrogante, mas o sorriso sumiu rapidamente. — Se bem que acho que não sou rainha de nada agora. Esses últimos meses foram os piores de todos os meus anos de cativeiro. Ter que ficar escondida enquanto os sombrios agiam como se castelo fosse deles. E, agora, eu nem tenho mais meus queridos monstros. Eles eram a minha família. Meus amigos. Mas fugiram depois da batalha, não voltaram e eu... eu fracassei com eles. Confiaram em mim e eu fracassei.

— Você não fracassou com ninguém — disse Serilda. — Foi corajosa de ir contra os sombrios. Eles são um inimigo impossível.

— Não. Não impossível — disse Erlen. — Eu os vi derrotados. Jogados para os poços de Verloren. Eu achei que nós... que eu podia... achei que talvez pudesse ser a pessoa que faria isso. Que salvaria todos nós. — Ela afastou o olhar e, pela primeira vez, Serilda viu que ela ainda tinha o coração de uma garotinha por dentro. Uma criança fazendo o melhor possível.

— Como assim você *viu*? — perguntou Áureo.

A menina olhou para ele com perplexidade.

— Nas minhas tapeçarias, claro.

Áureo franziu a testa.

— Ele não as viu — disse Serilda. — Estava trancado na masmorra o tempo todo que ficamos em Gravenstone.

— Não — disse Áureo, estalando os dedos. — Eu vi aquela. No grande salão. A nojenta, com o Erlking e Perchta sendo comidos vivos em Verloren, sabe?

Erlen se animou.

— Disparadamente a minha favorita. Entende? Se a tapeçaria os mostra na terra dos perdidos, existe uma possibilidade futura na qual eles não estarão mais no mundo mortal. — Ela murchou os ombros. — Mas as tapeçarias só me contam o que é possível, não como conseguir.

Serilda inspirou devagar, finalmente compreendendo.

— Você disse que é abençoada por Hulda — disse ela. — Esse é seu dom. Você tece tapeçarias que contam o futuro.

— Um possível futuro — esclareceu Erlen. — Eu faço bom uso delas quando posso. Foi como eu soube que os sombrios estavam voltando para Gravenstone, senão não teríamos nos preparado daquele jeito. Ficarmos escondidos por semanas sem sermos descobertos, não foi questão de sorte.

As pernas de Serilda ficaram fracas de repente e ela caiu sentada no degrau do mausoléu.

— A tapeçaria com os sete deuses. — Ela olhou para Tyrr. — Mostra que ele vai capturar os sete. E... — Os lábios dela tremeram. — E a que mostrava Perchta segurando meu bebê...

— Perchta às vezes — disse Erlen. — Mas às vezes você. Entende? O futuro ainda não está decidido. Quando o futuro ficar permanente, a tapeçaria também ficará imutável. — Ela franziu a testa. — Quanto à que exibe as sete bestas divinas... essa nunca mudou. Temo que seja inevitável.

— Não! — disse Serilda. Ela virou a mão na direção de Tyrr. — Nós resgatamos Tyrr e o Erlking ainda não tem Wyrdith.

Erlen deu de ombros.

— Nós não sabemos quando vai acontecer. Eu teci aquela tapeçaria há mais de duzentos anos atrás e nunca soube quando aconteceria. Mas tenho certeza de que vai.

Serilda observou a princesa, impressionada com o dom dela.

— Tem uma tapeçaria em Adalheid. Mostra uma festa no jardim, com vocês dois e seus pais, o rei e a rainha. Só que o rei e a rainha estão mortos. Retratados como esqueletos. — Ela se encolheu, desejando haver um jeito mais gentil de falar sobre isso. — Você acha que talvez seja uma das suas?

Erlen empalideceu.

— Eu... não me lembro dessa. — Ela puxou o punho de renda da camisola. — Mas pode ser.

— Que horrível — murmurou Áureo. — Você devia ser tão jovem quando o teceu. Acha que sabia o que significava? Que era... inevitável? Que nossos pais seriam mortos e nós seríamos... o que quer que a gente seja.

Erlen deu de ombros.

— Acho que nunca vamos saber.

Serilda repuxou os lábios.

Áureo soube o que significava? Os pais deles? Ou a jovem princesa tinha ficado tão horrorizada que nem tinha mostrado para eles?

Explicava por que a tapeçaria parecia brilhar do lado mortal do véu. Por que não tinha sido destruída pelo veneno do basilisco. Era mesmo feita de magia. Uma tapeçaria abençoada por um deus.

De repente, Tyrr ficou de pé em cima da lápide.

— Nachtkrapp!

Serilda se sobressaltou e se levantou, movendo a mão para pegar a espada no quadril, mas lembrando que tinha se perdido dentro do castelo.

Uma batida de asas foi seguida de uma ave preta grande indo na direção deles. Tyrr ergueu o galho quebrado por cima do ombro e se preparou para arremessá-lo.

— Não é tão bom quanto um arco — murmurou —, mas vai servir.

— Espera! — gritou Erlen. — Não machuca ele!

Tyrr hesitou.

O nachtkrapp grasnou em um tom agudo e foi direto para os braços da princesa.

— Helgard! — exclamou a princesa. — Você está bem! — Ela fez carinho nas asas da ave.

O pássaro grasnou e encostou o topo da cabeça carinhosamente na palma da mão da princesa.

De repente, as folhagens do carvalho próximo começaram a tremer. Mais criaturas surgiram, gritando e sibilando.

A princesa soltou um grito de prazer quando as criaturas a cercaram.

— Udo! Tilly! Wendelina! Vocês estão aqui! — Ela colocou o nachtkrapp em uma tumba próxima e esticou os braços para o monstro mais próximo, um elfo do bosque pequeno e peludo, e fez carinho no pelo de um feldgeist que pareceria um gato laranja comum se não fossem os raios que estalavam ocasionalmente na cauda dele. — Ah... Pim! Você está ferido! — Erlen caiu de joelhos na frente de um drude pequeno com asa quebrada. — Isso aconteceu durante a luta com os sombrios? Coitadinho. Nós vamos ter que quebrar o osso para ele ser posicionado direito.

O drude sibilou e se afastou.

— Eu sei, eu sei. Não vamos mexer nisso agora. Vamos precisar de uma atadura e alguma coisa pra usar como tala. Mas vai ter que ser feito e espero que você seja corajoso.

— Erlen — disse Serilda —, como eles te encontraram?

— Estes são meus súditos. Nós temos uma conexão de alma — disse Erlen. — Eles sempre me encontram.

Tyrr fez um som de dúvida com a garganta.

— É mais provável que estivessem esperando no bosque e tenham sentido o cheiro dela saindo do castelo.

Erlen mostrou a língua para o deus.

— Isso significa que a caçada também vai conseguir nos encontrar facilmente. — Serilda olhou para o céu, onde nuvens tinham coberto parcialmente a Lua do Caçador, cheia. — Eles podem estar vindo agora.

— Ou — disse Áureo — estão caçando Wyrdith.

Serilda apertou os lábios. Se Erlen estivesse certa e fosse inevitável que o Erlking acabasse capturando os sete deles, qual era o sentido em tentar encontrar Wyrdith primeiro? Parecia que o plano maligno do Erlking não podia ser impedido.

Mas ainda havia a questão do desejo. De Wyrdith dever um favor a Serilda, quer ele soubesse ou não.

O destino *dela* não estava selado. Ela ainda podia tentar recuperar seu corpo e o filho. Mas teria que encontrar Wyrdith primeiro.

— Espera — disse Serilda, inclinando a cabeça para o lado. — Suas tapeçarias. Você disse que o futuro no qual o Erlking captura os sete deuses é inevitável, mas e o futuro em que o Erlking e Perchta são enviados para Verloren?

Erlen se sentou no meio do caminho, permitindo que os monstros se reunissem em volta dela, não muito diferente de como as cinco crianças se reuniam em volta de Serilda quando ela contava histórias.

— Imagino que você não tenha passado muito tempo observando essa tapeçaria? Serilda fez uma careta.

— Eu a achei bem perturbadora. Então, não. Acho que não.

— Perturbadora? — perguntou a princesa. — Eu sempre achei o meu melhor trabalho. Mas, se você tivesse visto as duas representações, você saberia que em certas luzes mostrava o Erlkönig e Perchta em Verloren. Em outras luzes... os mostrava em Gravenstone. Não sendo torturados por monstros, mas... sendo servidos e paparicados. — Ela deu um suspiro sombrio. — Por humanos.

Serilda fechou os olhos, desanimada.

— Mas isso significa que ainda há esperança — disse Áureo, chamando a atenção dela de volta para ele. — *Existe* um jeito de espantá-los de volta para o mundo inferior. Nós só precisamos descobrir como. Erlen, suas tapeçarias não mostram o que faz um futuro ocorrer no lugar de outro?

Ela fez que não.

— Não. Eu só teço, e o futuro é o que é.

Áureo coçou atrás da orelha, imerso em pensamentos.

— E se você tecesse o futuro que quiséssemos? E se fizesse uma tapeçaria que nos mostrasse vencendo contra Erlking?

Erlen fez um ruído zombeteiro.

— Não funciona assim. Tentei mil vezes tecer o futuro que eu *quero* no tear. Mostrar minha maldição sendo quebrada. Eu livre de Gravenstone. Mostrar os sombrios enterrados debaixo de enormes pilhas de esterco de dragão. Mas não funciona. Os fios tecem o que eles querem tecer.

— Mas os fios que você usa — disse Áureo. — Eles são só linhas normais, não são?

A expressão dela foi desconfiada.

— Claro. O que desse pra encontrar no castelo. Meus monstros desfizeram muitas roupas de cama pra mim. — Ela fez carinho na cabeça de um alp ao seu lado.

— Você já trabalhou com ouro fiado?

Os dedos de Erlen pararam.

— Você quer dizer... o *seu* ouro?

— Exatamente. Pode parecer absurdo, mas... Hulda nos abençoou com esses dons. E se... e se for pra eles trabalharem juntos? — Áureo continuou antes que ela pudesse responder. — E se... se você tecesse uma tapeçaria usando fios de ouro? Supostamente, é indestrutível, então será que pode fazer o futuro que você tece com ele indestrutível, também? E se você pudesse criar uma imagem que nos mostre como vencer os sombrios? Sabemos que é possível, não é? Só precisamos saber *como*.

Erlen começou a balançar a cabeça, mas hesitou.

— Acho que posso tentar. Mas você tem algum ouro para eu usar?

— Aqui não — disse Áureo. — Vou precisar de uma roda de fiar.

— E eu vou precisar de um tear.

— Quanto tempo isso vai levar? — explodiu a voz rouca de Tyrr. — Tecer essa tapeçaria.

— Dias, talvez semanas — disse Erlen. — Depende do tamanho que vai ter. Trabalhos maiores tendem a ter mais detalhes, e detalhes fornecem mais informações.

— Mas a caçada selvagem está em andamento, caçando Wyrdith — disse o deus. — E vai *me* caçar assim que Erlkönig descobrir que escapei.

— O que mais nós podemos fazer? — perguntou Áureo. — Não temos como combatê-los. Eles são imortais.

— Parece-me — disse Tyrr — que você já lutou com Perchta uma vez e ganhou. — Ele cruzou os braços largos sobre o peito. — Não me lembro de *você*, jovem príncipe. Mas me lembro da flecha que atingiu o coração de Perchta, amarrando-a ao véu até Velos poder reivindicá-la. Foi um disparo *muito* bom.

— Ah, obrigado — disse Áureo. — Você teve alguma coisa a ver com aquilo?

Tyrr sorriu.

— Eu só dei uma *ajudinha*.

Áureo ficou emburrado.

— Pensei que tivesse sido tudo eu.

— Não foi a precisão de sua pontaria que derrotou a caçadora — disse Tyrr. — Se qualquer flecha pudesse prender tão facilmente um sombrio, eles não seriam tão formidáveis. Então eu me pergunto, de *que* era feita aquela flecha?

Serilda engasgou.

— Ouro! Era uma flecha de ouro!

Áureo a encarou.

— Era?

— Era. Ou, pelo menos, uma flecha com ponta de ouro. Assim como as flechas que o Erlking usou para amarrar nossos espíritos e capturar os deuses. As flechas dele devem ser feitas de ouro divino também. Eu apostaria qualquer coisa que as flechas que ele usa foram suas. Ele deve tê-las roubado depois que amaldiçoou você.

Áureo começou a andar de um lado para o outro.

— Então... se tivéssemos centenas de flechas douradas, nós poderíamos disparar em cada sombrio e mandá-los todos de volta para Verloren?

— Em teoria, sim. Se Velos estivesse livre para levá-los.

— São muitas incertezas — disse Erlen.

— Mas não é impossível, certo? — disse Serilda.

Áureo soltou um longo suspiro.

— Fio para uma tapeçaria, ouro para flechas... vai levar tempo. Onde encontramos uma roda de fiar?

— Adalheid — disse Serilda. — Vocês são mortais agora. Serão recebidos pelas pessoas de braços abertos, o próprio Vergoldetgeist. Além disso, já tem um monte de ouro divino naquela cidade graças a todos os presentes que você deu a eles ao longo dos anos. Talvez você possa usar alguns.

— Mas, se é indestrutível — refletiu Erlen — como pode ser transformado em pontas de flecha?

— Áureo pode moldá-lo em qualquer coisa. Certo, Áureo?

Ele assentiu.

— Com facilidade. Mas... Serilda. — Seus olhos dispararam em direção às nuvens, por onde brilhava um leve halo da lua cheia. — Quando o véu cair...

Ele não precisou terminar. Enquanto Serilda não tivesse um corpo mortal, eles ficariam separados.

Isto é, a menos que o Erlking conseguisse que os deuses destruíssem o véu, mas isso causaria muito mais problemas sobre os quais ela não queria pensar.

— Eu não vou ficar com vocês — disse ela. — Você e Erlen vão para Adalheid e eu vou tentar encontrar Wyrdith.

— Não é a Lua Interminável — disse Áureo. — E se Wyrdith não puder conceder seu desejo e a colocar de volta no seu corpo?

Ela deu de ombros.

— O bebê está para nascer em breve. Se eu esperar até o solstício de inverno, pode ser tarde demais.

Áureo passou a mão pelo cabelo com frustração.

— Você não pode ir sozinha. A caçada selvagem deve estar procurando Wyrdith agora mesmo.

Serilda engoliu em seco e olhou para Tyrr.

— Bem — disse ela lentamente —, eu esperava não ir completamente sozinha.

— Wyrdith viveu uma vida nômade — disse Tyrr. — Pode ser difícil encontrá-lo.

— Eu sei — disse Serilda. — Mas eu sei que houve uma época em que ele vivia nas falésias de basalto no norte. Posso estar enganada, mas acho que ele pode estar lá ainda.

Tyrr a observou por um longo momento.

— Os penhascos não são longe. Podemos estar lá antes da meia-noite.

Suas entranhas aqueceram.

— Sério? Você vem comigo?

— Eu vou te levar para os penhascos — disse Tyrr. Ele sorriu avidamente, dentes brilhando. — E se encontrarmos a caçada selvagem, eu vou aproveitar a chance para retribuir o favor do Erlkönig e colocar uma flecha na carne *dele* desta vez.

CAPÍTULO

Quarenta e seis

SERILDA NÃO SABIA SE ESTAVA MAIS APAVORADA OU EUFÓRICA. O VENTO no seu rosto tinha gosto de sal, então ela sabia que o mar não estava longe. O manto carmim ondulava ao seu redor, chicoteando as costas, enquanto, lá embaixo, o mundo era pintado em faixas de vinho e ocre... a última onda de cores brilhantes da floresta antes que a chegada do inverno cobrisse tudo em cinza e branco. O luar pontilhado iluminava a terra em manchas prateadas, e ela avistava ocasionalmente as tochas bruxuleantes de uma aldeia junto a um rio negro e sinuoso.

Ela procurou no chão sinais da caçada pela terra, mas tudo parecia sereno e quieto.

Serilda desejou sentir conforto nisso.

Aquela era a última lua cheia antes do solstício de inverno. Era a noite em que o Erlking estaria caçando Wyrdith.

Eles entraram em uma nuvem, e Serilda não conseguiu enxergar nada além de um cinza tênue. O frio roía seus dedos quanto mais ao norte eles voavam, tornando difícil se agarrar às escamas nas costas de Tyrr. Ela abaixou o rosto quando o vento machucou suas bochechas e as pontas de suas tranças congelaram.

Tyrr fez uma curva acentuada para o oeste. Eles mergulharam sob a cobertura de nuvens, e Serilda soltou um suspiro perplexo ao ver um abismo negro abaixo.

O mar.

Ondas agitadas ficavam salpicadas de prata e branco quando quebravam em rochas irregulares muito, muito abaixo.

— Aqui! — gritou ela. — Pouse aqui!

A luz fraca da lua definia uma linha nítida das falésias de basalto negro, gigantes colunas despencando em direção ao oceano. Eram maiores do que Serilda tinha imaginado, e ela não pôde evitar uma sensação de mau presságio, de desamparo. Poderia Wyrdith realmente estar ali, naquele lugar frio e inóspito? As falésias se estendiam por muitos quilômetros. Como ela encontraria o deus?

— Lá! — disse ela, apontando para um planalto estreito. O deus aplainou as asas e desceu. O estômago de Serilda subiu para a garganta e ela se segurou mais forte.

Um assobio veio de baixo.

Serilda sentiu um baque quando algo atingiu a serpe. Tyrr sibilou e se sacudiu, inclinando-se para o lado tão inesperadamente que Serilda gritou e mal se segurou. Quando a serpe recuperou o controle, ela vislumbrou a pena preta de uma flecha em um dos ombros da besta.

De olhos arregalados, ela olhou em volta, procurando a caçada abaixo, mas estava muito escuro.

Outro assobio.

Outro baque.

— Tyrr! — gritou ela quando a serpe virou bruscamente de novo. De repente, eles estavam em queda livre.

A besta girou e Serilda ficou de cabeça para baixo e depois no ar, os dedos dela se soltaram das costas escamosas do deus.

Serilda gritou e agitou os braços enquanto a capa sacudia em torno dela, e ela despencou de cabeça no ar.

Mas a serpe apareceu. Garras no manto. Asas ao redor dela.

Eles bateram no chão com tanta força que o ar saiu dos pulmões de Serilda. Seus corpos rolaram juntos pelas rochas do planalto, e ela sentiu cada arranhão, cada batida, cada golpe brutal do chão implacável. Quando pararam, Serilda se viu esparramada ao lado de Tyrr em forma humana, não com asas, mas braços em volta dela.

— Tyrr — grunhiu ela, lutando para respirar enquanto se colocava de joelhos. Ela viu as flechas. Uma se quebrou na queda e só havia a haste quebrada no ombro de Tyrr. A outra flecha ela encontrou intacta na coxa do deus. — Tyrr! Você está bem?

— Vou ficar — gemeu o deus, sentando-se e olhando em volta. — Mas a caçada está próxima.

— Sinto muito — disse ela. — Eu não devia ter pedido pra você me trazer aqui!

— Eu fiz a minha escolha — disse Tyrr com rispidez.

Ele pegou a flecha da perna e a arrancou da carne. Não era de ouro, Serilda notou, o que explicava por que Tyrr não estava preso na forma de serpe. Talvez o Erlking estivesse finalmente ficando sem flechas mágicas.

Serilda fez uma careta e cobriu a boca com as duas mãos quando o sangue jorrou pelo terreno rochoso.

— Você é imortal. Como os deuses podem sangrar e os sombrios não?

— Nós somos feitos de carne e osso — disse Tyrr. — Eles são feitos de escuridão.

Tyrr se levantou cambaleante e puxou Serilda para o lado. Ao colocar as mãos grandes sobre os ombros de Serilda, Tyrr olhou nos olhos dela.

— Encontre Wyrdith. Avise que a caçada está chegando. Eu vou atrair os sombrios para longe e mantê-los ocupados até o véu cair. — Tyrr deu um sorriso arrogante. — Tome cuidado, afilhada de Wyrdith.

Com um floreio, uma flecha quebrada ainda se projetando de seu ombro, Tyrr se transformou de novo na forma enorme da serpe rubinrot. Correu para a borda do platô, pulou e voou sobre as ondas do mar. O luar brilhava nas escamas quando ele espiralou para cima, *querendo* que a caçada tomasse conhecimento. O deus da guerra girou de volta para a terra e voou, desaparecendo no céu noturno.

Tremendo, Serilda envolveu o manto em torno do corpo e olhou em volta. Por um longo momento, ela não conseguiu se mover, paralisada pelo medo, pelo frio e pela sensação horrível de que a caçada estaria sobre ela a qualquer momento. O Erlking devia estar perto de atacar Tyrr e, no entanto, ela não conseguia ouvir nenhum uivo dos cães de caça nem cavalos em disparada nem o toque assombroso do chifre.

A noite estava estranhamente silenciosa, exceto pelas ondas quebrando lá embaixo.

As pernas de Serilda tremiam com o voo e a queda, mas ela foi até o penhasco de qualquer maneira.

As beiradas pareciam ter sido cortadas com uma faca e despencavam para as ondas abaixo, só com uma saliência ocasional interrompendo a face íngreme do penhasco. Ela sentiu como se estivesse de pé na borda do mundo.

— Wyrdith? — chamou ela. Mas sua voz era fraca e o vento roubou o nome assim que saiu de sua boca.

Mais uma vez, Serilda procurou sinais da caçada no horizonte. O planalto era largo o suficiente para que ela tivesse algum sinal da aproximação da caçada, mas ela estava vulnerável ali, sem ter onde se esconder.

Ela olhou pela beirada novamente e examinou o penhasco. Não viu nada que indicasse um abrigo ou um lar. Nenhum lugar onde um deus pudesse encontrar abrigo.

Como encontrar um deus que não queria ser encontrado?

Uma nuvem passou na frente da Lua do Caçador, lançando o mundo em trevas. Foi quando ela avistou um brilho dourado.

Serilda apertou os olhos, que ardiam com o vento, e esfregou as palmas das mãos neles na hora que o luar se espalhou novamente pelos penhascos.

Ela estava olhando para uma longa pena dourada, presa sob uma rocha caída em um recorte, tremulando ao vento implacável.

Serilda se apoiou nos joelhos e espalmou as mãos no chão. Era uma queda muito grande, mas lá havia uma borda larga o suficiente para segurá-la, e alguns pontos escarpados no penhasco que ela podia usar como apoio.

— Wyrdith? — chamou ela de novo. — Você está me ouvindo?

Apenas o vento respondeu.

Depois de verificar o fecho do manto, Serilda passou uma perna pela beirada e se virou desajeitadamente de barriga para baixo antes de deslizar a outra perna. Os pés tentaram se apoiar nas rochas até os dedos encontrarem uma saliência. Ela inspirou fundo e se abaixou até estar pendurada no penhasco. Seus braços já estavam tremendo pelo esforço, mas ela conseguiu encontrar uma fenda para enfiar os dedos esquerdos. Ela se abaixou, um pé e uma mão de cada vez, e conseguiu chegar a meio caminho da pena antes do pequeno ponto de apoio que tinha encontrado para o pé quebrar com seu peso.

Serilda gritou e caiu, as mãos raspando no penhasco.

Ela caiu espatifada.

Com um gemido, Serilda ergueu as mãos. As palmas estavam vermelhas e sangrando, mas não tinha quebrado nenhum osso.

Ela olhou pela beirada do platô e percebeu com um sentimento desesperado que não poderia subir de volta. Olhou para baixo em direção ao mar e estremeceu. A última coisa que queria fazer era escalar aqueles penhascos, porque, mesmo que *conseguisse* chegar ao fundo, as ondas simplesmente a jogariam nas rochas, sem costa à vista.

Depois de tirar pedaços da rocha afiada das palmas das mãos, ela se aproximou da pena. Quanto tempo poderia uma coisa tão delicada durar ali, bombardeada pelos ventos do oceano? Um dia? Uma estação? Uma década?

Serilda não tinha como saber, mas tinha certeza de uma coisa quando segurou a pena e a arrancou.

Em algum momento, a pena tinha sido de Wyrdith. A grande ave de rapina dourada.

Ela a retorceu nos dedos. Uma névoa sutil de luz ricocheteou na parede preta.

Ela franziu a testa. Torceu a pena novamente, observando seu brilho leve, refletido quase imperceptivelmente na superfície.

Um cintilar... um brilho... *nada*.

Havia um vão, uma abertura, só um pouquinho à frente.

Serilda se levantou cambaleando e se encolheu quando o tornozelo latejou, mas não estava ruim ao ponto de que ela não pudesse andar mancando. Seguiu para a borda até chegar na boca escancarada de uma caverna escura.

Ela entrou. O brilho da pena não adiantou muito para afastar as sombras, e ela só pôde tatear pelas paredes rochosas, escorregadias e úmidas.

Esbarrou em alguma coisa. A coisa caiu com um estrondo e Serilda gritou, assustada.

— Desculpe, me desculpe — murmurou ela, caindo de quatro e tateando para tentar encontrar o que havia caído. Seus dedos tocaram numa vela delgada de cera de abelha. Depois de tatear um pouco mais, encontrou um castiçal de pedra esculpida e, finalmente, pedra e aço.

A esperança correu pelas suas veias enquanto ela acendia o pavio. O fogo crepitou e estalou, o ar úmido não querendo deixar a chama firmar. Finalmente, a vela queimou firme o suficiente para Serilda levantá-la e olhar ao redor.

Aquela abertura para a caverna não continha nada mais do que a mesinha que ela tinha derrubado, uma caixa de velas e dois lampiões.

Porém, um pouco além, havia uma cortina preta pesada pendurada em um estreitamento da caverna. Para proteger do frio e, talvez, manter a luz fora caso alguém não quisesse ser encontrado.

Prendendo a respiração, Serilda puxou a cortina.

CAPÍTULO

Quarenta e sete

A CAVERNA ESTAVA IGUALMENTE ESCURA E FRIA DO OUTRO LADO DA cortina. Serilda encontrou um castiçal e acendeu as sete velas, iluminando a gruta com uma luz reconfortante.

O espaço era menor do que a casa que ela dividia com o pai ao lado do moinho. Uma mesa junto a uma parede apoiava penas de ouro, pergaminho e potes de tinta vermelha e índigo, espalhadas ao lado de pesos de papel de vidro e conchas enormes, uma escultura de mármore de uma mulher alada, um colar de contas grandes de madeira, um atlas de bolso que parecia estar se desfazendo na lombada e um gorro de bebê tricotado em lã macia e cinza.

Atrás da mesa, havia uma cama cheia de cobertores de pele e colchas grossas.

Ao longo da parede oposta havia estantes rústicas, seus centros afundados pelo peso de muitos tomos. Alguns volumes eram encadernados em couro e tinham páginas com bordas douradas, outros eram pouco mais que pilhas de papéis desorganizados. Havia maços de pergaminhos amarelados. Diários e cadernos. Serilda segurou a vela mais perto das lombadas desbotadas e leu os títulos. Obras eruditas sobre história apareciam ao lado de fábulas e contos de fadas.

As paredes eram tão ecléticas quanto as prateleiras. Uma pintura a óleo de um chalezinho com uma roda d'água pendurada ao lado de um mapa de Ottelien. Duas tapeçarias retratavam animais da terra e do mar, enquanto uma série de esboços em carvão capturava o mesmo grupo de pescadores idosos ao longo de um dia: preparando as redes, trazendo para casa a pesca do dia, relaxando ao lado de uma fogueira com cerveja.

De um modo geral, o espaço era confortável. Aconchegante, até.

Mas o ar continha um frio que penetrou o âmago de Serilda, e um cheiro almiscarado sugeria que a sala não era arejada havia algum tempo.

Parecia que tinha sido ocupada, mas não recentemente.

Wyrdith não estava ali.

Serilda pensou na última história que havia contado para as crianças, na qual Wyrdith se aventurou a viver entre os mortais.

E ela sabia que quase dezenove anos antes, na Lua Interminável, o deus estivera perto de Märchenfeld, pois seu pai tinha encontrado a ave de rapina ferida e se escondendo atrás do moinho.

Suas esperanças desmoronaram. O deus das histórias não estava ali. Tinha deixado os penhascos muito tempo antes.

Só havia um consolo. Pelo menos, daquela vez, sua história não levaria a caçada selvagem direto para o caminho de outro deus.

Serilda passou um dedo sobre as diversas esquisitices na escrivaninha. Não tinha percebido até aquele momento o quanto queria encontrar Wyrdith. O deus que a tinha abençoado. Que a tinha amaldiçoado.

E para quê? O pai dela tinha ajudado Wyrdith, e tudo o que ele desejou em troca foi uma criança saudável. Por que Serilda recebeu aqueles olhos com aros, aquela língua traiçoeira? Por que o deus tinha enchido sua cabeça com histórias, tanto verdadeiras quanto falsas?

Um pedaço de papel chamou sua atenção, saindo de uma pilha de notas escritas na caligrafia mais minúscula e meticulosa. Serilda botou as pilhas de lado e puxou um pequeno códice, encadernado à mão com fio preto.

Stiltskin trabalhador e o príncipe do norte.

Ela logo se lembrou daquele título da coleção de contos de fadas que Leyna tinha dado a ela. Áureo gostou daquele, mas ela ainda não tinha lido.

Serilda se lembrou de Leyna contando a ela sobre a popularidade do livro na biblioteca, que tinha sido escrito por algum erudito notável de Verene. O que dizia a introdução? Algo sobre o autor ter viajado pelo país, compilando histórias folclóricas que se misturavam com contos locais…

Serilda alisou uma ruga da capa e abriu as páginas. Aquele não era um exemplar acabado e publicado. Havia anotações por todas as páginas. Palavras riscadas e alteradas, parágrafos inteiros marcados para serem reordenados.

Sua respiração entalou. O estudioso de Verene poderia ser Wyrdith?

— Claro — murmurou. O deus das histórias… o que *mais* ele poderia estar fazendo?

Ela era uma tola. Ali estava ela, no ponto mais ao norte de Tulvask, esperando encontrar um deus escondido em uma caverna escura e fria, quando, com toda a probabilidade, esse mesmo deus devia estar em uma residência na Universidade de Verene, esbanjando seu tempo em bares e nos salões da nobreza, coletando histórias e criando histórias próprias.

Ela começou a rir, sentindo como se tivesse mais uma vez sido enganada pelo deus trapaceiro.

— O que te divertiu tanto? — perguntou uma voz cadenciada.

Serilda gritou e pulou para trás, derrubando a vela no chão. O movimento apagou a chama instantaneamente, mas o castiçal no canto iluminou a impressionante figura alta segurando a cortina.

Ele entrou na sala, deixando a cortina cair. Serilda ficou boquiaberta, sem palavras. Sua pele era rosa-pálida e cabelo preto curto que brilhava quase roxo quando captava a luz. E... os olhos. Vigilantes e curiosos, com rodas douradas com raios sobre íris escuras.

— Não é uma história tão engraçada — disse Wyrdith, pois *devia* ser Wyrdith. — Está mais para uma fábula com moral, na verdade. Com determinação e uma boa ética de trabalho, você *também* poderia inspirar um reino. — Ele riu quase com escárnio. — Isso é o que acontece quando se reza para Hulda. Se recebe um legado de trabalho árduo e se considera sortudo por isso. — Ele pegou um castiçal de uma prateleira e acendeu o pavio, e inclinou a cabeça em direção a Serilda. — Quem é você? Como chegou aqui?

— Eu... Tyrr me trouxe — gaguejou Serilda. — Eu estava procurando você. Eu não pretendia... — Ela indicou os papéis sobre a mesa, envergonhada por ter sido pega os lendo.

— Tyrr? — disse Wyrdith. — É mesmo? Ele continua tão rabugento como antes? Serilda pensou nisso.

— Eu diria mais *estoico* do que *rabugento*. Ele passou por tempos difíceis ultimamente.

Wyrdith riu. Não foi uma risada suave e contida, mas risada barulhenta, uma risada *simpática*.

— Sim, bem, é difícil ter pena do deus que uma vez começou uma guerra de nove anos por causa de um jogo de cartas. Agora, por que Tyrr lhe trouxe...

Suas palavras foram interrompidas abruptamente quando ele levantou a vela, jogando luz em Serilda.

Os lábios de Wyrdith se abriram em surpresa.

Serilda se mexeu. Ela não tinha exatamente a intenção de esconder os olhos, mas achou difícil manter contato visual com o deus.

— Meu pai ajudou você — disse ela, hesitante. — Na última Lua Interminável. Ele o encontrou ferido e, em troca da ajuda dele, você concedeu a ele um desejo. Ele pediu...

— Uma criança saudável — sussurrou o deus. — Eu lembro.

Ela engoliu em seco.

— Eu sou essa criança.

— Sim — disse Wyrdith, atônito. — É mesmo. — Com um tremor, o deus desviou o olhar. Começou a endireitar papéis na mesa, embora a sala não estivesse excessivamente arrumada. — Eu gostava bastante daquela aldeia. Tinha passado lá como um bardo uma vez e pensei em talvez voltar e ficar um pouco. Tinha ficado por lá anos e nenhuma vez a caçada tinha aparecido. Eu me tornei descuidado. Eu pensei: qual é o mal? Talvez nesta Lua Interminável eu fique. A caçada não pode saber que deve procurar uma... simples donzela de aldeia. Quando eu for forçado a assumir minha forma bestial, posso entrar no Bosque Aschen e me esconder até o véu cair novamente. — Um leve sorriso tocou seus lábios e sumiu de novo. — Mas a caçada me encontrou. Eu não cometerei esse erro novamente. Agora venho aqui nas luas cheias, onde a caçada nunca se aventurou.

Serilda contornou a mesa, juntando as mãos, embora ainda doessem da queda do penhasco.

— Me perdoe. Eu não quero me intrometer, mas precisamos ir embora. A caçada está vindo atrás de você *agora*. O Erlking está tentando capturar todos os sete deuses antes da Lua Interminável. Eu acredito que ele pretende desejar pela a destruição do véu. Já capturou cinco de vocês e pode encontrar Tyrr novamente até o final da noite. Se ele vier atrás de você também...

Ela parou.

O rosto de Wyrdith ficou mais contemplativo do que preocupado.

— E para onde eu iria? — Ele apontou para a caverna. — Você tem algum lugar em mente que seja mais seguro do que aqui?

A pergunta fez Serilda hesitar.

— Eu... Só pensei em fugir. Continuar correndo até o sol nascer.

Wyrdith sorriu suavemente.

— Mesmo com asas, não sou mais rápido que a caçada. — Ele olhou para cima, em direção ao teto. — O Erlking já procurou nos penhascos, mas ainda não me encontrou.

— Eu encontrei! — disse Serilda. — E o Erlking *sempre* me encontra. — Ela fez uma careta, imaginando se o deus acharia traição se a presença de Serilda levasse a caçada direto para eles.

Mas o sorriso hesitante do deus não desapareceu.

— Você me encontrou. Como, exatamente?

— Havia uma pena presa debaixo de uma rocha, na borda.

— Uma pena. Ora... que descuido. — Wyrdith coçou a orelha, o que pareceu a Serilda um estranho gesto humano. — Você a pegou, acredito?

— Peguei. — Serilda apontou para onde havia colocado a pena, em uma pilha de livros à porta.

— Talvez o destino e a fortuna tenham pretendido que nos encontrássemos dessa maneira o tempo todo. Independentemente disso, acho que estamos mais seguros aqui do que estaríamos enfrentando o mundo sob a Lua do Caçador.

Serilda mordeu o lábio inferior. Estava ansiosa, seus instintos diziam para ela fugir. Mas talvez Wyrdith estivesse certo. Talvez fosse mais seguro se esconder.

Ela engoliu em seco.

— Wyrdith? Tem... mais uma coisa. Outra razão para eu ter vindo.

Wyrdith olhou nos olhos dela.

— Sim?

Seria imaginação de Serilda que ele também parecesse subitamente nervoso? Saberia o que ela queria perguntar?

Ela pigarreou.

— Eu quero reivindicar um desejo de você. É uma longa história, mas, entende... Perchta, a caçadora, recebeu meu corpo como um recipiente para o espírito dela, e eu o quero de volta.

Wyrdith ficou olhando para ela, sem palavras.

— Você... poderia me ajudar?

Lentamente, o deus expirou.

— Parece que você tem muitas histórias para contar.

— Isso é um grande eufemismo — disse Serilda.

Um lampejo de arrependimento cruzou o rosto do deus, e ele balançou lentamente a cabeça.

— Eu gostaria muito de lhe ajudar, mas...

— Não diga não — interrompeu Serilda. — Você me deve isso. Você me amaldiçoou sem motivo, e meu pai *ajudou* você. Por favor.

Wyrdith baixou os olhos. Ficou em silêncio um longo momento, como se considerasse as palavras de Serilda, antes de finalmente dizer, simplesmente:

— Desejos só podem ser concedidos na Lua Interminável.

Serilda se encolheu. Ela temia que essa fosse ser a resposta do deus.

— Mas você é mágico. Um deus. Deve haver algo que possa fazer.

Wyrdith deu uma risada sem graça. Pegou as páginas encadernadas que Serilda estivera examinando.

— Você gosta de contos de fadas?

A mudança repentina de assunto foi tão desconcertante que Serilda não soube como responder.

— Eu… sim, gosto — admitiu ela. — Eu tenho essa história em um livro, na verdade. *Seu* livro, eu acho? Uma coleção que uma amiga me deu, embora eu… eu ainda não tenha tido tempo de ler.

Wyrdith sentou-se na beirada da cama, folheando as páginas que estalavam.

— É uma história antiga, embora poucos a conheçam. Percebi que, muitas vezes, quando tudo é esquecido pela história, um bom conto ainda pode sobreviver. Uma boa história pode viver para sempre.

— Eu pensei que era apenas um conto chato com moral.

Ao ouvir isso, Wyrdith sorriu e encontrou o olhar de Serilda novamente.

— Um conto com moral, sim. Chato? Não. — O deus inclinou a cabeça, olhando de soslaio para Serilda na luz difusa. — Gostaria de ouvir?

Serilda sabia que devia negar. A caçada estava atrás deles naquele momento. Devia haver algo que eles pudessem fazer para se preparar para a luta inevitável quando o Erlking os encontrasse.

Mas algo a incomodou quando Wyrdith fez a pergunta: um desejo surgiu na boca de seu estômago. Ela teria outra chance de ouvir um conto de fadas contado pelo próprio deus das histórias?

— Sim — sussurrou ela. — Eu gostaria.

Em tempos passados, havia um rei que tinha treze filhos. Por não querer que apenas o seu filho mais velho herdasse o reino, o rei decidiu que dividiria a terra em treze porções iguais, de modo que cada príncipe e princesa recebesse uma parte de seu reino e sua riqueza. Mas essa decisão gerou um problema, pois a décima terceira parte do reino, que ficava bem ao norte, não passava de um pântano sombrio, invadido por monstros cruéis há muito tempo, e nenhum dos filhos do rei desejou governar tal lugar. O rei se esforçou para persuadir seu filho mais novo, príncipe Rumpel, a aceitar o presente, pois ele era o mais agradável de todos os filhos do rei e o menos propenso a reclamações. Mas nem o caloroso príncipe Rumpel queria as terras do norte. Ele esperava algum dia governar um reino próspero e não desejava ter o fardo de uma terra na qual nada de bom poderia florescer.

Assim, o rei planejou uma competição, que ele acreditava que determinaria de forma justa quem herdaria a parcela do norte.

Ele fez um decreto a todos os seus súditos por todo o reino, de que quem levasse para ele uma bolota de ouro da árvore mágica que crescia no centro de uma floresta encantada receberia um reino para governar e a mão de qualquer príncipe ou princesa que quisesse esposar. Assim, o herdeiro escolhido herdaria as terras do norte.

Havia um camponês na aldeia mais próxima chamado Stiltskin, e, embora fosse muito pobre, era um trabalhador diligente e de muitas habilidades. Tudo o que tinha, ele tinha construído para si mesmo. Suas botas de couro foram costuradas por suas próprias mãos. Ele havia fiado e tecido seu manto quente feito de lã. Ele vivia do pão que assava e dos vegetais que cultivava.

Quando Stiltskin ouviu falar da competição do rei, achou que poderia ser uma chance de melhorar sua sorte na vida e partiu para a floresta para procurar a árvore com as bolotas douradas.

Stiltskin não estava muito longe quando ouviu o guincho de lamento de um rato, que tremia sob uma folhinha.

— Bom dia, ratinho — disse Stiltskin. — O que o incomoda?

— O inverno logo estará aqui — disse o rato — e eu não tenho abrigo além desta folhinha, que não me manterá aquecido ou seco quando a neve chegar.

Stiltskin pensou muito e então tirou uma das botas que tinha costurado ele mesmo e a entregou ao rato.

— Isso vai servir como um bom abrigo para você aguentar até a primavera.

O rato agradeceu. Em troca, deu a Stiltskin uma casca de noz cheia de uma única gota de orvalho da manhã.

— Plante isto no solo e se tornará um lago grande cheio de água limpa e fresca — disse o rato.

Stiltskin agradeceu e enfiou a casca de noz no bolso com cuidado, depois seguiu seu caminho.

Ele não estava muito longe quando ouviu o gemido de lamento de um grande urso pardo, que estava sentado tremendo fora de uma caverna.

— Bom dia, grande urso — disse Stiltskin. — O que o incomoda?

— O inverno logo estará aqui — disse o urso —, e apesar de a minha caverna me dar abrigo, está tão frio. Não tenho nada para me aquecer quando a neve chegar, e tenho certeza de que vou tremer o inverno todo.

Stiltskin pensou muito e então tirou a capa que ele mesmo havia tecido e a entregou ao urso.

— Isso vai mantê-lo quentinho até a primavera.

O urso agradeceu. Em troca, deu a Stiltskin uma pedra tirada da boca da sua caverna.

— Plante isto no solo e se tornará um grande castelo, com torres altas e paredes fortes — disse o urso.

Stiltskin agradeceu e enfiou a pedra no bolso com cuidado, depois seguiu caminho.

Ele não estava muito longe quando ouviu o chorinho de lamento de um pequeno cervo, que estava sentado chorando em uma campina.

— Bom dia, pequeno cervo — disse Stiltskin. — O que o incomoda?

— O inverno logo estará aqui — disse o cervo — e apesar de a minha toca me abrigar e meus irmãos e irmãs me darem calor, não temos comida suficiente para durar o inverno todo. Minha família vai morrer de fome.

Stiltskin pensou muito e então abriu a bolsa e tirou os pães que havia assado e os vegetais que havia cultivado e os entregou ao cervo.

— Isso vai mantê-lo muito bem alimentado até a primavera.

O cervo agradeceu. Em troca, deu a Stiltskin um buquê de flores silvestres colhido da campina.

— Espalhe essas sementes no solo — disse o cervo — e qualquer criatura que comer delas se tornará seu amigo e seu fiel.

Stiltskin agradeceu e colocou as flores silvestres no bolso com cuidado, depois seguiu caminho.

Logo, Stiltskin chegou ao grande carvalho que crescia no centro da floresta. De seus galhos pendiam bolotas douradas brilhantes, mas a árvore era protegida por um enorme tatzelwurm.

Stiltskin cumprimentou o tatzelwurm com gentileza e perguntou se ele poderia levar uma bolota para apresentar à competição do rei.

O tatzelwurm observou o pobre camponês.

— Nenhuma mágica é dada de graça — disse a fera. — O que você daria em troca?

Stiltskin pensou. Ele não queria abrir mão dos belos presentes que havia recebido durante a jornada, mas não tinha mais nada a oferecer. Ele os colocou diante do tatzelwurm: a casca de noz com a única gota de orvalho, a pedra da boca da caverna do urso, o buquê de flores silvestres.

O tatzelwurm assentiu, como se estivesse satisfeito com as ofertas. Mas, em vez de pegar os presentes, a besta disse:

— Eu estava observando você enquanto viajava pela floresta e vi que é trabalhador e generoso. Não vou aceitar esses presentes. Em vez disso, peço que, quando esta bolota for plantada, você me entregue o que crescer no lugar.

Pensando que era um acordo muito justo, Stiltskin concordou e recebeu a bolota de ouro.

Ele levou a bolota ao rei, que levou até ele seus treze filhos e ofereceu a Stiltskin sua escolha em casamento. Mas, antes que Stiltskin pudesse falar, todos, exceto o mais jovem, viraram as costas para ele, proclamando que nunca se casariam com um pobre camponês tão abaixo deles.

Apenas o jovem príncipe Rumpel via que Stiltskin era trabalhador e generoso, bonito e bom, e disse que se casaria com quem levasse a bolota dourada. Para o casamento, o rei concedeu ao casal a bolota dourada e dois cavalos para fazer a jornada para as terras do norte de seu reino, que agora lhes pertencia.

Stiltskin e o príncipe viajaram por muitas semanas, pois o terreno era difícil e as terras do norte, distantes. O inverno chegou e a neve cobriu a terra. Quando eles chegaram em seu novo reino, o príncipe Rumpel olhou com desamparo para os pântanos que os receberam, onde nada vivia além de monstros e feras.

— O que faremos? — perguntou o príncipe. — Não há reino aqui para governar.

Stiltskin disse ao príncipe para não se preocupar. Ele pegou a casca de noz com uma única gota de orvalho e a plantou no solo. Assim que a plantou, as águas do pântano ficaram claras como cristal, e a terra diante deles tornou-se um lindo lago azul.

Stiltskin enterrou a pedra da boca da caverna do urso e, em seu lugar, surgiu um grande castelo.

Por fim, Stiltskin pegou as flores e as sacudiu, para que as sementes se espalhassem pelo chão. Os monstros vieram e comeram as sementes e, transformaram-se em humanos: padeiros e sapateiros, fiandeiros e tecelões, agricultores e moleiros e todos os tipos de artesãos. Eles eram tão trabalhadores e diligentes, e governados por reis tão generosos, que as terras do norte logo se tornaram muito prósperas, exatamente como o príncipe Rumpel desejava.

Mas, com o passar dos anos, uma tristeza se desenvolveu nos corações de Stiltskin e seu príncipe, pois eles passaram a desejar um filho.

— Podemos pegar a bolota dourada e oferecê-la a Eostrig, deus da fertilidade — disse o príncipe Rumpel — e rezar para que ele nos dê um filho nosso.

Mas Stiltskin lembrou-se da promessa que havia feito ao tatzelwurm e disse a Rumpel que a negociação tinha que ser honrada.

— Se o destino desejar que tenhamos um filho, nós encontraremos outra maneira — disse ele. E levou a bolota de ouro para o jardim do castelo e a plantou lá.

Da bolota emergiu uma muda dourada. Mas, quando as folhas se desenrolaram... dentro havia um recém-nascido.

Stiltskin e Rumpel se alegraram, acreditando que suas orações tinham sido atendidas. Mas no momento seguinte, Hulda, deus do trabalho, apareceu.

— Fui eu, disfarçado de tatzelwurm, que lhe dei a bolota — disse o deus —, e agora venho reivindicar o que é meu.

Stiltskin ficou arrasado, mas, sabendo que um acordo era um acordo, ofereceu a criança ao deus.

Hulda pegou o bebê nos braços.

— Esta criança terá minha bênção — disse o deus —, assim como todos os seus descendentes. Desde que sejam tão trabalhadores quanto os reis fundadores, seu trabalho será frutífero, suas bênçãos serão abundantes e seu povo será próspero. Só tenho uma condição: que o uso da minha magia nunca seja dado sem recompensa, pois todo bom *trabalho precisa ser honrado com um pagamento adequado. Honre minha bênção e seu reino prosperará por gerações futuras.*

Com essas palavras, Hulda devolveu o bebê aos dois reis e foi embora.

A criança cresceu tão trabalhadora quanto Stiltskin e com o coração tão caloroso quanto o de Rumpel, e o reino do norte foi alegre e próspero para o resto dos tempos.

CAPÍTULO

Quarenta e oito

ENQUANTO WYRDITH FALAVA, SERILDA TINHA SE SENTADO NO PÉ DA cama, impressionada com o quanto era reconfortante ouvir a voz gentil do deus narrando aquela história desconhecida.

Apesar de não ser totalmente desconhecida.

— Como Áureo — sussurrou Serilda quando ele tinha terminado. — Que recebeu a bênção de Hulda, mas a magia dele não pode ser de graça. Sempre tem um preço. — Ela franziu a testa. — Vocês deuses percebem que suas dádivas muitas vezes acabam causando muitos problemas?

— Sim — refletiu Wyrdith. — Embora, em geral, a intenção seja boa.

Serilda abriu um sorrisinho, querendo acreditar.

— Obrigada por me contar essa história. Tenho a sensação de que já a ouvi, mas não consigo lembrar de onde.

As páginas gastas estalaram nos dedos de Wyrdith.

— De fato. Você ouviu essa história muitas vezes, mas eu não esperaria que se lembrasse. Você era tão nova, mas... mas houve uma época em que essa era uma das suas favoritas.

Serilda franziu a testa.

— O que você quer dizer com isso?

Lágrimas brilharam nos olhos do deus.

— Serilda — disse ele, embora Serilda tivesse certeza de que não tinha dito seu nome antes para o deus. — Eu sei que você não me reconheceria, mas... eu teria te reconhecido em qualquer lugar.

Ele suspirou devagar e se levantou da cama.

Enquanto Serilda olhava, o cabelo do deus ficou mais comprido, mudou de preto-arroxeado para cachos castanhos. As bochechas se arredondaram, o corpo ficou mais curvo, os lábios mais carnudos. Em aparência, a mulher à frente dela não era muito mais velha do que ela. Quando abriu os olhos, não tinha mais as rodas douradas nas íris. Os olhos estavam verde-azulados e, quando abriu um sorriso tenso, Serilda viu um dente da frente lascado.

Serilda não se lembrava dela, não além do que o pai tinha contado, mas não havia dúvida de que a mulher à frente dela, o *deus* à frente dela, era sua mãe.

Serilda se levantou e recuou. Wyrdith. O deus. O...

O mesmo ser que a tinha amaldiçoado.

Abençoado?

Parido?

— C-como? — gaguejou ela, esbarrando no canto da mesa.

Wyrdith levantou uma mão tranquilizadora, a expressão preocupada. Como um conto de fadas contado tanto tempo antes poderia ser mais familiar para ela do que o rosto da própria mãe?

— Serilda...

— Não — disse ela, balançando a cabeça. — Você é um deus trapaceiro. Mentiroso. Isso não é... você não pode ser...

— Eu não quero te assustar — disse Wyrdith. — Mas, ah, minha Serilda, se você soubesse quantas vezes sonhei em te ver de novo. Planejei o que diria pra você. O que lhe contaria...

— Meu pai sabia disso? — interrompeu ela, surpresa com o veneno em sua voz. Havia tantas emoções batalhando dentro de Serilda, ela não esperaria que raiva estivesse na frente, mas ali estava. Raiva, misturada com uma sensação estranha de traição.

— Que eu era Wyrdith? Não. Não, é claro que não. Ele era tão jovem quando nos conhecemos. E eu era só... Eu era a pobre garota órfã, que foi para Märchenfeld procurando um trabalho e um novo começo. Ele foi tão gentil. Tão *bom*. Mas eu... eu só percebi como os sentimentos dele por mim eram profundos na noite em que ele fez o desejo e concordei em concedê-lo.

— Ele te amava! — gritou Serilda. — Ele te amava tanto. Como você pôde...?

— Eu também o amava. — Wyrdith chegou mais perto, as mãos unidas em súplica. — E eu amava *você*.

— Então por que foi embora? — gritou Serilda, as emoções jorrando dela como uma panela transbordando. — Nós achamos que você tinha sido levada pela caçada! Nós achamos que você estava *morta*! E durante esse tempo todo, você estava... você estava *aqui*. Escondida em uma caverna e... e escrevendo livros de contos de fadas? Vivendo em Verene?

— Eu estava tentando te proteger. Proteger vocês dois. Eu sabia que o Erlking me encontraria de novo. Ele tinha chegado muito perto antes e eu sabia que não desistiria. Se ele descobrisse sobre você ou Hugo, usaria os dois contra mim. Eu não podia deixar que isso acontecesse.

Segurando as laterais da cabeça, Serilda andou entre a mesa e a estante. Seus pensamentos estavam girando. Seu mundo todo estava girando.

Wyrdith. Deus das histórias. Deus da fortuna. Sua deidade padroeira.

Wyrdith era sua mãe.

Sua mãe estava viva.

Sua mãe não era mortal.

— Deuses — sussurrou Serilda. — Eu sou...? O que isso faz de mim? Eu sou... *meio deus?*

Wyrdith caiu na gargalhada.

— Não existem meios deuses. Não funciona assim.

— Mas os meus olhos! E as minhas histórias! Eu consigo... eu conto histórias que muitas vezes acabam sendo verdade, de alguma forma.

Wyrdith assentiu.

— Você tem um pouco da minha magia. Eu soube desde o momento em que você nasceu. Claro, seu pai culpou o desejo. — Os olhos de Wyrdith enrugaram nos cantos. — Ele... Hugo foi... feliz? Depois que fui embora?

Serilda sentiu a esperança misturada com medo na pergunta. Seria possível que o deus da mentira tivesse realmente amado seu pai? O simples, compassivo e trabalhador Hugo Moller?

Ela se encolheu junto à estante.

— Ele morreu.

Wyrdith ofegou e apertou a mão no peito.

— Não! Ah, Hugo. Como?

Uma camada de lágrimas se formou nos olhos de Serilda. E, sem aviso, escapou dela um soluço enorme.

Ela desceu pela estante até estar sentada no chão e escondeu o rosto nos joelhos.

— Serilda! — Wyrdith apareceu do lado dela, os braços ao redor do corpo dela. Era demais. O afeto, o consolo, os braços da própria mãe, a verdade de quem sua mãe era...

Entre soluços, Serilda contou tudo para Wyrdith. Desde a noite em que ela tinha escondido as duas donzelas do musgo no porão para protegê-las da caçada selvagem à mentira de fiar ouro que ela tinha contado ao Erlking que a levou ser capturada para o castelo dele. Ela contou sobre Áureo e as crianças e que seu pai tinha se tornado um nachzehrer. Sobre a maldição e Gravenstone, Perchta e...

Seu próprio filho.

Seu bebê.

Que nasceria em quatro semanas. Que ela nem teve o prazer de sentir crescendo dentro da barriga. Ainda assim, o amor que ela sentia por essa criança em gestação era tão forte que dificultava a respiração quando ela se permitia pensar no assunto. Pensar no quanto queria aquele bebê. No quanto queria que ele ficasse bem.

No quanto Serilda sabia que aquele bebê nunca ficaria bem, porque Perchta estava com seu corpo e tudo estava errado. Tudo estava horrível e ela não sabia como resolver nada.

Wyrdith a abraçou e deixou que ela chorasse e não interrompeu a história nem uma vez.

Quando Serilda terminou, os dois estavam com as costas na estante, Wyrdith passando a mão fazendo círculos suaves entre as omoplatas de Serilda.

— O que eu vou fazer? — disse Serilda, usando o manto vermelho para secar as lágrimas. — Ele tirou tudo de mim. Eu não consigo vencê-lo.

— Ele é um oponente terrível — disse Wyrdith. — Contra o qual estamos lutando há mais tempo do que consigo lembrar.

Serilda gemeu e encostou a testa nos joelhos.

— E vocês são *deuses*. Eu sou só isso. Uma filha de moleiro.

Wyrdith soltou ruído.

— Você também é minha filha.

As palavras geraram um arrepio na coluna de Serilda.

— Essa é uma das coisas incríveis de ser uma contadora de histórias. — Wyrdith cutucou Serilda delicadamente. — Nós escrevemos nossas próprias histórias também.

Serilda olhou com consternação.

— Minhas histórias costumam fazer mais mal do que bem.

— É mesmo? Ou elas permitiram que um castelo inteiro de fantasmas aprisionados finalmente descansasse em paz? E reuniram um príncipe com a irmã perdida? E *nos* reuniram?

— Você não está entendendo. Sabe os deuses que ele capturou? Foi por minha causa. Eu não percebi que ele estava fazendo isso, mas as minhas histórias contaram exatamente para onde ir. É culpa minha!

— Eu entendo *sim* — disse Wyrdith. — Histórias são poderosas. — Wyrdith entrelaçou os dedos nos de Serilda. — O que *você* não entende é que você ainda não escreveu o final.

Serilda começou a balançar a cabeça, mas um baque alto sobressaltou os dois. Wyrdith ficou tenso e se levantou quando a cortina se mexeu. Dedos pálidos apareceram na borda e puxaram a cortina, revelando o Erlking sob a luz da vela. A balestra na lateral do corpo e correntes de ouro no quadril.

— Não! — Serilda se levantou e ficou na frente de Wyrdith, os braços abertos. — Você não pode! Não vou deixar!

— Se não é minha esposa mortal — disse ele, um sorriso lupino no rosto. — Ouvi boatos de que você ainda estava por aí, causando problemas. — Ele entrou na caverna como se tivesse sido convidado a tomar uma cerveja. — Seu espírito estava solto. Como você ainda está aqui?

Serilda sentiu a flecha quebrada, a haste de freixo, junto ao esterno.

— Vingança — disse ela com desprezo. — Não vou descansar enquanto aquela sua caçadora demônio carregar o *meu* filho.

Ele riu.

— Duvido que ela vá carregar por muito mais tempo, considerando o estado das coisas. — Ele olhou para além de Serilda, o olhar percorrendo Wyrdith da cabeça aos pés. — Wyrdith. Por que está disfarçado de uma camponesa comum? Parece um papel pequeno para você.

— Então você não conheceu muitos camponeses comuns — disse Wyrdith. Ele apertou o ombro de Serilda e passou por ela. — Eu sei por que você está aqui, Erlkönig. Não precisa dar um show com suas armas e traquitanas. Eu vou por vontade própria.

— O quê? — Serilda ofegou. — Não! Você não ouviu nada que eu falei? Sobre o que ele planeja fazer?

Wyrdith abriu aquele sorriso de dente quebrado.

— Precisa ser assim. Eu não teria escrito diferente. — A emoção surgiu sobre o sorriso casual e o deus aninhou o rosto de Serilda. — A pergunta é: pra onde a história vai depois daqui?

— Não entendi — disse Serilda. — O que eu faço?

Wyrdith deu de ombros.

— Foge? — disse ele, ajeitando o cabelo de Serilda. — Se esconde? Desiste? — As bochechas do deus formaram covinhas, e Wyrdith beijou a testa de Serilda. — Mas que tipo de história seria essa, minha linda e determinada filha?

O Erlking grunhiu.

— Eu não sabia que vocês, deuses, se preocupavam tanto com seus afilhados.

Wyrdith se virou.

— Você não nos conhece.

Novamente, o deus se transformou. Da mãe de quem Serilda não conseguia se lembrar para, de repente, uma ave dourada enorme. As asas se abriram, alcançando de uma parede à outra.

O Erlking foi quase carinhoso quando passou uma corrente em volta do pescoço de Wyrdith e apertou bem.

— Não é tão prazeroso fazer assim, mas agradeço a sua cooperação. — Ele encarou Serilda e a prendeu no lugar com o olhar gelado. — Você sabe o que acontece com espíritos errantes quando não conseguem encontrar o caminho para Verloren?

Serilda olhou para ele de cara feia, procurando a ameaça nas palavras dele.

— Eu sei que planejo te assombrar até o fim dos tempos.

Ele abriu um sorrisinho e se inclinou para mais perto.

— Eles viram *monstros*. — Ele esticou as mãos para ela e passou um dedo frio na bochecha. — O que quer que a esteja segurando aqui, queridíssima Serilda, sugiro que deixe pra lá, antes que seja tarde demais.

Ela tremeu, o ódio se acumulando no peito. Queria gritar com ele. Fechar as mãos no pescoço dele e apertar. Perfurá-lo com as flechas idiotas dele. Furar aqueles olhos horrendamente lindos dele.

Ela queria machucá-lo. Como ele tinha machucado Áureo e Erlen e as crianças e seu pai e os sete deuses.

Queria *destruí-lo*.

— E, ah, sim, caso você esteja se perguntando — disse ele, chegando para trás —, nós encontramos Tyrr outra vez. Foi fácil de rastrear depois de a besta estar ferida. Resistiu bem, mas aquele temperamento sempre o deixou descuidado. Agora, se não estou enganado — ele olhou para cima, fingindo contar —, ora, acredito que chegamos a sete. Eu não teria conseguido sem você, filha do moleiro.

Serilda não disse nada. Ela não fez nada. Só olhou para ele de cara feia, as emoções fervilhando.

E quando o Rei dos Antigos se virou e pegou a ave de rapina dourada, deus do destino e da fortuna, deus das histórias e das mentiras, Serilda ficou olhando eles partirem.

CAPÍTULO

Quarenta e nove

SERILDA SE SENTOU NO BEIRAL, OS PÉS PENDURADOS, OLHANDO PARA
o mar infinito enquanto o sol queimava no horizonte. Ela pensou em navios mercadores presos em tempestades, sendo jogados nas pedras implacáveis abaixo. Pensou em serpentes marinhas deslizando pelas profundezas escuras. Perguntou-se quantos pescadores tinham partido e nunca voltado.

Solvilde era o deus patrono dos mercadores marinhos e marinheiros, e devia estar cuidando dos mares e dos homens e mulheres que desbravavam aquelas águas. Ela sabia que muitos ainda rezavam para Solvilde, pedindo viagens seguras, um retorno seguro.

Aqueles marinheiros não sabiam que o deus para o qual eles estavam rezando tinha parado de ouvir as preces muito tempo antes. Não sabiam que Solvilde estava preso no castelo de Adalheid naquele momento, impotente para ajudar.

Serilda grunhiu e abaixou a cabeça. Tinha tentado subir até o alto do penhasco. Suas mãos, ainda machucadas da queda, não foram fortes o bastante para puxá-la para cima. As colunas do penhasco eram escorregadias demais, íngremes demais. E ela era fraca demais.

O que aconteceria se ela caísse?

A água ficava tão longe abaixo, e Serilda sabia que seria jogada nas pedras, afiadas como dentes. Doeria horrivelmente. Ela não conseguia nem imaginar o quanto.

Mas ela não morreria.

Ela *não podia* morrer.

Ela era só uma alma, desconectada do corpo humano.

Um espírito errante, como o Erlking a tinha chamado.

O que aconteceria se pulasse?

Ela seria jogada nas pedras e ficaria presa naquelas águas frias até o fim dos tempos?

Conseguiria nadar até as cidades portuárias a oeste, procurando um lugar para sair do mar?

Ou... haveria outro jeito?

Um jeito mais fácil?

Serilda levou a mão até o cordão no pescoço e puxou a haste da flecha quebrada. Girou-a nos dedos. As penas eram pretas, sedosas. A madeira de freixo era flexível, mas forte.

Era aquilo que a segurava ali. Ela só precisava soltar. Jogar na água e estaria livre. Seu espírito flutuaria para longe e, com o tempo, mesmo sem o lampião de Velos para guiá-la, ela achava que encontraria o caminho até Verloren.

Até o pai.

Até as crianças.

O Erlking não seria mais um problema.

Era tentador. Muito tentador. Mas, cada vez que ela achava que conseguiria, que era só jogar a flecha fora e selar seu destino, Serilda pensava em Áureo. No jeito como ele olhava para ela, como se ela fosse o ser mais incrível a vir do reino mortal. No jeito como ele a beijava, como se cada toque fosse uma dádiva. Como se ela fosse um tesouro muito mais valioso do que ouro.

E o que eles tinham criado juntos... sem querer, por uma virada irônica da magia e do destino. Um bebê.

Se ela fizesse aquilo, se desistisse, nunca conheceria o filho. Ela jamais teria a chance de salvá-lo.

Que tipo de história seria essa, minha linda e determinada filha?

Talvez seu filho ficasse bem, argumentou ela. Talvez fosse mais forte do que Serilda, mais corajoso do que ela. Talvez fosse quem terminaria aquela história.

— Quanto tempo mais você planeja ficar aí embaixo?

Serilda gritou e soltou a flecha. Ela caiu, despencou pela lateral do penhasco. Ela gritou de novo e esticou o pé, alcançando por pouco o cordão com a ponta da bota.

Seu coração fantasma disparou no peito enquanto ela pegava com cuidado, com dedos trêmulos, o cordão de volta e o passava pelo pescoço antes de finalmente olhar para cima.

Havia duas figuras no platô acima dela, brilhando em dourado embaixo do sol nascente. Cada uma tinha orelhas altas como raposas e chifres pequenos e peludos e olhos pretos de gazela.

Serilda apertou os olhos.

— Salsa? Filipêndula?

Quase não conseguia acreditar, mas sim, eram elas. As mesmas donzelas do musgo que Serilda tinha escondido no porão do pai. As donzelas do musgo que tinham dado a ela o anel e o medalhão de Áureo.

— Como vocês... O que estão fazendo aqui?

— Depois de esperar meses que a caçada selvagem saísse de Gravenstone — disse Salsa, com as mãos nos quadris —, nós os rastreamos até aqui. Vimos quando acertaram a serpe. Vimos *você* descer este penhasco e o Erlking ir atrás e uma ave gigantesca voltar com ele. Achamos que você teria voltado horas atrás. O que você está esperando? Que outra serpe apareça e te carregue?

— Eu... eu não consigo — disse Serilda. — Machuquei as mãos e não sou boa em escalada.

— Eu te disse — disse Filipêndula, sorrindo para a irmã. — Lembra como ela era desajeitada na floresta?

Salsa suspirou.

— Humanos. — Ela pegou uma corda de cipó nas costas e jogou uma ponta para Serilda. — Enrola isso no corpo. Vamos te puxar.

— ELES MATARAM MAIS DE METADE DAS NOSSAS IRMÃS QUANdo atacara Asyltal — disse Salsa. Apesar da tragédia nas palavras, a voz dela estava séria e objetiva. — Mas uma quantidade suficiente de nós escapou e conseguimos ocupar um perímetro em volta de Gravenstone. Nós sabíamos que a caçada sairia de novo e planejamos usar essa oportunidade pra fazer um cerco no castelo. Pra encontrar Pusch-Grohla e a libertar. Mas acabou não sendo bem assim.

— O que houve? — perguntou Serilda.

— Não foi só a caçada que saiu quando o véu caiu ontem à noite. Uma caravana de sombrios deixou o castelo, viajando pela floresta, como quando eles chegaram em Asyltal. Não tantos quanto antes. Sem fantasmas, desta vez. Nós enviamos um contingente para segui-los e percebemos que estavam com Pusch-Grohla, junto com um grifo e um lobo enorme, presos em jaulas e com guarda pesada. A caçada saiu em seguida. Um grupo de nós seguiu o Erlking. O resto ficou para trás para vigiar a caravana.

— Nós achamos que eles estão voltando pra Adalheid — disse Filipêndula.

Serilda assentiu.

— Aí eles vão ter todos os sete deuses juntos na Lua Interminável.

Serilda tinha esperado que as donzelas do musgo ficassem perplexas quando ela contasse que a Avó Arbusto delas era Eostrig, deus da fertilidade e da primavera. Mas elas sabiam o tempo todo e acharam que *ela* era boba por não ter percebido muito antes. Isso gerou alguns comentários desagradáveis sobre como os mortais eram sem noção antes de deixarem que ela explicasse tudo que sabia sobre o plano do Erlking de capturar os sete deuses e, acreditava ela, desejar a destruição do véu.

A única coisa que *pareceu* surpreender as donzelas do musgo foi quando ela contou sobre o retorno de Perchta, que não estava entre os caçadores que partiram para capturar Wyrdith.

— O mais estranho — disse Filipêndula — foi que, depois que a caravana passou, vieram terremotos, ribombando na floresta. Criando rachaduras enormes no chão, como se originadas em Gravenstone.

— Como se estivesse indo atrás dos sombrios — acrescentou Salsa em um tom sombrio.

Serilda tremeu, lembrando-se da destruição que tinha acontecido na câmara bem abaixo do castelo. O que aquilo significava?

As falésias de basalto deram lugar a uma charneca rochosa e a uma longa extensão de pastagens. Serilda tinha a sensação de que elas já haviam caminhado por quilômetros, o sol fazendo sua lenta subida acima delas, quando finalmente chegaram ao limite norte do bosque.

Serilda ouviu um lamento baixo que a fez parar, a pele arrepiada.

Salsa gemeu.

— Não liga pra ela. Só vai em frente.

— O que era aquilo?

— Uma salige — disse Filipêndula, apontando para a floresta. — Acreditamos que ela tenha vindo parar aqui de uma das vilas de pescadores, talvez tenha se suicidado nas falésias. Nós a vimos vagando pela floresta ontem à noite. Elas são atraídas por corpos de água, então talvez esteja tentando chegar ao mar.

Outro lamento de partir o coração ecoou ao redor delas, assustando um bando de gansos-patolas de asas negras que estavam em ninhos nos penhascos. Eles gritaram e saíram voando antes de voltarem gradualmente.

Serilda a avistou então, a salige. Uma mulher de vestido branco esvoaçante, movendo-se lentamente pela floresta. Ela estava se afastando de Serilda e das donzelas de musgo, chorando sozinha.

Serilda havia encontrado uma salige uma vez antes, nas profundezas do Bosque Aschen. Bonita, mas infeliz, ela implorara a Serilda para dançar com ela em uma ponte de ossos... os ossos de todos que tinham passado pela ponte antes. Encantados para dançar até eles caírem mortos, tudo em um esforço para quebrar alguma maldição desconhecida. *Só você pode quebrar essa maldição. Basta uma dança...*

Uma mão pousou no ombro de Serilda e ela deu um pulo. Filipêndula estava observando a salige, com um leve sinal de solidariedade em seu rosto adorável.

— Você não pode ajudá-la. Tentar só vai te matar.

— Mas elas são amaldiçoadas, não são? — disse Serilda. — Maldições não podem ser quebradas?

Salsa cruzou os braços com impaciência sobre o peito.

— Salige são amaldiçoadas para matar qualquer um que tente quebrar sua maldição. Então, não. Nem todas as maldições podem ser quebradas.

Os gritos da salige se afastaram enquanto ela se movia em direção ao planalto. Ela parecia tão arrasada. Tão... perdida.

As palavras do Erlking atingiram Serilda nesse momento, tirando o fôlego dos seus lábios.

— Elas se tornam monstros — sussurrou ela. — Salige já foram espíritos errantes. Mulheres de luto por crianças perdidas ou tentando encontrar o caminho de volta pra casa... que vagaram por muito tempo. Isso é o que elas se tornam quando se recusam a atravessar para Verloren. Se transformam em monstros.

Sua mão se fechou na flecha em seu pescoço.

Era aquilo que *ela* se tornaria se não encontrasse alguma maneira de recuperar o corpo. Uma façanha que ela não sabia se era possível.

Elas ficaram em silêncio até não poderem mais ouvir o choro lamentoso e amargo da mulher.

Salsa foi a primeira a se virar e se dirigir para a floresta.

— Se perdermos mais tempo aqui, nós todas vamos virar espíritos errantes.

Elas não tinham andado muito quando foram abordadas por outras seis donzelas do musgo que haviam montado um pequeno acampamento entre as árvores. Elas serviram a Serilda uma refeição de nozes e frutas secas não muito satisfatória enquanto Filipêndula e Salsa contavam tudo o que tinham descoberto.

— Perchta — rosnou uma das donzelas do musgo, franzindo os lábios. — Nenhuma criatura da floresta estará segura com o retorno dela.

— Ah... tem mais uma coisa que esqueci de mencionar — disse Serilda, mexendo na barra do manto, que estava ficando tão imundo e esfarrapado quanto o manto de lã confiável de que ela tanto sentia falta. — Perchta... não está presa do lado escuro do véu.

Todas franziram a testa para ela.

— Mas ela é um demônio — disse Filipêndula.

— Sim — disse Serilda. — Mas...

— Ela é um demônio dentro de um corpo mortal — disse Salsa, mostrando os dentes para Serilda, como se fosse culpa *dela*.

Era justo, considerado todas as coisas.

Uma das donzelas cuspiu no chão.

— A grande caçadora, solta no reino mortal. Vovó capturada. Asyltal destruída. O que isso significa para as criaturas da floresta?

— Nada de bom — murmurou Filipêndula.

— Esperem — disse Serilda. — O véu está abaixado *agora*. — Ela levou a mão ao peito. — Estou presa do lado escuro do véu, mas vocês, não. Como conseguem me ver?

Salsa inclinou a cabeça de um jeito que parecia um cervo.

— O povo da floresta é mágico. Assim como os drudes e os nachtkrapps. O véu não foi feito pra ser um limite para *nós* quando foi criado, então podemos entrar e sair dos reinos como quisermos. Só não costumamos escolher estar do lado dos sombrios.

— Ah... entendi — disse Serilda. — Obrigada, então. Por ficarem comigo deste lado. E por virem atrás de mim nos penhascos.

— Não é por caridade — disse Salsa. — Você tem informações sobre o Erlking e a caçada. Informações que podem nos ajudar a resgatar Pusch-Grohla.

Serilda endireitou a coluna, surpresa com a esperança que isso despertou dentro dela. Pegas de surpresa em Asyltal, as donzelas do musgo podiam não ter sido páreo para os sombrios. Mas eram aliadas fortes, estavam determinadas a libertar pelo menos um dos deuses.

Era mais do que ela tinha naquela manhã.

O olhar de Serilda caiu sobre um arco longo encostado em um tronco de árvore onde uma das donzelas estava sentada, e os primeiros indícios de um plano surgiram na cabeça dela, espontâneos.

— Flechas de ouro — sussurrou ela.

— O que? — perguntou Salsa.

— Flechas de ouro — repetiu ela, olhos arregalados. — Foi como Áureo derrotou Perchta pela primeira vez. Uma flecha de ouro abençoado por um deus disparada no coração dela. — Ela olhou em volta para seu pequeno grupo. — Quantas donzelas do musgo restam? E quantas são boas no disparo com arco?

Salsa lançou-lhe um olhar tão frio quanto qualquer outro que o Erlking já tivesse dado a ela.

— Apenas um mortal faria uma pergunta tão estúpida — disse ela.

Solstício de Inverno

A Lua Interminável

CAPÍTULO

Cinquenta

ESTAVA NEVANDO HAVIA MAIS DE UMA SEMANA.

As donzelas do musgo tinham construído um acampamento às pressas no Bosque Aschen, com abrigos camuflados que se misturavam às árvores. Era confortável, mas Serilda ansiava pelo fogo na lareira do Cisne Selvagem e uma xícara de sidra quente. Ansiava por cobertores pesados e os braços de Áureo ao redor dela.

Sua ansiedade aumentava mais e mais a cada noite que passava. Por semanas, foi vendo a lua minguar até o nada, e voltar lentamente à plenitude. Todos os dias, o chão tremia sob seus pés, como se a terra estivesse se mexendo logo abaixo delas. Todos os dias, novas rachaduras apareciam no chão da floresta. A princípio, pequenas fissuras, que foram aos poucos se alargando, até que havia uma série de fendas tão largas quanto punhos cortando o acampamento. Sempre na direção de Adalheid e do lago. As donzelas do musgo pareciam tão preocupadas com a instabilidade da terra quanto estavam em resgatar Pusch-Grohla, mas a mente de Serilda costumava ficar ocupada com outras preocupações.

Em algum lugar do mundo, a barriga de Perchta crescia mais a cada dia.

O bebê chegaria em breve.

Serilda tentou ficar fora do caminho enquanto as donzelas do musgo faziam armas e enviavam batedores para espionar Adalheid e o castelo, onde o Erlking e sua corte tinham mais uma vez fixado residência.

Ela tinha implorado para acompanhá-las, para que ao menos pudesse se sentar em um canto da taverna e observar seus amigos das sombras do véu. Eles não saberiam que ela estava lá, mas lhe traria tanto conforto vê-los.

Ver Áureo.

Saber que ele estava bem.

Mas as donzelas do musgo recusaram. Serilda era muito desajeitada, muito impetuosa, e elas não podiam correr o risco de os sombrios a verem.

Pelo menos elas avisaram que Áureo e Erlen estavam vivos e hospedados no Cisne Selvagem. Era tudo sobre o que falavam na cidade, ao que parecia. O vergoldetgeist no meio deles, trabalhando em algum projeto secreto. Os aldeões, por insistência de Lorraine, forneceram uma roda de fiar e um tear e estavam levando carroças de tudo, de lã de ovelha a palha murcha de inverno para o fiandeiro de ouro trabalhar.

Fazendo ouro e, esperava Serilda, transformando-o em armas e flechas, como tinham conversado. Usando-o para as tapeçarias de Erlen, para garantir um futuro vitorioso.

Serilda tinha perguntado se elas não podiam pegar as armas que Áureo estava construindo e invadir o castelo para pegar os sombrios de surpresa antes que a Lua Interminável nascesse. Mas Filipêndula havia explicado que, como Áureo estava no reino mortal, seu ouro fiado não poderia ser usado contra os sombrios até o véu cair.

Não... elas teriam que esperar.

FINALMENTE, O DIA DA LUA INTERMINÁVEL CHEGOU, TRAzendo consigo uma neve fininha que caía do céu como em sonho, preenchendo os rastros deixados por cervos e coelhos na noite anterior.

As mãos de Serilda estavam tremendo quando ela prendeu o fecho da capa vermelho-sangue. De medo e nervosismo, mas também de empolgação por finalmente estar fazendo alguma coisa. O solstício tinha chegado. Eles salvariam os deuses e recuperariam o corpo dela. Eles derrotariam os sombrios.

Ou fracassariam. O véu cairia e o mundo mortal jamais seria o mesmo.

— Acredito que não precisamos lembrar a você seu papel nisso tudo — disse Salsa, entregando a Serilda o apito de junco que invocaria as donzelas do musgo quando a hora chegasse.

— Eu sei o que preciso fazer — disse ela. O apito estava preso a um cordão que ela passou pela cabeça e colocou ao lado da flecha quebrada. — Eu sei o que está em jogo, tanto quanto todo mundo.

— Então vá, e cuide pra que ninguém te veja saindo do bosque.

— Claro. — A última coisa que Serilda queria fazer era levar o inimigo para o acampamento horas antes de elas invadirem o castelo de Adalheid. Ela esperava e torcia para que a corte do Erlking estivesse ocupada, se preparando para a Lua

Interminável e para que não se preocupasse com o povo da floresta andando entre as árvores.

— Nós estaremos prontas.

Serilda se balançou nervosamente nas pontas dos pés. Uma vez, ela oferecera um abraço amigável a Salsa e Filipêndula depois de as proteger da caçada selvagem. Ela ficou tentada a esticar os braços para elas de novo, depois de tudo pelo que elas tinham passado.

Mas a expressão de Salsa se fechou, como se soubesse o que Serilda estava pensando. Rabugenta, como sempre.

Serilda se encolheu.

— Esta noite, então.

— Serilda? — disse Filipêndula.

Serilda se virou para ela, a esperança crescendo no peito.

Com um suspiro exagerado, Filipêndula esticou os braços para Serilda.

Serilda sorriu e aceitou o abraço.

— Não tenta ser espertinha — disse Filipêndula. — Só siga o plano.

— Eu vou. Quer dizer, não vou. Quer dizer... — Serilda deu um passo para trás e colocou a mão no peito vazio. — Farei o melhor possível.

— Que promissor — murmurou Salsa.

Ela se despediu do resto das donzelas do musgo, que, apesar de terem passado o último mês com ela, a observaram se afastar como um bando de raposas desconfiadas. Serilda deixou o acampamento sozinha.

Ela iria até Adalheid e entraria no bar, para que, assim que o véu caísse, estivesse pronta para explicar tudo para Áureo e Erlen. Ela garantiria que as armas que Áureo estava fazendo fossem entregues às donzelas do musgo. Depois, entraria no castelo e faria o que precisasse, causaria uma distração ou enrolaria o Erlking para impedi-lo de realizar o desejo e dar às donzelas do musgo tempo para assumirem posições. Quando a hora chegasse, sopraria o apito e as donzelas desceriam e massacrariam os sombrios, um a um, usando as mesmas flechas de ouro que tinham matado Perchta no passado.

O plano era bom, Serilda disse para si mesma enquanto percorria a floresta.

Vai dar certo, vai dar certo, tem que dar certo.

Assim que chegou no limite do Bosque Aschen e viu a muralha da cidade à frente, sentiu uma pontada no peito. Aquele lugar tinha passado a parecer mais um lar do que Märchenfeld tinha sido. Tudo que ela amava na antiga vida tinha sumido, tinha sido tirado dela.

Tudo que amava agora estava ali, dentro daquelas muralhas.

Se o véu caísse para sempre, aquela cidade cairia. A primeira vítima dos demônios. Ela não podia deixar que isso acontecesse.

Serilda percorreu as ruas vazias. Apesar de rodas de carroças e carruagens terem feito sulcos na neve, eles estavam ficando cheios de novo. Tudo estava silencioso e imóvel, a maioria das pessoas encolhida dentro de casa, fumaça saindo de todas as chaminés. Ela passou por um garotinho jogando sementes para galinhas, um homem tirando neve do degrau de entrada e uma mulher idosa andando com o capuz puxado sobre a cabeça e uma cesta com cheiro de pãezinhos quentes pendurada no cotovelo.

Ninguém viu Serilda, logo ao lado deles, mas escondida atrás do véu. O espírito que nem deixava passos na neve.

Ela foi até o bar e entrou pela porta na hora que Frieda estava saindo, cantarolando e carregando uma braçada de livros. Ela hesitou brevemente ao passar por Serilda, acometida de um tremor. Olhou ao redor com uma expressão curiosa antes de deixar para lá e seguir cantarolando na direção da biblioteca.

O salão principal estava vazio, os aldeões longe por causa da neve ou por causa da ameaça da Lua Interminável. Serilda foi para o segundo andar. Uma porta estava aberta no fim do corredor, onde ela ouvia o som revelador de uma roda de fiar trabalhando diligentemente, junto com a voz alegre de Leyna.

Serilda seguiu pelo corredor e já sorria quando chegou à porta.

O quarto estava frio porque a única janela estava aberta e a neve cobria o parapeito. Apesar do frio, Serilda foi inundada de calor quando entrou.

Enrolado em um casaco e um cachecol, Áureo estava sentado à roda de fiar, enfiando fios de lã no buraco, o pé movimentando o pedal, os fios de ouro brilhante se enrolando na bobina como se fossem a coisa mais natural do mundo. Uma bandeja de carnes e queijos ocupava uma mesa ao lado dele.

Leyna estava sentada de pernas cruzadas no tapete ao lado dele, usando um pente para ajeitar as fibras de lã e prepará-las para o trabalho de Áureo. Ela estava falando sem parar sobre alguma pegadinha que um dos amigos tinha feito para o homem idoso supersticioso que morava colina acima e Áureo estava sorrindo, talvez encorajador demais.

Ver os dois fez os nervos de Serilda cantarem com uma alegria inexprimível.

Eles estavam em segurança. Áureo estava *vivo*, não amaldiçoado, não preso, não mais o poltergeist que assombrava eternamente o castelo de Adalheid.

Mais ainda, ao entrar no quarto, ela viu que ele tinha estado muito ocupado.

Montinhos de fio de ouro estavam empilhados junto às paredes. Alguns tinham sido trançados em correntes grossas, como as que a caçada usava. Mas muitos outros tinham sido retorcidos e forjados em cabeças de flechas, espadas, adagas e lanças. Serilda se perguntou se Áureo tinha deixado de dormir para ser tão produtivo.

Era mais do que ela poderia ter esperado.

As donzelas do musgo ficariam animadas. Tão animadas quanto possível, pelo menos.

Serilda mordeu o lábio inferior, atravessou o quarto e se ajoelhou ao lado da roda de fiar.

— Áureo?

Ela teria imaginado o jeito como os dedos dele hesitaram?

Então, Leyna lhe entregou outro montinho de lã e ele voltou ao trabalho.

Serilda esticou a mão, desejando poder tirar a mecha de cabelo caindo nos olhos dele, mas seus dedos passaram direto pelos fios.

Áureo franziu o cenho e levantou a mão para coçar a testa.

Com um suspiro, Serilda olhou pela janela. Ainda faltavam horas para o pôr do sol.

Um grasnido alto a fez pular.

Um nachtkrapp tinha pousado no parapeito e sacudido a neve das penas esfarrapadas. O instinto de Serilda foi de pular, empurrá-lo para fora e fechar a janela.

Mas Leyna falou com o pássaro.

— Bem-vindo de volta, Helgard. Erlen está no outro quarto, trabalhando na tapeçaria.

Helgard pareceu encarar Leyna com as órbitas vazias. Em seguida, inclinou a cabeça, e Serilda teve certeza de que, mesmo que não pudesse *vê-la*, o pássaro podia senti-la.

Ela se levantou.

— Se lembra de mim?

O pássaro eriçou as penas, pulou do parapeito e voou para o corredor.

Áureo parou de fiar e encarou o pássaro antes de olhar na direção de Serilda, desconfiado.

— Você ouviu alguma coisa?

Leyna parou de puxar a lã.

— Minha mãe me chamou?

Áureo não respondeu. Depois de um momento, balançou a cabeça e colocou um cubo de queijo na boca.

— Sabe, poder aceitar comida em pagamento por fiar é uma das melhores coisas que já me aconteceu. Eu amo este lugar. Não quero ir embora nunca.

Leyna riu.

— Queijo por ouro? Qualquer cidade do mundo aceitaria o seu acordo.

Erlen apareceu na porta com Helgard empoleirado no ombro e uma expressão perturbada no rosto.

— O que foi? — perguntou Áureo.

Ela o encarou de olhos arregalados, mordendo a bochecha por dentro. Abriu a boca para falar, mas hesitou e a fechou de novo.

— O quê? — insistiu Áureo.

— Você já está terminando? — perguntou ela.

— Quase. — Áureo indicou o restante da lã. — Consigo mais umas seis flechas com isso. Vamos acabar até o anoitecer.

Erlen assentiu.

— Como está a tapeçaria? — perguntou Leyna. — Já podemos ver?

— Não — disse Erlen, um pouco ríspida. Mas ficou corada e encolheu os ombros até as orelhas. — Não está pronta. Mas… vai ficar. Até o anoitecer. Eu só pensei em descansar um pouco. Ver como as coisas estão indo.

— Você parece nervosa — disse Áureo.

A expressão de Erlen se fechou e ela ergueu o queixo.

— Não estou nervosa — disse ela antes de sair do quarto.

Leyna e Áureo trocaram olhares.

— Eu também achei que ela parecia nervosa — disse Leyna.

— Muito — concordaram Áureo e Serilda, embora ninguém a tivesse ouvido. Não importava. Serilda tinha conseguido as informações de que precisava, e um dos pombos mensageiros das donzelas do musgo estaria esperando do lado de fora da estalagem para levar a notícia para o acampamento. Serilda pegou o pergaminho e o carvão que as donzelas do musgo tinham lhe dado e fez um inventário de quantas armas eles tinham disponíveis.

Quando terminou, parou para se curvar sobre Áureo e beijar-lhe a bochecha. Ele deu um pulo e levou a mão ao rosto. Seu olhar percorreu o quarto.

Serilda riu.

— Até daqui a pouco — sussurrou ela, e saiu para o corredor e desceu a escada.

— Ah… bom dia, Lorraine! — disse ela ao ver a prefeita atrás do balcão. — Linda noite pra invadir o castelo, você não acha?

Ela estava na metade do aposento quando a porta da frente foi aberta de repente com um estrondo.

Serilda ficou imóvel, assustada, quando um sopro de vento e neve entrou e uma figura apareceu, delineada na tarde cinzenta.

Uma mulher com cabelo castanho comprido e manto vermelho.

As veias de Serilda ficaram geladas quando a mulher puxou o capuz e revelou olhos pretos argutos com aros dourados. Ela fechou a porta com um chute e cambaleou para a frente, segurando a barriga redonda.

Lorraine ofegou.

— Serilda! É... É você? — Ela contornou o balcão e atravessou a forma invisível de Serilda ao se aproximar da mulher, que tinha se apoiado no encosto de uma cadeira.

Perchta encarou Lorraine e inspirou por entre os dentes.

— Eu preciso de um quarto — disse ela bruscamente. — E de uma parteira.

CAPÍTULO

Cinquenta e um

— CARAMBA, EU NÃO ACREDITO — MURMUROU LORRAINE, LEVANDO A mão à boca. — Serilda... Quando você... Como...?

Os nós dos dedos de Perchta ficaram brancos quando ela apertou o encosto da cadeira. Ela mostrou os dentes para Lorraine.

— Não há tempo. Me ajude!

Era mais uma ordem do que um pedido, e Lorraine enrijeceu de surpresa.

— Eu... Sim, claro. Venha, vamos para um quarto. — Ela deixou Perchta usá-la como apoio enquanto Serilda subia a escada correndo, dois degraus de cada vez. Assim que chegou no patamar superior, ela ouviu Lorraine gritando para chamar Leyna.

Serilda correu pelo corredor e parou na porta na hora que Leyna estava se levantando.

— Sim, mãe? — gritou ela.

— Vem rápido! — gritou Lorraine. — E traga toalhas!

— Toalhas? — Leyna franziu a testa para Áureo, que só deu de ombros e começou a se levantar.

— Não — disse Serilda, esticando os braços. — Não vai!

— É a Serilda! — O grito de Lorraine veio acompanhado do rangido dos degraus de baixo. — Ela voltou! Corre!

— Serilda? — sussurrou Áureo. Ele arregalou os olhos e foi na direção da porta.

— Não! — gritou Serilda, esticando os braços para ele. A mão passou direto pelos ombros, pelo braço, sem poder segurar nada. — Áureo, não!

Áureo hesitou e massageou o cotovelo, de repente arrepiado.

A escada rangeu, seguida de um gemido baixo e sofrido.

Áureo olhou para o salão com esperança no rosto. Ele deu outro passo.

Serilda tentou mais uma vez, desta vez tentando pegar o medalhão no pescoço dele.

Seus dedos encontraram o metal frio. Trincando os dentes, ela puxou e conseguiu esticar o cordão no pescoço dele por um momento antes da força sumir e o cordão escorregar da mão dela.

Mas o movimento foi suficiente. Áureo parou e levou a mão ao pescoço. Ele se virou e observou o quarto.

Quando Leyna tentou passar correndo, ele segurou o ombro dela.

— Espera.

Ela olhou para ele.

— Mas, Serilda...

— Não é ela — disse ele, ficando pálido. — É Perchta.

O rosto de Leyna foi tomado pelo pavor.

— O quê? Como... como você sabe?

Áureo fechou a porta quando as tábuas do corredor rangeram.

— Lembra o que a gente te contou? — disse ele, baixando a voz. — Sobre o que aconteceu em Gravenstone?

A respiração de Leyna ficou hesitante.

— A m-mamãe! Mamãe está lá! Ela não sabe!

Ela tentou passar por Áureo, mas ele a impediu.

— Você não pode deixar Perchta perceber que você sabe a verdade. Você precisa fingir que ela é mesmo Serilda.

Leyna ficou de boca aberta.

No corredor, eles ouviram um grito de dor seguido da voz de Lorraine mais ríspida.

— Leyna! Agora!

— Perchta está tendo um *bebê*?

— Eu... acho que sim. Está.

— O que eu faço?

— Vá — disse Áureo. — Faça o que sua mãe diz e... não deixe Perchta descobrir que Erlen e eu estamos aqui. Você pode fazer isso?

Leyna engoliu em seco e fez que sim.

Áureo a soltou.

— Vai ficar tudo bem.

Leyna se aproximou da porta com hesitação, empertigou os ombros e saiu. Assim que ela saiu, Áureo olhou pelo quarto de novo.

— Serilda? Você está aqui?

Olhando para a janela aberta, Serilda usou toda a sua força de vontade para jogar neve no tapete.

Áureo inspirou, trêmulo.

— Eu senti a sua falta — disse ele. — Queria poder falar com você. — Seu rosto foi dominado pela emoção, mas ele a afastou rapidamente. — Eu tenho que avisar Erlen.

— Claro. Vá — disse Serilda.

Ele tinha se movido na direção da porta quando Erlen apareceu, os olhos arregalados.

— O que está acontecendo? — sussurrou ela. — Lorraine mandou chamar uma parteira!

Enquanto Áureo explicava, Serilda seguiu pelo corredor em direção aos gemidos de Perchta.

Lorraine a tinha levado para um dos quartos e deixado a cama só com o lençol de baixo. Perchta estava deitada em uma montanha de travesseiros, os olhos arregalados e os dentes trincados enquanto Lorraine virava uma jarra de água em uma tigela no aparador. Leyna não estava com elas.

— Vai ficar tudo bem, coração — disse Lorraine com tranquilidade. — A parteira está vindo.

— Não me chame assim — disse Perchta com rispidez.

Lorraine deu uma risadinha nervosa.

— A dor transforma mesmo uma pessoa, não é? — Ela mergulhou um pano na água e o torceu. — Tenta respirar fundo.

A mulher foi colocar o paninho na testa de Perchta, já coberta de suor, mas ela arrancou o pano da mão dela com um rosnado.

Lorraine pulou para trás.

Com uma bufada, Perchta colocou o pano na testa sozinha e se deitou nos travesseiros.

— Péssimo momento para isso — disse ela. — Espero que valha a pena.

— Aqui, mamãe — disse Leyna, entrando com os braços cheios de toalhas limpas.

— Bom, bom, coloque-as aqui — disse Lorraine. — Eu estava esperando para contar a Serilda a notícia maravilhosa. Achei que você poderia querer contar. Talvez ajude a tirar a dor dos pensamentos dela.

Os olhos de Leyna estavam arregalados como a lua cheia.

— Há… sim. — Ela sorriu para Perchta, mas tremeu pela cara feia da caçadora. Ela limpou a garganta. — Mamãe e Frieda se casaram mês passado!

Lorraine riu.

— Não *essa* novidade, garota boba! — disse ela, e indicou Perchta. — A notícia sobre os nossos hóspedes especiais. Que Serilda vai ficar *feliz da vida* de ver?

Leyna balançou a cabeça de forma sutil, e Perchta só não viu porque tinha apertado os olhos quando teve outra contração.

Lorraine franziu a testa.

— O que…?

— É surpresa! — disse Leyna. — Vamos… vamos deixar pra ser uma surpresa. Melhor ela se concentrar… nisso. — Ela indicou a cama. — É agitação suficiente para o momento, você não acha?

Lorraine repuxou os lábios para o lado.

— Talvez você esteja certa. Eu só achei que ela ia ficar tão feliz…

Leyna limpou a garganta.

— Não vamos falar nada ainda. O que eu posso fazer para ajudar, mamãe?

— Ah! Há… se puder botar uma chaleira de água pra ferver…

— Claro! — Leyna começou a seguir para a porta, mas parou e levou um dedo à boca. — Não conta pra ela! — sussurrou ela e saiu correndo.

Perchta rosnou.

— Contar o quê?

Lorraine deu uma risadinha.

— Nada. Acho que ouvi rodas de carruagem lá fora. Deve ser a parteira.

A parteira entrou no quarto pouco depois, com o cabelo bem preso e uma expressão prática no rosto. A aparência dela trouxe uma sensação de calma para o quarto, e, embora Lorraine fosse uma das mulheres mais capazes que Serilda já tinha conhecido, dava para perceber que a estalajadeira ficou aliviada de passar a responsabilidade para uma profissional.

Serilda também ficou aliviada. Ela podia odiar Perchta com toda sua alma, mas o bebê… Ela queria muito que o bebê nascesse saudável e forte.

Ela ficou no canto, remoendo a inveja de Perchta estar vivenciando uma coisa tão preciosa, tão *milagrosa*, odiando que aquele momento tinha sido roubado dela. Ainda assim, quando os gritos começaram para valer, ela se viu um pouco menos decepcionada.

Lorraine e a parteira começaram a trabalhar. Leyna ia e vinha, se apressando para levar tudo que fosse necessário. Perchta agarrou o lençol e xingou alto: *este corpo mortal patético e frágil* e ignorou os olhares perplexos trocados em volta dela. Serilda ficou encarando, segurando a respiração, se sentindo desconectada de tudo. Aquele momento que deveria ter sido tudo para ela.

De repente, houve um grito novo.

Agudo e atordoado, um choro que dilacerou Serilda por dentro.

Ela se adiantou, tentando espiar na frente da parteira, que estava no pé da cama.

— Aqui estamos — disse a mulher, cortando o cordão umbilical e pegando o bebê nos braços. — Uma menininha.

Lágrimas surgiram nos olhos de Serilda quando ela examinou a criança, toda enrugada e rosada, com o rosto contraído e furioso e uns fiapos de cabelo ruivo-dourado. Ela tentou esticar as mãos para pegar a filha, mas seus braços só encontraram o ar. Ela ficou por perto, com lágrimas no rosto enquanto Lorraine pegava o bebê e lhe dava um banho.

— Oi — disse Serilda, desejando desesperadamente que a filha pudesse ouvir sua voz e saber que era a mãe falando com ela. A mãe dela, transbordando um amor tão poderoso que quase a fez cair de joelhos. Sua mãe, que faria qualquer coisa por ela, *qualquer coisa*.

Lorraine embrulhou o bebê em um cobertor limpo enquanto Serilda ficava ali, os braços doidos para segurarem o bebê. Ela não sabia quando tinha começado a chorar para valer, mas não conseguiu conter um soluço quando Lorraine colocou a criança nos braços de Perchta.

— Fale com ela — encorajou a parteira. — Ela vai querer ouvir a voz da mãe.

Perchta se ergueu nos travesseiros, a pele corada e o cabelo encharcado de suor, e encarou o rosto da criança. O choro do bebê tinha parado e foi substituído por uma movimentação curiosa. Ela franziu o rosto e abriu lentamente os olhos.

Serilda ofegou.

O bebê tinha seus olhos. Os olhos de Wyrdith. Íris pretas com dois aros dourados perfeitos.

— Afilhada de Wyrdith — murmurou Perchta, passando um dedo em círculos nas bochechas do bebê. — Que fofo.

— Qual será o nome dela? — perguntou a parteira.

Serilda mordeu o lábio e refletiu. Tinha tido medo demais de escolher um nome para a filha, com medo de que fazer isso cedo demais desse azar. *Besteira supersticiosa*, o Erlking teria dito.

Quanto a Perchta, ela só abriu um sorrisinho.

— Nomes têm poder demais para serem dados assim tão facilmente.

Leyna entrou no quarto.

— Eu ouvi... é...? — O olhar dela pousou no embrulho nos braços de Perchta.

— Uma menininha — disse Lorraine. — Perfeitamente saudável. — Ela colocou a mão no ombro de Perchta. — Vamos preparar um quarto com lençóis limpos para vocês. Pode ficar e descansar pelo tempo que precisar.

Perchta fez um ruído de desdém e se soltou do toque.

— Eu não preciso de descanso, não na Lua Interminável. Preciso de uma ama de leite.

A parteira soltou uma risada perplexa.

— Ama de leite! Você por acaso é uma rainha?

Perchta olhou para ela com uma expressão assassina que interrompeu a risada dela.

— Não tem amas de leite em Adalheid — disse ela, mais sóbria agora. — Você vai precisar alimentar a criança pessoalmente. Você... é a mãe dela.

Perchta suspirou.

— Tudo bem. Então vou requerer uma governanta, pelo menos durante a noite. — Ela olhou para Leyna. — Você vai servir. Aqui, pega ela.

— O q-quê? Eu? — disse Leyna, pegando o bebê nos braços.

Perchta passou as pernas para a lateral da cama. Lorraine e a parteira gritaram e correram para impedi-la.

— Você precisa descansar! — disse a parteira. — Você acabou de dar à luz!

— Eu não vou descansar. Precisam de mim no castelo.

— No castelo! — disse Lorraine. — Serilda, seja sensata. Eu entendo que você e aquele príncipe andam planejando sair por aí para...

— Príncipe? — disse Perchta, os olhos ardendo. — Que príncipe?

Lorraine recuou, surpresa, e indicou a parede e, no final do corredor, o quarto onde Áureo ficara trabalhando o mês todo.

— Era isso que a gente ia te contar. Seu príncipe nos contou tudo e ele está...

— No castelo! — disse Leyna subitamente.

Lorraine se sobressaltou.

— O quê?

— Ele está te esperando no castelo — disse Leyna, ninando o bebê com nervosismo nos braços. — Ele me pediu pra te dizer que ia antes. Que era pra você esperar a lua nascer pra ele poder armar a armadilha. Pra caçada.

Perchta ergueu uma sobrancelha e não disse nada por um longo momento. Em seguida, um sorriso lento e cruel surgiu no rosto dela.

— Entendi. Bem. Como a Lua Interminável está chegando, não vou deixá-lo esperando.

Serilda piscou. Em determinado momento, Leyna tinha acendido as velas do quarto. Logo, a neve tinha parado de cair e o céu tinha escurecido.

O sol estava se pondo.

O véu estava prestes a cair.

Serilda ofegou e saiu correndo do quarto. Atrás, ouviu Lorraine suplicando para a caçadora se deitar.

Nesse momento, ela sentiu. Aquele formigamento se espalhando pela pele. Uma nova camada de cores se espalhando pelo mundo, sempre uma bela surpresa depois de ver uma paleta tão sem graça por tanto tempo.

O véu tinha caído.

— Para de choramingar e traz as minhas botas — exigiu Perchta. — E você... não consegue fazer a criança parar de chorar?

O bebê não estava chorando, não de verdade, embora os sons de fungadas estivessem ficando mais agitados.

— Será que ela está com fome? — perguntou Leyna com hesitação.

— Ela vai ter que esperar.

— Serilda! — disse Lorraine. — O que deu em você?

Serilda entrou em um quarto vazio e deixou uma fresta da porta aberta. Segundos depois, Perchta saiu e andou com tudo pelo corredor, Leyna logo atrás dela, segurando o bebê embrulhado.

— Estou bem — disse Perchta. — Eu nunca descansei em uma lua cheia, por que começar agora?

— Lorraine? Leyna? — chamou uma voz no andar de baixo. Frieda. — Eu achei que tinha ouvido... ah! Serilda!

— Sai da frente! — gritou Perchta.

Quando o corredor ficou silencioso, Serilda saiu do quarto e espiou a escada para ver Perchta pegar a capa, que tinha deixado na bancada, e jogar sobre os ombros.

— Ela acha que vai para o castelo! — disse Lorraine. — Apenas *minutos* depois de ter um bebê. E quer que Leyna vá junto. Serilda, você está agindo de forma absurda. Você não pode...

Um som de aço a silenciou.

Serilda ofegou e levou a mão à boca.

Perchta tinha tirado uma faca de algum lugar dentro da capa e agora a segurava no peito de Lorraine, acima do coração.

Leyna e Frieda estavam paralisadas, apavoradas.

— Eu faço o que eu quiser — disse Perchta. — Muito obrigada pela ajuda, mas seus serviços não são mais requeridos. Venha, garota. Fique perto. — Com um movimento de pulso, ela guardou a faca e deu um empurrão em Leyna na direção da porta.

Leyna tropeçou, mas conseguiu se equilibrar. O bebê começou a chorar.

— L-Leyna! — gritou Lorraine. — O que é isso? Leyna!

Segurando a recém-nascida junto ao peito, Leyna olhou uma vez para a mãe. Depois para trás do ombro dela... para a escada.

Ela encarou Serilda. E soltou um ruído de surpresa.

Perchta a empurrou pela porta e elas foram embora.

CAPÍTULO

Cinquenta e dois

SERILDA SUBIU A ESCADA CORRENDO E ENTROU PELA PORTA NO FINAL do corredor, no quarto onde ela tinha visto Áureo fiando. Assim que a porta se fechou, ela sentiu o metal frio no pescoço.

Serilda parou com um gritinho.

— Pare, Caçadora! — gritou Erlen, segurando a espada com as duas mãos. Ela estava em cima do banco de fiar de Áureo logo atrás da porta, para ficar alta o suficiente para segurar a espada no pescoço de Serilda.

Áureo estava do outro lado do quarto, uma flecha enfiada em um arco, apontando para o coração dela.

— Sou eu — disse Serilda, levantando as duas mãos. — Serilda. Eu juro.

— Prove — disse Erlen.

— O véu acabou de cair! — Ela inspirou, trêmula. — Provar? Sei lá! Escuta, Perchta teve o bebê. É uma menina, ela é *linda*, mas a caçadora disse que tinha que voltar para o castelo e levou Leyna junto para cuidar da criança enquanto ela... enquanto os sombrios... Eles devem estar planejando fazer o desejo a qualquer momento e nós não temos tempo! Nós temos que ajudar Leyna, pegar o bebê e...

Áureo baixou o arco.

— Serilda! É você!

— Ah, por favor — disse Erlen. — Ela não disse nada de muito convincente!

— Deixa ela, Erlen!

Com uma bufada, a princesa baixou a espada.

— Se ela te matar, não vem reclamar comigo.

Serilda chorou e correu para o outro lado do quarto, para os braços de Áureo. Ele a abraçou rapidamente, largando o arco e a flecha para a apertar mais forte.

O momento não durou. Ela recuperou o fôlego e recuou, enfiando os dedos nos ombros dele.

— Ela levou Leyna!

— E os deuses? — perguntou ele.

Serilda fez uma careta. Tinha esquecido que ele e Erlen não sabiam.

— Eu encontrei Wyrdith, mas... a caçada veio e levou Wyrdith e Tyrr de novo. Eles têm todos eles. Todos os sete.

Erlen soltou um palavrão baixinho.

— Então nós estamos mesmo sem tempo — disse Áureo. — Erlen, pegue as armas. — Ele se afastou de Serilda, prendeu uma bainha no cinto e jogou uma aljava de flechas nas costas.

— Mas tenho boas notícias — disse Serilda, e contou a eles sobre as donzelas do musgo e o plano delas.

Áureo assentiu.

— O povo da cidade concordou em nos ajudar, os que têm habilidade com o arco, mas eles não são guerreiros como as donzelas do musgo. Erlen, podemos mandar alguns dos seus monstros para se encontrarem com elas e começarem a organizar a transferência das armas? — Os olhos dele estavam intensos e concentrados de um jeito que Serilda raramente tinha visto antes. — Nós vamos entrar no castelo e enrolar pelo tempo que pudermos.

— Não... espera! Você não pode — disse Erlen, erguendo o rosto do feixe de flechas que ela estava enfiando rapidamente em uma aljava. Ela se levantou de repente, os olhos arregalados. — Áureo, você vai ter que ficar aqui.

Ele piscou.

— O quê? Nós decidimos que eu lideraria o ataque.

Ela deu uma sacudida violenta de cabeça.

— Você não pode. Eu pretendia falar antes, mas aí, com Perchta... — Ela engoliu em seco. — Eu terminei a tapeçaria. E... e você não pode ir!

Áureo apertou a mão no cabo da espada.

— De que você está falando? O que a tapeçaria te mostrou?

Erlen balançou o braço, sinalizando para eles a seguirem, e correu pelo corredor.

— Nós não temos tempo pra isso! — disse Áureo, mas ainda saiu correndo atrás dela.

Mas, assim que entrou no outro quarto, ele ficou paralisado.

Serilda entrou atrás dele e olhou a tapeçaria no tear enorme. O trabalho estava tão impecável quanto Serilda esperava de Erlen, as cores impressionantes e vibrantes, agora entremeadas com brilhos ocasionais de fio dourado.

Mas a imagem era horrível.

A tapeçaria mostrava Áureo ajoelhado e encolhido no chão, uma espada enfiada nas costas.

Era tão horrível que, por um longo momento, Serilda mal conseguiu respirar.

— Eu terminei hoje à tarde — disse Erlen. Ela parecia à beira das lágrimas. — Essa parte da tapeçaria estava terminada dias atrás, mas tive esperanças... eu precisava acreditar que havia mais. E há, obviamente, mas não é o que eu esperava...

— Por favor, explique — disse Áureo, a voz rouca.

Erlen passou dedos trêmulos pela imagem.

— Aqui em cima, vemos os sete deuses em forma de besta — disse ela, indicando as sete bestas com as quais Serilda tinha se familiarizado tanto. — E aqui, você... morrendo... obviamente. Mas aqui, está vendo, os deuses estão livres. — À esquerda e à direita da forma de Áureo havia sete figuras de mantos coloridos. Serilda reconheceu Wyrdith pela pluma dourada na mão. — E aqui — Erlen indicou com desânimo a parte de baixo da tapeçaria, onde uma série de figuras escuras tinha caído em uma rachadura irregular no chão — os sombrios, em Verloren. Eu acho... sei lá! — Erlen bateu os pés, petulante. — Não sei o que pensar! Elas não são sempre claras, as mensagens nas tapeçarias.

— Isso não é verdade — disse Áureo, parecendo estranhamente distante ao observar a imagem trágica. — Você estava tentando tecer uma tapeçaria que nos mostrasse como derrotar os sombrios. Então... talvez seja isso.

— Não — disse Serilda. — Áureo, você não pode pensar...

— Eu não entendo direito — disse ele —, nem por que e como, mas talvez... talvez a minha morte leve à liberdade deles. Olhem. — Ele apontou para as correntes de ouro, tecidas por fios dourados, que prendiam as sete bestas. Abaixo, as correntes estavam quebradas aos pés deles.

— Nós somos mortais agora — sussurrou Erlen. — Se você morrer, vai ser para sempre.

— Mas por quê? — disse Serilda. — Por que você teria que morrer pra isso acontecer?

Áureo balançou a cabeça.

— Não sei. Mas Erlen usou meus fios no tear, e eu acho que isso torna esse futuro imutável. Era esse o nosso objetivo, não era? — Ele olhou para a irmã. —

Nós libertamos os deuses, nós derrotamos os sombrios. Isso é... isso é uma coisa boa. É o que esperávamos.

— Que você fosse *morrer*? — gritou Serilda.

Ao mesmo tempo, Erlen disse:

— Isso *não* era o que esperávamos!

Áureo fez uma careta.

— Nós não temos tempo pra discutir. Se eu precisar morrer para o Erlking não ter o que ele quer, eu vou morrer. Pra proteger vocês duas. E — ele olhou para Serilda — o nosso bebê. A nossa filha.

— Não — disse Serilda. — Nossa filha precisa de você. Esse não pode ser o único jeito.

— Serilda...

— Prometa. — Ela segurou as mãos dele. — Prometa que você não vai entrar naquele castelo. Pelo menos dê uma chance pra mim e pras donzelas do musgo. Pode ser que a gente não precise da sua ajuda. Pode ser que a gente consiga fazer isso só nós.

— Mas a tapeçaria...

— Está errada! Tem que estar errada. — Ela fez um gesto na direção de Erlen. — Ela nunca teceu nada com ouro abençoado antes. Estamos dando palpite sobre tudo! O futuro não pode ser predeterminado. Não foi o que você disse?

Erlen pareceu estar sofrendo quando inspirou.

— Quando há dois futuros possíveis, a tapeçaria mostra os dois. Mas esta... só tem uma imagem. Esta aqui.

— Não. Isso não está certo. Seu dom deve ficar diferente com os fios de ouro.

— É — disse Áureo. — Torna a tapeçaria indestrutível. Como tínhamos pensado.

— Não vamos discutir sobre o que já foi — disse Erlen. — A questão é que se for para o castelo hoje, você vai morrer.

Serilda apertou as mãos dos dois lados do rosto de Áureo.

— Eu não posso te perder também.

A expressão dele se fechou. Ele deu um suspiro longo, puxou-a para perto e apertou os lábios nos dela, os dedos afundando na parte de trás do manto dela.

Quando Áureo se afastou, havia lágrimas em seu rosto.

— Tudo bem — sussurrou ele. — Eu não vou com você. Por favor... por favor, tome cuidado.

Serilda assentiu.

— Vou trazer nossa filha de volta. Não vou fracassar. — Ela se virou para Erlen e contou rapidamente o plano, para decidir onde e como ela e os monstros poderiam levar o máximo de flechas de pontas de ouro possível para as donzelas do musgo.

— Preciso me apressar — disse Serilda. — Planejar tudo isso não vai adiantar se eu me atrasar para impedir o Erlking de fazer o desejo.

Ela deu um abraço rápido em Erlen e beijou Áureo mais uma vez antes de descer as escadas correndo.

Lorraine estava chorando a uma das mesas. Frieda estava ao lado dela, se esforçando para consolá-la, mas também chorava. E, desde que Serilda tinha subido a escada, parecia que metade da população da cidade tinha chegado.

Quando Lorraine viu Serilda, ela soltou um grito e se levantou tão rápido que a cadeira caiu para trás.

— Serilda! Você... como...

— Não tenho tempo pra explicar, mas Áureo pode contar tudo. — Serilda segurou a mão de Lorraine. — Eu sinto muito por toda a dor e confusão que eu trouxe para você. Prometo que vou fazer tudo que eu puder pra trazer Leyna de volta.

— O que... o que você vai fazer?

Serilda não respondeu, em parte porque não tinha certeza absoluta do que seria.

Ela entraria no castelo do Erlking. Salvaria os sete deuses. Resgataria sua filha e a de Lorraine. Impediria o Erlking de destruir o véu que protegia o reino mortal. Ela invocaria o povo da floresta e enviaria os demônios de volta para a terra dos perdidos.

Tudo parecia impossível.

Nada além de um conto de fadas.

Mas ela era filha de Wyrdith. Histórias e mentiras. Fortuna e destino.

Isso tinha que significar alguma coisa.

Serilda saiu na noite com determinação, onde nuvens prateadas finas apareciam na frente da Lua Interminável e a neve fazia barulho ao ser esmagada embaixo das botas. O castelo de Adalheid estava lá, junto ao lago, as janelas acesas com luz do fogo. Havia tochas dos dois lados da ponte de paralelepípedo. Embora a noite estivesse estranhamente silenciosa, também havia uma serenidade nela, tudo tocado pela neve brilhante. A respiração de Serilda dançou no ar. Ondas silenciosas batiam na margem.

Ela não viu as donzelas do musgo. Ela não viu os monstros de Erlen.

Mas sabia que eles estavam próximos. Camuflados pela noite. Sorrateiros como aranhas, estariam reunindo as armas e suprimentos naquele momento.

Serilda não estava sozinha.

Mas teria ido mesmo se estivesse.

Depois do portão do castelo, Perchta e o Erlking estavam com a sua filha. Estavam com Leyna. Estavam com os sete deuses... inclusive sua mãe. A guarita estava aberta, parecendo chamá-la. O pátio parecia uma pintura, os muros e paredes de pedra cinzenta iluminados pelo luar, a neve recém-caída impecável, exceto por dois pares de pegadas: de Perchta e de Leyna.

Serilda apertou as mãos em punhos e percorreu a ponte levadiça. A fortaleza estava à sua frente, cada centímetro da superfície coberto de neve. O pátio cintilava como um sonho. Ela ouvia o resfolegar baixo dos cavalos no estábulo. O estalar das tochas enfiadas nas paredes.

Ela não tentou ser sorrateira. Queria chamar atenção para si. Naquela noite, ela era a distração.

Mas, até o momento, não havia ninguém para distrair.

Ela estava na metade do caminho para entrar na fortaleza quando ouviu o choro de um bebê, distante, mas tão agitado que o peito de Serilda doeu.

Ela correu na direção do som, certa de que não tinha vindo de dentro do castelo, mas do jardim. Quantas vezes ela tinha fugido daqueles jardins. Fugido do castelo, com seus monstros e assombros. Ela não fugiria mais.

Desta vez, Serilda queria que o Erlking soubesse que ela estava indo atrás dele.

CAPÍTULO

Cinquenta e três

OS SOMBRIOS ESTAVAM REUNIDOS NO ZOOLÓGICO, JUNTO COM incontáveis monstros, as tochas lançando sombras de jaulas gigantescas nos muros do castelo. Ninguém tinha visto Serilda enquanto ela seguia pelo jardim, com as árvores e cercas-vivas cobertas de neve. Todos estavam concentrados em arrastar as sete bestas do cativeiro, cada uma delas amarrada com correntes douradas.

Leyna estava de lado, ninando e acalmando o bebê recém-nascido, mas a criança se recusava a parar de chorar.

— Quer fazê-la ficar quieta? — disse Perchta rispidamente, conectando as correntes entre o grifo e o tatzelwurm. Freydon e Hulda.

— Estou tentando — disse Leyna, parecendo desesperada. — Ela está com fome. Você ainda não a amamentou!

— Está tudo bem, meu amor — disse o Erlking, tirando as correntes das mãos da caçadora. — Cuide da nossa filha. Ela não vai ficar assim para sempre, e não há vergonha em apreciar sua primeira noite com ela.

— Não estou *com vergonha* — murmurou Perchta. — Eu só não esperava que um bebê recém-nascido fosse um incômodo tão grande. Os outros que você me deu eram bem mais autossuficientes.

Apesar da reclamação, a caçadora pegou o bebê dos braços de Leyna. A expressão de Perchta se suavizou quando ela olhou o rosto choroso do bebê, e a rispidez tinha sumido de sua voz quando ela falou de novo.

— Eles são estranhos, esses pequenos mortais. Tão indefesos.

Leyna observou com apreensão, parecendo querer pegar a criança de volta. Como se esperasse que Perchta fosse até uma jaula e desse a menina para a serpe.

Ela só relaxou quando Perchta abaixou o corpete para o bebê sugar no seu seio.

Enquanto olhava de trás de uma cerca-viva, Serilda contraiu a mandíbula. *Ela* era a mãe da menininha. Ela deveria estar amamentando, cuidando dela, embalando-a em braços protetores.

Tudo naquilo estava errado, errado, errado.

Serilda se preparou, e estava prestes a entrar no zoológico andando quando algo afiado foi encostado nas suas costas.

Ela ofegou e ficou paralisada.

— Oi, pequeno espírito — disse uma voz melosa. — O que você está fazendo por aqui?

Serilda virou a cabeça o suficiente para ver o sombrio. Um caçador, com pele marrom-dourada e um rosto belo como poesia. Mas Serilda tinha se acostumado com a beleza sobrenatural dos demônios e agora só via o que havia por baixo. Crueldade, egoísmo e ganância.

— Eu soube que o Erlking ia dar um baile — disse Serilda. — Achei que meu convite tinha se perdido. Aqueles nachtkrapps não são nada confiáveis.

— Sempre com historinhas inteligentes. Continue. — O caçador segurou o braço de Serilda, mas manteve a adaga nas costas dela enquanto a empurrava na direção do gramado do zoológico. — Vossa Obscuridade, a mortal irritante nos agraciou com a presença dela de novo.

Os sombrios reunidos olharam. Curiosos. Achando graça. Irritados. Serilda não se importou. Ela olhou para o Erlking de cara feia, erguendo o queixo.

— Confesso que não estou surpreso — disse ele. — Sempre tão teimosa, filha do moleiro.

— Tenho negócios inacabados. — Ela apontou para Perchta. — Esse bebê me pertence.

Perchta riu.

— Que espírito corajoso. Eu quase consigo ver o que você gostou nela.

— Ela tem seus encantos — murmurou o Erlking.

O bebê tinha adormecido nos braços de Perchta, os olhos fechados e a boquinha aberta. Ver aquilo fez Serilda querer gritar de anseio.

Perchta moveu o dedo na direção de Leyna, que se adiantou correndo, os olhos indo da criança para Serilda. Mas, na hora em que Perchta ergueu o bebê para passá-lo para Leyna, a menininha tossiu duas vezes e uma bola de baba com leite jorrou na capa de Perchta.

Leyna ficou paralisada, as mãos esticadas para segurar a criança, a expressão apavorada demais para rir, embora Serilda achasse que, lá no fundo, ela queria.

Com um rosnado, Perchta deixou o bebê nos braços de Leyna, o rosto vermelho.

— Criança insolente — rosnou ela, e Serilda não sabia se ela estava falando de Leyna ou do bebê.

— Vossa Obscuridade — disse o caçador, ainda segurando Serilda pelo braço —, o que devo fazer com a mortal?

— Deixe que ela fique — disse o Erlking. — Se não fosse ela, nós talvez não tivéssemos conseguido os sete deuses. Ela merece ser parte disso, não merece?

Serilda franziu a testa. Ela tinha esperado que o Erlking fizesse *alguma coisa* com a presença dela. Que a jogasse em uma masmorra ou a prendesse com correntes, alguma coisa, qualquer coisa que ocupasse um pouco do pouco tempo que ele tinha. Ela não esperava que ele desse as costas com desdém e fosse para o centro do gramado, cercado pelos deuses bestiais.

Era uma imagem impressionante. Os sombrios em toda a sua glória. O Erlking com a armadura preta de couro, a abundância de armas. Perchta com o manto vermelho majestoso, a própria Rainha dos Antigos, apesar de ter levado uma golfada. E, ao redor deles, sete bestas míticas. A serpe. O basilisco. O tatzelwurm. O unicórnio. O grifo. O grande lobo preto. A ave de rapina dourada. Juntos, eles pareciam gloriosos demais para serem de verdade.

— A Lua Interminável nasceu, ó velhos deuses — disse ele com voz sardônica. — Vocês foram capturados e acorrentados e, se quiserem sua liberdade, eu a darei em troca do meu prometido desejo.

— Espere... não! — disse Serilda, os pensamentos em disparada. O caçador a apertou mais quando ela tentou andar. — Você não pode... ainda não!

O Erlking abriu um sorriso para ela e ergueu a mão na direção de Perchta.

— Minha amada, quer se juntar a mim?

Os deuses encararam com olhos penetrantes quando Perchta foi ficar ao lado do Erlking.

— Como meu desejo — declarou o Erlking —, eu quero que o véu entre o nosso mundo e o reino mortal seja destruído.

— Não! — gritou Serilda. Não podia estar acontecendo assim tão rápido. Não era necessário algum tipo de ritual? Uma conjuração de magia das trevas? Runas desenhadas com sangue e vinho preto bebido em cálices de cristal e cânticos entoados para o céu cinzento?

Sete bestas. Sete deuses. Uma lua de solstício e um desejo.

Bastaria isso?

Serilda relanceou para os muros do castelo. As donzelas do musgo já teriam chegado? Tinham tido tempo suficiente? Era cedo demais, rápido demais e, com o sombrio segurando seus braços, ela não conseguia pegar o apito de junco.

Depois do desejo do Erlking, um silêncio mais denso do que o cobertor de neve aos pés deles se espalhou. Os deuses não se moveram, exceto por um ocasional piscar de olhos apertados.

O Erlking inclinou a cabeça e, quando falou de novo, a voz carregava uma nova corrente de brutalidade.

— Vocês ousariam negar meu pedido?

O tatzelwurm se ergueu nas patas traseiras com um empurrão das duas dianteiras com garras, uma ainda curvada em um ângulo não natural. As orelhas felinas tremeram e se viraram para dentro, na direção do Erlking. Um corte na lateral pingava sangue esmeralda, e Serilda percebeu que a flecha tinha sido removida. A que mantinha Hulda preso no corpo do tatzelwurm.

Com uma bufada irritada, o Erlking foi na direção da besta. Pegou as correntes de ouro no pescoço do tatzelwurm, desenrolou-as e jogou no chão. Com tantos caçadores em volta, ele devia estar confiante de que os deuses não tentariam escapar, mesmo sem as correntes.

— Vai em frente — disse o Erlking. — Se quer falar comigo, fale.

O tatzelwurm sustentou o olhar dele, parecendo querer devorá-lo inteiro.

A besta, então, curvou a cauda comprida em volta do corpo. A transformação foi rápida. Um piscar de olhos e Serilda teria perdido, pois a criatura abandonou a forma animalesca e emergiu humana com a mesma rapidez com que Serilda tiraria o manto.

Hulda não era tão alto quanto Wyrdith ou Velos, mas ainda era uma figura imponente, com pele cor de mel e orelhas pontudas de gato cercadas de tufos de pelo sarapintado. Os olhos também permaneceram felinos, amarelos e penetrantes, com pupilas em forma de diamante. As mãos eram enormes e poderosas, feitas para o trabalho.

— Nós não podemos conceder seu desejo da forma como você o fez — explicou Hulda, como se isso devesse ser óbvio.

— Eu fiz meu desejo sob a Lua Interminável — rosnou o Erlking. — Pelas leis da sua própria magia, vocês devem concedê-lo.

— O que você pediu — disse Hulda — não é um feito pequeno.

O rei flexionou os dedos como se estivesse tentado a pegar uma das espadas no quadril e empalar o deus pelo puro prazer do ato.

— Vocês criaram o véu. Sei que podem desfazê-lo.

Hulda apertou os lábios em uma linha fina. Depois de um longo momento, respondeu:

— A criação do véu exigiu um sacrifício de cada um de nós. Destruí-lo também vai exigir um sacrifício.

— Tudo bem — disse o Erlking. — Sacrifiquem o que vocês quiserem. Não importa para mim.

— Não de nós, Erlkönig. Esse desejo pertence a você e aos seus demônios. O sacrifício precisa ser seu também.

Perchta soltou uma risada gutural.

— Esse é o problema de vocês, deuses. Sempre exigindo um pagamento.

— Toda magia tem um preço — disse Hulda. — E a magia que você está pedindo é muito poderosa.

— Se você insiste. — Perchta indicou as sombras. — Você, garota humana. Venha aqui.

A expressão de Leyna foi tomada de horror.

Novamente, Serilda tentou se soltar do sombrio, mas o aperto dele era de ferro. Devagar, com insegurança, Leyna passou embaixo da corrente que conectava o grifo e o lobo, ainda segurando o bebê adormecido nos braços.

— Me dê a criança — disse Perchta, pegando o bebê dela sem cerimônia. Ela segurou o bebê com um braço, segurou o braço de Leyna com a outra mão e a jogou de joelhos no meio do círculo de deuses. — Pronto. Uma garota mortal perfeitamente saudável. Uma coisinha fofa. Bem responsável. A mulher da estalagem vai sentir uma falta danada dela. Que melhor sacrifício vocês poderiam pedir? Eu mesma posso fazer as honras. Minha estrela, você pode segurar o bebê?

— Não! — gritou Serilda, lutando contra seu captor. — Você não pode fazer isso!

— Não serve — disse Hulda antes que Perchta entregasse o bebê para o Erlking. — Você não tem amor por essa criança mortal, o sacrifício não significaria nada. Precisa ser algo valioso pra você. Algo precioso. Cada um de nós abriu mão de um pouco da nossa magia, de um pedaço de *nós* para criar o véu. Se você não tem nada seu de que se separar, essa história toda chegou ao fim. Nos liberte, Erlkönig.

O Erlking rosnou.

— Mas eu gosto tanto de ter vocês como *bichinhos*. — Ele dilatou as narinas e olhou para Perchta. Ela parecia igualmente frustrada pelas palavras de Hulda, mas levou um longo momento para entender a expressão firme lançada pelo rei.

A caçadora se empertigou e seus braços apertaram o bebê.

— *Não*. Eu acabei de recebê-la! Você sabe pelo que eu tive que passar?

O Erlking ergueu uma sobrancelha.

— Ela também não foi fácil de obter pra mim, meu amor.

Perchta riu.

— Ah, sim, que terrível se casar com a mortal. Deve ter sido uma tortura.

Os lábios do rei se curvaram para cima quando ele olhou para Serilda.

— Teve seus momentos.

— Eu não quero abrir não da minha filha. *Minha* filha! Ela saiu de mim!

Serilda ficou de queixo caído. O alívio dela de saber que Leyna estava salva, ao menos por enquanto, foi eclipsado por aquela conversa horrível e impossível.

— Você não pode. *Por favor.*

O Erlking a ignorou, passando os dedos longos pelos braços de Perchta e segurando os cotovelos dela de leve.

— Eu odeio ter que pedir e não achei que fosse chegar a isso. Mas se é isso que a magia exige...

Perchta rosnou e apertou o bebê, encostando a bochecha no tufo de cabelo claro.

— Ela era um presente. De você pra *mim*.

— Ela *é* um presente. — O Erlking passou o polegar na bochecha de Perchta. — O mais precioso que eu já lhe dei. Mas, meu amor, você é mortal agora. Você usa uma pele mortal. — Ele baixou a voz. — Nós podemos fazer outro.

Um tremor percorreu Serilda só de pensar. Como eles podiam sequer considerar isso? Se Perchta tivesse o mínimo de amor, qualquer indício de instinto materno, aquela conversa teria acabado antes mesmo de começar.

Mas Perchta não se afastou.

Ela não gritou com o Erlking, não disse como a ideia era absurda. Não disse aos deuses que eles podiam ficar com o véu, desde que ela pudesse ficar com o bebê.

Não. Ela curvou a cabeça a ponto de tocar com os lábios na testa da menininha, tão despreocupada no sono.

Em seguida, endurecendo a expressão, Perchta olhou para o deus do trabalho.

— Sacrificar esta criança cumpriria a exigência?

— *Não!* — gritou Serilda. — Você não pode! *Você não pode!* Por favor, me leva no lugar dela. Só não faz mal a ela, *por favor*.

Hulda fechou os olhos brevemente, uma sombra de repulsa no rosto. Quando abriu os olhos de novo, foi para olhar para Serilda com lamento visível.

— Cumpriria — disse Hulda.

Serilda gritou, o som pura agonia e raiva. Soltou os braços das mãos do sombrio, as unhas deixando sulcos vermelhos na pele. Mas outros dois demônios chegaram em um instante e a seguraram. Lágrimas turvaram sua visão.

— Não! Por favor... Wyrdith! Ela é sua neta. Você não pode deixar que façam isso!

Um choro, um choro de bebê, a atingiu como mil flechas. Seus gritos tinham acordado sua filha, mas todos a estavam ignorando.

Todos menos Wyrdith, a ave de rapina gigante, puxando as correntes que o mantinham preso. Impotente.

— Não façam isso — suplicou Serilda entre soluços. — Por favor, não façam isso.

— Perchta! Erlkönig! — Uma voz soou pelo zoológico, afiada e zangada.

Os soluços de Serilda entalaram na garganta.

O Erlking e a caçadora se viraram para o recém-chegado.

Áureo atravessou o portão do jardim com determinação. Ele não parecia ter medo. Parecia furioso, os olhos dourados cintilando na luz das tochas.

Perchta soltou uma gargalhada satisfeita.

— O príncipe pródigo retorna — disse ela. — Que tolo.

Áureo não olhou para Serilda quando entrou no círculo de bestas divinas. Manteve o foco nos dois sombrios à sua frente e no bebezinho nos braços de Perchta.

Leyna aproveitou a distração para correr na direção do círculo de deuses. Ninguém prestou atenção nela.

— Vou pegar essa criança — disse Áureo, indicando o bebê chorando nos braços de Perchta. — Pelos termos de uma negociação feita com magia, em troca de transformar palha em ouro, o primogênito de Serilda pertence a mim por direito. — Ele deu outro passo à frente. — Eu vim reivindicá-la. Vocês *vão* entregá-la a mim.

As bochechas de Perchta foram tomadas de cor. Ela rosnou e recuou.

— Em troca de transformar palha em ouro? — disse ela com deboche e lançou um rosnado odioso para Serilda. — Que tipo de mulher faria uma barganha dessas?

Serilda teve vontade de arrancar a garganta da caçadora.

— Que tipo de mulher sacrificaria o seu bebê por um desejo aos deuses?

Perchta balançou a cabeça, como se as duas coisas não fossem comparáveis, e voltou a atenção para Áureo, apertando os olhos.

— Eu lhe devolvo o seu castelo.

Áureo mexeu as sobrancelhas.

— O quê?

— Seu castelo. Com toda a glória devolvida no lado mortal do véu. Será seu. Em troca da criança.

Ele piscou, sem palavras.

— É seu lar ancestral, não é?

Uma risada escapou dele.

— Eu não saberia. Minha ancestralidade foi roubada de mim.

— Melhor ainda. Você pode ter algo de volta. Tudo isso por uma criança. Mais do que justo.

Áureo rosnou.

— Essa criança vale mais do que todos os castelos, todos os tesouros e todo o ouro do mundo. — Ele esticou os braços. — Entregue-a pra mim.

Magia faiscou entre eles. Serilda sentiu, um puxão no ar, uma negociação mágica exigindo pagamento. Ela viu Perchta lutando contra. Segurando o bebê com mais força, tentando recuar.

Mas a magia era forte demais. A troca tinha sido feita e era inquebrável. O primogênito de Serilda *pertencia* a Áureo e não havia nada que Perchta pudesse fazer.

Com um chiado furioso, ela praticamente largou o bebê nos braços de Áureo. Ele tropeçou de surpresa e apertou a criança contra o peito, aninhando a cabeça. Os gritos do bebê ficaram mais altos.

Áureo pareceu chocado, como se não acreditasse que tinha dado certo.

Serilda também quase não conseguia acreditar. Uma esperança desesperada crescendo dentro dela, combinada com um alívio tênue e cauteloso.

Áureo deu um passo para trás. E outro. Ele engoliu em seco.

— Além disso, a garota mortal — disse ele, inclinando o queixo na direção de Leyna, trêmula. — Ela também vem comigo.

O Erlking, que estava em silêncio durante a conversa, ergueu uma sobrancelha de alerta. Perchta bateu os dentes.

— Você não precisa mais de uma governanta, não é? — acrescentou Áureo.

Leyna não esperou os sombrios responderem. Com um gritinho assustado, ela se levantou da neve e correu até Áureo para se esconder atrás dele enquanto ele dava outro passo nervoso para longe.

Um grupo de sombrios tinha se reunido perto do portão, as mãos nas armas. Prontos para impedirem Áureo caso o rei ordenasse.

Áureo olhou para Serilda e ela percebeu que ele estava tentando manter uma expressão confiante, mesmo sem ter total segurança do que fazer, agora que estava mesmo com a criança.

— Vá embora — disse Perchta com desprezo. — Você tem o que veio buscar. E nós temos um sacrifício a considerar.

Áureo não afastou o olhar de Serilda. Ela sabia o que ele estava pensando: ele seria mesmo capaz de ir embora sem ela?

Sim, claro. Ele tinha que ir.

— Vai — pediu ela. — Cuida dela.

Segurando a filha deles, ele observou o Erlking. A caçadora. Os vilões que tinham tirado tanto dele.

Ajustando a manta em volta do bebê, Áureo se virou lentamente.

Ele não tinha dado nem dois passos na direção do portão quando Perchta soltou um rugido. Rápida como uma cobra, ela pegou a espada no quadril do Erlking, puxou-a da bainha e enfiou nas costas de Áureo.

CAPÍTULO

Cinquenta e quatro

UMA IMOBILIDADE DESPENCOU SOBRE O MUNDO.

Áureo caiu de joelhos, curvado sobre o bebê. O bebê que tinha parado de chorar. Cujo silêncio repentino foi tão abrupto quanto um raio caindo.

Um grito abafado trovejou na cabeça de Serilda.

Seu corpo ficou inerte. Os sombrios a soltaram e ela desabou com força no chão. Não conseguia respirar. Não conseguia sentir nada além de um vazio enorme se abrindo dentro dela, partindo-a no meio.

Era a tapeçaria de Erlen. Áureo. Morrendo. Uma espada enfiada entre as clavículas.

Mas a tapeçaria não mostrava o bebê nos braços dele, também perfurado pela lâmina de Perchta.

Também morrendo.

— Satisfeitos? — disse Perchta, se virando para olhar o círculo de deuses. — É sacrifício suficiente pra vocês? Ou vocês ousam me dizer que eu não gostava dessa criança, a primeira que pari, a primeira que poderia reivindicar como minha, quando vocês abençoam mulheres mortais todos os dias com essa dádiva! — Ela virou olhos furiosos para Eostrig, o unicórnio, as narinas dilatadas. — Finalmente uma criança que deveria ter pertencido a mim. *Este* é o sacrifício que vocês queriam?

— Não — disse Hulda, a voz tensa. — Isso nunca foi o que queríamos.

Perchta ficou quase roxa.

— Mas — prosseguiu Hulda — vai servir.

O Erlking passou o braço em volta de Perchta e a abraçou.

— Então vocês vão conceder nosso desejo — disse ele. — Vocês destruirão o véu.

Os pensamentos de Serilda dispararam. Ela não conseguia entender. Por que os deuses pediriam um preço daqueles? Por que a *magia* exigiria um preço daqueles?

E Perchta...

Perchta não amara a criança. Não tinha apreciado a menina. Ela tinha jogado o amor fora como se fosse nada.

Hulda fechou os olhos com um tremor.

— Nos permita nossa forma humana.

Um músculo tremeu na mandíbula do Erlking, mas ele assentiu e seis sombrios deram um passo à frente para retirar as correntes das outras bestas. Assim que os deuses estavam livres, eles assumiram as formas humanas... e os sombrios imediatamente jogaram as correntes neles de novo, prendendo os pulsos de cada um com algemas. Os deuses rugiram com a traição, mas o Erlking só riu com desdém.

— Vocês tiveram permissão de assumir a forma humana e podem conceder meu desejo — disse ele friamente. — Mas só receberão sua liberdade quando eu tiver o que eu desejo.

Serilda ouviu uma voz a chamando. Uma voz compassiva, carregada de dor.

Wyrdith.

Mas Serilda não conseguia afastar o olhar de Áureo e do sangue encharcando a camisa.

— Sob a Lua Interminável — disse Freydon, a voz carregada de raiva —, pelas leis da magia que nos unem a este mundo, nós concedemos seu desejo, Erlkönig.

Serilda sentiu uma mudança no ar. Uma força invisível a estava empurrando quando o céu cintilou com a magia poderosa. Ela sentiu como se estivesse no olho de uma tempestade, com pressão de todos os lados ameaçando sufocá-la.

Como ninguém estava prestando atenção nela, Serilda lutou contra o desconforto dos pulmões esmagados e se obrigou a seguir em frente, engatinhando.

— Áureo — sussurrou ela, esticando a mão para tocar nele. — Áureo?

Um grunhido, tão baixo que ela mal pôde ouvir.

— Fica parado. A espada. Eu vou...

Seus braços estavam tão fracos, os dedos tremendo ao se fecharem no cabo.

— Eu sinto muito — disse ela, chorando, e puxou.

Áureo ofegou, mas não gritou. Assim que a espada foi removida, ele caiu de lado, ainda segurando o bebê nos braços, o cobertor encharcado de vermelho. Serilda caiu sobre os dois. Ela desmoronou. Sua filha. Seu bebê. Morrendo. Ou morta. Ou...

Uma mão segurou a dela, grudenta e fraca. Ela olhou para Áureo, a visão embaçada.

— Pegue... o anel — grunhiu ele.

Ela não sabia se era a dor ou a magia ao redor que a estava deixando tonta, mas demorou muito tempo para entender as palavras dele. Finalmente, olhou para o anel de ouro com o símbolo da família. Ensanguentado, como tudo.

— Não me esqueça — disse ele. — Pelo menos alguém... não vai me esquecer.

— Nunca, Áureo. Eu jamais poderia...

A luz estava se apagando dos olhos dele, como se ele estivesse se agarrando desesperadamente àqueles últimos momentos de vida para poder falar com ela uma última vez.

— Estou tão feliz... de ter te conhecido — disse ele, tentando sorrir. — Eu te amo. Eu queria... ter protegido... vocês duas. Desculpa.

— Não. Me desculpa. Sou eu que peço desculpas. Áureo. *Áureo.*

Os olhos dele ficaram desfocados. A mão caiu no cobertor.

Com a mesma rapidez com que começou, acabou.

A pressão da magia sumiu. O ar voltou para os pulmões de Serilda. O céu não cintilava mais. Nuvens passavam na frente da lua cheia como se nada tivesse acontecido.

E Áureo e o bebê deles não estavam respirando.

— Está feito — disse Freydon. Cada um dos sete deuses grunhiu e caiu de joelhos.

Ignorando os deuses fracos, os sombrios olharam em volta, como se inspecionando o mundo com novos olhos. Como o véu já estava caído por causa da Lua Interminável, eles só saberiam se a magia já tinha funcionado ao amanhecer.

Serilda gritou. Uma torrente de choro com ela encolhida junto ao corpo de Áureo, a mão encostada na nuca da filha. Impossivelmente delicada, impossivelmente macia, com aqueles cachos finos avermelhados. Serilda chorou no cobertor que a embrulhava, xingando demônios e deuses e a fortuna e o destino.

Ela teria ficado lá se o chão ao redor não tivesse começado a tremer.

O Erlking franziu a testa para os muros trêmulos do castelo. A neve começou a cair dos parapeitos.

— O que está acontecendo?

— Verloren está me chamando — murmurou Velos, olhando para o Erlking com olhos cansados — desde que você me tirou do portão. Com o uso da minha magia, Verloren me encontrou.

Uma rachadura surgiu no jardim, rápida e irregular, criando uma fenda na terra da base da fortaleza pelo zoológico até o muro externo.

— Nos liberte — disse Velos. — Me deixe voltar para casa.

O Erlking rosnou.

— Só quando eu tiver certeza de que o desejo foi concedido.

Velos balançou a cabeça.

— Sua desconfiança vai acabar com todos nós, Erlkönig.

O Erlking soltou uma risada.

— Quando vocês me deram razão para confiança?

— Serilda! — Havia mãos nela. Sacudindo-a. Leyna? — A gente tem que sair daqui. Olha!

Serilda olhou, mas não entendeu.

Abaixo dela, a terra grunhiu e começou a se abrir. Ela soltou um ruído de surpresa e enfiou os dedos na camisa de Áureo. Um corte irregular abriu a neve, chegando ao tamanho de um pulso embaixo deles. Serilda gritou e puxou instintivamente Áureo e o bebê pelo chão coberto de neve na hora em que mais neve caiu pela fenda onde eles estavam segundos antes.

Áureo não se moveu. O bebê não chorou.

A abertura no chão se alargou mais. Os sombrios estavam tensos, as mãos nas armas. Os deuses estavam desesperados, suplicando com os demônios para soltá-los.

— Silêncio! — gritou o rei. Mas não haveria silêncio. Pedras caíam das paredes. O chão berrou quando argila e pedra e gelo se roçaram e se abriram. O Erlking olhou para Perchta, que o encarou com um movimento positivo feroz.

A expressão do rei endureceu e ele olhou para a corte.

— Que Verloren leve o castelo! Que leve os velhos deuses. Com o véu derrubado, todo o reino mortal vai ser nosso!

Os sombrios comemoraram.

—- Não! — gritou Eostrig, que tinha a aparência de Pusch-Grohla novamente. — Erlkönig, você não vai nos deixar assim!

O rei ignorou o deus, ignorou todos.

— Para o portão! — declarou ele, e os sombrios correram ao lado dele. Os monstros do castelo, os que voavam, foram para o céu da noite. Os diabretes e elfos correram à frente dos mestres, ansiosos para escapar da fenda que tinha crescido para a largura de uma carruagem. A primeira muralha externa do castelo cedeu com um rugido e caiu na extremidade leste dos jardins.

Só então Serilda se lembrou, quando os caçadores e a corte corriam pelos jardins. Com a mão trêmula, ela enfiou a mão na gola do vestido e puxou os dois colares no pescoço. Um, a flecha quebrada que a mantinha presa àquele mundo.

O outro... o apito.

A ira borbulhou dentro dela quando o levou aos lábios e soprou. O som foi agudo, mais alto do que a terra se partindo, mais alto do que os passos desesperados, mais alto do que os gritos furiosos dos deuses abandonados.

Ela soprou e soprou, deixando o apito soar como um grito de guerra.

Elas vieram, como tinham prometido.

Dezenas de donzelas do musgo subiram nas muralhas em ruínas ou entraram pelo portão. O apito ainda tocava quando a primeira saraivada de flechas de ouro caiu nos sombrios em fuga.

Não só donzelas do musgo. Erlen e seus monstros também. Seguindo em frente. Passando pelos demônios com brutalidade impiedosa, espadas e facas de ouro cintilando no luar.

Surpresos pela emboscada, os sombrios recuaram em confusão. O primeiro demônio caiu no abismo, onde Verloren esperava bem abaixo para ficar com ele. Seus gritos ecoaram da escuridão por séculos antes de finalmente desaparecerem.

Salsa gritou uma ordem e, como um exército bem treinado, a tática das donzelas mudou. Elas guiaram os sombrios na direção da fenda cada vez mais larga. O castelo começou a implodir sobre a base comprometida.

Onde estava o Erlking? Onde estava Perchta?

Serilda foi tomada de ódio. Ela queria que eles voltassem para Verloren, o lugar deles. Queria vê-los cair.

Ali.

Perchta e o Rei dos Antigos estavam no meio da batalha. A balestra dele disparava nas donzelas do musgo enquanto Perchta as afastava com uma série de facas que ela arremessava.

— Serilda! — gritou Leyna. — Aqui!

Ela levou um susto. Leyna e Erlen estavam tentando soltar as correntes que ainda mantinham os deuses presos, não só uns aos outros, mas também a uma série de estacas no zoológico, como animais.

Serilda se obrigou a levantar, mas sua atenção se voltou para a batalha. Para os gritos horríveis quando dezenas, não, *centenas* de demônios eram jogados no precipício irregular.

Mas ninguém conseguia chegar perto do Erlking e da caçadora.

— Serilda! — gritou Wyrdith.

Serilda cambaleou na direção do deus das histórias, cujos olhos arrasados a fizeram ter vontade de gritar. Ela engoliu o som e esticou as mãos para as correntes dos pulsos de Wyrdith.

— Filha…

— Não — disse Serilda com rispidez. — É esse o fim que você queria? Foi isso que a roda da fortuna decidiu pra mim?

O rosto de Wyrdith se transformou.

— Serilda, eu…

— Eu não quero ouvir. Eu não consigo… não consigo. — Ela segurou um soluço enquanto soltava as correntes. Caíram na neve com um baque na hora que outro muro caiu, dentro do lago.

— Vão! — gritou Erlen, apontando para o pátio. — Nós temos que sair daqui antes que o castelo desmorone!

Embora os deuses ainda estivessem fracos por terem derrubado o véu, eles se apoiaram uns nos outros enquanto Erlen e Leyna os guiavam até a guarita, e à segurança que os esperava após a ponte levadiça. Só Velos e Wyrdith ficaram para trás.

— Serilda, venha comigo — disse Wyrdith, pegando as mãos de Serilda, mas ela as soltou.

Serilda só tinha olhos para o Erlking e para a caçadora. Depois de ter usado todas as flechas, o Erlking mudou para duas espadas longas e finas, e Perchta agora estava segurando uma maça, mas as donzelas do musgo dançavam em volta deles, fora de alcance.

E o resto dos demônios, dos caçadores e da corte…

Tinham sumido. A emboscada tinha funcionado. Pegos de surpresa perante as donzelas do musgo e os monstros de Erlen, eles caíram facilmente com as flechas de ouro de Áureo. Os demônios tinham sido forçados a cair na abertura no chão, para as profundezas de Verloren.

Menos dois.

— Serilda, *por favor* — disse Wyrdith.

— Eu não vou embora até Perchta e o Erlking morrerem.

— Nós vamos todos acabar em Verloren se não formos agora! — Wyrdith se virou para Velos. — Você não pode parar isso?

A voz de Velos ribombou com pesar.

— O chão é fraco demais e a terra dos perdidos ficou instável na minha ausência. O castelo vai cair.

Serilda olhou para os corpos de Áureo e da filha deles. Agachou-se na frente dos dois, tirou o anel do dedo de Áureo e colocou no dela, como ele tinha pedido, depois pegou o bebê nos braços.

Segurando-a pela primeira vez.

Lágrimas ameaçaram chegar de novo, mas ela lutou contra isso e se virou para Wyrdith.

— Pega ela, por favor.

O rosto de Wyrdith desmoronou quando ele pegou a forma imóvel da neta nos braços.

— Eu vou levar o fiandeiro de ouro — disse Velos.

Serilda foi para cima do deus com os dentes à mostra.

— Não! Você não pode levá-lo, ainda não!

Mas Velos abriu um sorriso gentil e colocou a mão no ombro dela.

— Os espíritos deles já se foram. Você não pode mantê-los aqui.

O horror apertou a garganta de Serilda.

— Não, não, eles não podem...

— Eu vou carregar o corpo dele — disse o deus. — Para que você possa dar a ele um enterro digno.

O choro escorreu pelo rosto dela quando o deus tomou o corpo de Áureo nos braços.

Wyrdith e Velos foram atrás dos outros.

— Serilda!

Salsa corria pelos parapeitos, que oscilavam perigosamente embaixo dela. Com um grunhido, ela pulou no jardim. Bateu no chão e rolou de forma graciosa, depois olhou para a frente, ofegante.

— Nós estamos sem flechas de ouro. Eles estão escapando, o Erlking, a caçadora! O que mais podemos usar pra lutar com eles?

Serilda se virou a tempo de ver o Erlking e Perchta seguindo no meio do povo da floresta, que ainda tentava desesperadamente segurá-los. Mas era uma batalha perdida. Sem flechas de ouro, eles não eram páreo para os dois demônios que restavam.

Serilda observou o zoológico, o jardim, o portão escancarado que levava ao pátio. Uma ferocidade que nunca tinha sentido crescendo dentro dela.

— Eu tenho uma ideia.

CAPÍTULO

Cinquenta e cinco

— ME DÊ DOIS MINUTOS — DISSE SERILDA. — ME ENCONTRE NA PONTE levadiça e diga para o restante das donzelas do musgo recuarem!

— Recuarem? — gritou Salsa.

— Confia em mim!

O rosto de Salsa foi dominado pela dúvida. Ela se recompôs e assentiu com firmeza. Mas, sem mais nada a dizer, foi embora, correndo para a batalha.

Serilda fortaleceu sua determinação, tornou-a tão resistente quanto o ouro divino. Em seguida, começou a pegar braçadas das correntes de ouro que tinham sido usadas para prender os deuses.

O pátio estava agitado quando ela chegou lá.

Pilares e muros tinham caído, o chão de paralelepípedos ondulava como ondas do mar. Rachaduras como teias de aranha se espalhavam pelas pedras como fios pretos de raios na neve fina. E, no meio, vindo direto da guarita pelo centro do pátio e debaixo da fortaleza que desabava, havia uma fenda da largura da ponte levadiça. O vidro das janelas do castelo tinha se estilhaçado e caído em cacos cintilantes nos degraus. O estábulo tinha desabado, mas, a julgar pela quantidade de marcas de cascos na neve, alguém tinha se lembrado de soltar os animais na pressa para fugir.

Todos, exceto os cães, que podiam ser ouvidos uivando no canil.

Serilda chegou à guarita contornando a fenda, ciente das pedras cobertas de gelo abaixo da neve fresca que a fariam escorregar pela beirada em um piscar de olhos se ela não tomasse cuidado.

Ela tinha acabado de soltar as correntes quando ouviu Salsa e Filipêndula correndo pelo chão irregular.

— Eles estão vindo! — gritou Salsa. — As outras donzelas fugiram para o lago e vão nadar até a margem. Erlking e Perchta estão vindo!

Serilda entregou as pontas das correntes para elas e tropeçou nas palavras para explicar seu plano.

Elas não estavam prontas quando a risada louca de Perchta reverberou nos muros do pátio, uma gargalhada alegre quando ela e o Erlking vieram correndo do portão do jardim, praticamente valsando nas pedras ao desviar das paredes e dos muros que caíam.

Elas não estavam prontas.

Tinham que estar prontas.

— Vossa Obscuridade! — gritou Serilda de onde estava, meio escondida atrás da forja do ferreiro.

O Erlking olhou para ela, sobressaltado.

Serilda mostrou os dentes para ele.

— Eu te contei a história de quando a terra se abriu e engoliu o rei demônio inteiro?

O Erlking começou a sorrir. Ele abriu a boca pra falar.

Salsa e Filipêndula surgiram de onde estavam, atrás da guarita. Cada donzela segurando a ponta de duas correntes de ouro, elas as enrolaram em volta do Erlking e Perchta, rápidas como raposas, e imediatamente começaram a puxá-los para a fenda.

Perchta gritou. Não de dor, nem de medo, mas de prazer eufórico.

Serilda correu para ajudar. Ela segurou as correntes e puxou, os pés deslizando nas pedras geladas.

Elas tinham conseguido prender um dos braços de Perchta na lateral do corpo da caçadora, mas não o outro. Não houve tempo. Puxaram com mais força.

Enquanto se debatia, Perchta conseguiu segurar uma adaga. Ela a ergueu por cima do ombro. Serilda arregalou os olhos.

Quando a caçadora arremessou a faca, Serilda soltou a corrente e pulou em Salsa para derrubá-la no chão. A faca passou por cima delas, acertou a beirada da fenda e caiu nas profundezas de Verloren.

Filipêndula não conseguiu segurá-los sozinha. Ela gritou quando as correntes foram arrancadas de suas mãos. Em segundos, os sombrios tinham tirado as correntes do corpo.

Algo dentro da fortaleza soltou um estrondo ensurdecedor. A fenda na terra estava derrubando a estrutura. As portas de entrada se curvaram para a frente nas dobradiças. Uma parede desmoronou para dentro. A abertura na terra alargou ainda mais.

O Erlking foi na direção de Serilda. Ao lado dela, Salsa tentou ficar de pé e encará-lo, mas grunhiu e caiu sobre um joelho.

Perchta pegou Filipêndula por um dos chifres, arrastou-a pela neve e jogou a donzela do outro lado de Serilda.

Eles eram gelo e fogo, o Erlking e sua caçadora. E tinham sangue nos olhos parados na frente de Serilda e das duas donzelas do musgo.

O Erlking curvou o lábio em um sorriso roxo-hematoma.

— Você devia ter ido pra Verloren há muito tempo, filha do moleiro. — Ele puxou uma das espadas finas da bainha. — Essa é a última gentileza que vou te dar.

— Espera! — gritou Serilda, levantando as mãos enquanto ele se preparava para enfiar a espada em seu peito. — Assim não. Por favor. Eu... Eu vou soltar a flecha que me mantém aqui. Vou por vontade própria. Por favor... não me jogue lá embaixo. — Ela lançou um olhar apavorado para o buraco atrás dela. O abismo que levava ao nada.

O Erlking rosnou.

— Você me disse uma vez que não é um vilão — disse ela. — Tenha misericórdia.

Como ele hesitou, Serilda puxou a lateral do manto. Vermelho, forrado de pele e manchado de sangue. Enfiou a mão no bolso no forro e mostrou a ele a pena da flecha.

— Eu vou soltar — disse ela, a voz tremendo. — Não vou mais tentar te impedir. Por favor... só me deixe ir em paz.

— Mortal patética — rosnou Perchta. Ela esticou a mão para pegar a espada do Erlking, mas ele levantou a mão e a impediu.

Perchta recuou, surpresa.

— É um pedido simples — disse ele — para a mortal que *foi* minha esposa.

— Obrigada — disse Serilda. — Obrigada.

Ela puxou também não uma, mas duas flechas quebradas. Os mesmos pedaços de flechas de ponta de ouro que ela tinha tirado da carne de um príncipe e de uma princesa que tinham sido amaldiçoados a sofrer nos castelos assombrados por toda a eternidade. Idênticas à flecha que já a amaldiçoara.

Com um grito feroz, Serilda enfiou as flechas nos pulsos dos sombrios: uma para o rei e outra para a caçadora.

No mesmo momento, Filipêndula se levantou e arrancou a espada dele. Salsa pegou as adagas que restavam no cinto de Perchta.

— Essas flechas agora prendem vocês a este castelo! — gritou Serilda acima do rugido de pedras caindo e terra se abrindo. — Seus espíritos não pertencem mais aos confins dos seus corpos imortais, mas ficarão presos eternamente dentro desses muros. Deste dia até a eternidade, suas almas pertencem a Velos, deus da morte!

Quando as palavras de maldição ecoaram pelos muros do castelo, os espíritos se separaram. Os corpos, o corpo do Erlking, o corpo de *Serilda*, se separaram das almas que os habitavam e caíram nos paralelepípedos congelados.

Perchta, com aparência da grande caçadora de novo, com seu cabelo branco chocante e pele em um tom leve de azul. Ela gritou e foi para cima de Serilda.

Mas, no momento seguinte, Serilda não estava mais lá. Quando abriu os olhos, estava deitada de costas, olhando para um céu cheio de nuvens, um brilho acima onde a lua se recusava a mostrar o rosto.

Estava em seu corpo novamente. Seu *próprio* corpo.

Ela era mortal.

Estava *viva*.

E estava com dor. Em todas as partes do corpo, ela estava com dor. Nas pernas, nas coxas, no útero. Serilda grunhiu e colocou a mão na base da barriga. A carne parecia distendida e nada familiar, os músculos fracos. Perchta tinha dado à luz e ido imediatamente para batalha, tratando seu corpo mortal como descartável. Ela não tinha tido tempo de descansar, Serilda sentia como se a carne tivesse sido repuxada por tempo demais em um tear e agora estava frágil, cansada e dolorida. Incrivelmente dolorida.

Serilda rolou de lado e tentou se levantar. Se Perchta podia ser uma guerreira com aquele corpo, ela também poderia. Mas, antes que pudesse entender que aquilo era real, que ela estava de volta no próprio corpo e estava inteira de novo, o chão se abriu embaixo dela. Um derivado da fenda que atravessou o pátio na direção do estábulo desmoronado. Os cães uivavam, Perchta berrava e de repente... Serilda estava caindo.

Ela gritou, balançando os braços, tentando se apoiar, mas só havia neve e gelo e pedra fraca, as pernas chutando o nada, um vazio preto querendo reivindicá-la.

De repente, mãos seguraram seus braços.

Salsa de um lado, Filipêndula do outro. Os dedos apertando com força para puxar Serilda do abismo. Todas caíram na neve.

Perchta e o Erlking correram para cima delas.

— Se levantem! Se levantem! — gritou Filipêndula enquanto elas escorregavam nas pedras lisas.

Serilda se sentia estranha no corpo, com a barriga mole e os membros delicados, como se fosse um vestido que não cabia mais. Mas conseguiu se colocar de pé. O Erlking e a caçadora foram atrás.

Dedos longos agarraram o manto pelas costas, mas Serilda levou a mão ao fecho e o abriu. O Erlking cambaleou e ela continuou, correndo para a guarita. As donzelas do musgo correram à frente dela. Seus pés pareciam de chumbo ao bater nas tábuas da ponte levadiça... até ela escorregar no gelo e cair.

Serilda gritou e rolou instintivamente de costas, preparada para lutar.

Perchta tinha recolhido algumas correntes de ouro. Ela sorriu para Serilda, esticou as correntes, e Serilda viu a vingança sedenta de sangue nos olhos dela. Ela imaginou como a caçadora enrolaria as correntes na garganta dela e puxaria... cada vez mais...

Perchta passou pela soleira da guarita e saiu das sombras.

E sumiu.

Serilda inspirou ar gelado quando a caçadora reapareceu, atordoada, no meio do pátio.

A meros passos da fenda.

A guarita soltou um grunhido final. As vigas de sustentação se partiram. As pedras começaram a cair na ponte levadiça.

Serilda se levantou e saiu correndo. Salsa e Filipêndula esticaram as mãos para ela e correram pelas tábuas de madeira até a ponte terrestre com suas fileiras de tochas trêmulas.

Havia um grupo esperando por elas na margem. Os aldeões estavam reunidos nas docas, observando horrorizados. As donzelas do musgo que tinham sobrevivido à batalha, encharcadas de água gelada do lago, seguravam cobertores de lã nos ombros. Serilda viu Leyna nos braços da mãe, Frieda ao lado delas. Ela viu os sete deuses. Ela viu Wyrdith, sua mãe.

E, no chão, deitados de lado, ela viu Áureo e a filha deles.

Serilda cambaleou da ponte e caiu de joelhos. Sua força se esgotou como se uma tampa tivesse sido tirada do fundo do seu estômago. Seu coração, um batimento errático e estrangulado, estava finalmente de volta. Batendo, batendo, batendo no peito.

Ela se virou a tempo de ver o castelo cair. A fortaleza, as torres, os muros. Engolidos não só pela fenda na terra, mas pelo lago todo. A água entrou no vácuo que criou. Um redemoinho agitado, puxando o castelo para as profundezas. Ondas batendo no que restava da ponte.

O castelo desmoronou em Verloren, levando o Erlking e sua caçadora junto.

Serilda olhou até a destruição ter acabado e o lago voltar gradualmente a uma superfície calma e firme.

O castelo não existia mais.

CAPÍTULO

Cinquenta e seis

SERILDA SE CURVOU PARA A FRENTE, CHORANDO. ELA FECHOU OS OLHOS.
Enfiou os dedos na neve até não conseguir mais senti-los. Por muito tempo, não se moveu. Estava com medo demais de encarar a realidade que a destruiria.

O vento assobiou exaustivamente nos ouvidos dela e ninguém falou nada.

A história tinha acabado. Ela tinha vencido. E tinha perdido.

A roda da fortuna, debochando dela de novo.

Com um tremor, Serilda passou a manga nos olhos e se obrigou a se virar. A olhar para eles. A vê-los.

Alguém tinha tido a ideia de colocar um novo cobertor em volta da filha dela, um que não estivesse coberto de sangue. Mas isso não traria a cor de volta para os lábios e bochechas da menininha. Isso não traria a vida de volta para o rostinho perfeito.

Erlen estava agachada ao lado de Áureo, o grupo de monstros espalhado ao redor, com a mesma cara de luto dos humanos. Alguém, talvez Erlen, tinha desamarrado os cordões da túnica de Áureo e pressionado um pano limpo na ferida para estancar o sangramento, embora Serilda soubesse que era inútil.

Áureo tinha morrido.

Os dois tinham morrido.

Serilda engatinhou na direção deles, ignorando a sensibilidade dolorida do corpo e a neve gelada que encharcava as saias. Pegou o bebê no colo, segurou-a junto ao peito. O corpo estava frio. Frio demais. Imóvel demais.

Ela inspirou com pesar e virou-se para os deuses reunidos. Os sete deuses antigos, que tinham parado de atender a orações muito tempo antes.

— Eu quero fazer um desejo — declarou ela, com a voz mais forte que conseguiu. — Eu quero que vocês tragam os dois de volta. Tragam Áureo e a minha filha de volta!

Os deuses a olharam, e havia dor e solidariedade nos rostos deles, mas ninguém se mexeu. Ninguém se moveu para responder.

Foi Wyrdith que finalmente se ajoelhou na frente de Serilda. Antes que o deus começasse a falar, Serilda já sentiu o pesar. A recusa na ponta da língua.

— Não! — gritou Serilda. — Não me digam que vocês não conseguem fazer isso! Ainda estamos na Lua Interminável! Vocês têm que fazer isso!

— Minha menina — murmurou Wyrdith, os olhos cintilando. — O desejo prometido na Lua Interminável já foi usado pelo Erlking. Destruir o véu gastou muito da nossa magia. Nós não podemos conceder outro desejo.

Serilda gritou. Foi um grito de arder a alma, que a corroeu por dentro. Ela se curvou sobre Áureo, enfiou o rosto no peito dele, segurou a filha entre os dois. Ela gritou e gritou até os gritos se dissolverem em soluços agonizados.

Só então escutou as palavras de Wyrdith, tão baixas que quase não as ouviu.

— Mas... talvez... — disse o deus das mentiras — haja algo que Velos possa fazer.

A esperança cresceu nela. Serilda ergueu o olhar de novo.

A expressão de Velos se fechou para Wyrdith, que fez um movimento negativo rigoroso.

— Por favor — disse Serilda. — Por favor, não os tire de mim.

Velos deu um passo à frente.

— Os espíritos já seguiram adiante. Não havia nada prendendo o garoto ao mundo mortal, e eu não posso romper o elo entre o garoto e a criança, o que foi forjado pela troca que vocês fizeram. A criança é dele, tanto na morte... como na vida. Sinto muito.

— Não aceito isso! Você trouxe Perchta de volta, por que não pode trazê-lo também? Tem um veículo bem aqui. — Ela colocou a mão no peito de Áureo. — Então traga-o de volta!

— Um veículo, sim... mas para conjurar um espírito para o reino mortal, é preciso falar seu verdadeiro nome. — Velos suspirou. — Eu queria poder te ajudar, depois de tudo que você fez por nós. Mas não posso. Sem um nome, ele não conseguirá nem passar pelo portão na Lua do Luto, como a maioria dos espíritos. Sinto muito. Mas ele nunca pode ir embora.

Serilda olhou para Velos, boquiaberta. Para Wyrdith. Para os deuses e aldeões reunidos, para Erlen e os monstros, para Leyna e seus amigos. Ninguém podia ajudá-la.

A verdade horrível da maldição do Erlking a atingiu de um jeito que ela nunca tinha entendido antes. Não era só por apagar Áureo e a família dele da história. Não era só por tirar as lembranças dele para que ele nunca soubesse quem tinha sido ou o amor que tinha tido.

Era uma crueldade que duraria para a eternidade. Mesmo que o príncipe conseguisse se soltar do castelo, voltar a ser mortal, acabar morrendo e passar para a terra dos perdidos... o espírito dele não podia voltar nunca. Ele ficaria em Verloren para sempre. Sem ser lembrado, sem ser amado.

Serilda olhou para Erlen e percebeu que a maldição a afetaria da mesma forma. Trezentos anos de idade e ainda tão jovem e destemida. Presa em um destino injusto, tudo por vingança do Erlking.

— O nome dele é Áureo — disse Serilda com voz fraca, voltando a atenção para Velos. — Príncipe de Adalheid. Vergoldetgeist, o Espírito Áureo. De quantos nomes você precisa?

Velos fez que não.

— Nenhum desses é o verdadeiro nome dele.

— Mas não é justo. Ele foi amaldiçoado. O Erlking roubou o nome dele! Ninguém sabe qual era... nem mesmo você!

— Isso é verdade — disse Velos. — Mas a magia responderia se você falasse o verdadeiro.

Serilda desmoronou. Ela observou o rosto de Áureo, pálido demais debaixo das sardas. O cabelo e a pele manchados de sangue. Não voltaria a ver seu sorriso travesso de novo? Jamais ouviria aquela risada maliciosa ou testemunharia aquele brilho específico dos olhos quando ele estava prestes a fazer alguma coisa que sabia que ela não aprovaria?

— Eu o amo — sussurrou ela. — E nunca falei para ele.

— Sinto muito — disse Velos —, mas não tem nada que você possa fazer. Deixe-os em paz agora.

Ela tirou uma mecha de cabelo da testa de Áureo e olhou para o rosto da filha. Que ela não teve a chance de conhecer. A quem ela nem tinha dado nome.

O bebê estava conectado a Áureo. Se ela pudesse salvar Áureo, poderia salvar os dois.

Mas não podia.

Serilda não sabia o nome verdadeiro dele.

— Hulda? — disse ela, a voz falhando. — Você o abençoou. Abençoou toda a família. Se alguém sabe o nome dele, você deve saber.

Mas Hulda balançou a cabeça.

— A maldição do Erlking foi completa. O nome foi apagado até das memórias dos deuses.

— Mas não pode ter desaparecido. Algo sempre sobrevive, não é? Uma lenda, um mito... uma verdade enterrada no passado. — Ela olhou para Wyrdith. — Foi o que você disse. Quando tudo é esquecido pela história, um bom conto pode sobreviver, pode viver para sempre. Bem, esta *é* uma ótima história. Um príncipe que lutou com os sombrios e a grande caçadora, que se uniu a uma criança ainda antes de ela nascer, que salvou uma filha de moleiro que... que... — Ela chorou de novo. — Que tinha sido abençoado por Hulda.

Quando foi novamente tomada pelas lágrimas, as palavras ecoaram em seu pensamento.

Abençoado por Hulda.

Serilda deixou escapar um ruído de sobressalto. Ela ficou imóvel.

— Um príncipe abençoado por Hulda. Uma família que governava uma terra próspera, que vivia em um castelo junto ao lago, em terras do norte, que...

O coração dela bateu mais forte e ficou errático.

— *Stiltskin trabalhador e o príncipe do norte* — murmurou ela. — A história foi inspirada nos ancestrais dele. Este era o reino que eles fundaram. É por isso que Hulda é a deidade padroeira, o tatzelwurm é o símbolo e — ela pegou o anel do dedo — a letra *R*. De Rumpel e... — Segurando a filha nos braços, Serilda ficou de pé. — Rumpelstiltskin — disse ela. — O nome da família era Rumpelstiltskin.

Ela pôde sentir nesse momento: o puxão de magia. Vento assobiando nos ouvidos. O ar soltando faíscas na pele. A pressão, como se o ar estivesse sendo sugado dos seus pulmões. Um momento de pânico em que ela não conseguiu respirar.

E então, acabou, e ela viu nos olhos ao redor dela.

— Eu lembro — sussurrou Hulda. — Eu me lembro de dar a minha bênção. E do garoto ruivo, precoce, uma coisinha arruaceira. Eu dei a ele o dom de fiar, porque esperava que o fizesse ter uma ética de trabalho mais forte. E a garotinha... ganhou o tom de tecer. Eu me lembro dos dois, e dos ancestrais antes deles.

Um grito sobressaltado e esperançoso escapou de Serilda quando ela olhou para Velos.

— É isso, então. Rumpelstiltskin! Agora, por favor... *por favor...*

Mas ela não terminou. Já dava para ver a recusa no rosto do deus.

— O quê? *Por quê?*

— Você me deu o sobrenome — disse o deus. — Qual é o *nome* dele?

Ela soltou um rosnado frustrado.

— Não sei! A história contava o começo da linhagem dele, *centenas* de anos antes de ele nascer! Como eu poderia saber seu nome completo?

— Espera! — Foi Frieda quem gritou. A bibliotecária estava segurando a mão de Leyna e apertando a outra palma na testa. — Espera — disse ela de novo. — Eu li sobre essa família. Naqueles livros que eu te mostrei, lembra? Quando você foi à biblioteca?

Serilda fez que não com a cabeça.

— Estavam em branco. Tudo estava... — Ela parou de falar.

Não. Não estariam em branco. Não mais. Estariam cheios. Cheios de histórias. Cheios de uma dinastia poderosa e respeitada, a família que tinha governado aquela cidade e as terras do norte por séculos.

— Deixou os acadêmicos perplexos por séculos — disse Frieda. — Como a família morreu tão subitamente trezentos anos atrás...

— O príncipe — disse Serilda, ousando ter esperanças de novo. — Você se lembra do nome do príncipe?

Frieda pensou na pergunta.

— Eles o chamam de herdeiro perdido — disse ela por fim. — Ermengild? Eu... eu acho que o nome dele era Ermengild.

Serilda se virou para Velos.

O deus da morte assentiu lentamente.

— Quem você quer conjurar?

Ela passou a língua para molhar os lábios e se preparou, com medo de não dar certo se sua voz tremesse.

— Quero trazer de volta Ermengild Rumpelstiltskin, príncipe de Adalheid. Fiandeiro de ouro. Abençoado por Hulda. — Ela hesitou e acrescentou: — Poltergeist.

Velos olhou para ela com uma expressão que era quase de orgulho.

— Você falou a verdade.

O deus da morte ergueu o lampião. A chama dentro do objeto brilhou mais forte.

Serilda prendeu a respiração. Com medo demais para ter esperanças. Sentindo como se ela fosse se partir em mil pedacinhos frágeis se ela ousasse.

E aí... um choro de bebê.

Ela levou um susto e olhou para baixo, para o pacotinho nos braços.

Sua filha estava chorando. Com bochechas rosadas e mãos se balançando.

Serilda ficou tão surpresa que quase a deixou cair, e todas as pessoas deram um pulo para a frente como se fossem pegar a criança.

Ela começou a rir. E todas as emoções jorraram de Serilda quando apertou a filha contra o peito, chorando e tremendo e com medo de acreditar, de confiar que era real...

— Serilda?

Ela se virou. Áureo estava sentado, olhando para ela. Ele ainda parecia meio morto. Pálido e machucado, uma das mãos apertada no peito, o rosto contraído, mesmo tentando sorrir.

— Depois disso tudo... por favor, não deixe nossa filha cair.

As risadas dela continuaram, incontroláveis, e ela caiu de joelhos.

— Desculpa — disse ela. — Vou ser mais cuidadosa. Vou ser... Áureo. Você está vivo! E não está amaldiçoado e eu não estou amaldiçoada e nosso bebê... e o Erlking e...

— Rápido demais — grunhiu ele. — Vai mais devagar.

Ela não conseguia parar de chorar. Não conseguia parar de rir. A criança não parava de chorar. Serilda sabia que ela precisaria mamar em breve, tomar banho, receber amor... muito amor.

Mas, primeiro...

— Eu te amo, Áureo — disse ela, encostando a mão no rosto dele. — Eu te amo.

Apesar de ainda estar cansado, o sorriso dele foi brilhante.

— Eu também te amo, contadora de histórias. — Seu olhar encontrou Erlen segundos antes de ela se juntar ao abraço deles. — Eu até amo você, Rainha dos Antigos.

— Você tem seus momentos — disse Erlen, sem tentar esconder o fato de que também estava chorando. — Será que conseguimos descobrir o *meu* nome?

— Claro que sim — disse Serilda. — Vamos pedir a Frieda para procurar nos livros na biblioteca.

— E essa menininha? — perguntou Áureo, passando um polegar pelo rosto enrugado e inchado do bebê. — Eu também a amo. Não consigo nem acreditar que seja possível. O barulho que ela está fazendo agora é a coisa mais horrível que eu já ouvi, e eu morei em um castelo com um bazaloshtsh que gritava. Mesmo assim... eu a amo tanto.

O sol subiu no horizonte e afastou o frio do inverno. Serilda beijou Áureo, beijou a filha, beijou Leyna e Erlen e riu quando ela fez uma careta e limpou o rosto. Serilda poderia ter saído beijando todas as pessoas em Adalheid, só que Lorraine escolheu o momento para sugerir que todos fossem para a estalagem aquecer os dedos dos pés junto ao fogo… até os deuses eram bem-vindos.

Serilda ajudou Áureo a levantar, sorrindo.

— Que nome daremos a ela?

— Não faço ideia. Eu nunca escolhi o nome de ninguém. Parece uma responsabilidade enorme, principalmente agora que sabemos como um nome pode ser poderoso.

O choro da filha deles se acalmou quando Serilda a embalou.

— Vamos pensar em alguma coisa — disse ela, impressionada com o jeito carinhoso com que Áureo passava um dedo na bochecha corada do bebê.

Ele sorriu e puxou Serilda para perto, as testas encostadas, a filha aninhada entre os dois.

— Seja lá qual for o nome que escolhermos — disse ele —, eu garanto que nunca será esquecido.

Este é o fim da minha história, como aconteceu de verdade.

Mas vejo que não foi o bastante para você. Esse é o apuro que nós, contadores de histórias, vivemos: saber que a história nunca está terminada, os ouvintes nunca satisfeitos.

Silêncio, agora. Quero contar uma história diferente, e talvez, se você ouvir com atenção, escute a resposta às suas perguntas.

Acredito que você ouviu falar da grande tapeceira, famosa em toda Tulvask? O trabalho mais aclamado dela está exposto em uma universidade de Verene. As pessoas viajam do mundo inteiro para admirá-la, pois é uma grande obra de arte, o ápice da habilidade e do talento. Seu tema foi considerado único quando revelado, embora muitos artesãos tenham tentado replicá-lo desde então.

Você não viu a tapeçaria? Permita-me desenhar.

Imagine uma cidade próspera ao lado de um lago cristalino. Os aldeões estão participando de uma celebração; Ano Novo, talvez. Há bandeirinhas penduradas nas ruas e cestas cheias de flores de primavera, apesar da neve ainda no chão. A prefeita e sua esposa estão puxando uma valsa nas docas. E, não muito distante, uma criança eufórica dançando com um elfo.

Ah, sim. Você se surpreendeu. Todo mundo se surpreende quando olha. Quando vê. Você achou que eram só construções com partes de madeira e portas pintadas de cores vibrantes, aldeões felizes e suas vidas simples. Mas você nota o drude espiando de uma chaminé. Um nachtkrapp escondido em meio aos corvos. Na janela do bar, duas donzelas do musgo tomando cerveja.

Se olhar melhor, você talvez ainda faça interpretações incomuns sobre quem esses aldeões simples são. Certamente, os estudiosos deram seus palpites, mas e você?

Seria Hulda sentado à roda de fiar no fundo? O fazendeiro com uma foice no ombro poderia ser Freydon? O arqueiro com a aljava de flechas poderia ser Tyrr? A figura de capa segurando o lampião deve ser Velos, e o marinheiro deslocado Solvilde, e, sim, ali está Eostrig naquele jardinzinho, estranhamente parecido com a mítica Pusch-Grohla. O bardo com a pena de ouro? Wyrdith, naturalmente.

Impressionante, realmente. Agora você entende por que a tapeçaria foi declarada um tesouro quando revelada, por que trouxe uma nova era artística e iconográfica. Ora, mostrar os sete deuses não só no meio do reino mortal, mas interagindo com humanos? Mostrar os aldeões não mais com medo de monstros, mas os recebendo, fazendo amizade com eles?

Foi uma novidade em sua época, uma que será estudada por gerações no futuro.

Sim, você pode perguntar, mas e aquelas quatro figuras, as que estão no meio da festa? As iluminadas por um raio de sol radiante? Devem ser importantes para estarem nesse lugar de destaque. Mas quem são?

Ah, jovem estudante. Você entende por que a tapeçaria continua a impressionar. Há teorias demais, e esse mistério ainda não foi resolvido.

Um homem. Uma mulher. Uma criança. Um bebê.

A suposição mais óbvia é de que são o senhor e a senhora do vilarejo, junto com seus dois filhos, celebrando o festival.

Mas, dos quatro, só uma — a criança, a menina com cabelo dourado — usa uma coroa na cabeça.

O homem e a mulher vestem trajes simples. Uma túnica pálida, uma capa cinza.

E os olhos estranhos dela; não podemos nos esquecer disso. É fácil deixar passar de primeira, o detalhe pequeno demais. Mas está vendo agora? O toque de ouro? Parecem rodas para você? Eu sempre achei, mas o que isso pode significar?

Olhe melhor.

O bebê também tem os olhos dourados.

Estranhamente, o deus das histórias também.

Talvez seja essa a mensagem que a artista quis passar. Humanos, deuses, monstros; todos somos vítimas do destino e da fortuna. Se a grande roda vai parar a nosso favor ou não, só o tempo dirá.

Ou talvez não seja essa a mensagem.

Talvez estejamos fazendo as perguntas erradas.

Pergunte-se então: por que todo mundo parece estar tão em paz, tão alegre, tão satisfeito?

Por que o homem e a mulher se olham com tanto afeto?

Por que a artista, depois de criar uma obra-prima dessas, assinou a peça só com um R com um tatzelwurm em volta? Um selo de artista que nunca foi visto antes nem depois.

Eu não tenho as respostas. Talvez nunca sejam descobertas.

Talvez você ache que essa história esteja errada, e não vou tentar convencê-lo do contrário. Pois toda grande história tem um pouco de verdade e um pouco de faz de conta.

Deixo você com uma verdade final... ou uma mentira final... e você decide qual é qual.

Aquela família? Aquela cidade? Aqueles monstros e deuses?

Eles todos viveram felizes até o fim de seus dias.

Agradecimentos

Ah, meu coração! Eu tenho tanta gratidão por todo mundo que ajudou a dar vida a este livro e a esta história. Dentre essas pessoas:

As estrelas da Jill Grinberg Literary Management: Jill Grinberg, Katelyn Detweiler, Sam Farkas, Denise Page e Sophia Seidner.

A equipe fenomenal do Macmillan Children's Publishing Group: Liz Szabla, Johanna Allen, Robby Brown, Mariel Dawson, Rich Deas, Sara Elroubi, Jean Feiwel, Carlee Maurier, Megan McDonald, Katie Quinn, Morgan Rath, Dawn Ryan, Helen Seachrist, Naheid Shahsamand, Jordin Streeter, Mary Van Akin, Kim Waymer e as equipes de representantes de vendas e produção, que ajudam a levar livros para os leitores de todas as partes.

Minha incrível preparadora, Anne Heausler.

Minha imensamente talentosa narradora de audiolivros, Rebecca Soler.

Minha guru de cultura alemã, Regina Louis.

Meu especialista em pronúncia alemã, Ezra Hughes.

Minha brilhante parceira de crítica, Tamara Moss.

Minha assistente e cúmplice de podcast, Joanne Levy.

Meu grupo de escrita: Kendare Blake, Martha Brockenbrough, Arnée Flores, Tara Goedjen, Corry L. Lee, Nova McBee, Lish McBride, Margaret Owen, Sajni Patel (sentimos sua falta!) e Rori Shay.

Jesse, Delaney, Sloane, e toda a minha família e entes queridos. Obrigada por anos de apoio, risadas, aventura e alegria.

E você, Leitor. Obrigada por se juntar a mim nessa jornada e me permitir compartilhar minhas histórias com você. É uma honra que espero nunca esquecer.

Impressão e Acabamento:
LIS GRÁFICA E EDITORA LTDA.